文史哲丛刊

左翼文学研究

文史哲编辑部　编

商务印书馆
创于1897　The Commercial Press

2015年·北京

图书在版编目(CIP)数据

左翼文学研究 / 文史哲编辑部编. —北京：商务印书馆，2015
（文史哲丛刊）
ISBN 978－7－100－06961－8

Ⅰ. ①左… Ⅱ. ①文… Ⅲ. ①左翼文化运动－文学研究②中国文学－当代文学－文学研究 Ⅳ. ①I209.6 ②I206.7

中国版本图书馆CIP数据核字(2014)第027759号

左翼文学研究

文史哲编辑部 编

商 务 印 书 馆 出 版
（北京王府井大街36号 邮政编码 100710）
商 务 印 书 馆 发 行
三河市尚艺印装有限公司印刷
ISBN 978－7－100－06961－8

2015年1月第1版 开本 880×1230 1/32
2015年1月北京第1次印刷 印张 16 1/2

定价：58.00元

出版说明

《文史哲》杂志创办于1951年5月，起初是同人杂志，自办发行，山东大学文史两系的陆侃如、冯沅君、高亨、萧涤非、杨向奎、童书业、王仲荦、张维华、黄云眉、郑鹤声、赵俪生等先生构成了最初的编辑班底，1953年成为山东大学文科学报之一，迄今已走过60年的历史行程。

由于一直走专家办刊、学术立刊之路，《文史哲》杂志甫一创刊便名重士林，驰誉中外，在数代读书人心目中享有不可忽略的地位。她所刊布的一篇又一篇集功力与见识于一体的精湛力作，不断推动着当代学术的演化。新中国学术范型的几次更替，文化界若干波澜与事件的发生，一系列重大学术理论问题的提出与讨论，都与这份杂志密切相关。《文史哲》杂志向有与著名出版机构合作，将文章按专题结集成册的历史与传统：早在1957年，就曾与中华书局合作，以"《文史哲》丛刊"为名，推出过《中国古代文学论丛》、《语言论丛》、《中国古史分期问题论丛》、《司马迁与史记》等；后又与齐鲁书社合作，推出过《治学之道》等。今者编辑部再度与商务印书馆携手，推出新一系列的"文史哲丛刊"，所收诸文，多为学术史上不可遗忘之作，望学界垂爱。

文史哲编辑部

商务印书馆

2009年10月

编辑工作委员会

目　录

前　言

第一编　“红色三十年代”国际左翼风云

第二编 左翼文学与鲁迅先生

第三编 左翼文学与延安时代

第四编　左翼文学与“大众化”及“工农兵文学”

第五编　后左翼时代：“十七年”“新时期”与新世纪文学

第六编　中国“左联”往事考

前　言

现代文学的重要课题：左翼文学研究

贺立华

……时光倒流，上溯到二百年前：1789年法国资产阶级革命爆发。同年9月，在制宪议会的会场，高傲的第一等级教士和第二等级贵族的议员们就坐在会场右侧的席位上；而处于弱势地位的第三等级的资产阶级、城市平民、工人和广大农民的议员们理直气壮地就坐在左侧席位上。左、右两派代表各自派别的权益，唇枪舌剑，展开了自由激烈的辩论……偶然形成的这个戏剧性的历史场面，在后来的词汇中便出现了左派左翼与右派右翼这一对话语概念。此后200多年，应该是左翼知识分子们创造“主义政治”的历史。他们从书斋观念走向街头政治，再从街头政治走向无产阶级革命，先是席卷世界，后被世界席卷……尤其是20世纪初苏联的“十月革命”一声炮响，更使全世界掀起了“红色”巨浪，形成了全球性的“红色三十年代”。正是在那时，在中国共产党领导下诞生了为劳工阶级代言的中国左翼文学运动及“左联”作家组织，催生了一批优秀的左翼作家及其经典的左翼作品。这股左翼文学潮流起起伏伏，清清浊浊，流淌至今已80余年矣。左翼文学问题的研究，已经成为世界学界研究的课题。

素以中国古典学术研究见长的《文史哲》，近年来闪射出一个明亮的中国现当代文学历史研究的窗口——“左翼文学问题”。这个栏目突出的特色就是强烈的“问题”意识和冷峻的理性思考。编辑部同仁们希望为这个课题的研究贡献一份力所能及的力量。

一、说不尽的鲁迅问题

这个栏目发表的论文皆为问题而作。

首当其冲的问题还是中国现代文学的开山鼻祖鲁迅先生与左翼文学运动的关系问题，这几乎是贯穿了整个中国现当代文学史的问题，是纠结了七八十年风雨历程至今仍然说不尽的问题。

关于鲁迅“向左转”的问题，是众多学者关注最多的问题。若干年来，传统的鲁迅解释框架，无论是左翼论，还是启蒙论，皆遮蔽了诸多认知视野，同时也把鲁迅的一次历史选择，当作终极选择。张宁教授在《“转”而未“变”》（2007年第2期）一文中则排除了左翼论和启蒙观的二元对立，采取让鲁迅和“左翼”相互注释的方法，重新回到瞿秋白、王任叔、舒芜等提出的既有命题，认为“转变”和“不变”，在鲁迅那里以不同形态同时存在着，变化的是某些实体性思想，不变的是一种思想结构或主体性结构。鲁迅在触摸到欧洲精神的根底时，便开始把等级社会孕育的非“人”状态当作“罪”来感受。“罪”和“责”，使他在个人存在与民族和人类之间建立了一个稳定的中介。但鲁迅把“人”的观念推向极致时，却成功规避了绝对主义逻辑陷阱。“自由”和“平等”的断裂是通过“罪”的意识和“赎罪”行为连接在一起的。而“罪”感和责任意识，又使他始终保持着一种“非政治”的政治性。鲁迅正是带着这种主体性结构和“非政治”的政治性走入“新的阵营里”的。这不足以改变原有的历史形态，但却“改变”着一种文化的内在品质。

当年的鲁迅的确是“左联”左翼作家的盟主，但他始终不曾排斥“同路人”。因了政治斗争的历史纠结，鲁迅与“同路人”关系问题尚存许多误解，所以也就无法廓清鲁迅的言说以及鲁迅“横站”姿态的历史价值。赵歌东教授则在《横站的“同路人”》（2012 年第 1 期）一文中分析了鲁迅对于“同路人”态度，肯定了鲁迅“横站”的姿态，他指出：“同路人”是 20 年代苏联“新经济政策”时期的主要作家群体，这一群体在俄国文学向苏联无产阶级文学转型进程中发挥了重要的过渡作用。在中国左翼文艺运动中，鲁迅、瞿秋白将革命的“同路人”作家看作是无产阶级文学的同盟军和后备军，他们对俄苏革命“同路人”作家和作品的评价与译介对中国左翼文艺运动的发展具有积极的指导意义。鲁迅对“同路人”的认同和评价基于其自身的革命历史经验，他不仅肯定“同路人”的文学观点和革命立场，而且自觉地在左翼文艺运动中采取了“同路人”的姿态。由于苏联 1930 年前后的政治斗争对“同路人”作家存在偏见和敌视，致使“同路人”创作在无产阶级革命文学转型进程中的作用和意义长期被遮蔽，一些鲁迅研究者坚持斯大林时代对“同路人”作家的偏见，因此也无法理解鲁迅作为革命“同路人”的历史地位。重新认识鲁迅在左翼文艺运动中的“同路人”姿态，对于理解中国左翼文艺运动的起源及其内在矛盾具有重要的历史意义，同时也对梳理马克思主义文艺理论中国化的历史源流具有积极的参考价值。而鲁迅“横站”的姿态所秉持的独立自由的人格精神，也成为影响深远的中国知识分子的精神财富。

1936年，正当盛年的55岁的鲁迅先生去世了，但鲁迅的精神还活着，鲁迅的问题也没有完结。围绕着鲁迅发生的故事在继续上演，这一切是活着的鲁迅所没有想到的。到了1930年代末和40年代的延安，鲁迅被誉为“新文化的旗手”，代表着“中华民族新文化的方向”，这就不能不说到身在延安的无产阶级的领袖毛泽东主席对鲁迅的高度评价。多年以来，鲁迅的作品、思想和精神鼓舞了一代代的人。鲁迅的研究至今仍是文学研究领域里的重要课题。

二、受难者与胜利者呐喊与颂歌——转型之惑

中国左翼文艺运动的理论基石是马克思主义的革命理论，这个理论在它展开的中国历史时空里有何变异？演绎了怎样风起云涌的故事？学习并运用这个理论的作家们究竟创作出了怎样水平的文学作品？其中又有哪些理论纠结的问题呢?《左翼文学问题》栏目里许多论文都从不同角度发出了自己的声音。

在20世纪风靡全球的“红色三十年代”浪潮中，中国左翼运动是一支气势磅礴的有生力量，是有声有色的世界左翼文学的一部分。有良知的中国知识分子们依据自己翻译来的阶级斗争理论，重新认识中国现实，自觉地站在弱势群体、无权者、受难者、受压迫阶级一边，

为他们代言，为他们呐喊。但是进入1940年代的延安，这批知识分子发现只是在理论上翻译介绍还不够，只是启蒙大众的阶级觉悟还不够，还必须按照毛泽东《在延安文艺座谈会上的讲话》要求，来一个“脱胎换骨”的“转变”，要认清自己的阶级归属，认清自己“资产阶级”、“小资产阶级”的阶级属性，使自己的思想观念、价值立场以及艺术创作实际行动……来一个根本的转变：原先的启蒙者和被启蒙者如今必须调换座位，知识者需要接受“工农”阶级的教育；这里的“工农”已经不再是受难者无权者、不再是受压迫的弱势群体，这里的无产阶级已经成了“胜利者”和“掌权者”。这批奔赴延安的左翼作家呢，此时无须再为无权者“哀其不幸怒其不争”的悲苦呐喊，应该为“胜利者”歌唱。黄科安教授也注意到了与此相关的问题，那就是20世纪上半叶现代中国的“文艺大众化”问题，他认为这绝非是单纯的文艺问题，其背后是知识者探求建构现代民族国家的政治诉求和实践活动。因而，对于这个议题的清理和辨析，必然涉及到“文艺大众化”最基本的相关要素，如“谁是大众”、“谁来大众化”、“大众化”与“民族形式”等，而透过这些相关要素的勾连和清理，就会发现其间隐藏着复杂的内在生成机制——“大众”身份由“底层阶层”向“阶级属性”突进，知识者的立场由“启蒙的大众化”向“革命的大众化”转换，大众化的“民族形式”演化为以“民间形式”出现。那么，透过这些线索的梳理与追问，分析其背后的政治权力运作和意识形态指涉，我们就能发掘出“文艺大众化”的具体内涵、文本形式以及与现代民族国家之间的复杂关系（《启蒙·革命·规训》，《文史哲》2012年第3期）。

如果说，黄文是文学外部研究的力作的话，那么青年学者李跃力博士的论文，则是文学内部研究的力作，他深入到革命文学作家对于革命信仰的书写与强化中去探寻《精神秩序的整一化与革命历史主体的诞生》(《文史哲》2011 年第 4 期）的问题，他看到：革命文学试图将革命信仰深植与广布在个体之灵魂深处，以此达成再造历史主体的宏伟目标。一方面，革命文学通过对“转换”模式的反复书写，来凸显革命信仰拯救灵魂的神奇力量；另一方面，通过对革命仪式的精心描摹或仪式化场景的刻意营构，为获得了革命信仰进而成长为革命英雄的个体提供神圣性的确认，展现出在革命作用下个体社会地位的“逆转”。在庆典仪式营造的“狂欢”中，革命信仰得以广泛渗透于处在狂欢状态下的个体灵魂内部。革命文学对“革命信仰”的书写、强化与推广，其用意在于借助文学叙事与审美的力量，缝合文学想象与社会现实之间的距离，并通过文学想象来改变个体的人生观与价值观，重塑个体的认知与思维方式，实现精神秩序的整一化，实现再造社会现实与革命历史主体的宏大目标。当革命信仰成为主宰个体一切行为的精神力量，成为个体意志中最重要的一部分，个体固然由此摆脱了精神上的无政府状态，具有了高尚、伟大等神性特质，但同时也从身体到精神都皈依于“革命”。值得注意的是，革命成为个体心灵深处坚不可摧的“信仰”，固然有助于革命目标的实现；但当社会历史层面的“革命”结束了，个体精神中的“革命”冲动却与人的言谈举止、思维方式融为一体、难舍难分，甚而成为一种集体无意识，要清除它绝非一朝一夕之功——这正是历史带给现代中国革命的深层思考。

的确，不少青年学者在探询这个转型期：余荣虎博士问 20 世纪 40 年代《乡土文学是怎样消失的？》(《文史哲》2010 年第 3 期），郭国昌博士思索解放区文学制度的建立（《文史哲》2013 年第 1 期）……就是这样，《文史哲》的青年学者是带着疑问走进历史，探索究竟的。

三、颂歌悲情与重回“底层”——创作的困惑

新中国20世纪50年代的文学基调，应该是20世纪40年代初由毛泽东《在延安文艺座谈会上的讲话》定音的。从此后，鲁迅开辟的乡土文学，形成了新的农村题材文学，或誉称的“工农兵文学”。在共产党领导下的农民已经翻身得解放，他们是无产阶级最可靠的同盟军，他们是英雄辈出的一群，文学家需要毋庸置疑地歌颂他们身上表现出的无产阶级的优秀品质。

建国以来开展的“土改”、“镇反”等运动，使中国历史上出现了一个被专政的群体——“四类分子”。它是建国初期对地主分子、富农分子、反革命分子和其他坏分子的统称。1950年8月4日，政务院第四十四次政务会议通过了《关于划分农村阶级成份的决定》，为农村阶级成份的划分制定了标准，并把四类分子视为敌对阶级。四类分子是每次政治运动打击的重点。一直到1979年1月11日，中共中央制订《关于地主、富农分子摘帽问题和地、富子女成份问题的决定》才赋予这群人以“人民公社社员身份”，与工农家庭出身的人享有同样的入学、参军、提干等公平的待遇。进入历史新时期后，作家们开始关注这个群体，开始人性化地写他们的命运。青年学者庞秀慧博士敏感地看到了作家们关于此类题材的写作，在《“四类分子”子女题材小说的价值困惑》（《文史哲》2010年第6期）中，她作了这样的分析：阶级话语不但使四类分子们成为乡土社会的劣等人群，还使得他们的子女们在成长过程中不同程度遭到不幸，形成了他们中一部分人所产生的怨恨情结。虽然1979年之后国家取消了对四类分子子女们的政治歧视，但是这种

怨恨情结使得他们寻求价值观和现实利益的双重补偿，某种程度上成了社会的不稳定因素。如何叙述他们的怨恨情结，则对文学构成了极大的挑战。怨恨叙述表面上是梳理阶级话语在当下社会的影响，但实际上应该是反思阶级话语的价值与意义，为社会的整合提供思想资源，以文学的方式整合集体记忆，建构新的价值观。近年来，大陆文坛兴起了一股新的文学思潮，被命名为“底层文学”。鉴于80年代中期“纯文学”成为当时重要的文学观念之一后，名目繁多的写作思潮便纷来沓至，令人目不暇接，那么这个文学新潮也可能在同样的惯性反应中被接受下来。但这次似乎不同，据作为倡导者的作家和批评家解释，以往的“先锋文学”、“新写实”、“新生代”、“晚生代”、“私人化写作”、“后现代”均以“纯文学”为旨归，这次则反其道而行之，重新强调文学与社会学的融合，强调现实主义写作方法。作品主要表现下岗工人和进城打工农民的生活、命运与抗争。作家们是在讲述作为新中国前30年的“工人阶级”（包括无产阶级可靠的同盟军农民阶级）这些“国家的主人”，到如今是如何沦为“社会最底层”，又成为“弱势群体”的。其中一些启用传统社会主义思想资源的作品（如《那儿》、《问苍茫》）被评论界命名为“新左翼文学”。研究早期左翼文学的著名学者张宁教授，关注了左翼思潮的流变，敏感到了新世纪“新左翼文学”与早期左翼文学这种“剪不断理还乱”关系，写出了长文《命名的故事：“底层”，还是“新左翼”？》（《文史哲》2009年第6期），他认为：这些“新左翼”作品及相关评论既包含一些新的因素，如由极左意识形态里汲取抗争性资源，又往往非历史、非逻辑地解释中国左翼文化传统，导致“新左翼”命题未能释放出应有的含义和广阔的阐释空间，反而使之狭义化。但使“新左翼”狭义化的还有对“左翼”价值持怀疑、否定的论者，在他们的意识里，认为阶级论和阶级分析本身就是虚幻而荒谬的，结果不仅使他们放过了对以“社会主义”之名长期存在的“身份制”等级社会分析的契机，又以一种“西方的今天就是我们的明天”的历史幻觉，面对非规则变动着的当代中国，并衍生出包括“纯文学”在内的各种新意识形态观念。随着经济体制改革、政府减轻财政负担的政策调整，以及全球化背景下中国经济的高速增长，中国社会急剧分化，贫富差距日益加大，旧的身份制尚未改变，一个庞大的底层社会业已形成。这给已经习惯于“纯文学”写作的文学界带来道德压力，也使与“纯文学”观相悖的“底层文学”应运而生。但“底层文学”从一开始就陷入争议，其本身在创作和理论上也问题颇多，无论是“底层”，还是“新左翼”都很快沦为没有生长性的命题。或许，不是从文坛既有问题，而是从“底层”、“新左翼”所黏合的“问题状况”着眼，新的可能性才会被发现。

左翼作家们从20世纪初为受难“底层”的呐喊，到20世纪中叶为胜利者歌唱，由颂歌悲情的无奈，到21世纪初再沉入“底层”代言，作家创作的困惑很多，而他们困惑所提供的这些作品，为文学评论家们提供了许多难解的研究课题。

四、还原真相——冲破历史之壁障

“红色三十年代”的故事，已经过去半个多世纪了。它似乎已经被政治、被社会“定型”为“历史”。可贵的是如今一批年轻的学者们不满足这种“定型”，他们的研究冲破了既定的“历史”。

“左联五烈士”事件不仅是中国左翼文艺运动中的重大事件，而且也是世界左翼文艺运动的一件大事。左联五烈士——柔石、胡也频、殷夫（白莽）、李伟森、冯铿五位左翼革命作家的群体雕像已经成为中国左翼文艺运动史上的一座丰碑，史书似乎也已经为“左联五烈士”定型。但学者们发现文学史教科书上所描述的左联五烈士事件多有失实与误导，他们对于左联五烈士被捕、牺牲的背景和经过，众说纷纭。赵歌东教授，以翔实的资料梳理辨析了这《雕像是怎样塑成的》（《文史哲》2009 年第 1 期），他认为：左联五烈士事件的发生不是一个纯文学事件，而是一个包含多重政治因素的历史事件。左联五位作家本来是由中共党内当时的宗派矛盾斗争的牵涉而去开会的，和当时的左联无关，当作家死后，左联对这五烈士的纪念和宣传，使这一事件由一个党内宗派斗争导致的政治事件转化为一个左翼文艺运动反抗国民党文化围剿的文艺事件，相应的，左联五烈士的历史定位也由党内宗派斗争的受害者转化为革命文艺运动的前驱和烈士了。

历史真相的追寻，需穿透政治的壁障，的确是个难题。中国的问题如此，外国的问题也是如此。

马列主义在中国的传播，多来自苏俄和日本文字的翻译。而翻译文字则因译者的价值立场不同，导致他们在翻译什么和怎么翻译的问题上各有不同，从而导致其传播影响是相异的。青年学者刘中望教授在《文学与政治的博弈》（2012 年第 6 期）中以瞿秋白和鲁迅、冯雪峰同为翻译普列汉诺夫著述为例这样分析：瞿秋白对待普列汉诺夫的态度与鲁迅、冯雪峰差异很大。在翻译篇什的择取上，鲁迅、冯雪峰翻译的普列汉诺夫《艺术论》、《艺术与社会生活》，致力于艺术起源、艺术作用等方面的学术探讨；瞿秋白翻译的《易卜生的成功》、《别林斯基的百年纪念》、《唯物史观的艺术论》，更多强调文学研究的马克思主义方法。相对而言，鲁迅注重翻译文学规律研究著述，瞿秋白侧重翻译文学理论正确与否的驳论。在翻译接受上，鲁迅设定目标读者为“有志于革命文艺创作和批评的作家，最起码也是有志于此的青年，而不在于普及大众”；瞿秋白看重的恰好是理论的大众化、普及化，注重发挥其宣传、鼓动、感染价值。在翻译目的上，鲁迅始终坚持文学家的身份、立场、眼光，强调文学推动现实斗争和社会改革的责任。与之不同，瞿秋白视苏俄理论为中国问题的解决方案，探讨文学理论本身远不如发挥它对中国革命的指导作用重要，服务政治、助益革命的追求远多于文学理论学科建设的考量。对于普氏的评价上，比照列宁评价普列汉诺夫，鲁迅认为：列宁是政治实践家，普列汉诺夫是思想理论家，二者不同，各有其用。普列汉诺夫是伟大的思想家，是“俄国社会主义的先进，社会主义劳动党的同人，日俄战事起，党遂分裂为多数少数两派，他即成了少数派的指导者，对抗列宁，终于死在失意和嘲笑里了”。政治命运与现实归宿令人叹息。但普列汉诺夫的理论研究贡献巨大，他“用马克斯主义的锄锹，掘通了文艺领域的第一个”，不能否定其巨大价值。与鲁迅不同，瞿秋白从文艺与政治功利、阶级本位、哲学观念等关系维度，深入批判了普列汉诺夫文学理论，对其否定远多于肯定。究其原因在于，30年代苏联开始的意识形态整顿中，普列汉诺夫被严重贬低，普列汉诺夫的文学眼光受到主流政治形态的排斥，这些语境指涉直接生成了瞿秋白对普列汉诺夫文学理论的评价立场。

如果说瞿秋白的翻译是因了政治的需要是有意的拣选和侧重，而另一类外来左翼文化的传播则是有遮蔽的，例如对于美国左翼文化在中国的传播即是如此。青年学者刘林教授在《美国“红色三十年代”左翼小说论》(《文史哲》2011 年第 4 期)中这样分析美国的左翼，也提出了一些耐人寻味的问题：美国“红色三十年代”的小说创作在苏联“无产阶级文学”观念影响下，表现出明显的“向左转”倾向，同时延续了此前现代主义文学倡导形式创新的艺术追求，激进的无产阶级革命思想与前卫形式相融是其显著特点。美国主要左翼作家和批评家具有很强的理论反思能力，在 20 世纪 30 年代后期“法雷尔之争”或“左倾错误”讨论中，他们就批评了左翼小说中流露的“口号化”、“政策工具论”、人物形象重复单调等弊病；而且当他们警觉到了左翼文学作为“阶级的文学”开始成为“党的文学”的时候，作家就开始放弃这样的左翼创作了，这也正是美国左翼文学衰落的原因。美国左翼文学的论争，实际上触及了世界各国的无产阶级政党如何组织和领导左翼文学运动，如何妥善处理政策宣传与作家创作自由的关系等重大问题。汇聚了多斯·帕多斯、斯坦贝克、亨利·罗斯等小说名家的美国左翼小说创作，对中国的影响颇巨。美国左翼作家史沫特莱积极参与 20 世纪 30 年代中国左翼文学运动，伊罗生仿照美国左翼刊物《新群众》在上海创办和编辑英文版《中国论坛》，向全世界介绍中国左翼作家，斯诺夫妇借用美国“红色三十年代”文学的理论框架观察和研究中国现代文学颇有心得。但美国本土左翼作家的警觉和左翼文学衰落失败的根本原因，在中国文坛是被遮蔽的，也就更谈不到重视和研究了。

左翼文学运动对推动中国革命和革命的、大众的文学创作起到了积极的作用，取得了辉煌的成绩，但也存在缺陷，这些都是历史的客观，其中还有许多需要探索的问题。这恰是《文史哲》学人们研究的课题。

五、新学人新方法与老问题新收获

细心的读者也许已经发现，《文史哲》尤其是“左翼文学问题”栏目的烛光之下，聚集着一大批有着青春面孔的学者群。近年来《文史哲》已经悄然地完成了作者队伍的更新换代，由老人名家为主体的作者群，已经逐渐让位于青春名流“小人物”。“左翼文学问题”栏目所刊发的文章，除了少数几位“50前后”名家外，大都是“60后”、“70后”、“80后”的中青年学者，他们很少思想负担，很少传统思维，最可贵的是他们不满足前人的结论，而且能够活学活用新的理论和新的研究方法，去分析文学现象，去回答老的学术问题，从而得出了新结论。

20世纪80年代中期，曾经声势夺人的人文研究方法论热已经销声有年，但我们发现今天一大批年轻学人仍然在继承上一代学者的传统前行，他们不再满足外来方法的译介，不再是牵强附会生硬“拿来”，而是将新的理论和方法培育出了自己的第三只眼睛，去关照分析中国文学的文本实际，且取得了可喜的成果。在《文史哲》我们看到了新一代学人的成长。

六、拷问学者良心　点亮学术烛光

《文史哲》的编辑家们是一群守护烛光的人。探索历史，实际上是在拷问学人的良心，对一个杂志来说，则是拷问学术良心和胆识。学术杂志是一份事业，做好这个事业，需要一批有牺牲精神的热心的学者编辑家。带领好这班学者编辑家，需要一个有识见又有胆量的主编。《文史哲》创刊60年来，都是学者出任主编，以学者办刊、以学术为本是杂志的传统。七年前，由著名史论家王学典教授出任主编，由著名文献专家原山东大学出版社总编辑周广璜教授出任副主编，二位搭档可谓珠联璧合，从此《文史哲》在前辈学者的基础上又开了新生面，从此改变了“好酒不怕巷子深”、“守株待兔”等惰性编辑心理，确立了“主动积极介入学术界”、“拒绝权贵铜臭学术垃圾”、“学者编辑家们须将学术思想注入到编辑思想中”、“引领学术潮头”、“打动学界神经”、“打破文史哲分工过细的栏目编排”、“由问题来锻造和确立选题”、“杂志需要设计”、“每位编辑者手中须有一批优秀的中青年学者名单且使他们成为《文史哲》的朋友”等编辑思想和编辑守则，先后召开了文史哲各门类的高端学术论坛……于是有了各路学者名流的风云际会，有了文、史、哲都能发言的诸多哲启人心智的品牌栏目（包括“左翼文学问题”专栏），有了各领风骚各持己见风生水起的争鸣研究，有了《文史哲》崭新的精神风貌，有了公认的《文史哲》存在的价值。在《文史哲》赢得了有史以来最高荣誉——“国家政府奖”的同时，《文史哲》同仁也赢得了学者编辑家的尊严。

学人的良知无须多说，说到学术的胆识，却不由得使人想起30年前改革开放思想解放运动初期，胡耀邦总书记和知识分子的对话。当时面对思想解放涌动的春潮有知识分子担心“乱套”，有作家上书胡耀邦总书记，希望在倡导“解放思想”的同时不要忘记“加强对知识分子的思想改造”。胡耀邦总书记这样回复说：最需要“思想改造”的应该是领导者，而不是知识分子、不是群众。他指出：“现在的问题是：我们许多革命者首先是一些领导者缺乏这种自我改造的自觉性。明明是自己的主观世界同客观世界相脱离，自己的设想、主张、意见、著作同革命实践，同人民群众的要求、愿望、意志不合拍，使之相抵触，而不愿意改正；明明是情况变化了，历史前进了，却仍然停留在过去，坚持过去的主张、作法和经验。这就是我们党中央所说的思想僵化……”领导需要改造僵化的思想，方能跟上改革的步伐，方能领导改革。耀邦同志这话讲过了三十多年了，我们思想解放的步子究竟走了多远？联想《文史哲》荣辱兴衰六十多年的历史，固然与大的环境有关，与国家的文化教育体制有关，但话说回来了，同样体制下为什么有些时段就做得出色，有些时段就趋于平庸呢？关键还是耀邦同志所说的是“领导者”问题。一个杂志办得有没有学术价值，应该说主要是主编的学术良心和胆识。正是在这一点上，《文史哲》的主编表现出了鲜明的个性。主编王学典教授不因“官位”高低而改变学者情怀和民间立场，他认为，以真理为本位的学术理应走在时代的前头，引领时代风潮，而不是滞后时代。他的“引领”说，反映着他内心的无畏；他的无畏，源于他的无私；他的勇气和热情，鼓舞了编辑家同仁，点亮了《文史哲》的烛光……

2013 年 6 月 4 日

第一编

“红色三十年代”国际左翼风云

左翼文学思潮和世界华文文学

黄万华

左翼文学思潮是五四文学革命之后最重要的一种文学思潮，它在20世纪30年代和以后的年代里对中国大陆的现代文学产生了持久的主导性影响，同时也在台港和海外文学中得到了强烈的回应。兴盛于1928年至1936年间的中国左翼文学运动本来就是当时世界革命文学思潮的产物，因此，将世界范围内的左翼华文文学思潮纳入我们的考察视野，会拓展和加深我们对左翼文学思潮的认识。

从20世纪30年代到90年代，左翼文学思潮在台港和海外华文文学中一直有着不可忽视的影响和丰富多样的形态。以一向被视为海外华文文学重镇的新马华人社会为例，1927年始，马来亚经济衰退，工农百姓命运恶化，在这种环境刺激下，呼应于中国20年代末无产阶级革命文学思潮的新兴文学运动应运而生。仅1929年春至1930年夏的《叻报》就发表了十余篇论述新兴文学背景、形式、历史使命和现实意义等的文章，鼓吹以“在中国……现在是无产阶级文学了”为榜样，开展“作时代的先驱”和“群众步伐前进的笛号”[①]的新兴文学运动，创作“普

① 罗依夫：《充实南洋文坛问题》，《南洋商报》1929年5月31日。

遍的接近着广大民众”、“以群众的集团生活……以群众的感情……感动观众”的新兴戏剧和描写“暗无天日的矿洞”和“工厂”生活的新兴小说，成为当时马华文学最有实绩的文学实践。1935年前后，马华文学界又提出了“从主观到客观，从自我到社会，从浪漫到集团，从自然到写实，从唯心到科学”[①]的“新写实主义”，不仅更强调“反映现实和富有实感”[②]，而且要求作家以积极的姿态，“引导”“彷徨苦闷”中的“民众”“走上光明的坦途”[③]，为此，作品不仅“力求大众化”，而且要成为“时代的号角”[④]。一批令人耳目一新的“新兴人物”形象出现在马华文学中。马华文学的第一个高潮，出现在1937年至1941年的战前抗日援华文学中。此期间的“南洋文艺通俗化运动”、“南洋新启蒙运动”、“南洋文艺大众化运动”、“马华文艺通讯运动”、“马华文化现实化运动”等，都是围绕着“配合目前抗战的需要”，结合马华社会的“政治经济风俗人物”，“作品必须深入大众”，“以‘通俗化’的形式”“负起战时任务去组织民众、教育民众，加强民众的抗战救亡意识”[⑤]等内容展开，反映出左翼文学思潮的多方面影响，也产生了铁抗那样跟中国大陆、台港作家相比“毫不逊色”[⑥]的优秀小说家。在战时反殖民主义、争取民族独立的过程中，马华左翼文学也一直发挥着重要作用。从1957年马来亚独立到1965年新马分家后，“文学是经国的大业”一直是许多新马华人作家最重要的社会使命感，在马共武装斗争、城市学生运动、

① 编者：《编者按》，《槟城新报》1934年12月30日。
② 丝丝：《1934年的槟风》，《光华日报》1934年1月4日。
③ 李润湖：《新路献词》，《新国民日报·新路》1936年9月19日。
④ 《新野发刊辞》，《新国民日报·新野》1935年5月21日。
⑤ 方修：《马华新文学大系·理论批评二集》，新加坡星洲世界书局1971年版，第5—211页。
⑥ 张永修：《马华文学史整理第一人》，《南洋商报·南洋文艺》1999年10月9日。

种族冲突等复杂社会环境中，左翼文学通过“爱国主义的大众文学”[①]等口号，一直内在影响着马华文学的走向，反映出在民族性和公民性复杂纠结的国家语境中左翼思潮的变化。

即便是在1970年代以后世界范围内的左翼思想相对低落的时期，台港、海外左翼华文文学仍不绝于缕。台湾左翼文学在90年代甚至出现了以陈映真、吕正惠和《左翼杂志》、《夏潮》、《人间》为中国的传统左翼思潮，以《台湾社会研究季刊》为中心的新左翼思潮，以陈芳明为代表的左翼文学思潮变异形态等之间的分化和冲突：而同一时期，美国华文文学中的左翼文学思潮也有所复苏，“草根文群”的形成和黄运基《奔流》、《狂潮》等小说文本的提供就呈现了这种复苏。这些比大陆左翼文学要丰富得多的左翼文学思潮及其形态，分别发生于殖民统治、国民党统治、资本主义制度、民族主义国家等各种境遇中，如果对照于中国大陆新旧制度之中的左翼文学思潮，显然是有利于深化我们对左翼文学思想本质的认识的。

左翼文学一直构成着台港、海外华文文学的重要部分，其原因大致出于三个方面。一是台港、海外华人社会的构成及其转型强化了文学的社会功能。台港、海外华人社会的转型有其特殊性，但在1930年代前后都受到了世界经济危机和反帝反殖形势的直接、重大的影响，从而直接孕育了左翼文学思潮。例如，当时海外聚集华人最多的马来亚地区，华人从零星散落的华族群体，经由宗乡社区、团体而形成有一定凝聚力的华人社会，大致发生在上世纪初至30年代。而在1930年代前，马华人口中第一代移民始终占了大多数（约70%），他们都拥有中国社会生活经验，大部分又是近代产业工人、城市贫民。马华社会又较为重视教

① 方修：《战后马华文学史初稿》，吉隆坡：马来西亚华校董事总会，1987年，第78页。

育，30年代马华社会受过小学教育的人口比例，男性已达40%以上，女性也有10%。这样一种社会构成使马华现代社会得以形成的重要力量来自华侨、华人对中国辛亥革命、五四运动、抗日战争等重大社会变动事件的关注、支持，由此也凸显了文学的社会功能。同时，马华劳苦群众一直深受殖民统治阶级和华族买办集团压迫，相对于马来亚其他民族，华族的阶级分化明显，其阶级意识也更强烈。这些因素在1930年代世界性经济危机和革命形势的背景上直接促成了左翼文学思潮。二是台港、海外华人作家在中国"文以载道"的传统文学观、"经世致用"的近代启蒙思潮和"启蒙教化"的五四新文化运动影响下形成了感世忧族的社会使命感。我曾在《台港和海外：五四新文学的应合和背反》[1]一文中分析过台港新文学和海外华文文学的产生跟中国文学，尤其是五四新文学之间的应合。台港、海外华文作家一直具有强烈的民族危机感和时代使命感，这种作家主体意识很容易共鸣于左翼文学思潮。张深切在忆及1934年发起组织台湾最大的文学团体"台湾文艺联盟"时的动机说："我看左翼组织已经被摧残，自治联盟也陷于生死浮沉的田地，生怕台湾民众意气消沉，不得不决意承担这个带有政治性的文艺运动……在这文艺启蒙时期，与其说是一跃要建立文坛，不如说是要建立文艺运动的基础，来代替政治运动较为恰切。"[2]"文艺启蒙"并不为了"要建立文坛"，而是要完成陷于低潮的左翼政治运动，这的确是极其自觉而明确的左翼文学意识了。三是马列文艺思想、中国左翼文学理论在台港、海外华人社会的传播。台港、南洋华人社会从1930年代起就有包括共产党在内的左翼政治组织的广泛活动，马列文艺思想、中国

---

① 黄万华：《台港和海外：五四新文学的应合和背反》，《世界华文文学论坛》2003年第2期。

② 陈少廷：《台湾新文学运动简史》，台北联经出版事业公司1978年版，第110页。

左翼文学理论一直得到传播。而在香港，港英当局出于对本国自由主义传统的尊重，使得左、右翼政治势力在香港都得以容身，中共更是领导和组织左翼人士进入香港。从1930年代中期起，内地左翼人士有过三次较大规模的迁徙香港。尤其是二战后初期（1945—1949），中共在香港领导左翼文化力量成功地构筑成了一个包括众多报纸刊物、书店出版社、新闻机构、新办学校等在内的传播、影响机制。香港文坛左翼力量利用香港和平环境的空间，有组织地展开对毛泽东《在延安文艺座谈会上的讲话》的学习、诠释、宣传、讨论并实践左翼文艺政策，展开了富有大批判性和自我改造性的文艺运动。可以说，此时期的香港文坛是毛泽东《在延安文艺座谈会上的讲话》的相关精神在解放区以外得到最有力贯彻的地方，在不少方面成为1950年代中国大陆文艺模式的先声。[①]这也直接促成了五六十年代香港文坛左右翼文学对峙的格局。

所以，左翼文学运动不仅是在中国大陆本土发生和演进的革命文学运动，也是切切实实地发生在台港地区和海外华人社会的重要文学形态，其包含的经验教训、得失利弊是不可忽视的。

左翼文学思潮在台港和海外华人社会的发生、发展不是单一地移用中国大陆左翼文学的模式，而是出于解决台、港和海外华文文学的一些根本性课题，从而对形成各自的文学精神和文学传统起了重要作用。1930年代在台湾文坛发生的“乡土文学”的倡导和论争就有着左翼文学的背景。1927年，在台湾新文化运动中起主导作用的台湾文化协会进行改组，主张在台湾开展阶级斗争以结束日本殖民统治的连温卿、王敏川等主持文协，日本共产党台湾民族支部（1928年成立于上海）的重要成员蔡孝乾、潘钦信、洪朝宗、庄春火、翁则生等成为文协骨干，他

① 黄万华：《1945-1949年的香港文学》，《中国现代文学研究丛刊》2004年第2期。

们在台湾通过《台湾民报》、《大众时报》等传播马克思主义、社会主义思想。早在1924年，连温卿就发表过《言语之社会的性质》、《将来之台语》等文章，强调从保护民族精神出发护惜自己的民族语言。正是在这样的背景上，黄石辉1930年8月在《伍人报》第9号至第11号发表了《怎样不提倡乡土文学》一文，强调台湾文学“须以劳苦群众为对象去做文艺，便应该起来提倡乡土文学”①，而这乡土文学就是“用台湾话做文，用台湾话做诗，用台湾话做小说，用台湾话做歌谣，描写台湾的事物……”②。黄石辉的“乡土文学”论有两个基点：一是他将“乡土”扩展至整个台湾，富有强烈的民族抵抗意识；二是他强调为劳苦民众的“文艺大众化”，应合着中国大陆左翼文艺运动的基本主张。这两个问题正是日据时期台湾文学的核心建构，黄石辉也由此被台湾文坛称为“普罗文学之巨星”③。黄石辉的文章引起郭秋生、廖毓文等的关注，并撰文展开讨论将乡土文学的倡导引向“台湾话文的建设”，而“台湾话文”的核心就是既与“五四”后的中国白话文融为一体，又“给台湾大众也看得懂”④，这就把黄石辉提出的台湾“乡土文学”的基点在语言这一文学的根本生存状态的层面上合二为一了。待到1934年“台湾文艺联联盟”成立，该组织更以“骨子里是带有政治性”的“左翼组织”⑤立场，开展“能够暗示大众前进”的“文艺大众化”运动⑥，从“台湾固自有台湾特殊的气候、风土、生产、经济、政治、民情、风俗、历

① 廖毓文：《台湾文字改革运动史略》，《日据下台湾新文学·明集5》（文献资料集），台北：明潭出版社，1979年版，第448—489页。

② 同上。

③ 吕正蕙、赵遐秋：《台湾新文学思潮史纲》，昆仑出版社，2002年版，第80页。

④ 负人：《台湾话文杂驳三》，（台北）《南音》1卷3号（1932年2月）。

⑤ 陈少廷：《台湾新文学运动简史》，台北联经出版事业公司1978年版，第111页。

⑥ 《台湾文艺联盟成立宣言》，《台湾文艺》1卷1期（1934年11月）。

史等”出发，“察其所生、审其所成、识其所形、知其所能”[①]的“乡土文学”即成为台湾左翼文学运动极其重要的出发点。在战后台湾文学的重建讨论和1970年代乡土文学的论争中，台湾“乡土文学”都在左翼文学传统上被审视、被倡导，而每次都与大陆的左翼文学思潮有密切关系，在这过程中，关注现实、批判现实并服务于民众的现实主义文学精神得到了凸显。在1945年后台湾文坛的重建中，许寿裳强调发扬鲁迅的“由个人主义而至集体主义”的“战斗的现实主义”[②]，杨逵强调“人民的作家应该是人民的一员，要靠自己的血汗和人民生活在一起”[③]，“要有透彻的认识、坚强的意志与胆敢的表现现实”[④]。这些意见都是围绕着马克思主义的观点展开的，也由于发表意见者有不少是从中国内地来到台湾的左翼人士而跟大陆抗战胜利后的左翼文学思潮相呼应。在1977年的台湾乡土文学论争中，“乡土文学”则被明显地置于“不谈人性，何有文学”[⑤]的对立面，甚至被视为台湾作家追随毛泽东《在延安文艺座谈会上的讲话》而实践的“工农兵文艺”[⑥]，而坚持乡土文学立场的作家则更强调“真正的‘乡土文学’是关心自己所赖以生长的土地，关心大多数与我们共同生活在同一环境下的人”的“现实主义文学”[⑦]。在社会急剧变化的1970年代，乡土文学尤要“全面地检视在外来的经济、文化全面支配下，台湾的乡村和人的困境”[⑧]。

---

① 《张深切对台湾新文学路线的一提案》，《日据下台湾新文学·明集5》，台北：明潭出版社1979年版，第184页。

② 许寿裳：《鲁迅的人格和思想》（台北）《台湾文化》2卷1期（1947年1月1日）。

③ 杨逵：《论文学与生活》，《力行报》1948年12月6日。

④ 杨逵：《论“反映现实”》，《力行报》1948年11月11日。

⑤ 彭歌：《不谈人性，何来文学》，《联合报》1977年8月17日。

⑥ 余光中：《狼来了》，《联合报》1977年8月20日。

⑦ 王拓：《乡土文学与现实主义》，《夏潮》第17期（1977年8月1日）。

⑧ 陈映真：《文学来自社会反映社会》，《仙人掌》1977年第5期。

在上述历史过程中，乡土文学的涵义从1920年代中国大陆语境中的“改造国民性”的乡村文学扩展，演变至1930年代至1970年代台湾语境中富有民族归属意识和社会批判意识的现实主义文学，并成为台湾左翼文学的主流，这自然是由台湾文学自身的使命决定的。日据时期和国民党政权时期台湾处境的孤绝，都使得台湾文学格外关注自身与台湾土地血肉相连、情感与共的生存状态，而台湾乡土文学的民间生存方式使它在疏离、抗衡官方意识形态中凸现了左翼文学运动的现实批判与抗争精神。中国左翼文学运动本来就是作为一种“在野”的革命力量而问世的，对内它直接抗衡着国民党的专制统治，对外它则鲜明反对统治世界的资本主义、帝国主义。所以，左翼文学不仅“要暴露旧势力的罪恶，攻击旧社会的破产”，而且在描写革命时也“慎勿以‘历史的必然’当作自身幸福的预约券”，“把未来的光明粉饰在现实的黑暗上”[①]。只是后来当大陆的左翼文学进入体制，并以“革命的功利主义”为自身的目的时，它的现实批判精神就慢慢消退了。

但是台湾乡土文学／左翼文学的生存状态却有很大不同。台湾乡土文学的先驱者赖和、杨逵等在日据时期就因坚持左翼文学立场而多次入狱。光复初期，杨逵、吕赫若等乡土作家又或遭国民党政府关押，或身亡于反抗现实的地下党斗争中。1950年代，钟肇政、钟理和、廖清秀、陈火泉等乡土作家也始终流离于政界作家、军中作家等的主流文坛之外，在失意潦倒、放逐边缘中坚持创作。到1970年代台湾经济起飞之后，陈映真、黄春明、王拓等作家再次倡导的乡土文学坚持反映经济转型中“生活不断下降的父兄子弟”[②]的命运，批判“在中华文化复兴

① 茅盾：《写在〈野蔷薇〉的前面》，《野蔷薇》，大江书铺1929年版。

② 徐复观：《评台北有关“乡土文学”之争》，《中华杂志》第171期（1977年10月）。

的虚伪口号下疯狂地将中国人的心灵彻底出卖为外国人心灵”的“买办文学、洋奴文学”①，跟官方意识形态，甚至跟“已成名或已挂名的作家们”②形成了尖锐的对立。这种在野的处境、边缘的地位、民间的生存方式使1980年代前的台湾乡土文学保存、发展了左翼文学的现实批判立场，以发出“异议”的思想高度丰富了台湾现实主义文学传统。

台湾左翼文学的存在形态（香港、海外左翼华文文学也往往取相似的存在形态）促使我们去思考中国左翼文学理论、立场的核心是什么。毛泽东《在延安文艺座谈会上的讲话》发表后不久，郭沫若曾评价说“凡事有经有权”，毛泽东将此评价引为“知音”之论③。所谓“经”是指“《讲话》中有些道理是长久之计”，即“对于文艺与生活、文艺与人民的关系”的论述。所谓“权”是指“有些道理则是权宜之计”，即“绝对的实用化态度，尤其是文艺为政治所用”的观点④。这表明《讲话》代表的中国左翼文学思潮理论的核心正是现实主义的，它关注的是文学与现实的关系、文学的大众化等问题。左翼现实主义的活力取决于其“经”、“权”之间的关系。台港、海外左翼华文文学在这方面给我们以启迪。

现实主义从本质上讲是文学自身发展过程中的一种自律性机制，是在思想性、社会性、艺术性等诸多层面上，以其追求的批判性、典型性、客观性等，对文学与人生、自我等关系起调节作用，以促使文学本体的不断丰富。例如，当创作有沦为赏玩之物的危险时，现实主义会强调作品批判现实、发出异议的思想高度；当作家过分封闭于“自

① 徐复观：《评台北有关“乡土文学”之争》，《中华杂志》第171期（1977年10月）。
② 同上。
③ 胡乔木：《关于延安文艺座谈会前后》，《胡乔木回忆毛泽东》，人民出版社1994版，第60页。
④ 林伟民：《中国左翼文学思潮》，华东师范大学出版社2005版，第319页。

我”时，现实主义会强调对当下的社会现实作出及时、积极的回应和关注社会人生，尤其是社会底层人生；当创作因“遵命”等因素而窒息其艺术生命时，现实主义会强调以活鲜的生活语言去构筑艺术世界。因此，现实主义的生命力正是在于它在文学发展阻隔、困窘之时所起的调节、疏通作用。左翼现实主义作为现实主义的一种形态，其“经”（长久之计）是疏通着文学与现实、大众的关系的，但其“权”（权宜之计）强调集体认知，强调文学对社会的政治的意识形态的依傍，尤其所依傍的政治意识形态成为官方意识形态时，就有可能削弱，甚至毁灭现实主义的调适能力了。这种“经”、“权”之间的矛盾冲突，也就是韦勒克所言“在现实主义中，存在着一种描绘和规范、真实和训谕之间的张力”[①]，作为文学自身诉求的“描绘”、“真实”和作为社会政治要求的“规范”、“训谕”两者能否构成现实主义文学的张力，取决于“规范”、“训谕”的内涵。左翼现实主义的“规范”、“训谕”往往表现为预设的激进的政治性价值，它对文学形成支配性、宰制性的影响。在左翼现实主义理论中，周扬1933年阐释的“社会主义现实主义”理论是最有影响的，甚至在较长的时间里独尊文坛。周扬介绍的“社会主义现实主义”关注“艺术的创造和意识形态的意义之间的细密的关联，艺术的创造对于意识形态的意义的依存，艺术家对于他的阶级的世界观的复杂的依存”[②]，强调“典型的环境中的典型的性格之正确的传达”，并将“一面描写出种种的否定的肯定的要素，一面阐明其中一贯的社会主义革命的胜利的本质”视为文学“真实性”的集中表现。这一理论扬弃了先前“新写实主义”、“唯物辩证法的创作方法”等“左倾”机械论的文艺思

---

① ［美］R. 韦勒克：《批评的诸种概念》，四川文艺出版社1988年版，第232页。

② 周扬：《关于社会主义的现实主义与革命的浪漫主义》，《现代》第4卷1期（1933年11月）。

想，开启了“革命现实主义”，其意义是重大的。然而，它的理论思维也集中表现了“价值预设”的倾向。它指出“真实性”是“作品所不能缺少的前提”，但预设了“真实性”是要戳穿资产阶级的“说谎”、“掩饰现实”；它强调“不在表面的琐事中，而在本质的、典型的姿态中，去描写客观的现实”，但也预设了社会主义是“英雄主义的时代”这一“时代的非常特征的本质”[①]。在这种种“价值预设”中，真实性、本质性跟政治性、思想性直接联系在一起，从而产生福柯一再讨论的“排斥机制”，即把其他话语都作为非真实非本质的话语排斥出去。这就是我们在“十七年文学”中看到的情况。

“社会主义现实主义”在台港、海外华文文学中也曾被倡导，但情况有所不同。例如，左翼文学思潮在台湾最大规模的一次传播是战后的1947年至1949年。在这期间，“社会主义的现实主义”的倡导，开始是作为“不但与‘浪漫主义’有别，就是与‘写实主义’（或现实主义）也有很大差异”的“主张阶级文学的（即文学阶级性）”[②]的新现实主义被提出，强调这种“为了那广大的人群所属的阶级而服务的文学”，其“‘情感’，也只是广大劳动人民求民主、反专制、求解放、反独裁的积极的行动和怒潮”，其“个性是广大劳动人民的‘群众性’”[③]，表现出一种激进的政治姿态。这种脱离文学也脱离台湾现实的“新现实主义”遭到了批评，台湾作家，尤其是台湾本土作家这一时期倡导的现实主义本质上仍是“社会主义的现实主义”，坚持“立脚在辩证唯物论和历史唯物论上，且站在与历史发展的方向相一致的阶级（资本主义的掘

① 周扬：《关于社会主义的现实主义与革命的浪漫主义》，《现代》4卷1期（1933年11月）。

② 扬风：《五四文艺写作——不必向“五四”看齐》，陈映真、曾健民编：《1947—1949台湾文学问题论议集》，台北人间出版社1999年版，第124—126页。

③ 同上。

墓人）的立场上”[1]，但已不仅“批判地接受”了“旧现实主义”的积极因素，强调了“‘个性’或‘感情’不是抽象的‘群众性’或‘广大人民’性，而是具体地被抽出自某一阶层的共通的特性”[2]，文学作品不仅是塑造“有着个性、阶级性和群众性”的“现实的典型人物”[3]，而且更为注重如何面对台湾现实：“在表现台湾的场合则必先着眼台湾现实的诸特性”[4]；“为了了解台湾的现实，大家须要了解整个的中国，整个的世界”[5]。这样一种现实主义无疑具有台湾文学的强盛生命力。

战后台湾文坛的左翼现实主义坚持了社会主义现实主义的基本原则，但更从台湾文学的根本性问题和现实性境遇出发，关注文学与生活、文学与民众等“长久之计”，在以左翼意识形态抗衡国民党官方意识形态的同时更注重文学性课题的解决。战后台湾左翼文学的这种存在形态在五六十年代台湾文学突围出国民党意识形态的宰制中发挥了重要影响，甚至成为五六十年代台湾文学的成就超越了同时期中国内地文学的重要因素。

跟五六十年代中国大陆左翼文学的独尊地位不同，台港、海外华文左翼文学思潮始终是与其他文学思潮并存。五六十年代，在台湾，有三民主义文艺思潮及其变异，有自由人文主义（以胡适、梁实秋、夏济安等人和《自由中国》、《文学杂志》等为代表）、文化守成主义（以胡秋原、徐复观、苏雪林等为代表）、现代主义（以现代、蓝星、创世纪三大诗社和围绕《现代文学》形成的现代派小说为代表）等文化思潮、文

---

① 骆驼英：《论‘台湾文学’诸论争》，《1947—1949 台湾文学问题论议集》，第 178 页。

② 同上。

③ 雷石榆：《再论新写实主义》，《1947—1949 台湾文学问题论议集》，第 162 页。

④ 同上，第 158 页。

⑤ 杨逵：《论“反映现实”》，《力行报 · 新文艺》第 19 期（1948 年 11 月 11 日）。

学形态；在香港，文坛的“左右对垒”也并非“势不两立”，双方“落到文学观念上，却仍有一定的回旋空间”，“左翼的‘社会主义现实主义’”；往往落实为“批判现实主义”[①]；在南洋华人社会，左翼文学始终主张“我们的文艺是为人民大众的，首先是为工农的，为工农而创作，为工农所利用的”，并一度宣扬“在文艺操在知识分子的手中的时候，文艺为工农服务的问题无论如何是无法彻底解决的，只有工农群众夺取了文艺控制权后，文艺才能真正有效地为工农服务，为工农所利用”[②]，结果导致了自身现实主义活力的萎缩，而后来也是在现代主义思潮的压力下，不断调整自身，才逐步走出创作困境。这种多种思潮并存的局面才得以使左翼文学避免了政治性预设价值的根本性宰制，避免了在依附意识形态中失去自身的批判精神，这其中的历史经验实在是很丰富的。

在左翼文学研究领域中，中国左翼文学思潮和世界华文文学是个刚开始的话题。左翼思潮影响下的现实主义文学传统，影响了“五四”后开始形成的世界华文文学格局，这中间有许多问题值得深入探讨。将世界范围内的左翼华文文学思潮、形态纳入研究视野，不仅会拓展和加深我们对左翼文学思潮的认识，而且会推进中国大陆、台港、海外华人社会文学的历史整合，深化对五四以来中华民族文学的认识，其所包含的思路更会沟通中国现当代文学和世界华文文学的研究，推动中国现当代文学、世界华文文学的学科建设。

（原载《文史哲》2007年第2期）

① 郑树森、黄继持、卢玮銮：《香港新文学年表（1950—1969）·三人谈》，《香港新文学年表（1950—1969）》，香港天地图书有限公司2000年版，第22页。

② 黄万华：《新马百年华文小说史》，山东文艺出版社1999年版，第150页。

美国“红色三十年代”左翼小说论

刘　林

“红色三十年代”一词来自美国记者、作家尤金·莱昂斯1941年出版的《红色的十年：论共产主义在美国三十年代的经典之作》，该书“描述和用史料来展现共产主义影响的广度，它那令人惊叹的成功和取得成功的方法”。[①]虽然莱昂斯将30年代美国共产主义运动说成是莫斯科的颠覆阴谋并不正确，但“红色三十年代”一说广泛流传。在“红色三十年代”期间，文学创作领域受到马克思主义影响尤其显著，十年间发表的左翼小说作品多达70部，[②]其中不乏《北纬四十二度》、《愤怒的葡萄》、《就说是睡着了》之类的小说名作。但长期以来学术界对“红色三十年代”的小说创作及其批评的评价并不高，“人们说‘无产阶级艺术’是30年代的大萧条岁月那个灾难时代的业已失败的探险。因为它试图使个人主义的创作活动服从于集体主义的意识形态，所以从一开始就注定会失败。如果有成功的，那是因为它碰巧或者存心游离于意识形

① Eugene Lyons, *The Red Decade: The Classic Work on Communism in America During the Thirties*, Arlington House, 1971, iii. 本文引用的英文资料除注明译者外，均由本文作者翻译。

② W.B.Rideout,*The Radical Novel in the United States（1900—1954）*, Oxford University Press, 1956, pp. 292—300.

态的轨道之外，脱离了共产党组织令人窒息，毫无幽默感的强权。”[①] 甚至“新马克思主义”文学批评家弗·詹姆逊也认为左翼小说批评只达到工人夜校水平，沦为历史古董[②]。这些说法还以20世纪70年代之前的学术研究为背景，无法预见到此后“红色三十年代”文学研究日渐升温的趋势。如今，“红色三十年代”文学已被公认为20世纪美国文学史上的重要阶段，其中的很多作品已成为学者教授的研究对象，左翼小说的批评实践也和这一时期政治倾向相对保守的“新批评”一道[③]，成为构筑20世纪美国文学格局的重要因素之一。

一、“和我的阶级一同崛起”

跨入20世纪门槛的美国，迅速超越欧洲大陆上的传统资本主义国家，崛起为一个工业和金融的新兴帝国，创造和消耗着数量空前的物质财富。美国公众普遍相信进步主义、人的无限潜能、以个人成功为标志的“美国之梦”和资本主义制度的财富创造能力。但在创造巨大物质财

① Paul Lauter,“American Proletarianism”, *in The Columbia History of American Novel*（哥伦比亚美洲小说史）, ed.Emory Elliott, 外语教学与研究出版社，Columbia University Press, 2005, pp. 331—356。

② ［美］弗里德里克·詹姆逊：《语言的牢笼：马克思主义与形式》，李自修等译，百花洲文艺出版社1995年版，第1页。

③ 美国“新批评”政治倾向上的保守特征，从阿伦·退特、兰色姆等“南方平均地权论者”的第一部论文集题目上就可隐约看出。该论文集最初定名为《反对共产主义的战线》，后改为《我将表态》。甚至在采用现标题后，沃伦和泰特还想加上一个副标题：“反对马克思主义的论文。”当然，也有研究者不同意这种看法，更强调这一流派对现代资本主义社会的批判态度，参见Mark Jancovich的专著*The Cultural Politics of the New* Criticism（Cambridge University Press, 1993）。

富的同时，美国社会隐藏着贫富差距不断拉大、日趋对立的严酷现实。从19世纪末开始，美国就不断被描绘成“由流浪乞讨者阶级和百万富翁阶级组成的两个国家”，其中“流浪乞讨者阶级”包括大量涌进的外国移民、城市贫民区里的非洲裔美国人、犹太人等少数族裔和农业季节工人等。工人生活相对稳定富足，左翼杂志《新群众》的一位编辑抱怨说，美国工厂的女工们穿着丝织长筒袜，大多数产业工人们被收音机和福特汽车收买了，他们都没有丝毫的阶级意识[①]。但即使这些人，也不可避免地在“大萧条”冲击下转变看法，认为现行制度出了问题。在各种带有进步主义特征的社会理论中，唯有马克思主义可望为合理解释现实境遇准备理性答案，促使马克思主义在美国得到广泛传播。“大萧条”对多斯·帕多斯、马尔科姆·考利等中产阶级知识分子的触动尤为巨大。“经济衰退则是他们的另一共同经历，其精神上的破坏性几乎不亚于那场战争。”[②]如果说“一战”的经历产生了挥之不去的迷惘情绪，那么，“大萧条”则使很多人思想左倾。更何况在美国深陷萧条之时，苏联正在成功实施第一个“五年计划”。苏联的形象变成一幅相当美好的图画：“除了某些不太重要的物质上的不舒适以外，这个国家摆脱了困扰资本主义国家的经济和精神病态。”[③]在经历一番曲折以后，多数作家顿生“今是而昨非”之感。同时，“十月革命”后苏联逐步形成的“无产阶级文化”和“无产阶级文学”理论也得到广泛传播。

“向左转”倾向既与1929年开始的“大萧条”有关，也和美国文学中的左翼传统密不可分。约翰·里德和杰克·伦敦是这一传统的标

① Daniel Aaron,*Writers of the Left*,Oxford University Press,1977,p.161.

② ［美］马·考利：《流放者的归来》，张承谟译，上海外语教育出版社，1996年，第4页。

③ Daniel Aaron, *Writers of the Left*, p.148.

志。里德亲历俄国“十月革命”并出版《震撼世界的十天》，列宁曾亲自撰写序言，将它推荐给全世界工人阶级。他的一生充满传奇色彩，在美国家喻户晓；以他的名字命名的“约翰·里德俱乐部”是左翼文艺的主要组织，以此为基础形成左翼文学的主要阵地《新群众》、《党派评论》。伦敦的小说《铁蹄》是左翼文学中的第一部经典，书中对工人罢工起义，建立“芝加哥公社”的描写给读者留下深刻印象。此后，左翼小说层出不穷，如描写工人恶劣工作条件的J.H. 布劳尔的《曼侬的面粉厂》（The Mills of Mannon,1909）、C.T. 杰克逊的《我兄弟的守护者》（My Brother's Keeper,1910）、Z. 伯克莱的《生存的机会》（A Chance to Live,1918），描写移民困境的亚伯拉罕·卡兰的《大卫·莱温斯基发家史》（The Rise of David Levinsky,1917），展望革命前景的乔治·克雷姆·库克的《断裂》（The Chasm,1911）、阿瑟·布拉德的《耶塔同志》（Comrade Yetta,1913）、俄内斯特·普尔的《港口》（The Harbor,1915），描写个人革命经历的艾格尼丝·史沫特莱的自传体小说名作《大地的女儿》（1929）等。

30年代的小说家既拥有左翼小说的创作传统，又面临着“大萧条”的现实考验。新的现实，包括经济生活、社会生活，以及人们对未来的想象图景，都在呼唤着新的文学。约瑟夫·弗里曼在《美国无产阶级文学作品选·序言》中指出：“艺术的独特领域和实际行动、科学有所不同，它是人类经验的把握和传递。但是人类经验是一成不变，普遍有效的吗？12世纪的人类经验是和20世纪的完全一样吗？”[①] 30年代的文学创作从一开始就敏锐把握住社会心理和民众情绪的新变化，明确呼吁

① Joseph Freeman, “Introduction” *in Proletarian Literature in the United States*,ed.G.Hicks et al., International Publishers, 1934, pp.9—28.

“向左转”。麦克·高尔德在《新群众》上发表著名社论《年轻作家们，向左转吧》，其影响很大。V.F. 卡尔弗顿也在1934年发表了《文学向左转》予以响应，并指出“无产阶级文学”的特征在于表明工人阶级不仅有力量赢得一场罢工，而且有能力创造一个更美好的新社会①。后来实现“向左转”的美国作家既包括长期从事左翼文学运动的作家、新近涌现出来的工人作家，也包括20年代流亡巴黎，30年代已经回归本土的中产阶级知识分子。这三大群体汇聚起来，成为“红色三十年代”的主力。

“红色三十年代”小说在继承以往左翼小说批判锋芒的基础上，发展出鲜明的政治倾向性。小说大多以主人公的成长为主题，描写主人公对全新共产主义信仰的认同和皈依。它们和传统的成长小说不同，不再是对生活、世界的哲理思考或人生意义的体验领悟，而是具有一个确凿无疑的归宿，即全新的政治信仰。这成为“红色三十年代”小说叙述的时代特色。这些小说向读者展现美国普通民众获得明确阶级意识的具体过程，并在解释人物“向左转”的动因时关注两个问题。首先，它们强调人物的转变主要是个人生活经历的结果，是人物性格成熟发展的必然结局。主人公通过各种生活经历发现马克思主义，通过罢工斗争等方式走向新的信仰。以流浪、罢工、与警察搏斗为代表的直接反抗资本主义制度的实际斗争，成为这些小说中主人公成长的“通过仪式”。主人公此后获得新的政治认同，也获得继续生活下去、斗争下去的勇气和力量。这些写法暗示没有天生的马克思主义者或共产主义者，人物的政治信念归根结底是人物自主选择的结果，甚至一个家庭里的亲兄弟也会由于不同的生活道路而走向不同的政治归宿。如《挣我的面包》中，约翰

---

① V.F.Calverton, “Literature Goes Left”, *Current History*（New York）, 41:3（1934:Dec.）, pp.316—320.

成长为罢工的组织者，而他的哥哥巴希尔则把获得白领阶层的工作，和老板的千金小姐结婚作为自己的人生目标。其次，在人物设计上，除了主人公之外，往往还有“引路人”形象（Mentor Characters）①。他们也是小说故事的一部分，对其他情节提出解释，但所占篇幅往往较少，而且一般出现在小说的后半部分。可见，人物转变的基本模式是内因为主，外因为辅。这些写法表明人物的“向左转”发生在人物思想意识深处，是内在的和自觉自愿的，而非由外在力量强加之后才能产生。

这一时期最具代表性的小说包括麦克·高尔德的《一文不名的犹太人》（Jews without Money,1930）、罗伯特·坎特韦尔《丰饶之地》（The Land of Plenty,1934）、杰克·康罗伊的《被剥夺权利的人》（The Disinherited,1933）、亨利·罗斯的《就说是睡着了》（Call It Sleep,1935）、多斯·帕多斯的《美国三部曲》、詹姆斯·T·法雷尔的《斯塔兹·洛尼根三部曲》（1932—1935）、约瑟芬妮·赫伯斯特的《特雷克斯勒家族三部曲》（《同情是不够的》、《刽子手在等待》、《金绳索》，1933—1939）等。它们关注一般民众，特别是下层贫民的生存状况，对他们经受的物质困境和精神戕害寄予深切同情，大声疾呼改变草根阶层毫无人性尊严的屈辱生活。麦克·高尔德的《一文不名的犹太人》是作者对少年生活的回忆，充满情感，甚至有些伤感地讲述个人经历，展现社会底层的生活悲剧。暗淡沮丧生活的唯一慰藉来自穷人之间的慷慨温情和无私母爱，主人公由此升华了对下层民众的态度。“妈妈！妈妈！我仍然通过出生时的脐带和你相连。我不会忘记你。我必须对穷人忠诚，因为我无法不对你忠诚！因为认识你，我才对穷人有信心。这个世

① Barbara Foley, *Radical Representations: Politics and Form in U.S.Proletarian Fiction 1929-1941*, Duke University Press, 1993, pp.305-306.

界必须变得对穷人宽容仁慈一些！妈妈，你教会我这一点！”[①]在主人公最后“觉醒”时，他把即将到来的工人革命比作救世主弥赛亚，希望这是“一个伟大的开端”。小说结尾处把站在肥皂箱子上发表演说的政治鼓动者扮演了“引路人”的形象。杰克·康罗伊《被剥夺权利的人》的主人公拉里从小家境贫寒，一心想通过教育改变命运。但他不断面临失业威胁，感到失去工作也就失去了自尊。他最后积极组织农业工人罢工。下面这段描写堪称画龙点睛之笔：“我再也不会因为被别人看到我做这样的工作而羞耻，我以前一度是那样的。我知道我要想实现我青春岁月时的伟大梦想，哪怕是接近这些梦想的东西的唯一途径就是和我的阶级一同崛起，和那些被剥夺权利的人一同崛起。”[②]这些作品在当时影响很大，甚至今天读来仍然感人至深。罗伯特·坎特韦尔的《丰饶之地》则把工人的觉醒或成长分成两部分。小说第一部分“能量与光明”描写一家门窗木材厂的工人领袖哈根利用一次停电的机会，在黑暗中发动罢工。小说的第二部分“一个工人的教育”将叙述视角转向哈根之子约翰尼。他积极参与罢工，这一经历给他极大的启示：“从来没有什么东西给过他类似的奇特感受，既兴奋又有力，在接下来的一星期里，他将这种记忆视若珍宝，情绪低沉时就会想起它，就像唤起强烈有力的神奇之物。”[③]类似的小说还有J. 斯梯尔的《搬运工》（The Conveyor, 1935）等。另外一批作家则致力于塑造美国社会中产阶层成员“向左转”的文学形象。约瑟芬·赫伯斯特的《特雷克斯勒家族三部曲》近来受到研究者的特别关注[④]。在三部曲的最后一部《金绳索》中，农场主斯

① Michael Gold, *Jews without Money*, Avon Books, 1965, pp.112—113.

② Jack Conroy, *The Disinherited*, Seven Seas Publishers, 1965, p.279.

③ Robert Cantwell, *The Land of Plenty*, Farrar and Rinebart, 1934, p.298.

④ Michael Thurston, “The Poetic is the Political”, *College Literature* 29:2（Spring2002）, pp.142—148.

蒂夫·卡尔森失去土地后热情参与组织抗议大企业的示威游行。著名作家多斯·帕多斯代表了左翼文学中的“同路人”作家，他的《美国》三部曲展现了20世纪前30年的广阔社会画卷，对“美国之梦”提出前所未有的质疑。三部曲最后一部《挣大钱》的结尾处：一个孤独的年轻人在城外公路边等着搭个便车，“他等待着，头脑晕眩，肚中饥肠纠结，闲下来的双手毫无知觉，身边车流呼啸而过。”[①]这一场景和“三部曲”开始的场景前后呼应，但缺乏了开头场景中关于美国经济繁荣、言论自由、为国家献身等方面的“宏大叙述”。它以“生活失败”为主题昭示读者：生活在眼下的美国，即使圆了“美国之梦”也仍然难免失败感；而且正是因为失败，才说明美国社会出了问题，才需要改革或者革命。

二、“革命传统可以保持彻底的文学性”

麦克·高尔德无疑是“红色三十年代”左翼文学的领军人物，除了小说创作外，他还提出“无产阶级的现实主义”，并从九个方面论述了这一概念的具体内容，主要包括文学应以工人阶级为描写对象，表现他们的生活经验，细致入微地描述他们的工作技能，并对未来充满革命热情；这种新文学在形式方面反对雕琢虚饰的语言和离奇编造的故事情节。虽然提出了这些初步设想，但“无产阶级的现实主义”的“新形式”尚待左翼作家在实践中不断探索，途径之一便是学习借鉴此前现代主义文学，创造出兼具革命性和文学性的新文学。评论家阿·卡津认为新文学的“革命传统可以保持彻底的文学性”，并回忆说：“30年代的

① Dos Passos, U. S. A., *The Big Money*, Random House, INC., 1937, p. 561.

作家是想证明我们自身经历的文学价值，从我们自身的生活中认识艺术的可能性，……从而表明我们的激进力量可以保持现代文学的实验冲动。”[①]思想上的激进力量和艺术上的实验冲动，是“红色三十年代”文学的两个关键词，其汇合之处在于文学形式的创新和实验，这也是这些左翼作家被称为先锋作家、前卫作家的主要原因。“他们强有力地挑战了中产阶级的价值观，探索美国生活中那些相对来说未被探索的领域，在艺术形式上从事活跃的实验。”[②]

成功借鉴现代主义文学手法的左翼小说可以亨利·罗思《就说是睡着了》为代表。小说大量运用意识流、象征主义手法，至今还广获好评。小说结尾时，主人公睡在床上，回想着参加罢工示威的经历，身下的床垫变成了鹅卵石铺成的街道，耳边叫喊声不断，头上飞舞着工人被警察驱散时丢弃的鞋子、衬衣、内衣等等，但他感到的“不是痛苦或恐慌，而是胜利和承诺”[③]，从而隐讳地写出人物身上阶级意识的萌芽。这种象征或讽喻的手法也见于斯坦贝克《愤怒的葡萄》。乔德一家人离开俄克拉荷马州的沙化土地的旅程可以看成现代农民的“出埃及记”，他们一心寻求加州的就业机会，就像古代希伯来民众奔往上帝的“许诺之地”。纳撒尼尔·韦斯特的《蝗灾之日》中的蝗虫意象主要来自《圣经·旧约·出埃及记》，散见于《旧约·列王记上》、《新约·启示录》等，暗喻着灾难、毁灭、动乱等，小说中的大多数人物和主人公一道，在“美国之梦”破灭后陷于与世隔绝，精神毁灭。

---

① ［美］萨克文·博科维奇主编：《剑桥美国文学史》（第六卷），张宏杰等译，中央编译出版社 2009 年版，第 206 页。

② Robert Shulman, *The Power of Politics: the 1930s Literary Left Reconsidered*, University of North Carolina Press, 2000,p.19.

③ Henry Roth,*Call it Sleep*, Avon Books,1963,p.441.

与上述小说不同，《美国》三部曲尝试着在更大规模上综合运用多种新的实验手法。以名人传记、新闻短片、照相机眼、人物故事等四种形式构成小说叙述的四个侧面，犹如四大支柱支撑起艺术想象的大厦。其中，“新闻短片”为人物千姿百态的活动重构一个活生生的世界，“名人传记”部分表达作者爱憎情感，“照相机眼”聚焦于作者内心，写出作者从少年到中年的成长过程。值得注意的是，这些手法单独用于小说，肯定不是第一次，但综合起来运用，将它们集合在一部作品中，则是第一次。作者不是单独在某一个方面有所创新，而是在综合运用上作出新的开拓。小说大胆革新传统手法，将历史潮流和个人体验、集体与个体、史实与虚构组合成一个整体。小说对人物塑造的传统方法进行改进，突出特点是采用了“片段化、蒙太奇”的写法。每个人物的生活都分成几个片段来讲述，和其他人物命运产生交叉汇聚。没有主角，也可以理解成都是主角。这种“集体主义”式的写法，和作者的政治理想有一定联系。在即将到来的社会主义革命中，不是哪一个个人，而是工人阶级这个整体将要扮演主要角色。这启发左翼作家不再使用单个主人公，而设计多个主人公组成一个整体，创造一种“集体主义”的小说形式。在每一片段中，小说将传统故事叙述和打乱时序的报纸新闻组合在一起，产生蒙太奇效果。读者把令人眼花缭乱的素材拼接起来，寻求涵义。它使读者时刻感受着人物命运的跌宕起伏，体验着社会变迁、历史发展趋势、他人影响等多种因素交汇产生的合力，犹如乘坐“过山车”一样，在目不暇接的画面刺激、头脑晕眩中将艺术想象力维持在亢奋状态，和人物一起分享喜怒哀乐。虽然人物命中注定将会失败，但读者能看到人物为什么会失败，以及他们在痛苦生活中或沉沦，或挣扎，或抗争。萨特分析小说给读者的印象冲击时说：“在资本主义社会，人们没有生活，他们仅有命运。（多斯·帕多斯）从来没有说过这话，但他使读者感受到这一点。他审慎而又小心翼翼地表达出来，直到我们感觉好像碾碎了我们的命运。我们已转变成反叛者了；他亦如愿以偿了。”[①] 资本主义之所以不可接受，不仅因为它榨取工人的剩余价值，而且因为它把人变成了命运的牺牲品。强调小说叙述对读者直接作用的小说名作还有《愤怒的葡萄》。斯坦贝克在小说一、三、五等单数章节中展现了美国社会的广阔背景，它们篇幅较短，但构成了人物活动的主要背景；同时在二、四、六等双数章节中集中描绘了植根于这一社会背景之中的人物命运。随着故事进展，乔德、凯西等主要人物逐步提高政治觉悟，也在读者的心目中激发起改变现状的愿望和激情。

以《就说是睡着了》、《美国》三部曲为代表的左翼小说力求突出实验性、纪实性、自传性、集体性之中的单项或多项特征，形成“自传体小说”、“成长小说”、“社会小说”、“集体小说”。这种“文学体裁的政治学”[②]最终将政治倾向和小说形式连接在一起，避免小说沦为政治宣传工具。如果说20年代小说家还将小说视为自由想象的游戏，那么，30年代“向左转”的小说家力图将小说与当前生活联系起来，视小说为描绘社会现象和历史存在的一种体裁[③]，其结果是小说的想象色彩被削弱。《被剥夺了权利的人》被作者称为“虚构的纪录片”，兼具小说虚构和历史实录的特征，把生活事件中蕴含的真理用虚构的艺术方式更加震撼人心地描绘出来；而华尔特·赫特的《深红色的阴影》中的人物全部为真人，毫无虚构，当时就被称为“现实主义小说创作的全新实

① Jean-Paul Sartre, *Literary and Philosophical Essays*, trans.Annette Michelson,Rider and Company,1955, p.91.

② Barbara Foley,*Radical Representations: Politics and Form in U.S.Proletarian Fiction 1929-1941*,p.277.

③ ［美］萨克文·博科维奇主编：《剑桥美国文学史》（第六卷），第218页。

验”。左翼小说的另一突出实验表现在叙述策略上。汤姆·克罗默的小说《没有什么等待的》(Waiting for Nothing, 1935）不再使用过去时态讲故事，而全部采用现在时态。它一方面带来了叙述的“直接性”，使读者在任何时刻都感同身受；另一方面，它也表明任何叙述都是对真实事件的转述或虚构，语言表达具有先天局限，这些激进观点会引导读者怀疑政治家的漂亮言辞，辨别其中隐含的修辞手段，警惕它们对读者可能施加的微妙的政治影响。这一特点也见于E.达尔伯格的《从法拉盛到加略山》(From Flushing to Calvary,1932）和威廉·马奇的《K公司》(Company K, 1933)①。追求叙述“直接性”的作品还有克拉拉·韦瑟瓦克斯的《向前！向前！》(Marching! Marching!, 1935)，小说最后将叙述人称从“他、她”全部改成“我们”，似乎在催促读者跟随主人公一起走上街头。

应该指出的是，这一时期左翼小说从现代派艺术中汲取营养，大力革新表现形式并非心血来潮，其背后的动因可以归纳为以下几个方面：首先，现代主义自身具有政治上的激进色彩，如T.S.艾略特评价《尤利西斯》用神话的方法创造了“一种新秩序”，“呈现当代历史的无意义和无政府主义的全景图。”②其中蕴含的对现实的不满乃至批判自不待言。同样，左翼小说也力图用全新的政治信念来改造现代社会。其次，现代主义艺术力图“对未来的人类意识进行革命性的探索”③，而唯有无产者才有未来，在这一定义上说，无产阶级文学是“未来”的文学，也就最

① William Solomon, “Politics and Rhetoric in the Novel in the 1930s”, *American Literature*, Vol.68, December 1996, pp.799—818.

② T.S.Eliot, “Myth and Literary Classicism,” in *The Modern Tradition: Backgrounds of Modern Literature*,ed.Richard Ellmann and Charles Feidelson, Oxford University Press, 1965, pp.679-681.

③ [英] 马·布雷德伯里等编:《现代主义》，胡家峦等译，上海外语教育出版社1992年版，第13页。

有资格继承现代主义反叛传统、实验创新的艺术品格，并创造新形式。人们经常引用马克思《路易·波拿巴的雾月十八日》中的名言："十九世纪的革命不能从过去，而只能从未来汲取自己的诗情……"同时也引用爱兹拉·庞德的话（现代主义是"创新，创新，创新"），以此来融合马克思主义的革命诉求和现代派的创新冲动。最后，20年代盛极一时的现代主义进入30年代后略显疲惫，迫切需要注入新的创新动力。约·弗里曼曾指出，在新的现实面前，传统的，包括现代派的文学都落后于现实，更谈不上艺术创新了。以此推论，左翼文学有理由来"刷新"文学，使文学和现实同步发展。正是鉴于左翼小说和现代主义的密切联系，也可以说左翼小说就属于现代主义。"无产阶级文学是在一场文学革命内部的文学反叛，对那场文学革命它还是忠诚的。它的目标是通过当前现实的知识来刷新这场文学革命。"① 在上述语境下，人们就很容易理解这一时期主要作家和批评家对文学传统，包括对现代派文学都采取开放态度，欢迎而不是拒斥各种艺术实验。多斯·帕多斯认为，一位优秀的小说家在任何社会制度下都是优秀的，惠特曼比任何苏联诗人都更革命。约·弗里曼认为，《尤利西斯》是资本主义文明腐朽的卓越镜子，堪称杰作；甚至T.S.艾略特也有"极大的用处"，因为他能"粉碎美国资本主义赖以立足的伪善和传统谎言"。在当时的表现主义论争（又称"布莱希特－卢卡奇之争"）中，美国作家普遍同情和支持布莱希特，高尔德甚至被称为美国的布莱希特②。毫不奇怪，这一时期涌现出来的一大批优秀作品在表现手法上相互竞争，不断开拓，使"红色三十

① Marcus Klein, "The Roots of Radicals: Experience in the Thirties," in *Proletarian Writers of the Thirties*, ed.David Madden, Southern Illinois University Press，1968, pp.134-157.

② James D.Bloom,*Left Letters: The Culture Wars of Mike Gold and Joseph Freeman*,Columbia University Press, p. 113.

年代"呈现出多姿多彩的文学风貌，"无产阶级文学已经达到的高度，赢得了最反动的批评家的赞叹"[①]。

三、对"法雷尔之争"的反思与美国左翼小说的国际影响

"红色三十年代"小说创作在取得重要成就的同时，也暴露出一些问题，引发批评意见，史称"法雷尔之争"(The FarrellControversy)。上文提到的左翼小说家詹姆斯·T. 法雷尔在《文学批评笔记》中指出，部分左翼小说的人物形象千篇一律，从概念而不是从生活出发，简单化地理解"艺术是阶级斗争的工具"，降低小说的艺术水准，使之沦为罢工手册。他还认为，高尔德有"革命的感伤主义"倾向，而另一位批评家希克斯则相信"机械决定论的马克思主义"。这些不足虽然以前也有人指出过，但他毕竟第一次系统总结左翼小说"左倾错误"(Leftism)的主要内容，如"混淆文学与宣传，没有理解文学遗产的重要性，粗暴对待具体作家具体作品中独创性品质，把政治立场引入批评，导致庸俗的、简单化的、与论题无关的结论"，这些看法被称为"由一位美国的马克思主义者在30年代写出的对马克思主义美学的最扎实的思考"[②]。法雷尔背后的支持者是《党派评论》杂志的两位年轻编辑威廉·菲利普斯和菲利普·拉夫。《党派评论》主要发表研究和评论文章，该刊1934年2月的创刊号宣称忠实于党的革命路线，

① James.F.Murphy,*The Proletarian Moment: The Controversy over Leftism in Literature*, p.157.

② Terry Cooney, *The Rise of the New York Intellectuals: Partisan Review and Its Circle, 1934—1945*, University of Wisconsin Press, 1986, p. 83.

但更关注文学自身。不久，拉夫等人借用列宁《共产主义运动中的“左派”幼稚病》的说法，指出左翼文学中的“左倾错误”是“任意地将激进思想强加到拙劣的文学形式上”。他们不断批评左翼文学中的“口号化”、“意识形态化”、“政策工具论”的实用主义等倾向，直到1937年公开反对斯大林主义，批评美国的无产阶级文学运动是“把一个政党的文学装扮成一个阶级的文学”。这次争论实际上是左翼文学的自我反思，涉及一系列重要问题。首先，党的领导机关如果过多干涉作家自由，像组织罢工一样组织艺术创作，就会强制作家根据具体政策写小说，“把很有希望的诗人作家变成短命新闻的制造者”。其次，“艺术是阶级斗争的工具”并不等于说艺术家也是斗争的工具，“工具论”用政治实用主义取代艺术价值，产生消极影响，如有些作家把创作活动等同于宣泄革命热情。有人指出，如果现实确实像个别小说所写的那样，资本家都是邪恶的话，那么明天早上资本主义就崩溃了。最后，“早期左倾思维的三个基本错误是把共产党等同于无产阶级，把斯大林主义等同于马克思主义，把苏联等同于社会主义”①。党的领导者禁止作家发表批评苏联、苏共和斯大林的言论，左翼文学内部严重缺乏平等讨论的民主气氛，菲利普·拉夫、埃德蒙·威尔逊等人后来都自称是独立的马克思主义者，信仰民主的社会主义。

“法雷尔之争”是30年代后期左翼文学退潮的前奏，其后发生的一系列重大事件加速了退潮速度。1935年以后，共产国际制订“统一战线”政策，提出反对法西斯主义是当前主要任务。这一新政策意味着资本主义国家的民主体制并不是要推翻的对象，而是联合与统战的对象。对左翼作家来说，“很显然，他就不能强调工人罢工中的阶级对峙，不能强调中产阶

① Vincent B. Leitch, *American Literary Criticism: from the Thirties to the Eighties*, Columbia University Press, 1988, p.84.

级的分化瓦解，他就不能作为共产主义的皈依者从隐喻的街垒中发动进攻”。1937年第二次“美国作家大会”呼吁作家反对法西斯主义而不是反对或者改变资本主义制度，将“艺术是阶级斗争的工具”转变为“进步和反动斗争的工具”。这些都造成左翼作家的思想混乱。特别是1939年苏联突然和纳粹德国签署“互不侵犯条约”，这对左翼作家来说不啻是致命一击。世界上首先倡导反对法西斯主义的社会主义国家竟然率先和纳粹德国妥协，使人感到苏联为了国家利益出卖了革命利益，而且此前斯大林清除政治对手的“莫斯科大审判”、肃反扩大化、饥荒等广为人知，损害了苏联形象，具体实现的社会主义似乎和左翼人士心目中的社会主义相距甚远。此时，斯大林反对派领袖托洛茨基的观点也很有市场，他的“无产阶级文化不可能论”[①]和对斯大林的批评都影响了拉夫等人。由此可见，动辄诉诸暴力的苏联党内斗争、变化反复的共产国际的政策策略、复杂动荡的国际形势以及左翼小说的某些缺陷等因素形成强大压力，一批作家、批评家退出共产党，导致左翼文学退潮。著名批评家希克斯退党后说：“通过加入共产党，我把我的前途寄托在一群政治家的身上。我本该用更加锐利的目光盯着他们的。对一个主要关注其他方面的人来说，政治可不是什么好游戏。”[②]这段话被后人看成“红色三十年代”的墓志铭。总之，这一时期的左翼作家和批评家在处理个人和政党的关系时，在坚持“向左转”的前提下，强调个人独立和创作自由，强调对普通民众的同情，许多中产阶级知识分子在获得稳定社会地位后，仍然从事左翼文学运动，力求把政治信念、人道情怀、个人自由三者统一起来。在政治和艺术的关系上，他们

① ［苏］托洛茨基：《文学与革命》，刘文飞等译，人民文学出版社1992年版，第172—173页。

② Eugene Lyons, *The Red Decade: The Classic Work on Communism in America During the Thirties*,p.363.

强调自己首先是作家，然后才是革命作家，而不是相反，认为党的政策并不能自动造就作家。在内容和形式关系上，他们借鉴现代派，强调艺术创新，尝试前卫艺术形式和手法。这些看法固然不是无懈可击，但最终塑造了美国左翼小说的独特风貌。当然，我们今天也应该防止有人戴着意识形态的有色眼镜来妖魔化整个左翼文学，把“左倾错误”无限扩大为“红色三十年代”的整体错误。

成就显著、独具特色的美国左翼小说当时就走出国门，产生了值得关注的国际影响。史沫特莱、伊罗生和斯诺夫妇等人都与当时中国左翼文学运动发生直接联系。30 年代的史沫特莱已是蜚声世界文坛的左翼作家。她和宋庆龄一道在美国《新群众》、《新共和》、《民族》杂志上发表文章，揭露国民党政府的腐朽统治。在“左联五烈士”牺牲后，鲁迅起草了致西方知识分子的声明《黑暗中国的文艺界现状——为美国〈新群众〉作》[①]，但史沫特莱和茅盾考虑到鲁迅的安全，建议鲁迅暂不发表抨击国民党政府的激烈言辞，只撰写一篇呼吁书分送各国作家。鲁迅的呼吁书在《新群众》上发表后[②]，多斯·帕多斯和其他美国作家很快在莫斯科的《世界革命的文学》杂志上予以回应。[③]史沫特莱在抗战爆发后辗转武汉、长沙、五台山、云岭等地，报道中国军队特别是八路军和新四军的抗战事迹，这些战地报道是促成白求恩大夫来华的部分原因。[④]在华十余年，她变成了身无分文的“无产者”，甚至借钱购买回国的船票。

① 《鲁迅全集》第 4 卷，人民文学出版社 1989 年版，第 285—290 页。

② Janice R. MacKinnon & Stephen R.MacKinnon, *Agnes Smedley: The Life and Times of an American Radical*, University of California Press, 1988, p.153.

③ Robert C. Rosen, *John Dos Passos: Politics and the Writer*, University of Nebraska Press, 1981, p.65.

④ Janice R.MacKinnon & Stephen R.MacKinnon, Agnes Smedley: The Life and Times of an American Radical, p.186.

和史沫特莱不同的是，伊罗生来自纽约地产富豪之家，曾从上海到重庆溯江而上考察，震惊于中国内地的战乱贫穷和等级差距，思想转变后在上海租界编辑、出版40期英文杂志《中国论坛》，后因接近托洛茨基而受到社会主义阵营的同声谴责。他和史沫特莱一样，都体现了美国左翼作家真诚同情和帮助弱势群体、弱小民族的人道情怀。伊罗生和斯诺在30年代分别完成《草鞋脚》和《活的中国》，翻译介绍中国现代小说，极大提高了中国作家的国际声誉。1932年5月鲁迅和高尔基、罗曼·罗兰等一道被选为美国“革命作家世界联盟”主席团的名誉成员。另据史沫特莱的记述，1937年她在五台山八路军总部看到了“纽约出版的《新群众报》、《新民族报》、《共产党人》、《亚洲》和一份布拉格出版的法文杂志”①，甚至修建在延安窑洞里的“鲁迅图书馆”也收藏了《新群众》，而且是最受欢迎的刊物②。可见美国左翼文学在中国流传之广。

除具体的影响史实外，《中国论坛》和美国《新群众》的相似性和斯诺夫妇采访鲁迅的“问题清单”更值得研究者关注。在《中国论坛》“创刊辞”中，伊罗生一方面说“它将成为中国发表受到帝国主义、资产阶级和国民党的报纸的压制、或者视而不见、或者将之歪曲的消息和观点的媒体”，但另一方面又说“它首先不是任何政党或团体的喉舌”③。这些看似矛盾的表述，放在美国左翼文学的语境中就容易理解了。《新群众》、《党派评论》、《新共和》这样的左翼杂志政治倾向鲜明，但也保持对任何政党的独立性，不把同情一个阶级等同于听命于

① 《史沫特莱文集》(4)，陈文炳等译，新华出版社1985年版，第65页。

② Janice R. MacKinnon & Stephen R. MacKinnon, *Agnes Smedley: The Life and Times of an American Radical*, p.186.

③ [美] 彼得·兰德：《走进中国——美国记者的冒险与磨难》，李辉等译，文化艺术出版社2001年版，第104页。

一个政党。《中国论坛》发表茅盾等一流作家的作品，体现现代文学创作的最高水准，也和党的具体政策拉开距离，不把艺术创作和政治宣传鼓动混为一谈。这都说明伊罗生"具有纽约左翼劳动组织者的特点"，体现了美国左翼文学特征。《中国论坛》为纪念"四·一二"事变五周年，在 1932 年出版专号《国民党反动派的五年》，封面便出自《新群众》编辑阿道夫·德恩之手。伊罗生或许有意识地在两个刊物之间建立联系，把《中国论坛》塑造成《新群众》的中国版。

斯诺夫妇在 20 世纪 20、30 年代和宋庆龄、鲁迅交往密切。由中国学者发现的"1936 年鲁迅与斯诺现代文学谈话录"是现代文学史的重要史料①。当时，海伦·斯诺正撰写中国现代文学的研究论文，提出问题请教鲁迅。斯诺记录了鲁迅的回答。答案当然是鲁迅作出的，但"问题清单"的设计和提问方式也在某种程度上限定了回答内容，重要性自不待言。海伦在这方面模仿《新群众》的做法，该刊分别在 1927 年和 1932 年向十余位左翼作家发出问题清单，征求答案。如果对比《新群众》这两次问题设计和"斯诺采访鲁迅的问题单"上的 23 个问题，就会发现一些问题颇有联系。首先，海伦·斯诺问题中相当一部分和中国左翼文学运动有关，她在"问题清单"上写道："我想通过作家的政治倾向，了解一下当前文学运动的社会背景。凡具有左翼倾向的作家，请统统标出来。"她把左翼倾向作为中国现代文学的主要方向，对此，鲁迅完全赞同，"最优秀的作家，几乎毫无例外地都是左翼作家。"同样，在《新群众》"1927 年问题清单及回答"中，还有不少人对左翼文学持怀疑态度，"就像没有无产阶级的化学或工程学一样，没有无产阶级的文学"。

① 详见《新文学史料》（1987 年第 3 期）安危翻译或撰写的三篇文章：《鲁迅同斯诺谈话整理稿（斯诺整理）》、《鲁迅同斯诺谈话的前前后后》、《埃德加·斯诺采访鲁迅的问题单》。

但在1932年调查中，几乎没有作家怀疑文学创作应该介入社会政治危机。可见，左翼文学是上个世纪30年代的带有国际化特征的文学思潮。其次，海伦“问题清单”关注具体社会背景对作家创作的影响，如国民党查禁进步书刊（问题10）、逮捕作家（问题21）、“一二·九运动”对作家的影响（问题22）。1932年《新群众》问题清单也有类似倾向，第二个问题（在社会危机面前，美国作家应该采取何种态度？回避，介入还是试图理解它？）和第六个问题（在美国一种无产阶级文学能得到发展吗？）都把左翼文学运动的兴起视为当前社会现实的产物。第三，海伦比较关心“现在有没有出身农工的、真正的无产阶级作家”（问题13）。在美国左翼文学阵营中，此时已经涌现了一批工人出身的知名作家。对比之下，海伦显然关注中国的情况。最后，海伦的第四个问题是：“包括最年轻、最新出现的在内，到目前为止，‘新现实主义派’最突出的代表是谁？”其中的“新现实主义”一词来自高尔德，归入这一派的德莱塞、刘易斯、舍伍德·安德森等人影响很大，但他们不是“无产阶级的现实主义”作家。海伦的问题套用了美国批评界的流行概念来评判中国文学，难免削足适履。鲁迅给予了否定的答案：“他没看到这一派别的理论讨论，也没发现这个学派在中国有它的追随者。”当然，这些看法并不意味着斯诺夫妇简单复制了《新群众》的问题清单，但双方当时都处在世界左翼文学的大背景下，关注和思考问题有很大的共通性，理解了美国“红色三十年代”的大背景，今天的读者自然明白斯诺夫妇会关注哪些问题以及为什么会关注这些问题了。

（原载《文史哲》2011年第4期）

文学与政治的博弈

——瞿秋白对俄国马克思主义文学理论的译介问题

刘中望

20世纪前50年，瞿秋白、鲁迅、冯雪峰、周扬等大批知识分子将俄国马克思主义文学理论广泛应用于中国文艺实践，快速推动了中国文学理论的现代化进程。瞿秋白对俄国马克思主义文学理论的选择、接受、运用，特征鲜明，意义重大，牵涉广泛，值得专门探讨。

一、直接翻译：语言优势与文本策略

瞿秋白翻译了大量俄国马克思主义文学理论著述。与同时代贡献同样巨大的鲁迅、冯雪峰、陈望道等不同，他采用直接翻译的方式。

首先，从译介语言来看，瞿秋白直接从俄文翻译俄国马克思主义文学理论，而鲁迅、冯雪峰、陈望道、周扬等，大多数从日文，少数从英文或法文转译俄国马克思主义文学理论著作，在翻译“归化”与“异化”的二元关系中，属“翻译的翻译”，即二次转译，个别甚至是三度转译。普遍存在着扭曲、变形，可信度大打折扣。就鲁迅译介普列汉诺夫《艺术论》而言，梁实秋在1933年7月《新月》杂志发表《论翻译的一封信》一文指出，“鲁迅所译，系根据日译本转译的，虽然许多是直接译自俄文，但俄文原所引用的达尔文的文章又是译自英文的。所以达尔文的原文，由英而俄，由俄而日，由日而鲁迅，——经过了这三道转贩，变了原形自是容易有的事”，难免出现翻译变形乃至错误。

其次，就翻译对象而言，瞿秋白所译俄国马克思主义文学理论，大部分是马克思主义文学理论重要著作，其中包括俄国学者翻译的恩格斯致玛·哈克奈斯、保·恩斯特的三封信——《恩格斯论巴尔扎克》、《恩格斯论易卜生的信》、《社会主义的早期“同路人”——女作家哈克奈斯》，列宁论列夫·托尔斯泰的两篇重要论文——《列甫·托尔斯泰象一面俄国革命的镜子》、《L.N.托尔斯泰和他的时代》，列宁文学理论代表作《党的组织与党的出版物》关键段落，高尔基的20多篇文艺论文，普列汉诺夫四篇著名文章——《易卜生的成功》、《别林斯基的百年纪念》、《法国的戏剧文学和法国的图画》、《唯物史观的艺术论》（第一讲），卢那察尔斯基论高尔基的著名论文——《作家与政治家》等。马克思主义文学理论在中国的译介、传播、运用，经历过从“间接”到“直接”的转变过程，即从译介马克思主义文学理论阐释著作、非马克思主义文学理论著述，过渡到译介马克思、恩格斯、列宁原著。在此变化过程中，以上述翻译成果为标志，瞿秋白是一个关键转折点。对比瞿秋白，除冯雪峰节译列宁名篇《党的组织与党的出版物》、翻译马克思《艺术形成之社会的前提条件——关于艺术的断片》一文，彭康译列宁名作《托尔斯泰——俄国革命的明镜》、《托尔斯泰》，亦曾译介普列汉诺夫、卢那察尔斯基的不少著作之外，鲁迅、冯雪峰、陈望道、林柏修、彭康、何丹仁、朱镜我、许幸之、刘纳鸥、胡秋原等还翻译了弗里契、法捷耶夫、藏原惟人、冈泽秀虎、青野季吉、片上伸等人的大量著述，而这些均非马克思主义文学理论创始人原著，基本不是马克思主义文学理论经典文本，大部分是马克思主义阐释者、研究者论著，甚至包含了不少非马克思主义因素，与马克思主义文学理论经典尚有一定距离，甚至差距明显，作为庸俗社会学代表人物的弗里契，更是背离了马克思主义文学理论基本观点。

瞿秋白深具外语研习天赋，以俄文专修馆的短暂学习为基础，主要通过刻苦自学而成。他精通俄文，俄译作品数量多、质量高，多次担任重要场合的俄文翻译，为他了解、介绍俄国马克思主义文学理论积淀了语言优势、创造了时空际遇，“瞿秋白的俄语水平和办杂志的经验，引起了北京晨报社的注意，他因此被其委以记者身份去莫斯科采访”[①]，加上“当时中国文坛真正懂俄文的人，不过耿济之、瞿秋白、蒋光慈、萧三、韦素园、曹靖华等人而已。除瞿秋白外，其余的人都不搞理论批评，也不能全面关照苏联文艺运动的发展变化”[②]，使其比较优势愈加明显，也更令人信服，再加上旧学根底雄厚、国文基础扎实，瞿秋白当之无愧成为中国译介与传播俄国马克思主义文学理论的“第一人”。

澳大利亚学者费·约翰曾区分两种现代中国政治——同情式（representation-by-sympathy）、觉悟式（representation-by-consciousness），前者基于人类同情心“代表”被压迫者，与人道主义不同，后者萌发于同具的内在觉悟。在瞿秋白的革命之路、理论之旅中，青少年时期的成长环境、曾对佛学萌发浓厚兴趣等，使其早期心性深具“同情”情结，但旅俄经历、时代风潮等多种因素推动他由“同情式”转变为“觉悟式”，并直接影响其思想旨趣和理论品格。正基于此，由俄国马克思主义文学

① Jamie Greenbaum，*Qu Qiubai: Superfluous Words*，the Australian National University，p.16.

② 张大明：《西方文学思潮在现代中国的传播史》，四川教育出版社 2001 年版，第 478 页。

理论、现实主义思想、庸俗社会学观点、无产阶级文化派主张、拉普文学理论等构成的社会批评资源，悉数进入瞿秋白视野而被重点关注，而俄国“探讨文学与人的心灵世界、文学与历史文化关系为基本目的”的历史文化批评（如象征主义、宗教文化批评和历史诗学等）、“强调艺术审美功能、重艺术形式研究”的审美批评（如阿克梅主义、未来主义、俄国形式主义、布拉格学派等）则基本被遮蔽，瞿秋白对其视而不见、置若罔闻。[①]

二、灵活撰述：思想资源与语义转移

瞿秋白译介了很多苏俄文学作品，翻译准确、流畅，所译高尔基《海燕》等作品被鲁迅称赞为“信而且达”，至今享有较高声誉。瞿秋白对自己的翻译水平非常自信，曾谦虚地作如是感慨，“假如能够仔细而郑重的，极忠实的翻译几本俄国文学名著，在汉文方面每字每句的斟酌着也许不会‘误人子弟’”[②]，这与他严谨的翻译态度、严肃的翻译使命有关，瞿秋白认为，“翻译是革命的桥梁，文化的桥梁，对中国革命很有好处，我们自己也可丰富知识。所以要象蜜蜂采蜜那样，下苦功夫，认真细致地做，一字一句也不要马虎”[③]。然而，瞿秋白译介俄国马克思主义文学理论的情况却比较复杂：既有准确、忠实、严谨的“等值”翻译，也有以翻译为外衣、有意增删、故意变形、面目全非的“撰

---

① 参见张杰、汪介之：《20世纪俄罗斯文学批评史·绪论》，译林出版社2000年版，第2—5页。

② 瞿秋白：《多余的话》，《瞿秋白文集》（政治理论编）第7卷，人民出版社1991年版，第718页。

③ 杨之华：《回忆秋白》，洪久成整理，人民出版社1984年版，第121页。

述”，前者如瞿秋白翻译恩格斯、列宁、高尔基、普列汉诺夫、卢那察尔斯基等人文学著述，后者如瞿秋白撰述《文艺理论家的普列哈诺夫》、《拉法格和他的文艺批评》、《关于左拉》等论文。

所谓撰述，即编撰、叙述，或按瞿秋白的说法，是“自己编”，它以领会原著为基础，根据主体旨趣、现实需要进行灵活删改与有意增补，以实现思想强调、语义转移等目的。通过大幅增删、编辑、改写俄文原著，瞿秋白以现实主义取代自然主义并为其成功“正名”，有力批判左拉及其自然主义，为确立以唯物辩证法为核心的现实主义扫清道路[①]。批评普列汉诺夫文学理论，撰述色彩突出，针对性强。

在瞿秋白看来，对于文学理论著作，为了“传布这些理论到广大的群众中间去”，“不但要用同样的方法翻译，而且尤其要编纂”[②]，需综合运用翻译与撰述这两种形式：一方面，“翻译不要曲解原文，不要文言白话夹杂和中国文法同外国文法瞎凑，而必须用完全的白话和现代中国语文的文法”[③]，以大众化进行理论翻译，“用浅近的中国白话文编辑许多文艺理论的常识丛书，编辑马克思列宁主义的文艺理论的书籍，使它们能够成为研究那些翻译过来的理论书籍的初步读本”；另一方面，系统研究、解释批评“中国广大群众之中对于文艺的许多旧观念”，发挥文学理论的现实斗争作用，“把马克思列宁主义的方法，实际的运用到中国的文艺现象上来，尤其是群众之中的文艺生活”[④]，实现理论与实践的对接。在这里，翻译和撰述是两种不同的理论策略，“对待经典文本，

---

① 杨慧：《瞿秋白对现实主义的正名和对自然主义的批评》，《中国现代文学研究丛刊》2009年第2期。

② 瞿秋白：《欧化文艺》，《瞿秋白文集》（文学编）第1卷，人民文学出版社1985年版，第496页。

③ 杨之华：《回忆秋白》，第120页。

④ 瞿秋白：《欧化文艺》，第496页。

瞿秋白坚持‘翻译’”，“对待俄国研究者所作的‘序言’，瞿秋白坚持‘撰述’”；“‘翻译’偏向宣传，是扎实的理论建设工作，要以学术标准来衡量；‘编撰’则接近鼓动，以动员效果取胜”。[①]

瞿秋白翻译俄国马克思主义文学理论以“可信”为标准，强调“应当把原文的本意，完全正确的介绍给中国读者，使中国读者所得到的概念等于英俄日德法……读者从原文得来的概念”，允许以流畅口语改译语言风格，但不可改换其义，不能随意输入个人看法，“对照原文，并比照中央编译局和罗大冈等人的新译本，我们可以发现瞿秋白对经典文献的翻译高度忠实原文，除了技术性和语言习惯上的差异外，没有明显个人改动”，充分体现了瞿秋白扎实的知识功底和认真的研究精神。瞿秋白撰述俄国马克思主义文学理论以“有用”为标准，通过添加着重号、选择印证材料，坚持“结合中国革命斗争语境对其进行再‘撰述’完全合理和必要”、“学术问题只有在与中国现实的‘文化革命’斗争息息相关之际，才能正当地进入瞿秋白的‘撰述’视野”[②]等主张，大幅删减原文的学术性信息，包括“对西方和苏联马恩文艺理论研究状况的概述”、“恩格斯与《城市姑娘》发行人维藉德莱及其翻译者爱赫哥夫讨论本书的书信”、“左拉文集的版本问题以及对左拉逸文的考证方面征引”、“左拉与包括屠格涅夫在内的一系列俄国作家的通信”、“拉法格著作的版本，手稿整理和保存情况以及拉法格文集的翻译情况”等学术价值很高的信息。

这方面，鲁迅的情况大为不同。在 1928 年初开始的革命文学论争

---

① 杨慧：《“现实”的诞生——再论瞿秋白对马克思主义文学理论的译介》，《中国现代文学研究丛刊》2008 年第 3 期。

② 同上。

中，李初梨、成仿吾等以马克思主义文学理论为思想武器猛烈攻击鲁迅，自诩为革命文学理论的掌握者，新术语、新概念在他们所撰文章中不断出现。为窥见马克思主义文学理论真谛，取得先进思想武器，鲁迅主张“马克思主义的文艺理论，能够译得精确流畅，现在是最要紧的了”①，注重分辨真伪，强调翻译的准确性，以“硬骨头精神”进行译介，视“信”为第一要求，宁可译文不顺畅甚至艰涩难懂，也要保持原作面貌，不同于瞿秋白翻译、撰述兼重与并举的做法。

瞿秋白撰述俄国马克思主义文学理论，力图做到大众化与中国化的统一，具有多方面的现实价值。

首先，在瞿秋白文艺大众化思路的总体框架下，撰述是快速实现马克思主义文学理论大众化的有效方法，它发挥了与理论翻译异曲同工的功能，具有意识形态的引导、统率、象征功能，符合中国无产阶级争夺文化领导权的客观需求。依据此种思路，也就不难理解，借助撰述与翻译，“被瞿秋白接受译介了的，是马克思主义文学理论中体现出文学的阶级性、党性、意识形态性的那一部分，但这只是其中的一部分而不是全部。被瞿秋白所接受译介的部分，只是这一庞大体系的一角，而马克思主义文学理论中艺术审美和人的全面解放的关系、艺术生产和消费的辩证关系、艺术主体和客体的辩证关系、艺术语言的审美特征等十分重要的范畴和命题，由于和瞿秋白的接受图式相斥而被轻轻搁置。”②

其次，撰述兼顾理论可信度、实践针对性，是马克思主义文学理论中国化早期阶段的现实策略。一方面，它以俄国马克思主义文学理论这

① 冯雪峰:《关于鲁迅和瞿秋白同志的友谊》,《忆秋白》，人民文学出版社 1981 年版，第 261 页。

② 郄智毅：《中国马克思主义文艺理论传播史中的一次关键转折——评瞿秋白对马列文论的译介》,《河北大学学报》2007 年第 3 期。

一“苏联先进经验”为对象和外衣，是在此基础上的编撰与叙述，确保了较高的理论可信度，使其快速获得权威性与合法性；另一方面，它以理论运用的中国革命现实与文学理论界为场域与关涉，是此语境内的改写与适用，生成了较强的实践针对性，使它具有适应性、对策性。两者对接的过程，即马克思主义文学理论的中国化历程。只有前者，意味着对马克思主义文学理论的全盘接受、照搬照抄、主体缺席，对应马克思主义文学理论向中国传播的最初阶段；只有后者，意味着马克思主义文学理论的本土孕育、自生自长、缺少借鉴，这是对马克思主义文学理论的国粹式排斥。在瞿秋白的撰述中，以上两者处于相对和合、平衡、统一之中，体现了瞿秋白“既自信、尚不够自信”的马克思主义文学理论中国化初级状态：既有外域理论资源的输入，强调借鉴先进经验，已超越所处初级阶段，但离马克思主义文学理论中国化的成熟形态、建构原创性较强的中国本土理论还有一定距离，学术层面很少考虑马克思主义的适用性；亦有着眼现实社会的调整，关注理论运用的时空条件，开始致力于马克思主义文学理论的中国化并取得一定成效，已初步生成建构中国化理论的自信心、判断力，正向马克思主义普遍真理和中国革命具体实践有机统一的理想状态前行。对于建构大众化与本土化并举的中国马克思主义文学理论，瞿秋白的这种撰述贡献巨大。

三、语境指涉：苏俄场域与中国问题

在瞿秋白眼中，文学理论译介、传播必须“完全和群众工作以及政治斗争联系起来，必须和研究现实的社会现象联系”，他在《“现实”——马克斯主义文艺论文集》一书后记坦言，“不免略为关涉到中国文学界的现象”。此处所说“关涉”即语境指涉性：不仅指涉理论输出方的俄苏语境，而且指涉理论输入者的中国语境；不但指涉俄国马克思主义文学理论自身的生成、效用、评价语境，同时指涉俄国马克思主义文学理论在中国的传播、接受、应用语境，旨在处理俄国马克思主义文学理论与中俄外部环境、译介传播、客观需要的关系，反映了瞿秋白与俄国马克思主义文学理论关系的复杂性、整体性、变化性。

一方面，瞿秋白根据当时中国社会语境，策略性引入适合需要的俄国马克思主义文学理论，注重对其改造，以发挥更大的现实斗争作用。马克思主义文学理论鲜明的革命实践、社会批判、意识形态属性，加上“马克思主义在中国，一开始便是作为指导当前行动的直接指南而被接受、理解和运用的”[①]，中国知识分子通过十月革命和列宁主义接受马克思主义，“不但直接决定了他们对中国现实斗争道路的选择，而且也决定了他们所接受和理解的唯物史观，总是与激烈的阶级斗争紧密连在一起”[②]，共同催生了瞿秋白引进俄国马克思主义文学理论的上述特点。自20年代后期肇始，以“革命文学”论争、“文艺大众化”和“民族形式”讨论、“两个口号”争论、《在延安文艺座谈会上的讲话》等为标志，中国共产党以思想整合为核心致力于争夺无产阶级文化领导权。瞿秋白译介传播俄国马克思主义文学理论的20年代中后期至30年代中期，“资产阶级、小资产阶级趣味的文学、御用的民族主义文学、革命文学的小资产阶级狂热病和幼稚病等现象的存在，阻碍了对文化/意识形态领导权的争夺”，通过援引俄国马克思主义文学理论、对接中国语境，瞿秋

① 李泽厚：《中国现代思想史论》，三联书店2008年版，第151页。

② 同上书，第154页。

白综合运用“推行现实主义的创作方法”、“倡导文艺大众化”、“正确评价鲁迅，树立革命文学的典范”等多种策略，初步实现意识形态的整合①。瞿秋白“首先关注的是战线而并非文艺，其内在逻辑自然就是现实政治革命”②，吻合中国现代文学理论、文化政治革新建构需要的基本规律，诠释了外域经验中国语境化的重要性。

另一方面，瞿秋白不仅熟谙俄国马克思主义文学理论的生成语境、实际效用，而且密切关注俄苏文坛、理论界、政治界的最新动向，以便迅速了解与准确掌握俄国马克思主义文学理论具体资源的评价语境，灵活采用消息报道、理论阐释、思想溯源等多种形式，在中国语境框架内进行适当调整。瞿秋白对托洛茨基文学理论的评价，便是这方面的生动反映。

托洛茨基是俄国著名革命家、理论家、思想家、外交家，在苏俄的声望曾经仅次列宁，他与列宁肖像一度长期并排悬挂。后在政治斗争中，托洛茨基被斯大林打倒而流亡国外。受苏联评价托洛茨基的直接影响，瞿秋白对托洛茨基及其政治理论的判断可分两个时期：前期高度肯定，后期完全否定。瞿秋白早期著作《赤都心史》曾多次提到托洛茨基，其高大形象可比列宁。1921 年 7 月 6 日，瞿秋白在《列宁托洛茨基》一文中写道：“丰采奕奕的杜氏，演说辞以流利的德语，延长到三小时余……说话时眉宇昂爽，流利倜傥……他说得兴高采烈的时候，手里一枝短铅笔，因他指划舞弄，突然失手飞去，大家都哄然笑起来了。”1921 年 11 月 8 日，《赤色十月》一文记叙：“还没来得及静下，演

① 张亚骥：《瞿秋白策略性文论的建构》，《社会科学论坛》2009 年第 8 期。
② 傅修海：《语言乌托邦里的革命激情——瞿秋白“文腔革命”论的当下析解》，《湘潭大学学报》2011 年第 2 期。

坛上突然又出现杜洛次基的伟影。”此时的瞿秋白视托洛茨基为与列宁并列的革命领袖，评价很高。1923 年 11 月 15 日，瞿秋白撰文《艺术与人生》介绍苏俄文学情况，依据托洛茨基《文学与革命》第八章“革命的艺术与社会主义艺术”的相关内容，他指出在克留耶夫与马雅可夫斯基的论争中，“那‘轻裘缓带’的杜洛茨基也就——不是投笔从戎，而是‘投戎从笔’的——出马参战”，引用托洛茨基肯定马雅可夫斯基的两段言论，强调“将来并技术与自然之‘对立’而消灭之；艺术的综合的人生观将广泛至于无涯”，推崇马雅可夫斯基，间接反映了瞿秋白认可托洛茨基的文学观及其著名革命家和文学批评家身份。随后，苏联风潮骤变，瞿秋白对托洛茨基的评价随之改变。1923 年 12 月，俄共党内斯大林派开始批斗托洛茨基派。缘于格局尚不明朗，消息传入国内的滞后性，1924 年 6 月出版的瞿秋白《赤都心史》中，仍有“列宁托洛茨基”、“赤色十月”等内容，8 月他发表文章《艺术与人生》仍多处援引托洛茨基言论。1925 年，托洛茨基被免去军事人民委员，斯大林派的胜利已成定局，瞿秋白发表文章《列宁主义与托洛茨基主义》借中国革命路线问题批判托洛茨基的农民政策。俄共党内斗争的动向与趋势改变了他对托洛茨基的判断，但瞿秋白的可贵之处在于，他对托洛茨基的责难并非先验式批判，而是围绕中国革命路线问题合乎逻辑的论证[①]。其后，中国掀起“反托派”浪潮，1931 年前后，瞿秋白甚至被王明等诬陷为“半托洛茨基分子”，但瞿秋白对托洛茨基的批判态度却是坚定的，这一看法体现在文学理论、文学翻译上。

前者，瞿秋白在《苏联文学的新阶段》一文中指出，“否认艺术

① 长堀佑造：《试论鲁迅托洛茨基观的转变》，王士花译，《鲁迅研究月刊》1996 年第 3 期。

上有价值的普洛文学有造成的可能，这是托洛茨基的孟塞维克的文学观”，在他看来，“托洛茨基”与“孟什维克”式修正主义具有内通性。《并非浪费的论争》一文认定胡秋原“最气我曾说过他是社会民主主义派托罗茨基派的文艺理论家”，称托洛茨基为“去过势的马克思主义的文艺理论”①，其文学理论价值不大。后者，关联瞿秋白翻译别德纳依《没工夫唾骂》一诗。作为布尔什维克诗人的别德纳依善写政治寓意诗，托洛茨基《文学与革命》高度肯定其为“真正”诗人，但在斯大林的独裁统治下，别德纳依蜕变为斯大林的御用诗人。在托洛茨基流亡国外的第二年，即1930年3月14日，摘取1929年出版的托洛茨基自传《我的生涯》某些片断，别德纳依在《真理报》发表《没工夫唾骂》，斥骂托洛茨基自诩为英雄。此时的斯大林为谋求党内领导权，急切渴望清除托洛茨基的“个人崇拜”，这首诗正合其意，因而受到高度赞扬。1932年8月，瞿秋白翻译了这首长诗，同年10月15日发表在《文学月报》第1卷第3期，此举明显隐含对托洛茨基的批判态度。瞿秋白对托洛茨基文学理论的评价，前褒后贬，反差很大。缘于政治视野的苏联官方评价主导了整个过程，不是一个单纯的文学理论接受与估量问题，从中可以窥见20世纪中国文学与政治的复杂关系，反映了瞿秋白译介传播俄国马克思主义文学理论对俄苏语境的指涉性。

正是基于语境的指涉性，瞿秋白对待普列汉诺夫的态度与鲁迅、冯雪峰差异很大。

首先是翻译方面的差异。在翻译对象上，鲁迅、冯雪峰翻译的普列汉诺夫《艺术论》、《艺术与社会生活》，致力于艺术起源、艺术作用等方面的学术探讨。瞿秋白翻译的《易卜生的成功》、《别林斯基的百年纪

① 瞿秋白：《并非浪费的论争》，《瞿秋白文集》（文学编）第3卷，第8—89页。

念》、《唯物史观的艺术论》，更多强调文学研究的马克思主义方法。相对而言，鲁迅注重翻译文学规律研究著述，瞿秋白侧重翻译文学理论正确与否的驳论。在翻译接受上，鲁迅设定目标读者为“有志于革命文艺创作和批评的作家，最起码也是有志于此的青年，而不在于普及大众”[①]。瞿秋白看重的恰好是理论的大众化、普及化，注重发挥其宣传、鼓动、感染价值。在翻译目的上，以笔墨致力于文明批评和社会批评的鲁迅，始终坚持文学家的身份、立场、眼光，强调文学推动现实斗争和社会改革的责任。对于鲁迅所译马克思主义文学理论，不宜过分强调其无产阶级政治活动性质，不可混淆学术与政治的界限，应将其视为学术行为。与之不同，瞿秋白视苏俄理论为中国问题的解决方案，探讨文学理论本身远不如发挥它对中国革命的指导作用重要，服务政治、助益革命的追求远多于文学理论学科建设的考量。

其次是评价方面的差异。鲁迅比照列宁评价普列汉诺夫，其核心思想为，列宁是政治实践家，普列汉诺夫是思想理论家，二者不同。虽然普列汉诺夫的政治实践才能无法同列宁相提并论，但他“所擅长的是理论方面，对于敌人，便担当了哲学底论战。列宁却从最先的著作以来，即专心于社会政治底问题，党和劳动阶级的组织的”[②]，各有其用。普列汉诺夫是伟大的思想家、俄国马克思主义的先驱与导师，其理论在俄国革命实践中发挥了巨大功用。鲁迅认为，一方面，在政治实践领域，普列汉诺夫有过动摇，他坦言“蒲力汗诺夫对于无产阶级的殊勋，最多是在所发表的理论的文字，他本身的政治底意见，却不免常有动摇的”，的确犯过不少政治错误，他是“俄国社会主义的先进，社会主义劳动党

① 李今：《三四十年代苏俄汉译文学论》，人民文学出版社2006年版，第17页。

② 鲁迅：《艺术论译本序》，《鲁迅全集》第4卷，人民文学出版社2005年版，第262页。

的同人，日俄战事起，党遂分裂为多数少数两派，他即成了少数派的指导者，对抗列宁，终于死在失意和嘲笑里了”[①]，政治命运与现实归宿令人叹息。另一方面，普列汉诺夫的理论研究贡献巨大，不能抹杀其价值。鲁迅强调，普列汉诺夫是俄国乃至国际劳动者阶级的导师，其理论对俄国工农运动的高涨有过贡献，是“与有力量的”。在鲁迅看来，这种理论建树表现在文艺领域则是“蒲力汗诺夫也给马克斯主义艺术理论放下了基础。他的艺术论虽然还未能俨然成一个体系，但所遗留的含有方法和成果的著作，却不只作为后人研究的对象，也不愧称为建立马克斯主义艺术理论，社会学底美学的古典底文献的了”[②]，在马克思主义文学理论发展史上，普列汉诺夫具有开拓性意义，他“用马克斯主义的锄锹，掘通了文艺领域的第一个”[③]，不能否定其巨大价值。与之不同，瞿秋白从文艺与政治功利、阶级本位、哲学观念等关系维度，围绕客观主义、象形论、智识本位、笼统主义、不充分的辩证法等论题，深入批判了普列汉诺夫文学理论，对其否定远多于肯定。究其原因在于，30年代苏联开始的意识形态整顿中，普列汉诺夫被严重贬低，在后期拉普等苏联流行的文艺风潮中，受德波林、米丁等人的严厉批评，普列汉诺夫文学理论的正统地位被彻底颠覆。在苏联官方“神化”高尔基的过程中，普列汉诺夫曾对高尔基及其作品的冷淡态度、贬低做法等被无限放大，普列汉诺夫的文学眼光被公开怀疑，这些语境指涉直接生成了瞿秋白对普列汉诺夫文学理论的评价立场。

---

① 鲁迅：《论文集〈二十年间〉第三版序·译者附记》，《鲁迅全集》第10卷，人民文学出版社2005年版，第347页。

② 鲁迅：《艺术论译本序》，第267页。

③ 鲁迅：《论文集〈二十年间〉第三版序·译者附记》，《鲁迅全集》第10卷，第347页。

四、结语

在瞿秋白与俄国马克思主义文学理论的关系上，瞿秋白综合运用翻译与撰述等文本手段，加上其丰富的语境指涉性，力图对接理论资源与现实语境，既重视作为思想资源的俄国马克思主义文学理论本身的先进性、科学性、正确性，亦强调其评价、应用语境的变迁性、指导性、适用性，试图在二者间求得平衡。然而，面对俄国马克思主义文学理论，瞿秋白更多侧重从现实政治层面而非学术思想视域去把握理论、界定问题、评判现象，相对缺乏以深入的学术研究为基础的独立审视，阶段性的现实逻辑、动态式的政治倾向居主导地位，往往使这种对接难以两全，容易生出影响与接受、紧随与自创的二元对立式焦虑，这体现了瞿秋白作为政治家的理论家和作为文学家的理论家之间的矛盾，亦反映马克思主义文学理论中国化的艰巨性、曲折性，这还与瞿秋白“半政治家”、“半知识分子”的特殊身份及其分裂有关。

文艺研究的范式体系中，“政治——艺术”模式强调从政治角度切入文艺研究，“艺术——政治”模式注重从艺术角度融入政治研究，二者不同。基于政治身份、心性呈现、思想时空等方面的差异，在人生的不同阶段，瞿秋白交替使用这两种模式，很难说以哪种为主、哪种为辅，这是瞿秋白最特别之处，体现了他强烈的历史使命感和强大的理论创造力，然而这正是其焦虑的产生根源。值得注意的是，缘于瞿秋白丰富的理论储备、当时中苏关系的稳定态势、瞿秋白政治与文学相统一的文学理论观、俄苏思想资源输入的相对强势、瞿秋白深谙文艺规律等因素，这种焦虑在他身上尚不突出，其对接仍以平稳、顺畅、和谐的方式进行，但在周扬那里表现已极为明显。在文艺与政治的关系维度上，对应鲁迅坚守“艺术——政治”模式，周扬实践“政治——艺术”模式。1946年，他在《表现新的群众的时代》一书前记说，“我努力使自己做毛泽东文艺思想、文艺政策之宣传者、解说者、应用者”，文艺活动实践也表明周扬是毛泽东文艺思想、政策的权威阐释者、执行者、捍卫者，文艺领域的政治权力与知识分子被有机统一。与之关联，周扬译介、传播、接受俄苏文论，侧重于理论动态与文艺政策、国际左翼文学的最新动向与重要决议的介绍，他以强烈的政治敏感为准绳，极力对接援用资源与本土适用，处于紧跟苏联文艺变化与国际左翼文学“影响的焦虑”之中，难以适从，受很多人的诟病。笔者不想用简单的左、中、右定位法，抽象概括他们与俄苏文论的关系，周扬、鲁迅各居一边，瞿秋白处在中间地带。可以肯定的是，基于语境指涉的程度各异、方向有别，他们对俄国马克思主义文学理论的接受与运用，确实代表不同范型，产生了相异影响。

（原载《文史哲》2012年第6期）

左翼文学创作中的马雅可夫斯基"情结"

杨经建

必须申明，马雅可夫斯基情结中"情结"所指的并非心理学层面的语义，也不是一个严谨的逻辑分析概念，而是一种喻指性的话语描述。它实际上是指马雅可夫斯基及其创作对30年代中国左翼文学（以下简称左翼文学）形成的构成性影响所导致的创作定势（倾向）和文学素质。左翼文学的主将蒋光慈曾在1926年所写的《〈十月革命与俄罗斯文学〉小引》中以"十月革命"为界把文学分为"新俄文学"与"旧俄文学"，他主张更需要加以译介的是"十月革命"后出现的"革命作家"的作品，甚至认为高尔基也"已经老了，现在已经不是他的时代了"[①]。而马雅可夫斯基显然是"十月革命"期间及其后"革命作家"的典型代表。蒋氏所谓高尔基老了之谓也很容易使人联想起左翼文学初期郭沫若们对鲁迅的"封建余孽"的指责。无独有偶，蒋光慈此番见解与左翼文学倡导者，也是左翼文学主要理论家的瞿秋白的观点形成呼应"早在1923年8月，瞿秋白就写了《劳农俄国的新文学家》一文，介绍苏联诗人马雅可夫斯基和劳工派的波列塔诺夫等等……这可以说是中国

① 蒋光慈：《〈十月革命与俄罗斯文学〉小引》，《创造月刊》1926年第4期。

现代文学介绍俄苏无产阶级诗人的肇始。”

“无论俄苏还是中国，左翼文学最先取得成果的无疑是诗歌体式，因为诗歌抒情言志，最适合无产阶级表达自己的阶级意志，而且诗歌短小精悍，也容易被无产阶级诗人用来作为自己阶级进行阶级宣传的武器。”[①] 在此意义上，本文论题的提出具有充分的事实依据和学理价值。

一

所谓左翼文学之“左翼”既指作家的价值立场，也关涉与其相联系的文学思潮。就前者而言，作家的立场缘于自我身份的认同和社会文化角色的定位。而正是在身份认同与角色认定上，以后期创造社、太阳社、我们社为主导的左翼作家群体与马雅可夫斯基具有一种精神契合性。

马雅可夫斯基出生于格鲁吉亚巴格达吉地区的一位林务官家庭。中学期间父亲因病去世导致家道中落。读中学时他就对马克思主义发生兴趣且参加地下革命工作。1905 至 1909 年间他曾三次被当局逮捕入狱。1915 年马雅可夫斯基被征服兵役，在此期间他写成长诗《战争与世界》和《人》，诗中呼唤着在告别痛苦的大地上将会出现新的“自由的”人。

也许马雅可夫斯基这个族类是俄国 19、20 世纪特殊的社会文化现象。别尔嘉耶夫指出，知识分子在俄罗斯是一种精神性的而非职业性和

---

① 谭桂林：《本土语境与西方资源——现代中西诗学关系研究》，人民文学出版社 2008 年版，第 162、158 页。

经济性的群体，只凭观念并且只凭社会性质上的观念而结为一体[1]。这使得俄罗斯知识分子与所有阶层的日常生活和传统相脱离，更与以农民为主体的人民大众的生活距离遥远；而马雅可夫斯基等是19世纪俄国社会的转变过程中由贵族阶层、僧侣阶层和下层平民中分化产生出的一批小知识分子阶层，他们夹在巨大的封建官僚集团和庞大的农奴群体之间。他们既不满于以政治为表征的主流社会，也不满于以文化为表征的世俗社会，因而属游离于现实社会并具有叛逆精神的社会群体。他们觉得传统价值体系无法化解因现实生活震荡而引发的精神焦虑，不惜用激进的方式在思想范式上改弦易辙，这就使其与革命运动有一种天然的亲和力。

的确，马雅可夫斯基与“十月革命”有一种不解之缘。在他看来，“革命”使得今后有可能按照社会公平的原则建立一个新的世界。在这个世界里，以往因社会政治与社会文化的双重疏离而生成的焦虑，可以在神圣的理想和伟大的事业中消解；另一方面，组织化、合理化和普遍化的意识形态既为个体知识分子从集体意义上获取力量，更符合知识分子群体的自尊需求，他们可以通过自我把握生活的方式得到关于人的生活意义和世界存在的理由。故此，马雅可夫斯基很快投身无产阶级文学便是一种顺理成章的人生选择。即如此言，“诗人在自己的创作道路之初就宣称：‘我前进，用雷鸣的轰响震惊世界……’他曾坚定地说这是‘我的革命’，自己‘最终却用子弹画上了句号’。”[2]

正是在这点上，左翼文学的主导性作家与马雅可夫斯基有着明显的

---

① 参见［俄］别尔嘉耶夫：《俄罗斯思想的宗教阐释》，邱运华等译，东方出版社1998年版，第15页。

② ［俄］符·维·阿格诺索夫主编：《20世纪俄罗斯文学》，凌建侯等译，中国人民大学出版社2001年版，第177页。

精神血缘。30年代初期瞿秋白就发现：“五四到五卅之间中国城市里迅速地积聚着各种‘薄海民'（Bohemian）——小资产阶级的流浪的智识青年。”① 或许他们是拥有自由选择权利的一代，但他们获致的自由却是一种被主流社会抛弃的自由，一种在现实社会找不到人生位置的自由。皆因，城市文明与现代教育使他们告别了宗法乡村和传统绅士的生存环境和生活方式，同时他们又承受着被资本主义关系挤出运转轨道的生存压力。现实社会并没有为其个体化的过程提供安全稳定的基础，近代以来的屡次社会革命的结果都无法改变他们边缘化的现状。张灏谓：“现代知识分子的人生困境主要源于他们社会政治地位的边缘化。”② 此话在某种意义上指涉的就是上述“薄海民”。

已有学者指出，左翼文学思潮的传播者大多来自中国的中、下等社会阶层，例如“中等地主兼商人”、“破落官绅”、“中、小商人”和“农民”等家庭。左翼文学思潮的承载者主要是两类人：一是20、30年代曾受到晚清革命思想、马克思主义和日本左翼社会思潮极深影响的日本留学生，归国后他们与另一批由破败乡村走向城市的知识青年汇合，通过上海这个新文化中心把左翼激进思潮传播到中国的广大城乡；二是抗战时期的流亡学生和解放后培养的工农作者，他们人生的选择与中国革命的发展具有某种“同步性”，在他们身上，折射出左翼文学思潮的本土化倾向和文化心理特征。③ 比如茅盾，由于“家道中落”，他1916年不得不中断在北京大学预科的学业入商务印书馆做了普通译员。其情其状亦如他在小说《追求》中所述，张曼青、王仲昭等无论怎样执着地

---

① 瞿秋白：《〈鲁迅杂感选集〉序言》，王运熙主编《中国文论选·现代卷》（中），江苏文艺出版社1996年版。

② 张灏：《中国近百年来的革命思想道路》，《张灏自选集》，上海教育出版社2002年版，第295页。

③ 参阅程光炜：《左翼文学思潮与现代性》，《海南师范学院学报》2002年第5期。

追求，最终还是没有找到属于自己的生活位置，不能获得主流社会的认同，从而陷入了生存与心灵的双重困境。或者说，他们是一个相对独立的知识分子阶层——处在社会上层和社会下层之间的联系通道上。他们因此有其自己的社会感受和精神体验。犹如郭沫若所云“我们所共通的一种烦恼，一种倦怠”乃属于普通平民青年，“我们没有这样的幸运以求自我的完成，而我们又未能寻出路径来为万人谋自由发展的幸运”[①]。

在此，不妨将其与“新月派”作一个对照。“新月派”是一批具有贵族精神和绅士气息的现代文人。事实上，20 世纪以来从传统社会形态向现代社会形态演进的过程造就了这样一批知识分子：他们出身于传统的书香世家，自幼接受过系统的中式教育，海外留学生涯又使他们接触了近代西方的文化思潮和迥异于中国封建专制的西方民主政治。因此，他们对本国文化传统在某种程度上具有较为超脱的姿态，虽心怀匡世救弊的忧患意识并向往个性解放，但他们期望通过宣扬“人性”之爱，通过艺术美的感染来化解人间的纷争与仇恨，他们企盼倡言民主与自由来消除社会的不平与政治的黑暗。所有这些促使“新月派”持有一种与左翼作家迥异的文化心态和文学立场。30 年代之所以出现左翼文学作家与自由主义派作家的激烈论战也就不难理解了。

总之，对于类似于马雅可夫斯基的大多数左翼作家而言，“这些出身社会中、下层，实际也从未真正有过‘学院’和‘书斋’体验的作家，对中上层社会抱的是敌视的态度。当时代激流涌来时，它便容易作出告别都市走向乡村、告别个性而选择大众、告别幻想而投身革命的

① 郭沫若：《孤鸿——致成仿吾的一封信》，《文艺论集续集》，人民文学出版社 1979 年版。

抉择。"[1] 诚然，选择左翼激进的文学立场并不是出身寒微、对社会不满的青年必然和唯一的选择，但这种人生"境遇"确实容易与抨击现代社会、强调阶级斗争的左翼文化思想不谋而合。换言之，特定的身份属性、社会感受和精神焦虑构成了左翼作家特定的创作话语标识。

二

苏俄时期伟大的思想家别尔嘉耶夫在《俄罗斯思想》中指出："在俄罗斯，道德的因素永远比智力因素占优势。"[2] 19 世纪以来，俄罗斯知识分子强烈地感受到在专制独裁的政治压迫和思想钳制下社会现实中的种种丑恶和不幸，而改造不公正的社会现实、拯救人民于水火成了俄罗斯知识分子无怨无悔的使命。为了达到这个目的，俄罗斯知识分子精英们准备作出任何牺牲。"弗兰克在《偶像的毁灭》中曾非常形象地分析道，在那个时代，大多数俄国知识分子都生活在一种信仰之中，具有一种'生命意义'；对这种信仰的最好定义就是革命信仰……尽管在自由派、激进派、民主派、民粹派和马克思主义者之间存在不同的具体政治纲领，由于对革命的信仰，各党派之间的差别主要是对现存制度的恨和摆脱这一制度的要求的强度，即革命激烈程度的量的差别。"[3] 唯其如此，才有了《苦难的历程》中知识分子为洗净自身，走向革命，成为革命民众一员的艰苦历程。质言之，一种由道德焦虑感而升华出的历史忧患精

---

① 程光炜：《左翼文学思潮与现代性》，《海南师范学院学报》2002 年第 5 期。

② ［俄］别尔嘉耶夫：《俄罗斯思想》，雷永生等译，三联书店 1995 年版，第 13 页。

③ 周力：《俄罗斯知识分子在 20 世纪革命中行为的文化特征》，《西南民族大学学报》2005 年第 10 期。

神在俄罗斯知识分子身上具有很大的普遍性。一旦由于历史、时代的原因这种历史忧患精神便会转化为政治热情和革命激情。以至“二十世纪自1917年革命以来，俄国文学……仍然是光辉灿烂的文化之一”。因为“俄国作家不仅满足了美学经验，也满足了思想的需要。大多数作家都充当了教育者和鼓舞者的角色”①。其中，马雅可夫斯基及其诗歌可谓最具典范意义的表征。

不言而喻，“红色革命”是20世纪席卷全球的历史现象，它改变了人类历史生活的同时也创造了与之相适应的意识形态和文学艺术。于是，当“革命”和“文学”互为前提、相互连接的时候，一种特定的话语概念就诞生了。对于马雅可夫斯基来说，用诗的手段所把握的艺术世界的主题话语就是“革命”。当马雅可夫斯基为革命的辉煌所感染进而热情歌颂“红旗遮天，鲜艳如火”(《向左进行曲》)时，他便成为革命年代最激进的旗手。在他的《穿裤子的云》、《列宁》、《好》等名作中，“革命”的主题话语成为诗性思维的基础。直至1930年的孤独自戕前，他还在为革命的乌托邦热情而无力地歌唱。可以说，以马雅可夫斯基为代表的前苏联无产阶级文学“这种新的文化体验、文学交流给中国作家以前所未有的新鲜感、创作冲动、探索欲望和创新动力，使他们在独创性的模仿中把文学和现实尤其是革命有机地联系在一起，这就为中国革命文学的生成奠定了良好的基础”②。

左翼作家倡导的“革命文学”亦可视为马雅可夫斯基式“革命”文学的创造性重构。

---

① ［美］爱德华·布朗：《十月革命以来的俄国文学》，薛君智编：《欧美学者论俄苏文学》，社会科学文献出版社1996年版，第48—59页。

② 陈红旗：《“俄苏体验”与中国左翼文学的发生》，《西南民族大学学报》2006年第11期。

“革命”作为20世纪中国的一个核心语汇，同时也是凝聚着数代中国人的巨大期望的一个有着克里斯玛般魔力的符码。实际上，中国新文学就是以“五四”文学革命为创世纪的，因为只有在“革命”中新文学才能完成启蒙主义使命。从“文学革命”到“革命文学”，左翼文学其本质意义就是一场无产阶级政治革命的思想启蒙运动。从李初梨的《怎样地建设革命文学》、成仿吾的《从文学革命到革命文学》到茅盾的《“五四”运动的检讨》、瞿秋白的《五四和新的文化革命》，随着“革命”这一核心话语概念的展开，文学的认识发生了深刻乃至根本的变化。“革命”不仅仅成为文学创作的主导性话语或文学话语体系的基本叙述原则，更成为人们理解世界的根本方式——意识形态。

譬如左翼文学的经典性文本“革命加恋爱”小说，在其本质上，它不单是一种文学叙述，更是当时革命者的“真实”生活经验，是他们上演的“人生戏剧”。茅盾曾在《“革命”与“恋爱”的公式》一文中概括了“革命”与“恋爱”这一对立性叙事结构元素在创作演化过程中各自功能的转换态势：其第一阶段显示的是，“将‘恋爱’写成了主体，而‘革命’成了陪衬，——‘恋爱’穿了件‘革命’的外套。”然而到了第三阶段，“把‘恋爱’和‘革命’的关系完全从另一新的角度来观察”[①]。即，“革命”终于取代了“恋爱”成为唯一的话语能指。毋庸赘言，“左翼文学运动以高度的政治自觉和全新的思想信仰，深深感化了包括鲁迅在内的新文学‘巨匠’，他们纷纷放弃论争走向联合，共同营造了一个声势浩大的红色文学运动，并以强烈的革命话语霸权，最终压倒了一切反对者的微弱呼声。”[②]

---

① 宋剑华：《论左翼文学运动的人文价值观》，《福建论坛》2006年第1期。

② ［俄］别尔嘉耶夫：《俄罗斯思想》，雷永生等译，三联书店1995年版，第13页。

事实上，“革命”既是文学难以回避的历史的、时代的使命，“革命”又致使文学负载过度所谓不能承受之重，一切都在情理之中。相对而言，马雅可夫斯基由于所处的历史文化语境——“十月革命”的成功使得“历史的必然要求”已获满足，他的诗歌能表现出对旧世界的解构冲动与对新世界的创世激情的“革命”过程的完整性的倾诉，而左翼文学所诉诸的只是对旧世界的解构冲动，至于对“革命”过程的完整性呈现那是随后解放区文学的职责了。

问题也许还在于，革命本身具有解放的意义，而人的解放本身就富于审美性质。蒋光慈坚信革命与艺术的同一性："革命就是艺术，真正的诗人不能不感觉得自己与革命具有共同点。诗人——罗曼蒂克更要比其他诗人能领略革命些！"[①]不难发现，从“普罗文学”开始左翼文学的绝大多数作家就以一种由革命热情衍生的浪漫激情，去刻意营造种种超越现实的崇高而完美的艺术境界。

严格地说，这种“革命”的“浪漫”可以用俞兆平先生对高尔基的浪漫主义观的论述来理解。高尔基在《俄国文学史》中指出：浪漫主义不是一种关于人对世界的态度的严整理论，也不是一种文学创作理论；浪漫主义乃是一种情绪，它其实复杂地而且始终多少模糊地反映出笼罩着过渡时代社会的一切感觉和情绪的色彩。它的基调是：对新事物的期待、在新事物面前的惶惑、渴望认识新事物的那种烦躁不安的神经质的向往。高尔基进而把浪漫主义分为消极浪漫主义——“个人主义的浪漫主义”与积极浪漫主义——“社会性的浪漫主义”或“集体主义的浪漫主义”，后者萌生、孕育的温床和土壤是“社会主义思想的导师”，是社会主义制度的宣扬者。所以高尔基对“浪漫主义”一词的使用“仅仅

① 蒋光慈：《蒋光慈文集》第4卷，上海文艺出版社1988年版，第68页。

限于指无产者崇高的战斗情绪而已”①。

如此看来，在马雅可夫斯基的诗作中，革命的浪漫外观恰如其分地应和着诗人的激情。即便是他早期的代表作《穿裤子的云》，也能将未来主义的艺术表述与充沛的革命激情以及理想主义的积极进取精神交融。至于他后期具有里程碑意义的长诗《列宁》和《好！》，更是通过对人民生活中最重要事件的诗意叙述，使人们重温革命所树立的理想是多么崇高。在此，“革命与艺术、浪漫精神相通，后者显然没有直接改变社会制度，却以心灵与感官的震荡为革命的到来作好了铺垫”②。

与此相同，左翼文学以“革命”为主导、以政治抒情为本色的浪漫主义精神也有目共睹。“比如蒋光慈的《短裤党》、《咆哮了的土地》，华汉的《马林英》、《女囚》、《地泉》三部曲，洪灵菲的《流亡》、《前线》、《大海》，胡也频的《光明在我们的前面》、《到莫斯科去》，欧阳山的《七年祭》、《鬼巢》，以及魏金枝的《奶妈》和丁玲的《一颗未出枪膛的子弹》等作品，都是以极度浪漫的政治理想主义色彩，并借助作品中的主人公之口，直接投射了创作主体反抗叛逆的时代情绪。与此同时，他们还以马克思主义的阶级斗争人生哲学，精心营造了一种属于纯粹精神理念的主观叙事模式。”③

应该说，文学浪漫主义的根本问题是要解决人生理想归依的问题和人的精神价值问题，而左翼文学“革命”主题对“浪漫主义”的导引在一定程度上势必将价值论简化为目的论、功用化，从而遮蔽了文学浪漫主义的价值本质。另一方面，左翼文学的浪漫主义又强调一种“精神革

---

① 参阅俞兆平：《中国现代三大文学思潮新论》，人民文学出版社2006年版，第56—60页。

② 冯绍雷：《20世纪的俄罗斯·冷眼向洋百年风云启示录之三》，三联书店2007年版，第148页。

③ 宋剑华：《论左翼文学运动的人文价值观》，《福建论坛》2006年第1期。

命”，其目的是人的感性及其现实社会的审美解放，因为审美的力量就在于它能促使人洞察现实的美好趋向，能窥见乌托邦精神中的同一性之光。易言之，左翼文学摒弃审美独立的理念，从政治功能和生产方式上重新定义文学，既以文艺为革命政治的工具，也借革命来解除束缚、追求自由。因为这样，左翼文学的理论和实践与马雅可夫斯基为代表的苏俄无产阶级文学的“积极浪漫主义”，具有相似的实验性质。

三

左翼文学一旦确立了“革命”的主题话语，便在历史承担、主客体预设、创作观念与审美风格等都和之前的文学有着许多本质的区别。也如《中国无产阶级革命文学的新任务——一九三一年十一月中国左翼作家联盟执行委员会的决议》所规定的，其中“首要的第一重大的问题，就是文学的大众化”，“今后的文学必须以‘属于大众，为大众所理解，所爱好’（列宁）为原则”。“只有通过大众化的路线，即实现了运动与组织的大众化，作品，批评以及其他一切的大众化，……才能创造出真正的中国无产阶级革命文学”。

反观前苏联无产阶级文学亦可发现：“一战及其现代化危机同时也是现代性信念危机。与反现代化的文化保守主义（从法国革命后的浪漫主义到20世纪斯宾格勒《西方的没落》思潮）不同，马克思主义及列宁主义苏维埃是以更加强劲的现代性进步信念修正与发展现代化，因而被视为‘现代性的第二次浪潮’。作为替代资本主义的新现代化模式，列宁主义的苏维埃社会重心基点正是以‘大众平等’置换‘个体自由’。

巴黎和会时凸显出法国革命后民族国家格局的危机，‘大众平等’从而扩展为‘民族平等’信念，后者在二战后民族解放实绩支持下将社会主义的现代性信念推至高峰……民主平等的现代化观念与不懈追求进步的现代性时间——历史哲学信念，是‘文艺大众化’形态革新的动力机制。”[①] 而作为前苏联无产阶级文学代表性作家的马雅可夫斯基，无疑是文学大众化身体力行的创作倡导者和实践者。

“鼓手和诗人”是马雅可夫斯基为其参加创办的教育人民委员部机关刊物《公社艺术》报第一期写的《给艺术大军的命令》中的诗句。它道出的心声是：把艺术从艺术家的象牙之塔解放出来，从贵族资产阶级唯美主义的沙龙里解放出来，要造成一种群众性的“街路”和“广场”的艺术。他的《开会迷》、《官僚制造厂》、《护照》、《列宁》、《好！》等诗歌，以及讽刺话剧《臭虫》、《洗澡》等追求大众化创作的作品使他获得极大声誉，也使得“马雅可夫斯基敢于标新立异，敢于向旧的诗歌传统挑战，他把俄罗斯缪斯之神从虚无缥缈的天国请到芸芸众生的人间尘世，从高雅圣洁的殿堂请到充满矛盾的现实世界……人民群众中涌现出大量新颖的富有时代色彩的词语，马雅可夫斯基大胆地、堂堂正正地把他们请上诗歌的宝座”[②]。似乎可以说，马雅可夫斯基诗歌的大众化创作取向是前苏联无产阶级文学“社会主义的现代性信念”的审美转述。

如果说，“马克思主义及列宁主义苏维埃是以更加强劲的现代性进步信念修正与发展现代化，因而被视为‘现代性的第二次浪潮’”，而“20世纪中国文艺大众化置身于上述现代性第二次浪潮中，从而成为攸

---

① 尤西林：《20世纪中国“文艺大众化”思潮的现代性嬗变》，《文学评论》2005年第4期。

② 徐琰：《对国内马雅可夫斯基研究的综述》，《山东文学》（下半月）2008年第4期。

关时代精神的思潮”[①]。就现代中国文学自身特征而言，从大众化中寻求“现代性”既是文学的现代性焦虑之一，也是“革命文学”的基本特征。这意味着，从五四新文学的“为人生”到左翼文学的“为大众”，文学“为什么”的问题实现了历史的转换。“只不过左翼作家认为，‘五四’新文学所强调的‘人生’，意指性过于宽泛、过于模糊、过于抽象，最终只能以知识分子自身的人生体验，去诠释或代表民族整体的人生感受，明显会带有个体情感的极大片面性。所以，他们强调随着无产阶级政治力量的迅速崛起，以及中国社会革命性质的骤然变化，工农大众的革命主体地位必须被凸现出来，文学艺术为工农大众服务必须是毫无条件的思想原则……知识分子所谓的自我‘个性’意识，也理应无条件地去服从于工农大众的群体意识。”[②] 显然，文学的大众化理念赋予“人民大众”或“工农大众”以终结封建主义、超越资本主义的历史使命承担者的职责，所以左翼文学的大众化“成为攸关时代精神的思潮”。

问题的另一方面在于：“在现代中国的激进主义知识份子看来，文艺是一种重要的武器，无需精致与华美，而是要方便实用，它需要的是社会组织功能，要能够强有力地鼓动接受者的政治热情，从审美风格来看，这是一种‘尚力’的美学观念，体现在艺术形式上就是追求粗粝与质朴，这和共产主义知识份子完全一致，因而在左翼文学和解放区文学中一以贯之。”[③] 基于这样一种创作思维逻辑，左翼文学转变了五四以批判“国民性”为己任的思想立场，加重了政治意识形态的革命色彩，作家本人也不再作为独立自为的个体艺术家而存在，从而成为工农大众根

① 尤西林：《20世纪中国“文艺大众化”思潮的现代性嬗变》，《文学评论》2005年第4期。

② 宋剑华：《论左翼文学运动的人文价值观》，《福建论坛》2006年第1期。

③ 代迅：《民粹主义与中国现代文艺思潮》，《二十一世纪》（网络版）2003年8月号（总第17期）。

本利益的政治代表。

左联成立伊始便开始号召无产阶级大众文艺。左联共组织开展了三次“文艺大众化”讨论。在“文艺大众化”讨论中，瞿秋白的《普罗大众文艺的现实问题》一文否定了新文学以来的所谓半文半白文学的创作价值，转而向传统的民间文学形式汲取养料，在注重文艺的宣传功能的同时，消解了知识分子写作蕴含的现代文化的导向意义。其价值立场呈示了放弃知识分子话语权利而归依大众话语的倾向。与此同时，左翼作家在创作实践中也作了尝试。先是《大众文艺》刊登了若干“大众文艺小品”、“少年大众”作品，开辟“通信栏”，发表“工厂通信”、“纱厂通信”等。继而鲁迅、瞿秋白都写过通俗歌谣，随后欧阳山、草明创办《广州文艺》，提倡大众文艺、方言小说，郑伯奇主编的《新小说》以发表通俗作品相号召，钱杏邨也在《大晚报》副刊《火炬》上编辑《通俗文学》。此外，左翼剧作家在工人中间组织蓝衣剧团，上演方言剧，到农村演出等，这些都以不同方式扩大了革命文艺作品在群众中的影响。尤其是在诗歌创作方面大众化创作成果显著，“特别是马雅可夫斯基的诗，为中国诗人们提供了行动的节奏，战斗的节奏。它不是模仿的，而是与自己的要求相应的”①。

简言之，表现“革命”的主题和塑造新的历史主体成了左翼文学意识形态话语的审美规范，而“大众化”努力的最终目标是将工农大众转换为被表达的主体乃至表达的主体，实际上这也是与现代性的规划相一致的——新的主体在现代性的逻辑下被塑造出来后，它必然需要以自己的方式来表达自己。

然而问题却在于，左翼文学的创作者普遍以大众的启蒙者、无产阶

① 王富仁：《中国现代主义文学论》，《天津社会科学》1996 年第 5 期。

级意识形态的灌输者身份来倡导文艺大众化，“所以，当左翼作家把自己视为是民族群体意识的全权代表，并坚信为民代言的过程就是作家个体融入阶级群体的自然过程时，其实他们并没有真正走向无产阶级劳动大众，而只是营造了一种无产阶级意识精英化的时代风气”①。

四

G.M. 海德曾认为：“（马雅可夫斯基是）世界上被人引用最多、理解最少的作家之一。”②在此，如何“理解”自然见仁见智，不过别尔嘉耶夫的观点值得关注。别尔嘉耶夫“‘敏锐’地发现，在被斯大林称之为无产阶级诗人的马雅可夫斯基的诗歌中，‘除了雄壮豪迈的主旋律之外，还存在着柔弱感伤的音调’。认为正是‘这种两重人格不但有损于他的创作深度，甚而导致了他的悲剧性自杀’”③。完全可以说，马雅可夫斯基诗歌创作的“柔弱感伤的音调”乃至所最终的“诗人之死”，缘于诗人在思想认识上始终无法找到革命文学的破坏性和建设性的结合点，而在创作探索中则体现出个性意识与集体精神之间的无法兼容。和切·格瓦拉一样，马雅可夫斯基是个极端理想化的革命者。在马雅可夫斯基的自传里，紧接在“我的革命”之后的是：“我到斯莫尔尼宫去了。在那里工作。需要什么干什么。”④问题却在于，马雅可夫斯基一方面是时代

① 宋剑华：《论左翼文学运动的人文价值观》，《福建论坛》2006年第1期。

② 转引自［英］马·布雷德伯里等编：《现代主义》，胡家峦等译，上海外语教育出版社1992年版，第248页。

③ 陈为人：《从叛逆到皈依》，《社会科学论坛》2009年第3期。

④ 参阅［俄］符·维·阿格诺索夫主编：《20世纪俄罗斯文学》，凌建侯等译，中国人民大学出版社2001年版，第179页。

之子和革命歌手，另一方面则是从“白银时代”的“未来派”脱胎出的诗人。“未来派诗人先天地带有革命性因素。在‘白银时代’，未来派是和布尔什维克靠得最近的一个诗歌派别。后来，无产阶级诗歌几乎成了俄国未来主义诗歌在布尔什维克旗帜下的翻版，这并非是没有缘由的事情。”[①]托洛茨基在《托洛茨基回忆录》中关于“马雅可夫斯基的自杀”写道，马雅可夫斯基首先是诗人和艺术家，是一个脱离了旧世界，但又未完全与之断绝联系的诗人和艺术家，只是在革命后他才开始寻找，并且在很大程度上找到了自己在革命中的支点。情况的确如此，马雅可夫斯基早期诗歌中具有未来主义气质的主人公，在向周围发出挑战的同时又痛苦而尖锐地感觉到自己在这个敌对世界上的孤独，这其实就是诗人之所以会以极大的热情欢迎“十月革命”的原因。

显然，“革命”与马雅可夫斯基关于“未来”的想法联系起来，他认为“未来”能够击溃萌芽于过去的现在。他试图将未来主义与政治信念结合在一起，先后组成了“康夫”（共产主义的未来主义）等文学团体并主编刊物。他还曾写下这样的诗句：“同志们！/到街垒去！/未来主义者们，别再迈方步了/街路是我们的画笔。/广场是我们的调色板。/到街头去，未来主义者们，/向未来跃进！”（《给艺术大军的命令》）如果说马雅可夫斯基起初创作的是摆脱了一切自古以来支配着世界和生活的清规戒律而获得的自由感（《我们的进行曲》《第四共产国际》），那么后来，他越来越坚决地追随时代，越来越执着地在今天去捕捉那可以感觉得到的明日——“未来”的特征。只是他对于新与旧的关系的看法并未根本改变，他天真地把十月革命的胜利看作未来派的胜利，把革命的胜利简单

① 汪剑钊：《俄罗斯“白银时代”诗歌漫谈》，文池编：《在北大听讲座》第8辑，新世界出版社2006年版。

地理解为破坏、毁掉一切。

因此，尽管马雅可夫斯基努力要做到与时代联为一体，然而早在20年代，他的诗作大肆宣传的崇高革命理想与生活中表现出来的虚幻的共产主义乌托邦之间，就出现了悲剧性的脱节。客观地说，这样的悲剧性脱节也是一种必然，因为马雅可夫斯基式的革命激情实质上是一种未来主义化的乌托邦想象。“激情导致的冲动可以产生很大力量，但是激情消退后又会造成蔓延社会的失望与颓废。所以至今有人断定由于极端主义传统所致，西方的社会民主主义思想在俄国一开始就是乌托邦式的，在很多情况下它只是一种形似而质异的假象。”[①] 马雅可夫斯基因而才在其后期诗作《回家！》中喟叹着：“我希望能为我的国家理解 / 但如果不被理解 / 又将奈何。”

也许，涅恰耶夫说得极是，革命者是注定要死亡的人，他们没有一切个人的利益，没有个人的事业、情感、私有财产，甚至没有名字；他们所拥有的只有一种事业、一种思想、一种狂热——革命。[②] 问题在于，马雅可夫斯基对“革命”这一公共领域中的普遍生活过程的接受是极其个人化的。在马雅可夫斯基的诗中，党、祖国、集体与个人之间有着十分复杂而微妙的纠缠，“我”是突出的、独特的、富于活力的、外在的，任何伟大的事物都不至于使之消失。他在《列宁》中写道：“党——/ 唯有党 / 永远不会背叛我。/ 今天我是一个平凡的人，/ 明天 / 我要在地图上擦掉所有的王国。”在这里，“我”不仅仅是“我们”中的一分子，“我”更是具有独立意义的生命个体，是不能随意地加以吞并和整合

---

① 汪剑钊：《俄罗斯“白银时代”诗歌漫谈》，文池编：《在北大听讲座》第8辑。

② 参阅金阎：《革命为什么不可轻言——从〈路标文集〉看俄国知识分子的自我反省》，《南方周末》2007年11月7日。

的——“我”是不容改变的。

马雅可夫斯基之所以把目光投向“未来”，是因为越来越意识到不可能在现时完全地实现自我。这一意识通过孤独的话题流露出来，在《致谢尔盖·叶赛宁》中马雅可夫斯基在“个人的境况”中描绘了与辞世笔友的相同环境：“一样的房间，一样的水管，一样不得已的孤独。”孤独感觉的出现是因为这个时代虽然以过去无可比拟的力量造就了新文化的成分，但相对于献身革命的马雅可夫斯基之于“未来”的期望，它就显得过于缓慢和充满矛盾了。由是，马雅可夫斯基的创作不但展示出极端的尖锐性，而且保留了许多纠缠不清、互相矛盾、不和谐的东西，那就是：革命与艺术、喧嚣与孤独、坚强的意志与神经过敏，狂热与忧郁、幽默与痛苦……

帕斯捷尔纳克因此说：“在他装模作样的意志坚强下面，掩盖着的是他罕见的、多疑而易于无端陷入忧悒的优柔寡断。”[①] 高尔基曾拿马雅可夫斯基同惠特曼作过比较并断言：“马雅可夫斯基更具有悲剧性。”[②] 要言之，在以“诗人之死”为表征的马雅可夫斯基式悲剧中，实际上熔铸着俄罗斯民族的悲情性格、俄罗斯知识分子独特的忧郁品质、东正教的悲凉精神甚至于一种近乎自虐的痛苦感。

虽然，左翼文学作家没有马雅可夫斯基那种以死明志的极端化表现，但也或多或少地体现出创作中个性意识与集体精神难以兼容，亦显露出所谓“除了雄壮豪迈的主旋律之外，还存在着柔弱感伤的音调”。

事实上，左翼文学在新的历史语境下虽然出现新的创作归趋与异变

---

① ［俄］帕斯捷尔纳克：《人与事——自传体随笔》，乌兰汗译，三联书店 1992 年版，第 135 页。

② 参阅林贤治：《真假马雅可夫斯基》，天涯社区（http：//www.tianya.cn）“论坛·关天茶舍”，2007 年 1 月 10 日。

甚至发生表面的断裂，但其精神品质、心理结构、思维方式在潜意识层次上仍然维系着与“五四文学”的同根性、同源性。这与作为“革命诗人”的马雅可夫斯基在其本质上仍然带有“白银时代”的“未来派”诗人的秉性具有某种家族相似性。就整个左翼文学而言：“左翼革命文学是在‘五四’新文学自我否定基础上发展起来的，那么它的中坚力量也在其思想观念的突然‘嬗变’之后，不得不面临这样一种十分尴尬的两难局面：一方面，他们作为新兴阶级政治意识形态的当然代表，必须不断地去进行自我批判与自我否定，目的是为了要彻底肃清‘五四的自由主义的余毒’；另一方面，他们作为无产阶级革命时代的思想先锋，又必须责无旁贷地去传播现代政治革命的价值理念。那么左翼作家究竟是一种什么样的真实身份？他们是否在一夜之间就变成了当然的无产阶级革命者？在当时特定的历史背景下，大多数的左翼作家，似乎都对自身所承担的社会角色，缺乏强烈的自信心。”[①] 即便如左翼文学领导者和理论倡导人的瞿秋白，从《赤都心史》中“中国之‘多余的人’”到绝笔《多余的话》，瞿秋白从不讳言多年的政治生涯并没有改变其绅士性格和情感方式，革命理论和斗争实践也没有浸透其人格心理和情操趣味。正是意识到这点他才产生了困窘终生而无法解脱的矛盾。《多余的话》更可见出瞿秋白丰富的情感世界、磊落的精神品格以及作为一名革命知识分子的灵魂痛苦。也如茅盾有关时代女性小说中所表达的情绪感受：“比如说‘幻灭动摇’倾向，这自然是一种灰色的情绪，但问题是，这是不是历史真实，是不是大转折时期追求进步的青年人普遍的心理真实呢？茅盾的同名小说证实了这种情绪的非‘空想’性。”[②] 可见，左翼文学

---

① 宋剑华：《论左翼文学运动的人文价值观》，《福建论坛》2006 年第 1 期。

② 符杰祥：《左翼浪漫主义文学命运的历史反思》，《东方论坛》2003 年第 3 期。

作家在为那个暴风骤雨的时代倾情歌唱的时候，也留下了知识分子自我“柔弱感伤的音调”的心灵记录。

必须看到，左翼文学在本质上是一种激进的文学思潮形态，它是由一批具有强烈的个性意识、叛逆精神——拜伦式青年知识阶层完成的。就此而言，左翼文学实际上也是一种具有现代主义（强烈的个性意识、叛逆精神）性质的文学运动。这意味着，左翼文学势必与左翼（左倾）意识形态之间发生抵牾，也使得既追求进步又具有强烈个性的作家们不能不陷入两难的境地或症状：他们带着明确的目标来憧憬与追求进步、自由和乌托邦社会，但作为个体性存在的他们又对乌托邦与现实之间的差距感到巨大的困惑。君不见，在“革命加恋爱”小说中，作家们一方面猛烈地批判“五四文学”中流行的感伤主义和个人主义，然其写作又不能逃脱小资情调；他们对性爱进行大胆的描述并把性爱解放和革命的行为紧密地联系在一起，但这一描述中又不可避免地保留了“资产阶级”颓废的元素；他们被建立强大的中国的乌托邦理想所驱使，不仅在小说中也在现实中热情地拥抱革命和爱情，但却很快就感到沮丧与彷徨，因为他们发现自己处于理想与现实、自我和民族、进步和传统、阳刚的革命精神与阴柔的感伤主义的两难困境中。正是“革命加恋爱”这种写作模式为左翼作家提供了一个最佳的表现场所：通过这样的创作模式，个人不安的体验、痛苦的挣扎与备受折磨的焦虑感被一遍又一遍地重复性书写。①

蒋光慈曾经以乐观的口气嘲笑诗人海涅对革命风暴又喜又惧的两难心态，但他自己最终也因坚执的个性和公开反左的行为，与雨果评判的

① 参阅刘剑梅：《革命加恋爱：政治与性别身份的互动》，《当代作家评论》2007年第5期。

“浪漫主义天才的命运”一样“成为一个放逐者”[①]。1931 年 8 月 31 日，蒋光慈在贫病和寂寞中死去之际，钱杏邨在追悼蒋光慈的专号里称其“在发展的浪潮中生长，在发展的浪潮中死亡”，这既是对蒋光慈一生的概括，也是对左翼文学那种感伤品质的隐喻。关于左翼文学与马雅可夫斯基及其创作的关系性构建也许远非上述几点就能阐述的，但笔者以为从这几个层面或许能见一斑。仅此而已。

（原载《文史哲》2010 年第 5 期）

① 李欧梵：《浪漫思潮对现代中国作家的影响》，贾植芳主编：《中国现代文学的主潮》，复旦大学出版社 1990 年版，第 88 页。

战后中国左翼文学的三种形态及其文学史意义

黄万华

一、同江分流：左翼文学的核心价值和战后三地左翼文学的生存形态

“作为人类社会的文化意识和民族意识的积淀，文学为特定社会的特定人群在上层建筑领域的存在充当见证，提供合法性。换句话说，一个人群的文化定位是以文学形式确认的，在文学作品中得不到表现的人群在文化层面是不存在的”[①]，当以往被“视而不见”的工农大众在1949年前后的人民革命中获得真正的存在时，文学必然以自己的形式见证、确认这种存在，这使得1930年代兴起的中国左翼文学获得了合法性。值得关注的是，抗战胜利后的年代是“每个人都要‘左倾’的时代”，“中国经过了这几年的战难，文人们却几乎没有一个不‘左倾’了……在目前，‘左倾’是什么？是主张‘和平、民主、团结’，反对‘内战、专政、分裂’；是主张经济民主，反对官僚资本；是主张巩固国际友谊，

① 林建忠（美国）：《文学的界定》，祈寿华、林建忠主编：《西方人文社科前沿述评：文学》，中国人民大学出版社2007年版，第2页。

反对挑拨战争”[①]，在这样一种背景下，并非只在中国大陆，而是在台湾、香港都出现了强盛的左翼文学潮流，但三地却提供了三种不同的左翼文学形态。在中国大陆，人所共知，左翼文学表现为“解放区文学”的迅速扩展，逐步进入“体制”，最终成为中华人民共和国文学的主流形态，但也发生了左翼文学自身的变异。在香港，中共领导下的左翼文化势力迅速崛起，从作者、编者及其共享空间上构筑了一个左翼文化传播机制，这一机制在全国反独裁、争民主的背景上运行得异常顺畅，几乎主导了此时期的香港文坛；但左翼文学并未进入“体制”，而逐步成为在“体制”外“自由竞争”状态中与右翼文学并存的文学形态。而在台湾，日据时期遭受压制的左翼文学在台湾光复后也得到复苏，并与大陆赴台左翼文化力量会合，为战后台湾文学的重建注入了社会主义思想和革命批判精神；虽在“二二八”事件后台湾的政治高压下，尤其是国民党政权退守台湾后，左翼文学难以避免“终结”的命运，但实际上还以一种被压抑的在野文学力量顽强生存，始终保持了左翼文学的本质。左翼文学三种形态的存在，使得战后成为中国左翼文学发展最充分的时期。

左翼文学并非主要从文学自身蕴蓄力量、注重自身变革的文学，而是在特定社会思潮下产生、发展的文学，它与世界范围内的革命斗争、社会主义革命等实践息息相关，其运行机制及其内在蕴含必然与其所处环境构成极为密切的“双向”关系，也只有在各种社会环境中其文学形态的互为参照中才能更好把握。因此，考察战后中国左翼文学的三种形态，即逐步体制化的大陆左翼文学、处于政治高压下的台湾左翼文学和体制外自由竞争状态中的香港左翼文学，是非常有意义的。以往研究已充分关注了大陆的左翼文学形态，因此本文对于大陆左翼文学的相关史

① 耀：《文人与左倾》，《新文学》（上海）第三号（1946年2月）。

实不再赘述，而以考察战后台湾、香港左翼文学形态为主，并与大陆左翼文学互为参照，揭示其以往被忽视的一些问题，由此探讨中国左翼文学的相关问题。

左翼文学的定义自然可以有宽、窄之分，但不管我们如何确定它的范围，它的核心文学价值是最值得关注的。中国左翼文学在上世纪二三十年代上海“左联”时期就有其鲜明的存在特性：它有广泛的社会联系，又自觉地以中国无产阶级的代言人自居，以强烈的现实批判性，对封建的传统农业文明、资本主义文明和西方殖民主义文明展开批判；其思想的革命性和文体形式的先锋性使它成为1930年代文坛有主导影响的话语力量，而它与当时官方主流意识的对抗关系决定了它并非话语霸权，相反，其在野性成为其批判性力量的重要基石；它的社会主义理想激情、为劳苦大众说话的平民意识与后来的延安文学、共和国文学有密切联系，但又有所区分；它追求的文学大众化侧重于文学层面而非政治层面（是文学大众化而非革命化），它的主题有革命启蒙又非纯然政治化；它的现实批判性和对独立品格的追求使其内部的创作成分是复杂的，并非大一统的创作模式。这些在中国大陆左翼文学发生期形成的文学特征正负载了中国左翼文学的核心价值，由此构成了左翼文学的传统，而当创作一旦进入左翼文学层面，虽因时代、环境变化而有新因素的介入，也会因地而异，但仍会是其传统的（曲折）展开（否则是否还是左翼文学，就可疑了）。

战后台湾、香港的左翼文学可以构成与大陆左翼文学的互为参照，其重要原因是因为战后三地左翼文学力量之间有着密切联系，但又有着各自本地性的差异。这种联系和差异决定了三地左翼文学的不同形态。

中国大陆左翼文学的发生和发展和“左联”及中共的组织活动关联极为密切，当中共夺取政权后，左翼文学必然更加组织化，最终体制化。从1942年的延安到1949年后的中国大陆，作者和编者（生产者）、读者（消费者）及其公共空间（发表刊物、出版机构、图书市场、流通资金、典律体系等）组成的文学建制发生了根本性的变化。作家作为“公家人”的身份转变，使他们被纳入政府主导的文学生产体制中；编者队伍也较快完成了由自由办刊人向党的政策把关者的交替。读者需求则开始了社会主义意识形态熏陶和个性文化消费多样性之间的矛盾冲突，而在社会主义革命大规模展开的环境中，民众的审美性迅速被一统的革命性替代，大概到1953年，新的环境已经稳固地建立，其社会性已难以容纳文学审美的多样性。一种有如社会主义工农业生产的“文艺生产”体制已经建立起来，一种与社会主义计划经济相一致的文学制度已得到作家认同[①]，文学体制和国家体制的一致性构成大陆左翼文学的生存环境，左翼文学的主导性开始带有国家体制的主宰性，而其原有的民间性、个人性面临沉重压力而逐步消亡，作为“人民的文学”的左翼文学逐步转变为“党的文学”。

台湾战后左翼文化力量主要来自两方面。一是日据时期的左翼作家，包括日据时期持“隐忍抵抗”立场的作家，如杨逵、吴浊流、吴新荣、巫永福、吕赫若、叶石涛等；二是大陆赴台作家，其中有的作家在政治上与此时期大陆的左翼作家有所不同，但他们引鲁迅为导师、同道，如许寿裳、李何林、李霁野、雷石榆等。此时的左翼作家不少还进入了国民党“体制”，如成立于1946年6月的台湾文化协进会是由台北市长游弥坚任理事长，但其实际负责的总干事许乃昌以及负责宣传、教育、服务的理事苏新、王白渊却是日据时期相当活跃的左翼运动家，

① 黄万华:《“内化”中的“缝隙”：从1950年代文学谈文学建制和文学转型》,《山东师范大学学报》2011年第6期。

而许寿裳被此时的台湾省主席陈仪委以台湾编译馆馆长的重任。至于民营报刊更有相当数量为左翼文人所掌握。

战后台湾左翼文学力量算得雄厚，却和此时大陆左翼文学阵营越来越高度组织化不同，甚至和日据时期台湾左翼文学力量有所组织也不同。成立于1934年的台湾文艺联盟是台湾第一个统一的文学组织，其“文学大众化”的组织纲领使得人们归之于左翼文学组织；成员虽为“跨界”，但左翼倾向明显。杨逵作为其重要成员，代表了台湾文艺联盟内部的左翼路线。他“将‘大众’解读为具有反资本主义意味的无产阶级，主张建构台湾社会主义路线”①。后来他自己创办的《台湾新文学》更具有“浓厚社会主义倾向”②。当时留学日本的王白渊等“受日本左翼文学运动思潮影响”③，也成立“台湾艺术研究会”，台湾文艺联盟成立后，他们转为其东京支部，与中国左翼作家联盟东京支部交流密切，“构筑台湾文坛、旅日中国左翼文学者，以及东京左翼诗坛之间多边互动”④，中国左翼作家联盟东京支部的雷石榆、魏晋等就在台湾文艺联盟的机关刊物《台湾文艺》发表文章，台湾战后著名的左翼作家吕赫若也撰文回应感谢。而雷石榆战后来到台湾，成为当时最有影响的大陆迁台左翼作家。然而，无论是杨逵等台湾左翼作家，或是雷石榆等大陆左翼作家，战后都没有成立左翼文学组织。虽有吕赫若等个别作家在“二二八”后参加了台湾共产党的政治斗争，但大部分作家的左翼立场是一种个人的选择，并无统一的左翼

① 赵勋达：《台湾新文学运动的高峰期——〈台湾文艺〉简介》，《文讯》（台湾）第304期（2011年2月），第70页。

② 赵勋达：《浓厚社会主义倾向——〈台湾新文学简介〉》，《文讯》（台湾）第304期（2011年2月），第74页。

③ 张文薰：《志在文艺创造——〈福尔摩沙〉简介》，《文讯》（台湾）第304期，第62页。

④ 赵勋达：《台湾新文学运动的高峰期——〈台湾文艺〉简介》，《文讯》（台湾）第304期（2011年2月），第70页。

文化政策在指导，更无统一的左翼政党在组织，这使得台湾左翼文学更多地在文学、文化层面展开，其状态也更多决定于作家个人的左翼立场。

而从日据时期起，台湾作家的左翼立场就有其特性。杨逵可被视为战后台湾左翼作家的领袖型人物，他是“在思想和生活的结合中确立及接受了科学的社会主义”，有相当系统的社会主义思想，却非“苏俄布尔雪维克的暴力革命”，“终其一生信守不渝”[①]。他是左翼运动中的“实践派”，和妻子一起致力于台湾农民运动，数度被日本殖民当局逮捕入狱，无论处于怎样困难的境遇，他从未放弃自己的社会主义立场；但他又“极端厌恶诉诸于暴力，或者不择手段去追求目的”[②]，强调做“人道的社会主义者”[③]。杨逵的这种左翼立场和他老师赖和的立场一致。出生于甲午战争那一年的赖和在日据时期就被人视为“台湾魂”[④]，而他作为“台湾普罗文学的元老”[⑤]，却是以其“人道主义”显示其左翼立场的（后文尚有论及）。从赖和到杨逵，反映出台湾左翼文学传统的文化抗争特征，包含着左翼追求的“人民的文学”的人文关怀，这样既不会卷入激进的政党运动，也不会和其他非左翼文学主张构成非此即彼的对立。无论在殖民主义的日据时期，还是在三民主义的光复后时期，尽管左翼的社会主义理想都不可能在台湾实现，但左翼文学依旧可以在台湾生存发展。

此时香港左翼文学和大陆的密切联系使其无法回避中共对左翼文化的严密领导，战后香港的左翼文学力量主要是由中共有组织输入的。

---

① 叶石涛：《日据时期的杨逵——他的日本经验与影响》，《联合文学》（台湾）第8期（1985年6月）。

② 同上书。

③ 《小传》，黄惠祯编选《台湾现当代作家研究资料汇编04·杨逵》，台湾文学馆2011年版，第40页。

④ 朱点人：《赖和先生的人及其作品》，原载1936年《东亚新报》，具体时间不详。转引自陈建忠编选《台湾现当代作家研究资料汇编01·赖和》，台湾文学馆2011年版，第73页。

⑤ 王锦江（王诗琅）：《赖懒云论：台湾文坛人物论（四）》，明谭译，《台湾时报》第201号（1936年8月），李南衡编：《赖和先生全集》（《日据下台湾新文学·明集1》），台北明谭出版社1979年版，第400页。

1947年5月成立的中共中央南京局香港分局香港工作委员会在香港以半公开机构身份领导香港公开的活动，其成员几乎是清一色文化人士，并设立专门的文化工作委员会、报刊委员会开展左翼文化运动，建立了包括《正报》（1945.11—1948.11）、《华商报》（1946.1—1949.10）、《中国文摘》（双周刊，1946.12—）、《光明报》（1946.8—）、《群众》（周刊，1947.1—1949.10）、《大众文艺丛刊》（1948.3—1949.3）、《文汇报》（1948.9—）、《新青年文学丛刊》（1948）等报刊，国际新闻社香港分社、新民主出版社（1946）、新中国出版社（1946）、生活·读书·新知三联书店（1948）、南国书店等出版机构，中原剧艺社（1946—1949）、人间画会（1946—1949）、香港新音乐社（1947—1950）、南国影业有限公司等文艺团体，中国新闻学院、达德学院、南方学院等学校在内的左翼文化生产、传播组织。这一组织分布广泛而组织严密，充分体现了中共领导文化战线的丰富经验，其运行也非常顺畅，在与国民党文化势力的竞争中完全占有优势地位。但香港的殖民地环境使中共虽可以公开展开其文化活动，但又无法借助体制性力量形成其主导话语，所以其影响、领导下的左翼文化是一种在全国反独裁、争民主的背景下，处于文化自由竞争状态中的优势。1949年后，大批南来左翼作家北上，中共在香港的领导机构及其组织形式有所变化，原先服务于“打倒蒋介石，建立新中国”的左翼文化任务已经完成，香港主要被作为一个“窗口”保持新中国与世界的联系，中共开展香港左翼文化的方针策略有较大调整，“中央的指令”是要“尽量淡化‘左’的色彩，以较‘灰色’文艺的面貌来争取香港读者”[①]，其对于左翼文化的政党性、组织性控制大为

① 郑树森、黄继持、卢玮銮:《香港新文学年表（1950—1969）·三人谈》,《香港新文学年表（1950—1969）》，香港天地图书有限公司2000年版，第23页。

放松。左翼作家未必是“在组织”的人士，即便是中共作家也可能无需太多听从组织的具体指令。例如被柯灵和聂绀弩分别称赞为“杂文中上品”和“港中最高文”[①]的高旅，抗战时期加入中共，1950年来港后一直供职于左翼报纸，针砭现实，卖文为生，皆我行我素，“文革”开始后为抗议“文革”愤而辞职。而同时，大批不认同新中国的自由主义作家进入香港，西方的意识形态影响明显增强，国民党因为还在联合国“代表”中国，其在香港的活动也得以加强，但国民党的文化活动服务于其“反共复国”的政治现实利益，“与当时香港文艺界谈不上有任何互动”[②]，更无法进入体制中的意识形态操作。所以，此时香港文坛的左右翼分化、对峙并不如以往那样密切联系着国共两党之间的对峙。例如，1931年因“为国民党民族主义文艺运动奔走”而遭左联开除的叶灵凤，1951年在香港《星岛日报》创刊时却被视为“红色”作家[③]，一方面足见当时左翼影响之大，另一方面也说明，“左翼”更多的是作家个人的选择。这显然使得左翼文学得以在一个更为自由竞争性的环境中生存。

香港左、右翼文学的自由竞争状态使得双方政治立场尖锐对立，在文化、文学层面上却都有较大的回旋余地，例如“左右两派文人，却同有浓厚的中国情怀，左翼着眼于当前，右翼着眼于传统，但同样‘根’在中华”[④]，甚至，右翼坚持的民族意识，与左翼提倡的爱国情怀可以交汇合流。而这种左右竞争状态使左翼文学必须生存、发展于文学层面，与现实和读者的联系必须密切，也促进了其艺术质量的提升。

① 梁燕丽：《为真理作证》，《城市文艺》（香港）第60期（2012年8月）。

② 郑树森、黄继持、卢玮銮：《香港新文学年表（1950—1969）·三人谈》，第14页。

③ 刘以鬯：《回忆叶灵凤》，陶然主编：《香港当代作家作品合集选 散文卷（下册）》，香港明报月刊出版社、新加坡青年书局2011年版，第10页。

④ 郑树森、黄继持、卢玮銮：《香港新文学年表（1950—1969）·三人谈》，第17页。

二、左翼文学自身传统的展开和失落

战后台湾文化的“去日本化”、“再中国化”主要表现为政府主导的“三民主义”:“我们的国家是三民主义的国家，今后的世界应该是三民主义的世界，所以我们所需要的新文化，也应该是三民主义的文化。三民主义文化是什么？这是新生的台湾，迫切所要的文化，也是新中国所需要的文化。”[①]在这样一种文化环境中，当时的台湾行政长官公署也“认识到为了台湾文化重建，台湾需要展开类似‘五四运动’的文化运动”[②]，当“民主和科学”的五四精神在台湾得到肯定，包括传播鲁迅思想在内的左翼文化在台湾也就有了某种生存空间。

所以，战后台湾左翼文学思想的传播首先集中表现为鲁迅思想的传播。在日据时期，台湾“不能公开追悼鲁迅”。1946 年 10 月，台湾纪念鲁迅逝世 10 周年，“可说是光复后第一次”大规模纪念鲁迅的活动，由此开始“造成了继 1920 年代台湾第一次鲁迅传播高潮期之后的第二次鲁迅传播高潮期”[③]。这一高潮的形成，自然与大陆赴台作家有关，除前面提及的许寿裳等外，1945 年后赴台的台静农、黎烈文、黄荣灿、袁圣时等也是鲁迅好友，或在大陆就致力于鲁迅思想的传播。此时，“他们寄望透过鲁迅思想的传播，在台湾掀起一个新的五四运动，以建立一个以五四新文化、新文学为中心的新的文化体制与新的文学体制。”[④]其

① 游弥坚:《文协的使命》,《台湾文化》1 卷 1 期（1946 年 9 月），第 1 页。

② 黄英哲:《“去日本化”“再中国化”——战后台湾文化重建 1945—1947》，台北麦田城邦出版有限公司 2007 年版，第 158 页。

③ 黄英哲:《“去日本化”“再中国化”——战后台湾文化重建 1945—1947》，第 141 页。

④ 黄英哲:《“去日本化”“再中国化”——战后台湾文化重建 1945—1947》，第 147 页。

中，作为鲁迅生前好友的许寿裳起着引领的作用。

据专门研究许寿裳的旅日学者黄英哲整理的资料，许寿裳在台湾不到两年的时间里，关于鲁迅的著述远胜于他此前十余年所著，许寿裳关于鲁迅的著述共有三种，而这三种，"《鲁迅的思想与生活》的一半内容、《我所认识的鲁迅》的三分之一内容、《亡友鲁迅印象记》的三分之二内容是在台湾写成的"。[①]许寿裳在台湾写鲁迅的目的很明确，那就是以传播鲁迅思想在台湾开展"一个新的五四运动，把以往台湾所受的日本毒素全部肃清，同时提倡民主，发扬科学"[②]。许寿裳的努力得到台湾省籍作家的积极支持和参与，日据时期很有影响的左翼作家杨云萍就于1947年编辑出版了许寿裳的《鲁迅的思想与生活》一书，杨逵等则在1947年1月后的一年内翻译出版了五种中日文对照的鲁迅作品集，包括《阿Q正传》、《狂人日记》、《药》等重要作品。大陆赴台作家和台湾本土作家的汇合努力，使鲁迅思想的传播真正成为战后台湾文学建设的有机部分和重要内容，而鲁迅思想成为台湾左翼文学的重要资源。

鲁迅思想此时期在台湾的传播凸显了鲁迅作为"被压迫者与被压迫阶级的朋友"的"战斗生活"[③]，正如许寿裳在纪念鲁迅逝世10周年的文章中概括的："鲁迅作品的精神，一句话说，便是战斗精神，这是为大众而战。"[④]而其方法就是战斗的现实主义[⑤]。同时，鲁迅思想的传播也密切联系着台湾文学重建的实践，如黄荣灿强调"新的民主国家应赐予艺术家以他为一个真正的艺术家，让他依照着民主的意旨自由的创造，贡

① 黄英哲：《"去日本化""再中国化"——战后台湾文化重建1945—1947》，第147页。
② 许寿裳：《台湾需要一个新的五四运动》，《新生报》（台北）1947年5月4日。
③ 杨逵译：《阿Q正传》，台北东华书局1947年版，第2页。
④ 许寿裳：《鲁迅的精神》，《台湾文化》1卷2期（1946年11月）。
⑤ 许寿裳：《鲁迅的人格和思想》，《台湾文化》2卷1期（1947年1月）。

献于人民社会”①，而鲁迅正是这样的“伟大民主的战士，通过艺术，与毒龙、瘴烟、黑暗反复的苦斗了一生的精力”②。台湾本土作家更强调鲁迅精神对于台湾现实的重要价值，“鲁迅尽其一生的血泪，所奋斗争取的政治、经济、文化的‘民生’的实现，却还在远处的彼岸。/台湾的光复，我们相信地下的鲁迅先生，一定是在欣慰。只是他假使知道昨今的本省的现状，不知要作何感想？我们恐怕他的‘欣慰’，将变为哀痛，将变为悲愤了”③，所以他们抨击“比不上阿Q”的贪官污吏“在此大动乱之下再发其大财”，呼唤“平民凡夫在饥寒交迫之下”起来反抗④；而作家则要像鲁迅那样，“不是光站在战线后方，只是用嘴发号施令的指导者”，而要“与民众为伍……真正与民众共同战斗”⑤。

鲁迅精神在战后台湾的广泛传播直接促成了战后台湾现实主义文学的强盛，甚至培育了文学新人的成长。例如当时表现出色的青年作家杨梦周“是在台湾阅读《鲁迅全集》而走上文学道路的”⑥，1947年前后在台湾众多刊物上发表了百余篇文学作品，无一不反映出其深受鲁迅战斗的、现实的、大众的左翼文学观的影响。而此时台湾左翼文学与大陆左翼文学的呼应主要表现为鲁迅精神的继承，并不服从于某个现实的政治变革目标，而鲁迅精神及其左翼现实主义本身又具有开放性，这种传统的延续使得台湾左翼文学有开阔的发展空间，尤其是延续日据时期台湾

① 黄荣灿：《给艺术家以真正的自由——响应废止危害人民基本自由》，《人民导报·南虹》（台北）29期（1946年1月31日）。

② 黄荣灿：《悼鲁迅先生——他是中国第一位新思想家》，《台湾文化》1卷2期（1946年11月）。

③ 杨云萍：《纪念鲁迅》，《台湾文化》1卷2期。

④ 杨逵：《阿Q画圆圈》，《文化交流》第1辑（1947年1月）。

⑤ 蓝明谷：《鲁迅的〈故乡〉》（1947），转引自黄英哲《“去日本化”“再中国化”——战后台湾文化重建1945—1947》，第171页。

⑥ 朱双一：《台湾文学创作思潮简史》，九州出版社2010年版，第157页。

左翼文学传统的空间。

日据时期台湾左翼文学有其非常值得关注的内容和特征，以其开拓者赖和为例。赖和的左翼文化活动与他1921年就加入的台湾最重要的文化团体——台湾文化协会密切关联。台湾文化协会是在一次世界大战结束后的民族独立运动和社会主义革命两股世界性思潮影响下成立的，1926年后，由于民族运动和阶级斗争的路线之争，台湾文化协会开始分化，形成“新文协”和“民党”（“民众党”）为代表的左、右两派，“右派是主张以农工阶级为基础的民族运动，左派是主张阶级斗争——共产主义”[①]。政治上的左、右两派分化明显，甚至显得严重，在赖和所居住的彰化地区，文协左派又表现得最为激进。然而，赖和却“横跨于新文协与台湾民众党”[②]（他既是“新文协”临时中央委员，也是“民党”临时委员），这不仅是因为他在政治的左与右之间一直有他自己的原则和弹性，更因为他作为作家，从自身人道主义出发，关注现实时，具有不受政治派别及其意识形态钳制的包容力。他对现实的关怀，不会不认同民族独立运动，也不会不支持工农的阶级斗争。他参与了左、右两派的政治活动，但又主要是以自己在台湾新文学运动中自然形成的文坛领袖地位（1936年，台湾著名作家王诗琅专文论及赖和，就称赖和“是培育了台湾新文学的父亲或母亲”[③]；1942年，第一个撰写台湾新文学史的本土作家黄得时在其著述中确认赖和“台湾的鲁迅”[④]的地位），通过各种

① 《中台改革运动两潮流——国民党分左右派，文协也分左右派》，《台湾民报》157号（1927年5月15日）。

② 林瑞明：《赖和与台湾文化协会》，陈建忠编选《台湾现当代作家研究资料汇编01·赖和》，台湾文学馆2011年版，第180页。

③ 王锦江（王诗琅）：《赖懒云论：台湾文坛人物论（四）》

④ 黄得时：《輓近台湾文学运动史》，《台湾文艺》第2卷第4期（1942年10月），收入叶石涛编译《台湾文学集2》，高雄春晖出版社1999年版，第101页。

文化活动支持台湾的民族运动和阶级斗争，并尽量使左右两派的冲突不至于伤害台湾民众的现实利益和长久解放。这种作家立场使得他可以将民族意识和阶级意识予以统一。赖和曾有《饮酒》一诗："愚民处苦久遂忘，纷纷触眼皆堪伤。/仰视俯畜皆不足，沦为马牛膺奇辱。/我生不幸为俘囚，岂关种族他人优。/弱肉久矣恣强食，至使两间失平等。"[①]此诗既抗争"弱肉强食"的殖民统治，也抨击"沦为马牛"的阶级压迫，追求民族平等和追求阶级解放是赖和一生并行不悖的两个方向。赖和常说，台湾的资产阶级和知识分子是日帝的奴隶，而一般民众特别是农民更是"奴隶的奴隶"，他的全部创作都体现了这样两个方向。

赖和的存在方式是非常有意义的。他和民间有极为密切的联系（他行医从文，被民众称为"彰化妈祖"），其民族自觉、阶级意识都由其深厚的人道关怀而生，人的关怀包容其阶级关怀和民族关怀；他从事左翼运动，甚至加入左翼政治组织，但又不被左翼的理论教条或激进实践所左右，而一直有其作家的独立思考和立场（赖和去世后，曾在国民党当局退守台湾后被迎入"忠烈祠"，1958年又因为"共匪"嫌疑被逐出，足见其立场的宽泛度，而这正是其作家立场的反映）。台湾光复后，赖和作为与鲁迅并举的传统得到推崇[②]，台湾战后左翼文学的重要人物杨逵等都著文阐释赖和传统对于台湾文学的意义和价值[③]，吴新荣更视"赖和在台湾，正如鲁迅在中国，高尔基在苏联"，"赖和路线可说是台湾文

① 赖和：《饮酒》，李南衡编《赖和先生全集》，台北明潭出版社1979年版，第381页。

② 杨守愚：《赖和〈狱中日记〉序》，《政经报》第1卷第2期（1945年11月10日）。

③ 杨逵：《纪念林幼春、赖和先生台湾新文学二开拓者：幼春不死！赖和犹在！》，《文化交流》第1辑（1947年1月15日）。

学的革命传统”[①]。可以说，战后台湾左翼文学，尤其是其创作，更多的是赖和代表的日据时期台湾左翼文学传统的延续，这种传统使得台湾左翼文学具有强烈的民间性，在左翼追求的社会主义根本不可能实现的国民党统治下的台湾，左翼文学依旧可能表达出它的文学关怀。

战后台湾本土作家的左翼创作有着以杨逵为代表的“抗议”和钟理和为代表的“隐忍”两种状态[②]。杨逵小说《送报伕》当年经胡风介绍向中国大陆传达了台湾左翼文学抗争的第一声。他坚贞不屈的左翼抵抗精神在战后再次爆发。他发表的《倾听人民的声音》[③]、《为此一年哭》[④]等文直接抗争国民党当局违反台湾民众意志的政策措施。即便他因“二·二八”事件后的政治高压而被捕，出狱后仍持续参加了《台湾新生报》“桥”副刊关于台湾新文学重建的讨论，发表的文章最多，坚持的人民的立场最鲜明。而就在此时，他创办了《台湾文学丛刊》，在政治高压下仍坚持以“认识台湾现实，反映台湾现实，表现台湾人民的生活感情思想动向”[⑤]的左翼现实主义文学原则为办刊宗旨，聚合起“不同省籍与世代的左翼作家群”[⑥]，其中既有1920年代就投身台湾新文学运动的前行代蔡秋桐、杨守愚、吴新荣、王诗琅等，也有台湾光复之交崛起的新世代叶石涛、张彦熏、朱实、林曙光等，更有战后跨海来台的大陆作家欧坦生、萧荻、黄荣灿、扬风等，这些作家“均是当时一同站在左翼阵线上

① 吴新荣：《赖和在台湾是革命传统》，《台湾文学丛刊》第2辑（1948年9月15日）。

② 林载爵：《台湾文学的两种精神——杨逵与钟理和之比较》，《中外文学》2卷7期（1973年12月）。

③ 杨逵：《倾听人民的声音》，《台湾评论》1卷2期（1946年8月）。

④ 杨逵：《为此一年哭》，《新知识》创刊号（1946年8月）。

⑤ 此为《台湾文学丛刊》“稿约”。原载《台湾文学丛刊》第一辑（1948年6月27日）。转引自黄惠祯《杨逵与战后初期台湾新文学的重建——以〈台湾文学丛刊〉为中心的历史考察》，《台湾风物》55卷4期（2005年12月）。

⑥ 黄惠祯：《杨逵与战后初期台湾新文学的重建——以〈台湾文学丛刊〉为中心的历史考察》，《台湾风物》55卷4期。

的文艺工作者”[①]，而《台湾文学丛刊》正代表了战后台湾左翼文学的抗争传统。

战后台湾左翼文学的抗争传统首先表现为极为鲜明的人民立场。左翼的“人民”立场不应该是虚妄的，而必须实实在在地指向其所，对于台湾左翼文学而言，就是台湾劳动民众，就是杨逵所言文学必须“经常与踏实的人民的现实生活密切地结合”[②]。左翼的“人民”立场也不能是空洞的，而必须切切实实了解农工阶级，为他们说话；而“庶民性”被认为杨逵身上“最重要的资质”[③]，也是台湾左翼抗争作家的重要资质，他们始终与台湾农民、渔民、劳工等站在一起。战后，国民党当局以台湾在日本殖民时期被奴化为借口，排斥台湾民众参与民主进程，杨逵旗帜鲜明地指出，台湾“大多数的人民”“未曾奴化”[④]。《台湾文学丛刊》刊出的《复仇》（小说，叶石涛）、《模范村》（小说，杨逵）、《台湾民主歌》（廖汉臣介绍）等作品或热情书写台湾人民争取自由解放的历史，或大胆描写台湾知识分子走向解放工农大众道路的心灵历程。而更多的作品是直面台湾劳苦大众的苦难现实，直呼民众心声。《却粪扫》（歌谣，杨逵）、《不如猪》（歌谣，杨逵）、《小东西》（小说，扬风）、《同样是一个太阳》（杨守愚、诗歌）、《沉醉》（小说，欧坦生）、《鹿港的渔夫》（诗歌，鸿庚）等作品都既没有因为光复的喜悦而“歌功颂德”，也没有屈从政治的高压而“缺席现实”，而始终深入民间了解民众，传达

① 黄惠祯:《杨逵与战后初期台湾新文学的重建——以〈台湾文学丛刊〉为中心的历史考察》,《台湾风物》55卷4期。

② 杨逵:《文学重建的前提》,《和平日报》“新文学”2期（1946年5月17日）。彭小妍主编《杨逵全集第十卷·诗文卷（下）》,台南“国立”文化资产保存研究中心筹备处,2001年,第215页。

③ 叶石涛:《杨逵琐忆》,《自立晚报》1985年3月29日。

④ 杨逵:《“台湾文学”问答》,《台湾新生报》“桥”第131期（1948年6月25日）。

底层广大民众的苦难与悲哀，大胆揭示民众苦难的根源。杨逵当时撰文强调作家不能深居书房，而要在民众中扎根，切实了解台湾现实和民众的情感需求[①]，而《台湾文学丛刊》再次证明：只有真正生活于劳苦民众之中，才可能坚持左翼的“人民”立场。

对鲁迅传统和日据时期左翼文学传统的双重继承使得战后台湾左翼文学得以真正坚持“人民的文学”立场，而这种“人民的文学”又不脱离整个中国新文学的传统。“韧性”而“宽容”是人们所认为的杨逵身上最“伟大的资质”[②]，他从不放弃自己的社会主义立场，但他又是冷静而理性的；他有鲜明的阶级意识（他在研读马克思《资本论》后，给大儿子取名“资崩”），但又充分意识到，在台湾语境中，“民族意识高于社会意识”，“民族意识高于阶级意识”[③]；他有系统的社会主义思想，并有“以科学的社会主义来统合民族意识，反帝、反封建意识以及人道主义胸怀的方法”[④]，这种“人道的社会主义者”的情怀和实践使他足以展开左翼的文学关怀，也揭示了左翼文学作为“人的文学”进程中特定历史阶段产物的本质：左翼文学丰富了“人的文学”，但也最终归于“人的文学”。这一观念使得《台湾文学丛刊》坚持左翼文学立场，但又能聚合起文学理念不尽相同的作家，例如“银铃会”是战后台湾唯一有浓厚现代主义色彩的新诗团体，却跻身于《台湾文学丛刊》阵营，其重要成员朱实，张彦勋等都是《台湾文学丛刊》的主要撰稿人（“左翼”和“现代”的交汇其实是中国左翼文学一种持久的存在），杨逵更是热情提

① 杨逵：《现实叫我们再一次嚷》，《中华日报》“海风”314期（1948年6月27日），彭小妍主编《杨逵全集第十卷·诗文卷（下）》，第252页。

② 叶石涛：《杨逵琐忆》。

③ 叶石涛：《杨逵的文学生涯》，《台湾时报》1985年3月28日。

④ 同上。

携文学倾向不同的青年作者，使左翼文学既不断得以发展，又不至于断裂于“人的文学”传统。

此时期最有影响的台湾本土作家钟理和是在战后从北京返回台湾，其创作正是鲁迅代表的左翼乡土文学传统影响下的台湾形态。他少年开始接触文学时，“北新版的鲁迅、巴金、郁达夫”等的作品集“在台湾也可以买到”，这些作品使他“废寝忘食”[①]。1938至1945年他在中国大陆期间，大量阅读了鲁迅作品，《钟理和日记》中有不少文字引述了鲁迅的话，其生前唯一亲见出版的小说集《夹竹桃》(1945)，既有鲁迅式的犀利讽刺，“也带有鲁迅影响的社会主义色彩”[②]。而他此时完成的小说《故乡四部》(1950—1952)不妨可看作他与鲁迅的一种对话。例如《故乡系列之一：竹头庄》、《故乡系列之四：阿煌叔》都借叙述者“我”15年后重返故乡的眼光，分别讲述当年作为“我很少数能够阅读和讨论中文文学的朋友之一”的炳文和“每一个手势、每一个转身，都像利刀快活，铁锤沉着”的阿煌叔强盛的生命力、善良的心地、勤奋的作风等都消磨殆尽，在人物命运中揭露了执政当局的种种弊端。钟理和坚信“文学是假不出来的”[③]，他此时完全融入农村，生活也彻底农民化，这使他的创作成为1950年代表现台湾农民、农村“数一数二，甚至也许是唯一唯二”[④]的作家，实际上承担了左翼文学表现农村现实的任务。他在这10年中完成了他最重要最精彩的作品，包括长篇小说《笠

---

① 钟理和：《钟理和自我介绍——我学习写作的经过》，应凤凰编选：《台湾现当代作家研究资料汇编11·钟理和》，台湾文学馆2011年版，第83页。

② 应凤凰：《钟理和研究综述》，应凤凰编选《台湾现当代作家研究资料汇编11·钟理和》，第73页。

③ 钟理和：1958年11月19日《致钟肇政书函》，应凤凰编选《台湾现当代作家研究资料汇编11·钟理和》，第115页。

④ 方以直（王鼎钧）：《悼钟理和》，《征信新闻报》1960年8月11日（钟理和逝世于1960年8月4日——编者注）。

山农场》和《原乡人》等中短篇作品，这些小说虽不直接介入社会变革，但有对社会卑微者最深切的理解、同情，有触及灵魂深处和生命底蕴的批判、呐喊，而他“精确而优美的写实技巧，把光复后台湾农村疲惫、凋零、荒芜、穷苦描绘透彻，敢说是可以跻入世界文学之林的杰出作品”[①]。钟理和的创作很多方面可以构成与鲁迅的相似性比较，但又更多延续了赖和开启的以人道情怀表现“普罗文学”的台湾左翼文学传统，这一传统也最足以和大陆的鲁迅传统呼应。

左翼文学思潮的强盛必然与官方对台湾战后文化重建的主导发生冲突。虽然战后初期台湾当局也承认台湾需要一场如“五四运动”那样“以科学与民主为主要内容的新文化运动”[②]，从而使台湾左翼文学一度获得发展空间，但当局更在乎“台湾文化运动工作”的“领导中心”，在战后台湾“纷岐错杂的思想”中，当局强调“必须使三民主义能够成为领导台湾文化运动的最高原则”[③]。所以，当局对左翼文学思潮一直有所防范。到“二·二八”事件、“四·六”事件后，国民党高度戒备的专制环境中，台湾左翼文化力量更直接遭到重创，王白渊、吴新荣等被捕，朱点人、蓝明谷、黄荣灿等死于当局枪杀中（其中，基隆中学国文教师蓝明谷是台湾本省知识分子中介绍鲁迅最用力的一位，他充分肯定鲁迅的社会批判精神和文学艺术成就，将鲁迅作品引入战后台湾的中学国文教学。他在 1951 年的“基隆中学事件”中被枪决），吕赫若在逃亡中丧生，苏新逃亡大陆，许寿裳隔年被暗杀，其他大陆赴台作家李何林、李霁野、雷石榆等更纷纷返回大陆，留台的台静农、黎烈文等转入

① 叶石涛：《台湾文学史纲》，高雄文学界出版社 1987 年版，第 98 页。

② 社论：《论本省文化建设》，《新生报》（台北）1946 年 6 月 19 日。

③ 李翼中（中国国民党台湾省执行委员会主任委员）：《对当前台湾的文化运动的意见》，《新生报》1946 年 7 月 28 日。

学术研究和译著。台湾左翼文学在政治高压下处境艰难，但由于前述台湾左翼文学的特征，它始终作为一种在野的思潮、力量强韧地存在，反而保持了其从人民立场出发的强烈现实批判性。例如台湾战后成长起来的左翼作家许达然，他1950年代后期迷恋上马克思的著作，服膺马克思所说的知识分子应该和民众站在一起。之后半个世纪，他左派初衷不改，始终将“左派”定义为“以人民利益为利益”。他曾引用马克思《资本论·序》所引但丁的话“Go on your way；Let the people talk”，说此话意思是“继续走路，让人民说话”，“另一双关意涵就是，在作品中让人民说话（而不只是自己说话而已）。马克思自己身体力行此一论点……”他一生坚持的左翼文学立场就是为人民说话，让人民说话。作为台湾颇有影响的散文家，他在战后散文中“最早写原住民和动物题材/弱势族群”，一直寻找着为民众表达痛苦的方式。例如“囚禁”的意象经常出现在他的笔下，《一生》写芝加哥动物园中被幽囚的猩猩无言的呜咽，《秋叶》写一叶被夹在厚重书籍中的红叶的寂寥，《失去的森林》更以那只天长日久被锁以致铁链长进了颈肉里的猴子阿山象征自由的失去……所有这些蕴藉丰厚的“囚禁”意象都孕成于许达然“知识分子应该和民众站在一起”的心灵。战后台湾左翼文学保持了左翼的本色，即始终真正和人民大众在一起，表达出深厚的人道关怀，这也是它始终能存在、发展的根本缘由。

战后台湾左翼文学形态显示了左翼文学传统的生命力，相对照之下，大陆左翼文学传统的传统则有所中断。当第一次文代会对解放区文学和国统区文学作出历史评价时，1930年代形成于国统区的左翼文学传统其实已面临被放逐的命运，尽管毛泽东仍对鲁迅高度肯定，但鲁迅代表的左翼现实主义已“不合时宜”。此时期的周扬曾对人这样说过：

“有两个东西你要崇拜，迷信，一个是苏联，一个是毛主席。”[①]毛泽东的权威、苏联的楷模，在从解放区到共和国的历史环境中，都是具有政治体制和日常生活的强大主宰力的，当作家的“信”变成“崇拜、迷信”，其主宰性更得以强化，于是左翼文学传统为“党的文化”传统所替代，前述左翼文学的一些核心价值，或被迫放弃，如在野的批判性、文体的先锋性等；或被窄化，如“人民的文学”立场、文学的大众化等。

左翼文学背离自身传统，实际上是左翼文学价值的失落。例如，此时强调的文学为无产阶级政治服务，如果说“文学价值是建立在政治基础上的”，那么其实现就在于文学“对政治和文化的批评”，“更确切地说，文学是政治和文化的预警系统，作家能够预见社会将面临的危险。”[②]尤其是在文学与政治关系密切的年代，文学的价值更在于这种“社会危机的预警”，而这种“预警”来自文学的反省功能。文学之所以关注人的内心世界，包括潜意识世界，就是通过这种关注会反省自我“心口不一”、“善恶并存”等复杂存在，揭示由此引发的社会矛盾及其变革的多重性，从而为人类社会设立“预警系统”。从胡风到刘宾雁、王蒙，其主张、创作，都是从左翼文学角度力图实现无产阶级文学的“预警”作用。1950年代文学如能让人们有所反省，社会主义革命时代左翼文学的价值仍可得到实现，其传统也会得到拓展。

---

① 李辉：《与周艾若谈周扬》、《摇荡的秋千》，海天出版社1998年版，第211页。

② ［美］瑞塔·卡斯特罗：《政治与文学》，邢翀译，祈寿华、林建忠主编：《西方人文社科前沿述评：文学》，第83、85页。

三、左翼"本土性"：文学的现实关怀

我在《1945—1949年的香港文学》一文中认为，此时的香港文学形态"主要的并非战时中国文学形态的延续，而是后来50年代文学的前奏"，这里的"50年代文学"是指中华人民共和国成立后的大陆文学①。战后香港左翼文学不仅在文学思潮、运动上"预演"了1950年代的共和国文学（如对毛泽东《讲话》精神的权威地位的确立，对中共党的文艺政策的阐释，对"大众化/革命化"文学方向的倡导，革命大批判性和自我改造性的文学批评模式的形成等），而且在文学创作实践中也展开了种种以阶级斗争意识为中心的革命现实主义叙事和以颂扬领袖为主导的革命浪漫主义抒情，提供了后来共和国文学的一些基本模式。例如，后来被视为"大自由主义者"②的聂绀弩此时恢复了中共党籍，怀着对未来的主人翁憧憬，在香港写下了600行的组诗《一九四九年在中国》（1949.2），其中的《我们》分别以《四万万七千万》和《三百万和三百五十万》为题，前者是当时全国人民的数量，后者则是中共党员和中国人民解放军的数量，政治指向异常明确的"我们"替代了以往诗作的抒情主人公"我"，而其颂扬的情感力度可以说再现了五四《女神》时代的狂飙状态："朝日失色了，/波涛无声了，/山谷和鸣了，/百兽震恐了，/草木摇落了，/天地颤动了，/这就是我们！/我们就是四万万七千万！/瞎子眼亮了，/聋子会听了，/哑巴说话了，/瘫子

① 黄万华：《1945—1949年的香港文学》，《现代文学研究丛刊》2004年第2期。此文原名《预演：1945—1949年的香港文学》，收入《战后20年中国文学研究》（人民文学出版社2008年版）一书也是此题目，就是要表明，1945—1949年的香港文学构成了50年代中国大陆文学的"前奏"。

② 周钢鸣：《聂绀弩传》，四川人民出版社1987年版，第2页。

走路了，/ 傻子聪明了，/ 枯骨长肉了，/ 死人复活了，/……我们就是四万万七千万！”[①] 这里，“颂歌”和“战歌”的结合，“我们”的狂热等等都已具备了 1950 年代共和国诗歌的基本因素。而相对于稍晚些《时间开始了！》那首充溢排山倒海激情的长篇颂诗深深烙上了胡风个人的印记，《一九四九年在中国》则显得更是一种时代的情愫。

然而，这种“预演”终究只是南来左翼作家借香港文坛而为中国大陆展开共和国文学进程的作为，它依旧是“中原心态”[②]的延续，在香港缺乏其生根的土壤，内地的“社会主义现实主义”、“革命浪漫主义”等在香港也显然无法落实。而面临与香港其他文学自由竞争的局面，香港左翼文学坚持的“批判现实主义”已跟内地的文学思潮疏离，在认识和理解西方现代文学思潮上也较宽松，反而更能体现左翼文学的方向，即与香港群众，尤其是草根阶层的结合。正是这种逐步逸出中国大陆左翼文学轨道的创作，使香港文学，尤其是香港小说，在对香港现实社会的文学关怀中，取得了同时期中国大陆左翼文学没有的成果，甚至可以说代表了此时中国左翼文学创作的某种高度。而这种高度的到达就来自香港左翼文学面对自由竞争的环境，必须赢得香港读者，从而做出的努力，正是这种努力产生了左翼“本土性”。

战后香港左翼文学的重要收获首先是黄谷柳的长篇小说《虾球传》，小说 1947 年秋连载于夏衍主编的《华商报》副刊，作者在 1949 年加入中国共产党，其左翼身份无可置疑，但小说体式、传播方式都是香港文化环境的产物。黄谷柳明确谈过，《虾球传》是他“向香港的那些章回小说家学习”的结果，他在小说连载过程中也经常问及读者反映，细心

① 聂绀弩：《一九四九年在中国》，《大众文艺丛刊》第 6 辑（1949 年）。

② 黄万华：《战时香港文学：“中原心态”和本地化进程的纠结》，《现代文学研究丛刊》2003 年第 1 期。

修改[①]。这种写作状况使他当时一人卖文，三女二子的全家温饱无虞。小说依据黄谷柳青年时期流落香港，“做过苦工，当过兵，和穷人、烂仔、捞家经常打交道”[②]的丰厚生活积累写成，讲述出身贫苦的少年虾球历经劫难，最终走上革命道路的故事，这些自然符合左翼文学的叙事模式。而左翼文学的现实人生关怀，使得黄谷柳不是按照中国内地阶级斗争的模式来完成虾球的成长过程，而是将其赋予浓厚的香港草根阶层的意味。这种写法广受好评，例如萧乾读《虾球传》入迷到“在书桌上，在过海的船面上，在枕畔，过去十天，我的手没有离开过这已印成三个单行本的《虾球传》，而当我的手不捧着《虾球传》时，我的心还是徘徊在这个流浪儿的身边。……红磡、旺角、铜锣湾，那些地名好像都因为‘虾球’的踪迹而变得有意义。我……敬仰着这个在生活教育中成熟着的人格”[③]。虽然也有人从毛泽东文艺思想出发，批评《虾球传》第一、二部只是表现了一种“生存斗争的思想”，“缺少控诉黑暗的感情的流露”[④]，主人公虾球身上的阶级性未得到充分揭示，“他的斗争与道路缺乏现实的基础与必然发展的规律”，“阶级的人消解于抽象的人中”[⑤]。但这些批评意见反倒提醒我们关注此时香港左翼文学的本土生存状况。战后香港是一个饿狗抢食的世界，虾球懵懂于社会人性人情的复杂，他的流浪生涯更多的是“生存斗争”，其所为也往往是生计所迫，但他在成长中明了社会是非、阶级好恶，更有香港草根阶层的特征。虾球最终有了阶级觉醒，但这种阶级觉醒并未淹没其人性人情，他的知恩

---

① 夏衍：《代序》，黄谷柳：《虾球传》，花城出版社 1985 年版，第 2 页。

② 同上。

③ 萧乾：《〈虾球传〉的启示》，《大公报》1949 年 2 月 21 日。

④ 周钢鸣：《评〈虾球传〉第一二部》，《大众文艺丛刊》第 4 辑（1948），第 56、58 页。

⑤ 于逢：《论〈虾球传〉的创作道路》，《小说》月刊第 2 卷第 6 期（1949），第 88、92 页。

明善仍保存于其淳朴的心地里，例如他遭到船家女亚娣的“捉弄”后还是想“大家都是苦命的穷人，不管在人间或地狱，都不该为女人结下冤仇”，既有“穷人”的阶级意识，也有单纯朴实的心地。小说如此塑造虾球，反而避免了将工农大众简单化为阶级意识，使左翼的文学关怀在香港社会环境中切实落实为对劳苦大众的现实关怀。

更值得关注的是，小说在表现香港底层民众生活时的香港本土性。小说借船家女亚娣之口说“香港才是她们的故乡”，这种视香港为“故乡”的家园意识和情感是香港本土性最重要的基石，而它正是在香港沦陷又失而复得的战后产生于香港人心目中。这种超越殖民地意识形态的家园归宿感是香港人民族认同感的重要内容。黄谷柳写香港的风土人情，有着家乡人的亲切，又着重让人体味香港民众艰难生存中的健康人性。非常有意味的是，《虾球传》中所有香港人，即便是“鳄鱼头”那样的黑社会人物，对香港都有浓浓的乡情，这会被某些人批评为“阶级意识弱”，却是香港本土的左翼文学关注所在。左翼文学是民族独立解放运动中的革命思潮产物，香港的左翼文学如果不是依附、服务于内地的现实政治诉求，一定会关注香港底层民众的生存状态，也关注所有香港人共同的视香港为故乡的情感，这种情感恰恰是香港民众民族认同的重要基础。

《虾球传》能放开胆写香港人的家园情感，并没有冲淡左翼文学的政治意识，相反倒使得《虾球传》成为香港本土的左翼文学。《虾球传》还有不少成功之处，例如《虾球传》是一部成功的娱乐性章回体小说，又借鉴了电影艺术的表现手段，这种看重大众接受的创作传统后来在五六十年代香港左翼文学中得到了很好的传承（1950 年代香港武侠小说恰恰是左翼文学报刊首先推出的）。又例如，内地左翼人士战后在香港倡导粤语电影、方言小说，基本上是纳入“大众化”服务于“革命化”的轨道，但《虾球传》的方言特色却未囿于此种局限，其方言口语化和人物性格化相得益彰。香港左翼文学要赢得香港民众，必须重视文学的大众接受性。《虾球传》在问世当年就成为“华南最受读者欢迎的小说”[①]，1985 年在中国内地重版，也以销量 30 万册表明它受欢迎的程度，改编成话剧、电视剧上演后更家喻户晓。2006 年，作为“小说老店”再次在中国内地和香港分别重版，依旧广受欢迎。60 余年的接受史说明其包含的艺术生命力，也足以说明香港左翼文学的存在活力，这种活力来自其在文学和社会自由竞争状态中的现实生存。

战后香港左翼文学最成功的作品是侣伦的长篇小说《穷巷》，出生于香港的侣伦被视为“香港新文学作家中真正具有‘文学史’身份的第一人”[②]，战后思想倾向于左翼，被视为“较‘写实’、较‘左’的作家”[③]，实际上一直“我行我素”。《穷巷》1948 年开始连载于香港左翼报纸《华商报》（1952 年 1 月出版单行本），讲述“在现实生活压榨下的都市小人物”，显示出“必然会更勇敢跨向”“高尔基的道路”的创作趋势[④]，得到了左翼阵营的肯定。但《穷巷》“写‘人间疾苦’而不作政治扬声筒”[⑤]，小说成功之处还是在于其表现的香港商埠乡土意识，不仅被香港本土人士赞扬为从来“没有过”地“全面深刻写香港社会现实”[⑥]，从战后香港的市况到平民衣食住行的“穷”况，都得到了极有历

① 茅盾：《茅盾论中国现代作家作品》，北京大学出版社 1980 年版，第 304 页。

② 杨义：《中国现代小说史（第三卷）》，人民文学出版社 1991 年版，第 265 页。

③ 黄维樑：《香港文学的发展》，《现代中文文学评论》（香港）第 2 期（1994 年 12 月）。

④ 华嘉：《侣伦的小说——冬夜书简》，香港《文汇报·文艺周刊》（1948 年 12 月 26 日）。

⑤ 刘以鬯：《五十年代初期的香港文学》，转引自陈炳良：《香港文学探赏》，香港三联书店有限公司 1991 年版，第 10 页。

⑥ 柳苏：《侣伦——香港文学拓荒人》，《读书》1988 年 10 期。

史价值的反映，而且其人物命运也在“贫穷”主题的开掘中典型地反映了香港战后社会最初转型中香港人的精神状态。小说讲述香港一间狭小简陋的住房中四位相濡以沫的穷朋友的生活，新闻记者高怀抗战中积极从事抗日，战后失业；军人莫轮抗战致残，复员后捡破烂为生；同是抗日军人而被遣散的杜全更是生计无着，无奈中投奔莫轮；小学教员罗建也工薪微薄，全力支持着这“一家四口”的租金，还和高怀一起搭救了被逼自杀的女子白玫。小说以“住”的困窘凸显了香港的生存环境，在一间四个男子的小屋再挤进一个年轻女子的独异环境中写出了战后香港贫民的命运，也在香港的世态人情中写出了人物的善良、强韧，这种小人物的历史才是地道的香港历史，充溢着香港民间的情义和生命活力。小说既有悲剧的结局，又有“寻路”的开放性结尾，显然已不同于此时大陆左翼文学的叙事模式，而对知识分子形象的塑造，如写高怀的高尚情操，为他人分担的种种义举，写罗建的为人师表，埋头苦干，更是游离于当时“知识分子话语被放逐”的左翼文学模式之外的。《穷巷》是侣伦创作中最有价值的作品，其艺术成就在战后左翼文学中出类拔萃。正是《虾球传》、《穷巷》那样充分体会香港劳苦大众存在的创作，才为左翼文学在香港自由竞争的环境中赢得读者，也赢得生存。

香港自由竞争的环境使作家往往是广义上的左派、右派，只是从对人的关怀出发而倾向于左或右，不会受政治的牵制而身不由己，这样一种政治取向就有可能告别一切“主义”而追求心灵的更大自由和对人的更深切的关怀，产生了《虾球传》、《穷巷》这样成功的左翼小说，同时也会和现代艺术取向发生对话。孕育、生长于香港这样一种环境中的左翼诗歌在这方面极为值得关注。抗战初期国统区的左翼诗歌“由于对诗的现实主义和大众化的理解不免片面性和简单化，其创作显得有些狭隘而创新不足”，改变这一面貌的是“七月”诗派和一个可以称为“反抒情”诗派的左翼诗人群，后一诗人群“特别自觉地追求一种‘反抒情’的知性诗风，成为战时左翼诗潮中独特的一支”，“其代表性的诗人就是鸥外鸥、胡明树和柳木下”[①]。鸥外鸥和柳木下是香港最有影响的两大诗人，1942 年曾流落内地，结果成就了战时内地的一个左翼诗派，一个重要原因是他们在香港都市写作中形成的前卫实验诗风和社会现实性的结合。战后，鸥外鸥和柳木下回到香港报刊继续发表诗作，也使得香港本地左翼诗人的诗作不同于大陆南来左翼诗人的创作，其从人民立场出发的人文关怀，与内地左翼诗歌的阶级性有所不同，其艺术视野也开阔得多，从“左翼”到“现代”的交汇中的延续和综合甚至成为这一时期香港诗歌的重要走向[②]。所有这些，都使得香港左翼文学成为地地道道的香港本土文学，从而与其他文学一起，汇合成香港文学的丰富存在。

香港左翼文学所处的自由竞争状态在内地自然无法存在，其“本土性”的追求在内地左翼文学中也表现出复杂的纠结。从 1930 年代的左联文学到 1940 年代的延安文学，一直有着其强烈的现实关怀性，由此生成其“本土性”。随着共和国国家体制的稳固建立，因有“左”的影响，使得文学政策、文学机构、文学传播、文学批评、文学阅读等构成的文学环境成为一种强大的无产阶级政治化、体制化的力量，以其“非文学”的存在，与作家的创作欲望、实践以及民众文化消费的需求构成包含对峙、缝隙的张力，左翼文学就生存于这种张力之中，其现实关

① 严家言主编：《20 世纪中国文学史》（中册），高等教育出版社 2010 年版，第 417 页。

② 黄万华：《从“左翼”到“现代”：交汇中的延续和综合——论战后至 1950 年代的香港诗歌》，《暨南大学学报》2012 年第 10 期。

怀性也受制于这种张力。左翼作家内心看重、渴求的仍是作为文学的创作，即便是只为工农兵的创作，例如赵树理仍将“写作”视为自己的“整个前途”[①]；柯仲平盼望“少参加会，少参加行政工作，多写点诗”，视“什么也写不成了”为最大的恐惧[②]。但他们又无法不受制于指令性文学作品生产的政治环境，就如茅盾1957年1月写信给周恩来，一方面，意识到创作需要“专心写作”展开的“艺术实践”，“没艺术实践”使自己“精神实在既惭愧且又痛苦”，一方面又自觉地接受“领导上审查”是否“可用”再“专心写作”这一体制[③]。而民众在大规模革命改造浪潮裹挟下仍有着个人文化消费的需求，但政策指令性的文学生产，将工农大众的生活简单化、狭窄化为斗争生活，文学阅读、文学需求的多样性和个人性被漠视，当工农大众只被当作需要不断组织、动员的斗争力量时，他们实际上被剥夺了文学的权利，文学为工农大众的服务也由此悬空。而且，文学的生产与现实生活构成了在“斗争”哲学上互为强化的关系，文学叙事必须展开与阶级敌人或落后、反动思想的斗争，无形中强化了人们视社会、日常生活处处充满阶级斗争的认识，加剧了社会生活的阶级斗争化，而日益“革命化”的心理氛围又促使文学叙事的极端狭隘化。左翼文学的现实关怀在这种现实被“制造”的环境中面临困境，但也有所突围。例如1950年代初、中期成长起来的一批颇有创作潜力的青年作家，如陆文夫、刘绍棠、韩映山等，他们最初的作品也都无例外地笼罩在斗争哲学之中，陆文夫《荣誉》、韩映山《水乡散记》、刘绍棠《运河的桨声》等小说集都充满思想斗争的紧张对峙和

① 徐庆全：《名家书札与文坛风云》，中国文史出版社2009年版，第15页。

② 张光年：《回忆周扬》，王蒙等编：《忆周扬》，内蒙古人民出版社1989年版，第20页。

③ 茅盾：《茅盾书信集》，第401、402页。

阶级斗争的刀光剑影，只有当他们有意无意地突破被无产阶级政治化的“现实”，真正理解、进入到人民大众的现实生活中，他们才实现了文学的现实关怀。

比较大陆、台湾和香港三地不同的左翼文学形态，左翼文学的本质性存在会清晰呈现，那就是从人民立场出发的人道关怀、坚持思想高度的现实批判和追求社会主义理想而不依附于政治现实性诉求的作家个人性写作。这种存在使得左翼文学丰富了“人的文学”并会最终归于“人的文学”。如果不是这样，左翼文学也有可能“异化”。回顾战后中国左翼文学三种形态的变化及其命运，我们会更深入了解跨越“1949”的中国现代文学转型的内容。

（原载《文史哲》2013 年第 3 期）

第二编

左翼文学与鲁迅先生

“转”而未“变”

——关于鲁迅“向左转”的深层分析

张　宁

一、“向左转”问题与方法论

围绕着鲁迅“向左转”问题，70多年来人们发表过各种看法，其中的主流观点不仅在中国大陆长期塑造了鲁迅最后十年的形象，也成为“新时期”以来许多人臧否鲁迅的潜在根据之一。在某种意义上言，鲁迅的“向左转”已成为中国现代思想史上的一个“事件”，也成为重新解读中国左翼文化运动的一把钥匙。

本文试图在新的历史语境下重新回应“鲁迅为什么向左转”的问题。由于篇幅所限，对于这个问题的学术史考察将另文处理，需要说明的只是，在什么样的叙述框架里来讨论这个命题，曾是最初思考这个问题时所遭遇的困难之一。我至今也不认为把鲁迅继续放在“人道主义与个人主义”这个他自己曾经交代过的框架中去思考鲁迅有什么不对，但我无法做到的是把启蒙主义和左翼文化对立起来，把鲁迅从左翼文化的框架中剥离出来。如果这样做，不仅鲁迅身上那种无法用“启蒙者”加以涵盖的内容无法得到揭示，而且也会发生“倒果为因”的方法论错误。但接下来的问题则是：如果把鲁迅放在左翼文化框架里来加以叙述，会得到什么样的结果？

由于鲁迅的“向左转”融含了中国现代历史中太多的复杂性和悖论性，而鲁迅的早逝又使这个问题的“自解释性”没有得到充分的展开，仅仅从左翼文化在当时的正当性着眼，尚不能揭示鲁迅“向左转”的深层奥秘。同时由于“左翼文化”通过一种既有的历史形态已被镶嵌在某种既成的史学框架中，在这一框架里所作的许多论述，不管导向对鲁迅的正面肯定，还是潜在否定，大多不仅没有增加我们对鲁迅丰富性的认识，反而阻碍了这种认识，并且可能导致对待左翼文化截然相反的两种倾向。这两种倾向分别是："复古的"，即变相地导向传统意识形态；“否定的”，即80年代以来新启蒙运动中的某种本质主义的延续。于是，如何理解20世纪的中国左翼文化，便成为如何解释鲁迅“向左转”的关键。但这里却遇到一个循环，因为如何理解鲁迅“向左转”，也同时是如何看待20世纪中国左翼文化的关键。两个互为关键的问题，需要找到一个“破解”。

我尝试“破解”这个问题的路径，是回到瞿秋白在1933年提出的命题，即“鲁迅……是经历了辛亥革命以前直到现在的四分之一世纪的战斗，从痛苦的经验和深刻的观察中，带着宝贵的革命传统到新的阵营里来的”[①]。对于这个命题的理解自然不是拘泥于字面，而是抽取其中最为抽象的部分，即：鲁迅是带着“什么”走进了“新的阵营里来的”？换言之，瞿氏所言的“宝贵的革命传统”可以被重新解释成什么？在进入这个命题之后，随之而来的问题就不能不是由鲁迅带入“新的阵营里来的”东西，仅仅是被动地作为“客体”而被使用，被镶嵌，被吸纳

① 何凝：《鲁迅杂感选集》，贵州教育出版2001年版。

吗？它是否也作为"主体"改变着这个阵营的内部面貌，或者更确切地说，参与建构着左翼文化的内在结构呢？如果把这个问题放置于今天的历史和文化背景中，就不仅仅是一般性地重新评价左翼文化的问题，而是如何理解左翼文化了。这里"如何理解"的意思是，究竟把左翼文化理解为一个不加区分的整体而加以肯定或否定，还是理解为一个由多种要素和形态组成的复合体而切入其中？我以为，这一区别具有方法论的意味。因为如我在另一处中所简单涉及到的，左翼文化从来都不是铁板一块的"整体"。它在中国现代史上的每一发展阶段，都是依靠剪除内部的多重可能性而完成的。换言之，左翼文化拥有着多样的历史形态，并且在每一个历史阶段也呈现着多重可能性。

那么，在本源的意义上，鲁迅究竟是带着"什么"走进了"新的阵营里来的"呢？这个问题的内涵前提则是：在鲁迅那里是否存在着一个始终如一的东西？而这正是当年王任叔以混乱的逻辑和后来胡风以怪诞的形式所极力加以肯定和辩白的。[①]但不论是半个多世纪前的王任叔，还是新中国建立后的胡风，都遇到了表达上的困难，即他们无法用已经固定化了的通行术语，来概括自己对鲁迅的独特感受和发现。这种独特感受和发现是在既成的思想和学术范畴之外的。尽管如此，他们还是向我们透出了如下信息：一、鲁迅身上有一种一以贯之的内在精神或某种"不变"的东西；二、这种内在精神或"不变"的东西是可以用马克思主义或社会主义加以定义的；三、这种可用马克思主义或社会主义加以定义的内容，又是在中国现当代既有的理论框架和语义情境中难以阐发的，而这些从王任叔和胡风那里提取出来的信息，与本文解释和分析鲁迅"向左转"命题时的思路和方法正好存在着契合之处。

---

① 张宁：《1936—1941：两种焦虑》，《新华文摘》2005年第17期。

二、“不变”的内在结构

那么，什么是鲁迅一以贯之的内在精神或“不变”的东西？它的内在结构又如何？

其实，就在中国“左翼”文化界为鲁迅思想是否“转变”而争执并产生某种潜在焦虑之际，日本中国文学学者也开始回应这一问题。1943年，竹内好在被征入侵华日军派往中国之前，写下了他那本日后影响深远的小册子《鲁迅》。在这本书里，竹内好对鲁迅的“向左转”并没有展开论述，但却用一段话谈到这种“转变”:“人们用各种说法来表述着这种转换，如从进化论到阶级斗争说，从个人到社会，从虚无到希望等等。我并不认为这些说法所表述的东西子虚乌有，但我却不同意把它们看作某种决定性的东西。”竹内好陈述了他“不同意”的理由：

> 这是一种把思想从人身上抽取出来的办法。把思想从人身上抽取出来的办法，其本身并无不可，但操作这件事的是人，作为实现这一操作的支撑，如果不是在看待人的决心的基础上，那么是下不了正确与否的判断的。认为鲁迅产生了质变的看法，站在某种立场上来说，是对的罢。但如果让我来说的话，那么正如反复所讲的那样，他是不在那里的。我希望的是确定他唯一的一次时机。

在这种模棱两可的表述中，我们可以读出竹内的某种犹疑和某种坚定。他所说的“唯一的一次时机”，是指鲁迅在正式登上文坛之前就已经具有的“某种决定性的东西”所形成的时刻。这种“决定性的东西”似乎无法用通行的词语来概括，竹内好借用宗教词语把它称作“回心”，或在转义的意义上称之为“文学者”。他写道：“读他的文章，肯定会碰到影子般的东西。这影子总在同一个地方。虽然影子本身并不存在，但光在那里产生，也消失在那里，因此也就有那么一点黑暗通过这产生与消失暗示着它的存在。倘若漫不经心，一读而过，注意不到也便罢了，然而一旦发现，就会难以忘怀。就像骷髅舞动在华丽的舞场，到了最后骷髅会比其他一切更被认作是实体。鲁迅就背负着这样一个影子，度过了他的一生。”[①] 在竹内好看来，这个让鲁迅“背负”了一生的“影子”，也就构成了鲁迅一生中不断“通过内在的自我否定而达到自觉或觉醒”的回心之轴。如果把竹内好从鲁迅那里择取的问题，重新放回到鲁迅那里的话，那就是鲁迅本人一再表述的：“绝望之为虚妄，正与希望相同。”看来这并非是竹内好的主观之见，因为在他写下这些话之后不久的 1946 年，舒芜在与竹内并无任何关联的情况下，也提出了“惟‘黑暗与虚无’乃是‘实有’”，正是鲁迅的“基本认识”，也是“他的道路的路基”[②]。这一方向相同的认识，是他们通过各自切身的生命体验和历史体验，揭破了鲁迅箴言的谜语般的外壳，而抵达到鲁迅那独特的生存奥秘的结果。

“绝望之为虚妄，正与希望相同”“惟‘黑暗与虚无’乃是‘实有’”，人们从这些句子里可以体会到鲁迅深深的绝望和虚无，但却不容易体会到鲁迅那没有希望的对绝望的反抗，和从虚无中生发出“实有”的那种对“虚无”的认可。正是从鲁迅对“绝望”与“希望”双重的否定和对“虚无”与“实有”的双重肯定的悖谬性感知和悖论式表述

① ［日］竹内好：《近代的超克》，李冬木、赵京华、孙歌译，三联书店 2005 年版。

② 舒芜：《鲁迅的中国和鲁迅的道路》，《希望》第 2 卷第 4 期，（1946 年）。

中，竹内好和舒芜发现了鲁迅之为鲁迅，本质在于鲁迅所形成的一种内在结构。这种内在结构类似于一个人的宗教信仰，但在鲁迅那里却是以一种非宗教的方式存在的，而且其悖论性和动态性，也在我们的常识和通行逻辑之外。这是一种怀疑之际的确信和确信同时的怀疑，是一种在怀疑和确信、绝望和希望、虚无与实有、生与死之间的不断游弋。竹内好将之表述为"惟有绝望才生发自身当中的希望"[①]，恰当地画出了"希望"在"绝望"之中的位置。正是这种"位置"的空间感而不是固定化，使希望、实有、确信与绝望、虚无、怀疑等不再是彼此对立的两类实体，而是相互交织的一组关系。所谓"上下求索"正标识出其间的动态性质，也进而标识出所有原本以二项对立方式存在着的对立之物的动态关系。孙歌在评述竹内好和丸山真男时所一再强调的"机能性"和"虚构精神"[②]，大约正可意指发生在鲁迅身上的"希望"与"绝望"、"虚无"与"实有"、怀疑和确信之间的这种张力和动态关系。

这种处于一个人信仰位置上的精神结构，也是存在于一个人的思想内部而又承载其思想的思想结构。自我、主体性与思想之关系的奥秘，就蕴藏在这种结构之中。对此，我们从一个方面可称为"思想结构"，从另一个方面可称为"主体性结构"或"结构性自我"。竹内好、舒芜企图把我们带进的就是鲁迅的这种"结构性自我"，他们分别命名为"回心之轴"或"基本认识"。于是我们看到，仅仅单纯地谈论鲁迅拥有何种思想，将会与鲁迅之为鲁迅的本质特征失之交臂。因为鲁迅的思想是个复杂的双面体，它的"外面"是被我们称之为"思想"的那种东西，当然指的是实体性思想，如"进化论"、"阶级论"、"个人主义"、"马

① ［日］竹内好：《近代的超克》。

② 孙歌：《竹内好的悖论》，北京大学出版社2004年版。

克思主义”等等，不一而足；而它的“内面”则是一种结构性所在。竹内好、舒芜均认为，鲁迅之为鲁迅的本质特征，不在于他拥有何种实体性思想，而在于他拥有一个动态的思想“结构”。

鲁迅随后所做的一切，都是围绕着这个“结构性自我”或“回心之轴”、“基本认识”而进行的。无论是他作出的理论选择，还是实践选择，也都是历史选择而不是终极选择；而竹内好说他不看重鲁迅的“转变”，甚至认为不值得一提，正是因为他认为，从一种思想转向另一种思想，正是那种值得怀疑的“单纯的思想转换”[①]。这意味着人们通常所做的那样，只是从外部接受或放弃一种思想，而任何一种思想、理论、主义、学说、社会理想等等，不管其本身如何，都是作为一种客体或对象而存在的。即使你在学理层面对它们全面知悉，完全掌握，倘若没有经过一个类似竹内好所言的“回心”过程，没有一番否定自我又否定对象的“挣扎”或“抵抗”，它们仍然外在于你，继续作为你的客体或对象。不仅如此，由于它们本身可能具有的新颖性、逻辑性或权威性，反而使它们仿佛有着魔法一般的力量，由被造的客体一跃而成为似乎有着“造物者”属性的主体，吸纳着一切准备服膺于它的人，使之成为它的附属物，成为丧失了自主性的客体或对象。这一异化的过程，也就是“理论信仰”产生的过程。在这一异化过程中，一种更为内在的“奴役”发生着，它使反“奴役”的理论学说也会成为“奴役”的温床。在《阿Q正传》中，鲁迅就曾通过一个细节触及了这一点：当阿Q被提到堂上，习惯性地下跪而又被吆喝起来，最终又“趁势改为跪下”时，长衫人物就是以“奴隶性”相讥嘲的（伊藤虎丸）。“反奴隶性”被装在“奴役”的结构里，使之成为“奴役”的一部分，这最好不过地象征着

① ［日］竹内好：《近代的超克》。

“自主”而被有关“自主”的理论所剥夺的主体性丧失的普遍情形。

这当然不是理论本身的问题，至少绝大部分不是。鲁迅的反抗奴役不仅是社会层面的，也不仅是在精神层面与社会相关的那一部分，而是在精神层面的更为深邃的部分。那是主体始终处于毫无依赖的清醒之中，处在即便从内部消耗着自己也绝不把外物（如理论、学说、理想、主义或社会实体等）幻化为类似信仰的东西这种绝对自主性之中。这几乎是一个肉体凡胎所难以承受的，所以鲁迅才对赞美他“说真话”的读者交代说，“我……未尝将心里的话照样说尽”，因为“发表一点，酷爱温暖的人物已经觉得冷酷了，如果全露出我的血肉来，末路正不知要到怎样”。他的孤独和寂寞，更多的来自于他不能和习惯于寻求精神依赖的人共享某种“依赖”，于是才“想就此驱除旁人”，他说“到那时还不唾弃我的，即使是枭蛇鬼怪，也是我的朋友，这才真是我的朋友。倘使并这个也没有，则就是我一个人也行”[①]。这种把自己置身于毫无依赖的荒野之中备受磨砺的情形，颇似东方现代版之耶稣独自在旷野中经受考验，而鲁迅的位置恰恰在这样一个时空点上。相对于“时间－传统”而言，他置身传统之中而又作为传统的异数[②]——所以苏雪林才以痛骂的形式从相反的方向道出了鲁迅的独特性：“玷辱士林之衣冠败类，二十四史儒林传所无之奸恶小人。”而相对于“空间－世界”而言，他置身于最本真的现代性之中而又最具有中国性——所以他才不能如刘小枫遗憾的那样走向信仰[③]，并在凝聚了中国近现代史中几乎所有矛盾和悖论的今天，仍然作为备受争议的人物，承受着如此多的对他并无理解的赞

① 《鲁迅全集》第1卷，人民文学出版社1981年版。
② 汪晖：《反抗绝望》，河北教育出版社2000年版。
③ 刘小枫：《拯救与逍遥》，人民出版社1988年版。

美和击打。

鲁迅所处的这种位置以及与此相关的他的"在世"方式，反而使他在思想方面成为不好定义的人。尽管鲁迅20年代就获得了"思想界先驱者"称号，并最终被认定为伟大的思想家。如果以仅仅把实体性思想才当作思想的标准来衡量，鲁迅可能算不得思想家，正如竹内描述的那样："把鲁迅的思想，作为客体抽取出来，是很困难的……倘若做勉强之言，那么他这个人的存在本身便是一个思想。"[①]让自己的"存在"成为"思想"，而不是另外创造出一个成"体系"的思想，这是中国之现代性给予鲁迅的一个令人费解的安排，而对其的破解恐怕得从鲁迅作为"第一义的文学者"中来获得。这个"第一义的文学者"，按照竹内好的解释就是："他的文学不靠其他东西来支撑，一直不松懈地走在一条摆脱一切规范，摆脱过去的权威的道路上，从而否定的形成了他自身。"[②]这是"质询文学本源的文学"，也可被认作质询所有理论思想本源的文学。所以竹内好在解释瞿秋白称鲁迅把"反自由主义"带进"新的阵营里"时，认为瞿"敏锐地抓到了鲁迅的本质"——"面对自由、平等以及一切资产阶级道德的输入，鲁迅进行了抵抗。他的抵抗，是抵抗把它们作为权威从外部的强行塞入。他把问题看透了，那就是把新道德带进没有基础的前近代社会，只会导致新道德发生前近代的变形，不仅不会成为解放人的动力，相反只会转化为有利于压制者的手段"[③]。不管竹内是否在做"创造性误读"，如果仅仅是针对鲁迅与中国"自由主义者"的冲突这件事，他确乎"抓到了鲁迅的本质"。同时，这个被他抓住的"鲁迅的本质"也始终是敞开着的，不论是进化论，还是阶级论，

① ［日］竹内好：《近代的超克》。

② 同上。

③ 同上。

他都不会“把它们作为权威从外部强行塞入”，从而转化为新的压迫者的手段。

三、“羞愧”感和“罪”感的历史性

瞿秋白在临死前两年为《鲁迅杂感选集》所写的序言中，有一处颇为费解的地方，即瞿在谈辛亥革命前后鲁迅及同时代人时说道：

> 不过别人都有点儿惭愧自己是失节的公主的亲属……他不惭愧自己是私生子，他诅咒自己的过去……[①]

这里的“失节的公主”、“私生子”，语义并无不明，即瞿自己解释的“帝国主义的战神强奸了东方文明的公主，这是世界史上的大事，谁还能够否认？”但如果仅仅指西方列强入侵、文明古国告急这件事，那么“维新主义的老新党，革命主义的英雄，富国强兵的幻想家”们，都没有必要讳言“公主的失节”，否则维新、革命、富国强兵又从何谈起？显然，瞿秋白似还另有所指，甚至他自己还没来得及把更为敏锐的感受，从他平时所熟悉的问题域及使用的话语中剥离出来。从他不断谈到的“士大夫的气质”来看，“公主的失节”属于自己内部的东西，并由西方列强入侵这个外部事件所刺激而被彰显出来。这种内部的东西，近似一种“原罪”，一种令人“惭愧”到不愿承认的“缺陷”。它在历史

① 何凝：《鲁迅杂感选集》，贵州教育出版 2001 年版。

上久经留存，并已生长在这个东方国度的人们的骨子里，它就是鲁迅所深恶痛绝的“瞒和骗”，是“瞒和骗”背后的那种对“富贵”的永恒推崇，是早已被血肉化了的绝对等级观念的本能反应，是弥漫在整个社会毛孔里的誓做“人上人”的决心。它在社会下层表现为阿Q式的对“富贵”的极度崇敬，以及围绕“富贵”价值的“老子天下第一”的冲动；而在社会上层则表现为“士大夫气质”，即从社会既有秩序的攀升中汲取人生根据和意义的那种至深的情结。问题在于，它在业已“觉醒”了的“新党”和革命者那里，在已经意识到“亡国灭种”危机的救国者那里，依然是支配性情结。这种情结，作为个体对个体，在社会层面上表现为绅士式的高人一等，或阿Q式的在幻觉中将他人等而下之；作为群体对群体，在国际间则表现为“兽性爱国”，恃强凌弱，甚至无“强”可“恃”也凌弱。这种骨子里面的“兽性”和非“人”意识，只有把它当作一种“罪”来意识着的人，才不回避那本应有的“悔罪”意识，才能不畏“惭愧”地承认自己的“私生子”地位，才能“诅咒自己的过去”。

像竹内好称鲁迅的文学是“一种赎罪的文学”一样，我们也可以据此说“赎罪”是鲁迅精神的一个基本特征。即使在早期，当他通过欧洲近代科学和现代思想触摸到欧洲精神的根底时，他就开始把在等级社会和等级观念中孕育的非“人”意识当作“罪”来感受。所以当辛亥前“志士”们在“物竞天择”、祖国沦亡的危机中，也学着“执进化留良之言，攻小弱以逞欲，非混一寰宇，异种悉为其臣仆不慊也”时，他就感到了一种身为弱国国民却欲奴役他人的“惭愧”，他极为沉痛地批评道：

而吾志士弗念也，举世滔滔，颂美侵略，暴俄强德，向往之如

> 慕乐园，至受厄无告如印度波兰之民，则以冰寒之言嘲其陨落。夫吾华土之苦于强暴，亦已久矣，未至陈尸，鸷鸟先集，丧地不足，益以金资，而人亦为之寒饿野死。[①]

许多年以后，当他开始用白话写作小说时，他又再次把文明古国"吃人"的历史当作自己的"恶"来感受："我是吃人的人的兄弟！""我未必无意之中，不吃了我妹子的几片肉，现在也轮到我自己……有了四千年吃人履历的我，当初虽然不知道，现在明白，难见真的人！"这种把几千年历史的"罪恶"及"责任"都集于自己一身的方式，几乎化在鲁迅的血肉里，从而使鲁迅形象始终闪现着背负者的影子。他在《随感录四十》谈到无爱婚姻中的"女性"和"我们"，用的也是这种根基于"罪"和责任的句式："我们既然自觉着人类的道德……又不能责备异性，也只好陪着做一世牺牲，完结了四千年的旧帐。"[②]

鲁迅在自己的少年时代曾沉痛地写道："有谁从小康人家而坠入困顿的么，我以为在这途路中，大概可以看见世人的真面目……"[③]这沉痛自述中的内容，通常被认为是鲁迅日后反抗的最初根源。但把个人屈辱、不平的经历转化为对世间所有屈辱、"不平"的反抗，其间并不存在一个直接的通道。因为个人的屈辱和不平也会转化为对他人欺辱或等而下之，转化为对他人自由人格和平等权利轻而易举的剥夺，从而完成一个从"受虐"到"施虐"的心理过程和社会过程。这一情形不仅为中国内含绝对等级观念的古老社会文化所暗中支持，也会以新的名目在

① 《鲁迅全集》第8卷。

② 《鲁迅全集》第1卷。

③ 同上。

20世纪重新翻版为社会学或政治学问题。但鲁迅却通过欧洲近代科学和现代思想触摸到欧洲精神的根底，那便是东方故国文化中所从未有过的“真的人”。这种对欧洲精神的根底的“触摸”，不仅是接受一种崭新的理念，同时也完成了一次深入骨髓的内在觉醒。这种觉醒之深入骨髓的“内在性”，就在于他并没有从通过觉醒而意识到的几千年的罪恶中，把自己拣选出去，成为一个幸运者和无辜者，而是把自己也包含在“罪恶”之中，成为自己的否定对象，“竭力的要肃清这个肮脏的旧茅厕”[①]。鲁迅作品的复杂难解和鲁迅作为人的复杂难解，也许都根源于此。

> 有我所不乐意的在天堂里，我不愿去；有我所不乐意的在地狱里，我不愿去；有我所不乐意的在你们将来的黄金世界里，我不愿去。
>
> 呜乎呜乎，我不愿意，我不如彷徨于无地。
>
> 我不过一个影，要别你而沉没在黑暗里了。然而黑暗又会吞并我，然而光明又会使我消失。
>
> 然而我不愿彷徨于明暗之间，我不如在黑暗里沉没。
>
> 然而我终于彷徨于明暗之间，我不知道是黄昏还是黎明。我姑且举灰黑的手装作喝干一杯酒，我将在不知道时候的时候独自远行。[②]

这是一种怎样的自我折磨？假如仅仅向外部之“恶”发起进攻，假如仅仅向“光明”迈出阔步，人会如何地意气风发？但“取木乃伊的

① 何凝：《鲁迅杂感选集》。

② 《鲁迅全集》第2卷。

人自己也成了木乃伊”的故事就是这样发生的。为了不让“恶”进入天堂，他自己也不进入天堂；或者相反，因为“恶”进入了天堂、地狱和“黄金世界里”，他自己绝不进入这些地方；或者还相反，他自己就是“恶”的携带者，他不能不随它而去，但又决然不能随它而去，“我不如彷徨于无地”。这种深深的悖谬感和悖论意识，正是鲁迅经过“内在觉醒”后，将意识到的民族困境和人类困境，纳入到自己的个人困境中的结果。

鲁迅就这样通过“罪”的意识，在个人存在与民族、人类的存在之间建立了一个稳定的中介。靠着这个“中介”，他既拒绝把个人的存在性焦虑上升为整体的社会问题，拒绝通过对宏大问题的介入或关注，悄然搭载出个人的这种焦虑，同时，他又拥有着将个别问题普遍化和他者问题自身化的意识和能力。比如，他通过自己婚姻的不幸，就触摸到“四千年”来那无数业已湮没了的不幸，并把这无数的不幸引入自身，纳入到自己所要赔付的“债务”（责任）之中；他通过自己民族的衰弱和受欺凌的处境，直接抵达其他弱小民族同样“受厄无告”的处境，并坚决阻遏了由奴隶上升为奴隶主的那种“恶”的可能性；而反诸自己，也阻遏了身为奴隶却在幻觉中获得解放的那种“善”的可能性。所以竹内说鲁迅一生都没有摆脱做奴隶的感觉，他在由“聪明人和傻子和奴才”所构成的序列中，始终处于“奴隶”（由“奴才”转义而来）的地位。鲁迅是觉醒了，但伴随这种觉醒的却不是喜悦，而是痛苦。从他所担负的“债务”（责任）来说，他无法把自己从其所隶属的民族或民众中择选出去，因他做不成“傻子”——仅仅从外部赋予式地给奴隶以解放；他也“憎恶聪明人”，憎恶那种“只是让奴才在主观上感到得救”的冷漠或狡计。他只能感同身受地做“拒绝幻想”的醒着的“奴隶”，因为他深知不能“把解放的社会性条件作为‘被给予’的东西来追求”，这种社会条件“过去不曾，现在、将来也不会被给予”，它只能由自己，那一个个自己，通过“觉醒”而获得。[①]

四、自由和平等的中介与“前左翼”时期

我们已经接近了鲁迅在精神上与左翼文化之间的契合点，只需要进一步追问：鲁迅所感受着的那种“罪”的更为抽象的形态是什么？或者反过来问：对鲁迅而言，作为“奴役”对立物的“非奴役”状态是什么？

在鲁迅早期的文言文写作中，他提出过“根柢在人”、“人立而后凡事举”[②]的观点，在第一篇白话文小说又提出了“真的人”说法。这成为 20 世纪 80 年代以来人们重新发掘鲁迅精神的一个关键。不过，以“实体性”理论作为衡量标准，鲁迅的这些主张和观点就显得不过尔尔，难怪李慎之先生在谈到鲁迅早期思想时认为“无非就是要求个性解放而已”[③]。鲁迅的“立人”思想，仅从字面理解，并诉诸实体性思维，在各种西方思潮蜂拥而来的今天，的确显得平淡无奇。如果以此来确立鲁迅的“当代性”，也未必不成问题。这可能仅标识出鲁迅作为“历史上的人物”的位置，而鲁迅的当代性，他作为“历史性人物”的价值，显然不在他的实体性主张或思想，不在他实际上说了什么，而在于他“说”的背后，按照竹内的“勉强之言”，就是“他这个人的存在本身便是一个思想”。

---

① ［日］竹内好：《近代的超克》。

② 《鲁迅全集》第 1 卷。

③ ［日］伊藤虎丸：《鲁迅与日本人》，李冬木译，河北教育出版社 2000 年版。

“人”的观念来自于欧洲，属于被鲁迅称为“拿来”的那种东西。如果说鲁迅可以把它拿来的话，后人也同样可以把它拿来，关键在于拿来之后在拿来者（主体）那里是否生长，又如何生长的。鲁迅从西方近代科学那里发现了孕育这种科学的人的“独立精神”，从19世纪末欧洲非理性主义哲学思潮中触摸到决不被“众数”所压垮的“个性”或“个人”，并以此写下“首在立人，人立而后凡事举；若其道术，乃必尊个性而张精神”[①]的铿锵字句。这个时候，尽管鲁迅有着很强的中国现实针对性，但这里的“人”的观念，似乎还可以放回到欧洲个人主义的传统里去；然而，当他十多年后沉痛地写下“难见真的人”时，“人”在他那里就已经浸润了太多的东方性、中国性和承载者个人开放着的独特个性。“人”的觉醒和“罪”的意识在这时已经保持了同步。这一切是如何发生的呢？

探索鲁迅思想演变的轨迹，会发现在“人”的觉醒之前，鲁迅像当时很多人一样，先期抵达的是“族”的觉醒，即意识到民族在当世的危机中，正所谓“有新国林起于西，以其殊异之方术来向，一施吹拂，块然踣滰，人心始自危”。这种危机感大概从鲁迅在南京读书时醉心于严复译《天演论》时就开始了，而异国经历中的个人挫折和民族挫折，则更加剧了这种体验。“立人”的思想正是在着眼于外部力量、应对民族危机之际提出来的，从作者的口吻中就可以感到这样一个前提：

欧美之强，莫不以是炫天下者，则根柢在人……将生存两间，角逐列国是务，其首在立人，人立而后凡事举；若其道术，乃必尊个性而张精神。由是观之，欧洲十九世纪之文明，其度越前古，凌

① 《鲁迅全集》第1卷。

驾亚东，诚不俟明察而见矣。[1]

从“欧美之强”探索“强”的原因，从意欲“角逐列国”到寻找参与“角逐”的首要任务，这首先标识出了探索者和寻找者的空间位置，显示出西方思想被接受于一个个体时的东方属性和民族属性。正如我们知道的，作为探索和寻找者的鲁迅，并没有附议当时流行的诸如“武事”、“商估”、“立宪”、“国会”的救国方案，而是另辟蹊径，提出了“人立而后凡事举”的主张。尽管这个时候民族拯救的前提依然存在，但在鲁迅那里则悄然发生了一个转变，即从这个由之出发的前提，找到前提的“前提”:“人”是最根本的。这一发现对鲁迅而言是决定性的，使他从世界（天下——民族——国家）的一个附属品，觉醒为一个独立着并对世界具有构成性的主体:“盖惟声发自心，朕归于我，而人始自有己；人各有己，而群之大觉近矣。”[2]

但“人”的觉醒虽然确立了当事者的主体性，却并没有使鲁迅获得解放的感觉，反而使他意识到自己的奴隶地位。这种意识得自于两个方面：一是作为东方衰弱民族一员的民族身份，一是作为人类一员且怀有“真的人”理想的个人身份。这双重身份使他成为独具特色的民族主义者和个人主义者。其所独具的特色在于：他的民族主义是以个人主义为底色的，而他的个人主义则是以每个人都成为“真的人”为背景的。他所言的“国人之自觉至，个性张，沙聚之邦，由是转为人国”[3]，虽指的是他自己的国家，但就像“人各有己，而群之大觉”一样，这一个“人

① 《鲁迅全集》第1卷。
② 《鲁迅全集》第8卷。
③ 《鲁迅全集》第1卷。

国”也旁及着其他的“人国”，这正是他在那篇未完成的《破恶声论》中所表达的：“凡有危邦，咸与扶掖，先起友国，次及其他，令人间世，自繇具足，眈眈皙种，失其臣奴。”[①]

从“族”的觉醒，到“人”的觉醒，再到“类”的觉醒，鲁迅走了一个独特的思想历程。他从尼采等人那里汲取了精神的强力，习得了对“以众虐独者”的绝不屈从，但从自身和民族受屈辱受奴役的处境中，又体悟到了所有人都应“朕归于我”，所有国家都应转为“人国”的普遍性，从而于尼采思想的另一种逻辑中夺路而出。这种“人各有己”的“人国”理想，已经把“人”的观念推向了极致，推向了没有任何奴役的一种特殊的乌托邦状态，正如汪晖所评述的，“‘人国’作为一种‘文化偏至’的否定结果只能是一种价值理想，而难以构成一种未来的实体；它反对和否定一切压抑或‘物化’个人的社会秩序、文化秩序和思想观念”[②]。可以在一个更宽泛的意义上说，鲁迅在遭遇现实的左翼文化运动之前，就秉有了一个真正的左翼文化人所应具有的精神理想和文化心态，以及反抗任何形式之奴役的决心。它处于竹内好所言的那个“回心之轴”或舒芜所言的那个“基本认识”之中，而不是之外。这当然不是对某种观念或价值的偏爱，在本质上也无法被外化为某种系统的实体性思想或主义。它是深深浸润于一个人骨髓之中的那种东西。所以鲁迅在后来成为一个现实启蒙者的时候，他在人们最习焉不察的微妙的精神奴役方面才那么敏感，并不惜花费大量笔墨予以剖析，而这一工作则一直持续到他生命的最后一刻。

然而需要说明的是，当鲁迅把“人”的观念推向极致，推向一种

① 《鲁迅全集》第8卷。
② 汪晖：《反抗绝望》。

特殊的乌托邦状态时，他却成功地规避了这种"极致"或"乌托邦状态"所可能有的绝对主义逻辑陷阱。这是鲁迅思想意识中最富有个性，亦最富有东方特征之处。正如前面提到过的，"人"的觉醒并没有使鲁迅获得解放的感觉，反而使他意识到自己的奴隶地位，意识到自己所隶属的民族和人类内部的奴役结构。渐渐的，他也许还意识到这种奴役结构甚至存在于包括他自己在内的每个人的内心。这是一个重新看待世界，也重新看待自己的复杂的内在过程，这一内在过程在鲁迅的第一篇白话小说里便得到了一次真切而彻底的寓言性表达。

此处我想直接引用伊藤虎丸对《狂人日记》的分析。伊藤认为这个作品"隐藏着鲁迅……的精神史。在真正的意义上，它是鲁迅获得主体性之前的两个阶段的故事"[①]，即：一、投身于新的思想和价值后获得"觉醒"阶段；二、进一步觉醒到自己也是一个"罪者"（吃人者），从而"把自己从业已'委身'其中的新思想和新价值当中再次重新拉出来的阶段"。

第一个阶段对应于作品的1—10章，即借助"真的人"视野，狂人发现周围的人都是"吃人的人"，都怀揣着似乎"怕我，想害我"的心思，于是他不顾安危地高喊："你们可以改了，从真心做起！要晓得将来容不得吃人的人，活在世上。"这种高喊正说明鲁迅还处在"社会的局外人"位置上，还"满怀激情地把自己也看作一个'精神界之战士'或'英雄'"，而"没能在这个世界内部找到自己的位置"。显然，人在这时"还不能说他已经真正获得了主体性"，因为"对这种'新的权威'（虽然它是从上面或从外部被赋予的）的信念、信仰和忠诚心，越热烈，越纯粹，就越会变得激进得没有止境，也越会变得残酷。这种

① ［日］伊藤虎丸：《鲁迅与日本人》。

‘疯狂’，不论古今东西，不论十字军还是战争中的日本军，不论是联合赤军为代表的‘内讧’还是‘无产阶级文化大革命’，我们不都领略了吗？他和他们之所以会对现实和他人进行彻底批判，就是因为把自己同‘普遍价值’和‘真理’视为一体的缘故……他或他们，这时是站在‘普遍’和‘真理’的一边的‘正义的化身’，因此也就必然是对‘恶人’，即‘加害者’的迫害进行反抗和战斗的‘被害者’。正因为如此，他们也就能在‘彻底的’‘伦理性追究’的同时，经常表现得极其残酷无情”[①]。

伊藤此处描述的显然是一个“无辜者”形象，无辜而受害，所有的“正义”便都拉向自己一边，所有“不义”也都归于对立面，从而“经常表现得极其残酷无情”。相反，“知道自己是‘恶人’或‘加害者’的人，通常却做不到那么无情”。于是，《狂人日记》11—13 章便被认为对应于第二个阶段的鲁迅：

> 四千年来时时吃人的地方，今天才明白，我也在其中混了多年……我未必无意之中，不吃了我妹子的几片肉，现在也轮到我自己。[②]

富有意味的是小说中曾三次提到“真的人”，其中两次在第一个阶段。一次是规劝大哥时向他描述出从“吃人”到“不吃人”的一幕进化史图景（象征了启蒙者通过话语进行启蒙的努力）；一次是面对暴力时“你们……会给真的人除灭了”的劝诫性威胁（劝诫中所显示的启蒙者

---

① ［日］伊藤虎丸：《鲁迅与日本人》。

② 《鲁迅全集》第 1 卷。

所握有的历史强力）。这与随后所说"难见真的人"时那种自我惭愧之情（罪感），正好构成了一个对比：启蒙者赖以高声呐喊和果敢行动的坚实基础开始塌陷，他不得不意识到自己作为一个受害者/施害者、批判者/被批判者之关系的相对性。这个再次觉醒终于完成了"人"之觉醒的最后步骤，它将世界的各种固定位置松动了，发现了"每个人的不同所具有的价值"。与此相比，在第一次觉醒中，世界秩序和人的价值只是颠倒了一个顺序，仍然处于尊卑贵贱的等级之中，处在与觉醒之前同样的世界结构中；而这第二次觉醒才使人"从按照既成模范、教条、组织等来衡量人的距离的异己意识和尊卑意识当中解放出来"，精神界孤高、自负的战士也被还原为一个普通人：狂人终于痊愈，"赴某地候补"去了。但这种还原并非是一种简单的放弃，而是从"新思想和新价值当中再次重新拉出来"，这"同抛弃思想、主义，获得'现实性'，或者又重新委身（转向）于另一种新思想一边，完全是两回事"。它"是从被一种思想所占有的阶段，前进到将其作为自己的思想所拥有的阶段——真正获得主体性的阶段，也可以叫作'获得自由'的阶段"①。

伊藤出色的分析让我们看到，由于"人"的觉醒使鲁迅首先意识到自己的奴隶地位和"吃人"的社会奴役结构，进而意识到"奴役"本身也发生在自己的历史中及内心里，"人"的自由问题在鲁迅那里便表现为：既是绝对的、不可让渡的"个人"的自由，也是同他人相关的"所有人"的自由，而"个人"和"所有人"之间所有可能的断裂之处，便通过"罪"的意识和"赎罪"的行为连接在一起。"自由"问题也因而变成了"平等"问题（即任何形式的不受奴役），变成"自由了的个人"对"他人"的责任问题（包括决不奴役他人的责任）。这自由了的个人之

---

① ［日］伊藤虎丸：《鲁迅与日本人》。

“自由”，又是建基在个人在历史中始终“不自由”的意识之上，也就是建基于竹内好所言的始终意识到自己奴隶身份这一事实之上。这真有点恩格斯在《共产党宣言》1883年德文版序言中那段话的味道，那段话是：“被剥削被压迫的阶级（无产阶级），如果不同时使整个社会永远摆脱剥削、压迫和阶级斗争，就不再能使自己从剥削它压迫它的那个阶级（资产阶级）下解放出来……”如果我们假设性地认为，鲁迅在参加左翼文化运动之前，就已经有着一个“前左翼”时期，也并不为过。如果我们在外延上给“左翼”概念一个粗略的分类，即分为“政治左翼”、“经济左翼”和“价值左翼”的话，那么这个“前左翼”时期就是鲁迅拥有价值左翼的时期。

汪晖曾比较过鲁迅这时的思想与马克思主义历史观的不同：“马克思考察了文明史的物质基础，从而把历史的进步同人对自然的掌握能力相联系，而鲁迅则是从人的自由意志考察政治制度和物质文明的演进……。”此外，“尽管鲁迅与理性主义者一样把历史看作是人力图扬弃自身与自然、自身与自身关系的必然性过程，但是鲁迅……却否定这个发展过程的后来阶段提供了比先前阶段更多的自由”[①]。而我想在此补充说的是，马克思在创立自己的学说时依托的是业已成为强势并具有世界中心意识的欧洲文明，古老福音书中的“救世”激情也无不在人的意识之外暗中养育着一种创造新世界的主体精神；身处东方的鲁迅则没有这份幸运，他是在把握“他者”思想的根柢时才意识到自己作为个人和作为衰弱民族一员所遭受的双重奴役。正是这种“被动性”，才使他把“自由的主体”体验为身为“奴隶”，体验为一种既不甘为“奴才”、也绝不做“主子”的奴隶之人的意识。竹内好说鲁迅后来“在相反的方

① 汪晖：《反抗绝望》。

向上富有个性地实现了他自身的马克思主义化"[1]，就在于他一方面寄希望于改造中国的现实力量，另一方面又绝对不抱任何"解放的幻想"。即便鲁迅后来接受了阶级论，但这种理论虽然"在与黑暗的格斗中"，"有助于强化他的战斗力，却没能使他具体描绘出一个理想社会来。它是武器，是手段，不是目的"[2]。换言之，新的阶级论学说只是增加了鲁迅认识历史和现实的复杂意识，并没有，也不可能改变鲁迅那业已形成的结构性自我，那种始终开放着的自我之历史。这正是鲁迅一以贯之的东西：任何新的理论学说，只有化为个人的自觉，生长出自己的主体性和人的自由意志，并由自己赋予新的秩序，才能成为真正的解放；而仅仅把理论视为一种权威而服膺之，把新的秩序"作为被赋与的东西来寻求"，并让自己站在优越于他人的制高点上，自然无异于新的奴役。可以说，鲁迅正是从个人和民族受奴役的双重觉醒中，意识到对整个人类来说可能都是最为致命的东西，那就是："奴役"和"压迫"不仅存在于当时的社会形态，也表现于人的内心结构，而这种内在的"奴役"和"压迫"对他而言是作为"恶"，也作为"罪"来感受的，是作为反抗的对象，也是作为"赎罪"的内容来行动的。

毫无疑问，鲁迅的存在，使中国文化在骨骼里面拥有了前所未有的东西，使"平等"这一中国传统文化中并不或缺的要素，有了真正生长的内在机制。在没有基督教文化背景的中国，鲁迅以一种悖谬的方式，承担了以"罪"的意识反观自身这种"替代性"功能；而这种"替代性"又是不可替代的，因为其中并不存在一个从"半成品"到"成品"的递进过程。鲁迅的"中间物"意识本身就是一个成品，它与其

① ［日］竹内好：《近代的超克》。

② 同上。

说是一个相对“未来”而言的时间（今天）局限，不如说是相对“完整”而言的一个空间（个人或存在者）缺陷。鲁迅把自己相对化了，而他的“中间物”意识也就是一种“相对者”意识。这种“相对者”意识给中国几千年文化的精神空间带入了“绝对者”和“相对者”之紧张而又紧密的二元秩序。在这个秩序中，“绝对者”不是“者”，不是“物”，而是一种“无”；“相对者”也不是一个融入者，或逃避者，而是一个“介入”者。相对中国文化的“前所未有”而言，鲁迅可被视为中国式的耶稣，是一个凝结着历史性而非超越性的耶稣；或者在另外一个意义上说，是一个最具有基督性的非耶稣，而这一点，只有把鲁迅看作一个凡人而不是英雄时，才能够领会。

五、“非政治”的政治与鲁迅的左翼文化遗产

鲁迅之所以是一个凡人而非英雄，是因为他从没有参加过政治权力角逐，甚至从没有加入过从政者的行列，尽管他生平中曾经有过这种机会。

如果把中国近现代史的三次重要革命与鲁迅生平相对照，就会发现，在这些改天换地的武装革命兴起时，他都处于外围或边缘。年轻时，他在日本加入了光复会，但这件事本身就湮没在历史的尘埃之中。某次被指派回国从事暗杀的指令，也因他的推诿而作罢。当武昌起义的战火烧向全国各地时，他正偏居于故乡绍兴做着一名教员。他所能做的就是组织学生欢迎光复绍兴的革命军，并支持一份监督新的军政府的地方报纸。此后，他虽然做了国家教育部的官员，但长期只是把它作为一

个能领取不菲薪水的饭碗，除了供职的第一年，以后从没有升迁过。与胡适不同，鲁迅对北洋政府从没有抱过希望，倒是对孙中山心怀敬仰，对国民党也充满同情。所以在北伐战争高潮之际，他来到了作为国民革命中心的广州，在中山大学做了教务主任和文学系主任，但他此番来粤的主要目的却不是投身风云际会的实际革命，而是教书、成家，并在有可能时做一番“前进”的文学事业。但革命发生了分裂和逆转，其中国民党中蒋、汪集团背叛革命以极其残酷的手段镇压同样革命且充满了勃勃生气的共产党和工农群众，其残酷程度是他以往从未遇到过的，他也从此割断了与先前同情过的国民党的任何情感联系。他在上海的租界里定居下来，成为一名自由作家，并同处于地下状态的共产党开始了半秘密的合作，而另一半公开的合作是自愿担任了左翼作家联盟的“盟主”。中共高层也对他愈益重视，有一次，一位中共领导人还秘密会见了他，尽管会见并不愉快。日后成为中共领袖而“五四”时期对鲁迅并未在意的毛泽东，这时也越来越注意他，并在他死后把平生最崇高的颂词献给了他。

从以上简要描述中可以见出，鲁迅在中国现代史中与政治之间存在着一种奇特的关系，这种关系无法用与实际政治的远近来定义，而只能在对“政治”重新定义后才能获得理解。毫无疑问，鲁迅是政治的，也投身于政治，但鲁迅投身的是一种“非政治”的政治，一种不靠政治手段、不以政权为目的的政治。这个“政治”没有现实的终极目标，看起来更像是一种文化事业，但又与一般文化事业的守成、传递和创新不尽相同，这是让一种真正的政治在每个人身上成长起来的那种事情。伊藤虎丸说鲁迅之所以把“揭示出‘吃人的社会’的整体构造”，看得“比攻击压制者的暴虐更为重要”，就在于“他是把民众能否从政治的客体变成政治的主体作为问题的”[1]。这种把民众“从政治的客体变成政治的主体”的真正的政治，并不诉诸于任何外力，不诉诸于任何社会秩序（因而不是现实政治，不是那种“政治”的政治），它在每个单个人那里存在本身就是一种秩序。这个秩序是没有中心的，因而也没有边界，没有先驱后进的尊卑之分，没有内部的等级关系；它本身就不以实体而显现，有起始而无终点，始终生长着，保持着世间生生不息的非凝固状态。竹内好称“鲁迅在孙文身上看到了‘永远的革命者’，而又在‘永远的革命者’那里看到了他自己”[2]，这大体说明了鲁迅为什么总是拒绝站在“光复”或“革命”后的执政者那一边。竹内好通过把鲁迅和孙文相比较本身，也是把孙文从一个现实政治家中抽离出来，仅就内在的无止境的进取精神而言的。在这种相近的进取精神之外，则凸现出两个人所从事的“政治”的截然不同。

但正像我们看到的，鲁迅并不排斥实际政治，而是在实际政治中区分好的和坏的，然后让他自己的那种“非政治”的政治与之相毗邻。这是鲁迅与政治的关系中最为费解之处，也引发了内容决然不同而内在逻辑却颇为相似的对鲁迅的各种曲解和误读。表面上看起来，鲁迅仅仅是“革命”的追随者，是某种实际政治的同情者，但他所追随的“革命”和他所同情的实际政治，皆在他所处身的政治秩序之外，在一种凝固了的“革命”之外。只有在重新定义政治，区分出实际政治和“非政治”的政治之后，才能真正揭示鲁迅身上那种始终如一的、流动的、从来不被客体化的政治性，才能解释他为什么总是有保留地选择一种现实政治，然后又抛弃这种政治。这种始终如一的、流动的、从来不被客体

① ［日］伊藤虎丸：《鲁迅与日本人》。

② ［日］竹内好：《近代的超克》。

化的政治性，也可被称为有机的政治性。正是这种有机的政治性，使他从清末民初一路走下来，最后走入左翼文化阵营，成为一个“拒绝任何幻觉”的马克思主义者。我们在本章开头时曾提出瞿秋白的原初命题，即：鲁迅是带着“什么”走进了“新的阵营里来的”？那么现在可以给出答案曰：鲁迅正是带着这种有机的政治性，带着支撑这种政治性的结构性自我，走入左翼文化阵营的。同时，通过赋予左翼文化一种“非政治”的政治品性，又使左翼文化拥有了自身的成长性。作为一种不靠政治手段、不以政权为目的的政治，作为以塑造人的主体性，使每个人的存在本身就是一种秩序的政治，“非政治”的政治始终是动态的、开放的、未完成的。它和“政治”的政治时有交叉和重叠，并借助于“政治”的政治不断获得其外部条件，因而它实际上是后者的核心、灵魂和目的。但当后者仅仅以权力为核心、灵魂和目的时，这两种政治便分道而行。鲁迅所要求的现实政治，是始终前进着的政治，在对国民革命绝望之后，他在中国共产党那里所看到的就是这种前进的政治力量。他与中共的合作，

依然在他两种政治相毗邻的既有格局中。他始终把对现实政治的选择，当作一次性的选择，而拒绝将之终极化。他在左联后期与周扬等人的冲突，也是有机的政治与以权力为核心的政治的冲突。他在这些新的革命者那里，再次看到了“奴役”和“被奴役”的内在结构，看到了似乎永恒轮回的历史。他是一个在永恒轮回的历史中的永远的革命者，并最终死在了硝烟弥漫的“战场”上。

由“回心之轴”或“基本认识”所构成的结构性自我，由自由的宣讲者而产生的“吃人”的赎罪者，从历史的永恒轮回中诞生的“非政治”政治的体现者和永远的革命者，鲁迅以其自身的内在逻辑走入左翼文化

阵营，也以其自身所携带的主体性和政治性重新定义着“左翼”。发生在一个特定时期的鲁迅的“向左转”，当然离不开许多外部条件和契机（如国际性的“红色的30年代”，如国内政治、经济方面的现实要求），但这仅表明鲁迅在那个时候的具体行动方向，仅表明鲁迅介入历史的具体方式，并不表明鲁迅那种内在的结构性自我和“非政治”的政治性有丝毫改变。正是在这个意义上，我们说鲁迅是“转”而未“变”的，这也是我们在讨论这个命题时，并不使用“转变”这个老称谓而使用“向左转”的原因之一。当然，说鲁迅“转”而未“变”，并不是说鲁迅可以超越社会存在决定社会意识的法则，而是说他受制约于一个更大的社会和历史存在。也可以说，正是对这个更大的社会和历史存在的意识，才使他秉有了那内在的一切，秉有了那内在的结构性自我和有机的政治性。

至于鲁迅之于中国左翼文化运动，从表面上看，鲁迅的介入并没有改变这场运动的历史形态，但从内在品质看，正是由于他的存在，一场以历史形态出现的左翼文化运动，才在历经曲折、磨难和摧残后，仍然没有成为历史的终结，仍然处于未完成的、仍然生长着的动态中。这是鲁迅给中国左翼文化所留下的最为宝贵的遗产，也是鲁迅从左翼文化运动中所最终选择出来的自己。

（原载《文史哲》2007年第2期）

横站的“同路人”

——鲁迅与左翼文艺运动的内在关系及其姿态

赵歌东

20世纪20年代中、后期，鲁迅通过普列汉诺夫、卢那察尔斯基等人的文艺理论，初步接受了马克思主义现实主义文艺观，开始介绍关于苏联文艺政策和无产阶级作家与革命“同路人”作家论争的相关资料，同时翻译了大量“同路人”作家的作品，最终以“同路人”的姿态加入左联，以“同路人”作家的创作为参照推动了中国左翼文艺运动的兴起和发展。30年代初，瞿秋白结合马克思、恩格斯关于巴尔扎克、哈克纳斯等具有“同路人”性质的资产阶级作家的相关论断，对“同路人”作家中的“真正革命的左翼”向无产阶级革命“同盟军”的转变作了历史性的分析，在此基础上对鲁迅作为革命“同路人”在中国左翼文艺运动中的“桥梁”作用给予了历史性的定位和评价。由于苏联1930年前后的政治斗争对“同路人”作家存在偏见和敌视，致使“同路人”创作在苏联文学史上的作用和意义长期被遮蔽。鲁迅、瞿秋白与苏联“同路人”文学的关系也一直没有得到应有的重视，一些鲁迅研究者坚持斯大林时代对“同路人”作家的偏见，不承认“同路人”作家的革命意义和特定历史价值，因此也无法理解鲁迅作为革命“同路人”的历史选择。

鉴于此，本文尝试以苏联“同路人”文学及其相关理论为参照，重新认识鲁迅与左翼文艺运动的内在关系及其姿态，并通过鲁迅、瞿秋白的创作和论述重新梳理马克思主义文艺理论中国化的历史源流。

一、引言：“同路人”与左翼文艺运动的兴起

十月革命胜利后，如何对待旧时代的文化遗产成为苏维埃政权所面临的一个重要课题。1920年10月2日，列宁在苏联共产主义青年团第三次代表大会上作了题为《青年团的任务》的演讲，号召青年从旧学校、旧文化、旧科学中挑选和吸收一切对于学习共产主义、建设无产阶级文化有用的东西。列宁指出：“应该明确地认识到，只有确切地了解人类全部发展过程所创造的文化，只有对这种文化加以改造，才能建设无产阶级的文化，没有这样的认识，我们就不能完成这项任务。无产阶级文化并不是从天上掉下来的，也不是那些自命为无产阶级文化专家的人杜撰出来的……无产阶级文化应当是人类在资本主义社会、地主社会和官僚社会压迫下创造出来的全部知识的必然结果。”[①] 在《论无产阶级文化》的“决议草案”中，列宁又指出：“马克思主义这一革命的无产阶级思想体系赢得了世界历史性的意义，是因为它并没有抛弃资产阶级时代最宝贵的成就，相反地却吸收和改造了两千多年来人类思想和文化发展中一切有价值的东西。只有在这个基础上，按照这个方向，在无产阶级专政的实际经验的鼓舞下继续进行工作，才能认为是发展真正无产

① 《列宁全集》第31卷，人民出版社1963年版，第254页。

阶级的文化。”[①] 列宁的论断不仅为1920年代苏联“新经济政策”的实施奠定了理论基础，而且表明了无产阶级文学如何对待旧时代文化遗产的正确态度。

“同路人”是1920年代苏联“新经济政策”时期的主要作家群体，这个群体是俄国文学向苏联无产阶级文学过渡的一个重要枢纽。从整体上看，“同路人”作家带着旧时代的文学传统，经历了十月革命的洗礼，在十月革命后同情无产阶级，被认为可以同无产者作家同走一段路：“同路人……就像大多数俄国人民一样，他们不是共产党人——或者甚至不是马克思主义者。由于历史的谬误，他们成了那些准备跟随共产党但又不赞成这个党的全部信条的非党人民大众的代表。同时他们的思想感情又接近于旧知识阶层或资产阶级的，并在不同的程度上直接地或含蓄地反映他们的思想。他们还反映了那些准备建设一个新俄国的新型大众的感情与思想。”[②] 在这样的意义上说，“同路人”不是彻底的无产阶级革命者，但在无产阶级作家取得文学的支配地位之前，他们的创作起到了关键性的过渡作用。

作为一个文学概念，“同路人”是十月革命的领袖之一托洛茨基在《文学与革命》一书中提出来的。他在该书“革命的文学同路人”一章中指出：“在或因唱老调子或因保持沉默而失去作用的资产阶级艺术与暂时还没有的新艺术之间，出现一种过渡的艺术，它与革命有着或多或少的有机联系，但同时又不是革命的艺术。鲍里斯·皮利尼亚克、弗谢沃洛德·伊万诺夫、尼古拉·吉洪诺夫和‘谢拉皮翁兄弟’、叶赛宁和意象派小组、在某种程度上的克留耶夫，就整体而言或就个人而言，没

① 《列宁全集》第31卷，第282页。

② ［美］马克·斯洛宁：《苏维埃俄罗斯文学（1917—1977）》，浦立民、刘峰译，上海译文出版社1983年版，第58页。

有革命便不可能出现……他们的文学形象和整个精神面貌都是在革命中形成的，由他们所倾心的那个革命的角度所确定的；他们都接受革命，每个人各以自己的方式来接受……他们不是无产阶级革命的艺术家，而是无产阶级革命的艺术同路人。”[①] 概括地说，托洛茨基的主要观点是："同路人"的创作是介于资产阶级艺术与无产阶级艺术之间的一种“过渡的艺术”，它与无产阶级革命存在有机联系但还不是真正的“革命文学”；“同路人”作家以各自的方式“接受革命”，他们的创作保持着各自的艺术个性；“同路人”作家的精神面貌在革命中形成，但在革命的过程中他们会产生分化。托洛茨基认为：“同路人”是苏联“新文学的准备时期”的一支很重要的队伍，他们是革命过渡时期的历史产物。

作为一个过渡性的文艺思潮，“同路人”的创作构成了十月革命之后苏联文学的一个特殊阶段。20年代，苏维埃政府实施的“新经济政策”促进了出版业的发展和文艺界的言论自由，从而使文学界出现了“复杂的多样化的文艺复兴运动”。在这样的背景下，“无产阶级文化协会”、“锻冶场”、“岗位派”等无产阶级作家团体与“同路人”作家在1923—1925年间进行了一场大论战，托洛茨基、布哈林、沃龙斯基、卢那察尔斯基等苏共领导人，以及高尔基、马雅可夫斯基等著名作家都站在“同路人”一边，列宁本人也接受了高尔基的建议：“反对人工培育共产主义作家，而且还赞成保留那些具有革命可以利用的能力的旧知识分子。”[②] 1925年6月，俄共（布）中央通过了由布哈林起草的《关于党在文学方面的政策》的决议，决议指出，“无产阶级作家的领导权现在还没有，而党应当帮助这些作家给自己赢得掌握这个领导权的历史权

① ［苏］托洛茨基：《文学与革命》，刘文飞等译，外国文学出版社1992年版，第41—42页。
② ［美］马克·斯洛宁：《苏维埃俄罗斯文学（1917—1977）》，第46页。

利”；“在对‘同路人’的关系上必须注意：（一）他们的分化；（二）他们中间有许多人作为文学技术的熟练‘专家’的重要性；（三）这一群作家的动摇情况。在这里，一般的方针应当是周到地和细心地对待他们，即采取那种足以使他们尽可能迅速地转到共产主义思想方面来的态度。党在排除反无产阶级分子和反革命分子的时候（他们现在是少得不足道了），在跟一部分路标转换派的‘同路人’中间正在形成的新资产阶级思想体系作斗争的时候，应当以容忍的态度对待中间的思想形态，耐心地帮助这些必然很多的思想形态在与共产主义各种文化力量日益密切合作的过程中逐渐消灭。”[①]在列宁等人的支持和“新经济政策”的包容下，“同路人”作家在20年代苏联的“文艺复兴运动”中处于优势地位。托洛茨基说：“国内战争可以为未来的伟大的文化做准备，但对于今天的文化极其不利，十月革命直接的行动扼杀了文学……要使文学复苏，必须要有休整。在我们这里，随着‘新经济政策’的实施，文学开始复苏。文学苏醒过来，却全部涂上了同路人的色彩。”[②]与“同路人”的创作相比，20年代苏联无产阶级文学创作还十分薄弱。“自从苏维埃政权建立后，尽管尽了一切努力，发表了各种宣言，得到了官方的大力支持，但还是没有一个杰出的诗人是来自无产阶级的。事实上，所有革命的主要诗人都出身于贵族（如勃洛克、马雅可夫斯基），或知识阶层（如帕斯捷尔纳克），或农民（如叶赛宁）。二十年代被誉为‘胜利阶级真正的先驱者’的诗人也是如此。”[③]可以这样说，伴随着20年代“新经

① 《关于党在文学方面的政策——俄共（布）中央1925年6月18日的决议》，曹葆华译，见张秋华等编选：《“拉普”资料汇编》上，中国社会科学出版社1981年版，第319页。

② 《关于俄共（布）的文艺政策问题——专题讨论会速记稿》，彭克巽译，见张秋华等编选：《“拉普”资料汇编》上，第159页。

③ ［美］马克·斯洛宁：《苏维埃俄罗斯文学（1917—1977）》，第38页。

济政策”的实施，是“同路人”作家而不是无产阶级作家创造了苏维埃俄国的第一次“文艺复兴运动”。

但是，“同路人”的创作并没有持续多久，列宁于1924年1月去世，苏联“新经济政策”到1928年也宣告结束。20年代末，在俄共（布）中央内部的权力斗争中，斯大林战胜托洛茨基成为苏共中央领导核心。随着斯大林政权的建立，以“拉普”（俄罗斯无产阶级作家联合会）为代表的无产阶级文化派掌握了苏联文艺领导权，“同路人”作家群体随之走向分化和瓦解。1932年4月，联共（布）中央通过《关于改组文学艺术团体》的决议，宣布取消包括“拉普”在内的一切文学团体，另行成立由苏共中央统一领导的苏联作家协会。1934年8月，苏联作家协会第一次全体会议召开，无产阶级作家团体和各路“同路人”作家都加入了统一的作家协会，这标志着苏联新文艺政策的开始和无产阶级文学进入了一个新阶段。至此，“同路人”文学虽然在“新经济政策”时期取得了巨大的成就，但“从30年代末期到斯大林逝世，苏联批评家们‘在修正历史’的努力中，否定了这个事实，完全不顾在共产党执政的头十年中实际发生的事情。除了几个无关重要的事例外，苏联的报刊从未对20年代和它对发展俄国文学所起的作用作出过正确的评价。……他们忘记了在‘新经济政策’时期俄国确实发生过复杂的多样化的文艺复兴运动，而且一系列极富有魅力的散文和诗歌作品也正是在这一重要岁月里问世的。”①

从文学意义上看，以“拉普”为代表的无产阶级文学与“同路人”文学的主旨是不相同的。“无产阶级文学尽管经历了许多变化，尽管它内部各个团体之间曾发生过斗争，但它一直是以同一思想为标志而

① ［美］马克·斯洛宁：《苏维埃俄罗斯文学（1917—1977）》，第49—50页。

发展的，这个思想就是：文学是阶级的现象，因此无产阶级文学把自己理解为无产阶级愿望的思想表现，理解为无产阶级处世态度在艺术上的体现，理解为能引导无产阶级的思想并指导它的意志去采取一定行动的因素和无产阶级用来与阶级敌人进行斗争的思想工具……无产阶级文学来自生活，而不是来自文学性”；“所谓的‘同路人’文学，经历的是另一条道路。他们从文学走向生活，他们是从自有价值的技巧开始的。他们把革命首先看作是文学作品的情节；他们公开宣布自己是任何倾向性的敌人，他们设想了一个作家们（不问他们的主张如何）的自由共和国”①。30年代以后，无产阶级作家与“同路人”作家虽然走到了一起，但双方之间的原则性分歧并没有消除。阶级性与文学性的对立统一构成了无产阶级文艺运动的内在张力，这一矛盾贯穿左翼文学发展的整个过程，始终没有得到根本的解决。

二、鲁迅对“同路人”文学的认同及其自我定位

在一般意义上，中国现代文学史将1928年创造社作家提出“革命文学”口号并攻击以鲁迅为代表的五四作家作为左翼文艺运动的开端，也以此作为鲁迅接受马克思主义文艺理论的开始。实际上，在创造社作家发起“革命文学”运动之前，鲁迅已经开始关注苏联的无产阶级文艺运动，鲁迅接受马克思主义文艺理论也并不完全是为了回应创造社作家的攻击。早在1925年4月，在为任国桢译《苏俄的文艺论战》一

① ［苏］П. 柯甘：《伟大的十年的文学》，张捷译，见张捷编选：《十月革命前后苏联文学流派》下编，上海译文出版社1998年版，第594—595页。

书写的“前记”中，鲁迅就指出：“不独文艺，中国至今于苏俄的新文化都不了然。”因此称道任国桢的翻译“使我们借此稍稍知道他们文坛上论辩的大概，实在是最为有益的事”[①]。1926年7月，鲁迅为胡斅所译“同路人”作家勃洛克的长诗《十二个》写了“后记”，称《十二个》是“十月革命的重要作品，还要永久地流传”[②]。1928年与创造社、太阳社作家论战后，鉴于创造社作家“唯我把握住了无产阶级意识，所以我是真的无产者”的空喊，鲁迅表示：“我只希望有切实的人，肯译几部世界上已有定评的关于唯物史观的书——至少，是一部简单浅显的，两部精密的——还要一两本反对的著作。那么，论争起来，可以省说许多话。”[③]鲁迅自己在1929年翻译了多种马克思主义文艺理论和苏联文艺论战的著作，其中有日本学者片上伸专论无产阶级文学的《现代新兴文学的诸问题》；藏原惟人、外村史郎辑译的《文艺政策》（俄共〔布〕中央委员会1924年5月9日讨论文艺政策的会议记录）；俄苏马克思主义理论家卢那卡尔斯基的《艺术论》、《文艺与批评》；普列汉诺夫的《论艺术》。在创作方面，鲁迅翻译了“同路人”代表作家雅各武莱夫的长篇小说《十月》，他所辑译的短篇小说集《竖琴》、《一天的工作》中也多为“同路人”作家的作品。

鲁迅在与创造社、太阳社作家论战前后对无产阶级文学的翻译体现了革命文学运动转型过程中“同路人”文学的过渡性特征。在理论上，鲁迅认为：应该“依照着较旧的论据”，“看看固守本阶级和相反的两派的主意之所在”，反对一些无产阶级作家“踏了‘文学是宣传’的梯

① 《鲁迅全集》第7卷，第267页。
② 《鲁迅全集》第7卷，第300页。
③ 《鲁迅全集》第4卷，第127页。

子而爬进唯心的城堡里去”[①]。在为片上伸《现代新兴文学的诸问题》所作的“小引”中，鲁迅指出：“新潮之进中国，往往只有几个名词，主张者以为可以咒死敌人，敌对者也以为将被咒死，喧嚷一年半载，终于火灭烟消。如什么罗曼主义，自然主义，表现主义，未来主义……仿佛都已过去了，其实又何尝出现。现在借这一篇，看看理论和事实，知道势所必至，平平常常，空嚷力禁，两皆无用，必先使外国的新兴文学在中国脱离‘符咒’气味，而跟着的中国文学才有新兴的希望——如此而已。”[②]

在创作上，鲁迅认为远离“无产文学”和“没有立场的立场”的“同路人”作家的作品更值得注意。他特别指出“同路人”作家的代表团体“绥拉比翁的兄弟们”是苏俄“新经济政策”时期“文艺的复活”过程中的“最重要的枢纽”。鲁迅重视“同路人”的创作，一方面是因为“他们虽非革命者，而身历了铁和火的试练，所以凡所描写的恐怖和战栗，兴奋和感激，易得读者的共鸣”[③]；一方面是因为“同路人”体现了俄国文学“为人生”的传统：“俄国的文学，从尼古拉斯二世时候以来，就是‘为人生’的，无论它的主意是在探究，或在解决，或者堕入神秘，沦于颓唐，而其主流还是一个：为人生。”[④]通过鲁迅的翻译和推广，“同路人”文学成为中国左翼文艺运动的重要参照：“鲁迅之所以对‘同路人’文学情有独钟，首先是他认为‘同路人’作家虽然作品倾向性不鲜明，但却比前苏联无产阶级作家更真实地写出了革命……可以说，许多‘同路人’作家在鲁迅这里远比在他们的故国得到了更高的、也更正

① 《鲁迅全集》第10卷，第279—280页。

② 同上书，第291—292页。

③ 《鲁迅全集》第4卷，第434页。

④ 同上书，第432页。

确的评价。尤应指出的是，许多‘同路人’作家的创作大多师承陀思妥耶夫斯基，蕴有现代主义的艺术旨趣，是一种心理现实主义文学。因此，从艺术流派而言，鲁迅对‘同路人’文学的兴趣乃是他对以陀思妥耶夫斯基为代表的心理现实主义的兴趣的延续。”①

应该指出，中国左翼文艺运动兴起之初，鲁迅并没有对“同路人”作家和“拉普”作家的观点进行严格的区别，尤其是对托洛茨基的革命文学理论，鲁迅并没有因为他在政治上的“堕落”而加以排斥和抵制，而是以积极的态度予以肯定和宣传：“鲁迅等中国左翼文艺家对托洛茨基的接受，一开始就是把他作为当时的无产阶级革命与文学理论的一部分来看待的，而且后来始终如此。从当时左翼作家的翻译和写作中可以看到，中国的具有左翼倾向的翻译家和作家并没有在政治上去区分斯大林和托洛茨基，也并没有把托洛茨基的文艺理论等同于中国托派，或者因为他的政治立场而废弃他的艺术观点，就如鲁迅著名的《答托洛茨基派的信》批判和讥讽了中国托派而并没有批评托洛茨基一样。”②同时，鲁迅在总体上对“同路人”文学和无产阶级文学的接收并没有受到20年代苏联文艺政策变化的影响：“对于所知的苏联官方的各种决定，鲁迅也并非盲目认同。比如在文化方面，苏联对列夫·托尔斯泰的纪念，‘奖其技术，贬其思想’；对于所谓‘同路人’作家的贬抑，试图以官方决议的形式解决一般的文艺论争等等，都是他所怀疑的，不同意的；特别是头号‘阶级敌人’托洛茨基，他颇赞同其文学思想，明知道他已经‘没落’，仍然多次称引过，运用过。”③很显然，鲁迅对“同路人”创作的认识和理解深受托洛茨基的影响，他称托洛茨基“是一个深

① 李春林主编：《鲁迅与外国文学关系研究》，吉林人民出版社2003年版，第352—353页。
② 方维保：《托洛茨基与中国现代左翼文艺》，《安徽师范大学学报》2005年第5期。
③ 林贤治：《鲁迅的最后10年》，中国社会科学出版社2003年版，第33页。

解文艺的批评者”，对托氏的文学理论推崇有加。据统计，1925 年 8 月以后，鲁迅曾先后购买了托洛茨基的《文学与革命》、《无产阶级文化论》、《俄国共产党的文艺政策》、《西伯利亚流亡记》等多种著作。[①]对托氏的《文学与革命》一书，鲁迅不仅自己收藏了多种版本，还热心地向友人推荐该书。1927 年 9 月 11 日，鲁迅在广州购了本书英译本赠廖立峨，1928 年 2 月 23 日又在上海再购本书日译本，还收有 1928 年北平未名社出版的中译本。[②]此外，鲁迅还亲自翻译了《文学与革命》一书中的第 3 章，以《勃洛克论》为题列于胡敩所译的《十二个》正文之前，并协助韦素园、李霁野翻译了《文学与革命》全书。在《中山先生逝世一周年》、《马上日记之二》、《“硬译”与“文学的阶级性”》、《文艺与政治的歧途》等关于“文学与革命”问题的一系列重要论文中，鲁迅多次引述托氏的观点。在具有重要历史意义的《对于左翼作家联盟的意见》中，鲁迅关于革命作家队伍的分化、左翼向右翼的转化等主要意见明显借鉴了托氏的观点。可以毫不夸大地说，托氏的革命文学观及其对“同路人”文学的论述是鲁迅革命文艺思想的一个重要来源。

历史地看来，鲁迅对“同路人”文学的认同，基于自己的革命历史经验。鲁迅在辛亥革命、五四运动、左联各个时期都同情和支持革命，并在客观上做了大量的革命工作，但鲁迅自己并不承认自己是革命家。他曾经对增田涉说：“我尽管攻击军阀和政府，但也要注意自己的生命啊！如果不注意，我早就被他们杀掉了。所以那些攻击我的、犯幼稚病的批评家们说，鲁迅不是真正的革命家。为什么呢？因为如果是真

① 参见［日］长堀佑造：《鲁迅“革命人”的提出——鲁迅接受托洛茨基文艺理论之一》，《鲁迅研究月刊》2002 年第 10 期。

② 易人辑录：《鲁迅搜购的马克思主义文艺理论书籍简介》，鲁迅研究室编：《鲁迅研究资料》（24），中国文联出版公司 1991 年版，第 29—30 页。

正的革命家，那就应当早已被杀了。而我现在还活着，还在发牢骚，说怪话。据说这就是并非真正革命家的证据。这也许是实际情况吧。”① 斯诺谈到鲁迅的时候也说：“事实上，与同样在中国被列入黑名单的厄普顿·辛克莱，头号激进作家约翰·杜威，以及作品已译成白话文的许多外国作家一样，鲁迅也不是一个真正的无产阶级作家。鲁迅并不认为自己是这样的作家，认为中国至今尚未产生一个杰出的无产阶级作家……鲁迅的‘笔战’多半保持着一个知识分子改革者那种合乎逻辑的独立判断。”② 史沫特莱的回忆表明：鲁迅本人并不承认自己是无产阶级作家，他说，“现在被请求出来领导无产阶级的文学运动，还有一些他的年青朋友们坚决请求他当一个无产阶级作家。他要真是装作是一个无产阶级作家的话，那就未免幼稚可笑了。他的根是植在农村中、在农民中和学者生活中的”③。事实上，鲁迅是以自己的方式和独立的姿态参加革命的，他不是严格意义上的革命者，而始终是革命的“同路人”。在左翼内部，鲁迅不接受“盟主”、“主将”、“委员长”之类的称号，只希望自己能够在革命的统一战线中发挥更大的作用。他虽然公开表明了自己与左联的关系，但却认为这样做并不利于进行统一战线的工作。许广平回忆说：“鲁迅有时也曾想到扩大统战面，他曾提到：如果自己一到上海时不那么骤然的加入左联，稍稍隐晦些，可以做更多的团结各方面的工作。但现在既然是这样了，也就只好照着这样做就是了，这里他绝没有为自己打算的意思，纯然从工作效果上着想。”④

① [日]增田涉：《鲁迅传》，鲁迅研究室编：《鲁迅研究资料》(2)，文物出版社 1977 年版，第 367 页。

② [美]埃德加·斯诺：《鲁迅——白话大师》，佩云译，鲁迅研究室编：《鲁迅研究资料》(4)，天津人民出版社 1980 年版，第 428 页。

③ 戈宝权辑译：《史沫特莱回忆鲁迅》，《新文学史料》1980 年第 3 期。

④ 许广平：《鲁迅回忆录·手稿本》，周海婴主编，长江文艺出版社 2010 年版，第 158 页。

三、左翼对“同路人”的态度与鲁迅“横站”的姿态

以1925年第一次全苏无产阶级作家会议的召开为标志，苏联无产阶级文艺运动可以分为两个阶段：从十月革命前后到1925年为前阶段，这个时期的“无产阶级文化协会”、“锻冶场”、“十月派”（或“岗位派”）等无产阶级文化团体大都是自发性的群众性团体，它们内部的论争及其与“同路人”作家的论战还处于自由阶段；从1925年改组后的“拉普”到1932年苏联作家协会的成立为后阶段，这个时期内以“拉普”为核心的无产阶级文艺团体开始纳入体制化进程，随着“拉普”掌握了无产阶级文艺运动的领导权，无产阶级文艺团体的党派意识和门户之见越来越强烈，其内部的论争及其对“同路人”作家的态度体现出明显的政治倾向性，官方决议对文艺论争的干预和操控也越来越强化，这个时期的“同路人”作家实际上已经失去了发言权，有些人甚至被推向了无产阶级文学的对立面。

总体上看，以“拉普”为核心的苏联无产阶级文艺运动内部形态错综复杂，“拉普”的发展不仅包括多种派别和多重组织，而且核心的派别和组织往往经过多次的分化和重组。但是，“拉普”的派别和组织机构虽变化无常，其各派的理论主张至少在两个方面是一致的：一方面是否定过去时代的文化遗产。“无产阶级文化协会”宣称：“为了我们的明天——我们要烧掉拉斐尔，捣毁所有的博物馆，把艺术之花踏得粉碎。”“我们的文化的不同实质就在于，它并不继承旧的文化。新的戏剧

只能在新的基础上发展。”[①]“无产阶级文化协会从来未考虑过、现在也不考虑依靠旧力量和草率从事就可以创建新剧院。我们把创建无产阶级戏剧建立在新生的无产阶级力量的基础之上……今天，我们舞台上没有旧演员。”[②] 另一方面是排斥“同路人”作家。无产阶级作家团体“岗位派”提出：“下列策略口号是唯一合适的：无产阶级先锋队在文学领域的主要依靠力量是无产阶级文学；为了瓦解敌人的意识，‘同路人’文学作为一种辅助力量可以利用，但同时要经常揭露他们的小资产阶级面目；经常不断地同一切形式的资产阶级文学进行斗争。”[③]“拉普”后期的口号是：“没有同路人，只有同盟者或者敌人。”[④]

以 1928 年创造社、太阳社作家与鲁迅的论战为标志，中国左翼文艺运动的兴起在很大程度上是 20 年代苏联“拉普”作家与“同路人”作家论战的重演。作为论争的发起者，创造社、太阳社作家在理论上接受了“拉普”的主张，并以“拉普”的方式否定旧时代的文学，排斥小资产阶级的“同路人”作家。郭沫若说：“小资产阶级的根性太浓重了，所以一般的文学家大多数是反革命派”；“我们要加上我们的荣冠——和你们表示区别，就是：我们的文艺是‘普罗列塔利亚（无产阶级）的文艺’”；“永远立在歧路口子上是没有用处的；不是到左边来，便是到右边去！”[⑤] 成仿吾说：“一般地，在意识形态上，把一切封建思想，布尔乔亚的根性与它们的代言者清查出来，给他们一个正确的评价，替他

---

① 白嗣宏编选：《无产阶级文化派资料选编》，中国社会科学出版社 1983 年版，第 5 页。

② 戈宝权辑译：《史沫特莱回忆鲁迅》，《新文学史料》1980 年第 3 期。

③ 第一次莫斯科无产阶级作家代表会议文件：《关于对资产阶级文学和对中间派的关系》，雷光译，见张秋华等编选：《“拉普”资料汇编》上，第 7 页。

④ 李辉凡：《二十世纪初俄苏文学思潮》，第 213—214 页。

⑤ 麦克昂（郭沫若）：《桌子的跳舞》，见中国社会科学院文学研究所现代文学研究室编：《“革命文学”论争资料选编》上，人民文学出版社 1981 年版，第 364、365、369 页。

们打包，打发他们去。特殊地，在文艺的分野，把一切麻醉我们的社会意识的迷药与赞扬我们的敌人的歌辞清查出来，给还它们的作家，打发他们一道去。”[1]钱杏邨说：“在几个老作家看来，中国文坛似乎仍然是他们的‘幽默’的势力，‘趣味’的势力，‘个人主义思潮’的势力，实际上，中心的力量早已暗暗的转移了方向，走上了革命文学的路了”；“所以鲁迅的创作，我们老实的说，没有现代的意味，不是能代表现代的，他的大部分创作的时代是早已过去了，而且遥远了”；“关于鲁迅的创作的时代地位问题，根据《呐喊》、《彷徨》和《野草》说，我们觉得他的思想是走到清末就停滞了；因此，他的创作既能代表时代，他只能代表庚子暴动的前后一直到清末；再换句话说，就是除开他的创作的技巧，以及少数的几篇能代表五四时代的精神外，大部分是没有代表现代的！”[2]

创造社、太阳社的作家大多数是中共党员，他们与鲁迅的论战受到主持中共中央工作的周恩来的重视。1928年四五月间，周恩来约见阳翰笙，派他和李一氓到创造社工作，开展文艺战线的革命斗争。同年6月中共六大前，周恩来感到创造社、太阳社与鲁迅论战致使上海进步文化阵营出现裂痕，便决心解决这一问题，遂以中共中央的名义指示文艺界有关代表人物“停止内战，加强团结”，并决定成立左翼作家联盟。[3]在周恩来等人的指示和引导下，左联于1930年2月在上海成立，这标志着创造社、太阳社作家与鲁迅论战结束，同时也意味着以“拉普”为背景的革命作家与以鲁迅为代表的“同路人”作家走到了一起。

① 成仿吾：《打发他们去！》，见《“革命文学”论争资料选编》上，第152页。

② 钱杏邨：《死去了的阿Q时代》，见《“革命文学”论争资料选编》上，第181、183、184页。

③ 中共中央文献研究室编：《周恩来年谱（1898—1949）》（上），中央文献出版社2007年版，第183—184页。

左联的成立是党在文化战线上实行统一战线策略的结果，创造社、太阳社作家虽然服从组织的决定而与鲁迅联合，但在思想上并没有改变对“同路人”的立场。阳翰笙回忆：上海文化支部领导人潘汉年代表江苏省委宣传部长李富春召集党员开会，要求创造社、太阳社作家停止与鲁迅论战，“也有个别的同志不表态，说鲁迅是一个激进的民主主义者，不是马列主义者，为什么不可以批评呢？实际上心中不以为然，但话讲得比较委婉，因为有李富春同志明确的指示。”[①] 冯雪峰回忆，鲁迅在左联成立大会上作了讲话，他继续回忆道：“当时创造社、太阳社一班人对鲁迅的讲话并不重视，而且很不以为然，说：‘鲁迅还是老样子。’”[②] 夏衍回忆道：“到1929年冬，筹备组织‘左联’的工作正在积极进行的时候，潘汉年又在《拓荒者》一卷二期发表了《普罗文学运动与自我批判》。这场‘激战’或者‘混战’在表面上才平息下来。我说‘表面上平息下来’，因为当时的情况相当复杂，一方面说，由于党中央的干预，双方停止了论战，但在筹备‘左联’时期，也应该看到‘左联’成立之后，思想作风上的矛盾和斗争还在继续，因为‘左’的思想、作风在当时的政治环境下是不可能很快地纠正和克服的。”[③]

左联成立以后，一些接受了“拉普”派观点的革命作家仍然坚持否定五四文学的立场，直接或间接地对鲁迅等五四作家持批判的态度，在左联内部排斥非党员的“同路人”作家。茅盾是在成立大会之后参加左联的，他在左联内坚持“自由主义”立场，引起一些左联成员的不

① 阳翰笙：《中国左翼作家联盟成立的经过》，见中国文学艺术界联合会等编：《阳翰笙百年纪念文集》第二卷，中国戏剧出版社2002年版，第80页。

② 冯雪峰：《冯雪峰同志关于鲁迅、“左联”等问题的谈话》，鲁迅研究室编：《鲁迅研究资料》(2)，文物出版社1977年版，第173页。

③ 夏衍：《懒寻旧梦录》(增补本)，生活·读书·新知三联书店2000年版，第95页。

满，他说道：“我加入‘左联’以后，对于‘左联’的各种活动，很少参加……‘左联’成员也像共产党那样编成小组，小组成员还经常变换，记得有一次我被编入一个小组，组长是钱杏邨，组员有艾芜，但是这种小组活动我也基本上不参加。因此，当时有些年轻的‘左联’成员对我这种‘自由’行动很不满意。”① 郁达夫由鲁迅提名被列为左联的发起人之一，但左联成立后不久即被除名，郑伯奇回忆：“因为政治环境恶劣，‘左联’很少开会员大会，但在初期，却召开过几次人数较多的会，地址好像都在北四川路附近。记得在北四川路横浜桥附近一所小学里开过一次会，是临时召集的。会上有人提出这样的意见：郁达夫对新月社的徐志摩说：‘我是作家，不是战士。’向‘左联’的敌人公然这样表示，等于自己取消资格，应该请他退出。一时群情激动，纷纷表示赞成……以后事实证明，达夫始终倾向革命，和党时有联系，我们根据片言只语，仓促作出决议，殊觉不符合党在文艺界的统一战线政策。”② 另外，郑振铎、叶绍钧等同情、支持革命的“同路人”作家，当时没有被邀请参加左联。阿英（钱杏邨）承认：“事后看来，左联将这样一些有成就的进步作家（还有巴金、老舍、曹禺等）排除在外，对左联的威信有影响，对现代革命文艺运动也是相当的损失。”③

鲁迅是在受到创造社、太阳社作家的攻击后被迫卷入左翼文艺运动的。通过与创造社、太阳社作家的论战，鲁迅感觉到一些革命作家“专挂招牌，不讲货色”，他们对“革命文学”的倡导是一场“空城记”。鲁迅指出：“那时的革命文学运动，据我的意见，是未经好好的计划，

① 《茅盾全集》第34卷，人民文学出版社1997年版，第437页。
② 郑伯奇：《左联回忆散记》，《新文学史料》1982年第1期。
③ 吴泰昌记述：《阿英忆左联》，《新文学史料》1980年第1期。

很有些错误之处的……他们对于中国社会，未曾加以细密的分析，便将苏维埃政权之下才能运用的方法，来机械的地运用了。”[1]鲁迅当时希望“有一个能操马克斯主义批评的枪法的人来狙击我的”，然而这样的马克思主义者没有出现。因此，加入左联后，鲁迅自己埋头翻译马克思主义文艺理论著作和苏联“同路人”的文学作品，并且带动了一批左翼青年作家投入了马克思主义文艺理论和苏联文学的翻译。鲁迅对无产阶级文艺理论和“同路人”文学的翻译一方面是为“革命文学”论争补课，一方面也为中国左翼文艺运动的发展注入了新鲜血液。以鲁迅为核心，左联时期的上海文坛聚集了一批小资产阶级出身的“同路人”作家，他们的翻译和创作极大地推动了左翼文艺运动的发展，正如茅盾指出的那样：“实际上‘左联’的十年并未培养出一个‘工农作家’，却是培养出了一批优秀的小资产阶级出身的青年作家，正是这些新作家在鲁迅的率领下，冲锋陷阵，取得了巨大的胜利，并且成为中国革命文艺运动的中坚。历史也证明，大量地培养工农作家，只有在无产阶级取得政权的条件下才有可能，在三十年代的上海，只能是良好的愿望。”[2]

左联时期上海革命文艺运动的发展，一方面表现在以鲁迅为代表的“同路人”作家在创作、翻译上所取得的巨大成就，另一方面与瞿秋白对鲁迅等“同路人”作家的支持和正确领导是分不开的。茅盾认为：左联从1931年11月开始摆脱“左”的桎梏进入成熟期，“促成这个转变的，应该给瞿秋白记头功……鲁迅与秋白的亲密合作，产生了这样一种奇特的现象：在王明左倾路线在全党占统治地位的情况下，以上海为中心的左翼文艺运动，却高举了马列主义的旗帜，在日益严重的白色恐怖

---

① 《鲁迅全集》第4卷，第297页。
② 《茅盾全集》第34卷，第443页。

下，开辟了无产阶级革命文学的道路，并且取得了辉煌的成就……推动1931年'左联'工作的转变的，还有'左联'成员中的一批坚决信任和支持鲁迅和秋白的同志，这些同志中间就有冯雪峰、夏衍和丁玲。"[①]事实表明，在左联时期文艺运动的发展进程中起了关键作用的不是那些"奉旨革命"、"左而不作"的口头革命家，而是以瞿秋白为代表的务实派革命理论家和以鲁迅为代表的"同路人"作家。

左联的成立虽然使革命文学在组织上得到了统一，但其内部不同派别作家之间的分歧并没有从根本上得以消除，革命作家与"同路人"作家的矛盾始终存在，而且在事实上导致了左翼阵营内部的分化或对立。李新宇先生指出："只要面对历史的真实，任何人都不能否认，左联的基础是不牢固的。无论对于鲁迅，还是对于创造社和太阳社，实现联合都有点勉强。双方在革命文学论争中的矛盾和隔阂并未消除，理想和追求并不一致，见解和主张也不相同。在这样一个基础上形成的左联，从成立之日起就不是一个同质的整体。它至少包括这样两类人：一类是组织化的成员，他们首先是战士，然后才是作家，善于服从命令，能够自觉地充当革命机器上的齿轮和螺丝钉，可以称作组织化的左翼教条派；另一类是尚未组织化和教条化的人们，他们认同左翼的某些理想，赞同革命，却仍然崇尚个人的独立和自由，不习惯整齐的步伐，即使加入组织，也往往是'横站'，可以称之为个人化的左翼自由派。在左联中，周扬代表了前者，鲁迅代表了后者，在各自身边聚集了两个不同的群体。从某种意义上说，左翼教条派是左翼的主流和领导者，而左翼自由派虽然呈现着很强的革命性，却基本都是同路人……历史证明，那些没有放弃个人立场和自由思想的人，无论主观上多么积极地追求革命，都

① 《茅盾全集》第34卷，第476页。

只能是革命的同路人。因为他们与组织的目标并不完全一致，潜在的矛盾是必然要爆发的。”①

1933年底，瞿秋白、冯雪峰离开上海到中央苏区工作，左联内部以鲁迅为代表的“左翼自由派”与以周扬为代表的“左翼教条派”之间的矛盾趋于恶化。鲁迅在1934年12月18日致杨霁云的信中说：“叭儿之类，是不足惧的，最可怕的确是口是心非的所谓‘战友’，因为防不胜防……为了防后方，我就得横站，不能正对敌人，而且瞻前顾后，格外费力。”②在1935年4月23日致萧军、萧红的信中说：“敌人不足惧，最令人寒心而且灰心的，是友军中的从背后来的暗箭；受伤之后，同一营垒中的快意的笑脸。因此，倘受了伤，就得躲入深林，自己舐干，扎好，给谁也不知道。我以为这境遇，是可怕的。”③1935年9月1日，胡风在给鲁迅的信中就萧军参加左联一事征求鲁迅的意见，鲁迅于12日的复信中说：“我几乎可以无须思索，说出我的意见来，是：现在不必进去……我觉得还是在外围的人们里，出几个新作家，有一些新鲜的成绩，一到里面去，即酱在无聊的纠纷中，无声无息。”④这里所说的“外围的人们”，显然指的是左联之外的“同路人”作家。1936年4月以后，鲁迅明确表示了对左翼文艺界的信任危机，他在4月23日写给曹靖华的信中说：“这里在弄作家协会，先前的友和敌，都站在同一阵图里了，内幕如何，不得而知……我鉴于往日之给我的伤，拟不加入，但此必将又成一大罪状，听之而已。近十年来，为文艺的事，实已用去不

① 李新宇：《鲁迅的遗产与胡风的悲剧》，《齐鲁学刊》2008年第3期。

② 《鲁迅全集》第12卷，第606页。

③ 《鲁迅全集》第13卷，第116页。

④ 同上书，第211页。

少精力，而结果是受伤。”[①]他5月4日致曹白的信中说：“说起我自己来，真是无聊之至，公事、私事、闲气，层出不穷。刊物来要稿，一面要顾及被禁，一面又要不十分无谓，真变成一种苦恼，我称之为‘上了镣铐的跳舞’。”[②]鲁迅在10月15日，即他在去世前几天还写信给台静农表示：“我鉴于世故，本拟少管闲事，专事翻译，藉以糊口，故本年作文殊不多，继婴大病，槁卧数月，而以前以畏祸隐去之小丑，竟乘风潮，相率出现，乘我危难，大肆攻击，于是倚枕，稍稍报以数鞭，此辈虽猥劣，然实于人心有害，兄殆未见上海文风，近数年来，竟不复尚有人气也。”[③]可以看出，以1935年左联的解散和1936年“两个口号”论争为背景，鲁迅与周扬等人的矛盾已经不可调和。如夏衍所说：“‘左联’以内战始，以内战终。”[④]

四、瞿秋白对“同路人”的发现及其对鲁迅的历史定位

由于历史的原因，“同路人”作家在30年代以后的苏联文学史上渐渐消失，“同路人”的命名者托洛茨基成了斯大林政权的头号敌人。但在中国左翼文艺运动中，鲁迅、瞿秋白并没有因为苏联的政治斗争而否定“同路人”的创作。作为马克思主义文艺理论中国化的先驱者，瞿秋

---

① 《鲁迅全集》第13卷，第361—362页。

② 同上书，第369页。

③ 同上书，第447页。

④ 夏衍：《关于中国左翼作家联盟—1962年5月对〈中国现代文学史〉编写组的谈话》，《中国现代文学研究丛刊》1980年第1辑。

白在中国左翼文艺运动的历史语境中重新发现了“同路人”，并结合马克思主义现实主义的经典理论对“同路人”作家向革命“同盟军”的转变作了历史的分析。在此基础上，瞿秋白以马克思、恩格斯关于具有革命“同路人”性质的资产阶级作家的相关论述为基点，对鲁迅创作和思想的发展作了历史性的评价和定位。

1931年底到1932年初，瞿秋白写了《斯大林和文学》、《论弗理契》、《苏联文学的新的阶段》等论文，对从苏联到中国的左翼文艺运动作了历史的回顾和综述。瞿秋白在《斯大林和文学》一文中指出：“中国的普洛文学运动还在很幼稚的时期，它的许多弱点和错误正需要坚决的斗争和勇敢的自我批评来纠正。世界无产阶级的领导队伍——苏联无产阶级的文学斗争应当是我们的模范。”[①]在《苏联文学的新的阶段》中，瞿秋白对“同路人”的分化及其向“同盟军”的转变作了论述：苏联普洛文学从经济改造时期进入社会主义建设时期之后，无产阶级文学取得了领导权，“同路人”文学丧失了“新经济政策”时期的统治地位，“这也就引起同路人之中的更深刻的分化，而在另外一方面形成同路人之中的真正革命的左翼……他们正在克服小资产阶级的思想，而要取得无产阶级的宇宙观，这样，他们成为无产阶级的文学同盟军，成为普洛文学的后备军之中的一个队伍”[②]。瞿秋白指出：“同路人的变成同盟军，这是一个思想改造的过程……转变到无产阶级意识的立场，这是一种新式的文学家的创造过程。”[③]

瞿秋白关于“同路人”的论述是建立在马克思主义现实主义文艺理

① 《瞿秋白文集·文学编》第2卷，人民文学出版社1986年版，第266页。
② 同上书，第281页。
③ 同上书，第283页。

论基础之上的。1932年，瞿秋白根据苏联共产主义学院出版的《文学遗产》杂志第1、2期，编译了《“现实”——马克斯主义文艺论文集》，其中收录《马克斯、恩格斯和文学上的现实主义》、《恩格斯论巴尔扎克》、《社会主义的早期“同路人”——女作家哈克纳斯》。这三篇文章分别是对马克思、恩格斯1859年4月、5月致拉斐尔的信，和恩格斯1888年4月初致女作家哈克纳斯的信的阐述和翻译。在这三封信中，马克思恩格斯通过对莎士比亚与席勒、巴尔扎克与左拉的比较分析，提出了“我们不应该为了观念的东西而忘掉现实主义的东西，为了席勒而忘掉莎士比亚”、“现实主义的意思是，除细节的真实外，还要真实地再现典型环境中的典型人物”、“现实主义甚至可以违背作者的见解而表露出来”[①]等现实主义的创作原则。在致哈克奈斯的信中，恩格斯特别称赞巴尔扎克“不得不违反自己的阶级同情和政治偏见”而写出了贵族阶级必然灭亡的命运，这是“现实主义的最伟大的胜利之一”。在恩格斯看来，巴尔扎克虽然是典型的资产阶级作家，但他的作品却在客观上反映了无产阶级革命的必然趋势，他的创作“汇集了法国社会的全部历史，我从这里，甚至在经济细节方面所学到的东西，也要比从当时所有职业的历史学家、经济学家和统计学家那里学到的全部东西还要多。”[②]在这个意义上，巴尔扎克是无产阶级革命的“同路人”。因此，《马克斯、恩格斯和文学上的现实主义》一文认为：“无产作家应当采取巴尔扎克等等资产阶级的伟大的现实主义艺术家的创作方法的‘精神’，……新的革命的和无产阶级的文学，将要继续巴尔扎克等等的资产阶级的现实主义而往前发展。”[③]

---

① 《马克思恩格斯选集》第4卷，人民出版社1972年版，第345、462页。

② 《瞿秋白文集·文学编》第4卷，第18页。

③ 《瞿秋白文集·文学编》第2卷，第283页。

在马克思主义文艺理论中，“同路人”代表的是资产阶级或小资产阶级的知识分子，因此，如何看待“同路人”作家，实质上也就是如何看待资产阶级或小资产阶级的知识分子。在如何对待“还不是充分现实主义的”小资产阶级作家的创作问题上，《社会主义的早期“同路人”——女作家哈克纳斯》一文指出：“虽然哈克纳斯的思想和创作是小资产阶级的，然而恩格斯认为她的现实主义的创作方法对于当时的社会主义的宣传也是很有益处的。哈克纳斯女士可以算是八十年代的英国工人运动的‘同路人’。恩格斯对于文学上的‘同路人’的态度是很值得注意的。他承认他们对于工人阶级有一定的功劳，着重的说明他们创作方法里的正确的地方，然而他同时很详细的指出他们的错误，使他们能够了解辩证法唯物论的方法。”[①] 上述理论是苏联文艺界对马克思恩格斯现实主义文艺理论的基本原则及其相关的“同路人”思想的初步总结。通过苏联文艺界对马克思恩格斯“同路人”思想的注释和总结，瞿秋白在无产阶级文学如何继承过去的文学遗产和如何团结“同路人”作家的问题上确立了马克思主义的立场和观点。

瞿秋白关于马克思、恩格斯“同路人”思想的翻译和论述填补了左翼文艺运动理论上的一个空白。十月革命后的一个时期内，苏联文艺理论界流行这样一种看法：“马克思和恩格斯不仅没有创立马克思主义美学，而且根本没有专门研究过艺术问题；除了经典作家可以用作‘例证’的某些片言只语，或是至多只是某些粗略的评语之外，他们没有留下任何同美学问题有关的论述；他们关于某些艺术作品、文艺活动家的评论也纯属‘个人爱好’的性质。”[②] 由于对马克思主义文艺理论的原创

① 《瞿秋白文集·文学编》第4卷，第29—30页。

② 艾晓明：《中国左翼文学思潮探源》，北京大学出版社2007年版，第145页。

性和经典性认识不足，20年代末到30年代初的无产阶级文艺理论处在混乱状态，苏联文艺界曾经把普列汉诺夫、弗里契等人奉为马克思主义文艺学的奠基者，将梅林、拉法格、考茨基、卢那卡尔斯基、波格丹诺夫等人的文艺理论看作是马克思主义美学的经典；中国革命作家除了接受来自苏联的各种马克思主义文艺理论，还接受了日本作家片上伸、青野季吉、藏原惟人等人的无产阶级文艺理论。在1930年前后一个时期，无论是苏联文艺界还是中国左翼文艺界，都对马克思现实主义文艺理论的经典论述缺乏认识，马克思、恩格斯关于"同路人"的论断不但没有得到应有的重视，反而因为苏联的政治斗争而被屏蔽了。在这样的历史背景上看来，瞿秋白关于马克思主义现实主义理论原则及其"同路人"思想的论述对于中国左翼文艺运动的理论建设是一个重大发现。

瞿秋白的《鲁迅杂感选集序言》是运用马克思主义现实主义文学理论评价"同路人"作家的一个重要成果。1930年前后，鲁迅作为"左翼"而受到各种右翼势力的围剿，同时也经常被视为"右翼"而受到左翼内部的误解和攻击，因此，作为左翼文艺运动领导人的瞿秋白感到应该对鲁迅的革命"同路人"立场及其在革命进程中的思想转变作出马克思主义文艺理论上的说明。杨之华回忆："我们在东照里住下不久，秋白就要完成一个任务：编一本鲁迅的杂感选集，并且要写一篇序文，论述鲁迅和他的杂文。秋白认为有必要为鲁迅辩明是非，给鲁迅一个正确的评价，以促进革命文艺队伍的团结战斗，并留下一个永久的纪念。这是由于敌人不择手段地攻击和诬蔑鲁迅和他的杂文；而在革命文艺阵营内部，也有一些同志受到'左'倾机会主义路线的影响，对鲁迅的认识和态度不够端正。……他要和鲁迅一起反击敌人对鲁迅的攻击，同时也要引导同志和朋友正确地认识和对待鲁迅及其杂文。”[①]

1933 年 4 月，瞿秋白以马克思主义文艺理论关于“同路人”的论断为理论基础，以鲁迅战斗性的杂文为文本参照，完成了具有“里程碑”意义的《鲁迅杂感选集序言》。文章对鲁迅作为革命“同路人”的创作和思想的转变与发展作了历史性的总结：“新兴阶级的文艺思想，往往经过革命的小资产阶级作家的转变，而开始形成起来，然后逐渐的动员劳动民众和工人之中的新的力量。集中新的队伍，克服过去的‘因袭的重担’，同时，扩大同路人的阵线。”[②]在此基础上，瞿秋白确认鲁迅是“浪漫谛克的革命家的诤友”，指出：“鲁迅从进化论进到阶级论，从绅士阶级的逆子贰臣进到无产阶级和劳动群众的真正的友人，以至于战士，他是经历了辛亥革命以前直到现在的四分之一世纪的战斗，从痛苦的经验和深刻的观察之中，带着宝贵的革命传统到新的阵营里来的。”[③]瞿秋白深刻地揭示了鲁迅作为革命的“同路人”从旧阶级进到新的阶级阵营的精神历程，从而为鲁迅的革命“同路人”立场作了历史性的结论：“鲁迅对于这个问题——革命主义和改良主义的分水岭的问题，——是站在革命主义方面的。”[④]

对于瞿秋白所作的结论和历史定位，鲁迅本人是认同的。据杨之华回忆，瞿秋白的《鲁迅杂感选集序言》写出之后，鲁迅读了，心折不已。“只是说得太好了，应该坏的地方也多提起些。”[⑤]冯雪峰回忆道：“对于《鲁迅杂感选集序言》这篇论文，我觉得鲁迅先生确实发生了非

① 杨之华：《回忆秋白》，第 135—136 页。

② 何凝（瞿秋白）：《鲁迅杂感选集序言》，见何凝编录并序：《鲁迅杂感选集》，青光书局，1933 年版，第 17 页。

③ 何凝编录并序：《鲁迅杂感选集》，第 20—21 页。

④ 何凝编录并序：《鲁迅杂感选集》，第 11 页。

⑤ 杨之华：《回忆秋白》，第 138 页。

常深刻的感激情绪的；据我了解，这不但因为秋白同志对于杂文给以正确的看法，对鲁迅先生的杂文的战斗作用和社会价值给以应有的历史性的估价（这样的看法和评价在中国那时还是第一次），而且也因为秋白同志也分析和批评到了他前期思想上的缺点。他谈到过这种分析和批评，说道：‘分析是对的。以前就没有人这样地批评过。’说话时的态度是愉快而严肃的。”[①]

五、馀论：“不要使自己变小了”

从历史上看，无产阶级文化建设中的政治革命与文学革命是不同步的，革命文学的建设不可能通过“一声炮响”而完成，旧文人不会脱下长衫换上中山装就能够立地成为革命作家，革命作家也不会解下指挥刀拿起笔来喊几句口号就可以“完成我们的文学革命”。因此，在无产阶级文学转型过程中，旧时代作家必然经过痛苦的挣扎才能完成革命的洗礼并获得新生。正如鲁迅所指出的那样：“同路人”作家眼见、身历了革命，知道这里面有破坏，有流血，有污秽，但也并非无创造：“革命时代总要有许多文艺家萎黄，有许多文艺家向新的山崩地塌般的大波冲进去，乃仍被吞没，或者受伤。被吞没的消灭了；受伤的生活着，开拓着自己的生活，唱着苦痛和愉悦之歌。待到这些逝去了，于是现出一个较新的新时代，产出更新的文艺来。”[②]在无产阶级文学的历史转型进程中，“同路人”作家群体中“真正革命的左翼”会转化为无产阶级文学的

① 冯雪峰：《雪峰文集》第4卷，人民文学出版社，1985年，第221页。
② 《鲁迅全集》第3卷，第343页。

可靠的“同盟军”。但不可否认，“同路人”作家在走向革命的过程中必然伴随着痛苦的精神裂变，甚至要付出生命的代价。正如托洛茨基所说：“对于同路人总要出现一个问题：走到哪一站为止……对这一问题的解答，不仅取决于这一或那一同路人的主观素质，主要地还取决于即将到来的十年里事物的客观进程。但是，在同路人世界观的那种常引起对自己不安和怀疑的两重性中，存在着同时既是艺术的又是社会的长期危险性……没有一个革命的同路人带有内在的轴心，正因为如此，我们现有的只是新文学的准备时期，只是些练习曲、草稿和试笔，——内部有稳固轴心的完善艺术，还有待于将来。”①

作为革命的“同路人”，鲁迅思想上也不可避免地存在着“两重性”。在写给许广平的信中，鲁迅曾经说：“希望我做一点什么事的人，也颇有几个了，但我自己知道，是不行的。凡做领导的人，一须勇猛，而我看事情太仔细，一仔细，即多疑虑，不易勇往直前，二须不惜用牺牲，而我最不愿使别人做牺牲（这其实还是革命以前的种种事情的刺激的结果），也就不能有大局观。所以，其结果，终于不外乎用空论来发牢骚，印一通书籍杂志。”②1928年与创造社、太阳社论战以后，鲁迅不再相信进化论，这意味着鲁迅不再相信“青年必胜于老年”，也表明鲁迅不再相信“希望是在于将来”之类空洞的说教。左联时期，鲁迅还没有成为彻底的马克思主义者，自己在思想上仍时时陷入“彷徨”。到左联后期，鲁迅从上层感到被“工头”、“元帅”、“奴隶总管”所奴役，在下层则感到被一帮翻云覆雨的“革命小贩”所愚弄，因而常常表现出对革命的动摇和怀疑，甚至顾虑自己最终会成为革命的牺牲品。据冯

① ［苏］托洛茨基：《文学与革命》，第42—43页。

② 《鲁迅全集》第11卷，第32页。

雪峰回忆：1936年4月底，冯雪峰从延安返回上海，到上海后与鲁迅见面，鲁迅第一句话是：“你走了这几年，我被他们摆布得可以！”稍后，鲁迅又说：“共产党掌权了，第一个祭刀鬼就是我。”[①]李霁野在回忆冯雪峰的文章中证实：“1936年4月，在上海会晤鲁迅先生时，先生谈到有一天同雪峰开玩笑说：‘你们到上海时，首先就要杀我吧！’雪峰很认真地连忙摇头摆手说：‘那弗会！那弗会！’我们觉得雪峰实在是憨态可掬的诚实人，一点也没有取笑他的意思。”[②]在鲁迅自己的作品中，可以从《答杨邨人先生公开信的公开信》中看到这样的话：“革命者为达目的，可用任何手段的话，我是以为不错的，所以即使因为我罪孽深重，革命文学的第一步，必须拿我来开刀，我也敢于咬着牙关忍受。杀不掉，我就退进野草里，自己舐尽了伤口的血痕，决不烦别人傅药……先生们以‘前卫’之名，雄赳赳出阵的时候，我是祭旗的牺牲。”[③] 1936年7月17日，鲁迅在写给杨之华的信中说：“今年生了两场大病……当病发时，新英雄们正要用伟大的旗子，杀我祭旗，然而没有办妥，愈令我看穿了许多人的本相。”[④]另外，鲁迅曾多次引用苏联“同路人”作家叶遂宁、梭波里在革命后自杀的例子说明“同路人”的命运：“我因此知道凡有革命以前的幻想或理想的革命诗人，很可有碰死在自己所讴歌希望的现实上的运命；而现实的革命倘不粉碎了这类诗人的幻想或理想，则这革命也还是布告上的空谈。但叶遂宁和梭波里是未可厚非的，他们先后给自己唱了挽歌，他们有真实。他们以自己的沉没，证明着革命的

---

① 陈早春：《为鲁迅代笔——近四十年前听冯雪峰闲聊（一）》，《新文学史料》2010年第2期。

② 李霁野：《忆冯雪峰同志》，《新文学史料》1983年第2期。

③ 《鲁迅全集》第4卷，第628页。

④ 《鲁迅全集》第14卷，人民文学出版社2005年版，第116—117页。

前行。他们到底并不是旁观者。”①

左联时期，瞿秋白是对鲁迅思想产生重要影响的革命作家。但应该指出，从革命意义上说，瞿秋白对鲁迅的影响不是积极的，而是“消极”的。事实很清楚，在与鲁迅相处的日子里，瞿秋白已经从政治舞台的中心“靠边站”，他加入左翼文艺运动在政治上是以退为进，也可以说是歪打正着。在作为临终遗言的《多余的话》中，瞿秋白自称是一个“脆弱的二元人物”，他认为自己走到政治舞台的中心是一个“历史的误会”。他说：“我自己忖度着，像我这样的性格、才能、学识，当中国共产党的领袖确实是一个‘历史的误会’。我本只是一个半吊子的‘文人’而已，直到最后还是‘文人积习未除’的。对于政治，从1927年起就逐渐减少兴趣，到最近一年——在瑞金的一年，实在完全没有兴趣了。工作中是‘但求无过’的态度，全国的政治形势实在懒得问……这真是十几年的一场误会，一场噩梦。”“1931年初就开始我政治上以及政治思想上的消极时期，直到现在。从那时候起，我没有自己的政治思想。我以中央的思想为思想。这并不是说我是一个很好的模范党员，对于中央的理论政策都完全而深刻的了解。相反的，我正是一个最坏的党员，早就值得开除的，因为我对中央的理论政策不假思索了。偶尔我也有对中央政策怀疑的时候，但是，立刻就停止怀疑了，因为怀疑也是一种思索；我既然不思索了，自然也就不怀疑……我已经在政治上死灭，不再是一个马克思主义的宣传者了。”② 这里，瞿秋白所说的政治上的“消极时期”，正是他对左翼文艺运动作出了重要贡献的时期，也是他与鲁迅结成革命战友并肩作战的时期。从某种意义上说，瞿秋白能够

---

① 《鲁迅全集》第4卷，第36页。

② 瞿秋白：《多余的话》，江西教育出版社2009年版，第8—9、17页。

对鲁迅作为“同路人”的革命意义作出划时代的历史评价，是因为他这时已经从革命领袖位置回归“文人”的本位，成了鲁迅这样的革命“同路人”的同路人。正是在革命“同路人”的意义上，瞿秋白与鲁迅产生了强烈的共鸣。如果说瞿秋白的《鲁迅杂感选集序言》是对鲁迅“同路人”思想发展的最好的说明，那么，鲁迅在自己生命的最后日子里抱病编辑的瞿秋白遗作《海上述林》则是对瞿秋白的最好的纪念。冯雪峰谈道：“鲁迅编辑出版《海上述林》，说是不仅是为了纪念死者，也是纪念自己。鲁迅认为瞿秋白是共产党的弃儿。”[①]

左联后期，对鲁迅思想由“同路人”向革命转变产生了积极影响的是冯雪峰。左联无声无息地解散和随之发生的“两个口号”论争对鲁迅而言是一个沉重的打击，这使得鲁迅对左翼文艺运动的前途产生了深深的忧虑：“对于当时的鲁迅来说，无法摆脱的恐怕是这样一种状态：一方面，他对抗日统一战线包含了国民党一事充满疑问，对于‘左联’解散，对于与此密切相关的周扬等当时的党员文学家产生不信任感；另一方面……鲁迅对文艺界、出版界产生了不满与不信任。这一切全都未加整理充斥于心，使鲁迅产生出一种近于防范他人的状态，而这种对他人的不信任感波及到甚至包括茅盾在内的广大范围。”[②]就在鲁迅对左翼文艺界产生严重的信任危机的时候，冯雪峰回到了上海，鲁迅“未加整理”的矛盾心情在某种程度上因为冯雪峰的到来出现了转机。许广平回忆说：冯雪峰“不止一次劝鲁迅‘不要使自己变小了’。意思是要鲁迅丢开身边琐事，或讨论个人得失”，“在冯雪峰眼里看鲁迅常常为着一

① 陈早春：《为鲁迅代笔—近四十年前听冯雪峰闲聊（一）》，《新文学史料》2010 年第 2 期。

② ［日］丸山升：《鲁迅・革命・历史——丸山升现代中国文学论集》，王俊文译，北京大学出版社 2005 年版，第 273—274 页。

些事情苦恼自己，而提醒鲁迅‘不要使自己变小了’，如果站在党的立场是好意，站在鲁迅自己的角度也是应该照这样接受的，所以鲁迅对冯是以他站在党的立场看问题的”[①]。冯雪峰不仅时常劝告鲁迅，而且帮助鲁迅做了大量的实际工作。“两个口号”论争发生以后，作为“民族革命战争的大众文学”口号的发起人之一，鲁迅不可避免地卷入了论争，但此时正值鲁迅病重不能执笔。因此，守候在鲁迅身边的冯雪峰在论争中成为鲁迅一方的代理人。在论争中，冯雪峰为鲁迅代笔写了三篇文章，即《答托洛斯基派的信》、《论现在我们的文学运动》和《答徐懋庸并关于抗日统一战线问题》。这三篇文章前两篇是完全由冯雪峰执笔的，后一篇是由冯雪峰拟出草稿，由鲁迅删改、补充定稿。统观以上三文，其核心部分都在表明对抗日民族统一战线问题的认识和态度，最重要的《答徐懋庸并关于抗日统一战线问题》一文虽大部出自鲁迅之手，但该文中涉及抗日民族统一战线问题的关键部分保留了冯雪峰的原稿。事实表明，鲁迅在论争中对抗日民族统一战线问题的态度和解释完全借用了冯雪峰的手笔。由此看来，在鲁迅生命的最后关头，冯雪峰的劝告和帮助使鲁迅没有使自己“变小”，而是在革命的意义上使自己“变大”了。

在客观意义上说，冯雪峰代替鲁迅对抗日民族统一战线问题所作的解释在“两个口号”论争中产生了良好的效果：一方面，冯雪峰对抗日民族统一战线问题的解释很好地回答了“托派”和“国防文学”派的质疑和攻击；一方面，因为接受了冯雪峰对抗日民族统一战线问题的革命立场，鲁迅对周扬等人的不满才超出了个人恩怨的意义而显得义正词严。可以这样说，冯雪峰借助鲁迅对左翼文艺界的巨大影响力扩大了党的抗日民族统一战线政策的宣传，鲁迅则通过冯雪峰对党的抗日民族统

① 许广平：《鲁迅回忆录・手稿本》，第160页。

一战线政策的正确立场回应了来自左翼文艺阵营内部的质疑和攻击。问题的另一方面是：鲁迅与冯雪峰的合作将论争引向对左翼文艺运动中的关门主义和宗派主义的批判，这与党中央在抗日民族统一战线问题上的基本态度是一致的。在这个意义上，冯雪峰在处理“两个口号”论争问题上的表现，得到了延安中央领导人的肯定。1936年7月6日，张闻天、周恩来在联名写给冯雪峰的信中说：“你对周君（指鲁迅——引者注）所用的方法是对的。”[①] 对于冯雪峰到上海后的工作，毛泽东在1936年7月底中共中央政治局会议上也作了肯定性的评价：“自冯雪峰去后，‘上海工作是有进步的。[②]’”应该说，党中央的评价既是对冯雪峰统战工作的肯定，也是对鲁迅作为革命的“同路人”在执行党的抗日民族统一战线政策上的态度和立场的肯定。

历史地看来，“同路人”的思想改造是一项长期、复杂的革命任务，这项任务的全面展开是从延安文艺座谈会开始的。1936年10月红军到达陕北后，延安成为革命圣地，大批的“同路人”作家走进延安，对“同路人”作家的思想改造成为革命文学运动中不容回避的重要课题。1942年5月23日，陆定一在一次讲话中说：“思想革命……是改造全党八十万党员的思想，因为这八十万党员中有百分之九十是新党员，而这些新党员中又有差不多百分之九十是小资产阶级或半无产阶级（知识分子、中农、贫农）出身，这些同志们都是愿意为共产主义而奋斗的，但免不了带着颇长的小资产阶级自由思想甚至封建思想的尾巴，这些东西在我们党内也是不能容许的。”[③] 可见，延安的新党员绝大多数是“小

① 《党中央领导人给冯雪峰的函电》，《新文学史料》1992年第4期。
② 程中原：《关于冯雪峰1936—37年在上海情况的新史料》，《新文学史料》1992年第4期。
③ 陆定一：《为什么整顿三风是党的思想革命》，见《陆定一文集》编辑组编：《陆定一文集》，人民出版社1992年版，第312页。

资产阶级或半无产阶级”，这些人在去延安之前都属于革命的“同路人”。由于“同路人”在延安时期的革命队伍中占绝大多数，所以，延安整风在很大程度上是对“同路人”的思想改造。从某种意义上说，鲁迅在左联时期已经完成了从“同路人”向“同盟军”的思想转型，因而在延安整风运动中成为“同路人”思想改造的楷模。鲁迅逝世之后，毛泽东对鲁迅作了崇高的评价。1937 年 10 月 19 日，毛泽东在陕北公学纪念鲁迅逝世一周年的大会上称鲁迅的思想、行动、著作都是“马克斯主义化的”①。1940 年 1 月，毛泽东在延安《中国文化》创刊号上发表《新民主主义的政治与新民主主义的文化》（即《新民主主义论》），文章称：“鲁迅是中国文化革命的主将，……鲁迅的方向，就是中华民族新文化的方向。”②但毛泽东的结论并不能代替对鲁迅思想转变过程的具体分析。在延安文艺座谈会上，萧军与胡乔木曾就鲁迅是否接受组织领导的问题展开辩论。据胡乔木回忆：“毛主席跟作家的来往比较早，如跟萧军早就有来往……毛主席当时比较赏识萧军。后来萧军的观点与党的观点有距离。文艺座谈会召开时，萧军第一个讲话，意思是说作家要有‘自由’，作家是‘独立’的，鲁迅在广州就不受哪一个党哪一个组织的指挥。对这样的意见，我忍不住了，起来反驳他，说文艺界需要有组织，鲁迅当年没受到组织的领导是不足，不是他的光荣。归根到底，是党要不要领导文艺，能不能领导文艺的问题。萧军就坐在我旁边，争论很激烈。他发言内容很多，引起我反驳的，就是这个问题。对于我的发言，毛主席非常高兴，开完会，让我到他那里吃饭，说是祝贺开展了斗

---

① 毛泽东：《鲁迅论》，见张梦阳：《中国鲁迅学通史·宏观反思卷》，广东教育出版社 2001 年版，第 305—306 页。

② 《毛泽东选集》第 2 卷，人民出版社 1991 年版，第 698 页。

争。”[①]由此看来，“同路人”的思想改造不仅是一个理论问题，而且是一个原则性问题。毫无疑问，鲁迅是否接受组织的领导直接关系到他在左翼文艺运动中“变大”或“变小”问题。鲁迅在这一问题上的态度和选择为革命“同路人”的思想改造提供了丰富而又深刻的经验和教训，那就正如鲁迅自己所言，在这个队伍中，“我就得横站”。

（原载《文史哲》2012 年第 1 期）

① 胡乔木：《胡乔木回忆毛泽东》（增订本），人民出版社 2003 年版，第 54 页。

阶级革命与知识分子人格
——重论鲁迅的“第三种人”观

黄　悦

一、现代史经验与当代史经验的隔膜与对话

1949年以后，学界对30年代左联与“自由人”、“第三种人”论争的评价，也同对现代文学史上其他运动、事件的评价一样，大抵随着主流意识形态的变动而起伏，由“文革”时期及其以前对“自由人”、“第三种人”的彻底否定，到80年代以后的逐渐逆转，经过“拨乱反正”、“解放思想”、“祛左翼化”，左联当年在这一论争中所表现出的宗派主义与极左倾向已被普遍确认；而“自由人”、“第三种人”所表现出的对待文学和政治的比较中立而宽容的姿态，则似乎更易与当下人们的意识形态衔接。但随着社会状况和思潮的变化，作为对“祛左翼化”的反拨，新的转向似也露出些迹象。

尽管如此，我们却不应认为这类认识、评价完全是在主流意识形态的牵引下被动地展开的。以20世纪70年代末、80年代初的情况来看，“拨乱反正”、“思想解放”不仅仅是一个自上而下的方针政策，而且是各层次的社会力量以不同的方式推促、碰撞而最终达成某种程

度的妥协的结果。在此，不同意识形态之间的斗争曾以异常复杂的形式展开，甚至主流意识形态的每一点松动，都可以说是对这一斗争所付代价的微弱回报。

从这个角度来看80年代初期对左联与“自由人”、“第三种人”论争的重新评价，就可以发现，当时一些学者对左联“关门主义”和“左倾幼稚病”的有限度的批评，对“自由人”、“第三种人”文学观念的一定程度的肯定，并非仅仅是为了适应政治思想潮流，而是属于试图突破主流意识形态的长期困扰的诸多冒险中的一次，意味着经过“文革”等历次运动，人们对政治的恐惧和厌恶，以及试图摆脱意识形态对文学的干涉、控制的内心要求。正是带着自身的当代史的“血和泪”的经验[①]，80年代的中青年学人走进了他们所未曾经历过的中国现代史，发出了不同于以往的声音。

然而这一产生于自身的用“血和泪”写下的当代史经验，不但似乎与产生于前代人的同样是用“鲜血写下”的现代史经验之间难以沟通，而且，随着时间的推移，当政治运动和“阶级斗争”不再在主流话语中占有显在位置，“学术中立”也不再具有反意识形态的革命色彩，反而不时走入主流意识，成为学院理论的护法的时候，那个“血和泪”的当代史经验也就逐渐洗去了淡淡的血痕和泪渍，不但新一代学人再也听不出80年代那声音中的非主流意蕴，而且已成为老一代的那些学人，似乎也早已忘记了当年那声音中所凝聚的沉重与兴奋，沉静在与时俱进的学术冥想中。于是在对30年代的研究中，人们所看到的就是论争双方

① “血和泪”以及下文的“鲜血写下”，见李旦初：《左联时期同“自由人”与“第三种人”论争的性质质疑》，《中国现代文学研究丛刊》1981年第1期。

“思想方法、思维方式”的“某种一致性”[①]，即双方都将理论问题、学术问题与政治问题等同起来，使论争不再具有学理性。但假如双方都不将理论问题、学术问题与政治问题等同起来，使论争具有学理性，其“思想方法、思维方式”岂不就有了另种“一致性”吗？由此可见，问题倒不在于是否采取同一“思维方式”，而在于这一“思维方式”是否可被人们认同。以当下的“意识形态”来看，似乎将学理问题只当作学理问题来讨论，才是最易被认可的“思维方式”。

表面上看，这种90年代以来的“思维方式”与80年代初的“思维方式”有着某种形式上的“一致性”，但是对80年代初那段自身的当代史多少还有些记忆的人是不会被这种表面的一致所迷惑的。80年代初，当人们以“实事求是”、“科学”、“客观”去要求学术研究的时候，是以反对“政治化思维”的方式来表现自己的非主流意识形态的“政治立场”的，而90年代以来的学术中立，则越来越趋向于建立一种与现实的意识形态无关的纯正的“学术态度”，以学理研究来消解从前的情感记忆，在学术的理性天平面前，其他一切都变得无足轻重。从某种意义上说，这种反意识形态化的学术研究倒是主流意识形态所乐于接受的，而学术也因此获得了自身的稳固和安宁。

这种“思维方式”是否真的推动了学术研究呢？从某些方面看仿佛是这样，但从另外一些方面看，情况却未必乐观。以对30年代那段公案的研究为例，80年代初，当我们试图带着自身当代史的“血和泪”去接近它的时候，我们尚能看到原先未曾看到、未曾敢看的一部分真实，尽管对另一部分同样用“鲜血写成”的东西却视而不见；90年代以来，当我们试图超越自身的历史性，更无偏见地去观照那段历史的时候，我

---

① 朱晓进：《政治化思维与三十年代中国文学论争》，《中国社会科学》2002年第6期。

们却惊奇地发现，不但论争的双方都离我们远去，而且我们似乎也一点没能从自身的历史性中超越出来，甚至我们的无偏见的企图，也正是出于一种偏见（难道理论问题真的可以单纯到超然于一切现实问题之外吗？）。这种偏见可能使我们以后来者的身份站在历史进化的最高点上，藐视前人的一切努力，把它们看得无足轻重。

如果我们不得不承认自己也在历史之中，那就只有凭借并充分利用这块土地，带着自身的“血和泪”的经验与历史对话，才能从那历史中获得某一面的真实。但是，在这对话过程中，假如我们无视或者回避前人用“鲜血写成”的东西，无视或者回避使人类历史前行的“血战”，由此形成的“真实”不也是很可疑的吗？从某种意义上说，与现代史的交流是“血”与“血”之间的碰撞和沟通，本世纪以来中国政治经济的发展状况以及由此出现的社会分层似乎越来越多地给了我们与那段历史沟通的机缘，我们得抓住它。

二、关于论争的缘起与鲁迅的出场

左联与“自由人”、“第三种人”的论争起于1931年底，先是胡秋原在几篇文章中站在“自由人”立场上反对“将艺术堕落到一种政治的留声机”①，又以“真正马克思主义”的姿态对左翼批评家钱杏邨的文艺批评进行“清算”②，引起左翼方面的愤怒，论争由此开始。至1932年5

① 胡秋原：《阿狗文艺论》，见陈漱渝主编：《鲁迅论争集》上卷，中国社会科学出版社1998年版，第557页。

② 语出胡秋原：《钱杏邨理论之清算与民族文学理论之批评》，见陈漱渝主编：《鲁迅论争集》上卷，中国社会科学出版社1998年版，第570页。

月，苏汶以代表“第三种人”自居，批评左翼只重功利，不要真理和文艺[①]，论争由此升级。左翼方面参加论争的有瞿秋白、冯雪峰、周扬、陈望道[②]、鲁迅等，以瞿秋白《文艺的自由和文学家的不自由》理论含量最丰，而洛扬（冯雪峰）《“阿狗文艺”论者的丑脸谱》措辞最为激烈。鲁迅直到 1932 年 10 月才加入论争，而他的《论“第三种人”》，一般认为是比较温和的文章，不但对胡秋原略而不谈，对苏汶似乎也注意手下留情。到 1932 年 11 月，冯雪峰的态度似乎突然改变，在《关于“第三种文学”的倾向与理论》（署名丹仁）中，明确表示“不把苏汶先生等认为我们的敌人”[③]，而另一篇《第三种人的问题》（署名洛阳），则更多地对左联内部的关门主义进行批评。对于“自由人”胡秋原，在据说由瞿秋白代笔的仍署名洛扬的《并非浪费的论争》中，口气也比先前和缓了许多。至此，左联与“自由人”、“第三种人”进行的历时一年的论争基本告一段落，此后，尽管小规模的“战斗”还时有发生，但总的看，大规模的“集团冲锋”已经停止。

据考，左翼方面态度的突转是由于中共领导人张闻天的作用，他于 1932 年 11 月 3 日在中共中央机关报《斗争》第 30 期上以歌特为笔名发表《文艺战线上的关门主义》，严厉批评了左翼文艺内部的“关门主义”倾向，明确表示承认“第三种人”和“第三种文学”的存在。[④]

但在论争后期，左翼对“自由人”胡秋原和“第三种人”苏汶显然采取了不同对策，对于前者，尽管洛扬文章的语气有所缓和，但依然对

① 见苏汶:《关于〈文新〉与胡秋原的文艺论辩》，苏汶编:《文艺自由论辩集》，现代书局 1933 年版。
② 陈不是左联成员，但与左联关系密切。
③ 苏汶编：《文艺自由论辩集》，第 268 页。
④ 关于歌特即张闻天的考证，见程中原:《歌特为张闻天化名考》，张培森编:《张闻天研究文集》第一集，中共党史出版社 1990 年版。

他充满了猜疑，这显然与胡秋原“托派”背景的传言有关。对苏汶的明显的友善态度，则似乎与冯雪峰等人同苏汶的私交不无关系，正像许多学者注意到的，就是在论争前期，那些充满火药味的文章也常常于发表之前由对方先睹。

鲁迅在论争中的表现则似乎更为微妙，尽管论争初期他就对此开始关注，但十个月中却一直按兵不动，及至开口说话，不仅态度比较温和，而且只限于与“第三种人”苏汶对话，对于始终被左翼怀疑的“自由人”胡秋原，则只在文章开头作了如下暗示：

> 这三年来，关于文艺上的论争是沉寂的，除了在指挥刀的保护之下，挂着“左翼”的招牌，在马克斯主义里发见了文艺自由论，列宁主义里找到了杀尽共匪说的论客的“理论”之外，几乎没有人能够开口……①

有人认为鲁迅这样写只是出于与左联“步调一致”，他本人对胡秋原不但殊无恶感，而且很多看法也与之接近，而胡秋原对鲁迅似乎也一直保持尊重，未有过肆意攻击②。但细读胡秋原与苏汶的文章，可以发现二人的观点其实相差无几，鲁迅何以放过“首犯”，反将“胁从”拿来问罪呢？而且特别奇怪的是，当冯雪峰已经代表左联公开表示苏汶是友非敌，左翼方面已基本偃旗息鼓，迟迟出场的鲁迅却又迟迟不肯退场，从1932年至1936年，涉及到“第三种人”的文章竟多至十余篇，计有：《论“第三种人”》（1932年10月10日）、《“连环图画”辩护》

① 鲁迅：《论“第三种人”》，《鲁迅全集》第4卷，人民文学出版社2005年版，第450页。

② 这类文章中论理比较充分的有刘逢敏：《鲁迅与“自由人”胡秋原——从〈鲁迅全集〉一个注释谈起》，《张家口师专学报》1994年第3期。

（1932 年 10 月 25 日）、《又论“第三种人”》（1933 年 6 月 4 日）、《答杨邨人先生公开信的公开信》（1933 年 12 月 28 日）、《化名新法》（1934 年 5 月 10 日）、《“以眼还眼”》（1934 年 9 月 30 日）、《又是“莎士比亚”》（1934 年 10 月 1 日）、《脸谱臆测》（1934 年 10 月 31 日）、《略论梅兰芳及其他（下）》（1934 年 11 月 1 日）、《中国文坛上的鬼魅》（1934 年 11 月 21 日）、《叶紫〈丰收〉序》（1934 年 12 月 17 日）、《“骗月亮”》（1935 年 2 月底或 3 月初）、《“题未定”草（六至九）》（1935 年 12 月 18—19 日）、《且介亭杂文二集〈后记〉》（1935 年 12 月 31 日—1936 年 1 月 1 日）、《答徐懋庸并关于抗日统一战线问题》（1936 年 8 月 3—6 日）等等。这还没有算上论及施蛰存的文章以及涉及到“第三种人”的私人通信，这在当时的左翼阵营中，可以说是独一无二吧。

我猜鲁迅的出场，是应了冯雪峰之邀，而冯邀请鲁迅的目的，却不是要加强火力，而是想缓和气氛，给“第三种人”留条出路。冯雪峰自己曾承认鲁迅的《论“第三种人”》经他修改，如结末的“怎么办呢”，以及那段左翼作家“不但要那同走几步的‘同路人’，还要招致那站在路旁看看的看客也一同前进”的名言，据说都是在他的建议下添上去的①。这至少可以说明鲁迅这篇文章的产生，与冯雪峰关系密切。左联时期，雪峰邀鲁迅助阵的事，经他后来承认的有两次：一次是稍后不久的“辱骂与恐吓”事件，一次是 1936 年“两个口号”论争中，冯以鲁迅名义发表《答托洛斯基派的信》等二文。那两次既都有借鲁迅的威信调停事端的意思，则这一次也可能是冯雪峰因不满左翼方面对“第三种人”的过度批判，请鲁迅出来主持局面，而鲁迅未向胡秋原开火的原因也可由此得到解释。这一推测如能成立，左翼方面只因张闻天

① 见陈则光：《我和冯雪峰同志通信的一点说明》，《新文学史料》1980 年第 4 期。

的批评才改变态度的说法就要重新讨论了，因为鲁文写作时，张似尚未涉足文坛[1]。事实上，被偶然推上“战场”的事，在鲁迅一生不知发生过多少次，甚至不少以鲁迅为主角的论争，最初都是从“助阵”开始的。

但是，自称写“遵命文学”的鲁迅，却未必真能做到俯首听命，冯雪峰的修改，说明鲁迅的文章并不能令他十分满意。鲁迅虽然没有像瞿秋白、周扬那样将“第三种人”视为向统治阶级卖身投靠，帮助资产阶级的狗来咬左翼文坛，但也没有像冯雪峰那样把苏汶的主观动机和客观效果相区别，一面将其看成是可以团结的“朋友”、“同路人”，一面指出其行为在“客观上”有“反革命的性质”。他没有在“敌乎友乎”上面去做明确判断，只是奉劝“第三种人”要有“自信的勇气”，不要一面自称“死抱住文学”，一面又因幻想着会被左翼骂为“资产阶级的走狗”而“搁笔”。对此，“第三种人”苏汶的理解是：“他这话，只要没有弦外之音，是显然地允许了作者以创作的自由。”[2] 但他“显然”是感到了鲁迅的“弦外之音”了。

因此，如果我们把《论“第三种人”》看成是鲁迅在冯雪峰的邀请下写出来为雪峰助阵的，或者退一步，虽然没经过雪峰的邀请，却是在同他商议的过程中完成，因而可以为他助阵的，我们就得承认，这里面有着某种“听从将令”的成分，其婉转曲折的行文，似劝似讽的语气，点到即止的方式，甚至对左翼回护中的微词，似乎都与此不无关系。换句话说，鲁迅在文中即便没有把苏汶当成朋友，但至少也没有把他当作敌人来对待。然而另一方面，如果我们没忘记，以鲁迅的为人，尽管他

① 据考，张闻天是 10 月 25 日以后，才“具体接触当时文艺界的情况”的。见程中原：《歌特为张闻天化名考》，张培森编:《张闻天研究文集》第一集，中共党史出版社 1990 年版，第 107 页。

② 苏汶：《一九三二年的文艺论辩之清算》，苏汶编：《文艺自由论辩集》，第 292 页。

可以为了“听从将令”而用些“曲笔”，但是在一些事关原则的问题上却不肯轻易让步，甚至连单四嫂子“竟”“做到看见儿子的梦”这样的话都不肯说，此后鲁迅对“第三种人”越来越严厉的批判，那么，我们就还应对这篇文章的“弦外之音”加以倾听，从而对鲁迅的基本态度有一些更深入的理解。

三、鲁迅的“失语”

其实，苏汶所指的“弦外之音”并不难说破，就是鲁迅并不相信苏汶代表“第三种人”说的话：因怕被骂而“搁笔”。真正热爱文学、“死抱住文学不放手”的人，会因为怕挨骂就“放手”吗？何况目前左翼无权无势，将来什么时候骂，是否能骂，还遥远无期。因此，在鲁迅看来，苏汶的问题在于自己做不成“第三种文学”反迁怒于左翼。对此，苏汶回应说：

> 我绝对相信鲁迅先生自己是从来就很宽大，尤其是对于创作自由和“同路人”那一类的问题；但是，他不能替人文过，说整个文坛一向就像他自己那样地宽大。以前左翼所犯的武断主义，加帽子主义等等的事实俱在，必要的时候，我很可能列举出来，而况何丹仁先生也的确声明了有纠正以前的左倾宗派主义的必要。如果尽非事实，则又何所用其纠正？[①]

---

① 苏汶：《一九三二年的文艺论辩之清算》，苏汶编：《文艺自由论辩集》，第 293 页。

鲁迅文中的确有回护左翼的意思，说他“替人文过”也不为过，问题在于，鲁迅何以要“替人文过”？事实上无论胡秋原还是苏汶，对左翼的批评都常能击中要害，他们对文学的性质和作用的理解，似乎也较左翼的认识更与当下的认识接近。其实，胡、苏二人都还是在承认阶级性的前提下来谈文学的超越性的，从“学理”上看，现在要走得远多了，我们有成套的理论和足够多的事实来说明文学并不总是有“阶级性”的，而且“阶级”也并不总是具有理论所赋予的“性”。我们无法轻易否定自己，假如这里包含着太多当代史的“血和泪”。但是在现代史上，也许还有同样多的“血和泪”，是我们无法触到的，但有人触到过，他就是鲁迅。鲁迅代表了那一代见过太多“血和泪”的人在与我们对话，他站在历史的另一端——这历史是断裂的，“血和泪”是联结这断裂的河。我们在河对岸倾听鲁迅的诉说，但我们听到的是：

> 可是我实在无话可说。①
>
> 当我沉默着的时候，我觉得充实；我将开口，同时感到空虚。②
>
> 我于是只有而已而已！③

政治黑暗自然是无话可说的重要原因，但是仅此而已似乎还不能说明全部问题。1928 年以后的很多鲁迅文章，解读起来会感到十分吃力，它们依然是那样睿智，那样犀利、深刻、风趣，但是似乎少些了前期那种令人熟悉的东西，多了些跳宕、变幻、矛盾、模糊，甚至含混、芜杂。

---

① 鲁迅：《记念刘和珍君》，《鲁迅全集》第 3 卷，第 289 页。

② 鲁迅：《〈野草〉题辞》，《鲁迅全集》第 2 卷，第 163 页。

③ 鲁迅：《〈而已集〉题辞》，《鲁迅全集》第 3 卷，第 425 页。

特别是在涉及理论及其论争的时候，这种感觉尤其强烈。我感到鲁迅在谨慎地选择着新的语词，吃力然而执着。他决不像一般青年批评家那样可以立即把一种新的理论或思潮洋洋洒洒地复述出来，甚至对那些高谈阔论充满了疑虑；他逐字逐句地翻译那些深奥的理论著作，小心、拘谨；他用自己的方式理解那些新概念，只有当它们可以与自己的生活经验发生某种关联时才拿来使用；他反对翻跟头式的“突变”，然而试图改变自己，从一点一滴开始。但是，在他的灵魂深处，似乎总有某种无法改变，事实上也不愿改变的东西——如果改变意味着回到一个他曾从那里走出，不愿再回到的地方，如果改变意味着从前那些“血和泪”都可以置之不顾，彻底地脱胎换骨，轻松地与自己的昨天告别，但是，如果不变意味着必须留在一个他所决不愿逗留的地方，如果“你”——作为实体的自身——“就是我所不乐意的”[①]，那“我”就“还是走好罢”[②]。就是这样，鲁迅向左转了，带着他的过去所加给他的全部的沉重和沉痛，他的全部的“血和肉”，以及他所不断看到的太多的“血和泪”，艰难地转过了头。然而他“失语”了，他在不断地言说，比以前说得还要多很多，还是那么睿智、犀利、深刻、风趣，但是，似乎混杂着矛盾、模糊、含混、芜杂。他言不及义，言不由衷。不是因为他不知所云，在他内心深处，似乎有一种只能用否定的方式表达的肯定性，任何肯定的表述对他来说都具有某种不确定性，因而也就有着某种意义上的活变性。当他试图改变以往的思维方式，用对他来说新的理论去认识现实，或者反过来，以现实的经验作为理解新理论的基础，特别是当那些经验中凝聚着他的过去所加给他的全部的沉重和沉痛的时候，理论和经验之间的冲撞

---

① 鲁迅：《影的告别》，《鲁迅全集》第 2 卷，第 196 页。

② 鲁迅：《过客》，《鲁迅全集》第 2 卷，第 199 页。

发生了，他在这理论与经验之间苦苦挣扎，在这一过程中，话语出现了危机。对鲁迅来说，这意味着，他不愿意再以过去的经验或理论的系统方式说话，但也不愿意按照新理论的概念系统说话。假如他“拿来”新的理论是为了用那理论之火“煮自己的肉”，假如那“煮”的过程不但是自我重塑的过程，也是理论更生的过程，假如那火的试炼过程也正是火的熔铸过程，那么，在这一艰难痛苦的过程中，话语就会出现危机，逻辑处在时断时续之中。于是，曾在左联成立大会上亲耳听到鲁迅讲话的苏汶说：

> 那时候，他对于共产党的那一套，简直没有入门，不知说些什么，而且其人头脑无条理，不精密，竟是胡扯了一顿。[①]

但是，头脑“精密”的苏汶只是对他所看到的一面进行了恶意夸大，他无法看到鲁迅思想中那个只以否定方式存在的肯定，那个竹内好意义上的“回心之力”，那个超逻辑的逻辑，那个“无”。话语的危机不就是语言的危机，作为内的语言——无，是鲁迅能将理论与经验，新与旧，内与外熔铸起来的“力”：“当我沉默着的时候，我觉得充实。”这一否定的肯定，意味着我不知道该怎么说，只知道不该那么说；但是，如果任何言说都是不理想的，而不说更不理想，那么，我知道我该说什么，因为我知道在某种情况下一定不能说什么。

鲁迅的“失语”，正是以一种特殊的方式对不可言说者言说。因此，对鲁迅的倾听，要从“失语”处听起。

---

① 戴杜衡：《一个被迫害的纪录》，《鲁迅研究动态》1989年第2期。

四、开放视域中的“阶级性”主张

其实，如果把鲁迅在不同场合下说过的一些话来同胡秋原、苏汶的话相对照，就可以发现彼此之间似乎并不少相似之处。比如，双方都在承认文学有阶级性的前提下反对狭义的武器论；双方都强调文学创作的真实性，反对概念化；双方都反对政治领域里非此即彼的二值对立的思维逻辑，主张允许中间层的存在。那么，鲁迅对“第三种人”的不满究系原因何在？在因此涉及到的对鲁迅文本“失语”处的探究中，我以为先须注意他对于当时一些新概念的理解与一般理解特别是经过规范后的理解间的异同，具体地说，鲁迅是在什么历史语境下承认——比如——阶级论的，这一理解对他来说意味着什么。

关于文学的阶级性、功利性问题，胡秋原和苏汶都在承认阶级性的前提下，强调其复杂性的一面，反对把任何文学都看成是阶级斗争的武器。在《“第三种人”的出路》中，苏汶试图说明“不是一切文学都是有阶级性的”，至少文学的阶级性并不等于作品中都“包含一种有目的意识的斗争作用”[①]，何况文学还可以真实、客观地反映生活，而这“与赞助某一阶级的斗争毫无关系”[②]。胡秋原在《浪费的论争》中虽然承认“一切文学都是有阶级性的”，但认为文学在有阶级性的同时也还有别的“性”，比如，“一篇作品反映其阶级心理，同时反映其时代的一般特征”；“同一阶级，又表现有不同的层或集团的意识形态”；“有阶级斗争”，“又有阶级同化”；“有阶级的忠臣”，“又有阶级的逆子”；“文

---

① 苏汶编：《文艺自由论辩集》，第 118 页。

② 同上，第 119 页。

学上阶级性之流露，常是通过极复杂的阶级心理、社会心理，并在其中发生‘屈折’的”；“从来的文学作家，常大多数属于中间阶级”，“他们的阶级性常表现一种动摇与朦胧”。因此，那些“某文学对于某阶级不是武器，就是利刃”，“一切艺术都是宣传”等说法，都是“革命的武断”[①]。二人的这些主张其实很可以使人想到鲁迅在1928年革命文学论争中所说过的一些话，特别是“‘都带’，而非‘只有’（阶级性）”，“一切宣传却并非全是文艺”等说法。文学并非只表现为阶级性，更不仅仅是阶级斗争的工具，这些看法是早被鲁迅承认的，在《论“第三种人”》中，鲁迅似乎也有意避免具体的理论问题上的纠缠，也许在他看来，问题不在于对文学的“阶级性”、“武器性”等应该理解到什么程度，而在于这些话语后面的意指是什么。

尽管如此，我以为鲁迅在对文学的阶级性、功利性等问题的比较开放的认识中，即使单在理论上，也还是与胡、苏二人有着明显的区别。先来重读他在写于1928年7月的《文学的阶级性》中的话：

> 在我自己，是以为若据性格感情等，都受“支配于经济”（也可以说根据于经济组织或依存于经济组织）之说，则这些（按，指“吃饭睡觉”之类）就一定都带阶级性。但是“都带”，而非“只有”。所以不相信有一切超乎阶级，文章如日月的永久的大文豪，也不相信住洋房，喝咖啡，却道“唯我把握住了无产阶级意识，所以我是真的无产者”的革命文学者。[②]

---

① 苏汶编：《文艺自由论辩集》，第199—200页。

② 《鲁迅全集》第4卷，人民文学出版社2005年版，第128页。

把这段话理解为鲁迅对阶级性的比较开放的认识，既承认阶级性的普遍存在，又反对用阶级性来代替一切，固然不错，但是，细读起来，鲁迅这段表述其实十分模糊。既然“吃饭睡觉”之类的生理要求在其具体表现中是“都带”阶级性的，那么，所谓“而非‘只有’”是指什么呢？鲁迅并不同意托洛茨基用人们对“死之恐怖”的共同性“来说明文学中有不带阶级性的分子”，无论是“吃饭睡觉”还是“死之恐怖”，一涉及具体行为的时候，就“都带”阶级性，并没有给具体的共同人性留下存在的特殊空间。所以在严格的逻辑意义上，“都带”和“而非‘只有’”是不能共存的。“都带”阶级性，就是没有具体的不带阶级色彩的共同人性。但是，这一逻辑层面上的矛盾却表现出了鲁迅对阶级性问题的一种先于逻辑的理解和把握：对阶级性在理论层面上的完全认同，和在直觉层面上的不完全苟同。这是一种建立在双重否定基础上的理解和把握，意味着他既不愿承认可以有不带阶级色彩的人性，又不能容忍阶级论的滥用。

尽管鲁迅与胡秋原、苏汶都不赞成将阶级和阶级斗争的理论扩大化，但是这中间有一个根本指向的不同：无论胡、苏对阶级性作出怎样的肯定，他们的真正目的，都是想要找到一个可以超越阶级论的空间。当胡秋原问“我在一切讲文艺的文字中否认过阶级性没有”时，瞿秋白回答说：

> 然而胡先生的确说过了文学的最高目的在于消灭人类间的一切阶级隔阂；而且胡先生的确没有一次肯定文艺的阶级性，而只申明永远相信“文艺的高尚情思”。①

① 易嘉：《文艺的自由和文学家的不自由》，苏汶编：《文艺自由论辩集》，第84页。

认为阶级和阶级斗争的理论妨碍了文学创作的自由，因而试图找到一种消解的方式，这是胡、苏理论的关键，也是最能引起80年代初一些学者共鸣的地方。相反，鲁迅对阶级论的比较开放的解释，其根本目的却绝不是要消解它，而是要以自己可以把捉的方式把捉它，以他认为正确的方式运用它。事实上，在《文学的阶级性》中，"'都带'，而非'只有'"，是鲁迅针对李恺良信中认为"有产者"和"无产者"有不带阶级性的共同人性而说的，所强调的首先还是"都带"。同样，"一切宣传却并非全是文艺"的说法，是以对"一切文艺是宣传"的肯定为前提的，这一肯定针对着董秋芳信中所流露出的不满于文学的功利论，认为艺术有"独立的无限的价值"的看法。因此，可以说鲁迅是在对"革命文学家"对文学的阶级性和功利性的不正确的认识和实践的批判中重新肯定文学的阶级性和功利性的，这既决定了鲁迅与一般左翼理论家们的不同，也决定了鲁迅与梁实秋、胡秋原、苏汶们的不同。所以，问题尚不在于鲁迅是否认可某一种理论，而在于他是在什么意义上认可它的，他何以要认可它。

如果说在反对阶级论的滥用中包含着鲁迅对"革命文学家"虚拟的"阶级斗争"的恐怖记忆，那么，对普遍人性的怀疑则起于他对现实的"阶级斗争"的恐怖记忆吧。

鲁迅是在经历了1927年的屠杀后公开赞成阶级论的，他自称在那次屠杀以后，先前所相信的"进化论"就"轰毁"了[①]，这是因为他看到杀害青年的人，大抵也还是青年——他们并不比老一代更强。"一代更比一代强"，这种看似幼稚的理想主义不仅曾是鲁迅那代人的普遍信仰，而且符合人们理解人生的一般心态：尽管人们也会看到社会中的不

① 鲁迅：《〈三闲集〉序言》，《鲁迅全集》第4卷，第5页。

同阶层的不同生活状态和思想差异，但是，从整体上，他们通常总是首先对群体进行代际划分的：上代人，同代人，下一代。当人把自身算在“我们这代人”之中的时候，他就在将自己这一代看作一个整体的同时，将自身的意识看作这一整体的整体意识的代表，而在无意中将那些同一代中的不同意识悬置起来。因此，事实上，尽管鲁迅早就注意到人与人之间的阶层性及其差别，注意到“上等人”与“下等人”之间的不可逾越的等级界线——那个人与人之间的“厚障壁”，但是，他却将这种等级现象及其观念的改变，寄托在代际变化之中：通过“思想革命”，使“新”的思想逐渐越来越多地渗透到一代代人的意识中。“思想革命”的搁浅给予鲁迅的打击首先还不是这一革命收效甚微，而是原先那些热衷于“思想革命”的知识人的散伙。在鲁迅看来，散伙的原因还不仅在于启蒙者的认识有了改变，尤其在于启蒙者的自身社会地位有了改变：

> 后来《新青年》的团体散掉了，有的高升，有的退隐，有的前进，我又经验了一回同一战阵中的伙伴还是会这么变化……[①]

随着社会身份的提高，原先的启蒙者在作为成功人士（“高升”）获得社会认同的同时，他也就认同了社会，于是，最初的以改造社会为己任的知识人，就在通过“改造”使自身“升”入“上等人”行列的过程中，被社会所改造：“思想革命”的结果只是使一些“革命者”在社会中为自己“革”到位置，而一旦有了这样一个位置，他也就不再以原先的方式去思想。人的思想会随着其社会身份的变化而变化，而身份总是与利益结合在一起的。因此，鲁迅思想中“进化论”的“轰毁”，实际

① 鲁迅：《〈自选集〉自序》，《鲁迅全集》第4卷，第469页。

上可以溯源于对作为代际意义上的“新青年”的认识的“轰毁”，而这“同一战阵中的伙伴”的分化，起因于人的“物质”方面的变化，青年思想的“新”与“旧”，是与其自身的物质利益密切相关的。社会的政治革命的“血的事实”则进而使鲁迅的这种感受成为恐怖记忆，他以这样两句诗来概括1927年及其以后的政治恐怖和屠杀：

一阔脸就变，所砍头渐多。①

“大革命”的“失败”所给予鲁迅的直接印象是，社会地位的改变，权与利的获得，对于那些“革命者”的思想和行为会产生怎样的巨大影响：当“革命”使他们变成财产和权力的新的占有者的时候，他们就不由自主地站在“阔人”立场上，为了维护“阔人”利益而向“穷人”开刀。这一“革命”的结果在鲁迅所亲身经历的现代史上绝非仅见，但如果说以前的每一次主奴异位式的“革命”使他看到的是人们深层意识中普遍存在的“国民性”问题，这次的主奴异位，则更使他对那个“异位”的“位”本身特别关注。“位”这个站在一切可变性之外的唯一不变性，是使一切可变性成为现实性的动力源。人的思想感情并不总是随着历史的发展而进化的（“进化论”），而更多的是可以随着个人经济和社会地位的提高而“退化”的（“阶级论”）。一个人对社会的认识评价一般地总与自身的生活处境有着微妙的联系：当他没有争得个人地位、获得社会认可的时候，他可以表现出某种激进的、革命的姿态来；一旦争的地位、获得认可，他也就同时认可了现存社会，因为对现存社会的合理合法性的认可，也就是对自身地位和权力的合理合法性的认可，但这

① 鲁迅：《赠邬其山》，《鲁迅全集》第7卷，第451页。

也同时就得是对社会贫困与弱势群体存在的合理合法性的认可，对不满于自身处境的底层社会的反抗的不认可。鲁迅是在取得政权后的统治者"阔"而"变脸"、为了维护自身利益而向曾经助其取得统治权的人民开刀的意义上来理解阶级压迫的残酷性的，是在被统治者面对统治者的残酷压迫和屠杀进行新的革命和反抗的意义上来理解反压迫的阶级斗争的合理性和正义性的，是在取得了标志着人的财富和权势的"统治阶级"地位的人与其尚未取得这一地位前在政治立场、道德观念等方面的巨大反差的意义上来理解阶级作为一种"位"，一种社会级差，对于个人思想和感情的支配性的，因此，当他说到"穷人决无开交易所折本的懊恼，煤油大王哪会知道北京捡煤渣老婆子身受的酸辛"[①]时，他所强调的是在不同经济条件的影响下"阔人"与"穷人"之间理解上的无法沟通。如今，对他来说，这种阶级之间在思想感情上的鸿沟较之由年龄差异形成的"代沟"要更加鲜明得多，而且，解决阶级矛盾的方式既不能靠代际转换，也不能靠阶级调和，而是要靠"斗争"。

这一斗争在其心中所构成的认识是：一方面，只有通过"斗争"才能改变"上等人"与底层人，"阔人"与"穷人"之间强与弱的势差，底层人也才能在由弱转强的过程中与"上等人"形成实力的对抗；在"斗争"尚未取得真正进展，实力尚未真正养成的时候，弱势一方尚无资格来谈"费厄"，谈妥协，谈共同人性。另一方面，如果"斗争"的结果依然只是一种彼此间的"换位"，"位"的结构及其对于人的作用并没有发生根本变化，那么，在斗争中获胜的新的利益集团就依然会以新的"砍头"方式来"变脸"——这一可能性他似乎已在"革命文学家"虚拟的"阶级斗争"中有了某种预感。

---

① 鲁迅：《"硬译"与"文学的阶级性"》，《鲁迅全集》第4卷，第208页。

因此，“都带，而非‘只有’”这一双向否定，暗示了鲁迅在对现实的和虚拟的“阶级斗争”的恐怖记忆中的艰难选择：对那些掌握着“阶级”话语权的人的高度警惕，并不能使他否认“阶级斗争”的现实性。与胡秋原和苏汶不同，在鲁迅看来，“真实”并不是与阶级和斗争相对立的东西，相反，假如不去正视现实中的“淋漓的鲜血”，就是在有意无意地回避现实中最不该回避的“真实”。

五、“中立”的语境分析及底层视角

是否以及如何真实地面对现实，首先还不是一个文学问题，鲁迅也不是单从文学理论的角度去与苏汶进行论辩的，他所关注的是作家、知识分子在现实面前应持有什么态度，在残酷的“阶级斗争”面前，知识分子的“社会良心”应该如何体现。

这一问题并非由鲁迅首先提出，当苏汶打出“第三种人”旗号时，敏感的左翼批评家们立刻注意到了这一口号的“政治立场”。尽管冯雪峰对苏汶的主观动机表示了充分的理解，但他也不否认苏汶的理论在“客观”上，是“帮助了地主资产阶级”，“含着很大的反无产阶级的，反革命的性质的”。[①]这很可以使人联想到“革命文学家”所习用的“非革命即反革命”的政治公式，鲁迅自己就曾是这一公式的受害者，在几年后的“两个口号”论争中，他敏感到自己又一次受到了类似的“不是国防文学，就是汉奸文学”的二值对立逻辑的检验。

对这一逻辑的敏感和厌恶似乎理应使鲁迅对“第三种人”及其文学

---

① 何丹仁：《关于“第三种文学”的倾向与理论》，苏汶编：《文艺自由论辩集》，第272页。

抱有一种宽容的态度，从《论“第三种人”》看，鲁迅的确较之其他左翼批评家要宽容。但是，如前所说，鲁迅对苏汶的政治中立的标榜却明显表现出不信任，使人感到鲁迅态度上虽接近冯雪峰，但观点上却似乎更接近瞿秋白：在他看来，苏汶有两个“心造的幻影”，一是幻想“拔着头发”“离开地球”，做超阶级、超时代的作家，一是幻想着会被左翼指为“资产阶级的走狗”，因而不敢做这样的作家。可以说，鲁迅正是从后一个幻影所表现的迁怒于人中怀疑苏汶“中立姿态”的诚意的。在他看来，当苏汶感到无法摆脱严酷现实的威逼，又不敢向严酷的制造者抗议，因而反将责任推给作为受害者和反抗者的左翼，向它发出不满之声的时候，他就已经在一种并非“中立”的行为中体会到了自己的非中立指向：

> 虽是“第三种人”，却还是一定超不出阶级的，苏汶先生就先在豫料阶级的批评了，作品里又岂能摆脱阶级的利害；也一定离不开战斗的，苏汶先生就先以“第三种人”之名提出抗争了，虽然“抗争”之名又为作者所不愿接受；而且也跳不过现在的，他在创作超阶级的，为将来的作品之前，先就留心于左翼的批判了。[①]

鲁迅对“第三种人”政治中立的怀疑，进而对一切自命无倾向的政治表态的怀疑，是从人是否能够而且应该站到一个“中立”的“局外人”立场上来对待严酷的现实问题的思考出发的。对这一问题的思考从20年代中期女师大学潮中与“现代评论派”“正人君子”的论争开始，直到30年代中期关于“文人相轻”问题的讨论，十余年来，尽管

① 鲁迅：《论“第三种人”》，《鲁迅全集》第4卷，第452页。

论争的具体问题和对手在变化，但鲁迅的基本主张却始终未变，他一向反对“彼亦一是非，此亦一是非”的中庸主义和无是非观，甚至固执地将这些观念看成是人对其行为的倾向性的掩盖，坚持认为人，尤其是文人，应“有明确的是非，有热烈的好恶”[①]。在“第三种人”问题上，这一“是非”表现在，当现实处于一种压迫、被压迫与反压迫，“吃”——“被吃”——“反被吃”的激烈斗争中，人，尤其是文人，是否能够而且应该远远地退到一边，以不介入的方式来表示其公正？你的不介入，是否就是公正的？或者，当你自以为在做“局外人”的时候，你已经介入了，当你高喊“死抱住文学”的时候，你已经在以“为艺术”的方式来反对文艺向压迫者抗争，并因此在压迫者一边获得了创作的“自由”？当你以“中立”自居的时候，你真的能从自身的利益中超越出来吗？如果一切都与你自身的地位和处境无关，你又何必站出来发言呢？你代表“第三种人”发言，难道不是由于自己的既得利益和前途使你在心底里对“阶级斗争”怀着恐惧，希望这一斗争能够平息，“安定的社会局面”能够出现？而当你面对压迫者的压迫无能为力时，你是否会不由自主地迁怒于被压迫者的反抗呢？如果没有这反抗，社会局面岂不就处于安定之中了吗？

尽管鲁迅反对“非革命即反革命”，“不是‘国防文学’就是‘汉奸文学’”等非此即彼的思维逻辑，但是，对另一方面的以种种理由消解倾向性的亦此亦彼或无此无彼的无是非说也同样反对，于是他再次以双向否定的方式，从语言的逻辑范围之外向我们发问：如果说对社会问题的认识采取非此即彼的二值对立方式是不对的，那么，取亦此亦彼或无此无彼的相对主义方式就对了吗？假如我们不该以“非革命即反革

① 鲁迅：《“文人相轻”》，《鲁迅全集》第6卷，第309页。

命”的思维逻辑为“第三种人”定性，那么是否就应该承认可以有不具倾向性的“第三种人”？进一步说，在统治阶级与被统治阶级，吃人者与被吃者之间所进行的压迫与反抗的斗争中，站到一个“客观”的“中立”立场，是否是一个道德正确的选择？

在鲁迅看来，如果“中立”在事实上是不可能的，它只能成为对于倒向强势者的自身倾向性的一种掩盖，那么，这一选择也就是不道德的。在《又论“第三种人”》中，鲁迅针对戴望舒将法国的参加反法西斯运动的纪德称为“第三种人”，指出纪德对苏联与德国的“同一手段”(“恐怖政策”）所采取的或“赞成”或“反抗”的不同态度，正说明他与中国的“第三种人”是完全不同的，他不是以第三者的旁观姿态对待现实问题，而是尽其所能地积极介入到现实的反法西斯斗争之中，他对苏联的理想化的“赞成”，是含着使“一向做着受压迫者”的人们得到“发言权”的道德倾向的。在此基础上，鲁迅进一步强调了无倾向在现实中的不可能性：

> 所谓“第三种人”，原意只是说：站在甲乙对立或相斗之外的人。但在实际上，是不能有的。人体有胖和瘦，在理论上，是该能有不胖不瘦的第三种人的，然而事实上却并没有，一加比较，非近于胖，就近于瘦。文艺上的“第三种人”也一样，即使好像不偏不倚罢，其实是总有些偏向的，平时有意的或无意的遮掩起来，而一遇切要的事故，它便会分明的显现。[①]

在鲁迅看来，“第三种人”的存在与否不是一个理论问题，而是一

① 鲁迅：《又论“第三种人”》，《鲁迅全集》第4卷，第549页。

个现实问题。在“理论”上，可以有不介入的“第三种人”，但是，在现实中的“第三种人”，却已打着“中立”的旗号介入进来。而且，这一“中立”的介入，似乎又总是站在强势一边，特别是当弱势的反抗以及强势对这反抗的镇压威胁到自身的地位和利益的时候，“中立”就成为他们不由自主地对强势认同，向弱势“迁怒”的掩盖。甚至“中立”本身，也是具有“倾向性”的，作为一种被“上流社会”普遍认同的道德风范，“中庸之道”可以将“上等人”的“行私利己”、恃强凌弱进行温文尔雅的合理合法化包装，将“无刀无笔的弱者”，“欺侮到赴诉无门”。[①]

因此，鲁迅对“第三种人”的政治立场的不满和警惕，是首先源于基本的道德立场的。在他看来，当左翼正在受到当局压迫和杀害的时候，当左翼的文学斗争正与受压迫和杀害的底层人的反抗同步的时候，一个有良心的人即或不能站出来为他们说话，至少也不应以“中立”的面目对其说三道四。不是说左翼没有问题，或者不能批评，而是说，鲁迅更看重言语在实际中所产生的作用，因此在其表面的不拘一格的嬉笑怒骂中，他其实更慎于言。他知道言语不是可以从其现实语境中抽离出来的东西，同是一句话，在不同时期、不同环境下产生的作用可以完全不同。在一个阶级分化的时代，他总是不由自主地站在被压迫的底层立场上看问题，不愿意自己在无意中帮了统治阶级的忙。

这样一个底层视角对于理解鲁迅来说至关重要。底层视角并不仅意味着通常意义上的站在广大劳动人民一边，特别是当这种“人民性”已经与某种特别意义上的“集团主义”连在一起，成为压制独立精神的符号。鲁迅的底层视角，首先脱生于反“集团主义”的独立精神，当他从

① 鲁迅：《我还不能“带住”》，《鲁迅全集》第3卷，第260页。

旧营垒中冲杀出来，“反戈一击”的时候，他就再也不愿回到那个他曾经居住过的地方，那个充满着“集团主义”杀气的营垒中，在那里，无论是上层还是底层，都还只是从差不多同样的上层视角看世界的。底层视角未必就是底层人的视角——未必总是那样的视角，但它也不是一个非底层人根据某种主义的理念或人道的同情强加给底层的“视角”。作为一个“视角”，它就在底层这一层级中，要获得它，就得真正下到那里去，不是“深入生活”，“改造思想”意义上的“下”，也不是访贫问苦，了解民情意义上的“下”，更不是回到民间，寻找草根意义上的“下”，而是，当一个人与底层共命运的时候，当他不能不在感情上而不是在理智上把底层利益当成自身利益的一部分，在感情上而不是在理智上与受难的底层人一齐受难，与抗争的底层人一同抗争的时候，他所获得的那个看世界、理解人生的视角，而只有当他无论历经怎样的更新换代也决不再回去，只要世界上有底层在，他就与底层同在的时候，他才能永远保有那个视角，真正完成“从一个阶级到另一个阶级”的“转变”。从这个意义上说，“向左转”须以“向下走”为基础，没有这样一个基础而一味地左转下去，终于会转向右边的。因此，早在左联的成立大会上，鲁迅就提醒大家，左翼是很容易变成右翼的。假如我们把这一变化理解成是由下向上的视角或立场的转变，那么事实的发展也确如他所料。当苏汶说左翼动不动就指“第三种人”为“资产阶级的走狗”时，鲁迅说左翼现在尚无说话的自由，但一旦将来可以发表批评了，如果“只从坏处着想”，那是“有可能”的，“也可以想得比这还要坏”，但因此而不去创作，却“大可不必”[①]。话语中虽然带着讥刺的口气，但细玩“也可以想得比这还要坏”，似乎也隐含着对左翼未来的担忧。然而

① 鲁迅：《论“第三种人”》，《鲁迅全集》第4卷，第451—452页。

鲁迅却并未因为对左翼运动中存在的种种问题以及对其将来的可能性的忧虑而去反对它，而是尽其所能地保护它、支持它，这就不能不与左翼及其文学“现在在和无产者一同受难（Passion）”[①]，“和革命的劳苦大众”，“受一样的压迫，一样的残杀，作一样的战斗，有一样的运命”[②]这样一种现实状态有关，与底层视角的鲁迅对于现实问题所持有的一贯原则立场有关。

因此，鲁迅对“第三种人”的不满和批判，是从在底层社会与上层社会、“吃人”与反“吃人”、专制与反专制、“无产阶级”与“资产阶级”的对立和斗争的现实处境中，一个人对现实所可能和应该采取什么态度的角度来考虑问题的。在此，“应该”作为一种行为选择，已经超出了非此即彼还是亦此亦彼的无休止的逻辑思辨，而涉及到了有关主体的道德良知的实践理性问题。在对这一问题的思考中，被思考者不再是一个与己无干的他人，而同时也指向了思考者自身；不是只考虑他在干什么，而是同时在考虑，在中国的现实处境下，我们“应该”怎么办？尽管现实中的对立和斗争呈现出极其复杂的形态，尽管在这复杂斗争中的人们面临着十分艰难的选择，尽管每一选择都可能造成不同程度的后果，因而使每个选择者不得不背负起需由自己负责的存在之罪，但是，如果我们不得不生存，我们就不得不行动，不得不在行动中作出选择。作为这一艰难处境中的一员，鲁迅也许比别人有着更多的矛盾和痛苦，有着更多的预感和担忧。也许在他的灵魂深处永远有我们无法进入的黑洞——那个“沉默”中的“实有”，那个无言中的言，然而，当他着眼于具体的现实问题的时候，具体到不得不对压迫与反抗，吃人与被吃等

---

① 鲁迅：《黑暗中国的文艺界的现状》，《鲁迅全集》第4卷，第295页。

② 鲁迅：《中国无产阶级革命文学的先驱和血》，《鲁迅全集》第4卷，第290页。

政治斗争进行道德选择的时候，我们却清晰地看到，作为行动的鲁迅，他坚定地站到了被压迫的反抗者一边，而对那些口称中立的人的公正性提出质疑——特别是当他们对制造黑暗的当权者不发一矢，而对受压迫者反加以指责的时候。

（原载《文史哲》2009 年第 2 期）

想象的革命图景与虚拟的知识阶级叙述

——论冯雪峰的革命观与知识分子观

柳传堆

冯雪峰《革命与知识阶级》一文历来为学界所重视。程凯博士从解构传统历史叙述的目的出发，认为冯写作此文的根本目的是要颠覆创造社争夺革命文学领导权的虚幻感，因此全文才有那种居高临下的“模拟政策”①的发言方式。笔者以为与其说是为了革命文学领导权之争，不如说是冯为了重构“革命”和“知识阶级”本身的历史叙述学！

从 1928 年开始，后期创造社那班以郭沫若为首“革命文学家”们，参与流血的革命实践碰壁之后，绕道文学的羊肠小径，高举“革命文学”大旗，纷纷撰文对“革命”展开了浪漫想象，他们更以“革命”的“文学家”自居，“大刀阔斧”地对中国的知识阶级进行革命化的甄别与审判。冯雪峰亲历了这场论争，他的脑海里自有他的“革命”想象逻辑与革命想象的图景，自有他的甄别判定知识阶级的标准，也自有他的一套辨认知识阶级身份的历史命名和历史叙述方式。

① 程凯：《国民革命与“左翼文艺思潮”发生的历史考察（1925—1929 年）》（答辩本）北京大学博士论文，2004 年。

一、冯氏的革命想象

第一次大革命期间，冯雪峰没有像潘漠华、郭沫若那样到广东、到武汉去大显身手，而是待在北京与丁玲、胡也频等几个文友靠卖文为生，同时也关注时代、思考革命，而他的关注与思考的方式是知识分子型的。1928 年，25 岁的冯雪峰脑子里却演绎出一套独特的“革命”发展逻辑——认为从“五卅”的时候开始，中国革命就应当应和着世界无产阶级的滚滚红潮，立即将“国民解放运动”转向更为高级的“工农”革命。冯那时所理解的革命并非后来党史、革命史所归纳所叙述的革命的含义，他（以及当时的许多革命者）脑海里有一个泛“国民解放运动”（即国民革命）概念——视 1911 年辛亥革命所创立的“中华民国”为全中国人民为之奋斗的民族国家实体。他把为“中华民国”的创立以及为独立、自由、民主而努力的一切革命运动，包括军事、政治、经济、文化的革命统统纳入到一个大的泛“国民解放运动”这个概念来，因而他才会认为国民解放运动的起因是“鸦片战争”，起点是辛亥革命，焦点是“五四运动”。所谓的到了“五卅”之后，国民解放运动有再次转向的必要的观点，并非转向到一场与中华民国的国民解放运动完全无关的革命中去。就是说，他所理解的“工农的党”所领导的工农阶级与资产阶级的斗争的革命还依然属于那个大的“国民解放运动”的范畴。相应的，他考察中国现代知识分子的精神谱系的视野也必然延伸至整个国民解放运动的历程。冯雪峰泛“国民解放运动”概念还有一层蕴涵的意义是：整个国民革命的发展轨迹层递上升的，是一浪高过一浪的革命，越是到后面的革命就越先进、越纯粹，对知识分子的要求也就越高。工农阶级领导的“工农革命”是泛国民解放运动的高级阶段，工农革命获得了“国民解放运动”的命名。他考察中国知识分子与“革命”关系的坐标，便由原来的“国民解放运动”置换为工农革命，虽然革命的内在的意义转换了，但它依然获得了“国民解放运动”之名，从而为后来的革命历史叙述学的构建奠定理论基石。

有什么样的革命逻辑，必然会有什么样的革命想象图景。一般而言，知识阶级眼中的革命图景，或者是一幅非常浪漫的革命图景（如创造社、太阳社文人的革命加恋爱的革命想象），或者是恐怖惨烈的革命图景（如冯雪峰）。1927 年 1 月，冯雪峰在《莽原》半月刊第 2 卷第 5 期发表散文《结论》，开始思考生命与革命的关系。他预言当时的时代是个“可怕的东西”，“它是唯一消灭个人存在的机器。它永远饥饿着似的要求人的头颅，它嗜好用鲜血涂抹它的额、手、爪……”[①]，在《革命与知识阶级》中，进而把革命描绘成很恐怖惨烈冷酷的图景。“革命毫无情面地夺去了保障你底肉体的物质的材料，它是并要粉碎你底精神的生活的一切凭依，它粉碎了你的自尊，粉碎了你的灵魂。从前一切尊贵的，神圣的，不朽的东西，都成为失了色的死的东西；而这一切，都是通过你自己的眼睛的，你无法使它不真实……”。[②]

冯雪峰对革命图景的想象充满着凌厉夺人的气势。他极力强化革命的神圣，更极力渲染革命的恐怖。《革命与知识阶级》，从题目上看，“革命”摆在前面，整篇文章完全是以“革命”作为主语，将它拟人化，所谓“革命没有特别看轻知识阶级的必要”，而将“知识阶级”作谓语，将他们拟物化（“它”），所谓“在大动摇的时代，革命的时代，十月到

① 冯雪峰：《雪峰文集》第 1 卷，人民文学出版社 1981 版。
② 冯雪峰：《革命与知识阶级》，《雪峰文集》第 2 卷，人民文学出版社 1983 版。

来的时代”，知识阶级必定扮演了它自己的角色，而且一旦向它提出工作，它必定动摇起来，不断地变质分化。这种人 / 物或人 / 事倒置的形式很耐人寻味。革命只不过是将知识阶级看作革命的材料，革命有权给这些材料作鉴定、分类、命名、取舍和处置。这样的革命，表层看意味着革命者的无条件牺牲，意味着对革命者的考验与选择。可是如果从深层次看，意味着文学知识分子对“革命”的狂欢与诗意想象，同时更意味着“工农的党”企图分化、改造“知识阶级”的革命诉求——“知识阶级”由革命的主体转换为革命的“他者”。

考察冯氏的革命图景，有四个特征：第一个特征是革命的嗜血性狂欢。这与现代知识分子对“革命”的独特体认有很大的关系。中国传统文人没有现代意义的“革命”（revolution）概念，他们对历代以来的各式各样的战争的审视，既没有时间上的差异（古今如一），也无空间性的差别。现代知识分子生逢、目睹的是现代意义上的“革命”，一些所谓“革命的知识分子”，如冯雪峰，1927 年在北京耳闻过蒋介石在上海血腥屠杀共产党人的恐怖消息，目睹过军阀张作霖绞死李大钊的惨剧，特别是他那时的革命偶像李大钊的死，让他如五雷轰顶，脑子里“有一两分钟好像失去了魂魄似地没有一点主意”[①]，为此他毅然决然地加入中国共产党，他搞过革命的地下活动，受过国民党政府的通缉，过着颠沛流离的生活，可他都无怨无悔。其主体对革命的介入达到狂欢的地步，革命流血的惨烈由痛感转换成快感，这种痴狂般的快感不是古代战争中个人的无条件牺牲，而是为了革命信念的集体式的殉难！第二个特征是他把革命的流血牺牲化为文学艺术的浪漫与潇洒。冯雪峰文面上说它是“可怕东西”，但从他的叙述语气看，“可怕东西”并不可怕，作为一个

---

① 冯雪峰：《雪峰文集》，人民文学出版社 1985 版。

革命者，生逢革命，介入革命，以自己的头颅和鲜血充当涂抹革命大机器运转的膏油，那是一项神圣而光荣的事业。从后来的革命实践看，冯氏本人不仅以自己生命的“膏油”去涂抹革命的“机器”，而且像他那样的一位坐过国民党上饶集中营的大牢，参加过二万五千里长征的老革命者，解放后却被扣以“压制小人物”、“丁冯反党集团”、“丁陈反党集团”主要成员、“右派分子”等莫须有“罪名”，屡遭批判，后被开除党籍，“文革”中更是被诬为“叛徒”。其他的一切苦难他都能顶，唯独被开除党籍被诬为“叛徒”时，他潸然泪下，悲恸异常。第三个特征是他把精神的变革包容在革命含义之中。从肉体到精神都要经历革命风暴的袭击与洗礼，都要经历凤凰涅槃似的脱胎与换骨，死亡与新生！

如果说创造社、太阳社的知识分子仅仅是属于对革命的表层的狂热的话，那么，冯雪峰则属于冷峻外表掩盖下的深层的狂热。二者的区别在于前者热得快，退却得也快；后者热得慢，退却得也慢。二者都会将革命推向异化的境地。唯鲁迅对革命的认识比较辩证。他一方面对残酷性有充分的认识，认为“革命是痛苦，其中也必然混有污秽和血，决不是如诗人所想象的那般有趣，那般完美；革命尤其是现实的事，需要各种卑贱的、麻烦的工作，决不如诗人所想象的那般浪漫；革命当然有破坏，然而更需要建设，破坏是痛快的，但建设却是麻烦的事”①；另一方面也注意到革命的建设性任务，如他严厉批判过成仿吾辈极端的革命论调，“好似革命一到，一切非革命者就都得死，令人对革命只抱着恐怖”，“其实革命是并非教人死而是教人活的。这种令人‘知道点革命的厉害’，只图自己说得畅快的态度，也还是中了才子+流氓的毒。”②

---

① 鲁迅：《对于左翼作家联盟的意见》，《鲁迅全集》第4卷，人民文学出版社1982年版。

② 同上。

革命革去生命，人头滚滚，不论是知识分子还是普通的革命家，都有思想准备。作为知识分子的一种想象，冯雪峰的革命图景与太阳社蒋光慈的革命图景没有太大的本质区别。蒋光慈小说《咆哮了的土地》（又名《田野的风》）中的李杰赞同李木匠烧掉土豪房屋的建议后，李木匠进一步逼问："但是李家的老楼怎么办呢？不烧吗？"此时，小说进一步描述道："李杰的脸孔顿时苍白起来……这病在床上的母亲，这无辜的世故不知的小妹妹，可以让他们烧死吗？可以让他们无家可归吗？这不是太过分了吗？啊？……"[①]然而，李木匠的那种"残酷的，尖冷的，侮辱的声调"一次次在逼迫，使他最终接受了这种无情的审判。这种毁家、弑亲的革命行为，也很符合冯雪峰的革命想象，因为它正好是"粉碎你底精神的生活的一切凭依，它粉碎了你的自尊，粉碎了你的灵魂"！

二、冯氏对"知识阶级"的想象与解构

"intelligentsia"，通译"知识阶层"，该词是19世纪60年代俄国人对法文"intelligence"德文"Intelligenz"加以改造的产物。据景凯旋先生《何谓"知识分子"》一文的考据，中国的"知识阶级"概念是对西文"intelligentsia"日译汉字"知识阶级"（或"智识阶级"）的借词。传入中国的时间就现在所知，最早的当是周作人英文文章《俄国革命之哲学的基础》云云。所谓"无论中国的知识阶级是怎样的东西，无论人们怎样说像俄国革命前似的知识阶级在中国是没有，但中国依然有它的知识阶级"，可见冯雪峰"知识阶级"概念的元话语与参照系来自苏

① 蒋光慈：《蒋光慈文集》第2卷，上海文艺出版社1983年版。

俄，但他又绝不是在苏俄革命前的“知识阶级”概念内涵上使用“知识阶级”的。

俄国在 19 世纪 70 年代出现“intelligentsia”一词，它特指那些在政治、哲学、社会等领域富有批判性精神的知识分子，到了 19 世纪 90 年代，“一个俄国人只受过教育、在公众生活里扮有一角，已经不足 intelligentsia 资格，还必须坚决反对旧体制的整个政治与经济制度”①；俄国知识阶级以贵族出身的知识分子占主要成分，品位高雅，具有忏悔意识和拯救意识。这些也是俄国知识阶级区别于西方知识分子特别是中国的知识分子的最大不同点，随着俄国资本主义经济的兴起，贵族势力的逐步削弱，平民出身的知识分子越来越多。“开始时贵族占优势，后来则是平民知识分子居多。多余的人、忏悔的贵族以及后来的积极革命者——这就是实际存在的知识分子的不同成分”②。一句话，俄国知识阶级的最大特点是他们的独立批判意识、忏悔意识和拯救国民于水火的普世情怀。

（一）“知识阶级”概念的本土化阐释

“知识阶级”作为一个概念引进中国后，它在中国有一个逐渐被接纳、阐释、构建、改造、充实，甚至被扭曲的过程。首先是晚清废除科举后被体制剥离出来游荡于社会的“士”、“士子”、“读书人”们在学术层面接受它，他们给自己命名为“知识阶级”找到了与国际接轨的

① ［英］以赛亚·柏林（Isaiah Berlin）：《俄国思想家》，彭淮栋译，台北联经出版事业公司 1987 年版。

② ［俄］尼·别尔嘉耶夫：《俄罗斯思想》，雷永生、邱守娟译，三联书店 2004 年版。

时尚感觉；其次是文化的批判层面接受了它，五四新文化运动前后时期的知识分子把政治批评、文化批判视为一种精神力量与道义担当。李大钊在“五四”时期欢呼《知识阶级的胜利》，他尊奉知识阶级为民众的“先驱”，认为民众是知识阶级的“后盾”，鲁迅在《关于知识阶级》一文中，从中国传统文化基因视角审视知识阶级，质疑中国知识阶级的操行，认为中国“伪知识阶级”多而“真知识阶级”少，梁启超从文化生态学角度看待知识分子，1927 年作《给孩子们书》，对某些具有民粹主义倾向的革命者企图消灭知识阶级的念头深表忧虑；第三是在泛政治批评的层面接受了它，陈独秀是其中的代表性人物。1923 年他发表《中国国民革命与社会各阶级》一文，从政治的功利视角审视了知识阶级，看出了知识阶级的“动摇性”；第四是从政党政治层面接受了它，冯雪峰的《革命与知识阶级》中就是从马克思主义政党的眼光审视甄别“知识阶级”，认为“知识阶级”如果能够清楚地看到那些依附于旧的经济制度之上的“旧社会的个人主义的生活样式和文化艺术”必然走向灭亡(“坟墓”）的历史发展规律的话，那么，知识阶级就不能不发生动摇与分化……

总之，李大钊、陈独秀、鲁迅、梁启超等都参与了“知识阶级”内涵的阐释与构建。整体上看，他们过多从泛政治、政治层面接受俄国知识阶级的内涵，而对俄国知识阶级文化的内涵的揭示比较欠缺。作为当时的革命民主主义者李大钊、鲁迅、梁启超等人，无论他们作如何解释，如何评价，他们的共同特点是肯定了知识阶级作为一个阶级存在的合理性，尽管在称谓上出现了某些微妙的变化，如所谓“革命的知识阶级”、“小资产阶级的知识阶级”等等。但是冯雪峰是个异数，他的《革命与知识阶级》对知识阶级的二级“命名”，促使了“知识阶级”的概念内涵发生了比较大的转变——知识阶级由革命的“启蒙者”转变为革命的“他者”形象，他笔下的知识阶级也由批判性的思维品质转换成对革命、革命阶级的臣服，他把完全拥护无产阶级革命意识形态的称之为“革命者”，把与无产阶级革命意识形态相悖的称之为“反革命者”，把对无产阶级革命意识形态的臣服不够坚定的称之为“动摇者”和投机者。正是“批判了权威的信仰”之后，“又恢复了信仰的权威”，与俄罗斯知识阶级相比，现当代中国知识分子的精神的普遍“缺钙”，与冯雪峰对知识阶级的政党性阐释与解构，恐怕有一定的关系。

（二）如何理解冯氏笔下的“知识阶级”概念？

在中国语境里，“知识阶级”与“知识分子”是两个概念，而在一般的人里常常混淆使用。但在革命意识形态的眼光里，它们二者之间，还是有明显的区别的，即前者侧重于复数概念，后者侧重于单数概念；前者侧重于主体的独立与自由，后者倾向于集体主义或某个集团组织。一般说来，1949 年之前，绝大多数的人习惯于用“知识阶级”概念。而李大钊、陈独秀、梁启超、鲁迅、冯雪峰等都是习惯用“知识阶级”概念，那么知识分子们用“知识阶级”命名知识分子的真实意图是什么？是为了显示知识分子作为一个类群的团结力量，或者为彰显作为高贵的启蒙者的标识？或者为了展示与体制对立的独立的精神品格？

其实，冯雪峰使用“知识阶级”概念是暗含着政治的斗争策略与意图的。同样都喜欢用“知识阶级”概念，非党派的鲁迅以及共产党人的李大钊等人所理解的知识阶级，更接近于俄国“知识阶级”概念，看重的是启蒙者的标识和独立的精神品格。冯氏则代表了早期共产党人对知识阶级的暧昧态度，即一方面，在革命成功之前，从党的意识形态意图上说，从革命的反抗性和统一战线的力量上说，是更希望以“知识阶级”来命名那些有知识、有文化（尽管水平参差不齐）、有思想、有批判精神的人群。因为革命在结成同盟军的时候，争取到的是一个“阶级”的力量，而不是一群零散的“分子”的砝码；另一方面，早期共产党人（如陈独秀）从马克思主义经济学角度看，知识阶级显然缺乏作为一个阶级独立存在的经济基础，敏锐地看出了知识阶级的依附性以及他们不断分化趋势。最典型的例子是像胡适这样的知识者，就被共产党认为他已由反封建的斗士蜕变成“反动的知识阶级”——资产阶级的附庸了。在冯雪峰看来，像鲁迅这样的知识者应当视为无产阶级革命的“同路人”。但是麻烦的是鲁迅自己依然觉得是知识阶级中的一员，毕竟还是“知识阶级”中的一个“分子”。冯作为共产党员，他最希望的是像鲁迅这样的知识者，如果能够让他成为“无产阶级”中的一个“分子”，那是最圆满的了。

当然，知识阶级与“革命”的悖论关系，也给“知识阶级”和“知识分子”概念的使用与辨析增加了可变参数。大批知识分子视自己作为一个阶级（阶层），参与了革命，革命胜利了，结束了，一些知识分子还是固执地认为自己是“知识阶级”中的一个“分子”，而不是无产阶级或执政党中的一个“分子”，因而知识阶级与生俱来的批判思维并没有终结，还在继续。“把自己的知识贡献给革命的这些知识分子，到头来都为他们思想的独立性而付出了代价。迟早他们被斥为异端分子而遭到了贬黜。他们陷于进退两难的境地：要么不再成为知识分子，要么结果是被解除武装。托洛茨基这个‘非武装的预言家’，只不过是许多例子中的一个。"[①]所以1949年之后，社会上普遍使用"知识分子"这一概念。冯1949年之后的文章，也是舍弃"知识阶级"概念而使用"知识分子"概念[②]，并参与了主流意识形态对知识分子的思想改造工作[③]。因为"分子"带有单数、个体化性质，易于利用可改造，主流意识形态绝对不希望在一个和平建设时期出现一个具有批判意识的动辄与体制相颉颃的"知识阶级"。1956年周恩来在中央召开知识分子问题会议上的报告中指出，"知识界的面貌已经发生了根本的变化"，知识分子的绝大部分"已经成为国家工作人员，已经为社会主义服务，已经是工人阶级的一部分"。如此一来，"知识阶级"作为一个阶级已经不复存在，知识分子也绝不是知识阶级中的一个"分子"，而是"工人阶级"中的一个"分子"，成千上万的知识分子立刻找到了一种附属于最革命阶级的皈依感、安全感！

在那个时期，尽管知识分子自身也喜欢以"知识阶级"命名自身，但知识分子在文学艺术活动中自审性评价往往又自动解构作为一个"阶级"存在的合理性。频繁的笔墨官司、不断的"内讧"，以及这个群体精神上的"自嘲"、"自讽"、"自艾"、"自戕"、"自虐"等行为，直接导致"知识分子"形象扭曲与失真。相应的，现代文学家笔下的中国知识分子，也没几个正面的成功的形象——不是概念化的英雄，就是摇摆不定的投机者，或者是迂腐的书呆子。大众眼中的知识分子，是一群掌握知识资源高不可攀的人，在知识分子被极左的意识形态全面改造、驯服、收编之前，一般都能仰视他们；在知识分子被极左的意识形态全面

① ［英］利·拉贝兹编：《修正主义》，柴金如等译，商务印书馆1963年版。

② 冯雪峰：《胜利在于彻底》，《雪峰文集》第3卷，人民文学出版社1983年版。

③ 麦克昂：《桌子的跳舞》，中国社会科学院文学研究所现代文学研究室：《"革命文学"论争资料选编》（上），人民文学出版社1981年版。

改造、驯服、收编之后，知识分子在大众的正义、勇敢、直率、诚实、朴素等革命品质的映衬之下，则越发呈现出集胆小、懦弱、动摇等弱点于一身的贬抑性形象。所以到了反右、“文革”时期，包括冯雪峰在内的知识分子们都有赎不完的“罪”。知识分子沦落到如此地步，则是冯雪峰始料未及的。

（三）冯氏对“知识阶级”的解构及其原因

早在冯之前，创造社、太阳社等倡导“革命文学”的“革命家”们，已经将“知识阶级”区分为“革命的”或“反革命的”或“左右摇摆的”等类群。鲁迅在《关于知识阶级》一文中更径直地区分为“真知识阶级”和“伪知识阶级”两大类。但他们的分析不是为了争夺革命的话语权，就是为了区分良莠，无意去解构“知识阶级”作为一个“阶级”的存在。冯不一样，他为知识阶级划分类别，是为了改变知识阶级的属性，以便使知识阶级转变自己的阶级立场，聚合到工农阶级阵营中来，统一由工农阶级政党来领导。除了反革命者、革命者外，“革命”对那动摇者、投机者还有予以关注、争取、改造的必要，争取他们站到革命（即工农革命）的立场上来。可见，冯雪峰的真实意图是要瓦解“知识阶级”。

冯一方面站在无产阶级革命的立场上去审视知识阶级，解构知识阶级；另一方面他又很难超越知识分子革命既成话语体系的影响和个人经验的限阈，即经验迫使他看出“革命”改造、分化、瓦解知识阶级任务的艰巨性，迫使他从“革命”的宏观角度去看待知识阶级成分的芜杂性和知识阶级思想的复杂性与多重性，特别是能够超越“革命文学家”们的俗见，没有把“知识阶级”简单地划分为“革命”与“反革命”两大类，而是有区别地对待，认为像鲁迅那样的知识分子，是革命的“同路人”，应该团结和共进。这确实比当时的创造社、太阳社的革命文学家们的认识能力更高一筹，因而获得了现代文学史家的好评。但是，如果从政治、文化、生态学的角度看，冯的知识阶级类群辨析法对于知识阶级来说，它的解构是毁灭性的，因为他的意识里，革命对知识阶级的分类、改造带有化整为零、各个击破的特点，最终的目的是消解整个知识阶级，让他们彻底转换阶级立场，站到工农阶级的立场上来，变成无产阶级中的一个“分子”。而创、太两社的一些“革命文学家”们，他们教条的“革命”或“反革命”的简单化划分方法，话语的深层次里还承认革命必须有一个“革命的知识阶级”，尽管前面加前缀“革命”，但他们依然是一个阶级的存在。他们认为，革命文学家们应当表示同情于无产阶级，站在无产阶级立场上说话，创造无产阶级文学，在遥远的将来，“我们的目的是要消灭布尔乔亚阶级，乃至消灭阶级的；这点便是普罗列塔利亚文艺的精神”。①

当然，冯对鲁迅“常常反顾人道主义”的情怀还是予以了必要的理解与宽容，认为“革命在它的手段上”必须抛弃人道主义，“但是在理想上”，“革命是无论如何都不肯彻底抛弃人道主义的”。冯的这些言论，似乎可以看作在他“革命”观彻底意识形态化之前，政治理性与人道悲悯情怀之间的矛盾纠葛。当时的他，不可能认识到，在革命的年代，文学可以大显身手的领域恰恰在人道主义的关怀，而文学在政治理性面前，恰恰是最软弱无力的，诚如鲁迅所言，“一首诗吓不走孙传芳，

---

① 麦克昂：《桌子的跳舞》，中国社会科学院文学研究所现代文学研究室编：《“革命文学”论争资料选编》（上），人民文学出版社 1981 年版。

一炮就把孙传芳轰走了”[1]。胡秋原认为：“一个国家的知识分子往往照例可分为三大派：1. 保守派，2. 自由派，3. 激进派。在十九世纪英国，这三大派分野甚为分明。前两派在政治上，有保守党、自由党。至于激进派，先有哲学上激进派（边沁、穆勒），其后趋向于社会主义，至二十世纪则以工党出现。其他国家都有类似情形。这不是坏事。因为这样子可以维持社会平衡。”[2]

冯雪峰之所以要为中国的知识阶级作类群辨析，解构知识阶级的革命性，直至企图解构知识阶级本身，有两个因素值得我们思考：一是革命知识分子自身考察“知识阶级”视角。他们分析知识阶级的理论逻辑是来自书本上的无产阶级革命理论，即无产阶级革命的最终目的是要消灭一切阶级，最终实现共产主义。依照经典的无产阶级革命理论分析，小资产阶级、资产阶级知识分子更具有动摇性与两重性，所以判定鲁迅为革命的追随者、同路人，是符合“革命”逻辑的。革命若能瓦解知识阶级，将鲁迅这样的同路人作家争取到革命的阵营中来，使之成为绅士阶级的逆子贰臣，成为“共产主义者”，成为无产阶级的一个“分子”，也是非常符合“革命”逻辑的。冯雪峰一生中最“闪光”的业绩之一便是做鲁迅与党之间的桥梁。二是民主革命以来的一些革命先驱者、革命知识分子关于知识阶级的系列“言论”。中国无产阶级革命对知识分子的评价有一个规律是，开始是评价比较高，越往后越呈下降趋势。李大钊视“知识阶级”为“民众的先驱”，他认为，“民众作知识阶级的后盾”，“知识阶级的意义，就是一部分忠于民众作民众运动的先驱

---

① 鲁迅：《关于知识阶级——十月二十五日在上海劳动大学之演讲》，《集外集拾遗补编》，人民文学出版社 1982 年版。

② 胡秋原：《三十年代以来中国知识分子之追求、失败与教训》，刘心皇：《现代中国文学史话》，台北正中书局 1982 年版。

者”[①]，知识阶级与民众构成的关系是先驱与后盾的关系，亦即领导与被领导的关系。到了陈独秀那里，“知识阶级”的社会地位因“经济”因素开始动摇，评价开始降低，已经显露出将知识阶级“分子化”的端倪。陈认为“小资产阶级的知识阶级，他本没有经济的基础，其实不能构成一个独立的阶级，因此他对于任何阶级的政治观念，都摇动不坚固，在任何阶级的革命运动中，他都做过不少革命的功劳，也做过不少反革命的罪恶”，“正因为知识阶级没有特殊的经济基础，遂没有坚固不摇的阶级性，所以他主观上浪漫的革命思想，往往一时有超越阶级的幻象，这正是知识阶级和纯粹资产阶级所不同的地方，也就是知识阶级有时比资产阶级易于倾向革命的缘故”[②]。其实，像“不合作”、“农村立国”、“东方文化”、“新村”、“无政府”、“基督教救国”、“教育救国”这些在俄国没有理由不被看成革命的行动，在中国则被陈独秀看成是回避革命，也就是不革命，到了后来的“文革”极左时期，则几乎被视同反革命。鲁迅有感于杨杏佛遇刺后知识阶级普遍的惶恐，慨叹“盖怕死亦一种智识耳”[③]。鲁迅有时还愤激地认为，“知识分子，实在是应该轻蔑的，他们花样多……有些事情就败于他们之手”。[④]

总之，冯雪峰不仅以其独特的革命逻辑“想象”了革命，而且以苏俄无产阶级革命理论为元话语，为中国的知识阶级作类群辨析，虚拟出一套辨认知识分子身份的历史叙述方式，并借此历史叙述，解构知识阶

---

① 李大钊：《知识阶级的胜利》，《李大钊选集》，人民出版社 1959 年版。

② 陈独秀：《中国国民革命与社会各阶级》，中央档案馆：《中共中央文件选集》（1），中共中央党校出版社 1982 年版。

③ 鲁迅：《致曹聚仁（1933 年年 7 月 11 日）》，《鲁迅书信集》（上），人民文学出版社 1976 年版。

④ 冯雪峰：《关于知识分子的谈话——片断回忆》，见周建人等著：《我心中的鲁迅》，湖南人民出版社 1979 年版，第 149 页。

级作为一个阶级存在的合理性，为重构革命与知识阶级、知识阶级与文学的关系寻找理论依据。此后，他的一整套文艺批评理论，关注的不是充满个人主义情调的“莎菲”，而是丁玲《水》中的英雄“群像”，这是很耐人寻味的。

（原载《文史哲》2006年第5期）

第三编

左翼文学与延安时代

鲁迅与延安文艺思潮

田　刚

20世纪40年代，是中国新文学由“五四”启蒙文学向延安“工农兵文艺”开始实现根本性“转型”的重要时期。作为“五四”启蒙文学的先驱者和最杰出的代表，鲁迅虽然已于前此的1936年离开了人世，但其作为一个巨大的精神性的存在，仍然在这一重大的文学转型中扮演着十分突出的历史角色。尤其是毛泽东在1940年的《新民主主义论》中开始把“鲁迅”树为“新文化的旗手”，确认“鲁迅的方向，就是中华民族新文化的方向”之后，“鲁迅”在延安更是成了先进的新文化的象征。而随着鲁迅及其作品的广泛传播和弘扬，在以延安为中心的抗日根据地，一批打着“鲁迅”的旗号并以鲁迅启蒙现实主义文学价值观为圭臬的文艺作品遂应运而生并在延安产生了广泛的社会影响。但这一带有批判现实主义精神的文学思潮却最终逆转为以“工农兵”为核心的新的文艺运动。

本文的目的，则试图把“鲁迅”作为一种精神性的存在，通过探讨其与延安文艺思潮的内在互动和纠结，来观照20世纪中国文学在这一时期重大“转型”的思想轨迹，以期对20世纪中国文学的发展规律有更深入的掘进。

一、新文化“旗手”形象的确立

1936年10月19日，鲁迅在上海去世，举国震惊。鲁迅逝世的消息，立即由当时中共上海办事处主任冯雪峰通过秘密电台报告给了远在陕北保安的中共中央。三天之后即10月22日，中共中央和中华苏维埃中央政府发布了三个“表示最深沉痛切哀悼”的文件，即《为追悼鲁迅先生告全国同胞和全世界人士书》、《致许广平女士的唁电》、《为追悼与纪念鲁迅先生致中国国民党中央委员会与南京政府电》，赞颂鲁迅“做了一个为民族解放、社会解放，为世界和平而奋斗的文人的模范。他的笔是对于帝国主义、汉奸卖国贼、军阀官僚土豪劣绅、法西斯蒂以及一切无耻之徒的大炮和照妖镜，他没有一个时候不和被压迫的大众站在一起，与那些敌人作战。他的犀利的笔锋，完美的人格，正直的言论，战斗的精神，使那些害虫毒物，无处躲避”，称鲁迅为“中国文学革命的导师，思想界的权威，文坛上最伟大的巨星”，“他在中国革命运动中立下了超人一等的功绩”。为了永远纪念鲁迅先生，中国共产党中央委员会、苏维埃人民共和国中央政府还决定在全苏区内：（一）下半旗志哀，并在各地方和红军部队中举行追悼大会；（二）设立鲁迅文学奖金基金十万元；（三）改苏维埃中央图书馆为鲁迅图书馆；（四）在中央政府所在地设立鲁迅纪念碑；（五）收集鲁迅遗著，翻印鲁迅著作；（六）募集鲁迅号飞机基金。同时，中共中央及苏维埃政府还向主政的国民党和国民政府提出如下要求：（一）鲁迅先生遗体举行国葬，并付国史馆立传；（二）改浙江省绍兴县为鲁迅县；（三）改北平大学为鲁迅大学；（四）设立鲁迅文学奖金，奖励革命文学；（五）设立鲁迅研究院，收集鲁迅遗著，出版鲁迅全集；（六）在上海、北平、南京、广州、杭州建立鲁迅铜象；（七）鲁迅家属与先烈家属同样待遇；（八）废止鲁迅先生生前贵党贵政府所颁布的一切禁止言论出版自由之法令，表扬鲁迅先生正所以表扬中华民族的伟大精神。

这是中国共产党第一次对于鲁迅的正式评价。据当时的中央宣传部副部长吴亮平回忆，这三个文件是时任党中央总书记张闻天的手笔。它们先通过秘密电台传到上海，接着在保安通过“红色中华新闻社”（CSR），用口语进行广播。张闻天为此还向主持北方局工作的胡服（刘少奇）通报了内容要点，并指示在白区“必须立即进行公开追悼鲁迅的动员”。另外，张闻天还给在上海的冯雪峰发去专电，责成他代表中央全权主持鲁迅治丧工作[①]。冯雪峰与宋庆龄、蔡元培、沈钧儒以及许广平、周建人等商量，很快就组成了治丧委员会，发表了讣告。治丧委员会由蔡元培、马相伯、宋庆龄、毛泽东、内山完造、史沫特莱、沈钧儒、茅盾、萧三共九人组成。但毛泽东的名字，当时除了一家日本人办的《上海日日新闻》的日文、中文版曾经披露过以外，其他的报刊都不敢披露。《上海日日新闻》10 月 20 日所载为“葬仪委员已决定由宋庆龄……等八氏”（按：少了一个“马相伯”，其他人名均同），且特别指出：“其中列有中国共产党巨人毛泽东氏之名，极堪注意。”毛泽东的名字被列入鲁迅治丧委员会名单，确实是一件具有历史意义的事情。

1936 年 10 月 30 日，中央苏区鲁迅追悼大会在保安举行。据《红色中华》10 月 28 日报道：“自鲁迅先生逝世消息传来后，党中央、苏维埃中央政府、少共中央局三机关发起盛大之追悼鲁迅筹备会，该会负

---

① 吴亮平:《为真理而斗争的一生》,《回忆张闻天》, 湖南人民出版社 1985 年版，第 58 页;程中原:《张闻天与新文学运动》，江苏文艺出版社 1987 年版，第 266 页。

责人选已决定，正在筹备收集鲁迅先生的译著及其他作品，并将在志丹市于本月卅日召开各机关部队群众团体之盛大的追悼会。”据当时曾参加了这次追悼大会的朱正明回忆：“那天，红军和各部工作人员以及红军大学学员都出席参加，人数总在一二千之间，毛泽东并亲自出席发表了演说，对于这位革命的青年导师，苏维埃政府给予了沉痛的追悼及崇高的哀思。那时天气很冷，全体参加者已经在寒风中坐立了二三小时。”[①]但是，由于国民党的封锁，这次保安追悼鲁迅的大会在当时和后来都鲜有人知，以至于各种有关悼念鲁迅的文献资料不仅没有记载下大会的具体情形，而且毛泽东在鲁迅追悼大会上的讲演内容也没有保留下来。

“七七事变”后，国共第二次合作，抗日民族统一战线形成。1937年1月13日，中共中央由保安迁驻延安，从此开始了中共历史上辉煌的“延安时代”。随着中共“延安时代”的来临，鲁迅作为中国现代文化及文学的“旗手”形象也逐渐被确立起来。

1937年1月，毛泽东进驻延安后，他在设在此地的陕西第四中学图书室发现有鲁迅的书，如获至宝。他借了几本，读后再借，先后三次借阅。最后，他读了这里所有的鲁迅选本和单行本[②]。后来，毛泽东回忆起这一时期的阅读体验时，曾这样讲过：“我就是爱读鲁迅的书，鲁迅的心和我们是息息相通的。我在延安，夜晚读鲁迅的书，常常忘记了睡觉。”[③]1938年1月12日，他曾回信时任抗日军政大学主任教员的哲学家艾思奇，说道：“我没有《鲁迅全集》，有几本零的，《朝花夕拾》也在

① L.Insun：《西北特区特写·陕北的戏剧运动》，见正明译：《今日中国》（英文版），每日译报社1939年3月第8版；朱正明：《有关鲁迅两件事的回忆》，《鲁迅研究年刊》1980年。

② 陈晋主编：《毛泽东读书笔记解析》，广东人民出版社1996年版，第1514页。

③ 龚育之、逄先知、石仲泉：《毛泽东的读书生活》，三联书店1986年版，第184页。

内，遍寻都不见了。”[1]其实，这时所谓的《鲁迅全集》还没有出版，但由此可以看出他渴望系统阅读鲁迅著作的心情。1938年6月，由上海复社出版的20卷本的普通版《鲁迅全集》开始发行。当时周恩来正在武汉，他通过武汉八路军办事处为延安预订了精装本和平装本各十套（后来送到延安时实际上各为八套）。这些《鲁迅全集》送到延安，即给鲁迅图书馆和鲁迅艺术学院图书馆各分了两套。这年8月，《鲁迅全集》又特印了200套编号发行的布面精装“纪念本”，在每册的版权页上注明为“非卖品”。这其中的58号就是送给毛泽东的，从此，毛泽东才真正拥有了《鲁迅全集》。后来新华社发表过一张毛泽东在延安枣园窑洞里工作的摄影，办公桌上放着三卷厚厚的《鲁迅全集》，书脊上的书名字迹依稀可辨。

毛泽东之关注鲁迅，是与他关于中国革命的宏大战略息息相关的。早在1936年11月22日，他就在陕北保安举行的中国文艺协会成立大会上发表讲话，提出：“现在我们不但要武的，我有也要文的了，我们要文武双全。”[2]毛泽东这一“文武兼备”的革命战略，后来又在《新民主主义论》和《在延安文艺座谈会上的讲话》中进一步演化为“两次围剿”和“两支大军”的说法。

现存的毛泽东第一次正式谈论鲁迅的有关记载，是1937年3月1日他与前往延安访问的美国女作家史沫特莱的谈话。在谈话中，认为“国内有一部分带着阿Q精神的人，却洋洋得意地把我们的这种让步（按：即与‘西安事变’后与国民党的谈判）叫作‘屈服、投降和悔过’”[3]。但毛泽东在这里只是拿阿Q作比喻，以增加谈话的丰富性和

① 《毛泽东书信集》，人民出版社1983年版，第118页。
② 《毛泽东文艺论集》，中央文献出版社2002年版，第3页。
③ 《中日问题与西安事变》，《毛泽东文集》第1卷，人民出版社2001年版，479页。

形象性而已，对鲁迅及其作品并无实质性的涉及。1937年10月19日，毛泽东在延安陕北公学纪念鲁迅逝世周年大会上发表讲话，对鲁迅及其作品进行了全面的评价。在讲话中，毛泽东指出："鲁迅在中国的价值，据我看要算是中国的第一等的圣人。孔夫子是封建社会的圣人，鲁迅则是现代中国的圣人。"这可以说是给予鲁迅最高的评价。还有能比"圣人"更高的赞美之词吗？紧接着，毛泽东概括出了鲁迅的"三大特点"："政治的远见"、"斗争精神"和"牺牲精神"。最后他总结说："综合上述这几个特点，形成了一种伟大的'鲁迅精神'……我们纪念鲁迅，就要学习鲁迅的精神，把它带到全国各地的抗战队伍中去，为中华民族的解放而奋斗！"[①]值得注意的是，毛泽东这里只是从政治革命的视角，来论述"他在中国革命史中所占的地位"的。但鲁迅毕竟首先是一个文学家，他对于现代中国的价值主要还是表现在文化领域。那么，鲁迅在现代中国文化中的地位如何呢？以鲁迅为盟主的现代左翼文化对于中国革命的价值和意义是什么呢？为此，作为一个无产阶级的政治家，毛泽东是有自己的系统的思考的。这一思考的结晶，就是1940年的《新民主主义论》。

1940年1月4日，陕甘宁边区文化协会第一次代表大会在延安大礼堂开幕。1月9日，毛泽东在会上作了题为《新民主主义的政治与新民主主义的文化》的讲演。1940年2月15日，延安出版的《中国文化》创刊号刊登了该演讲稿。同年2月20日在延安出版的《解放》第98、99期合刊登载时，题目改为《新民主主义论》。在《新民主主义论》中，毛泽东开始从文化的视角来认识鲁迅的价值和地位，从而把鲁迅尊为新民主主义文化的"旗手"：

---

① 《毛泽东文艺论集》，第8页。

鲁迅是中国文化革命的主将，他不但是伟大的文学家，而且是伟大的思想家和伟大的革命家。鲁迅的骨头是最硬的，他没有丝毫的奴颜和媚骨，这是殖民地半殖民地人民最可宝贵的性格。鲁迅是在文化战线上，代表全民族的大多数，向着敌人冲锋陷阵的最正确、最勇敢、最坚决、最忠实、最热忱的空前的民族英雄。鲁迅的方向，就是中华民族新文化的方向。

作为中国共产党在新民主主义革命期间民主建国的政治文化方略，毛泽东的《新民主主义论》对于鲁迅的上述评价和定位，对于此后的延安文艺思潮无疑具有指导的价值和意义。从此，鲁迅的“旗手”地位得以确立，“鲁迅的方向”，开始成为“中华民族新文化的方向”。

二、以“启蒙”为旨归的文艺思潮的出现

鲁迅作为中国现代新文化的“旗手”，在毛泽东的《新民主主义论》中被确立之后，其作品遂在以延安为中心的共产党领导的抗日根据地内迅速传播并弘扬开来。

首先是出现了一批以“鲁迅”命名的学校和机构。鲁迅逝世后，为纪念鲁迅先生，陕北苏区即成立了“鲁迅青年学校”、“鲁迅剧社”等机构。党中央迁驻延安后，又相继成立了鲁迅图书馆、鲁迅师范学校、鲁迅小学、鲁迅艺术学院、鲁迅研究会、鲁迅研究基金等以“鲁迅”命名的机关和学校等。这其中，“鲁迅研究会”在传播和宣传鲁迅方面发

挥了核心的组织作用。“鲁迅研究会”是由党中央领导人洛甫（张闻天）在1940年1月5日召开的陕甘宁边区文化协会第一次代表大会上提议，经过一年多的精心筹备，于1941年1月15日在延安成立的。“鲁迅研究会”选出艾思奇、萧军、周文三人组成干事会，同时又成立了由艾思奇、萧军、周文、周扬、陈伯达、范文澜、丁玲、萧三、胡蛮、张仲实等十人组成的编委会。鲁迅研究会成立后，展开了一系列宣传和弘扬鲁迅的文化活动：编辑了《鲁迅小说选集》和《鲁迅论文选集》，由延安新华书店在全国发行；编辑出版了研究鲁迅的最新成果——《鲁迅研究丛刊》和《鲁迅研究特刊》（《阿Q论集》）；设立了鲁迅文化基金，以资助在延安工作同时生活上有困难的文艺工作者；举办了纪念鲁迅的展览，如“世界油画展”等，同时还协助举办了历年的鲁迅逝世纪念活动。每年的10月19日，是鲁迅逝世纪念日。从1937年到1942年，每到这一天，延安都举办大型的有中共领导人参加的鲁迅纪念活动，同时其他的文化活动也随之展开。可以说，“鲁迅”已经成了延安文化生活的重要的组成部分，同时也是延安新文化的象征。对此，当时在重庆出版《新华日报》曾发表惊秋的《陕甘宁X区新文化运动的现状》一文，其中以“鲁迅在延安”进行专题报道。该文称：“最尊重鲁迅的，是最彻底为中华民族、中国人民解放斗争、为创造中华民族新文化斗争的延安……在延安，鲁迅的品格，被悬为每一个革命青年尤其是文化工作者的修养的模范，鲁迅的语言，被引作政治报告中最确切的补充例证，鲁迅对新文化运动的见解，被作为研究中国新文化运动的基本导循，金字红色书面的《鲁迅全集》，成为青年们最羡慕的读物。”[①] 一时间，在延安形成了一个“鲁迅热”。

① 《新华日报》1941年1月7—8日连载。

随着鲁迅作品的传播及其精神的弘扬，到了1941年前后，一场批判现实主义文艺思潮却在延安风行开来。

首先必须说明的是，延安文坛的风云变化乃是抗战时期特殊政治经济情势下的产物。1941年1月发生的“皖南事变”，不但是抗战期间国共两党关系开始出现全面破裂的转折点，也是延安社会、政治、文化生活发生重大变化的开始。在此之前，在抗日民族统一战线的大局之下，国共两党纵有摩擦冲突，但仍属局部问题；在此之后，双方剑拔弩张之程度，离全面破裂以至发生大规模内战，实仅一步之遥。事变最后虽然打退了国民党顽固派发动的第二次反共高潮，但双方的关系已经难以修复。国民政府从此不再为陕甘宁边区政府和八路军、新四军提供经费，并且还对陕甘宁边区实施封锁和进攻。国民党的行动，促使共产党在政治上全然脱离了国民政府的统辖。他们另立银行、发行边币、自行收税，再不与重庆政府发生请示、汇报关系[①]。国共关系的这一重大变化，直接影响了延安的社会文化生活。本来延安就处于中国经济最不发达的地区，生产能力有限，加之抗战爆发后，在中共坚决抗日的政治主张感召下一下子又涌来这么多的进步青年，而国民党的封锁和进攻，则更使得陕甘宁边区的经济生活雪上加霜，陷入到空前的困难之中。经济的困难也使延安社会政治生活中的固有矛盾更加突显，直接影响到了人们的日常生活。社会生活的矛盾和日常生活的困顿自然激发了艺术家们对于现实的反思和批判。一股以“批判现实”、“暴露黑暗”为旨归的批判现实主义文艺思潮，遂在延安文坛应运而生。

1940年10月19日，为纪念鲁迅先生逝世四周年，由丁玲、舒群、萧军三人发起的“文艺月会”正式成立。在当天举行的有近30人参加

---

① 杨奎松：《国民党的“联共”与“反共”》，社会科学文献出版社2009年版，第424页。

的第一次座谈会上，讨论了文艺月会的组织、性质和任务，以及《文艺月报》的编辑方针及纪念鲁迅逝世四周年等事宜。在讨论《文艺月报》编辑方针时，（周）立波、萧军、雪苇、周文等发言，提倡办成一个短小精悍、有斗争性的刊物，要有小说、诗歌，还要有批评、杂文。同年11月17日，在"文艺月会"的第二次座谈会上，丁玲发言："听人家意见要有大度，几句恭维话有什么用呢？原来就是要让别人指出自己的缺点来，而批评人要直爽，要贡献意见给别人，是爱护人的。作家见面不谈作品的现象一定要打破。"萧军很赞成这个意见，他也说明他对于批评的态度，不管别人说话的方式怎样，只要动机好，就要容纳，就要选择接受。后来丁玲又把这次的发言整理成《大度、宽容与〈文艺月报〉》，进一步发挥了在第二次座谈会上发言的精神。她呼吁："《文艺月报》要以一个崭新的面目出现，把握着斗争的原则性，展开泼辣的自我批评，毫不宽容地指斥应该克服，而还没有克服，或者借辞延迟克服的现象。"[①]1941年5月15日，中共中央机关报《解放日报》创刊，丁玲任文艺副刊主编。10月23日，《解放日报》上刊出丁玲的《我们需要杂文》，文章认为："现在这一时代仍不脱离鲁迅先生的时代，贪污腐化，黑暗，压迫屠杀进步分子，人民连保卫自己的抗战的自由都没有……即使在进步的地方，有了初步的民主，然而，这里更需要督促，监视，中国所有的几千年来的根深蒂固的封建恶习，是不容易铲除的，而所谓进步的地方，又非从天而降，它与中国的旧社会是相联结着的。"所以，她主张："我们这时代还须要杂文，我们不要放弃这一武器。举起它，杂文是不会死的。"同年9月16日，文艺副刊出版第1期，到1942年3月11日出版至100期。丁玲在副刊101期的《编者的话》中总结时有

① 以上引文均见《文艺月报》第1期（1941年1月）。

这样的话："在去年10月中就号召大家写杂文，征求对社会、对文艺本身加以批判的短作。"

在以丁玲为首的"文抗"作家的鼓动和引领下，这一批判现实主义的文艺思潮开始在延安逐渐漫延开来。到了1942年初，随着"整顿三风"运动的开展，这股文艺思潮更是进一步泛滥，进而弥漫于以延安为中心的解放区文坛。这最突出的表现在以下四个方面：

一、"抨击时弊"的杂文。在当时的延安文坛，出现了一股杂文创作的热潮。这其中最著名的有：丁玲的《干部衣服》、《三八节有感》，萧军的《论"终身大事"》、《论同志的"爱"与"耐"》，王实味的《野百合花》、《政治家·艺术家》，罗烽的《还是杂文的时代》，艾青的《了解作家，尊重作家》，陈企霞的《鸡啼》等，这些杂文大多都发表于延安出版的《大众文艺》、《解放日报·文艺》、《文艺月报》、《谷雨》等报刊。除此之外，当时轰动延安的还有中央青委在文化沟口的《轻骑队》，鲁迅艺术学院的《讽刺画展》，中央研究院的《矢与的》这三种墙报，上面的文章也多是短小精悍的杂文。这些作品，以抨击时弊为主，大都触及到了当时延安社会的诸多阴影，如男女不平等、人情冷漠、分配不公、干部特权……等等。

二、"暴露黑暗"的小说。除了"抨击时弊"的杂文，在延安文坛还一度出现了一批触及社会矛盾、揭露生活"阴暗面"的小说。这类小说中，有的是讽刺官僚主义、事务主义的，如《一个钉子》（严文井）、《厂长追猪去了》（鸿迅）、《科长病了》（叶克）、《躺在睡椅里的人》（雷加）等；有的是反映农民出身的干部与知识分子之间的隔阂与矛盾的，如《在医院中时》（丁玲）、《间隔》（马加）、《结合》（晋驼）、《丽萍的烦恼》（莫耶）、《陆康的歌声》（刘白羽）等，也有的写生活中尤其是革命队伍中的人情冷漠和是是非非的，如《我在霞村的时候》（丁玲）、《老马夫》（黄既）、《废物》（柳青）等。

三、轰动延安的“讽刺画展”。讽刺性的漫画活动，最早先是以“墙报”的方式出现在“鲁艺”。但在延安真正引起轰动性效应的还是张谔、蔡若虹、华君武三人的“讽刺画展”。“讽刺画展”于1942年2月15日至17日在延安军人俱乐部举办，共展出60多幅漫画作品。这些作品“主要是针对延安主观主义、教条主义、党八股、恋爱、开会、不遵守时间、乱讲自由、自高自大、小鬼、干部生活、学习、工作等不良现象而发，可谓对症下药，切中要害，妙笔横生，针砭备至，参观同志，无不同声称快，流连欣赏”。许多中共领导人和知名人士如毛泽东、王稼祥、叶剑英、林彪、艾思奇、萧军等均前往观看。“讽刺画展”先是举办了三天，参观者络绎不绝，而且“因观众过于拥挤，甚至将门挤倒，并有向壁而返者”。因此，美协决定画展又于2月19日至20日、21日至22日在“文抗”作家俱乐部、新市场商会俱乐部继续举办，真可谓盛况空前，成为当时延安的一大盛事[①]。

四、文艺批评中关于“太阳中的黑点”的论争。对于延安文坛涌起的这股批判现实主义的文学思潮，时任“鲁艺”副院长的周扬颇不以为然。他于1942年7月17至19日在《解放日报》上以连载的形式发表《文学与生活漫谈》一文，主要意思是强调作家深入生活的重要性。他在文中针对延安一些作家主张“暴露黑暗”的观点，提出了“太阳中也有黑点”的命题。认为“新的生活不是没有缺陷，有时甚至很多，但它到底是在前进，飞快地前进”，实际上他更强调生活中光明面，主张“歌颂光明”。周扬的文章发表后，立即引起丁玲、萧军、白朗、艾

① 《解放日报》1942年2月17日、18日、19日的有关报道。

青、舒群、罗烽等“文抗”作家的不满，他们协商后决定由萧军执笔写出《〈文学与生活漫谈〉读后漫谈集录并商榷于周扬同志》[①]，对周扬的观点逐一加以批驳。针对周扬提出的“太阳中也有黑点”的命题，萧军他们驳斥道：“但若说一定得承认黑点‘合理化’，不加憎恶，不加指责，甚至容忍和歌颂，这是没有道理的事。这除非他本身是一个在光明里面特别爱好黑点和追求黑点的人，绝不是一个真正的光明底追求和创造者。”文章写好后，曾送《解放日报》，遭到退稿。萧军认为这是宗派主义行帮作风，再加上其他不愉快的事，就想离开延安，但最终被毛泽东所挽留，参加了后来的文艺座谈会。

首先，这一文艺思潮中的活跃人物，或是鲁迅的弟子，或是鲁迅的崇拜者，尤其是丁玲、萧军等，在鲁迅生前曾亲炙于先生，都曾发愿以秉承先生的事业为志向。鲁迅与他们之间，有着或明或暗的精神性的传承谱系。其次，是他们公开地打出了“鲁迅”的旗号，提出“还是杂文时代，还是鲁迅笔法”，鲁迅匕首投枪式的杂文，自然就成了他们景慕和模仿的对象。比如王实味的《野百合花》的形式，就受到了鲁迅的《无花的蔷薇》的启发。他在《零感两则》等文中一再标榜的“硬骨头”，也是以鲁迅自许的。至于说这一文艺思潮的代表性的理论表述，如丁玲的《我们需要杂文》、萧军的《纪念鲁迅：要用真正的业绩！》、《杂文还废不得说》，以及罗烽《还是杂文的时代》、张仃的《漫画与杂文》等，则更是直接以“鲁迅”的名目而出现的。

当然更为重要的还是这一文艺思潮的精神旨归及文学价值观与鲁迅的内在契合。鲁迅的启蒙现实主义文学不是要“大众化”而是一

① 《文艺月报》第8期（1941年8月），案：丁玲曾参与此文的讨论，但发表时因有些不同意见，最终没有署名。

种“化大众”的文学，它是以知识分子为主体的，是掌握了现代文明的知识分子对于蒙昧的大众的“启蒙”。在《我怎么做起小说来》中他谈到自己写小说的初衷时说：“说到‘为什么’做小说罢，我仍抱着十多年前的‘启蒙主义’，以为必须是‘为人生’，而且要改良这人生。”[①]他认为：“文艺是国民精神所发的火光，同时也是引导国民精神的前途的灯火。”所以，我们的作家应该“取下假面，真诚地，深入地，大胆地看取人生并且写出他的血和肉来”。基于此，他的小说“多采自病态社会的不幸的人们中，意思是在揭出病苦，引起疗救的注意”[②]。他的杂文是一种“社会批评”或“文明批评”，其特征“是在对于有害的事物，立刻给以反响或抗争，是感应的神经，是攻守的手足”[③]。鲁迅这一以“启蒙”为旨归的现实主义文学观，特别是在毛泽东提出“鲁迅的方向，就是中华民族新文化的方向”之后，自然就成了以延安为中心的解放区作家所尊奉的典范。上述这些作品，实际上就是他们师法“鲁迅”的结果。在这方面，丁玲的《在医院中时》最具典型性。小说中的主人公陆萍是一个受过现代科学知识教育而又初步接受了革命洗礼，有着高度革命责任感的知识分子。但是她的现代观念却遭到了医院中以工农干部为主的习惯势力的不解和漠视——她的科学的救护管理方法得不到采纳，反而备受从院长到护士的责难和诽谤。其实，陆萍与院长和其他同事的冲突，并不是她“不能与工农群众相结合”的具体表现，而是一种先进与落后、文明与野蛮的冲突。丁玲在《在医院中时》试图诉求的，是一种典型的启蒙现实主义的文学价值观念。

---

① 《鲁迅全集》第4卷，第512页。

② 《坟·论睁了眼看》，《鲁迅全集》第1卷，第240—241页。

③ 《且介亭杂文·序言》，《鲁迅全集》第6卷，第3页。

三、毛泽东讲话对鲁迅创作思想的阐释

但是上述这股批判现实主义的文艺思潮，却与延安当时所处的战时环境是不协调的。因为战时环境下的社会组织要求的是高度的统一，这就决定了当时延安社会的“战时共产主义”的组织形式，即生活的供给制和组织的军事化，使每个人都以个体的形式编织到集体中①。发生在延安的这场文艺思潮，立即引起了中央领导的高度警觉。

1942 年 3 月 31 日，毛泽东在杨家岭中共中央办公厅召集延安各部门负责人和作家共 70 多人开座谈会，讨论《解放日报》改版问题。对于近来延安文坛出现的一些杂文的思想倾向，他提出尖锐的批评："近来颇有些人要求绝对平均，但这是一种幻想，不能实现的。""小资产阶级的空想社会主义思想，我们应该拒绝。"他还说："批评应该是严正的、尖锐的，但又应该是诚恳的、坦白的、与人为善的。只有这种态度，才对团结有利。冷嘲暗箭，则是一种销蚀剂，是对团结不利的。"② 4 月 2 日，中央召开政治局会议。在这个会议上，康生提出，《轻骑队》以及王实味、丁玲两人的文章风气不正，并且有极端民主化倾向，主张对青年要注意引导，提倡积极的批评，不符合党的政策的文章最好不登。对康生的意见，领导人之间看法不一，一些人认为暴露有好处，只有乱起来，才有利于有目标地开展斗争和教育新干部；另一些人则认为放得太过，搞不好会出现莫斯科当年清党斗争的情况，为托派所利用，闹成分裂，难于收场。毛泽东的态度明显趋中。他一面强调不能放任自

① 参见朱鸿昭：《延安文人》，广东人民出版社 2001 年版，第 52 页。

② 中共中央文献研究室编：《毛泽东年谱（1893—1949）》中卷，人民出版社 1993 年版，第 372 页。

流，肯定新干部发生毛病是必然的；一面仍主张要“放”，强调对工作人员的不平之气，要让他们发泄，肯定各单位墙报的积极作用，相信除个别坏分子外，大多数都是好的，不是反领导的，只要领导得好，先纵后放，揭露问题，不会闹出大乱子的。会议决定：在《解放日报》上设批评与建议栏，用严正态度开展正确的批评，纠正无的放矢与无原则的攻击毁谤的态度。会后，中宣部发布了《关于在延安讨论中央决定及毛泽东整顿三风报告的决定》，即著名的“四三决定”，反映了毛泽东的意见[①]。4月初的一天晚上，毛泽东到中央研究院用马灯和火把照明，看了《矢与的》墙报。从3月23日起，《矢与的》的最初三期连续发表了王实味的三篇文章。毛泽东看后说：“思想斗争有了目标了，这也是有的放矢嘛！”[②]

由此看来，中共领导人更为关注的还是在全国抗战的艰苦环境下文艺所发挥的政治功能。因为战争所依靠的主要对象无疑是以工农兵为主体的人民大众，或者说就是农民；而上述文艺作品中，农民出身的干部或战士却成了批评或讽刺的对象，这无论如何却是他们无法接受的。难怪在看了“讽刺画展”后，一个农民出身的干部竟愤愤然地说：“扯蛋！简直是夸大的讽刺……乱弹琴，不过和我们开开心罢了，再说，政治影响……”[③]而贺龙、王震等八路军将领对《三八节有感》和《野百合花》的批评更尖锐。就在《解放日报》的改版会上，贺龙、王震把矛头都对准了《三八节有感》。贺龙说：“丁玲，你是我的老乡呵，你怎么写出这样的文章？跳舞有什么妨碍？值得这样挖苦？”王震说：“我们在前方打仗，后方却有人在骂我们的总司令……”据胡乔木回忆，当时他

① 杨奎松：《毛泽东与莫斯科的恩恩怨怨》，江西人民出版社1999年版，第139页。

② 中共中央文献研究室编：《毛泽东年谱（1893—1949）》中卷，第373—374页。

③ 海燕：《镜子——记讽刺画展》，《解放日报》1942年2月21日。

听了感到问题提得太重了，便跟毛主席说："关于文艺上的问题，是不是另外找机会讨论？"第二天，毛主席批评他："你昨天讲的话很不对，贺龙、王震他们是政治家，他们一眼就看出问题，你就看不出来！"[①]著名的延安文艺座谈会随后不久召开了。

关于延安文艺座谈会召开的背景及目的，据中央档案馆保存的一份延安时期的电报抄件——《关于延安对文化人的工作的经验介绍》（1943年4月22日），对此有详细的介绍，可以参看[②]。但本文主要关注的，还是其中所牵涉的"鲁迅"问题。我们知道，自从1940年毛泽东在《新民主主义论》中确定"鲁迅的方向，就是中华民族新文化的方向"之后，鲁迅在延安无疑具有了"革命导师"和"新文化旗手"的地位和价值，其人其言的真理性也是不言自明的。但问题在于，上述的批判现实主义的文艺思潮也是在"鲁迅"的旗帜下，或者说是在鲁迅的启蒙主义的文学价值观影响下生发的。但这股由"鲁迅"而生发的文艺思潮，在《关于延安对文化人的工作的经验介绍》中却被认定为"暴露出许多严重问题"，是"非无产阶级的思想"的。这样问题就来了，既然是在"鲁迅"的旗帜下发动的文艺思潮，为什么却成了"错误"的呢？那么，"鲁迅的方向"的正确性何在？摆在延安文艺座谈会面前的一个"拦路虎"，或者说，延安文艺座谈会上要面临的一个关键的敏感的问题，就是"鲁迅"问题。

果不其然，在1942年5月23日召开的文艺座谈会上，在鲁迅的弟子萧军和毛泽东的秘书胡乔木之间，就发生了一场关于鲁迅思想"发展"与"转变"的激烈争论。据胡乔木回忆：

---

① 《胡乔木回忆毛泽东》，人民出版社2003年第2版，第55—56页。

② 该文件没有标明为中央文件，但从其行文和语气看当是中共中央所发的一份非正式的文件。见《陕甘宁边区抗日民主根据地·文献卷·下》，中共党史出版社1990年版，第449页。

> 文艺座谈会召开时，萧军第一个讲话，意思是说作家要有“自由”，作家是“独立”的，鲁迅在广州就不受哪一个党哪一个组织的“指挥”。对这样的意见，我忍不住了，起来反驳他，说文艺界需要有组织，鲁迅当年没受到组织的领导是不足，不是他的光荣。归根到底，是党要不要文艺，能不能领导文艺的问题。萧军就坐在我旁边，争论很激烈。他发言内容很多，引起我反驳的，就是这个问题。[①]

这里胡乔木的记忆可能有误。据近年披露的“萧军日记”记载，在延安文艺座谈会上，5月2日毛泽东作“引言”后，萧军是第一个发言，但发言的内容是后来他发表在《解放日报》上的《对于当前文艺运动诸问题底我见》，其中没有牵涉鲁迅。倒是5月23日毛泽东作“结论”前的文艺座谈会上，萧军和胡乔木就鲁迅所走的道路是“发展”还是“转变”的问题，发生了上述的激烈的冲突[②]。萧军认为：鲁迅的道路是“发展”，不能说是“转变”。“转”者方向不同也，原来向北走，又转向南了或者转向东、向西了，越走越远了。“变”者是质的不同，由反革命的变成革命的，或由革命的变成反革命的，是质的变化，鲁迅先生并不反动，所以只能说是“发展”而不能说是“转变”。对此，胡乔木进行了批驳，认为是“转变”[③]。这里，两人的争论牵涉到的是对于后期鲁迅的评价问题。后期鲁迅参与了共产党领导下的“左联”的工作，

① 《胡乔木回忆毛泽东》，第54页。

② 《萧军全集》第18卷第2册，华夏出版社2008年版，第614、631、632页。

③ 王德芬：《萧军与胡乔木的交往》，《读书周报》1993年12月25日；《萧军全集》第18卷第2册，第631、632页。

他受党的领导和指挥，还是保持自己的创作“自由”，这是鲁迅是否“转变”和“发展”的关键所在。鲁迅晚年虽然参加了党领导下的“左联”的工作，但还保持着身份和创作的“自由”，这是与鲁迅前期的思想一致的，所以说是“发展”；但如果说鲁迅晚年受到党的领导和指挥，就意味着他的思想发生了重大的“转变”。萧军和胡乔木争论的焦点说到底还是文学创作的“自由”问题，或者如胡乔木上面所说的：“归根到底，是党要不要文艺，能不能领导文艺的问题。”

毛泽东于1942年5月23日晚上在延安文艺座谈会上的“讲话”，则在理论上成功地解释了这一思想上的矛盾。毛泽东说：

> “还是杂文时代，还要鲁迅笔法。”鲁迅处在黑暗势力统治下面，没有言论自由，所以用冷嘲热讽的杂文形式作战，鲁迅是完全正确的。我们也需要尖锐地嘲笑法西斯主义、中国的反动派和一切危害人民的事物，但在给革命文艺家以充分民主自由、仅仅不给反革命分子以民主自由的陕甘宁边区和敌后的各抗日根据地，杂文形式就不应该简单地和鲁迅的一样。我们可以大声疾呼，而不要隐晦曲折，使人民大众不易看懂。如果不是对于人民的敌人，而是对于人民自己，那末，“杂文时代”的鲁迅，也不曾嘲笑和攻击革命人民和革命政党，杂文的写法也和对于敌人的完全两样。对于人民的缺点是需要批评的，我们在前面已经说过了，但必须是真正站在人民的立场上，用保护人民、教育人民的满腔热情来说话。如果把同志当作敌人来对待，就是使自己站在敌人的立场上去了。[①]

① 《毛泽东文艺论集》，第76—77页。

这里，毛泽东运用辩证的分析方法，论述了鲁迅杂文在他那个时代是正确的运用，鲁迅是完全正确的；但执着于鲁迅的战法，在新的社会继续写鲁迅式的杂文则是不合时宜的。“讽刺”被赋予了阶级性的内涵。如何运用“讽刺”，关键还是“立场问题”，屁股决定脑袋。要写革命文，得先做革命人。做革命人就得融入到革命集体中，与工农大众“相结合”。那么如何“结合”呢？这时候毛泽东谈道：

> 既然必须和新的群众的时代相结合，就必须彻底解决个人和群众的关系问题。鲁迅的两句诗，“横眉冷对千夫指，俯首甘为孺子牛”，应该成为我们的座右铭。“千夫”在这里就是说敌人，对于无论什么凶恶的敌人我们决不屈服。“孺子”在这里就是说无产阶级和人民大众。一切共产党员，一切革命家，一切革命的文艺工作者，都应该学鲁迅的榜样，做无产阶级和人民大众的“牛”，鞠躬尽瘁，死而后已。[①]

毛泽东在“讲话”中对鲁迅所进行的阐释，在理论上成功地遏制并逆转了这股以鲁迅为根底而生发的批判现实主义文学思潮，并使得延安文艺的风气为之一变。文艺界的整风虽然在座谈会之前就已开始，但真正以全新的面貌开展自我反省、相互批评的是从座谈会以后才开始的。延安文艺座谈会后，鲁艺、文抗、青年剧院、中央研究院等文艺家集中的部门，都结合各自的实际，对以往不符合“讲话”精神的文艺思想和实践进行了全面深刻的总结和检讨。1942 年 6 月 15 日至 18 日，延安文艺界在“文抗”作家俱乐部举行座谈会，批判王实味的错误思想。会上

① 《毛泽东文艺论集》，第 82 页。

作家们纷纷表示了严格的自我反省，表示决心彻底扫除小资产阶级的思想意识，密切和群众结合。这其中，数丁玲的自我批评和忏悔最为引人注目。早在6月11日，丁玲即在中央研究院批判王实味的大会上，从立场和思想感情的高度，对自己主编的《解放日报》文艺专栏允许《野百合花》发表，和她自己的《三八节有感》一文作了检讨，并以生动的语言讲述了自己在整顿三风中的收获。她说："回溯着过去的所有的烦闷，所有的努力，所有的顾忌和过错，就像唐三藏站在达天界的河边看自己的躯壳顺水流去的感觉，一种翻然而悟，憬然而新的感觉。"然而，"这最多也不过是一个正确认识的开端"，还要"牢牢拿住这钥匙一步一步脚踏实地的走快"。[①] 胡乔木对丁玲的评价很高，说这段话表明了一位有成就、身上又有着小资产阶级弱点的作家，在毛泽东的启迪下所发生的思想认识上的超越。[②]

作为"延安文艺思潮中"最为活跃也最为著名的作家，丁玲的检讨颇具引领和示范作用。1942年10月19日，是鲁迅逝世六周年纪念日。为此，《解放日报》专门发表了《纪念鲁迅先生》的"社论"，称"鲁迅先生是中国新文学运动底先进战士和指挥员，是我们民族解放斗争在文化思想战线上最优秀的代表"，并特别强调："只有与先进的阶级一起，只有自愿的遵守它的'命令'，只有与一切小资产阶级的恶劣残余及反革命的托派活动作坚决的斗争，才配得上作为'鲁门弟子'，才配得上作一个先进的文学家，作家。"同时又以一整版的篇幅发表著名诗人萧三的长文《整风学习中读鲁迅》。

1943年10月19日，是鲁迅逝世七周年纪念日。这一天的《解放

---

① 《解放日报》1942年6月16日。

② 《胡乔木回忆毛泽东》，第262页。

日报》以近三个版面的篇幅，全文发表毛泽东的《在延安文艺座谈会上的讲话》，同时在题后文前加“按语”。该“按语”称：“今天是鲁迅先生逝世七周年纪念，我们特发表毛泽东同志一九四二年五月在延安文艺座谈会上的讲话，以纪念这位中国文化革命的最伟大的最英勇的旗手。”从此开始，以“讲话”为精神核心而兴起了延安工农兵文艺创作热潮。一个新的文学时代由此而拉开序幕。

（原载《文史哲》2011年第2期）

“乡土文学”是如何消失的？
——论20世纪40年代左翼文坛对“乡土文学”的再选择

余荣虎

在20世纪二三十年代，“乡土文学”一直是文学批评领域的热门话题，但是，以1937年“七七事变”为标志，进入文学史意义上的40年代之后，“乡土文学”这个概念就基本上从文学批评话语中消失了，而这一概念的消失也意味着早期乡土文学的内在品格在文本中的流失。因此，这里所说的“乡土文学”的消失有两重含义：既是指在理论上失去了存在的合法性，也是指在创作实践中抛弃了早期乡土文学的基本精神。“乡土文学”在40年代及其以后相当长的历史时期内的消失并非偶然，而是早期（主要是指20年代以及30年代前期）乡土文学的精神品格以及理论选择无法适应40年代左翼文坛的理论主张，也无法适应当时的战争需要。本文拟考察早期乡土文学各种不同的理论话语的本质特征，并由此揭示40年代左翼文坛对“乡土文学”进行再选择及话语重构的真正原因。

在进入正题之前，有必要对本文所使用的“左翼文学运动”、“左翼文坛”、“左翼作家”、“左翼批评家”等相关概念进行界定。左翼文学运动是20世纪30年代中国文坛声势浩大、影响深远的文学运动，从

1930年3月2日"中国左翼作家联盟"成立，至1936年初左联宣布自动解散，中国左翼文学运动不仅具有清晰的时间界限，而且具有相对完整的文学主张、文学理论、文学活动。称之为"相对完整"是因为这些文学活动、主张和理论随着左联的解散而骤然停止，一个在30年代前期至中期曾以席卷全国之势强烈地震撼知识界的文学运动就这样仓促了事、草草收场，而且，发起和参与左翼文学运动的作家、理论家中少有对它进行冷静客观的总结者，继续坚持其基本理念者更是寥寥无几，因此，左翼文学的内在精神和文学理念是被突然掐断了的，因而是不够"完整"的。无怪乎左联时期的某些重要的文学主张和创作模式在后来的以延安为中心的解放区文学中遭到批判，乃至"消解"[①]，因此，划分"左翼文学"与"延安文学"、"十七年文学"、"文革文学"的界线就显得非常必要。但是，左翼文学思潮、左翼作家、左翼文坛在现代文学史上又是一个非常复杂的存在，从文学思潮、文学创作、文学理论方面而言，它既无法割断与太阳社、创造社（后期）的联系，也与解放区的文学理论在某些基本立场上相同。从作家个体而言，是否加入左联是判断其身份的一个重要依据，但这个依据并不可靠，因为存在组织上加入了左联，但文学观念上没有加入左联的情况，也存在组织上没有加入左联，而文学观念与左翼接近的，再者，左联是有明确的阶段性的，但作家的文学观念却有一定的连续性；从作家群体而言，自20年代始，中国文坛在左联时期、延安时期，都确实存在一群持左翼立场的作家，他们与自由主义作家、"官方"作家鼎足而立，并建构了其独特的文学批评理论和叙事模式。出于以上考虑，本文将左翼作家的身份限定在以下几个基本点上：一、在文学观念上主张以文学同一切不合理的社会现象

① 王培元：《左翼文学是如何被消解的》，《中国现代文学研究丛刊》2002年第1期。

进行斗争，主张文学在社会历史发展中起积极作用；二、在政治立场上站在普通大众的一边，认同、支持大众的革命行为；三、在组织上与中共保持较为密切的关系。按照这样的原则，我们认为，40年代解放区作家以及国统区的沙汀、艾芜、张天翼、胡风等作家都属于"左翼作家"或"左翼批评家"，他们在40年代的文坛上形成了一种与自由主义作家、"官方"作家不同的文学声音，尽管他们之间存在分歧乃至分化，但以上三个基本点就显示了他们的同一性和独特性，因此，可以说，40年代依然存在一个颇有影响力的"左翼文坛"。

一

要探寻"乡土文学"消失的过程及原因，就有必要查考"乡土文学"这一概念在现代文学史上产生的背景，以及当时的文学批评界对其题材范围的规约、性质的定位、表现（再现）对象的设定等理论问题的基本观点，因为正是这些最初形成的有关乡土文学的基本观点隐伏了它在40年代的身份危机。

关于乡土文学的题材范围问题，实质上是如何理解"乡土"的含义。最常见的对于"乡土"的释义有三种：《现代汉语词典》将其解释为"本乡本土"，《辞海》则解释为"家乡；故乡"和"地方"两种意义。这三种释义并没有根本性的分歧，大致可以归纳为两种意义：其一为"本乡、家乡、故乡"；其二为"地方"。"本乡、家乡、故乡"都含有个人出生或生活之地的意思，但存在细微的差别，那就是言说主体与乡土的空间距离不同，使用"故乡"这个概念时，言说者往往离开了本乡本土，如"仍怜故乡水，万里送行舟"、"君自故乡来，应知故乡事”、“露从今夜白，月是故乡明”，诗人都是在离开了本乡本土之后，才称其为“故乡”，之所以强调这个细微的差别，是因为现代乡土文学作者往往就是在离开了本乡本土，进入北京、上海这样的大都市之后，才着手他们的乡土叙事，可以说，没有与本乡本土空间上的暌隔，就不会形成现代乡土文学的基本品格。在不断推进的现代化语境中，“乡土”的另一含义“地方”的语义也变得越来越丰富，隐含着边缘、闭塞、非中心的意思，隐隐约约地与城市所隐喻的中心、开放、主流相对立，简言之，“地方”与“都市”构成潜在的二元对立关系，而“地方性”所蕴含的与都市迥然相异的新奇、鲜活，乃至鄙俗与荒凉，有可能成为乡土文学作家有意渲染的“看点”，这一点在美国乡土文学中表现得特别明显[①]。在中国现代文学史上，由于对“乡土”中“故乡”与“地方”含义的偏重不同，导致了对于乡土文学题材范围的不同理解。大致有两种情形，一是以“故乡”作为“乡土”的首要含义，“地方”作为次要含义；另一种情形则相反，以“地方”作为其首要含义，“故乡”之义次之。

苏雪林、鲁迅、许钦文、李健吾等人都是把“乡土”首先理解成“故乡”，苏雪林确认鲁迅在乡土文学创作中的崇高地位，是因为“鲁迅的《呐喊》和《彷徨》，十分之六七为他本乡绍兴的故事”[②]，同样，她认定许钦文为乡土文艺家，乃因为《疯妇》等篇“描写故乡的人物”[③]，这些都是把故乡作为“乡土”的首要含义。鲁迅是从题材和笔致

① 详见余荣虎：《早期乡土文学与域外文学理论、思潮之关系》，《中国现代文学研究丛刊》2008年第5期。

② 苏雪林：《〈阿Q正传〉及鲁迅创作的艺术》，见中国社会科学院文学研究所鲁迅研究室编：《1913—1983鲁迅研究学术论著资料汇编》第1卷，中国文联出版公司1989年版，第1043页。

③ 苏雪林：《王鲁彦与许钦文》，沈晖编：《苏雪林文集》第3卷，安徽文艺出版社1996年版，第272页。

两方面来界定乡土文学的：“看王鲁彦的一部分的作品的题材和笔致，似乎也是乡土文学的作家”[①]，什么样的题材才是乡土文学呢？这是承接上文对于许钦文的乡土文学的认定而言的：“许钦文自名他的第一本短篇小说集为《故乡》，也就是在不知不觉中，自招为乡土文学的作者”[②]，这里很明确地界定乡土文学的题材范围就是“故乡”，而在鲁迅关于乡土文学的经典论述中，对于“题材”与“笔致”的关系也作了说明：

> “蹇先艾叙述过贵州，斐文中关心着榆关。凡在北京用笔写出他的胸臆来的人们，无论他自称为用主观或客观，其实往往是乡土文学，从北京之方面来说，则是侨寓文学的作者。但这又非如勃兰兑斯（G·Brandes）所说的‘侨民文学’，侨寓的只是作者自己，却不是这作者所写的文章，因此也只见隐现着乡愁，很难有异域情调来开拓读者的心胸，或者眩耀他的眼界。”[③]

这是现代文学史上最权威的关于乡土文学的解释，很明显，鲁迅就是把故乡作为乡土的首要含义，贵州之于蹇先艾，榆关之于斐文中，都是故乡。在鲁迅看来，乡土文学的题材范围就是故乡，同时，鲁迅认定的乡土文学还有其“笔致”上的特点——作者要写出自己的“胸臆”，也即“隐现着乡愁”。综合鲁迅对蹇先艾、裴文中、许钦文、王鲁彦等人的“乡土文学”的评价来看，只有这样的“笔致”才是乡土文学：写出故乡的贫穷、落后，将对故乡的爱隐藏在对它的针砭之中——这也是

① 鲁迅：《中国新文学大系·小说二集导言》，《中国新文学大系·小说二集》，上海良友图书印刷公司 1935 年版，第 10 页。

② 鲁迅：《中国新文学大系·小说二集导言》，《中国新文学大系·小说二集》，第 9 页。

③ 同上。

作者的“胸臆”，是弥漫于文本中的乡愁，而那种粉饰太平的虚假的田园牧歌是算不上真正的乡土文学的。鲁迅在乡土文学题材上的倾向性典型地代表了“五四”思路，即启蒙文学的思路。

许钦文在80年代谈到对乡土文学的理解："有人把我算作乡土文学的作者，这我不想否定，因为这是事实。我一开始卖文，就经常用故乡的事情做题材。"[①] 在许钦文看来，以故乡为题材，理所当然地是乡土文学，自然是把“故乡”作为“乡土”的首要含义。

把故乡作为“乡土”的首要含义的论者，基本上只认同以乡村、小镇作为乡土文学的题材范围。故乡既可能是乡村，也可能是城市，而且，从身世来看，很少有作家真正来自乡村，为什么说故乡的含义近于乡村呢？这是因为当时乡土文学的作者集体虚拟了一个乡村或小镇之类的故乡，如“鲁镇”、“未庄”等；而作家们集体虚拟这样的故乡是因为当时中国是一个真正的农业大国，作者及其家庭与乡村、与农业有着割舍不断的联系，他们对于乡村的落后感同身受。再者，急切的现代性追求也使作家倾向于在乡村、小镇里挖掘非现代的因素。因而，乡村故事、乡下人物成为乡土文学的主要内容。苏雪林在列举了鲁迅乡土小说所写的地点、人物和事件之后说道："他使这些头脑简单的乡下人或世故沉深的土劣，像活动影片似的在我们面前行动着。"[②] 这里就是把乡土文学的题材定位在乡村、小镇的。李健吾写过一篇小散文《乡土》，在描写了做农夫的祖父及乡下的院落之后说道："我把幸福像房子一样筑在文明和都市中间，但是，我的心，我的灵魂，那太容易让我忘掉的部

① 许钦文:《卖文六十年志感——代序》，《许钦文小说集》，浙江文艺出版社1984年版，第9页。

② 苏雪林：《〈阿Q正传〉及鲁迅创作的艺术》，见中国社会科学院文学研究所鲁迅研究室编：《1913—1983鲁迅研究学术论著资料汇编》第1卷，第1044页。

分，仿佛野草，只要在土里面滋蔓。”[1]李健吾在这里也是把“乡土”看成与“文明和都市”对照的农村。

把乡土文学的题材范围仅限于农村，大概没有人比茅盾更坚定。由于种种原因[2]，茅盾很少使用“乡土文学”的概念，而是另起“农民小说”、“农村题材的作品”等话语形式，但在40年代之前，茅盾是把“农民小说”、“农村题材的作品”混同于“乡土文学”的。在鲁迅发表《中国新文学大系·小说二集导言》之后不久，茅盾也发表了一篇题为《关于乡土文学》的文章。文章提到两部乡小说：“《生死场》的背景是九一八以后的东北农村，但《他的子民们》却是西南边鄙的‘土司’的治下”[3]，两者都是农村背景。以后，茅盾又改用此前“农村题材”之类的提法，可见，茅盾从来就没有把城市作为乡土文学的题材范围。

把乡土叙事转化为“故乡”叙事，再把“故乡”限定在农村、小镇的范围内，不仅是一种理论见解，也具体落实到文本之中。鲁迅的《狂人日记》、《孔已己》、《药》、《明天》、《风波》、《故乡》《阿Q正传》、《社戏》、《祝福》、《长明灯》、《离婚》等可谓经典的乡土小说，其中直接的“故乡”叙事有《狂人日记》、《阿Q正传》、《故乡》、《社戏》、《祝福》，小说以叙述人讲述回乡故事、故乡见闻或回忆往昔的故乡生活的方式而展开故乡书写；《孔已己》、《明天》、《风波》一再讲述的是鲁镇或鲁镇下面的村庄，而在前述直接的故乡叙事作品中，“鲁镇”就是作者的故乡，显然，这个一再出现的“鲁镇”就是作者虚拟的“故乡”，

① 李健吾：《乡土·咀华与杂忆》，中央编译出版社2005年版，第378页。

② 主要原因是茅盾反对乡土文学追求地方色彩和自然美，尤其反对地方色彩等同于自然美，而当时的批评权威周作人恰恰是地方色彩论的主要倡导者，茅盾没有与之论争，而是另外采用一套话语系统，其中的情形非常复杂，详情请参阅拙文：《周作人、茅盾、鲁迅与早期乡土文学理论的形成》，《南京师范大学学报》2007年第3期。

③ 茅盾：《关于乡土文学》，《文学》第6卷第2期（1936年2月）。

而这些作品中以互文性的形式出现的咸亨酒店、水乡风物、语言及衣着习俗、生活饮食习惯都与作者真实的故乡构成对应关系。只有《药》、《离婚》、《长明灯》的“故乡”背景不突出，但《药》中的人血馒头，《离婚》、《长明灯》中的水乡风物也都在昭示着作者的故乡风韵。许钦文的《这一次的离故乡》、《博物先生》、《大水》、《妹子的疑虑》、《父亲的花园》、《红和白》、《步上老》、《已往的姊妹们》等小说都是直接的故乡叙事。如果说鲁迅、许钦文等人的乡土小说在字里行间或多或少都流露一些故乡风情，算是聊解另一种乡愁的点缀（鲁迅等人乡土小说中的“乡愁”的主要内涵是以现代性眼光审视乡土世界而产生的忧虑），那么，茅盾乡土小说则以对故乡农民的物质生活的书写抒发他的乡愁。换言之，茅盾的乡土叙事指向的不是故乡，而是农村和农民，但是，故乡既是茅盾讲述他的农村故事的题材来源，又是激发他创作冲动的酵母。茅盾的乡土小说以《林家铺子》、《春蚕》、《秋收》、《残冬》、《水藻行》等最为典型，茅盾后来专门解释写作这些乡土小说的构思过程：“我每年至少要回一次家，或者接母亲来上海，或者送母亲回乌镇。每次大约一周至十天左右。所以对于家乡的变化，尤其是镇上小商户的苦乐，有所了解。”[①] 对故乡的了解，没有也无法引发作者的田园牧歌，而是引起了茅盾对于农民贫穷、艰辛生活的同情与思考，因此，他有意识地描写农村的经济破产、自然灾害、外国商品倾销等状况，目的是为农民鸣不平。茅盾解释写《春蚕》的原因，是因为“操纵桑叶价格，剥削农民的‘叶市’，到我写《春蚕》的时候，依然存在”[②]。综观茅盾的乡土小说，“故乡”只是以淡淡的背景出现，他用力彰显的是农村的萧条和农

① 茅盾：《我走过的道路》（中），人民文学出版社 1984 年版，第 130 页。

② 茅盾：《我怎样写〈春蚕〉》，《茅盾论创作》，上海文艺出版社 1980 年版，第 67 页。

民的艰难，相比较而言，鲁迅、许钦文乡土小说的“小镇”背景更为突出。“乡土”与“故乡”与“农村”、“小镇”之间的关联蕴含了作者对于“乡土文学”的基本理解，意味着作家关心现实境遇中农民的思想和生活，旨在启蒙。正是依据这样的原则，鲁迅肯定了废名现实感较强的小说集《竹林的故事》，而批评他此后的作品“有意低徊，顾影自怜”。[①]

把“乡土”的首要含义理解成“地方”的论者，则强调乡土文学的题材范围首先是“地方”。“地方”隐含着“偏僻的”、“与中心隔离的”意思，美国乡土文学称为“地方色彩（local colour）的文学”，其中“local”也有“地方性的”、“局部性的”、“非全国性的”之意。中国早期乡土文学直接受到美国乡土文学的影响，因此，在早期乡土文学理论探讨中，不少人把乡土文学理解成在题材上描写“地方”，在风格上表现“地方色彩”。当然，鲁迅等人把“乡土”首先理解为“故乡”，并不反对地方色彩，甚而也非常强调地方色彩，当时作者的“故乡”无疑也是“地方性的”，但是，因为当时前一类乡土文学作家集体虚拟了一个乡村、小镇式的故乡，所以他们在乡土——故乡——乡村、小镇之间建立起了某种逻辑联系。在这里，把“地方”作为“乡土”的首要含义的论者，对于乡土文学题材范围的理解则有所不同：

其一，乡土文学表现的是地方性的人物、事件、风俗、习惯，甚至主张以地方性的语言进入乡土文学，周作人就是地方色彩论者[②]。早在1924年，就有人在评论鲁迅的小说时说道：“《呐喊》底乡土色彩是很重的，所以我虽是瓯江系贴邻的太湖系人，还有些不大了解。”[③] 这里

① 鲁迅：《中国新文学大系·小说二集导言》，《中国新文学大系·小说二集》，第7页。

② 周作人的乡土文学观比较复杂，另文论述。

③ 厂正：《鲁迅之小说》，见中国社会科学院文学研究所鲁迅研究室编：《1913—1983 鲁迅研究学术论著资料汇编》第1卷，中国文联出版公司1989年版，第51页。

所说的乡土色彩就是地方性的特色，即只有在局部地区才通行的风俗习惯、语言等等。刘大杰也说：

> “我们读完《呐喊》与《彷徨》，看出作者有很深的乡土艺术的意味。本来一个作家，想故意离开民族和乡土，而来呼喊什么新招牌的文学，牌子虽新，货物毕竟是不实在。读鲁迅的作品，他所表现的地方色彩，非常浓厚。除了《野草》不说，《呐喊》与《彷徨》里面的几篇，大半是写鲁镇，写S城，写未庄。”[①]

不难看出，刘大杰也是把地方性作为乡土文学的主要特征，蹇先艾谈起自己的创作时说：“自己又最爱读沈从文先生的富有湖南地方色彩的小说。所以我的小说，有好些便喜选取故乡（贵州）的题材，就我以往的创作说，其中比较惬意的几篇，如《在贵州道上》，《到镇溪去》，《盐巴客》，《濛渡》，也正是属于这一类。不过这种小说，local colour 太浓，恐怕是不易得到一班（般）人的了解的。”[②]

在周作人、蹇先艾等人看来，乡土文学的第一特征就是地方色彩，即地方性的特色，非本地人难以完全了解、领会。

其二，地方包括乡村，甚至可以说，主要是指乡村[③]，然而，在他们看来，地方也包括城市，当然，这样的城市必然是远离中心的、非现

① 刘大杰：《〈呐喊〉与〈彷徨〉与〈野草〉》，见中国社会科学院文学研究所鲁迅研究室编：《1913—1983 鲁迅研究学术论著资料汇编》第1卷，中国文联出版公司1989年版，第380页。

② 蹇先艾：《我的作品产量稀少的原因》，郑振铎、傅东华编：《我与文学》，上海生活书店1937年版，第160页。

③ 李欧梵认为：严格地讲，（在现代历史上）“中国的城市只有一个上海”，“北京是一个大的中国式的有文化的乡村”（参阅李欧梵：《徘徊在现代和后现代之间》，上海三联书店2001年版，第118—119页）。以现代性来衡量，北京无疑是中国最早的现代化的城市之一，但是当时整个中国的情形确实是非现代的、乡土的社会。

代的“地方”。强调地方色彩的论者几乎都把城市作为地方的一部分，认同乡土文学把城市作为表现的领域，刘大杰认为鲁迅是一个“乡土艺术的作家”，因为鲁迅写出了乡土的闭塞、乡民的愚暗，以及“男女的，教育的，城市的，农村的状态”[①]，在这里，城市和农村都被看成乡土世界的一部分。蹇先艾一面谈到自己的作品 local colour 的特点，一面又说：“如果机会允许，还想回家一行，细细地考察一下故乡农村和城市的情形以后再写，也许可以产生几篇较好的作品。”[②] 显然，蹇先艾同样是把农村和城市两者都作为乡土文学的题材范围。这一观点不仅使乡土文学表现范围模糊化，也是后来一些论者反对、否定乡土文学的原因之一。

将城市纳入乡土文学的题材范围，推崇“地方性”，在理论和实践上都容易走向以地方色彩招徕读者、冲淡或放弃启蒙主题的倾向，这对于美国战后风行的乡土小说而言，是一条成功的经验，但对于 20 世纪上半叶的中国文学而言，却是一条歧途，因为美国乡土文学没有启蒙的必要，因而在美国乡土文学中绝少启蒙叙事。即以赫姆林·加兰[③]而论，在精神世界里，加兰笔下的美国农民没有多少蒙昧可言，他们在思想观念、思维水平方面跟城里人是在同一水平线上的，困扰他们的不是精神枷锁，而是物质上的贫乏、体力上的劳苦以及周围环境的沉闷单调。城里人作为与乡下人迥然不同的形象闯入乡下贫穷、困窘的生活中，这在中国乡土小说中是常见的情节模式，但加兰小说的类似情节却提供了迥

① 刘大杰：《〈呐喊〉与〈彷徨〉与〈野草〉》，见中国社会科学院文学研究所鲁迅研究室编：《1913—1983 鲁迅研究学术论著资料汇编》第 1 卷，中国文联出版公司 1989 年版，第 381 页。

② 蹇先艾：《我的作品产量稀少的原因》，郑振铎、傅东华编：《我与文学》，上海生活书店 1937 年版，第 160 页。

③ 赫姆林·加兰（Hamlin Garland，1860—1940），美国乡土文学的重要作家。

然不同的形象意义和情节意义，知识分子或城里人（这两个身份往往是重合的）不是作为启蒙者出现，而是作为在生活境遇中优越于乡下人、在内心世界同情乡下人的城里人出现，与其知识分子或城里人身份相配合，他们富裕、优雅、具有爱心，如《路克丽西亚·彭斯》中的小学教师莉莱，《一天的快乐》中议员的妻子，《在山沟里——一个威斯康星的故事》的功成归来霍华德。他们在故事中不是思考乡下人精神上的蒙蔽，或者试图为其指明一条新的人生道路，而是和乡下人一起感受其生活的沉重压力，除了对乡下人寄寓同情之外，他们无能为力，一言以蔽之，他们是乡下人的同情者，而不是启蒙者。没有启蒙的需要，当然就没有中国乡土小说表现出的现代性诉求；而对于致力于以文学承担社会责任、探求民族出路的中国作家而言，启蒙恰恰是最迫切的使命，就连推崇乡土文学的“地方色彩”的作家、批评家也难以逃脱其影响，这也是启蒙成为乡土文学中影响最大、并延续至今的主题的根本原因。

二

与题材范围有着某种内在联系的是表现对象。当然，笼统地说，乡土文学以乡土世界作为表现对象，应该不会有人反对，但是，“乡土世界”是一个包罗万象的体系，应该重点表现其中的哪些内容呢？这其实涉及到乡土文学的艺术走向。早期乡土文学批评中大致存在三种意见。

第一种意见推崇乡土文学中的地方色彩，比较重视文本中的民俗风情，以周作人、废名为代表。他们认为，乡土文学既不可过于写实，但也不可过于脱离实际，而要在虚与实之间把握好分寸，周作人说：

"文学不是实录，乃是一个梦：梦并不是醒生活的复写，然而离开了醒生活梦也就没有了材料。"[①]在当时纷乱落后的社会里，乡土文学如何在"梦"与"醒"之间架起一座艺术的桥梁呢？显然，以写实主义精神描写现实生活，呈现的将是贫穷、饥饿、逃荒、混乱和死亡，这样的文学世界将会惊醒文人的美梦，但是，周作人也反对"离开醒生活"，那么，民俗风情就是最佳选择了，民俗风情既是现实生活的一部分，又是节日化、诗意化了的现实生活，是在特定事件或者特殊时段的现实生活，离普通的日常生活有一定的距离，这样的内容正好满足了他们的审美趣味。早在1921年，周作人就表现出对"新希腊的风土人情"的兴趣，并倡导文学表现本国风土人情。"希腊的民俗研究，可以使我们了解希腊古今的文学；若在中国想建设国民文学，表现大多数民众的性情生活，本国的民俗研究也是必要，这虽然是人类学范围内的学问，却于文学有极重要的关系。"[②]显然，周作人无意进入人类学意义上的民俗研究，他对民俗的热情渗透了浓厚的文学趣味，在《故乡的野菜》、《乌篷船》、《喝茶》、《歌谣》、《北京的茶食》、《谈油炸鬼》、《扫墓》等文章中，周氏对美食、风物、习俗津津乐道，在左翼文学与自由主义文学的对峙、分化日益严峻的态势中，其中突显的是周氏与左翼作家大相径庭的文学理念，可以看成是周氏与左翼文坛的间接对话。身为周作人最欣赏的乡土文学作家，废名对地方色彩的追求很自然地落实到对民俗的描绘上，1932年相继出版的《桥》与《莫须有先生传》就有大量的民俗描写，诸如"送牛"、"打杨柳"、"送路灯"、三月三看鬼火、清明节

① 周作人:《〈竹林的故事〉序》,《周作人自编文集·苦雨斋序跋文》，河北教育出版社2002年版，第101—102页。

② 周作人：《在希腊诸岛 · 译者附记》，钟叔河编：《周作人文类编》第8卷，湖南文艺出版社1998年版，第16—18页。

上坟、端午节包粽子等等，在以抒写乡土暗昧和民生艰难为主调的乡土文学大潮中，这种充满田园情趣的乡土叙事无疑宣示了作者的趣味化倾向，因而，废名的乡土小说越来越主观感受化，以至于在1948年的一次座谈会上，废名说，文学家“只有心里有无光明的问题”，文学“只记录自己的痛苦，对社会无影响可言”[①]。当然，民俗风情也是了解常态社会现实人生的一个窗口，但是，在非常态的社会中，提倡描写民俗风情，是对现实的回避。

另一种意见以茅盾为代表，重视对于“农家苦”的描写。茅盾出生于经济较为发达的江浙地区，江浙的富庶和外来经济入侵后的萧条、凄凉形成的对比性体验使之对于农民在经济上所遭受的痛苦颇为敏感，所以茅盾特别在意农村的萧条、农民实际生活的艰难，坚决反对美化现实或者将乡土社会风情化、风景化的倾向，因而，茅盾几乎从来不提倡地方色彩，乃至风土人情：

> “关于‘乡土文学’，我以为单有了特殊的风土人情的描写，只不过像看一幅异域的图画，虽能引起我们的惊异，然而给我们的，只是好奇心的餍足。因此在特殊的风土人情而外，应当还有普遍性的与我们共同的对于命运的挣扎。”[②]

茅盾此论与1921在《评四五六月的创作》中指责作家“不见农家苦”的思想完全一致，从20年代到30年代，茅盾一直在坚持自己对于乡土文学表现对象及艺术走向的见解，简言之，就是以写实主义精神直

---

① 参见《今日文学的方向——“方向社”第一次座谈会记录》，见商金林：《朱光潜与中国现代文学》，安徽教育出版社1995年版，第335—336页。

② 茅盾：《关于乡土文学》，《文学》第6卷第2期，（1936年2月）。

面农村现实，写出农民日常生活的痛苦与艰辛，因此，茅盾一直明确反对乡土文学提倡地方色彩、风俗人情、自然美景，即使偶尔谈到地方色彩，茅盾也特别留心“农民的无知，被播弄”[1]和“穷人们的眼泪”[2]。茅盾在创作中一丝不苟地实践自己的主张，《春蚕》、《秋收》、《残冬》、《水藻行》等乡土小说其实讲述的是同一类故事：勤劳、本分的普通农民连最基本的生存都无法维持，以及这样的生活如何催生了反抗的种子。可以说茅盾落笔乡土小说，念兹在兹的是“农家苦”——不合理的经济制度下农民步步加深的生活困难如何转变成生存困境，但是，茅盾没有因为同情而拔高他笔下的农民，他同样是站在启蒙的立场上刻画农民，只是“农家苦”的主题在一定程度上遮蔽或冲淡了他对于农民精神愚暗的批判。茅盾始终把他的艺术眼光对准现实中艰难挣扎的农民，而不是自己的内心与趣味，如果把茅盾的思想放置于二三十年代的历史语境中，他关于乡土文学表现对象及艺术走向的观点，其实具有很强的针对性，是针对周作人地方色彩论的另一种话语体系。

鲁迅关于乡土文学的表现对象及艺术走向的观点代表了第三种意见。虽然自 1924 年以来，就不断地有人把鲁迅称为“乡土艺术家”、“乡土文学家”等，但鲁迅本人正式对“乡土文学”进行界定是在前述的《中国新文学大系·小说二集导言》中，此前有关乡土文学的表现对象及艺术走向的讨论已经初步形成了两种意见、两个向度，其一是周作人所阐发的以地方色彩、风土人情为特色的“乡土艺术”；其二是茅盾所坚持、提倡反映农村经济破产和农民艰苦生活的“农民文学”。鲁迅对这两种意见各有取舍，对于地方色彩、民俗风情，鲁迅并不像茅盾持那

① 茅盾：《中国新文学大系·小说一集导言》，《中国新文学大系·小说一集》，第 28 页。
② 茅盾：《田家乐》，《茅盾全集》第 20 卷，人民文学出版社 1990 年版，第 13 页。

么激烈的反对态度，对于农民的物质生活，鲁迅当然也很关心，但他更关心的则是旧的制度、文化、习俗中隐含着的价值取向、道德观念的非人道、非现代的本质，因此，鲁迅倾向于在风俗习惯、日常生活中发掘传统文化及其影响下的乡土社会的精神弊病。鲁迅文学世界中的农民、小镇居民固然饱受物质贫乏之苦，如阿Q的生计问题；如单四嫂子为糊口纺线到深更半夜，儿子死后倾其所有也只能“半赊半现”买一具小棺材（《明天》）；再如在村里并不算太穷的七斤，儿女摔破一个碗竟然又打又骂，连皇帝坐龙廷，没有辫子的要被杀头的消息也没有激起他这么激烈的情绪反应（《风波》），但是，他们最大的不幸还是源自其精神世界的冷漠、自私、自欺欺人、势利、蒙昧，因而，鲁迅笔下的民俗也往往是沉重而苦涩的。

如果说，周作人倾向于描写乡土世界的“趣”，茅盾提倡关注农民的“苦”，那么，鲁迅则主张揭露乡土社会的“病”——精神上的病，并以此奠定了鲁迅乡土文学的乡土批判的基本品格，当然，正如后来的左翼批评家所作的阐发——批判乃是基于大爱，胡风将其概括为“在冷酷的分析里面，也燃烧着爱憎的火焰”[①]。

以上三种观点都产生了不小的影响，周作人所阐发的地方色彩，几乎成为乡土文学批评使用频率最高的概念，当然，这与域外乡土文学理论注重地方色彩有关。茅盾关于写“农家苦”的观点也获得相当的同情。鲁迅的观点则影响了一大批作家，使乡土批判成为20年代乡土文学最显著的特征。

① 胡风:《关于鲁迅精神的二三基点》,《胡风全集》第2卷,湖北人民出版社1999年版,第501页。

三

自1910年周作人首次介绍"乡土文学"，至三十年代中后期，鲁迅、茅盾相继对"乡土文学"进行理论总结与批评，期间伴随着鲁迅及其影响下的青年作家、自由主义作家的创作实践，"乡土文学"是这20多年间文学批评的热门话题，然而，到了40年代以及建国后至新时期之前，在近半个世纪的时间里，"乡土文学"这个概念几乎从文学批评中消失了.更有甚者，新时期来临之后，一些老作家公开谈论"乡土文学"，批评家重新开始使用"乡土文学"的概念和理论、梳理现代文学史，并以之评论当代作家的创作，这竟然受到部分老一辈的公认的乡土文学作家的反对。这一现象从表面上看，匪夷所思，但从20世纪二三十年代形成的关于乡土文学的基本理论及40年代以来的文学理念的内在冲突来看，乃是势所必然的。

概括地说，"乡土文学"在40年代的文学批评话语中消失，是因为自1910年起，特别是自鲁迅一系列乡土小说发表以来，在现代文学史上形成的有关"乡土文学"的三种话语都不能为当时的主流话语所接受，这里所说的"主流话语"是就其影响力而言的，指的是左翼批评话语。

以周作人为代表的"地方色彩论"，不主张作家描写"特别的光明与黑暗"[①]，而特别的光明与黑暗恰恰是这个时代的特点，对于左翼文坛而言，不仅提倡作家写特别的光明与黑暗，而且什么是光明、什么是

---

① 周作人:《〈竹林的故事〉序》,《周作人自编文集·苦雨斋序跋文》，河北教育出版社2002年版，第101页。

黑暗、光明与黑暗的比例都是有明确规定的，“苏联在社会主义建设时期的文学就是以写光明为主。他们也写工作中的缺点，也写反面的人物，但是这种描写只能成为整个光明的陪衬，并不是所谓‘一半对一半’。反动时期的资产阶级文艺家把革命群众写成暴徒，把他们自己写成神圣，所谓光明和黑暗是颠倒的。只有真正革命的文艺家才能正确地解决歌颂与暴露的问题。一切危害人民群众的黑暗势力必须暴露之，一切人民群众的革命斗争必须歌颂之。”[①]再者，严峻的战争也不允许有欣赏风土人情、地方景物的悠闲和余裕，更何况左翼文坛一向反对乡土文学描写自然美，或者专注于风土人情。因此，周作人所建构的“乡土文学”理论的话语体系不可能存在于40年代的左翼文坛。

鲁迅的乡土文学观具有寓乡土关怀于乡土批判的启蒙主义特色，自由平等的观念和人道主义精神是鲁迅评价乡土社会一切现象的准绳，以这样的标准衡量闭塞落后的乡土世界，犀利的批判锋芒就成为鲁迅乡土文学理论及创作最显著的特征，40年代左翼文学自然无法容纳鲁迅式的乡土批判。事实上，随着左翼激进思潮的勃兴，30年代左翼理论界已经开始批判、否定鲁迅的乡土文学理论及创作，后期创造社、太阳社成员对鲁迅的否定就是无可辩驳的证据。40年代左翼文坛虽然把鲁迅竖为旗帜，但是，此时，鲁迅及其乡土文学理论与创作已经被重新阐释了，左翼批评家抹平了其批判锋芒，而将其原本潜藏的“爱”提升为鲁迅乡土文学理论与创作的首要特征，即如冯雪峰所说：“鲁迅先生以最大的爱给予大众，给予阿Q。”[②]换言之，被树为偶像和旗帜的是“鲁

① 毛泽东：《在延安文学座谈会上的讲话》，《毛泽东选集》第3卷，人民出版社1991年版，第871页。

② 冯雪峰：《鲁迅与中国民族及文学上的鲁迅主义》，《文艺阵地》第5卷第2期（1940年8月）。

迅"这个名字，而鲁迅乡土文学创作与理论的本质特征已经被改写了。

40年代最有可能存在于左翼文坛的乡土文学批评话语就是茅盾的话语体系，因为茅盾乡土文学理论在两个基本点上与左翼批评理论是一致的。其一，追求文学的社会意义。茅盾乡土文学批评的着眼点就是其社会意义，他倡导乡土文学反映乡土社会的矛盾与农民的生活状况，并从中表现出社会发展的动态及方向。1932年，茅盾在回顾自己五年的创作历程时说自己"未尝敢忘记了文学的社会的意义"，并补充说："这是我五年来一贯的态度。"[①]其实，这不仅是茅盾创作之初五年的态度，也是他一生的文学信念；不仅是他的创作态度，也是他的文学批评尺度。40年代，解放区以《在延安文艺座谈会上的讲话》为代表的文学理论把文学的社会意义提到了首要的、具有决定意义的地位，同时，国统区左翼作家也自觉地致力于以乡土文学创作服务抗战、反映乡村现实，与解放区的文学理论遥相呼应。其二，关注普通农民群体在政治、经济生活中遭受的不公正待遇。虽然较之于城市，当时的农村是落后的，但也存在严重的贫富不均，富裕的上层农民有的成为地主，他们也可能会进城投机或享受，但他们在数量上只是一小部分，大部分的农民处于共同贫穷的状态。这一群体恰恰是茅盾最为关心的对象，他反对作家诗化乡村、反对描写自然美，就是要求作家写出这一群体生活着的、感受到的乡土世界，而当时无论是解放区的作家、批评家还是国统区的左翼作家、批评家，在面对乡土世界时，无不把普通农民群众作为表现或讨论的焦点，他们在政治和经济上的权利得到空前的关注。换言之，茅盾和40年代的左翼批评界在选择什么样的对象、从哪种角度切入乡土文学这些原则问题上是根本一致的，即他们都主张乡土文学应该表现

① 茅盾：《我的回顾》，《茅盾论创作》，上海文艺出版社1980年版，第7页。

普通的、贫穷的农民群众，解放区乡土文学中常见的“翻身农民”形象就缘于作家这样的理论自觉。然而，它又何以消失了呢？主要有两个原因。首先，茅盾本人对“乡土文学”这一概念一直有所顾忌，所以虽然早在1925年编写的《文艺小词典》中，茅盾就介绍了三个相关概念：“乡土艺术”、“乡土小说”、“地方色彩（local colour）”①，但在评论当时的相关创作中，直至1936年之前，茅盾都没有采用“乡土文学”这一概念，而在仅有的一次使用“乡土文学”（即《关于乡土文学》）之后，又转回“表现农村生活的作品”、“农村题材的作品”之类的说法②，究其原因，茅盾一直反对“乡土文学”所隐含的或被阐释的、表现“风土人情”、“地方趣味”的艺术走向，茅盾弃之不用，在矛盾重重的左翼文坛上，当然不会有其他人采用了。其次，虽然后来的左翼批评部分地发展了茅盾的观点，但是茅盾对农民的怜悯与同情的基调也已经不能适应40年代的农民形象了。40年代左翼文论否定了知识分子的精英视角，农民被“人民”、“大众”所置换，这无疑消解了茅盾乡土文学的叙事理论，知识分子已经没有资格怜悯、同情农民了。如此看来，茅盾的乡土文学批评话语的消失，也不是偶然的。

40年代左翼文坛在乡土文学理论建设和批评实践中占据了绝对优势地位，也就是拥有强大的话语权，而自由主义作家虽然在乡土文学创作上取得了一定的成就，但是，在乡土文学的理论批评中成就有限，其相对微弱的声音在一定程度上也昭示了时代需要的是更为积极的介入现

① 茅盾：《文艺小词典》，《茅盾全集》第31卷，人民文学出版社2001年版，第348—349页。

② 茅盾后来一直到80年代使用的都是“表现农村生活的作品”、“农村题材的作品”之类，如1945年10月发表的《我怎样写〈春蚕〉》（见《茅盾论创作》，上海文艺出版社1980年版，第65—69页），《〈春蚕〉、〈林家铺子〉及农村题材的作品》（《新文学史料》1982年第1期），都是如此。

实的文学精神。在以农民大众为抗战主力的时代，自由主义者既不可能强化鲁迅的乡土批判精神，将批判的锋芒指向抗战的主力军，正如有的学者所指出的那样，“救亡压倒启蒙”，“救亡的局势、国家的利益、人民的饥饿痛苦，压倒了一切，压倒了知识者或知识群对自由、平等、民主、民权和各种美妙理想的追求和需要，压倒了对个体尊严、个人权利的注视和尊重”[①]，也不可能坚持周作人以“地方趣味”为中心的乡土文学理论，而去追求地方风味、个性、自由，即使是周作人本人的批评话语也已成强弩之末，而茅盾注重从经济关系的角度进行的乡土叙事与自由主义的乡土文学理论向来格格不入。因此，自由主义作家群体也只好随着左翼文坛对“乡土文学”的再选择与话语重构而趋于沉默。

综上所述，二三十年代所有的乡土文学理论探索，40年左翼文坛上都已经没有了发展空间，因此，四十年代左翼文坛对“乡土文学”进行了再选择与话语重构，包含两重含义：一是不再使用“乡土文学”的概念，没有了“名分”，自然就丧失了存在的合法性，所谓“名不正则言不顺，言不顺则事不成”；二是抛弃早期乡土文学的内在品格，而另赋以新的精神。在概念上，40年代左翼批评家都心照不宣地不再使用“乡土文学”的概念，但同时又无法找到一个能够被广泛认可的概念，于是，“农民小说”、“农村题材的作品”、“农民文学”等概念就再度出现，很显然，这类概念是茅盾所惯用的，但是其内涵已今非昔比了，它要求作家采用新的叙事视角、新的语言风格、新的叙事模式表达新的审美趣味，并发挥新的作用。这是一个自觉的话语重构的过程，这套新的话语构成逻辑连贯的理论体系，其总的特点是政治性强，追求“实用”、“有效”，强调作家必须站在农民的立场上进行乡土叙事，实际上

① 李泽厚：《中国思想史论》（下），安徽文艺出版社1999年版，第850页。

就是对早期乡土文学的三种类型的全盘否定。可以说，四十年代的乡土文学理论与创作是高度政治化的，而建国后相当长的历史时期内，并没有及时调整这种非正常状态下的批评理路及创作模式，新时期的思想解放运动才为被湮没了近半个世纪的“乡土文学”概念及其相关的理论浮出“历史地表”提供了契机。而40年代左翼文坛对“乡土文学”进行再选择的思维理络，以及二三十年代在乡土文学基本理论问题上的分歧，则是新时期以来“乡土文学”遭到反对的根本原因。

具有反讽意味的是，否定、反对“乡土文学”的恰恰是在乡土文学领域颇有建树的文坛宿将蹇先艾、孙犁。

作为被鲁迅称为“乡土文学”的作者，蹇先艾不是否认“乡土文学”的存在，而是反对将二三十年代的乡土小说列为“现代小说流派之一”，蹇先艾的理论根据是“一个小说流派，起码要有它的理论或者主张”[①]，于是，顺理成章地否定了二三十年代乡土文学理论的存在，对于二三十年代是否存在乡土文学理论的问题，前文已对以周作人、茅盾、鲁迅为代表的三种理论话语进行了初步梳理，无须再论，小说流派是否需要有明确的理论主张也值得商榷，有理论或主张固然可以形成流派，而“有的文学流派并不是自觉地结合在一起的。既没有成立文学团体，也没有创办出版文学刊物，更没有发表过共同的宣言和主张。而是由彼此间文学观点、艺术风格、审美理想和社会理想等基本一致或近似，从而互相唱和，互相切磋研究，因而他们的创作表现出共同倾向，形成一定的文学流派。”[②] 问题的关键是蹇先艾何以要否认二三十年代乡土小说的流派属性？最根本的原因是蹇先艾受40年代左翼文坛对于早期乡土

① 蹇先艾：《我所理解的“乡土文学”》，《文艺报》1984年第1期。

② 黄展人主编：《文学理论》，暨南大学出版社1990年版，第230页。

文学的评价的影响太深。虽然承认鲁迅的《孔乙己》、《阿Q正传》、《祝福》和茅盾的《春蚕》、《林家铺子》是二三十年代乡土小说中的"精品"，但是蹇先艾对早期乡土文学的评价相当低："特别是早期的'乡土文学'作者，思想修养和艺术修养都比较差，即使偶有可读之作，也不会怎样突出。"① 那么，什么样的乡土文学才是思想性和艺术性都比较好的佳作呢？在蹇先艾看来；"至于以后的'乡土文学'，因为有了马列主义的指导，中国共产党的领导，加上作家又深入了生活，成绩就斐然可观了。"② 显然，蹇先艾在八十年代依然是以从40年代延续到70年代中后期的批评标准来评价早期乡土文学的，在这样的准则之下，否定早期乡土文学的艺术成就，并由此否定其流派属性就是理所当然的。

显然，蹇先艾否定二三十年代乡土小说流派的存在，是因其延续了40年代的文学观念，故而对早期乡土文学的艺术成就估价不足，孙犁不是否定早期乡土小说流派的存在，而是反对与他交谊颇深的刘绍棠提倡及写作"乡土文学"③，从表面上看，孙犁之反对刘绍棠，是因为在乡土文学基本理论问题上存在认识的偏差所致。孙犁的乡土文学观首先是题材范围上的"地方"论："就文学艺术来说，微观言之，则所有文学作品，皆可称为'乡土文学'；而宏观言之，则所谓'乡土文学'，实不存在。"④ 孙犁何以认为从微观而言，所有的文学作品都是乡土文学？这显然是把城市和农村都作为乡土文学的题材范围，这也就是前面分析的题材范围上的"地方"论，这种观点抹去了乡土文学的题材界线，最

---

① 蹇先艾：《我所理解的"乡土文学"》，《文艺报》1984年第1期。
② 同上。
③ 孙犁：《关于"乡土文学"》，《孙犁散文》（中集），中国广播电视出版社1995年版，第111页。
④ 同上。

后也消解了乡土文学本身的存在。同时，孙犁的乡土文学观也是阅读空间及叙事形式的“地方”论：“当然，任何艺术品种，都有所谓民间的形式，或称地方的形式，例如戏曲。但是，这种形式并非永久不变的，它要进入都市，甚至进入宫廷。一为文人墨客所篡易，就不永远是乡土的了。”[①]简言之，孙犁所理解的“乡土文学”就是“地方文学”——用地方的叙事形式描写特定地方，并在该地域范围内流传的文学，因此，在孙犁看来，如果作品的流传范围超出了“地方”，而“进入都市，甚至进入宫廷”，并有文人叙事杂入其中，它就不是“乡土的了”。出于叙事形式和叙事内容的“地方性”会导致阅读范围也相应地会局限于地方的考虑，孙犁建议刘绍棠“不能只注视人民生活的局部，而是要注视它的全部”，“不要把自己囿于运河两岸”[②]，而要写出有“根基”的文学，所谓“根基”就是“人民的现实生活”，目的就是广为流传，且传之久远：“凡是根基深的文学艺术，它就可以为当时当地的人民所喜爱，它就可以走到各个地方去，为那里的人民所接受，它就可以传之永久。”[③]孙犁对乡土文学的题材范围的理解是有理论渊源的，前述周作人、蹇先艾、刘大杰等人都持这种看法。但以为乡土文学的叙事形式和流传范围都是“地方性的”，则是他自己的看法，在现代文学史上，并没有人把乡土文学的叙事形式和流传范围限定于某一特定的地方，恰恰相反，无论是左翼文坛，还是自由主义作家群，都无可争议地将其理解为公共阅读对象，至于叙事形式，40年代则有否定二三十年代的文人叙事而转向民间叙事之论，但民间叙事也并不等同于地方性的叙事。总之，很少

---

① 孙犁：《关于“乡土文学”》，《孙犁散文》（中集），第111页。

② 同上书，第112页。

③ 同上。

有作家、批评家将乡土文学理解为仅仅流传于地方的“地方文艺”[①]，这应该是孙犁对于“乡土文学”概念理解上的讹误。至此，我们也可以看出孙犁批评刘绍棠，反对提倡“乡土文学”，而以“农村题材”[②]名之的苦心：希望刘绍棠能写出超越地域限制且传之久远的作品。孙犁此举的真正原因同样是低估了乡土文学的艺术成就，而这种估价无疑与1940年代左翼文坛对早期乡土文学的否定性评价及话语重构直接相关。

四

1940年代左翼批评对“乡土文学”的再选择及话语重构，虽然是出于种种需要，而依靠农民、发动农民才是最根本的需要，用通行的说法，就是救亡的主题中断了启蒙的主题。因此，40年代左翼文坛对“乡土文学”的再选择既表现为“名分”上的不认同，又表现为启蒙主题在文本中的流失，然而，在实际创作中，问题远远没有这么简单。早期乡土文学的精神内涵，尤其是鲁迅开创的乡土启蒙的思路一经产生，就成为一种经典的视角、思路和价值取向，之所以称之为“经典”，是因为它抓住了中国社会现代性追求中的主要问题，这样的视角、思路和价值取向真实有效地体现了现代知识分子对于乡土世界的认识、态度与情感，并逐渐融化在现当代乡土文学的血脉之中，无论从意义的角度，还是从影响的角度，都当之无愧地成为乡土文学理论与创作的经典。因而，虽然那些在五四新文学的滋养中成长起来的作家们在理智上都懂得

① 周作人的《地方与文艺》只是提倡作家写出地方居民的个性、地方文化的特性以及作家自己的个性，并不认为“乡土艺术”必须采用地方或民间叙事，也不认为乡土文学仅仅流传于地方。

② 孙犁：《论农村题材》，《孙犁文集》第4卷，百花文艺出版社1982年版，第278—283页。

“再选择”的必要性，但在创作中，还是会偶尔流露出原有的思路，例如，丁玲于1940年创作的《我在霞村的时候》就对周围群众的愚昧自私进行了尖锐的批判。再如，《在延安文艺座谈会上的讲话》发表之后，服务于“农民”就是服务于“人民”、“群众”或“大众”。

左翼批评界要求作家“向人民学习”，“生活在人民中，工作在人民中，而且是向人民学习”[①]。“向人民学习”与“向农民学习”的含义是不同的，因为“人民”是一个政治性的概念，隐含着“伟大”、“神圣”、“不可冒犯”之意，当然不是早已要求放弃精英意识的知识分子可以“俯视”或“平视”的。同时，左翼文坛又否定知识分子的语言、习惯、审美趣味。邵荃麟把知识分子的美学观称为“繁琐、细腻、纤美的调子”、“脆弱的感伤或空洞的激昂”[②]，胡绳批评姚雪垠“是在跳开真实的生活，而留恋欣赏于他自己心目中的美”[③]，陈荒煤所谓“知识分子出身的文艺工作者还必须下决心，毫不留恋的抛弃那种用知识分子语言来表现的形式”[④]，这些都是要表明早期乡土文学的批判精神不是今后农村题材创作的中心。但是，即便如此，我们依然可以在文本中发现五四思路的存在——以变化的形式存在，文本中还是会写到农民落后的一面，但最后或者以其高大的一面遮蔽这些“小缺点”，或者接受了农民教育的知识分子不再以为它们是缺点，但是，这也可以看成一种叙事策略，作家不管是出于有意还是无意，都显示了早期乡土文学的批

① 茅盾：《论赵树理的小说》，见黄修己编：《赵树理研究资料》，北岳文艺出版社1985年版，第196页。

② 邵荃麟：《评〈李家庄的变迁〉》，《邵荃麟评论选集》（下），人民文学出版社1981年版，第513页。

③ 胡绳：《评姚雪垠的几本小说》，见钱理群编：《二十世纪中国小说理论资料》第4卷，北京大学出版社1997年版，第529页。

④ 陈荒煤：《向赵树理方向迈进》，见黄修己编：《赵树理研究资料》，北岳文艺出版社1985年版，第201页。

判精神没有完全泯灭。新时期以来，随着改革开放的进程，中国的文艺创作进入了一个新的阶段，如何促进农村发展和解决好“三农”问题，使早期乡土文学的批判精神也在当代乡土文学中得到了发展。

（原载《文史哲》2010年第3期）

文艺社团的转型与延安文学制度的建立

郭国昌

作为延安文学制度的重要组成部分，文艺社团是延安文学走向体制化的直接推动力量。以延安文艺座谈会的召开为分界线，解放区文艺社团在生成方式上经历了以知识分子为中心向以工农兵大众为中心的根本性转化。解放区文艺社团生成方式的转化一方面意味着毛泽东在延安文艺座谈会上提出的文艺的“工农兵方向”开始由抽象的“文艺理论”转化为具体的“文艺实践”。随着毛泽东的《在延安文艺座谈会上的讲话》被确定为中国共产党的文艺政策，解放区文艺社团开展的文学活动变成了一种为争取抗战胜利、民族独立的政治宣传的实践。正是由于解放区文艺社团的这种战斗的、政治宣传的属性引导着延安文学走向了体制化，延安文学成为了鼓舞人们抗战斗志的政治实践的新的形式。当解放区文艺社团开展的文学活动变成了中国共产党的政治宣传活动的一部分时，文学活动的“自由性”逐渐被文艺为工农兵服务的规范性所取代，解放区文艺社团逐渐变成了为实现人民解放的政治任务而奋斗的文学生产方式，延安文学制度由此走向了成熟，并且成为新中国成立后共和国文学制度的雏形。

“讲话”前文艺社团的多样化形态

在解放区文学的发展进程中，文艺社团真正成为延安文学制度的构成要素是在1942年的延安文艺座谈会召开以后。因为，只有在毛泽东的《延安文艺座谈会上的讲话》公开发表以后，作为延安文学制度的基本规范成为解放区文艺社团的建构中心；而在延安文艺座谈会召开以前，解放区的文艺社团却呈现出多样化的发展形态。无论是文艺社团的创建目标或理论纲领，还是文艺社团的组织机构或社团规范，不同的文艺社团在社团生成方式上完全是不同的，表现出极大的差异性。在抗日救亡的政治文化规范下，解放区前期的文艺社团往往超越共产党与国民党不同的政治主张，将抗日救亡的爱国主义作为创建文艺社团的理论纲领和内在规范。

解放区前期文艺社团的建构是以1936年11月中国文艺协会的成立为起点的。在此后的五六年时间里，解放区先后出现了数以千计的文艺社团，数量之巨在中外文学史上都是绝无仅有的。尽管解放区前期的文艺社团数量众多，但是，如果从文艺社团的构成因素来看，解放区前期的文艺社团大致包括两种基本形态[①]。一种是“知识分子型”的文艺社团，另一种是“工农兵型”的文艺社团。从社团形态上来看，“知识分子型”文艺社团和“工农兵型”文艺社团之间存在着很大的差异。两种具有明显差异的文艺社团的同时并存不仅反映了解放区前期文艺社团文

① 如果只从文艺社团的活动方式来看，解放区的文艺社团主要有两种类型。一种是以文学创作为主，创作主体具有较强的独立性，主要是为解放区不同层次的读者创作用来阅读的文学作品。另一种是以文艺演出为主，主要是为解放区不同地区的观众进行戏剧等艺术形式的演出，大多采用集体创作的方式。

学观念的多元性和文学思想的民主性，而且也说明了解放区前期文艺社团活动方式的多样性和社团规范的自由性。

“知识分子型”文艺社团的创作主体都是从国统区来到解放区的知识分子作家，他们大多秉承“五四”新文化运动形成的“自由”和“民主”意识，是个性解放主义的自觉实践者，既看重文学的艺术价值和审美意义，又崇尚文学的启蒙意识和批判精神。在解放区前期的文学潮流中，“知识分子型”文艺社团的活动极其活跃，这是与中国共产党尊重“文化人”的文学政策密切相关的。1940 年 10 月，中共中央宣传部和中共中央文化工作委员会发布指示，要求解放区的各级组织机构在发展文化运动过程中要为知识分子作家“组织各种不同种类的文化团体”提供便利，“保证他们写作的充分自由”[①]。此后，各个解放区相继出台了相关措施，保证“不同的文化人（小说家、戏剧家、音乐家、哲学家），可以组织不同类型的文化团体，如文学研究会、戏剧协会等，亦可以联合成立文化界救亡协会之类的联合团体”[②]。

在解放区前期的众多“知识分子型”文艺社团中，1940 年在延安成立的文艺月会最具有代表性。文艺月会是为“提高文艺创作兴趣，展开文艺讨论空气”而于鲁迅逝世四周年纪念日由丁玲、萧军、舒群等人发起成立的[③]。与其他以知识分子作家作为创作主体的文艺社团不同，文艺月会突出了文艺社团组织机构的“松散性”，它没有像陕甘宁边区文化界救亡协会等文艺社团那样具有固定的协会领导机构，而是根据每一次

① 中央宣传部、中央文化工作委员会：《关于各抗日根据地文化人与文化人团体的指示》，《共产党人》1940 年第 12 期。

② 中共山东分局：《关于宣教工作的指示》，《山东省文化艺术志资料汇编（内部资料）》第 1 辑，山东省文化厅史志办公室，1984 年，第 32 页。

③ 编者：《为本报诞生十二期纪念献辞》，《文艺月报》1942 年第 12 期。

召开座谈会的议题临时确定会议负责人。在每一次文学活动结束后，由会议负责人将相关的文学讨论材料进行整理后刊登在文艺月会的机关杂志《文艺月报》上。作为文艺月会的机关刊物，《文艺月报》集中体现了从国统区来到解放区的知识分子作家的“自由”追求和批判精神。丁玲在《大度、宽容与〈文艺月报〉》一文中说：

> 我以为《文艺月报》要以一个崭新的面目出现，把握斗争的原则性，展开深刻的、泼辣的自我批评，毫不宽容地指斥应该克服、而还没有克服，或者借辞延迟克服的现象。自然，《文艺月报》的内容应该各方面的都有，然而我只说了这一点。无论如何，不要使《文艺月报》成为一个没有明确的主张、温吞水的、拖拖沓沓的、可有可无的、没有生气的东西就好。[①]

丁玲既是文艺月会的发起人，又是《文艺月报》的编者。作为在《文艺月报》上发表的第一篇文章，丁玲的《大度、宽容与〈文艺月报〉》无疑承担了发刊词的功能，其在文艺月会的社团活动中的重要性是不言自明的。丁玲在文章中并没有直接提出文艺月会在文学方面的理论主张，而是由解放区社会生活中一些人的无原则的“宽容”谈起，强调了对“一些坏的倾向”坚持“大度与宽容”的害处，对毫无原则的“宽容”和“大度”要进行彻底的批判，要求“作为一个崭新的面目出现”的《文艺月报》要把握“原则性”，“毫不宽容地”批判“坏人、坏事、坏倾向”。而其他参加《文艺月报》创刊座谈会的成员大多主张要把《文艺月报》“办成一个短小精悍，有斗争性的刊物，要有小说、诗歌，还要有批

① 丁玲：《大度、宽容与〈文艺月报〉》，《文艺月报》1941 年第 1 期。

评杂文"[①]。也就是说，作为最能代表解放区知识分子风格的文艺社团，文艺月会成立并开展社团活动的时期正是"延安文艺活动最活跃的一年"[②]，它与延安正在盛行的"暴露黑暗"的文学潮流相呼应，因而从成立之初形成这样充满了社会批判性的编辑方针是不难理解的。

文艺月会是在解放区发展壮大的时期成立的，参加文艺月会的作家都是从国统区来到解放区的知识分子文人，他们"或因志趣相投，或为情谊所感，或由兴致所之"，带有"文人自发性会社"的典型特点[③]。在文艺月会成立以前，他们都参加了解放区的其他文艺社团，诸如陕甘宁边区文化界救亡协会、陕甘宁文艺界抗战联合会等。然而，这些文艺社团都是在中国共产党的主导下建立起来的，是要为解放区的文化运动和文艺活动服务的，带有明显的"官方"色彩，与知识分子作家对文学的"自由想象"是完全不同的。作为追求"自由"和展现"自我"的知识分子，从国统区来到解放区的作家更加向往文艺社团的随意性，追求文学活动的自主性，看重文学交往的同仁性。因而，文艺月会的成立是不可避免的。事实上，早在文艺月会成立之前，解放区就已经出现了一些类似的文艺社团，比如陕甘宁边区的战歌社、路社、鹰社、轻骑队社等，晋察冀边区的战地社、晋察冀诗会等，这些文艺社团一般定期举行例会，开展文学活动时"整个气氛融洽随和，完全是同志式的切磋帮助"[④]，只是在文学活动方面的影响没有超过文艺月会而已。这些以作家个人兴趣为核心的文艺社团无论在创作群体的组成、活动方式的选择上，还是在理论主张的提出、文学创作的实践上，都与带有"官方"性

---

① 雷加：《四十年代初延安文艺活动（一）》，《新文学史料》1981 年第 2 辑。

② 编者：《简记文艺月会第一次座谈会》，《文艺月报》1941 年第 1 期。

③ 朱寿桐：《中国现代文学研究中的社团研究》，《湖南社会科学》2004 年第 1 期。

④ 刘锦满：《回忆延安"战歌社"——胡征同志访问记》，《新文学史料》1981 年第 2 辑。

质的文艺社团是不一样的。

在文艺社团的活动方式上，文艺月会采用的“文人聚会”式的“文艺例会”。在近两年的时间里，参加文艺月会的知识分子作家一共举行了八次文艺例会，虽然每一次文艺例会的议题并不相同，但都是围绕着知识分子作家在抗战现实生活中文学问题而展开的。在1940年11月17日召开的第二次文艺例会上，与会的知识分子作家普遍觉得“延安缺乏创作气氛”，与政治活动相比，文学的影响显得极其有限。因此，要“赶快建立‘文化村’，使作家一进边区便有住处”，要“创办文艺刊物，出版文艺书籍”，使作家尽快开展文学活动[①]。陈荒煤甚至认为，延安应该“有一个坚强的文艺堡垒，《文艺月报》则将是这文艺堡垒的号筒”，作家要“多写作品，作家使大家认识他的，崇敬他的，爱护他的，是作品”[②]。他们更看重的自己作为知识分子作家的生存状态及其文化氛围，而并没有看到解放区作为一个相对独立的军事地域和政治区域的特殊性。1941年2月3日举行的第四次文艺例会虽然确定了“我的创作或理论上的优点和缺点”的议题，但是参加讨论的作家并没有围绕中心议题发言，而是对解放区文学发展中存在的问题提出了批评。比如“抗战中作品人物大致为农民和军人，但多半看不出个人的性格”、“一般作家，全舍不得割弃不要的材料，结果弄成‘新闻报导’”、“有些理论和批评文章，写得冗长，累赘，滥调，态度模棱，八股化”等。[③]毫无疑问，这些都是解放区文学活动中普遍存在的问题。作为从国统区来到解放区的知识分子作家，他们更注重从文学的立场上提出问题，反

① 编者：《文艺月会第二次座谈会》，《文艺月报》1941年第1期。

② 荒煤：《第一声呼喊》，《文艺月报》1941年第1期。

③ 编者：《第四次文艺月会例会》，《文艺月报》1941年第6期。

对不懂文学的外行对文学活动指手画脚，具有明显的“文人”圈子色彩。如同萧军所说：“有的人在某一些学术部门确有一些研究和原则上的把握了，有时就喜根据自己的原则来谈一谈文艺。本来文艺是谁都可以谈，而谁也应该谈谈的。根据自己的原则也不妨，不过那是不应该太流于武断或执着就好了。……我们至诚愿意这些喜欢谈文艺的人，能够更深更多对于文艺的本质和特殊性加以研究和理解，帮助文艺运动开展。但对于一部分对于自己的‘原则’怀着‘放在四海而皆准’有着高‘优越感’的人们底武断和执拗，却也不应该过度容忍才是道理。”[①]在解放区前期当时的思想文化氛围中，这些知识分子作家完全是以文学家的独立姿态来面对解放区的文学活动的，并不乐意面对政治对文学的过多干涉。

“工农兵型”文艺社团的团体成员大多数是有一定文化知识的革命者，他们基本上来自中央苏维埃革命根据地和陕甘宁边区，与工农兵大众有着直接的联系，对传统文化和民间艺术有着天然的认同。他们是在革命战争的环境中成长起来的，是坚定的共产主义信仰者，特别看重文学的现实功能和教育意义。“工农兵型”文艺社团的创建并不是为了社团成员的个人文学兴趣，而主要是通过文艺社团的群体活动改进工农兵大众的娱乐方式，改变普通民众沉溺于“具有封建毒素”的传统娱乐状态，从而形成适应社会变革的新的阶级观念和民族意识，最大限度发挥文学的宣传功能。

在解放区众多的“工农兵型”文艺社团中，最有代表性的是民众剧团。民众剧团的前身是 1938 年 5 月成立的陕甘宁边区民众娱乐改进会，创建的目的主要是利用和改进传统的民间艺术，创造与民族抗战相适应

① 萧军：《第八次文艺月会座谈会拾零》，《文艺月报》1941 年第 7 期。

的艺术形式，从而使解放区普通民众的“一切娱乐活动能够配合伟大的抗日战争”。在陕甘宁边区民众娱乐改进会的成立大会上，柯仲平这样分析了解放区民众的娱乐方式与抗战现实之间的关系：“在全民族的全面抗战已经进行了十个月的现在，民众所唱的仍是‘奴家呀，情郎呀’一类不能配合时代的情歌，他们所看的仍是《长官图》、《五典坡》一类足以麻木大众的旧戏，这在我们边区‘一切配合着抗战前进’一比较起来，是一个立待改进的问题。”[1] 既然解放区民众的娱乐生活与民族抗战的现实是完全脱离的，那么如何改变这种现状就成为解放区一切“工农兵型”文艺社团的中心任务。因此，陕甘宁边区民众娱乐改进会宣言提出了自己的社团宗旨：

> 我们应该在这从古未有的大抗战中，改进我们的歌子和戏曲——使我们的一切娱乐能够帮助，能够配合我们的抗战才是。
>
> 这也就是我们要成立这个民众娱乐改进会的宗旨。说“改进”，说“创造新的娱乐”，当然不是说我们要把过去的歌谣、旧戏，不要了。恰恰相反，我们是热烈爱护这此娱乐的。不过，这些好东西，只是我们“民族大众的”，还不是“抗战民族大众的”。
>
> 创造抗战民族大众的文学艺术，正是我们今天应该努力的方向！[2]

在民族抗战的潮流中，陕甘宁民众娱乐改进会一方面强调了民众娱乐的民族意识，另一方面突出了民间艺术的现实意义，力图将民间艺术

① 记者：《边区民众娱乐改进会成立经过》，《新中华报》1938 年 5 月 25 日。
② 柯仲平：《陕甘宁边区民众娱乐改进会宣言》，《新中华报》1938 年 5 月 25 日。

形式从“民族大众的”改造成“抗战民族大众的”，从而使普通民众参与到民族抗战的时代潮流中来。

由于陕甘宁边区民众娱乐改进会成立后开展的民歌征集和戏曲演出活动获得了解放区民众的广泛认同，因此，柯仲平决定吸收已经在在延安为普通民众进行演出的“乡土剧团”和“群众业余剧团”的成员，将陕甘宁边区民众娱乐改进会进行改组后成立以戏剧创作和演出为主的文艺社团。1938 年 7 月，改组完成后的民众剧团在延安公演了由马健翎和张季纯编剧的《一条路》和《回关东》两部“号召民众奋起抗日”的现代秦腔戏，轰动了延安的整个民众。从此以后，民众剧团走上了专门为工农兵大众创作和演出的道路，如同柯仲平所作的“民众剧团歌”所唱：

> 你从哪达来？从老百姓中来。
>
> 你又到哪达去？到老百姓中去。
>
> 我们是民众剧团，我们向老百姓学习。你看他们多勇敢，勇敢抗战，勇敢生产，他们已经活过几千年。
>
> 我们来教育老百姓，你看他们抗战娱乐像荒山。我们来并开垦荒山，我们要使花开遍，花开遍，在荒山。
>
> 在民主的边区，我们得自由地走来走去。我们到那里，那里花开遍……①

柯仲平之所以特别强调民众剧团与普通民众之间的密切关系，主要是因为民众剧团就是从一些喜欢民间戏曲的普通民众中发展起来的，经

① 林间：《民众剧团下乡八年》，《解放日报》1946 年 9 月 26 日。

历了从业余到专业的转化过程，其社团成员大多数来自“延安市的几个工农和小商，以及几个学生”①，心里全装着解放区的老百姓，要极力通过自己的创作和演出活动“发挥民众的积极性、艰苦忍耐性、创造性、战斗性”②。

与“知识分子型”文艺社团以自我创作为中心不同，民众剧团在社团活动方式上彻底摒弃了社团成员的自我中心地位，完全以工农兵大众为主体，从普通民众的民间心理和审美习性出发，探索出了一条文艺社团发展的新路子。无论是戏剧作品题材的选择，还是表演方式的运用，民众剧团在文学实践方式上全都是以工农兵大众为出发点的，他们创作和演出的戏剧，“内容是革命的，来自现实生活，是抗战的故事，有头有尾；语言是大众化的，群众能听懂；形式是民众熟悉的，群众喜欢看”③。如同民众剧团下乡演出的口号所说：“舞台就们的战场！”广大的解放区农村是民众剧团的活动舞台，戏剧的舞台就是人生的舞台，更是民族抗战的舞台。在偏僻的农村舞台上，社团成员真正发挥了文学的宣传功能，将个人独立的文学创作变成了工农兵大众参与其中的集体“娱乐”活动，从而使民众剧团成为解放区所有的“工农兵型”文艺社团中“下乡最多的边区剧团”。在抗战的八年时间里，民众剧团“一直停留在老百姓群里，共走了二十三个县（全边区共三十一个县市），一百九十处市镇村庄，演出一千四百七十五场戏，平均两天有一场，观众是二百六十万人”④。而且，更为重要的是，他们从解放区普通民众对民间娱乐的现实需要出发，适时地加入了抗战救亡的时代要求，积极地

① 记者：《民众剧团成绩卓著》，《解放日报》1944 年 11 月 9 日。
② 柯仲平：《生长着的民众剧团》，《新中华报》1938 年 10 月 25 日。
③ 柯仲平：《民众剧团出发》，《团结》1939 年第 12、13 期。
④ 林间：《民众剧团下乡八年》，《解放日报》1946 年 9 月 26 日。

引导着工农兵大众的娱乐方式的变革。民众剧团在文学与民众关系上的探索，为延安文艺座谈会召开以后解放区文学政策的建立积累了充分的实践经验，如同民众剧团的成员所说：

民众剧团在运用秦腔形式表现革命斗争方面，做了大量的工作，创作偏重于多样、灵活、适应。用自己的实际行动，批驳了延安一些人认为戏曲不能宣传革命内容，戏曲无艺术价值的观点和作法；用他们的实践证明秦腔等地方戏曲不仅宣传革命的抗日和生产，而且能收到极好的效果。内容和形式的矛盾，初步得到了解决，为毛泽东同志和党中央制定这方面的方针、政策，提供了第一手资料。①

应该说，民众剧团不仅完成了自己的艺术实践，成功开创了一种不同于“知识分子型”的为工农兵大众服务的文艺社团，而且也为延安文艺座谈会召开以后解放区文艺社团的全面转型提供了可供模仿的社团形态。②

无论是“知识分子型”文艺社团，还是“工农兵型”文艺社团，他们都是解放区前期文学活动的主体力量，是解放区前期文学发展过程中不同层次的文艺爱好者和不同类型的文学创作者的活动中心。尽管在创作主体、社团规范、活动方式等社团构成因素上是完全不同的，但是，“知识分子型”文艺社团和“工农兵型”文艺社团，却都是在为抗日救亡而尽力的。正如作为陕甘宁边区文化团体总会的陕甘宁边区文化界救亡

① 终南樵：《论陕甘宁边区民众剧团的历史经验》，《陕甘宁边区民众剧团艺术纪实》，西北大学出版社1993年版，第49—50页。

② 雷烽：《从陕甘宁边区民众剧团到一野政治部文工团》，《中国人民解放军文艺史料选编·解放战争时期》上册，解放军出版社1989年版，第47页。

协会的成立宣言所说："一切为着抗日战争，一切服从抗日战争——这是现在中国的基本国策，也是现在中国文化界基本的生路。"[①] 在民族抗战的时代氛围下，"知识分子型"文艺社团和"工农兵型"文艺社团都表现出了强烈的民族意识，为民族抗战献力成为解放区前期文艺社团最强烈的现实目标，也成为解放区前期文艺社团的社团活动基本追求。

"讲话"后文艺社团的一体化建构

延安文艺座谈会召开以后，毛泽东的《在延安文艺座谈会上的讲话》被确定的中国共产党的文艺指导思想，毛泽东的文艺思想在文学艺术界得到了确立，"工农兵方向"成为解放区后期文学发展的途径[②]。从此以后，中国共产党以《讲话》为指针的文艺政策成为解放区文学发展的新的主导，无产阶级政党的意识形态成为解放区后期文学发展的根本。与解放区前期文学创作主要由知识分子作家的个人独创性不同，解放区后期文学关注的是工农兵大众的群体规范性，解放区文学成为中国共产党领导的革命宣传的载体之一。中国共产党正是通过文艺政策的确立，在解放区建立起了一套党领导的文学制度，从而使文学能够更有效地为工农兵服务。当以自由创作为主的文学创作活动在延安文艺座谈会的指导下变成了为工农兵大众服务时，解放区后期文学的发展过程就很自然地转变成了文艺为工农兵服务的延安文学制度的生成过程，而文艺社团因其特有的集团性而成为延安文学制度形成的关键因素。

---

① 陕甘宁边区文化界救亡协会：《陕甘宁边区文化界救亡协会成立宣言》，《延安文艺丛书·文艺史料卷》，湖南文艺出版社 1987 年版，第 324 页。

② 郭国昌：《解放区鲁迅形象建构的双重矛盾》，《西北师范大学学报》2012 年第 2 期。

与解放区前期文艺社团建构注重社团成员的个体性特征不同，解放区后期文艺社团的建构则更强调社团成员的群体性关系。或者说，解放区后期文艺社团的建构是由文艺社团的服务对象来决定的，这是毛泽东的《在延安文艺座谈会上的讲话》已经明确指出了的。当解放区后期文艺社团的建构目标由创作主体转向接受主体时，意味着加强党的领导已经成为解放区后期文艺社团的重要工作，解放区后期的文学走向了体制化。在延安文艺座谈会召开以后，解放区大体上形成了两种形态的文艺社团。一种主要是为农民服务的乡村剧团，另一种主要是为士兵服务的文工团。作为解放区后期占主导地位的文艺社团，乡村剧团和文工团都是贯彻毛泽东的《在延安文艺座谈会上的讲话》提出的“文艺新方向”结果[①]。因而，在创作主体、理论主张和活动方式等社团构成因素和建构目标、实践方式和社团性质等功能属性上表现出普遍的一致性，文学大众化成为解放区后期文艺社团追求的目标。乡村剧团和文工团的大量涌现不仅反映了解放区后期文艺的繁荣，同时一方面反映了解放区后期文艺社团文学观念的统一性和文学思想的一元化，另一方面也表明了解放区后期文艺社团活动方式的标准化和社团要求的规范化。这皆因当时处于革命战争时期，文学潮流的多样化在解放区则很难见其踪影。因此，解放区后期的文艺社团就成为中国共产党的抗日救亡政策传播者的同时，也自然就变成了解放区文学走向体制化的规范者。

乡村剧团大多是在对传统“戏班子”的改造过程中建立起来的，是解放区整个文艺社团中数量最多的一种。随着中国共产党领导下的解放区民主政权的建立，广大农民在获得经济上的独立和政治上的民主的同时，他们对文化上的娱乐的愿望在逐渐增长，作为农民进行文化娱乐最

① 艾思奇：《文艺工作者到前方去》，《解放日报》1945 年 9 月 22 日。

基本形式的乡村剧团便应运而生。然而，解放区毕竟不同于国统区和沦陷区，文化娱乐也不再是单纯的身体放松和精神消遣，它必须承担现实教育与政治宣传的功能：

> 职业或半职业性的旧戏班到政府登记备案，并确定专人负责审查出演节目，……禁演宣传封建迷信和淫荡节目，一般的无害节目可暂时演唱，但重要的应是帮助他们学习新的历史剧加强其政治领导，逐渐树立为人民的观念，在改造过程中有意识有计划的培养为群众所真正爱好且有发展前途的个别职业剧团，以便带领其他旧剧团，逐渐成为为人民服务的新剧团。
>
> 农村剧团是翻身农民不脱离生产的业余性质的剧团，它应当出演内容以表现群众的生活，形式为群众所熟悉所欢迎的节目，以推动生产运动的开展。诱导他们逐渐走向职业化，是错误的，不引导他们去颂扬自己革命的丰功伟绩表现自己的生活，而仍然听任其排演旧戏，宣传封建迷信淫荡的东西，也是错误的。[①]

在中国共产党的积极引导下，解放区的乡村剧团在经过改造后全部变成了“翻身剧团”，成为解放区后期文学活动中最直接地贯彻毛泽东在《延安文艺座谈会上的讲话》确立的“文艺的工农兵方向”的文艺社团。乡村剧团作为生长在农村而且主要为农民演出的文艺社团，在解放区后期的文学活动中真正地实践了文艺为“革命中最广大最坚决的同盟军”[②]服务的目的。

---

① 冀鲁豫行政公署：《关于旧戏班、旧艺人的改造及农村剧运的方向问题》，《冀鲁豫文学史料》，河北教育出版社 1989 年版，第 16 页。

② 毛泽东：《在延安文艺座谈会上的讲话》，《毛泽东文艺论集》，中央文献出版社 2002 年版，第 58 页。

事实上，对乡村剧团有目的地进行思想与组织的改造在延安文艺座谈会召开以前就已经开始了，只是解放区前期的乡村剧团建设仍然是在民族意识的总体规范下进行的。在全民抗战的时代要求下，中国共产党看到了戏剧作为“一支最尖锐最有力的宣传武器”[①]的重要性。因而，中国共产党的各级组织要求解放区各级文化机构要广泛地建立从事戏剧演出的文艺社团[②]。1940年2月，中华全国戏剧界抗敌协会晋察冀边区分会要求在晋察冀解放区“广泛开展戏剧运动”，在“各县建立县的、区的、村的，不脱离生产的剧团”，或者“在各地子弟班的基础上发展成为群众剧团”[③]。在不到一年时间里，晋察冀解放区的“村剧团发展到了一千个，而且不断进步，不断提高，掀起了一个伟大的乡村戏剧运动”[④]。在晋察冀解放区开展的乡村戏剧运动中，由于参与戏剧活动的乡村剧团数量越来越多，因而，为了提高乡村剧团的演出水平，更大地“推进根据地才有的村剧团和蓬勃的农村艺术运动”，中华全国戏剧界抗敌协会晋察冀边区分会于1942年1月提出了“创造模范村剧团”的活动，提出了“创造模范村剧团”基本条件：“组织健全，经常工作，不断进步。”[⑤]所有的乡村剧团都要按照统一的要求去建构，晋察冀解放区开展的“创造模范村剧团”活动其实是提出了乡村剧团建设的标准化问题。中华全国戏剧界抗敌协会晋察冀边区分会虽然只是从文艺社团的社团规范上提出了乡村剧团建构的基本要求，但是它却为延安文艺座谈会召开以后乡村剧团建构的体制化准备了条件。

---

① 记者：《晋察冀边区剧协号召广泛建立群众剧团》，《抗敌报》1940年3月1日。

② 中共中央党校党史教研室编：《中央关于发展文化运动的指示》，《中共党史参考资料》第4册，人民出版社1979年版，第199页。

③ 记者：《晋察冀边区剧协号召广泛建立群众剧团》，《抗敌报》1940年3月1日。

④ 记者：《晋察冀边区剧协致函村剧团号召开展新年戏剧工作》，《抗敌报》1940年12月22日。

⑤ 晋察冀边区剧协分会：《1942年度为创造模范村剧团而斗争》，《晋察冀日报》1942年1月1日。

然而，乡村剧团真正成为解放区文学走向体制化的规范力量是在1942年5月延安文艺座谈会召开以后。当毛泽东的《在延安文艺座谈会上的讲话》从延安传播到各个解放区以后，解放区后期的乡村戏剧运动很快由“创造模范村剧团”转向了“文艺的工农兵方向”的艺术实践，以《穷人乐》为代表的“群众翻身，自唱自乐”的“真人真事”[①]创作和演出成为乡村剧团开展戏剧活动的基本方向。《穷人乐》是晋察冀解放区阜平县高街村剧团于1944年秋天创作的一部“真实地反映了高街村群众从苦难到翻身过程”的戏剧，由于《穷人乐》的内容是“农民生活中发生的真人真事”，是由“翻身群众自己组织的农村剧团”集体创作的，因而，由“农民自己演自己的事”、“歌颂着自己的翻身”的戏剧演出后受到了农民的广泛欢迎[②]。于是，中共中央晋察冀分局于1944年12月作出决定，将《穷人乐》作为“执行毛主席所指示的文艺为工农兵服务的新成就”而在晋察冀解放区全面推广，要求各级文化“领导机关根据本决定进行检查反省，贯彻执行党的文艺政策，沿着《穷人乐》的方向，发展群众文艺运动，组织群众文化生活”。[③]

由于中国共产党的各级文化和文学“领导机关”的介入，以晋察冀解放区为中心的乡村剧团逐渐走向了规范化，作为文艺社团的构成因素和功能属性完全实现了统一，形成了大体一致的社团建构模式。在社团的理论规范上，乡村剧团作为解放区最基层的文化娱乐社团是不可能产生独立的文学理论主张的，乡村社团遵循的文学创作的思想核心是毛

① 荒煤：《关于农村文艺运动》，《人民日报》1947年8月15日。

② 朱穆之：《“群众翻身，自唱自乐”——在晋冀鲁豫边区文化工作者座谈会上关于农村剧团的发言》，《北方杂志》1946年第1期。

③ 中共中央晋察冀分局：《关于阜平高街村剧团创作的〈穷人乐〉的决定》，《晋察冀日报》1944年12月23日。

泽东的《在延安文艺座谈会上的讲话》提出的政策规范。在遍及整个解放区的“乡村文艺运动”中，乡村剧团只有“充分发扬劳动群众在文艺上的创造性，使文艺更直接普遍的为群众服务”[①]，成为“文艺的工农兵方向”的实践者。在抗日战争结束后的特定历史阶段里，乡村剧团更是“一个做宣传工作的艺术团体”，“所演的戏一定要有好的政治内容，一定要对群众有教育意义，要按照各个时期的中心工作编成戏来演”，突出“为政治服务，为中心工作服务”的思想[②]。在社团的实践方式上，乡村剧团强调的是群众的广泛参与性，要将乡村剧团建设成“全村的人都可以参加的一个公共娱乐机关”[③]。在创作和演出过程中，乡村剧团应当“真人演真事”，“最好就本村（或邻村）所发生的真实事情编成戏，然后由发生这一事情的真人来当演员”。这样做可以“不用写台词和读台词，又可以不必花很多精力去练习表情动作”，而且因为是“真人真事”，老百姓又喜欢看，“容易收到宣传效果”。同时，乡村剧团应当“集体编写集体导演”，由“全体角色（最好是真人）来集体讨论剧情结构”，这样做可以“让大家互相纠正动作表情，互相补充台词或情节，甚至全村的老百姓都可以参加意见”[④]。正是由于大量农民的参与活动，最后形成了“由群众自己来编剧，由群众自己来导演，由群众自己来审查”[⑤]的“创作和演出相结合”的实践方式，“农民的思想和情感，农民的智慧、意志和斗争”，依靠已经模式化了的实践方式得到

① 中共中央晋察冀分局：《关于开展乡村文艺运动的决定》，《晋察冀日报》1944年12月23日。

② 秦兆阳：《实行〈穷人乐〉方向的几个具体问题》，《歌与剧》1946年第2期。

③ 朱穆之：《“群众翻身，自唱自乐”——在晋冀鲁豫边区文化工作者座谈会上关于农村剧团的发言》，《北方杂志》1946年第1期。

④ 秦兆阳：《实行〈穷人乐〉方向的几个具体问题》，《歌与剧》1946年第2期。

⑤ 朱穆之：《“群众翻身，自唱自乐”——在晋冀鲁豫边区文化工作者座谈会上关于农村剧团的发言》，《北方杂志》1946年第1期。

了“异常真实的表现”[①]。在乡村剧团的创作和演出台，知识分子已经完全让位于农民自己，这是真正的文学大众化，一再受到文学大众化倡导者批评的“化大众”彻底远离了农民的文化娱乐生活。

文工团虽然是在延安文艺座谈会召开以后才在解放区的军队中大量涌现的，但是，作为专门为部队服务的文艺社团，文工团却早在抗战全面爆发以后就已经产生了。在延安文艺座谈会召开以前，解放区出现的文工团都是由从国统区来到解放区的知识分子作家临时组建的，表现出为抗战服务的高涨的民族解放的热情。

然而，知识分子的身份也决定了文工团所从事的文学活动带有以自我为中心的个人主义倾向。1938 年 5 月，抗战文艺工作团在延安成立后，随即组成六个工作组到八路军抗战前线开展工作。参加抗战文艺工作团的成员全部来自陕甘宁解放区的各个文学机构的知识分子作家，其目的主要是向抗战前线的士兵进行“抗敌宣传”，唤起前线士兵的民族意识。抗战文艺工作团开展的工作主要包括：

> （一）建立各地文艺通讯网；（二）搜集各地方抗战的现实材料；（三）有系统的编写文艺通讯报告；（四）搜集各地民间文艺；（五）摄影；（六）文艺的宣传工作。[②]

由于抗战文艺工作团的“宣传工作”得到了前线士兵一定程度的认可，文艺社团的重要性在“军队政治文化教育和宣传鼓动工作”中日渐显现。于是，八路军总政治部和中共中央文化工作委员会发出通知，要

① 杨思仲：《一部群众自己的创作——介绍阜平高街村剧团〈穷人乐〉》，《解放日报》1945 年 7 月 30 日。

② 《关于抗战文艺工作团》，《抗战文艺》1938 年第 1 卷第 7 期。

求“部队中的政治工作者要了解文艺工作者的工作和生活”的特殊性，要“以极热忱的、虚心的态度去对待他们，使之接近群众”，“部队的政治机关要有计划地去推动部队的文艺活动”，必要时在部队中创建文艺社团①。然而，由于参与抗战文艺工作团的成员基本上都是从国统区来到解放区的知识分子作家，除了在“文艺的宣传工作”上注重与部队士兵的密切联系外，其他方面的工作依然表现出了明显的“文化人”中心地位，个人化的文学创作仍然是抗战文艺工作团成员的主要追求。部队中的文化工作者由于“与群众脱离联系，而陷于孤独的生活，因而发生烦闷苦恼等等现象”，“文化人”与军队士兵之间存在着明显的隔阂，专门为战争服务的文工团在延安文艺座谈会召开以前并没有得到全面的发展，其在军队宣传鼓动工作中的独特性并没有完全显现出来。②

延安文艺座谈会召开后，解放区知识分子作家中流行的“人性论”、“人类之爱”、“杂文笔法”和“暴露黑暗”等观点受到了否定，“封建的、资产阶级的、小资产阶级的、自由主义的、个人主义的、虚无主义的、为艺术而艺术的、贵族式的、颓废的、悲观的以及其他种种非人民大众非无产阶级的创作情绪”③受到了批判，解放区确立了以毛泽东的《在延安文艺座谈会上的讲话》为中心的文学观念，“毛泽东文艺理论”④成为解放区知识分子作家的指导思想。随着毛泽东的《在延安文艺座谈会上的讲话》作为中国共产党的文艺政策的全面执行，在对知识分子作家的个人主义的文学创作方式的否定中，确立了以“戏剧工作和

① 总政治部、中央文委：《关于部队文艺工作的指示》，《中国人民解放军文艺史料选编·抗日战争时期》第1册，解放军出版社1988年版，第5页。
② 吴伯箫、卞之琳：《从我们在前方从事的文艺工作的经验说起》，《文艺战线》1939年第1卷第4期。
③ 毛泽东：《在延安文艺座谈会上的讲话》，《毛泽东文艺论集》，第79页。
④ 周扬：《〈马克思主义与文艺〉序言》，《周扬文集》第1卷，人民文学出版社1984年版，第454页。

新闻通讯工作"[1]为主体的集体主义的文学写作方式。紧接着，八路军、新四军领导下的文艺社团开始了全面的整风运动，在确立全新的军队文艺社团建构模式的同时，也将以文工团为主体的文艺社团纳入了解放区文学运动的体系之中，从而使文工团成为解放区文学走向体制化的规范力量。

从文艺社团的成员构成来看，解放区后期文工团的核心成员仍然是以知识分子作家为主体，但是，知识分子作家的思想意识已完全得到了统一了的，"文艺的工农兵方向"是每一个文工团员从事文学活动的正确的目标。在晋察冀军区的文艺工作者整风会议上，聂荣臻明确提出，部队的文艺工作者"在组织上讲，是属于政治部门。所以他的地位，也就是政治工作的地位。我们的政治工作，就是党政工作，在八路军中有着崇高的地位。"[2]也就是说，文工团开展的各种文艺活动其实是部队思想政治工作的组成部分，是一种特殊的"文化武器"，文工团必须"拿这武器为战争服务"，从革命军队的特殊性出发，"根据部队的特点，创立部队作风"[3]。为了获得更直接、更有效的服务效果，知识分子作家必须接受毛泽东的《在延安文艺座谈会上的讲话》提出的"文艺的工农兵方向"，要以此作为开展政治宣传活动的中心。作为一名文工团员，知识分子作家必须抛弃自己的"'艺术至上主义''为艺术而艺术'的错误认识"，要站在"文艺与政治结合，为政治服务的立场上"，"不能把文艺工作限于狭隘的小圈子里，甚至把文艺工作孤立起来"[4]，而是要

---

① 中共中央宣传部：《关于执行党的文艺政策的决定》，《解放日报》1943年11月8日。

② 聂荣臻：《关于部队文艺诸问题——在晋察冀军区文艺工作会议上的讲话》，《群众》1944年第9卷第2期。

③ 萧向荣：《部队文艺工作要创立部队作风》，《中国人民解放军文艺史料选编·抗日战争时期》第1册，第14页。

④ 钟期光：《关于华东野战军文工团今后的工作问题》，《中国人民解放军文艺史料选编·解放战争时期》上册，第199页。

“面向工农兵，走向大众化”，创作出“前线士兵都能接受，懂”的作品[①]。在解放区后期的文工团开展的各种文艺活动和政治宣传中，文工团创作和演出的文艺作品能否被前线士兵完全接受被看作是文工团的宣传效果实现与否的最高标准。

当社团成员的思想情感完成了“工农兵化”的转变以后，解放区后期的文工团相继以毛泽东的《在延安文艺座谈会上的讲话》为原则，确立了与解放区的现实生活和革命军队的战斗风格相统一的社团宗旨。随着抗日战争的结束，知识分子作家的文学观念中心则是解放战争全面爆发后以推翻国民党反动统治和人民民主国家的建立预期为中心的政治主张，中国共产党成为解放区后期文工团的社团宗旨的规范力量，无产阶级革命的意识形态成了文工团的社团宗旨的根本。1947 年 1 月，山东军区重新修订了文艺社团的“工作纲领”，提出建立文工团的目的是为“贯彻执行毛主席的文艺政策，继续深入开展人民文艺的普及工作”，要以“人民文艺运动的推广，人民文艺与普及工作经验的创造”为重心，“加强政治文化教育，人民文艺的思想教育，培养为人民服务的革命热情，鼓舞其创造新的人民文艺的伟大事业的理想与决心。”[②] 文工团不再是知识分子作家个人从事文学创作活动的中心，而主要是对以革命军队的士兵为主体的“人民”进行思想教育的“文艺宣传队”，工农兵大众才是文工团从事文艺活动和政治宣传的主体。因此，为了保持“正确的思想路线”，“完满地完成宣传任务”，必须经常性地加强对“文工团的思想建设”：

---

① 陈沂：《怎样实现文艺政策——在文艺座谈会上的总结》，《抗日战争时期延安及各抗日民主根据地文学运动资料》下，山西人民出版社 1983 年版，第 93 页。

② 山东省文协：《人民剧团工作纲领》，《山东省文化艺术志资料汇编（内部资料）》第 2 辑，山东省文化厅史志办公室，1984 年，第 1 页。

第一，要加强无产阶级的思想锻炼（党性的锻炼）。

第二，加强政治学习，尤其是政策学习。

第三，面向战争，面向群众，勇敢地参加实际斗争。[①]

“思想建设”的实质就是部队文艺工作者通过思想改造，确立无产阶级思想、信念、道德等。在经历了社团成员的个人思想改造以后，“文工团的思想建设”就变成了一种强制性的措施，往往以文工团的社团规范的形式而存在。当文工团承担着无产阶级的意识责任，以工农兵大众喜闻乐见的通俗文艺形式从事文艺活动和政治宣传时，工农兵大众不仅选择接受了中国共产党的政治主张，而且也成为通俗文艺形式的自觉拥护者。而工农兵大众对通俗文艺形式的认同又反过来进一步要求文工团不断地进行在此同样基础上的新的文艺活动。在文工团和工农兵大众的相互认同中，大众化成为解放区后期文学发展进程主要的艺术形式，其实质则是中国共产党的政治意识形态的体现，解放区文学由此实现了体制化。

在毛泽东的《在延安文艺议会上的讲话》指导下，革命军队的各级政治部统一了对文工团的组织管理，形成了新的社团组织形式。在晋察冀军区，为了强化对文工团的领导，在各个军区的政治部宣传部下“成立文艺工作科，通过各级政治机关的组织系统，负责组织领导全军区部队文艺工作”，各“分区政治部宣传科设‘文艺干事’一人，……负责全分区的文艺工作与俱乐部工作”；军区文工团“除本身演出创作外，

① 钟期光：《关于华东野战军文工团今后的工作问题》，《中国人民解放军文艺史料选编·解放战争时期》上册，第201页。

应加强对全军区部队文艺运动之注意指导，培养新型艺术人才，定期开办艺术训练班，以提高部队文艺水平”，各分区文工团“除本身写出创作外，应负责推动、影响与指导全分区部队的文艺活动，组织训练连队文艺人才，供给连队材料”，每个文工团应当“由戏剧、音乐、美术、文学、舞蹈等组或队”组成，全体成员不得超过五十人①。针对革命军队中“广泛兴起的群众性文艺运动，军区和分区的直属机关、团，大都建立了文艺小组”②，由文工团的成员进行有目的的引导，增强部队文艺活动的现实效果。在华东野战军政治部，“健全党的生活制度”、“开展各种立功运动”、“参加新式整军”等是增强文工团的“政治化、战斗化、群众化”的基本方式③。正是由于规范化的社团组织形式，文工团在战争前沿发挥着前线士兵无法取代的特殊功能。而且，随着解放战争的全面开始，解放区的大量地方文艺社团为适应战争需求，纷纷转换社团组织形式，成为服务战争前线的“文艺战斗队”。在地方文艺社团向文工团的转化过程中，最具有代表性的是延安鲁迅艺术文学院。早在1938年8月，鲁迅艺术文学院就成立了实验剧团，主要是为戏剧系的教学服务的。延安文艺座谈会召开以后，鲁迅艺术文学院“关门提高”的“专门化”办学思想受到了批评，实验剧团也从以专业创作和表演能力的提高为主转向了以“为战争、生产及教育服务”为主，全面参与了解放区的群众化文艺运动④。解放战争开始后，鲁迅艺术文学院的一部分由吕骥、张庚带队于1946年秋天从石家庄撤到哈尔滨后，根据战争形势的变化

---

① 晋察冀军区政治部：《关于开展部队文艺工作的决定》，《晋察冀文学史料》，天津社会科学院出版社1989年版，第184页。

② 黄天：《晋察冀军区的文艺工作》，《解放日报》1942年8月24日。

③ 陈虹：《华东野战军政治部文艺工作团的基本情况和经验》，《中国人民解放军文艺史料选编·解放战争时期》上册，第205—206页。

④ 张庚：《论边区剧运与戏剧的技术教育》，《解放日报》1942年9月11日。

和战争前线的要求，中共中央东北局宣传部提出要“把以课堂教学为主的学院形式，暂时改为以艺术创作演出实践为主要活动方式的文艺工作团”①。于是，在延安鲁迅艺术文学院基础上成立的东北鲁迅文艺学院于1947年初相继改编为由舒非、水华、向隅、张庚、吕骥等人任团长的五个文工团，加入到了东北解放区的战争宣传和土改运动等政治活动的行列中。由于这些文工团包括了文学、戏剧、音乐、舞蹈、美术等不同艺术领域的成员，能够开展大规模的创作、演出、宣传等综合性文艺活动，因而在解放战争中成为革命军队进行政治动员和文艺宣传的主力军。

当解放区后期的文工团以毛泽东的《在延安文艺座谈会上的讲话》为指导方针完成了社团转型以后，随即在革命军队中开展了大规模的“群众性文艺创作运动”，从而将“毛泽东文艺理论”②变成了工农兵大众的“政治实践”。1947年3月，担任东北民主联军总政治部宣传部长的萧向荣在为《部队文艺》撰写的“创刊词”中提出：

> 部队的文艺工作，究竟要怎样来执行毛主席所指示的方向呢？我以为基本上可以归纳为下列两个口号：第一就是“为兵服务”，第二就是“把文艺工作变成为群众运动”。
>
> 在部队文艺工作上的“为兵服务”是怎样解释的呢？简单说来，就是这样三句话：写兵、演兵和给兵演。
>
> 群众的文艺运动，中心是什么呢？我以为一个是办墙报，提倡大家动笔，多写工作报道和战斗故事；再一个就是开展演唱运动，

---

① 郝汝惠：《鲁艺在东北》，辽海出版社2000年版，第6页。

② 周扬：《〈马克思主义与文艺〉序言》，《周扬文集》第1卷，人民文学出版社1984年版，第454页。

提倡自编自演。[1]

这里“毛主席所指示的方向”，就是“文艺的工农兵方向”，也就是文艺的大众化方向。文艺的大众化不只是要求工农兵大众被动地参与到解放区的文学运动中，成为文学活动的接受者，同时，更重要的是要求工农兵大众发挥自己的主动性，成为解放区文学运动的创造者。因此，文工团的任务就是要让革命士兵成为军队文艺活动的主体，一方面要“为兵服务”，“写兵，演兵，和给兵演”，另一方面要“提倡大家动笔”，推动“士兵自编自演”，从而形成一种革命士兵自己参与其中的“群众的文艺运动”。“写兵，演兵，和给兵演”与“士兵自编自演”是萧向荣在担任陕甘宁晋绥联防军政治部宣传部长时于1943年底为联政宣传队提出的社团活动方式，随着联政宣传队于1946年初从陕甘宁解放区转入东北解放区，联政宣传队的社团活动方式走向了整个解放区，成为革命军队文工团开展文艺活动的基本方式。就在东北民主联军总政治部开展“写兵，演兵，和给兵演”与“士兵自编自演”的社团活动的同时，中共晋察冀中央局也作出了“贯彻为兵服务方针、开展部队文艺工作”的决定，要求文工团开展“深入连队，为兵服务”的社团文艺活动，让每一个文工团员“主动及时的以战斗的姿态伸展到火线上去”。因为，文艺工作者只有在“和战士共同生活在实际斗争中，使自己的生活、作风、思想、感情，逐渐和他们溶合在一起，为他们伟大的英雄行动所感动，这样产生的文艺作品，再现在战士面前，就容易被接受、喜好，并得到他们的修正与充实，同时，更激起了自己的创造热情。战士

① 萧向荣:《部队的文艺工作应该为兵服务》,《中国人民解放军文艺史料选编·解放战争时期》下册，第474、476页。

们把自己的生活和斗争，反映在墙报、快板、歌咏、舞蹈、绘画和戏剧中。应该认识这种战士们自己的文艺活动，是我们部队文艺工作的重要部分，只要加以组织和推动，就会形成群众性的文艺运动。”[①]“写兵，演兵，和给兵演”与“士兵自编自演”的社团活动方式也强化了革命军队文艺活动的真实性和感染力，让文艺创作始终与现实生活、政治运动保持着直接的关联。为了追求更直接的现实说服力和政治影响力，“真人真事”写作成为文工团最基本的创作方式，文工团的团员常常是在“部队行军时边走边演，不仅演，而且编，一路上哪个连队出现好人好事，我们就边采访边编写，立即就下到连队去演唱，战士们听到自己的事迹被唱出来，感到很亲切，受到很大的鼓舞。”[②] 正是在“写兵，演兵，和给兵演”与“士兵自编自演”的社团活动方式的推进中，文工团员与部队战士“打成了一片”，解放区的文艺活动不再区分明确的创造者和接受者，他们似乎都变成了创造历史的主人。当部队战士作为文艺活动创造者的主体地位受到广泛推崇的时候，工农兵大众的“群众性的文艺活动”在解放区获得了全面的成功，其实质是以《在延安文艺座谈会上的讲话》为指导的党的文艺政策得到了普遍的落实，中国共产党的政治主张成为解放区文艺活动的核心。

作为解放区后期最有代表性的文艺社团、乡村剧团和文工团都是毛泽东的《在延安文艺座谈会上的讲话》得到贯彻的结果。在“文艺的工农兵方向”的引导下，乡村剧团和文工团在社团的创作主体、理论主张和社团规范等社团构成因素和建构目标、实践方式和社团性质等功能属

① 中共晋察冀中央局:《关于贯彻为兵服务方针、开展部队文艺工作的决定》,《晋察冀日报（增刊）》1947 年 5 月 10 日。

② 丹敏：《在硝烟中歌唱，在战斗中成长——回忆在新四军五师的战斗生活》，《太行太岳边区文艺史料选编（内部资料）》，河南省革命文化史料征集编辑室，2000 年，第 302 页。

性上完全以社会政治功能为中心，形成了以“工农兵大众”为主体的社团规则，成为“坚决执行党的策略路线”，把文学活动深入到乡村和军队中的“典范”[①]。而且，更为重要的是，乡村剧团和文工团的社团规则一旦形成，就会以其特有的方式推动着解放区文学按照《在延安文艺座谈会上的讲话》的要求向前发展，从而更有力地强化了解放区后期文学的体制化进程。

文艺社团的意识形态规范功能

延安文艺座谈会以后，随着解放区文学的走向体制化，文艺社团作为延安文学制度的构成因素规范着解放区文学的发展路径。文艺社团之所以能够发挥特殊的规范作用，其根本原因是解放区后期的文艺社团成为了中国共产党的文艺政策的执行者。作为无产阶级政党意识形态的载体，解放区后期的文艺社团具有特殊的社团组织形式，所有的文艺社团都是在特殊的社团组织形式的规范下运行的。因而，当解放区后期数以千计的文艺社团处于特殊的社团组织形式的统一支配之下时，其发挥的独特社团功能是国统区的文艺社团所无法实现的。

解放区后期文艺社团组织形式的特殊性与文艺社团的生成机制直接相关。延安文艺座谈会召开以后，毛泽东的《在延安文艺座谈会上的讲话》被确定为中国共产党的文艺政策，要求在解放区进行全面的贯彻执行，“文艺的工农兵方向”成为解放区文学活动的中心。解放区后期的

① 晋察冀军区政治部：《关于各分区剧社执行创造铁军工作的指示》，《抗敌三日刊》1942年8月15日。

文艺社团都是在毛泽东的《在延安文艺座谈会上的讲话》的思想的指导下建构起来的，都是以“工农兵”作为服务对象的。解放区文艺社团生成机制最终在延安文艺座谈会召开以后走向了统一。在解放区文学的发展进程中，这是文学观念走向统一的必然结果。

正是由于解放区后期的文艺社团在建构过程中形成了特殊的文艺社团生成机制，决定了解放区后期的文艺社团拥有与其生成机制相对应的体系化的文艺社团组织形式。所谓的文艺社团组织形式，指的是文艺社团的建构方式、运作机制和管理机构，以及不同的文艺社团之间的相互交流、隶属关系等，它是一个文艺社团在整个文学系统中所处的位置及其能够进行正常文学活动的存在方式。

解放区前期的文艺社团组织形式主要有两种类型。一种是组织化的，主要通过中国共产党的各级组织机构或者党员代表直接参与文艺社团的机构管理的方式，从而使文艺社团成为中国共产党的各级组织机构的一个重要组成部分①。或者说，在组织化的社团组织形式中，文艺社团是隶属于中国共产党的相关组织机构的领导的。正是通过这类社团组织形式的运用，中国共产党成功实现了对解放区文学运动中的文艺社团组织领导，使文艺社团自觉地成为中国共产党的政治主张的承载者。另一种是以知识分子作家为创作主体形成的同人化社团组织形式，由于参与文艺社团的组织机构管理的大多是志趣相投的知识分子作家，社团的组织原则、活动宗旨、人员组成都是经过他们平等协商的

① 中共中央在 1942 年 9 月通过的“关于统一抗日根据地党的领导及调整各组织间关系的决定”中明确规定：“党对民众团体的领导，经过自己的党员或党团。”这就是说，中国共产党一方面要遵照解放区各级政府施政纲领的规定，保持文艺社团的独立性，另一方面又要从中国共产党的政治主张要求出发，加强对文艺社团的政党领导。（中央档案馆编：《中共中央关于统一抗日根据地党的领导及调整各组织间关系的决定》，《中共中央文件选集》第 13 册，中共中央党校出版社 1991 年版，第 432 页。）

结果，呈现出典型的个人主义的自主性，因而是其社团组织形式呈现出同人化的特点。同人化社团组织形式主要是通过知识分子的现代的民主协作精神建立起来的，是以个人的相互尊重为前提的，不同的文艺社团之间形成的是一种平等的对话关系。尽管以知识分子作家为主体建构起来的文艺社团存在于解放区，但是它们都是以民族解放作为最基本的社团宗旨的，因而，这些文艺社团的文学观念虽然表现出明显的个人化，它们的社团组织形式具有很强的独立性，然而也同样在解放区获得了很大的生存空间，成为解放区文学活动的重要组成部分。

同人化社团组织形式是与“五四”新文学革命相伴而生的。只有在“五四”新文化运动的声浪中，当个性自由、民主博爱等成为一种时代潮流时，同人化的社团组织形式才有可能成为文艺社团建构的基本方式。1921 年 1 月，当沈雁冰、郑振铎、周作人、叶圣陶、许地山、王统照、郭绍虞等人相约发表文学研究会宣言时，他们抱着打破中国文学界“向来就有‘文人相轻’的风气”，在“互相理解”的前提下，“结成一个以文学为中心的团体”。因此，开展文学活动是文学研究会成立的根本。在他们看来，“将文艺当作高兴时的游戏或失意时的消遣的时候”已经过去了，“文学是一种工作，而且又时于人生很切要的一种工作”①。他们既不是为了政党的要求，也不是为了商业的利益而建立文学社团，加入文学研究会的会员都是认同“为人生”的文学观念的，彼此之间存在着对文学的真诚与努力。正是由于他们的努力，形成了“为人生”的启蒙主义文学潮流。1921 年 7 月，当郭沫若、郁达夫、成仿吾、张资平等一批在日本的留学生发起创造社时，他们也绝不是为了某种明确的政治目标。然而，在异域的生活环境中，他们感受到了民族的

① 文学研究会：《文学研究会宣言》，《小说月报》1921 年第 12 卷第 1 号。

歧视、生存的压抑。尽管他们也“厌恶团体之组织”形成的“暴力”，但是，“内心的要求”驱使着他们创建文艺社团：“我们这个小社，并没有固定的组织，我们没有章程，没有机关，也没有划一的主义，我们的思想，并不相同，也并不必强求相同。我们所同的，只是本着我们内心的要求，从事于文学活动罢了。”① 他们在追求文学的“全”与“美”的同时，也对旧社会“不惜加以最猛烈的炮火”。② 正是由于他们的辛勤“创造”，形成了“为艺术”的个性主义文学潮流。无论是文学研究会，还是创造社，其社团组织形式都是开放式的，不受外部政治势力或商业利益的诱惑。

抗战全面爆发后，当国统区的知识分子作家相继进入解放区的时候，他们仍然是抱着“五四”时期知识分子的个人主义心态的。在一个全民抗战的时代里，抗战的民族意识毫无疑问是最根本的。如同《文艺突击》的“发刊词”所说：“文艺诚然需要艺术性，文艺工作者也必须是为艺术的工作者，然而正因为要保证艺术性，正因为要成为真正为艺术的工作者，所以就要使文艺成为真正战斗生活的一部分，文艺工作者就要真正会用他的文艺工作去参加民族的战斗。”“文艺必须服从于抗战，成为抗战力量的一部，这一个大的原则是不应有疑义的，‘国家至上，民族至上，军事第一，胜利第一，意志集中，力量集中’，这是民族精神总动员的三个共同目标，也应该成为文艺工作者的目标。”③ 民族解放虽然是知识分子作家的中心意识，但是，这与“五四”新文化运动以来知识分子作家一贯坚持的个人主义精神并不产生必然的矛盾。因而，当大量的知识分子作家汇聚到解放区时，内心的自由精神与民主意

① 郭沫若：《编辑余谈》，《创造季刊》1922 年第 1 卷第 2 期。

② 成仿吾：《新文学之使命》，《创造周报》1923 年第 2 号。

③ 《文艺界的精神总动员——代革新号创刊词》，《文艺突击》1939 年新 1 卷第 1 期。

识促使着他们抱着同人式的理想相继建立了一系列文艺社团，以此为中心开展文学活动。在晋东南根据地，中华全国戏剧界抗敌协会晋东南分会曾要求“各个剧团内部的组织、管理、生活、工作应有统一的规定”，但最终在戏剧大会上提出讨论时被否定。因为，“剧团还是一般群众性质的团体，按它本身的性质来说是一个艺术集团。因此它的组织、生活、管理、工作应任其照更自由的方式去发展，不必拘束在一种呆板的形式中。”[①] 在全民抗战的浪潮中，诗歌是最容易表达知识分子作家的民族主义情绪的。于是，以诗歌活动为中心的文艺社团在解放区大量涌现。在陕甘宁根据地，刘御、林山、雪苇、吕剑等人于1937年12月成立了战歌社，通过设立分社的方式将诗歌成员发展到了整个根据地。战歌社主要是采取每周一次诗歌例会的活动方式，诗歌会员相聚在一起“一是念念诗，交流诗歌创作，二是谈谈诗，座谈内容与形式。整个气氛融洽随和，完全是同志式的切磋帮助”[②]。奚定怀、徐明、劳森、庄涛等青年学生于1938年9月成立了山脉诗歌社，他们“坚持自愿结合的原则，组织和开展诗歌的创作和宣传活动。这个诗社没有什么章程，也没有办什么登记手续，完全是通过自己的联络搞起来的组织”[③]。在晋东南根据地，高鲁、叶枫、刘大明等人于1941年6月建立了太行诗歌社，“凡是爱好诗歌的同志，经本社一至二人介绍，填写社员登记表一份，经本社负责同志研究同意，即可取得社员资格”，完全是一些诗歌爱好者个人组织起来的[④]。当然，最有代表性的是1940年10月成立的文艺月会，其发起人萧军、舒群、丁玲等人为了突出自由活泼的特

---

① 李伯钊：《敌后文艺运动概况》，《中国文化》1941年第3卷第2、3期。

② 刘锦满：《回忆延安“战歌社”——胡征同志访问记》，《新文学史料》1981年第2辑。

③ 刘锦满：《历史的忆念——解放区的几个诗歌组织和刊物的回顾》，《新文学史料》1979年第5辑。

④ 曼晴：《春风杨柳万千条——回忆晋察冀边区的诗歌运动》，《新文学史料》1979年第5辑。

点，没有像一般的文艺社团那样设立社团负责机构，而只是在每次举行文学讨论会或社团例会时临时推举主席负责每次的会议。除了发起人以外，荒煤、周文、雪苇等人也担任过例会讨论的负责人，采用的完全是平等交流式社团组织形式开展文学活动。

延安文艺座谈会召开以后，毛泽东的《在延安文艺座谈会上的讲话》成为解放区后期文学发展的基本方向，从国统区来到解放区的知识分子作家开始了从个人主义的思想感情向工农兵大众的思想感情的转化。当工农兵大众成为解放区文学活动的主体时，同人化的社团组织形式就失去了继续存在下去的现实依据，而组织化的社团组织形式则因为其与中国共产党的文艺政策的高度一致而获得了长足的发展，成为解放区后期文学活动中最基本的社团组织形式。而且，更为重要的是，由于解放区后期的文艺社团组织形式完全是在毛泽东的《在延安文艺座谈会上的讲话》的指导思想下形成的，因而更能在解放区后期相继出现的工农兵文学潮流中发挥引导作用，从而完成了对中国共产党的政治主张的传播。

在解放区文学走向体制化的进程中，文艺社团成为真正的规范力量主要是在延安文艺座谈会召开以后。1943年10月，随着毛泽东的《在延安文艺座谈会上的讲话》的公开发表，中共中央宣传部发布了《关于执行党的文艺政策的决定》，将毛泽东的《在延安文艺座谈会上的讲话》确定为中国共产党的文艺政策，要求“全党的文艺工作者都应该研究和实行这个文件的指示”，将其作为“解决文艺观和文化观问题”，以及“一般的解决人生观与方法论问题的教育材料”①。解放区的文艺工作者必须抛弃自己思想中的“自由主义倾向”，从“知识分子的圈子跑到

① 中共中央宣传部：《关于执行党的文艺政策的决定》，《解放日报》1943年11月8日。

工农兵的圈子里去”[①]，“以戏剧工作与新闻通讯工作为中心”，努力促成“群众性文艺运动”[②]。正是由于毛泽东的《在延安文艺座谈会上的讲话》的全面贯彻执行，解放区后期的文艺社团无论在社团生成机制上，还是在社团组织形式上都完成了新的转型。最后，解放区后期的文艺社团统一为一种完全以无产阶级意识形态为宗旨的文艺社团生产模式，规范着解放区后期的文学走向了体制化。

解放区后期文艺社团的规范功能是以文艺社团隶属关系的组织化为前提的，只有当文艺社团完全接受中国共产党领导的时候，其社团生成机制才能根据党的要求进行文艺作品的再生产。在解放区的文艺社团建构体系中，文艺观念被看作是文艺社团开展文学活动的根本。延安文艺座谈会召开以后，毛泽东的《在延安文艺座谈会的讲话》提出的文艺的“工农兵方向”成为所有文艺社团的指导思想，不仅文艺社团的社团宗旨、理论纲领的制定都应当以此为依据，而且文艺社团的全体成员在行动准则上要彻底做到“和工农兵大众的思想感情打成一片”[③]。因此，在文艺社团的隶属关系上，每个文艺社团虽然作为群众团体在文学活动中有一定的独立性，但是，为了“使文化建设与党的政治方针与群众路线密切联系”，所有的文艺社团都必须置于“各级党的宣传部门的领导之下”，所有的文艺社团必须建立“党的小组或支部”，经常性地开展思想教育活动，使全体成员保持正确的思想意识[④]。即使在“文艺下乡”或流动演出的过程中，文艺社团也“一定要接受当地的领导”，不能随意

① 凯丰：《关于文艺工作者下乡的问题——在党的文艺工作者会议上的讲话》，《解放日报》1943年3月28日。

② 中共中央宣传部：《关于执行党的文艺政策的决定》，《解放日报》1943年11月8日。

③ 毛泽东：《在延安文艺座谈会上的讲话》，《毛泽东文艺论集》，第52页。

④ 中共中央山东分局：《对各地文协工作的指示》，《山东省文化艺术志资料汇编（内部资料）》第1辑，山东省文化厅史志办公室，1984年，第60页。

开展演出活动[①]。也就是说，在延安文艺座谈会召开以后，解放区的文艺社团不再具有无组织的独立性。依照中共中央关于中国共产党的各级组织与群众团体关系的决定，每个根据地都要"有一个统一的领导一切的党的委员会"，实行"党的领导的统一与一元化"[②]，民众团体都要置于"党的领导之下"。作为解放区文化领域最重要的民众团体，文艺社团所对应的领导机关是中国共产党的各级宣传机构。虽然中国共产党"对民众团体的领导，经过自己的党员或党团。"[③]但是，正是通过这种特殊的组织方式，解放区的文艺社团最终隶属于中国共产党的各级宣传机构。文艺社团一旦隶属于中国共产党的各级宣传机构的领导之下，它自然会成为中国共产党的路线与方针、政策的宣传者。当中国共产党的各级宣传部门要求所有的文艺社团都必须站到无产阶级立场的时候，解放区文艺社团的社团组织自然也接受中国共产党的领导，其核心必然是文艺思想的统一。1943年4月，在晋察冀根据地开展的文艺界整风运动中，中共北岳区党委对"党的文艺工作者"提出了这样的要求：

> （一）应有明确的阶级立场。一切文艺作品不管它用什么题或材料，都是表达一种思想的。一切作家，不管他是干那一行的，都会在自己的作品中表现自己的立场和思想。无产阶级的立场就是我们的立场。这是我们文艺工作者与一切非无产阶级作家的不同之点。

① 陈沂：《怎样实现文艺政策——在文艺座谈会上的总结》，《抗日战争时期延安及各抗日民主根据地文学运动资料》下，山西人民出版社1983年版，第93页。

② 中央档案馆编：《中共中央关于统一抗日根据地党的领导及调整各组织间关系的决定》，《中共中央文件选集》第13册，中共中央党校出版社1991年版，第432页。

③ 中央档案馆编：《中共中央关于统一抗日根据地党的领导及调整各组织间关系的决定》，《中共中央文件选集》第13册，1991年，427页。

（二）要接受党的监督

甲：每个文艺工作者都有权选择他们自己写作的题材，选择他们的表观方法的权力，没有丝毫限制。

乙：党不允许在文艺作品中宣扬反党的观点，所以党要给党的文艺工作者以监督，党如果允许党员在文艺作品中或其它工作中宣传反党观点，那么党就会瓦解，党与反党观点的分界是党纲，党的策略，决议和章程。

丙：党的文艺工作者不但要研究党的政策，而且要熟悉它，宣传它，党的政策应成为党的文艺工作者重要的政治学习和业务学习的内容。

（三）加强政治和艺术的学习。不要忽视政治学习，也不应因强调政治学习忽视了业务学习。因为艺术活动究竟不是一般政治活动，它有自己一定的特殊性，没有较高的政治水平固然不会成为好的艺术家，单有政治水平没有艺术修养，也便不成其为艺术工作者。

（四）健全党的生活，反对轻视小组生活和自由主义的态度；党的小组和支部生活是党员锻炼自己的学校。①

作为在党的一级组织的文艺工作者会议上的总结，这段话阐述了毛泽东的《在延安文艺座谈会上的讲话》的精神实质，即文学与政治的关系。对于党的文艺工作者来说，文学的无产阶级立场就变成了以中国共产党的政策为中心的政治实践活动。知识分子作家作为党的文艺工作者，应是有明确的无产阶级立场的党的政策解读者，要随着党政策的

① 胡锡奎：《加强文艺整风，为克服艺术至上主义倾向而斗争——1943 年 4 月 30 日在中共北岳区党委召开的党的文艺工作者会议上的结论》，《晋察冀日报》1943 年 5 月 21 日。

变化及时调整自己的创作路径和方向，否则会在党的政策的变动中成为落伍者。因此，作为党的文艺工作者，知识分子作家不仅要一般性地强化政治学习，而且要将自己置于“党的小组和支部”中。在每一个文艺社团的组织机构中，具有党员身份的知识分子作家大多处于领导岗位①。因而，对每一位党的文艺工作者进行“党的政策”教育，最终就完成了对文艺社团的社团组织形式的组织领导。

信息传播是文艺社团的基本功能之一，也是文艺社团发挥文学规范功能的主要手段之一。解放区后期的文艺社团扮演着重要的信息传播者的角色，也承担着文学制度规范者的任务。然而，与一般文艺社团对以“审美”为中心的人文信息的传播不同，解放区后期的文艺社团主要承担了中国共产党方针、政策的信息的传播。延安文艺座谈会召开以后，文艺社团传播信息的方向已经规定好了，就是毛泽东的《在延安文艺座谈会上的讲话》提出的基本精神，即“文艺更好地为工农兵服务，文艺工作者与工农兵更好地结合”。换句话说，就是文艺社团的信息传播要为工农大众的利益服务，要以政治和艺术的统一为准则。在文艺社团开展的各种文学活动中，中国共产党的政治主张的传播就转化为“党在不同时期的具体政策”。如同周扬所说，文艺社团“要进一步发动与组织文艺界的力量，反映伟大爱国自卫战争，反映有空前历史意义的土地改革，反映大生产运动，表扬群众的新英雄主义，使文艺无愧于这个新的

---

① 中共中央在 1942 年 9 月通过的“关于统一抗日根据地党的领导及调整各组织间关系的决定”中明确规定：“民众团体的各级委员会的委员，须尽可能有半数以上的非党员。”这说明，在解放区文艺社团的社团组织机构中，具有中国共产党党员身份的负责人占据着大多数领导岗位是一种普遍的现象，中共中央作出相关决定就是为了避免让过多的党员占据着本来属于民众团体的领导岗位的现象。（中央档案馆编：《中共中央关于统一抗日根据地党的领导及调整各组织间关系的决定》，《中共中央文件选集》第 13 册，第 432 页。）

群众的时代”[1]。到了第三次国内革命战争时期，文艺社团的政治宣传任务当然就变成了与时代相关的党的政策。时代在不断地发展，政策在不停地变换，不同的时代里都会产生不同的政策，解放区后期的文艺社团一直处在传播党的政策的文学活动中。

延安文艺座谈会召开以后，以毛泽东的《在延安文艺座谈会上的讲话》为“文艺政策”指导中心，解放区的文艺社团不但确立了统一的文学思想观念，而且也形成了标准化的社团组织形式。在党领导的社团生成体制的统一规范下，解放区前期的以知识分子作家的个人创作为中心的文艺社团的数量大为减少，从事文学创作的个体的专业作家逐渐缩减，取而代之的是以工农兵为主体的从事集体创作的文艺社团的数量迅速增加，为土改运动、战争前线等党的各种决定和政策提供服务的文艺工作者猛增[2]。随着工农兵型文艺社团的大量涌现，解放区后期文艺社团传播党的政策的方式也发生了根本性的变化，大众化成为文艺社团传播方式的基本特点。一方面，在中国共产党的文艺方针和政策的规范下，参与工农兵型文艺社团的文艺工作者创作了大量的戏剧、报告、通讯等“通俗文艺读物”，在有利于宣传党的政策的同时也逐渐形成了一种固定的创作模式：

① 周扬：《谈文艺问题》，《周扬文集》第1卷，第499页。

② 袁静说：“1944年，我在延安保安处秧歌队，既当演员，又参加写作组，搞节目没有剧本，不得不自己动手写。当时陕甘宁边区正在全面推行减租运动，我就写了一个秧歌剧，自编、自导、自演，群众倒也欢迎。”后来，根据“马锡五审判方式”，“编写了一个秦腔剧本《刘巧儿告状》。秧歌队改成边保剧团，主要演秦腔，在延安给农民演出这个戏，受到群众热烈欢迎”。从此，“我便调到丁玲同志领导的‘边区文协’，成为专业创作人员”。袁静的回忆说明了不同类型的文艺社团之间的差异，也指出了解放区的文艺工作者与文艺社团之间的存在关系（袁静：《入门前三脚》，《在战火纷飞的日子里》，天津社会科学院出版社1990年版，第65—66页）。

> 主题是确定的，文艺工作者应当而且只能写与工农兵群众的斗争有关的主题。文艺工作者所熟悉，所感到兴味的事物必须与工农群众所熟悉，所感到兴味的事物相一致。文艺工作者必须真实地反映群众的要求和情绪，而且站在一定的政策思想水平上回答群众在实际斗争中提出的问题。文艺反映政治，服务政治，主要就是把群众在斗争中及执行政策中的丰富经验加以吸收，消化，生动地描出来，使这些经验反过来再普及到群众当中去，并且借助文艺之力，潜移默化，深入人心。[①]

也就是说，“通俗文艺读物”只能反映“与工农兵群众的斗争有关”的主题。至于作品的题材，在工农兵型文艺社团的文学活动中得到全面推广的“真人真事”写作，成为所有解放区文学创作中数量最多的题材类型。在形式的选择上，“符合群众的生活、思想、情感”的民间形式受到了“真正的尊重”，民间化的创作获得了“完全自由发展的机会”[②]。工农兵型文艺社团的文艺工作者在经过了“实践，创作，再实践，再创作”[③]的再三反复以后，当他们创作出工农兵大众能够接受的大众化作品的同时，也将党的政策“形象化”了，从而完成了文艺社团传播党的政策的功能。另一方面，随着解放区后期文艺社团由以知识分子作家的个人创作活动为中心向以工农兵大众的集体创作与演出活动为中心的转化，面对解放区的工农兵大众因政治翻身带来的文化需求的日益兴盛，文艺社团主要以戏剧演出方式来传播党的各项政策。而且，由于“乡

① 周扬：《谈文艺问题》，《周扬文集》第1卷，第501页。

② 中共山东分局：《山东文艺工作综合报告》，《山东省文化艺术志资料汇编（内部资料）》第7辑，第93页。

③ 周扬：《谈文艺问题》，《周扬文集》第1卷，第504页。

村剧团”和军队文工团的大量创建，在党的文学政策的引导下，最终形成了以“穷人乐”、“王克勤班”[①]等戏剧为代表的群众文艺创作的潮流。可以说，工农兵大众真正参与到了“翻身乐”演出活动带来的革命情绪的热潮中，如同工农兵型文艺社团的参与者所说：“这是一个狂欢的大海。使人看了情不自禁、心神跳荡，感到应该即刻跳到这个海里痛痛快快地跳一下才舒服。以致以至村里有些不好娱乐的人，原来在局外当观众，忽然也蹦进去扭、打起来。”[②]对于以戏剧演出活动为中心的文艺社团来说，这也正是他们所期望的演出效果。然而，“文艺在这时不再只是简单的娱乐品了，它成了直接鼓励和指导群众行动的教科书”[③]。正是通过这种“教科书”，解放区后期的文艺社团完成了自己的规范功能，解放区文学也在文艺社团传播中国共产党的路线、方针和政策的过程中走向了体制化。

（原载《文史哲》2013年第1期）

① 《穷人乐》是晋察解放区阜平县高街村剧团根据农村的“真人真事”集体创作演出的一部戏剧，《王克勤班》是冀鲁豫军区文工团和第六文工队根据部队的“真人真事”集体创作演出的一部戏剧。由于这两部作品“深刻真实地表现了劳动人民的思想感情”，“能表达部队战斗热情与争取胜利的热情”而广受当地农民和部队战士的欢迎。于是，中共中央晋察冀分局作出了“开展乡村文艺运动”和“部队文艺运动”的决定，将两部作品作为晋察冀解放区文艺社团，尤其是乡村剧团和部队文工团学习的方向，从而掀起了解放区的群众文艺运动。

② 夏青：《翻身乐》，《农村新文艺运动的开展》，上海杂志公司1949年版，第108页。

③ 陈涌：《三年来文艺运动的新收获》，《解放日报》1946年10月19日。

第四编

左翼文学与“大众化”及“工农兵文学”

启蒙·革命·规训
——中国现代“文艺大众化”考论

黄科安

在20世纪中国上半叶，“大众化”曾是一个叫得非常响亮的口号，“文艺大众化”是那个时代现代知识者持续关注与热议的重要议题，并试图在具体文艺实践中加以解决。然而，“文艺大众化”又绝非是单纯的文艺议题。事实上，“文艺大众化”运动背后，是中国现代知识者探求现代民族国家的政治诉求和实践活动。也就说，“文艺大众化”运动的本质“不是以文学艺术发展为终极目的，而是以民族国家重建为核心目标的政治活动催生的现代文化运动”，是中国现代知识者“接近、启蒙和促动沉睡的民众参与现代民族国家建构实践的文化策略”①。因此，文艺虽是“大众化”的主要载体，其“大众化”讨论促进了中国新文学的民族化觉醒，但学界如果只是就文艺论文艺，从“新文学发展的内在视角”审视“大众化”讨论，必然会出现遮蔽“文艺大众化”运动背后现代知识者的政治诉求和利益动机。②如此一来，反而不利于我们对于

① 甘浩:《从晚清到五四:文艺大众化运动现代模式的形成》,《信阳师范学院学报》2010年第5期。

② 贺仲明认为：“‘大众化’讨论的价值尚未得到准确的揭示，它与新文学发展的整体关系和意义也没有得到充分重视。”因此他撰写该文的目的在于“试图突破原有方法和视域的限制，主要从新文学发展的内在视角理性地审视‘大众化’讨论，希望能对这一问题的研究有所推进。”见贺仲明:《“大众化”讨论与中国新文学的自觉》,《中国社会科学》2006年第6期。

这个议题的清理和辨析，影响到我们对这个议题的宏观认识和整体性把握。

如果说，我们对“文艺大众化”议题的探讨，是立足于逸出“文艺”范畴，而将其置在中国近现代以来历史大语境下，那么晚清以来100多年的主要文艺思潮涌动与迭起就无出其左右。那种只将“文艺大众化”议题视为20世纪30年代左翼文学的产物，显然是一种比较狭隘的认知。然而，我们如何在一个较大的时间跨度里审视“文艺大众化”议题，这必然涉及到“文艺大众化”最基本的相关要素，和透过相关要素的清理和勾连，分析其背后的权力运作和意识形态指涉，从而竭力发掘“文艺大众化”的具体内涵、文本形式以及与现代民族国家之间的复杂关系。

一、“大众”是谁

如果单从“文艺大众化”本身参与推动中国近现代化进程来说，“文艺大众化”似乎是“本土化”的东西，并非“海外的舶来品”，然而正如中国现代民族国家是在西方和苏联作为参照物构建起来一样，“文艺大众化”的提出和运作，其实一直是在西方近现代思潮背景下进行着。从这个角度来看，“文艺大众化”又明显带有“海外的舶来品”的色彩与特点。

“大众”一词，古已有之，据《辞海》解释，原指“参加军旅或工役的多数人”。《礼记·月令》曰：“（孟春之月）毋聚大众，毋置城郭。”《国策·燕策第二》曰：“燕、赵久相攻，以敝大众。”后泛指人群。王士禛《池北偶谈》卷二十五曰：“有白鹤自顶中飞出，旋绕空际，久之始没，大众皆见。”[①]在日本，“大众”一词最初来自佛教，指“和尚”，如“南方六方大众”，或相当于梵语“僧伽”、“摩诃僧祇”，意指三个以上的僧侣集中在一起的场合。日本大众文学之父白井乔二于大正五一六年（1916—1917年）用“大众”指“民众”[②]，从此“大众”一词在日本逐步褪下宗教的色彩，而变成与西方市民社会中所谓的“市民”、“民众”概念相对应。可以说，“大众”，意指“民众”，这是一般学界认可的含义。然而，晚清以来，随着“文艺大众化”运动的不断推进与演化，“大众”的身份也开始变得日趋复杂和歧义，“大众”是谁？成为一个值得追问的问题。

正如王德威所说的：“没有晚清，何来‘五四’。”[③]晚清开启了中国现代化的进程，也是中国现代“文艺大众化”的肇端，虽然那时学界并无此称呼。晚清知识者在经历中日甲午战争和百日维新的惨败后，他们开始将探求强国之路的眼光，从“器物层”、“制度层”转向如何启蒙“民众”身上。严复称：“民力已堕，民智已卑，民德已薄，虽有富强之政，莫之能行。”基于此种认知，晚清知识界提出“鼓民力”、“开民智”、“新民德”的思想启蒙主张。那么，以什么方式启蒙民众呢？晚清知识者在西方思想的影响下，不约而同想到借助“文学”的力量。他们先后发起了“诗界革命”、“小说界革命”、“白话文运动”。黄遵宪提出以俗语入诗：“我手写我口，古岂能拘牵？”[④]这是向传统文言文分离的挑战。裘廷梁发表了著名的《论白话为维新之本》一文，指出：“有文字为智国，无文字为愚国；识字为智民，不识字为愚民；地球万

① 《辞海》（缩印本），上海辞书出版社1980年版，第623页。
② 严复：《原强修订稿》，《严复集》第1册，中华书局1986年版，第2页。
③ 王德威：《想像中国的方法：历史·小说·叙事》，三联书店1998年版，第3页。
④ 黄遵宪：《杂诗》，舒芜、周绍良编选：《中国近代文论选》，人民文学出版社1999年版，第172页。

国之所同也。独吾国有文字而不得为智国，民识字不得为智民，何哉？裘廷梁曰：此文言之为害矣。”[1]裘氏将批判直指代表正统文化的语言形式——文言文，遂提出“崇白话而废文言”的主张。梁启超在《小说与群治之关系》中，更是将小说文体提升至无以复加的地位：“欲新一国之民，不可先新一国之小说。故欲新道德，必新小说；欲新宗教，必新小说；欲新政治，必新小说；欲新风俗，必新小说；欲新学艺，必新小说；乃至欲新人心，必新小说；欲新人格，必新小说。何以故？小说有不可思议之力支配人道故。”[2]由此观之，晚清之际虽无“文艺大众化”的提法，但他们所行之事，就是如何让文学走入民众，以“鼓民力”、“开民智”、“新民德”，从而达到“新民”强国的政治目的。这时候的“大众”是以“民”的身份出现的，这个“民”，既指涉“愚民”，也泛称一般“民众”。

到“五四”时期，“大众”的身份又是如何？这场新文化运动，是处在中国历史的大变动大转折之际，和东西方文化的大交流大碰撞中出现的。陈独秀在《文学革命论》里宣称要“推倒雕琢的阿谀的贵族文学，建设平易的抒情的国民文学”[3]。此处“国民”概念，是与“贵族”相对应。周作人在《人的文学》中提出“人的文学”，反对“非人的文学”，即强调文学应以“人道主义”为本，作者要“从个人做起，要讲人道，爱人类，便须先有使自己有人的资格，占得人的位置”，此乃一种“个人主义的人间本位主义”[4]。周作人还倡导“平民文学”，他

① 裘廷梁：《论白话为维新之本》，舒芜、周绍良编选：《中国近代文论选》，第 176 页。
② 梁启超：《小说与群治之关系》，《中国近代文论选》，第 157 页。
③ 陈独秀：《文学革命论》，赵家璧主编：《中国新文学大系·建设理论集》，上海良友图书印刷公司 1935 年版，第 44 页。
④ 周作人：《人的文学》，赵家璧主编：《中国新文学大系·建设理论集》，第 193—195 页。

认为“平民的文学正与贵族的文学相反”，指出“平民文学应以普通的文体，记普通的思想与事实。我们不必记英雄豪杰的事业，才子佳人的幸福，只应记载世间普通男女的悲欢成败”①。而将“民众”一词的内涵界定置于中心议题来探讨，是1921—1922年《时事新报》、《文学旬刊》等报刊开展的“文学民众化”论争。朱自清对于“民众”作出过分类：“我们所谓的民众，大约有这三类：一、乡间的农夫，农妇；……二、城市里的工人，店伙，佣仆，妇女，以及兵士等……三、高等小学高年级学生和中等学校学生、商店或公司底办事人、其他各机关的低级办事人、半通的文人和妇女。”②很显然，朱自清给“民众”划定的范围虽带有一定的阶级属性，但还是体现指涉“五四”时期“底层阶层”的基本内容。

如果说晚清和“五四”时期知识者在谈文艺与大众关系时更多是使用“民众”一词，那么“革命文学”论战之际，“大众”一词就开始频繁出现在各类文章中。成仿吾说：“我们要努力获得阶级意识，我们要使我们的媒质接近工农大众的用语，我们要以农工大众为我们的对象。”③由于阶级属性的赋予，“大众”再也不能用“平民”或“民众”来取代，它由“潜”变“显”，进入左翼文坛的主流话语，完成了自家身份的漂亮转型。

1930年左联成立，中国左翼知识者开展的文艺大众化讨论，其理论资源一方面来自苏联的“拉普”（“俄罗斯无产阶级作家联合会”），另一方面来自日本的“纳普”（“全日本无产者艺术联盟”）。尤其后者对中国左联“文艺大众化”论争更是产生直接的影响。1928年，日本“纳

① 周作人：《平民文学》，赵家璧主编：《中国新文学大系·建设理论集》，第210—211页。

② 朱自清：《民众文学的讨论》，《朱自清全集》第4卷，江苏教育出版社1996年版，第37—38页。

③ 成仿吾：《从文学革命到革命文学》，《创造月刊》第1卷第9期，（1928年）。

普”阵营内部发生一场“文艺大众化”的讨论。主要代表人物藏原惟人发表一系列的“文艺大众化”的理论主张。他称：

何谓大众？我们提到大众的时候，不要忘记那绝不是抽象的概念。大众并非与人对立的。我们的大众决不是抽象的整体，而是由工人、农民、小市民、士兵等，具有各自特殊感情、习惯和思想的阶级——阶层组成……这样，才能说我们描写的是活生生的大众。[①]

沈端先在“文艺大众化”过程中，先撰写一篇《所谓文艺大众化的问题》，并引述列宁的话，认为：“艺术非为着民众，为着几百万勤苦的大众——就是为着工人农人而存在不可。”这里的“大众”明显区别于“民众”一词，而突出其阶级属性，仅限于“工人”与“农民”。沈端先后来又撰写《文艺运动的几个重要问题》一文，对“大众”这一概念再次作出界定：

所谓大众，不是抽象的概念，而是生活在不同的感情，习惯，和思想里面的人间。他们，各不相同的文化水准，各有特殊的生活习惯。要使他们了解艺术，欢喜艺术，那么第一当然应该描写这样的大众的活着姿态。[②]

如果我们把沈端先所下“大众”定义，与藏原惟人的论述相比，就

① 原载于《藏原惟人评论集》第1卷，新日本出版社1966年版，第85页。转引自王成《“直译”的“文艺大众化”：左联“文艺大众化”讨论的日本语境》，《中国现代文学研究丛刊》2010年第4期。

② 沈端先：《文艺运动的几个重要问题》，《拓荒者》第1卷第3期，1930年3月。

会发现二者雷同之处太多，也就说，沈氏的“大众”定义完全是一种对藏氏的“拷贝”。类似沈氏的论述，在《大众文艺》杂志开展的“文艺大众化”专题讨论中，屡见不鲜。如，郭沫若说：“大众文艺！你要认清你的大众是无产大众，是全中国的工农大众，是全世界的工农大众！”陶晶孙说：“我们晓得大众乃无产阶级内的大多数便好了。大众是被支配阶级和被榨取者的一大群，自己本身内虽说含有组织性，却是还没有形成团体的形态的。”王独清说：“若是要把大众解作人类中之多数的话，那也只有新兴阶级才算得大众。”[①] 尽管左翼知识者以各自方式表达对“大众”的理解，但有一个基本原则却是相同的，即赋予“大众”的阶级属性，因而已不再是英文“people”[②]，没有“全体”的含义。为此，黎锦熙说：“现代又有拿来义译的‘舶来品’的，‘大众’就相当于英文的 The masses（或译作‘群众’）。这个原词却已有了阶级性（故又或译为‘平民’，或为‘下层阶级’）……最近渐用于多数集体的人民，如所谓人民，如所谓‘劳动大众’‘无产大众’‘农民大众’等。”[③] 由于政治意识形态的突显，“people”演进为“masses”，黎锦熙的评述充分体现了左翼知识者的政治立场和文化诉求。因此，与“五四”相比，左翼知识者重视政治内涵甚于文化价值，塑造具有阶级意识的工农大众高

① 《文艺大众化的诸问题》，《大众文艺》第2卷第3期，1930年3月。

② 1928年9月，郁达夫创办了《大众文艺》杂志，他在《“大众文艺”释名》中称：“‘大众文艺’这一个名字，取自日本目下正流行的所谓‘大众小说’。……现在我们借用的这个名字，范围可没有把它限得那么狭。我们的意思，以为文艺应该是大众的东西，并不能如有些人之所说，应该将它局限隶属于一个阶级的。……我只觉得文艺是大众的，文艺是为大众的，文艺也须是关于大众的。西洋人所说的‘By the people, for the people, of the people’这句话，到现在也承认是真的。”（《郁达夫文论集》，浙江文艺出版社1985年版，第424页）据郁达夫介绍，他命名刊物中的“大众”是从日本移植而来，含有“民众”、“人民”之义，与英文“people”相类同。可见在当时的郁达夫还是持“五四”时期的启蒙立场，而非拥有左翼的阶级意识。

③ 黎锦熙：《大众语真铨》，《大众语文论战续编二》，宣浩平编，启智书局1935年版，第54页。

于塑造具有现代人格的独立个体，“大众”由广义的“民众”概念转向更多局限于“工农”阶层。

我们看到，在20世纪30年代“文艺大众化”论争中，“工农”为主体的大众群体已不仅是被看作一群被侮辱被损害的对象，在左翼知识者笔下他们开始成为改变现实社会的文化虚构力量和文化想象对象。但是正如何大白说：“中国普洛文学的发生，实由于一部分急进的知识分子所促成。他们对于社会的机构和社会变革的必然，是有相当的认识；然而和社会的实生活，却是非常隔阂。换句话说，他们的意识很高，然而生活经验却等于零。”[①] 也就是说，他们因缺乏实际生活经验，而创作出反映工农斗争与生活为主体的“阶级经验的小说”，大多给人一种概念化和公式化的内容，缺少真实感人的力量。

然而，随着“七七”事变发生，日寇长驱直入，到处狼烟四起，大片国土沦丧，百姓流离失所，中华民族走到生死存亡的紧要关头。“救亡图存”、“抗战建国”成为当时中国社会各阶层的共识。在广阔的抗日战场上，到处活跃着以工农大众为主体的革命力量，他们在残暴的侵略者面前，筑起一道坚不可摧的血肉长城，演绎着无数可歌可泣的英雄壮举。因而，工农大众，尤其是农民成为这场战争的重要主角。对此，毛泽东指出：“中国的革命实质上是农民革命，现在的抗日，实质上是农民的抗日。新民主主义的政治，实质上就是授权给农民。新三民主义，真三民主义，实质上就是农民革命主义。大众文化，实质上就是提高农民文化。抗日战争，实质上就是农民战争。”[②] 毛泽东之所以准确把握中国抗日的主体力量，这源于他长期以来对于中国社会各阶层结构的分析

① 何大白：《文学的大众化与大众文学》，《北斗》第2卷第3、4期合刊（1932年7月）。
② 毛泽东：《新民主主义论》，《毛泽东选集》第2卷，人民出版社1991年版，第692页。

和把握。在他看来，“中国有百分之八十的人口是农民”，“因此农民问题，就成了中国革命的基本问题，农民的力量，是中国革命的主要力量”，而“农民之外，中国人口中第二个部分就是工人。中国有产业工人数百万，有手工业工人和农业工人数千万”①，显然与农民相比，工人的数量和比重只能退居第二位。这就意味着，在当时中国“大众”的重心和主体应由工人转向农民，这就突破经典著作所设置的理论框框，而使马克思主义达到与中国具体实践相结合的目的。同时，毛泽东又对“人民大众”作出独到的诠释：

> 那末，什么是人民大众呢？最广大的人民，占全人口百分之九十以上的人民，是工人、农民、兵士和城市小资产阶级。所以我们的文艺，第一是为工人的，这是领导革命的阶级。第二是为农民的，他们是革命中最广大最坚决的同盟军。第三是为武装起来的工人农民即八路军、新四军和其他人民武装队伍的，这是革命战争的主力。第四是为城市小资产阶级劳动群众和知识分子的，他们也是革命的同盟者，他们是能够长期地和我们合作的。这四种人，就是中华民族的最大部分，就是最广大的人民大众。②

在这里，毛泽东把构成占全人口百分之九十的“人民大众”分成四类：“工人”、“农民”、“兵士”和“城市小资产阶级劳动群众和知识分子”，每一类都有相当的比重，但如果与前文提及“中国有百分之八十的人口是农民”相比较，我们就会发现其余三类也仅占百分之十，更

---

① 毛泽东：《新民主主义论》，《毛泽东选集》第2卷，人民出版社1991年版，第692页。

② 毛泽东：《在延安文艺座谈会上的讲话》，《毛泽东选集》第3卷，人民出版社1991年版，第855—856页。

何况军队的构成还是以农民为主。因此，这里“人民大众”的构成也还是以农民为主体。“工人”虽然是“领导革命的阶级”，但在当时中国社会里力量单薄，事实上还不能起到“领头羊”作用。而值得人们注意的是，毛泽东虽然把第四类“城市小资产阶级劳动群众和知识分子”也划归“人民大众”的阵营，但在表述时使用的定义是“也是革命的同盟者”。这里显示出他们虽然都是“人民大众”的范畴，但革命的主力军依然是工农兵。据此出发，毛泽东解决了文艺要为什么人的问题，他说：“我们的文学艺术都是为了人民大众的，首先是为工农兵的，为工农兵而创作，为工农兵所利用的。”[①]

二、谁来“大众化”

谁来“大众化”？事实上是追问究竟谁为“文艺大众化”的创作主体。这在20世纪以来的文学与大众关系的探讨中，“作家的身份和归属一直是其关注的重要问题之一”[②]。然而，在晚清乃至“五四”时期的启蒙语境中，这个问题属于不证自明，即知识者。鲁迅说：“凡有改革，最初，总是觉悟的智识者的任务。”[③]康德说：“启蒙运动就是人类脱离自己所加之于自己的不成熟状态，不成熟状态就是不经别人的引导，就对

① 毛泽东：《在延安文艺座谈会上的讲话》，《毛泽东选集》第3卷，人民出版社1991年版，第851页。

② 郭国昌：《20世纪中国文学的大众化之争》，百花洲文艺出版社2006年版，第114页。

③ 鲁迅：《门外文谈》，《文艺大众化问题讨论资料》，文振庭编，上海文艺出版社1987年版，第373页。

运用自己的理智无能为力。”[1]这意味着，在文化启蒙的预设语境里，知识者与一般大众并不是一种对等关系，而是启蒙与被启蒙，即导师与学生的关系。从晚清到“五四”，无论是严复的“鼓民力”、“开民智”、“新民德”的主张，梁启超的“新民”学说，还是鲁迅的“立人”思想，都体现中国知识精英的担当意识和救世精神。诚如有人评述：“在‘启蒙大众化’的话语系统中，中国先进的知识分子率先掌握了以科学和民主为中心的现代性思想，在现代与前现代，文明与愚昧、先进与落后的差异中，知识分子都处在一个较高的位置上。他们不仅要自己进一步学习和借鉴西方的先进文化，同时还负有教化大众、启蒙大众的历史使命；他们不仅要承担引导大众的任务，同时还要批判和改造国民性中落后、阴黑的东西。”[2]可以说，肇始于晚清，成形于“五四”的新文化运动，是以人的解放为旨归的现代启蒙运动，其“文艺大众化”的本质特征是“化大众”。

然而随着20世纪20年代中期革命文学的论战发生和后来左联时期引发的“文艺大众化”论争，知识者作为推动“文艺大众化”的创作主体不再属于不证自明了。因为在左翼的文化语境中，知识者的阶级身份遭遇审查和质疑。“文艺的大众化”变成与左翼的政治诉求相紧密结合。出于希望产生“无产阶级革命的作家和指导者”的政治愿望，左联决议《中国无产阶级革命文学的新任务》就指出：

只有通过大众化的路线，即实现了运动与组织的大众化，作品，批评以及其他一切的大众化，才能完成我们当前的反帝反国

① ［德］康德：《答复这个问题：“什么是启蒙运动？”》，何兆武译，《历史理性批判文集》，商务印书馆1990年版，第22页。

② 张卫中：《20世纪30年代“大众化”论争中的两种立场及意义》，《南都学坛》2008年第1期。

民党的苏维埃革命的任务，才能创造出真正的中国无产阶级革命文学。[①]

因而，要实现预设“真正的中国无产阶级革命文学”，左联必须通过“大众化的路线”，“向着群众”，用“运动”和“组织”的方式，推动“文艺的大众化”。那么靠谁来推动呢？在激进的左翼知识者看来，新兴作家的来源，“第一来自小资产阶级作家的转变，第二来自工农通信运动中所涌现出来的优秀的通信员”[②]。如此一来，推动“文艺大众化”的创作主体，一是转变成无产阶级革命意识的知识者，一是扶植成长起来的工农作家。

为什么如此看重培养自己的工农作家？激进的左翼知识者认为，“文艺大众化”的阶级基础是工农大众，因此，“大众化”任务，是“在工农大众中间，造出真正的普洛作家”[③]。“惟其由大众出身的作家，才能具有大众的意识，大众的生活感情；所以也只有他们才能表现大众所欲表现的东西，只要他们获得了表现的手段。”[④]然而，先前的“大众化”运动并没有成功，其根源在于知识者存在着不少认知的误区，关键的一点就是“太得作家本位”了，何大白指出：“从来只注重作家怎样能够得到大众欢迎，能够接近大众；而不十分注意到在工农大众中间，提拔真正的普洛作家。这根本是失却问题的核心，埋没了运动的意义。”[⑤]在这方面，国际普罗文学的发展经验，是当时激进的左翼知识者

① 《中国无产阶级革命文学的新任务》，《文学导报》第1卷第8期（1931年11月15日）。
② 寒生：《文艺大众化与大众文艺》，《北斗》第2卷第3、4期合刊（1932年7月）。
③ 何大白：《文学的大众化与大众文学》，《北斗》第2卷第3、4期合刊（1932年7月）。
④ 郑伯奇：《关于文学大众化的问题》，《大众文艺》第2卷第3期（1930年3月）。
⑤ 何大白：《文学的大众化与大众文学》，《北斗》第2卷第3、4期合刊（1932年7月）。

作为佐证的重要资源。西方，尤其是苏俄工农作家通信创作的成功经验，被引介到左联“文艺大众化”运动中。于是，工农通信作品开始见诸于国内的各种学习园地和报纸杂志，体裁诸如报告文学、墙头小说、大众朗诵诗等等。然而，当时的中国工农大众大多数是生活在最底层，几乎没有受到什么文化教育，有的连字都识不到几个，要想让他们像苏俄和西方的一些工农作家那样干出一番文艺成就，绝非易事，后来的文艺实践也证明了这一点。因而，扶持培养工农作家，更多的是作为激进的左翼知识者倡导“文艺大众化”的象征性价值与意义。

因而，承担“文艺大众化”运动和建设无产阶级革命文学的任务，必然还是落在现代知识者身上。然而，1930 年发生的三场“文艺大众化”论争表明，在左翼阵营内部，对于如何认知知识者，出现两种声音，一种坚持知识者的“启蒙的大众化”立场，另一种是坚持“革命的大众化”立场。坚持“启蒙的大众化”立场的知识者，虽然在建设无产阶级文艺的目标是一致的，但他们是以一种精英意识启蒙大众。郭沫若说：“你要去教导大众，老实不客气的是教导大众，教导他怎样去履行未来社会的主人的使命。”[①]冯乃超直接用“导师”称号冠名于推动“大众化”的知识者，他说：“文学的任务如果是民众的导师，它不能不负起改革民众生活的任务，就是说民众该有提高民众意识的责任。”[②]郑伯奇虽然抱怨知识者所创造的初期普罗文学有许多不能让大众接受的东西，以及所处的社会环境不能使他们的作品和大众接近；但他最后得出的结论是“中国目下所要求的大众文学是真正的启蒙文学”[③]。鲁迅作为国内

① 郭沫若：《新兴大众文艺的认识》，《大众文艺》第 2 卷第 3 期（1930 年 3 月）。

② 乃超：《大众化的问题》，《大众文艺》第 2 卷第 3 期（1930 年 3 月）。

③ 郑伯奇：《关于文学大众化的问题》，《大众文艺》第 2 卷第 3 期（1930 年 3 月）。

著名的左翼人士，他是如何看待这个问题呢？一方面，他赞成“文艺大众化”，提倡应该有“多为大众设想的作家”，“竭力来作浅显易解的作品，使大家能懂，爱看，以挤掉一些陈腐的劳什子”；另一方面，在现有的教育不平等的社会里，“仍当有种种难易不同的文艺，以应各种程度的读者之需”，也就是说，“读者也应该有相当的程度。首先是识字，其次是有普通的大体的知识，而思想和情感，也须大抵达到相当的水平线。否则，和文艺即不能发生关系。若文艺设法俯就，就很容易流为迎合大众，媚悦大众。迎合和媚悦，是不会于大众有益的”①。鲁迅这一观念，显示比激进的左翼知识者更有开阔的理论视野和综合辩证的理性态度，坚守的是一种“启蒙的大众化”的文化立场。

然而，激进的左翼知识者站在政治意识形态的高度，重新审视现代知识者在推动“文艺大众化”的作用和地位。在他们看来，现在的“文艺大众化”运动绝不是简单的笼统的“文艺大众化”的问题，而是“创造革命的大众文艺的问题”，“这是要来一个无产阶级领导之下的文艺复兴运动，无产阶级领导下的文化革命和文学革命”②。何大白（郑伯奇）也说：“普洛文学大众化问题是普洛文学领导权的问题。”③这意味着，“文艺大众化”的领导权是归属无产阶级，其性质是“革命的大众文艺”。这种政治欲望诉求，其潜台词在于排除“文艺大众化”由其他阶级党派来领导的可能性，包括小资产阶级知识分子。瞿秋白说：

> 普洛大众文艺的斗争任务，是要在思想上武装群众，意识上无产阶级化，要开始一个极广大的反对青天白日主义的斗争。五四时

---

① 鲁迅：《文艺的大众化》，《大众文艺》第2卷第3期（1930年3月）。

② 宋阳（瞿秋白）：《大众文艺的问题》，《文学月报》创刊号（1932年6月）。

③ 何大白：《文学的大众化与大众文学》，《北斗》第2卷第3、4期合刊（1932年7月）。

期的反对礼教斗争只限于智识分子，这是一个资产阶级的自由主义启蒙主义的文艺运动。我们要一个“无产阶级的五四”，这应当是无产阶级的革命主义社会主义的文艺运动。[①]

瞿秋白从政治意识形态的角度，对于“五四”新文化运动作出重新的评估，认为这只是属于“资产阶级的自由主义启蒙主义的文艺运动”，“反对礼教斗争只限于智识分子”，未能波及到广大的工农大众。因此，对于现在知识者仍秉持“五四”知识精英的启蒙立场，瞿秋白发出了严厉的斥责：“现在的作家，难道配许讲要群众高攀他吗？老实说是不配。”[②]在瞿秋白眼里，现代知识者的“五四”先锋姿态和启蒙话语不再是引以为自豪的知识权力光环。知识者只有下决心消除与大众的隔阂与对立，走进大众中间，消灭自己“知识阶级”的文化身份，认同“我们”是“大众”一员的思想观念，这才能达到生活的大众化与精神的大众化。

瞿秋白提出革命的大众文艺思想，延安时期在毛泽东那里得到酣畅淋漓的发挥和体现。在延安的窑洞里，毛泽东认真阅读了瞿秋白的《海上述林》，并为瞿秋白之死心有戚戚焉，他说瞿秋白是一个既“懂政治”，又“懂文艺”难得的党内人才，感叹“要是瞿秋白同志还在就好”[③]。的确如此，毛泽东文艺思想的逻辑演绎、理论架构和实践操作，与瞿秋白革命的大众文艺思想有着一脉相承的联系。毛泽东的《新民主主义论》除了充分肯定“五四”新文化运动的伟大功绩外，同时也指出它的明显缺陷，以为：“这个文化运动，当时还没有可能普及到工农群

① 史铁儿（瞿秋白）：《普洛大众文艺的现实问题》，《文学》第1卷第1期（1932年4月25日）。
② 同上。
③ 李又然：《毛主席——回忆录之一》，《新文学史料》1982年第2期。

众中去。它提出了‘平民文学’口号，但是当时的所谓‘平民’，实际上还只能限于城市小资阶级和资产阶级的知识分子，即所谓市民阶级的知识分子。”[①]这个论断与瞿秋白认定的是一场“资产阶级的自由主义启蒙主义的文艺运动”，“反对礼教斗争只限于智识分子”的主张是一致的。

瞿秋白强调在“文艺大众化”中对知识分子的批判与改造，也在毛泽东撰写的相关文章中得到明确的回应，例如，从早期文章《中国社会各阶级的分析》、《中国共产党红军第四军第九次代表大会决议案》，再到抗战时期的《反对自由主义》、《中国革命和中国共产党》、《整顿党的作风》、《在延安文艺座谈会上的讲话》等等。

首先，他从“知识”层面解构知识分子的文化身份。他在《整顿党的作风》中说：“有许多知识分子，他们自以为很有知识，大摆其知识架子，而不知道这种架子是不好的，是有害的，是阻碍他们前进的。他们应该知道一个真理，就是许多所谓知识分子，其实是比较最无知识的，工农分子的知识有时倒比他们多一点。”[②]

其次，毛泽东还着重从“精神”层面发掘知识分子的“劣根性”。1929年，毛泽东就指出：“个人主义的社会来源是小资产阶级和资产阶级的思想在党内的反映，当进行教育的时候必须说明这一点。”[③]在《反对自由主义》一文中，毛泽东列举十一种自由主义的种种表现，其中有几种简直就是谈知识分子的弊病，他说：“自由主义的来源，在于小资产阶级的自私自利性，以个人利益放在第一位，革命利益放在第二位，

① 毛泽东：《新民主主义论》，《毛泽东选集》第2卷，第700页。
② 毛泽东：《整顿党的作风》，《毛泽东选集》第3卷，第815—816页。
③ 毛泽东：《中国共产党红军第四军第九次代表大会决议案》，《毛泽东文集》第1卷，第86页。

因此产生思想上、政治上、组织上的自由主义。”[①] 而《在延安文艺座谈会上的讲话》一文，毛泽东还严厉指出，“坚持个人主义的小资产阶级立场的作家是不可能真正地为革命的工农兵群众服务的”，“他们的灵魂深处还是一个小资产阶级知识分子的王国”。

为了实现文艺为工农兵服务，知识分子必须改变自己的“立场”，将“立足点”彻底移到“工农兵这方面上来”，毛泽东在此突出强调了知识分子进行“思想改造”这一重要的整风环节。诚然，知识分子要和群众结合，要为群众服务，首先就要勇于自我审查、自我剖示和自我否定。对于知识分子“思想改造”过程所付出的精神磨炼，毛泽东说：“这个过程可能而且一定会发生许多痛苦，许多磨擦，但是只要大家有决心，这些要求是能够达到的。”[②] 因此，围绕着知识分子的“思想改造”问题，毛泽东对于“五四”以来文艺界争论不休的关于“大众化”问题，有着自己独特的思考和认识：

> 许多同志爱说“大众化”，但是什么叫做大众化呢？就是我们的文艺工作者的思想感情和工农兵大众的思想感情打成一片。而要打成一片，就应当认真学习群众的语言。如果连群众的语言都有许多不懂，还讲什么文艺创造呢？英雄无用武之地，就是说，你的一套大道理，群众不赏识。在群众面前把你的资格摆得越老，越像个“英雄”，越要出卖这一套，群众就越不买你的账。你要群众了解你，你要和群众打成一片，就得下决心，经过长期的甚至是痛苦的磨炼。[③]

① 毛泽东：《反对自由主义》，《毛泽东选集》第2卷，第360页。

② 毛泽东：《在延安文艺座谈会上的讲话》，《毛泽东选集》第3卷，第877页。

③ 毛泽东：《在延安文艺座谈会上的讲话》，《毛泽东选集》第3卷，第851页。

毛泽东论述的“大众化”，并未像一般学者把它当作“文学形式”来探讨，而是强调知识分子在向工农兵学习过程中，要触及灵魂地“洗心革面”，使自己原先的立场、态度真正发生根本性的改造和转变，即在“思想感情”上与工农兵打成一片，这才会使自己的文艺创作从思想内容到艺术形式真正达到“大众化”。从这个意义上看，毛泽东提倡的“文艺为工农兵服务”，打通了一条现代知识者如何通过“改造”环节以服务于新中国建构的发展之路。

三、实现“大众化”的文艺形式

文艺作品是现代知识者倡导“大众化”的实践载体，也是检验文艺是否走向“大众化”的重要标志。诚然，讨论文艺形式，不能纯粹作为一种离开“内容”的孤立行为，否则就无法诠释“形式”本身的生成因素。从这个意义上说，现代中国发生的“文艺大众化”论争，“不仅是一个关于文学性质的重新解释过程，而且也是一个与当时的现实状况相关的社会实践过程”①。

文艺作品的形式自立，首先就是语言问题。“文艺大众化”运动往往首先从语言入手，然后再扩展到其他文本诸要素的变革与实验。可以说，语言本身具有一种神奇的创造力量，在它的背后蕴含着一个时代的政治理想、文化诉求、审美观念等重要信息。如前所述，从晚清至“五四”，“文艺大众化”运动是以“白话文运动”形式出现的。开启中国现代文学序幕的两篇文章——胡适的《文学改良刍议》、陈独秀的

① 郭国昌：《20世纪中国文学的大众化之争》，百花洲文艺出版社2006年版，第1页。

《文学革命论》，都将“白话文”视为新文学不同于传统文学的重要标志。以白话代替文言文，尊白话为正宗地位，因而“五四”新文化运动又被称为“白话文运动”。胡适称，“建设新文学论”有十个大字，“国语的文学，文学的国语”[①]。所谓的“国语”，就是依托“活文学”传播与建设的白话文的“国语”。虽然胡适在他的理论阐述中，未将“大众”明言为服务对象，但他的文学改良的基石及其主要战绩却是白话文运动。所以，有的人就认为，白话文作为“国语”，这就意味着“从思维与行为根基的语言形态上使‘大众’成为国家主体”。[②]

尽管如此，“五四”知识精英在追求白话文这一共性下，却在如何建设现代白话语体文上作出各自的艺术探索。周作人是“平民文学”的首倡者，但他对于这个概念的内涵侧重于以“普遍”与“真挚”来诠释：“第一，平民文学应以普通的文体，记普遍的思想与事实……第二，平民文学应以真挚的文体，记真挚的思想与事实。”为了回避人们的歧义，他又特别声明：“平民文学不是专做给平民看的。”“他的目的，并非要想将人类的思想趣味，竭力按下，同平民一样，乃是想将平民的生活提高，得到适当的一个地位。”[③]这是启蒙者“化大众”的姿态。在这种理念下，周作人提出自己如何建设“国语”的理论主张，他说：“我们决不看轻民间的言语，以为粗俗，但是言词贫弱，组织单纯，不能叙复杂的事实，抒微妙的情思，这是无可讳言的。”因此，“现代民间的言语当然是国语的基本，但也不能就此满足，必须加以改造，才能适应现代的要求。”那么如何来建设呢？周作人认为：“我们的理想是在国语能

① 胡适：《建设的文学革命论》，赵家璧主编：《中国新文学大系·建设理论集》，第128页。

② 尤西林：《20世纪中国“文艺大众化”思潮的现代性嬗变》，《文学评论》2005年第4期。

③ 周作人：《平民文学》，赵家璧主编：《中国新文学大系·建设理论集》，第211—212页。

力的范围内，以现代语为主，采纳古代的以及外国的分子，使他丰富柔软，能够表现大概感情思想……如能这样的做去，国语渐益丰美，语法也益精密，庶几可以适应现代的要求了。”[①]鲁迅的文学创作是从译介外国文学起步的。他说：“我所取法的，大抵是外国的作家。”[②]“所仰仗的全是先前看过的百来篇外国作品和一点医学上的知识。”[③]因而，鲁迅非常重视外来语言文化的借鉴意义，他说：“欧化文法的侵入中国白话中的大原因，并非因为好奇，乃是为了必要。”“要说得精密，固有的白话不够用，便只得采些外国的句法。比较的难懂，不像茶淘饭似的可以一口吞下去是真的，但补这缺点的是精密。”[④]可以说，“五四”知识精英建设的现代中国白话语体文是介于“先锋性”与“大众化”之间。所谓的“先锋性”，就是“‘五四’新文学运动的崛起，其最核心的部分是以先锋的姿态出现的，一下子跟传统断裂了，输入了大量西方的、欧化的东西，希望这个社会沿着它的理想进行变化。它是突发性的运动，含有非常强烈的革命性内容”[⑤]。正是这种欧化的思维方式，带来了欧化的语言表达特点，其结果是给“五四”新文学以全新的美学感受。当然，我们不可忽视“五四”新文化运动所指向的“启蒙民众”的目标，是在白话文的根基上建设的中国现代语体文。因此，有人指出：“在五四文学中形成的‘国语’是一种口语，欧化句式和古代典故的混合物。”[⑥]这个评价合乎“五四”新文学的实际，典型地反映了“五四”新文学复合型的

① 周作人:《国语改造的意见》，止庵校订:《艺术与生活》，河北教育出版社 2002 年版，第 55、59 页。
② 鲁迅致董永舒信，1933 年 8 月 13 日，《鲁迅全集》第 12 卷，人民文学出版社 1981 年版，第 212 页。
③ 鲁迅：《我怎么做起小说来》，《鲁迅全集》第 4 卷，第 512 页。
④ 鲁迅:《玩笑只当它玩笑（上）》，《鲁迅全集》第 5 卷，人民文学出版社 1981 年版，第 520 页。
⑤ 陈思和：《“五四”文学：在先锋性与大众化之间》，《北京大学研究生学志》2006 年第 2 期。
⑥ 费正清：《剑桥中华民国史》上卷，中国社会科学出版社 1994 年版，第 528 页。

特性，这是怎样的一种矛盾的缠绕与纠结的产物。

在20世纪30年代的“大众化”讨论中，如何建设无产阶级革命文学的“大众语”成为左翼知识者关注的重点。瞿秋白说：“大众文艺应当用什么话来写，虽然不是最重要的问题，却是一切问题的先决问题。”[①]也就是说，语言是文艺内容的媒介载体和文艺形式的物质外壳，文艺要走向“大众化”，首先它的语言必须“大众化”。瞿秋白曾直斥“五四”新文学是“非驴非马”的“骡子文学”[②]。在瞿秋白看来，“五四”的新文化运动只是“欧化的绅士”革命，他们只是创造一种“欧化的新文言”，并没有让新文化真正走入普通大众。正因为如此，瞿秋白一笔抹杀了“五四”创造现代白话的历史功绩，他认为，中国需要再来一次文字革命，他把这个革命称之为“俗文学革命运动”[③]。强调运动的领导权归属于无产阶级，主张真正的用俗话写一切文章，打破“五四式的士大夫和章回体的市侩文丐垄断的”的“白话”。

因此，在“用什么话写”的问题上，瞿秋白明确排斥所谓的“周朝话”（文言）、“五四式的白话”（新文言）和“章回体的白话”（明清白话）等选项，提出要用“现代中国活人的白话”，尤其是“无产阶级的话”。那么何谓“无产阶级的话”？他认为：“无产阶级在五方杂处的大都市里面，在现代化的工厂里面，它的言语事实上已经在产生一种中国的普通话（不是官僚的所谓国语）。容纳许多地方的土话，消磨各种土话的偏僻性质，并且接受外国的字眼，创造着现代科学艺术以及政治的新的术语。”然而，这种融合方式又不是回到“五四”式的欧化白话的泥

① 史铁儿（瞿秋白）：《普洛大众文艺的现实问题》，《文学》第1卷第1期（1932年4月25日）。
② 瞿秋白：《学阀万岁！》，《瞿秋白文集》第2册，人民文学出版社1953年版，第596页。
③ 史铁儿（瞿秋白）：《普洛大众文艺的现实问题》，《文学》第1卷第1期（1932年4月25日）。

淖了吗？瞿秋白以为，这里有一个根本的区别："无产阶级普通话的发展生长和接受外国字眼以至于外国句法……都是根据于中国人口头上说话的文法习惯的。"也就说，一切写的东西，都应当拿"读出来可以听得懂"为标准，属于"活人的话"①。可见，瞿秋白试图建设的"无产阶级的普通话"，更多源于政治意识形态的考虑，即如何以更好的现代言语服务于这支已在中国政治舞台开始显示力量的无产阶级大众。②

然而，在大众语建设的设想上，左翼知识者也出现不同于瞿秋白的激进主张。茅盾以"止敬"名字发表了《问题中的大众文艺》，针对瞿秋白的观点亮出自己的看法。茅盾以为，瞿氏的观点未免"深文周纳"，现代通行的"白话"固然有许多缺点，但不致一棍子打死。他分析了之所以新文学不如旧小说吸引大众，在于大众的文化水平比较低，他们不耐烦抽象的叙谈和描写，而要求明快的动作。因此作为文艺而言，"技术是主，'文字本身'是末"。现在通行的"白话"，并非像瞿氏所说的那样罪孽深重无可救药，"只要从事创作的人多下工夫修炼，肃清欧化的句法，日本化的句法，以及一些抽象的不常见于口头的名词，还有文言里的形容词和动词等等，或者还不至于读出来听不懂。"至于瞿秋白所说的"现代中国普通话"并未曾诞生，因为所谓新兴阶级的"普通话"，事实上还是以各地土话为主而形成的"普通话"，要能够为文艺描写所使用，仍有很长的路子要走。

1934年发生的第三场"大众化"论争，是在反文言复古和文白夹杂"语录体"的背景下出现的，它承续前两次论争基础，但又集中于"大众语"话题而展开。大多数学者赞成："在'五四'时代，大众语运

① 宋阳（瞿秋白）：《大众文艺的问题》，《文学月报》创刊号（1932年6月）。
② 止敬（茅盾）：《问题中的大众文艺》，《文学月报》第1卷第2号（1932年7月）。

动是包含在白话文运动之中的。我们反对白话，并不容否认白话在整个语文运动中所成就的那一部分；它宣布了‘文言’的死刑，指出了今后‘语文一致’的必然性。所以，在建设大众语的现阶段，我们反对白话之离开大众，我们却不能不批判接受白话中那接近大众语的一切。”[①]虽然参与者各有自己的切入视角和关注重点，呈现出“众声喧哗”的论争空间，但在主要代表性学者那里，对“大众语”的认知上还是趋于一致。陈子展说：“所谓大众语，包括大众说得出，听得懂，看得明白的语言文字。”[②]陈望道也表达类似的看法：“总要不违背大家说得出，听得懂，写得顺手，看得明白的条件，才能说是大众语。”[③]与陈子展相比，陈望道增加“写”的要求，使“大众语”理论建设更为周详、缜密。胡愈之称“大众语”应该解释作“代表大众意识的语言”，“大众语文”一定是接近口语的[④]。胡愈之除了坚持“大众语”的意识形态化外，其主张的“文话合一”，乃至于接近“口语”都是符合当时“大众语”建设的主流方向，也与瞿秋白所说的大众文艺都应当拿“读出来可以听懂”[⑤]标准是相一致的。更值得关注的是，本次论争者从某种程度上已经超越此前瞿秋白等激进左翼知识者的二元对抗的对立性思维模式，而进入一种较为平和的理性建设思路的探讨与思考。在王任叔看来，反白话的“反”，与反古文的“反”，有着不同的意义：“反古文是从其对立形态上来说的，反白话则是一种自身的扬弃与调整，这一点应该加

① 《读书问答》编者：《再谈建设大众语文学——答王省三君》，《申报·读书问答》1934年6月28日。

② 陈子展：《文言——白话——大众语》，《申报·自由谈》1934年6月18日。

③ 陈望道：《关于大众语文学的建设》，《申报·自由谈》1934年6月19日。

④ 胡愈之：《关于大众语文》，《申报·自由谈》1934年6月23日。

⑤ 宋阳（瞿秋白）：《大众文艺的问题》，《文学月报》创刊号（1932年6月）。

以区别。”[①]

在“文艺大众化”论争中，“体裁”也是知识者关注的一个重点。“五四”是与传统断裂的方式产生的新文化运动，现代知识者在探索如何让文艺启蒙民众过程中，他们接受了西方强势文化的影响，“体裁”也不例外。“五四”新文化倡导者在废文言而用白话的基础上，接受西方全新的文学理念。刘半农在《我之文学改良观》中提出文学之界说，“当取法于西文，分一切物为文字 Language 与文学 Literature 二类”，此观点摒弃了中国传统上将许多应用文字归入文学范畴的弊病。同时，刘半农指出：“凡可视为文学上有永久存在之资格与价值者，只诗歌戏曲小说杂文二种也。”[②]这实际上是西方文学体裁的“四分法”的翻版，即小说、诗歌、散文、戏剧。自此，文学“四分法”理念为现代中国文坛所接受，“五四”新文学成就主要也是体现在这四类体裁上。尽管此时新文化倡导者也开始关注到民间文学的发掘与保护，1920 年北京大学成立歌谣研究会，周作人是主事者之一。1922 年《歌谣周刊》创办，周作人参与其间，他在 12 月 17 日的发刊词中提到了“国民的心声”：“搜集歌谣的目的，一是学术的，一是文艺的。学术的，即民俗学的研究”；“歌谣是民俗学上的一种重要的数据，我们把它辑录起来，以备专门的研究”[③]。事实上，“五四”知识者对民间文学的关注，更多是作为一种研究之用，而非作为一种文学体裁来创作。

20 世纪 30 年代的“大众化”讨论，“体裁”问题备受关注。鲁迅说：“旧文学衰颓时，因为摄取民间文学或外国文学而起一个新的转变，这

---

① 王任叔：《关于大众语文学的建设》，《申报·自由谈》1934 年 7 月 3 日。

② 刘半农：《我之文学改良观》，赵家璧主编：《中国新文学大系·建设理论集》，第 64—65 页。

③ 周作人：《歌谣周刊·发刊词》，陈子善、张铁荣编：《周作人集外文》，海南国际新闻出版中心 1995 年版，第 478 页。

例子是常见于文学史上的。”[①] 其情形确实如此，左联成立后所作几次决议文，都是围绕着如何“文艺大众化”问题，而提出具体的创作路向和体裁方式。如：“组织工农兵贫民通信员运动，壁报运动”，“创作革命的大众文艺（壁报文学、报告文学、演义及小调唱本等等）”，“分社论、短评、大众讲座、政治及群众斗争消息、工厂、农村、街头通讯以及大众文艺作品（包括短篇小说、歌谣、谈话等等）”[②]。可以看出，左翼知识者试图在“五四”以来形成的“四大类”文学体裁外，再开辟出有利于“文艺大众化”方向的新的文艺体裁、新的文艺品种。在左联的文化语境里，左翼知识者非常重视国际新兴阶级“大众文艺”的创作经验。冯雪峰认为，要采用国际普洛革命文学的新的大众形式，如报告文学、墙头小说、大众朗诵诗等等。“这些形式，都是真的从劳动大众中产生，从萌芽而成长为普洛艺术的新的形式的。在国际普洛文学的发达史上，这些形式的文学占着非常重要的位置；因为它最直接地反映劳动大众的生活和斗争，一方面它又作为纯然的艺术形式，供给那些从智识阶级转变过来的革命作家去采用和发展，给他们的艺术以新的力量。目前中国普洛革命文学运动，要为产生和发展这样的萌芽而斗争。”[③] 周起应也强调不要忽略“形式的国际性质的重要”，“我们要尽量地采用国际普罗文学的新的大众形式，如上面所举的报告文学、群众朗读剧等。”[④] 瞿秋白斥责“五四”白话文为“新文言”，是一种新式的欧化的“文艺上的贵族主义”，在体裁方面追求“怪僻的摩登主义”。然而，当

① 鲁迅：《门外文谈》，《申报·自由谈》1934年8月24日至9月10日。

② 《“左联”关于文艺大众化问题的几次决议（摘要）》，文振庭编：《文艺大众化问题讨论资料》，上海文艺出版社1987年版，第3—7页。

③ 洛扬（冯雪峰）：《论文学的大众化》，《文学》第1卷第1期（1932年4月25日）。

④ 起应：《关于文学大众化》，《北斗》第2卷第3、4期合刊（1932年7月）。

他站在如何运用“世界无产阶级的经验”时，他却对“欧化”方式产生强烈的兴趣：“革命文艺的‘大众化’不但不和‘欧化’发生冲突，而且只有大众化的过程之中方才能够有真正的‘欧化’——真正运用国际的经验。”[①] 并称“国际的大众文艺运动，也包含着工农通信，报告文学等等”。很值得肯定的是，报告文学作为“国际的大众文艺运动”中出现的新文学体式，在中国左翼知识者的积极倡导和扶持下，迅速在中国文坛上生根发芽，茁壮成长，成为日后在战争年代里发挥巨大作用的文学体裁。

在“大众化”论争中，左翼知识者倡导的以工农为基础的大众文艺，必然导向对民间文艺发掘与利用上来。郑伯奇以为，我们需求什么样的大众文艺，那就先搞清楚中国现时大众的文化水准。中国劳苦大众大多不识几个字，就能识一点字，但能找寻看《三国》、《水浒》的又是少而又少。不过，他们有自己的文化娱乐：“他们有他们自己创作的俚谣，他们有他们自己表演的短剧。并且他们有他们自己能享受的巡回图书馆，在这图书馆有他们最喜欢的插绘本小说等。”因此，“大众文学家应该在这里夺回我们的群众。并且在这里，他们应该帮助大众去创作民谣，编排戏剧”[②]。瞿秋白在“文艺大众化”论争中，也发表与郑氏类似的看法，但更充满火药味。他指摘“五四”，认为“现在的中国欧化青年读五四式的白话，而平民小百姓读章回体的白话”，因而“中国还是需要再来一次文字革命”，一次“俗话文学革命运动”，也就是“主张真正的用俗话写一切文章”。那么具体写哪些东西呢？瞿秋白称：“普洛大众文艺所要写的东西，应当是旧式体裁的故事小说歌曲小调歌剧和

① 瞿秋白：《欧化文艺》，文振庭编：《文艺大众化问题讨论资料》，第106页。

② 郑伯奇：《关于文学大众化的问题》，《大众文艺》第2卷第3期（1930年3月）。

对话剧等，因为识字人数的极端稀少，还应当运用连环图画的形式，还应当竭力使一切作品能够成为口头朗诵，宣唱，讲演的底稿。我们要写的是体裁朴素的东西和口头文学离得很近的作品。”[①]其实在如何看待传统文化、民间文艺方面，鲁迅的观点是很值得注意和学习的。鲁迅告诫人们不要轻视传统文艺，他在《“连环画”辩护》中，列举了国外大量的连环图画，来证明“连环图画不但可以成为艺术，并且已经坐在‘艺术之宫’的里面了”[②]。也就说，传统文艺如果有“好的内容和技术”，照例可以成为很出色的艺术品。至于如何创造性地采用“旧形式”以促进“新形式”的发展，鲁迅的论述非常中肯与精辟。他说：“这些采取，并非断片的古董的杂陈，必须溶化入新作品中，那是不必赘说的事，恰如吃用牛羊，弃去蹄毛，留下精粹，以滋养及发达新的生体，决不因此就会‘类乎’牛羊的。”因而，“旧形式是采取，必有所删除，既有删除，必有所增益，这结果是新形式的出现，也就是变革”[③]。当然，这项工作决不会像有些旁观者想当然的事，它需要大众作家深潜于“旧形式”之中，细心学习，选择性地摄取，最后才能化入新形式的创造中。

20世纪30年代起，日本军国主义在占领东三省后，加紧了吞并中国的步伐。“民族”危机突显，“民族”维度加入到“文艺大众化”的建构中来。左联晚期内部爆发的“两个口号”的论争，其实是左翼知识者在应对“民族”危机的不同文化策略。其中，鲁迅为代表的左翼作家就提出了“民族革命战争的大众文学”。鲁迅说：“民族革命战争的大

---

① 史铁儿（瞿秋白）：《普洛大众文艺的现实问题》，《文学》第1卷第1期（1932年4月25日）。

② 鲁迅：《“连环画”辩护》，《文学月报》第4号（1932年11月15日）。

③ 常庚（鲁迅）：《论“旧形式的采用”》，《中华日报·动向》1934年5月4日。

众文学”决不是“只局限于写义勇军打仗，学生请愿示威……等等的作品。”“这些当然是最好的，但不应这样狭窄。它广泛得多，广泛到包括描写现在中国各种生活和斗争的意识的一切文学。因为现在中国最大的问题，人人所共的问题，是民族生存的问题。”“中国的唯一的出路，是全国一致对日的民族革命战争。懂得这一点，则作家观察生活，处理材料，就如理丝有绪；作者可以自由地去写工人，农民，学生，强盗，娼妓，穷人，阔佬，什么材料都可以，写出来都可以成为民族革命战争的大众文学。”[①] 鲁迅这段话清晰地告诉人们，“民族”维度的加入，并非是限制知识者创作的题材，相反它提供了“文艺大众化”在民族战争背景下的对应策略和创作方式。

1938 年，毛泽东在《中国共产党在民族战争中的地位》中创造性地提出“马克思主义必须和我国的具体特点相结合并通过一定的民族形式才能实现”的论断，他说：

> 使马克思主义在中国具体化，使之在其每一表现中带着必须有的中国的特性，即是说，按照中国的特点去应用它，成为全党亟待了解并亟待解决的问题。洋八股必须废止，空洞抽象的调头必须少唱，教条主义必须休息，而代之以新鲜活泼的、为中国老百姓所喜闻乐见的中国作风和中国气派。把国际主义的内容和民族形式分离起来，是一点也不懂国际主义的人们的做法，我们则要把二者紧密地结合起来。[②]

---

① 鲁迅：《论现在我们的文学运动——病中答访问者，O. V. 笔录》，《现实文学》第 1 号，（1936 年 7 月 1 日）。

② 毛泽东：《中国共产党在民族战争中的地位》，《毛泽东选集》第 2 卷，第 534 页。

毛泽东提出“民族形式”的关键性概念，是与马克思主义“中国化”相联系，并与“洋八股”、“教条主义”相对举的。也就说，“民族形式”是具有本民族的特性，即“新鲜活泼的、为中国老百姓所喜闻乐见的中国作风和中国气派”，同时它又具有世界性的，即“国际主义的内容”。因此，毛泽东的“民族形式”肯定不是指“旧形式”，同时也不是讲“地方形式”，而着眼于民族未来文化的一种政治理念设计，如有的学者称，它“只能一种现代的、超越地方性的形式，是一种新创制”①。1940年，毛泽东又在《新民主主义论》中说：“中国的文化应有自己的形式，这就是民族形式。”并给“民族形式”理论构想，赋予了新民主主义文化内涵，即“无产阶级领导的人民大众的反帝反封建的文化”②。最后，经由1942年毛泽东的《在延安文艺座谈会上的讲话》一文，而规约成“文艺为工农兵服务”的具体路线图。

在抗战期间，毛泽东关于“民族形式”的一系列论断，在中国学术界引起了巨大的共鸣，无论在当时的解放区，还是后来的国统区都出现旷日持久的热烈讨论。从表层上看，所谓的“民族形式”似乎替代了先前“大众化”的讨论。然而，两者是密切关联的，正如冯雪峰所说：“大众形式，用了民族形式的名义而提出，也有它的具体的眼前的实践的意义，第一是含有对抗着帝国主义的文化的意义的，第二则上面已说过，是为着革命的本质而自觉地重视着民族战斗的特质，为着革命的内容而创造着民族形式。”③不过，有学者指出，在解放区的文人柯仲平

① 汪晖：《地方形式、方言土语与抗日战争时期“民族形式”的论争》，《汪晖自选集》，广西师范大学出版社1997年版，第346页。

② 毛泽东：《新民主主义论》，《毛泽东选集》第2卷，第707、698页。

③ 冯雪峰：《民族性与民族形式》，徐迺翔编：《文学的“民族形式”讨论资料》，知识产权出版社2010年版，第120页。

发表的《谈“中国气派”》，是“解放区解读毛泽东的《论新阶段》一文的第一篇文章，也成为文学的‘民族形式’论争的起点”[①]。柯仲平在该文中指出：“最深厚的中国气派，正被保留、发展在中国多数的老百姓中。”[②]那么是什么样的文艺体裁最能体现“最深厚的中国气派”呢？他在另一篇文章《介绍〈查路条〉并论创造新的民族歌剧》中回答这个问题。他认为，马健翎以陕北地方剧种眉户戏的曲调创作这部表现农民参加抗战的喜剧，是相当成功的。可见，“利用旧形式，即是创造新的民族形式的最初的一个过程”。“在今天，若不从利用旧形式做起，那末，我们实在找不出使‘老百姓喜闻乐见的’其它更好的方法。当然，‘利用旧形式’这一用语，并不是今天才提出的。它今天，是已经过一个时期的实验了，它的意义，决不等于所谓‘旧瓶装新酒’，或‘照格式填词’，它已经被认为是创造新的民族形式的一过程，同时是创造新的大众艺术的一过程。”[③]在当时，由于“民族形式”的论争而转向对“旧形式”重视与探讨的学者不少。陈伯达在《关于文艺的民族形式问题杂记》一文中，开篇即道：“近来文艺上的所谓‘旧形式’问题，实质上，确切地说来是民族形式问题，也就是‘新鲜活泼的、为中国老百姓所喜闻乐见的中国作风和中国气派’。”艾思奇的《旧形式运用的基本原则》，把旧形式的利用或改造，“归结为中国民族旧文艺传统的继承和发扬的问题”[④]。周扬的《对旧形式利用在文学上的一个看法》，提出“要向旧形式学习”，以为“必须把学习和研究旧形式当作认识中国、表现中国的工作之一个重要部分，把吸收旧形式中的优良成果当作新文艺上的现

① 郭国昌：《20世纪中国文学的大众化之争》，百花洲文艺出版社2006年版，第175页。
② 柯仲平：《谈“中国气派”》，《新中华报》1939年2月7日。
③ 柯仲平：《介绍〈查路条〉并论创造新的民族歌剧》，《文艺突击》新1卷第2期（1939年6月25日）。
④ 艾思奇：《旧形式运用的基本原则》，《文艺战线》第8期（1939年4月16日）。

实主义的一个必要源泉”。[1]

令人注意的是，毛泽东关于未来“民族形式”的文化设计和理论构想，并非将“民间形式”或“旧形式”视为“民族形式”建设的逻辑起点。他在《新民主主义论》中，毫无保留地将“五四”新文化定性为“新民主主义性质的文化”，属于“世界无产阶级的社会主义的文化革命的一部分”，鲁迅就是“这个文化新军的最伟大和最英勇的旗手”，“鲁迅的方向，就是中华民族新文化的方向”；同时，他还认为这个新文化还应“同一切别的民族的社会主义文化和新民主主义文化相联合，建立互相吸收和互相发展的关系，共同形成世界的新文化”，“中国应该大量吸收外国的进步文化，作为自己文化食粮的原料，这种工作过去还做得很不够”[2]。他在《在延安文艺座谈会上的讲话》里，也提出：“我们必须继承一切优秀的文学艺术遗产，批判地吸收其中一切有益的东西，作为我们从此时此地的人民生活中的文学艺术原料创造作品时候的借鉴。有这个借鉴和没有这个借鉴是不同的，这里有文野之分，精细之分，高低之分，快慢之分。所以我们决不可拒绝继承和借鉴古人和外国人，哪怕是封建阶级和资产阶级的东西。”[3]也就是说，毛泽东关于未来“民族形式”的文化设计和理论构想，是在“五四”新文化的基础上，批判继承古今中外一切优秀的文化遗产，而创造出具有“民族特性”的高级的文艺形式。

然而，延安整风后，越来越多的延安文人将“民间形式”或“旧形式”的学习和利用，视为改造自己和走与工农兵相结合的必由途径。

① 周扬:《对旧形式利用在文学上的一个看法》,《中国文化》第1卷第1期（1940年2月15日）。
② 毛泽东:《新民主主义论》,《毛泽东选集》第2卷，第698、706页。
③ 毛泽东:《在延安文艺座谈会上的讲话》,《毛泽东选集》第3卷，第860页。

想当初，周扬在《对旧形式利用在文学上的一个看法》中，积极肯定“五四”新文学，认为“新文艺无论在其发生上，在其发展的基本趋势上，我以为都不但不是与大众相远离，而正是与之相接近的”，“为文学与民众接近的斗争，是‘五四’的一个光荣战斗传统，应当由我们来继承和发扬的”。而改造“旧形式”，虽然它有可能“发展为较高艺术”，但由于现在主客观的因素，一般只能是“较低的艺术”，“它只能使艺术与大众大步地接近，但并不能就是艺术与大众之最高结合”①。延安整风后，周扬的态度发生较大的变化，他说：“现在已经不再是简单地‘利用旧形式’了，而是对民间形式表示真正的尊重，认真的学习，并且开始对它加以科学的改造，从这基础上创造新的民族形式出来。”②“新的民族形式”的建构，出于“民间形式”的科学改造，可见，周扬对“民族形式”问题的思考又重新回到原先逻辑思维的起点。1944年春节延安秧歌大汇演后，周扬发表的观后感说：“实在说，在新文艺工作者的脑筋里，洋教条不是太少而是太多。民间艺术不是太多而是太少。这就可知我们的工作重心应该放在什么上面了。”③此时，周扬已经把民间艺术推向崇高的地位：“一切伟大艺术都在民间艺术中有它们的渊源，这个真理我们没有很好地认识。”④之后，延安文艺界创作出《小二黑结婚》、《吕梁英雄传》、《逼上梁山》、《王贵与李香香》、《漳河水》、《白毛女》等代表那个时代精神风貌的作品。

几十年后的今天，现代中国所应具有的高级“民族形式”的艺术又

---

① 周扬：《对旧形式利用在文学上的一个看法》，《对旧形式利用在文学上的一个看法》，《中国文化》第1卷第1期（1940年2月15日）。

② 周扬：《谈文艺问题》，《周扬文集》第1卷，人民文学出版社1984年版，第503页。

③ 周扬：《表现新的群众的时代——看了春节秧歌以后》，《解放日报》1944年3月21日。

④ 周扬：《马克思主义与文艺——〈马克思主义与文艺〉序言》，《解放日报》1944年4月8日。

该怎样？这在没有出现学界公认的最佳答案之前，这个疑问恐怕还会继续写在后代中国知识者的心中，而这一切又值得让知识者为此付出终生不懈的努力。

（原载《文史哲》2012 年第 3 期）

精神秩序的整一化与革命历史主体的诞生

——论革命文学对革命信仰的书写与强化

李跃力

“无论一场革命的起源是什么，除非它已经深入大众的灵魂，否则它就不会取得任何丰富的成果。”[①] 勒庞的论断几近箴言。社会、政治秩序的重组和权、利的再分配往往并不意味着革命最后的成功。这是因为，无论怎样的权力，如果没有赢得最大多数的合法性认同，缺少足够多的自愿维护者，都不可能持久，都埋藏着被颠覆的危险。因此，革命的成功需要一场翻天覆地的精神巨变，需要转换个体的人生观与价值观，改变其思维方式和心理、认知结构[②]。也就是说，生产出新的历史主体。

新的革命历史主体的诞生主要是通过革命信仰的植入来实现的。革命中的“信仰”问题之所以万分重要，是因为它与权力秩序之间存在着悖论关系：既相生相成，又相背相离。“当革命行动能够制度化并转化成一种权力秩序的时候，这种革命信仰能够配合、适应这个权力秩序，甚至维系这个权力秩序。而当这个权力秩序已经失去了合法性或正当性

---

① ［法］古斯塔夫·勒庞：《革命心理学》，佟意志等译，吉林人民出版社 2004 年版，第 4 页。

② 在亨廷顿的定义中，“革命”首先意味着对“一个社会据主导地位的价值观念和神话”的根本性变革，这也是“革命”与叛乱、起义、造反、政变的区别。见塞缪尔·P. 亨廷顿：《变化社会中的政治秩序》，王冠华等译，上海人民出版社 2008 年版，第 220 页。

的时候，这个革命信仰就会对这个既成的权力秩序构成一种再度革命的威胁。”[①] 作为一种群体信仰，革命信仰的基本功用在于：它“武装”起个体的精神、意志，为新的权力秩序的实现提供不竭的自我牺牲性力量，并为其稳固提供一种整一化的归附性精神秩序。与这一过程相伴随的，是对异质精神力量、精神秩序的清算与排除。

作为现代中国革命不可分割的一部分的革命文学，对革命信仰的书写、强化与推广是实现革命再造历史主体的伟大目标的重要方式。

一、“突变”：信仰的神秘力量

1932 年，借《地泉》重版之机，华汉邀请瞿秋白、钱杏邨等人为其作序，用意并不单在审视《地泉》；乃是以此为契机，与“文艺大众化”讨论相携手，清算《地泉》所代表的革命文学的“罗曼蒂克”倾向。在名为“革命的浪漫谛克”的“序言”中，瞿秋白指出：“林怀秋是一个颓废的青年，以前曾经是革命者，但是已经堕落了，过着流浪的无聊的贵公子生活，后来莫名其妙，一点儿也没有‘转换’的过程，忽然振作了起来，加入军队，从军队里转变到革命的民众方面去。”无疑，这种“莫名其妙”的“转换”正是革命文学之“革命的浪漫谛克”特征之一，它把“丑陋的现实神秘化了”。因此，“这种浪漫主义是新兴文学的障碍，必须肃清这种障碍，然后新兴文学方才能够走上正确的路线”。[②]

---

① 李向平：《信仰、革命与权力秩序——中国宗教社会学研究》，上海人民出版社 2006 年版，第 6 页。

② 易嘉（瞿秋白）：《革命的浪漫谛克——〈地泉〉序》，见华汉：《地泉》，湖风书局 1932 年版，“序文”第 6—7 页。

《地泉》具有的这一“革命的浪漫谛克”特征之所以引起瞿秋白等人的关注，原因在于这种创作倾向并非个例，如林怀秋一样的“突变式的英雄”[1]活跃在许多革命小说之中。尤为重要的是，这种“突变”常常与“恋爱”纠缠在一起，衍化为“革命＋恋爱”模式，将现实“神秘化”、“理想化”，弥漫着浓重的浪漫情调。因此，“文艺大众化”将它列为要肃清的障碍自有其道理。

从写作手法上看，“转换”之所以成为“突变”，是因为，作家们没有将叙事的焦点集中在“转换”本身，而是将之放在“转换”前后，造成文本“两头大，中间小”，“转换”过程自然就得不到展开。《地泉》花费了大量笔墨去铺陈林怀秋的堕落生活。他悲观颓废，意志消沉，整日在跳舞场中花天酒地、寻欢作乐，麻醉自己的灵魂，耗费自己青春的生命。正如女主人公梦云所看到的：“他的面色是那样的阴郁，他的神态是那样的颓丧，而他的意志又是这样的消沉，这就是他！在酒精中寻求刹那的陶醉，在肉色中追求刹那的快感，麻醉自己的神经，毁灭自己的灵魂的他呀！”这样的林怀秋“……只不过是一个心灰意冷的行尸，一块冰凉冷木了的走肉！”[2]而“转换”后的林怀秋也得到了作者的精心描摹，其用意在于和“转换”前的他进行对比：“那时的怀秋是惨败瘦削，颓丧失神，就单说那对眼睛来说吧，随时都是那样似睡非睡似醒非醒的不苏活，少神采，醉迷迷的简直可以象征他游魂似的全生活，现在呢，他身体是很壮健的了，气色是很健康的了，他的灵魂真像驰骋在光明的园野里似的，敏捷，活跃，矫健，等崇高的战士的特征，都全可以在他的全身上发现，就单拿他临别前的最后一瞥眼光来说吧，那是多么

---

① 起应（周扬）：《关于文学大众化》，《北斗》第2卷3、4期合刊（1932年7月）。

② 华汉：《转换·地泉》，湖风书局1932年版，第24页。

的机警敏活！多么的奕奕有神，一月前的怀秋和一月后的怀秋，真成了一个出奇的鲜明的对照，真是前后判若两人啊！”[1]

实际上，华汉对这一“转换”刻意作了不少铺垫。梦云和寒梅的劝诫，兄长来信揭露的家乡所受的经济压迫，跳舞场中受到的外国兵的欺辱，都在促使他重燃革命的热焰。但这只能是“转换”的原因，并不能代替“转换”的过程。“转换”应该是精神上的裂变，是灵魂的重生。瞿秋白之所以说它一点也没有“转换”的过程，所指的应该就是《地泉》没有将“转换”落实在精神领域，并将其复杂性和深刻性展露出来，仅仅用几句话就一带而过：“他大大的下了个决心，要重新创造他的有意义和有价值的新生活——总而言之，他是决心要朝好的那条光明大道上走！走！走！”[2]

不仅仅是《地泉》。这一“两头大、中间小”，没有“转换”过程的“突变”模式可以在当时的许多文本中找到。《转变》如此描绘李初燕的“转变”：“过了一年的光景，李初燕完全变成一个革命家了。”[3]《前夜》中的赵楠在爱情失意后也过“行尸走肉般的活着”，生活的空虚与凄凉促使他走向了街头，于是猛然惊醒：“这时代是甚么时代呢？我的生活又为甚么生活呢……啊！这是光明和黑暗斗争着的时代了！是穷人和富人争回自由的时代了！同时，也是青年人的生活开始紧张起来的时代了！我可不能再过着这种空虚的，悲感的生活了啊！”[4]“突变”的主人公往往是小资产阶级的知识分子，为目下自暴自弃、灵魂沉沦、空虚无聊的生活焦虑万状，由此而“转向”革命，去追寻有意义、有价值的

① 华汉：《转换·地泉》，湖风书局1932年，第204页。

② 同上书，第84页。

③ 洪灵菲：《转变》，亚东图书馆1928年版，第216页。

④ 戴万叶（戴平万）：《前夜》，亚东图书馆1933年版，第185页。

人生。主人公由“自省”而发生的“转换”，是个体的灵魂救赎与自我超越，实际上正是革命信仰的获得过程。

但问题的关键在于：将“转换”过程省略真的是作家们创作方法上的失误，抑或是其小资产阶级浪漫习气作祟的结果？若一两个作家出现这种失误尚在情理之中；但作为一种集体创作倾向，其产生则定有其必然性，绝不是“失误”所能解释的。将之视作小资产阶级的浪漫根性更是不得要领。其原因在于，在一个“革命”风行、几近神话的时代，投身“革命”还需要条件和论证吗？在这些作家心中，投身“革命”无需过程，也无需理由，自然而然，顺理成章。“革命”是解放之路，也是精神归宿，更是强大的意念和信仰。因此，“突变”一词所概括的，实际上是个体获得革命信仰这一过程的特征，它发生在意识领域，可能就在一念之间；它本身就是神秘的、“莫名其妙”的，根本无法言说，也无需言说。

卡莱尔认为，信仰是“一个人头脑的健康活动”，“获得信仰是一个神秘的不可描述的过程，就像一切生命活动一样不可描述”[①]。勒庞更将革命信仰的非理性、神秘主义特征夸大到无以复加，他在分析法国大革命时指出：“更准确地讲，这些革命人物服从于某种不可避免的逻辑过程，这一进程甚至连他们自己也不能理解……他们甚至从未觉察冥冥之中有一种力量，鬼使神差地左右着他们的一举一动。……他们以理性为标榜，声称受理性的支配，但实际上，推动他们行为的却根本不是理性。”[②] 勒庞的观点虽不无偏激，但他对革命信仰所蕴含的非理性神秘力

---

① ［英］托马斯·卡莱尔：《英雄和英雄崇拜——卡莱尔演讲集》，张峰等译，上海三联书店1988年版，第283页。

② ［法］古斯塔夫·勒庞：《革命心理学》，佟意志等译，吉林人民出版社2004年版，导论第5页。

量的揭示却让我们认识到了“突变”得以产生的主要原因。

“突变”问题在“文艺大众化”讨论中的浮现，其背后隐藏着一个十分重要的问题：革命究竟是一种“信仰”，还是一种“资格”？对以华汉为代表的作家们而言，“革命”的历史必然性是一个不言自明的前提。也就是说，“转换”是必然的，“革命”的愿望与行为无需论证。革命作为“信仰”，是个体自我拯救与超越的自然要求，是个体精神上的必然趋向和认同；因而，“转换”只是一种精神的运动，其物理过程无法展开。这就意味着，“革命”对任何个体都是开放的、平等的，只要愿意，就可以马上拥有。作家们所着力要证明的，是革命信仰的神力，是应该信仰革命；而不是革命信仰因何获得。可对瞿秋白们而言，作家们将“转换”想得过于简单了。他们希望将“转换”过程的难度与复杂性展示出来，其用意是为了说明真正的“革命”不是天上掉下来的，更不是想得就得；它只有在与大众相结合的斗争中才能产生。那种脱离了大众斗争的“革命”只能是神秘的和虚伪的。因此，要纠正“突变”的浪漫主义错误，“作家要向群众去学习”①，实行文学的“大众化”。“我们要在错误中学习，要在大众化问题的开展中把这些倾向克复过来，也只有大众化问题的开展，才能克服这些错误的倾向。”② 由此可见，瞿秋白、钱杏邨将“转换”等诸多严肃的问题提出，其目的是为了强调“文艺大众化”的必要性。但是，他们对革命“现实”的区分已经包含着对真假“革命”的审核，只有在“大众化”中才能产生真“革命”，也才能产生正确表现“革命”现实的“唯物辩证法的现实主义”——文学问题与政治问题就是如此相互交会的。

① 史铁儿（瞿秋白）：《大众文艺的现实问题》，《文学》半月刊第1卷第1期，1932年4月。

② 钱杏邨：《地泉序》，见华汉：《地泉》，湖风书局1932年版，“序”第26页。

然而，瞿秋白对作家的这一要求显然大而无当，且不说作家无意如此，单就信仰获得的神秘性、非理性而言，要对其做历时性的展开谈何容易？从这一角度来考虑，“转换”成为“突变”，应该是一种必然；它虽然“神秘化”了“革命”现实，却对革命信仰进行了大书特书，其“革命”价值可能是作为当事者的瞿秋白们所没有意识到的。

二、革命：灵魂拯救与自我超越

对“转换”的主人公而言，“革命”之所以是“信仰”，是因为它从未在物质层面被理解和考虑，而往往被界定在精神领域，成为拯救个体灵魂的灵丹妙药，被认定为人生的唯一价值与终极意义。藉由它，生命可以获得重生。

“转换”前的主人公往往处于悲观、颓废之中，在灵魂沉沦与自救的冲突中挣扎。他们或因为革命落潮，或因为情场失意，或深感人生之空虚无聊。由此而自甘堕落、苦闷彷徨，深陷于意义缺失的焦灼之中，生命漂泊无依，人生失去了航向。林怀秋如此，赵楠（《前夜》）如此，李初燕（《转变》）、霍之远（《前线》）如此；美琳（《一九三〇年春上海（之一）》）、素裳（《到莫斯科去》）等女性也概莫能外。当他们试图摆脱这种精神的无政府状态时，都理所当然、毫不犹豫地选择了“革命”而不是任何别的。在他们的意识深处，“革命”就是灵魂之光，就是意义，就是价值；信奉“革命”，一切的心灵阴翳都会烟消云散，人生的意义与生命的价值亦可由此实现。

《前线》中的霍之远“本来很浪漫，很颓废，是一个死的极端羡慕者”，“他对于人生充分的怀疑，但不至于厌倦；对于生命有一种不可调解的憎怨，但很刻苦地寻求着它的消灭的方法”。他投身革命，就是为了“销除他的悲哀”。但一开始，他只把“革命”看作一件“消遣品和艺术品”，因此仍旧在多角恋爱的怪圈中奔逐，精神上的焦虑与痛苦并未消除。唯有当他树立了革命信仰，加入真正的“最革命”的团体之后，他的“悲哀”才荡然无存：“我是多么快乐！我的快乐比较情人的接吻，比较诗人得到的桂花冠，比较骑士得到花后，比较匹夫得到王位，比较名儒得到在孔庙廊下吃生牛肉都还要快乐万倍啊！”由此，他获得了生命的新生，品尝到了发自内心的大欢喜：“啊！啊！这才是我的生活呢！我的生活一向都在无意义的伤感，无意义的沉沦里面消磨过，那实在是不对的！啊！啊！这才是我应该走的光明大道呢！我一向的呻吟，一向的到坟墓之路去的悲观色彩，一向的在象牙塔里做梦的幻想，统统都是不对的……啊！啊！快乐！快乐！我今晚才觉得‘真’的快乐呢！”[①]

爱人的无情离去使赵楠感到一种莫名的“属于环境的和内心的压迫”，他深深体味到了自己之前“烂漫的反抗”所带给他的疲倦、幻灭、空虚与恐怖，其原因在于“从前只知道反抗！反抗！而不知道整个的向甚么东西反抗，才会感到疲乏和悲哀呢；而且也不知道反抗的主力军”。在革命者老张的开导下，他认识到，他的个人式的反抗“所掘的不是新的生活的途径”，“却是在替自己掘着坟墓”。这一行为的最终结局“除了装得满怀愁苦之外，还有甚么呢……啊！还有死那一条路罢！”赵楠终于从灵魂深处爆发出自我拯救的呼喊：“……死！我愿意死吗？一个青年的希望是死吗……不！我不愿意！”在赵楠看来，这是他“生命复活的一个转机”，“革命”就像“一线黎明的红光”，使他兴奋，令他狂

① 参见洪灵菲：《前线》，晓山书店 1928 年版，第 2 、118 、121 页。

喜，“不独会把过去的无限的悲哀忘却，而且会增加许多新生的力量”。在“一本伟大的书”的导引下，赵楠坚定了革命信仰，他也“跟着时代的需要”，把自己“献给伟大的革命了”。因为“这才是生活！这才是不空虚，着实的现代生活”[①]。赵楠从此“完全变了”，获得了新生。

革命信仰使个体迅速摆脱幻灭感，从意义缺失的苦痛中，从自我毁灭的渊薮中振拔而出，它是个体灵魂的自我拯救。不仅如此，“革命”还为个体提供自我实现的空间，赋予个体生命以崇高价值。这是革命信仰超越性特质的体现。个体生命不仅需要灵魂安顿的精神家园，需要追寻确定的人生意义与生命价值；而且还需要将之升华，寻求自我的超越。“信仰的超越性在于它能把人从他处身的物质世界提升到精神世界，从现实世界提升到理想世界，让人从一种事实存在变为一种价值存在。”[②] 信仰的价值追求使它与现实世界处于一种否定性关系之中，而革命信仰对现实世界的否定无疑是最为强烈的。

在美琳、素裳等女性那里，革命信仰对现实世界的否定主要表现为对“二人世界”的背弃。对她们而言，安逸、甜蜜的“二人世界”之所以成为囚笼，就是因为它阻断了她们与社会之间的联系，将她们拘囿在私人的空间，去经营只有个人意义或者根本毫无意义的爱情和家庭生活，使她们找不到生命的意义与自我的价值，同时也失去了快乐与幸福，而革命信仰则将她们从私人空间召唤出来，引领她们去追求更高的人生境界，充分满足她们自我实现的需要。美琳以前可以为爱情捐弃一切，她自从爱了子彬，“便真的离了一切而投在他怀里了。且糊糊涂涂自以为是幸福的快乐的过了这末久”。换来的代价却是“失去了她在社

① 参见戴万叶：《前夜》，亚东图书馆1933年版，第206—208页。

② 冯天策：《信仰导论》，广西人民出版社1992年版，第15页。

会上一切的地位”，除爱人子彬外她一无所有。她不能满足于子彬的爱带给她的幸福，“她还要别的！她要在社会上占一个地位，她要同其他的人，许许多多的人发生关系。她不能只关在一间房子里，为一个人工作后之娱乐”。她终于弃掉子彬，“随着大众跑去了”[①]。素裳的心灵体验与美琳大致相同，她对革命的向往也出自对目下家庭生活的不满。资产阶级的物质生活让她倍感寂寞、闲暇、无聊，她不愿意在这样的生活中耗费自己的生命，想从中“解放出来”，过上一种新的生活。这新生活“是应该包含着更大意义的范围”，而“如果她的生命开始活跃，她一定要趋向于唯物主义的路，而且实际的工作，做一个最彻底的‘康敏尼斯特’，这才能够使她的生存中有了意义呵”。[②]

“从空虚到充实”，这一小说题目极好地概括了革命信仰带给人精神生活的根本转变。主人公李荆野找不到生活的目标，过着一种颓废彷徨的生活。他因受革命者戈平的连累被抓进牢房，亲眼目睹了戈平的被惨杀，神经受到了强烈的刺激。与坚贞不屈的戈平相比，他“发现自己是个卑鄙的弱者，耽于安乐，意志薄弱”。自我反思的结果使他认定，他正是由“空虚”产生了“痛苦、彷徨、苦闷”。“要是他再不努力从空虚中救出他自己，将来还许会有什么所谓大悲剧的……”于是，他决定走向一条新路。这时，悲惨的牢屋、戈平的被杀，“这些这些，是在将他从空虚引渡到充实去。他预备像老惠所说的，‘站在别人前面去’。他找到了时代。他要给人类做点事。‘我要做个人类的人，不替自己做人’”[③]。

可以看出，无论是林怀秋、霍之远等人还是美琳、素裳，哪怕是“不替自己做人”的李荆野，他们将革命作为信仰，都源自人生意义缺

---

① 丁玲：《一九三〇年春上海（之一）》，《小说月报》第21卷第9号（1930年9月）。

② 胡也频：《到莫斯科去》，《胡也频选集》，开明书店1951年版，第61—62页。

③ 张天翼：《从空虚到充实》，《萌芽月刊》第2卷第2期（1930年2月）。

失的痛苦和自我实现的需要，其原始动机都是“为己”的。他们之所以对“革命”本能般的痴迷，是因为他们将“革命”视作谋求个体解放尤其是精神解放的不二法门。这种革命信仰中实际上还回荡着“五四”个性解放的余韵。由此看来，“革命”信仰背后的动机也需要审查，从自我精神需要出发的“革命”信仰不仅是不坚定的，而且与革命“无私”的崇高与神圣相违背。因此，他们虽然笃信革命，但要成为真正的革命战士，还有一段很长的路要走。

三、重生：由世俗走向神圣

如前所述，革命信仰所具有的重生意义是通过两种截然相反的个体生存状态的比照显现出来的。如果将“转换”前个体的生活状态称为“物质化生存”，那“转换”后的则可称为“精神化生存”。前者指向世俗生活层面，后者则引领个体迈进了神圣世界。

“转换”前的个体实际上处于一种“精神危机”的状态。个体精神上的焦灼与痛苦外化为他在世俗生活深渊中沉沦、挣扎的生存状态。人生之所以毫无意义，生命之所以毫无价值，精神力量之所以一天天委顿、贫弱，就因为个体被困在世俗生活的大网之中不能解脱。革命文学中的世俗生活是一种庸常生活，它的出发点是现世生活的功利考虑，是个人化的物欲需求，它只为个体提供最基本的物质需要和感官欲求的满足。物质化、欲望化是它的主要特征。对个体生命的发展而言，它只具有时间意义，是个体生命最简单的本能延续。在世俗生活中，青春被浪费，生命被空耗，个体的价值与自我超越更是无从谈起。它往往成为个体精神的麻醉剂，意味着个体的沉沦与堕落。

林怀秋在革命落潮后遇到了精神危机，他不知进取反而自甘堕落，试图在酒精与肉欲的追逐中麻醉自己，但这无异于饮鸩止渴。物质化、欲望化的世俗生活不仅不能缓解他的焦虑，反而使他愈加痛苦，濒临灵魂毁灭的绝境。与林怀秋相类，无论是霍之远还是李初燕，一开始都深陷在情欲的泥淖中，性与酒精成为他们麻醉神经的主要方式。霍之远或者在妓女张金娇身上排遣青春的愁苦，或者在情场中奔突，但结果仍旧是悲观颓丧、心力交瘁。李初燕则受制于包办婚姻，与嫂子的不伦之恋也只能半途夭折。他为此而痛恨人类，痛恨他自己。他把“任情恣性”作为人生的基本原则，沉醉于酒精和痛苦的幻想之中，在折磨自己的苦痛中寻求“一种销魂的，迷醉的，超尘世的快感”。但这种“自我消灭”的反抗方式却只能使“他一天一天地觉得他沉沦下去，沉沦到无底的深渊里去”[①]。《冲出云围的月亮》中的王曼英更是在肉体复仇与肉体快感的“悖论”中痛苦、迷惘，找不到人生的方向。素裳与美琳之所以对丈夫的爱和物质的享受产生厌弃，原因就在于这种家庭式的世俗生活淡乎寡味，了无生趣，生命的激情就在日常性的重复中被消磨掉了。

由此看来，“转换”前的世俗生活要么成为主人公麻醉自我、走向沉沦的要素，要么是个体产生价值虚无之焦虑的根源。总之，世俗生活带给个体的，不是幸福，不是自我的认同；恰恰是痛苦，是幻灭，是自我的放逐，是灵魂的万劫不复。对个体而言，世俗生活犹如罪恶的黑手，它引领个体走向的是自我毁灭之路。不仅如此，对世俗生活的沉溺往往与小资产阶级的浪漫习气或资产阶级的享乐主义紧密相连，于是，

① 洪灵菲：《转变》，亚东图书馆 1928 年版，第 147—148 页。

对世俗生活的厌恶、摈弃就成了革命信仰获得的前提。

与“转换”前的世俗生活相比，“转换”后的生活则是一种神圣生活。这两种生活绝不相类乃至格格不入。后者将个体灵魂从黑暗中拯救出来，赋予其光明的前途。对世俗生活的彻底弃绝使个体消除了尘烟气、凡俗气，由此而走向神圣。当李静淑（《灭亡》）下定决心“牺牲一切幸福和享乐”，来为家庭、为自己“向人民赎罪，来帮助人民”之时，“一种崇高的理想开始在她底心中燃烧着。两只大眼射出了强烈的光芒，这里面只含着无限的纯洁。她底脸上现出了一种从来不曾有过的光辉”。在她的哥哥李冷看来，妹妹的微笑是“不寻常的，这是灵魂的微笑”，“他从没有见过他底妹妹是如此美丽的，这时候他自然还不能了解为什么会是这样，但在后来他却懂了。每个革命家在怀着崇高的理想立誓献身于人民的一瞬间都是如此的”①。从获得革命信仰的“一瞬间”起，革命者身上就一直闪耀着与众不同的夺目光彩。

革命信仰排斥物质化的生活方式，这是革命者得以从世俗生活超脱的重要途径。因此，革命者往往过着一种清教徒式的生活，奉行一种宗教般的“苦行主义”。他们将物质欲求降到最低限度，物质的匮乏与生活的清贫往往成为他们最明显的外在特征。原因在于，“只有克制自己的本性，反向而行，才能把自己提升到更加非凡的境界。正是通过这种方式，他把自己与其他某些盲目追求享乐的人区别开来，在世上为自己争得了一席之地”②。《地泉》如此描绘女革命者寒梅的住所：“寒梅这简单狭小的室中，并没有什么陈设，除了床上的毯被洁白得发光而外，全

---

① 巴金：《灭亡》（普及本），开明书店 1933 年版，第 210—202 页。

② [法] 爱弥儿·涂尔干：《宗教生活的基本形式》，渠东等译，上海人民出版社 2006 年版，第 297 页。

室找不出半个花瓶，也找不出一张壁画，挤满在桌上的是一排整齐的书，横蹲在屋角落里的是那座烧饭的打气炉。十六支柱的电灯吐着幽暗的光波，凄然的四壁都被灰色的情调充满着。”① 不仅仅是寒梅，几乎所有的革命者对物质的需求都只停留在吃饭、睡觉等最本能的层面，他们的生活堪称原始或原生态，“书”这一“精神”的象征则成为他们唯一的装饰品。与此相比，林怀秋沉醉在酒精和性中的物欲生活就不能不是堕落的。因此，对革命者而言，刻意追求与留恋外在的物质享受常常成为走向“反革命”的危险信号。

物质需求的极度拒斥并没有带来革命者生命力的减弱；恰恰相反，革命信仰使其从以物质为基础的世俗生活中超脱出来，焕发出激情与神采，变得生机勃勃、精力充沛，爆发出超乎寻常的生命力量。这一力量的获得是以身体感觉的钝化或消除为前提的，革命者由此成为“钢铁”。在“转换”后，霍之远“因为工作太忙，他觉得顷刻间便要断气的样子。可是，他的精神却反觉得异常的愉快，他的疲倦而憔黑的脸上时常溢着微笑”②。李初燕也同样沉醉在精神世界的充实与惊喜之中，疲惫、劳累等身体的感觉对他几无作用。革命信仰为革命者提供了永不枯竭的精神能量，精神的兴奋往往能够战胜身体的疲倦。紧张的革命工作令刘希坚极度疲倦而又极度兴奋，革命的形势“把他的精神燃烧着”。他彻夜未眠，虽然“他觉得他是需要睡眠的”，“他还需要吃”，“疲倦已经在他的全身上爬着，并且在扩大，在寻机向他袭击”；但“他现在还不能就去休息”，“他觉得他还应该看看市面的现象”③。于是，他重新振作精神，

① 华汉：《转换·地泉》，湖风书局1932年版，第31页。

② 洪灵菲：《前线》，晓山书店1928年版，第220页。

③ 胡也频：《光明在我们的前面》，春秋书店1930年版，第119页。

来到大街上观察局势。革命信仰的伟大神力在浩然的《金光大道》中的工人陈师傅身上更得到了淋漓尽致的展现，他“一连气两天两夜都没有休息”，发着高烧，但仍要坚持在冰水中劳动。这使主人公高大泉认识到：“为革命劳动，心里边装着国家，这样的劳动太神圣，太有意义了；也只有这样的劳动，才能不怕苦，不怕累，不顾性命。”[①]身体的无穷能量就是这样被崇高的革命信仰激发出来的。

革命信仰将个体从世俗世界提升到了神圣世界，使前者带来的痛苦、焦虑、沉沦、堕落、庸俗等一扫而光；革命者由此笼罩在后者赋予的兴奋、充实、进步、崇高、神圣等精神光环之中。革命信仰正是以神圣与世俗的二元对立展现出了它神秘而又神奇的魅力。

四、“成人仪式”：凡人到英雄的“脱胎换骨”

获得革命信仰，顺利实现“转换”的个体要真正成为革命英雄，还需要一个神圣性的确认，这一确认是经由革命仪式来实现的。对革命的个体而言，革命仪式的出现往往具有非凡的人生意义。它一方面为个体提供了带有考验性质的活动空间；另一方面见证、确认了个体由凡人到革命英雄的转变，为其人生掀开新的一页，标志着个体的新生。

对个体而言，革命仪式为其开启了一个崭新世界的大门，使其踏上全新的人生之路，一步步成长为革命英雄。江涛（《红旗谱》）身份的改变与命运的转折源自贾老师为他举行的入团仪式。自此以后，他不再是一名普通的农家子弟，而是光荣的身负重任的共青团员。同样，也正是

---

① 浩然：《金光大道》，人民文学出版社 1972 年版，第 156—158 页。

在作为革命仪式的反割头税大会上，他成为众人瞩目的英雄："他挺立在千万人前面，讲起话来，如同霹雳闪电，一句句劈进人的心腑，震动了人们的思想，吸住人们的视线。看他手儿一扬，系动千万人的眼神，滴流滴流乱转。嘴唇一动，牵动着千万人的心情，静心谛听。"[①] 这一前一后的两个仪式就是江涛一生中最重要的两个人生关口，前者为他提供了成长的契机，后者不仅为他创造了成长的条件，而且锻造了他的英雄人格，并将他的新形象树立在众人面前。

革命仪式淡化了成长仪式对于个体的物理时间意义，而大大强化了其政治意义与精神价值。"这仪式的场面在红色英雄的成长历程中，不但是一个临界点，其本质至此已达纯粹；同时还是一个分水岭，表明他们从此后将告别过去的本质而成为一个新质的人。"[②]《红旗谱》中的反割头税大会不仅是江涛的成人礼，也是朱老忠、严志和等人完成精神升华的"成人"仪式。英勇无畏的朱老忠在这次大会上转变为革命英雄，与冯老兰之间的"家族仇恨"也发生本质性的变异，由此升华为"阶级仇恨"。随后举行的入党仪式是对他们的褒奖，更是革命身份的授予和确认。

要迎来革命的"成人"仪式这一人生庆典，革命的个体也需要经受身体及意志的重重考验。身体上的摧残是考验意志的主要手段，经得住来自异己的物质手段的种种折磨方能达致"成人"之境。因此，革命的"成人"仪式常常伴随着对身体痛楚的耐受力的考察，同时又是是对坚韧的精神意志的嘉奖。更为重要的是，革命仪式还使参与者与革命信仰之间"互渗"，个体从此获得了一个"新的灵魂"，迈入了神圣世界。

在《青春之歌》中，入党仪式就是林道静的"成人"仪式。在此之

---

① 梁斌：《红旗谱》，中国青年出版社 1957 年版，第 369—370 页。

② 方维保：《红色意义的生成——20 世纪中国左翼文学研究》，安徽教育出版社 2004 年版，第 196 页。

前，她经受了种种考验。无论是去农村战斗，还是在监狱中遭受残忍的刑罚，她都没有动摇革命的斗志，相反却洗去了小资产阶级知识分子的情愫，成为一名真正的革命战士。入党仪式的举行正是以之前漫长的考验为前提的："根据你在监狱里的表现……组织上已经同意吸收你入党了！"这既是对她革命资格的权威性认定，又将一种神圣感与责任感转注于她，使她倍感荣耀、兴奋、幸福，由此使革命的信仰愈加坚定。对林道静来说，入党仪式是她新生的伟大标志："每个共产党员，当他回忆起他入党宣誓的那一刹那间，当他深深地意识到，从这一刻起，他再不是一个普通人了；当他深深地意识到，他已经高高地举起了共产主义的大旗，他已经在解放人民、解放祖国的战场上成了最英勇最前列的战士时，这是何等的幸福啊；当他深深地意识到，他的运命将和千百万人民的运命紧密地联结在一起，他的生命将贡献给千百万人民的解放和欢乐，这又是何等的幸福呵！"①

自入党仪式后，林道静的地位得到彻底改变。她不再是一个需要接受教育、锻炼和考察的对象，而成了引导他人走向革命道路、掀起革命浪潮的革命英雄。《青春之歌》的最后一章用更大规模的示威游行营造了文本的高潮，这一革命仪式的象征意蕴是多重的。对林道静而言，她既是这个仪式的参与者，更是幕后的发动者。因此，这一文本的高潮也是她人生的高潮。从某种意义上来说，她又是这一仪式的主持者，王晓燕、李槐英等人是在她的引导下才投身于这革命的滚滚洪流的。于是，这一仪式便成了王晓燕、李槐英、王鸿宾等人的"成人"仪式，他们同样需要经受身体上的严酷考验，在与军警的肉搏中，在刽子手们的大刀皮鞭之下，去完成他们灵魂的更新，迈入革命英雄的行列。

① 杨沫：《青春之歌》，人民文学出版社1960年版，第439页、442—443页。

五、地位逆转：外在与内在的双重解放

与大多数具有虚拟性特征的仪式[①]不同，革命文学中的革命仪式往往是革命运动不可分割的重要部分。革命仪式的场景和行为者的心理时空虽然也包含少许虚拟性，但并不占据主流。革命仪式所呈现的场景是社会结构和日常生活的高度浓缩与抽象，折射出的是与此相适应的心理结构与精神秩序。革命仪式实现了群众社会地位的逆转，铸造了新的社会结构。更为重要的是，它同时也改造了群众的心理结构和精神世界，以革命信仰将之整合为统一的维护新的社会结构与社会秩序的现实力量。因此，它更大意义上是一场心理战役。这一特征在公审大会（或称“翻身大会”）中体现得尤为明显。如果说成人仪式多针对个体信仰的获得的话，那公审大会则带有极强的群体性色彩。

公审大会一开始总是难以摆脱旧的社会结构、社会关系的牵制，笼罩着长期以来以此为基础所形成的心理惯性与精神秩序的历史阴影。因此，它往往成为新旧两种势力精神交锋的战场。《暴风骤雨》中第一次斗争韩老六的翻身大会之所以失败，根本原因就在于韩老六的威风尚在，人们没有摆脱旧有的精神秩序的牵绊，对乡村权威的畏惧心、怜悯心尚未消除。这一麻木、怯懦的精神状态和服从惯性是旧势力、旧权威得以长存的关键所在。“几千年的恶霸威风，他们曾经压迫了世世代代

① 薛艺兵指出，仪式是虚拟的世界，它的虚拟性主要包含四个方面：仪式行为方式的虚拟性、仪式表演手法的虚拟性、仪式场景布置的虚拟性以及仪式行为者心理时空的虚拟性。在这个虚拟的世界中，仪式行为者的情感与心态却是真实的。参见薛艺兵：《对仪式现象的人类学解释（上）》，《广西民族研究》2003 年第 2 期。

的农民，农民在这种力量底下一贯是低头的。”所以，当钱文贵（《桑干河上》）被押到台上的时候，还带着昔日的做派，“牙齿咬着嘴唇，横着眼睛”。于是，公审大会便呈现出两种力量的此消彼长：“在这一刻儿，他的确还是高高在上的，他和他多年征服的力量，在这村子上是生了根的，谁轻易能扳得他动呢。人们心里恨他，刚刚还骂了他，可是他出现了，人们却迸住了气，仇恨又让了步，这情形就像两个雄鸡在打架以前那样，都比着势子，沉默愈久，钱文贵的力量便愈增长，看看他要胜利了。”[①]

于是，公审大会必不可少的要经历一个“唤醒”的过程，这一过程被萧队长形象地称为“点火”。即煽动起群众复仇的怒火，冲破既有心理结构的限制与束缚，将代表旧的社会结构与社会秩序的权威烧掉。“诉苦”就承担了这个“唤醒”的功能。“诉苦”凸显了仪式所具有的“表演性”特征，它上演的是一幕幕惊天动地的悲剧。它不仅激发了诉苦者本人的复仇情绪，而且使个体的复仇情绪相互碰撞、激荡，汇成了复仇的大浪。当韩老六的罪行以数字化的形式（整死十七条人命，戕害妇女四十三名）被宣布之后，群众立刻掀起了狂潮：

> 挡也挡不住的暴怒的群众，高举着棒子，纷纷往前挤。乱棒子纷纷落下来。
>
> “打死他！”“打死他！”分不清是谁的呼唤。
>
> “不能留呀！”又一个暴怒的声音。

---

① 丁玲:《桑干河上》，光华书店 1948 年版，第 305、306 页。《桑干河上》后来被丁玲改题为《太阳照在桑干河上》，各章加了小标题，内容也作了不少改动。出于论述需要，本文采用的是其初版本，下同。

“杀人偿命呀！”

“非把他横拉竖割，不能解恨呀。”老田太太颤颤微微说。[1]

在革命仪式中，作为“群众力量”的集体暴力不停上演，它被赋予了改天换地般的神奇力量。其前提无疑是革命对“群众力量”的顶礼膜拜，成为新势力开始崛起的标志。在“群众力量”的作用下，封建地主所具有的现实力量终于土崩瓦解。除此之外，其一贯高高在上的优越感与威严也必须被摧垮。

革命仪式宣布了旧的社会结构与社会秩序的覆亡，昭示着新的社会结构与社会秩序的形成，“这是一个结束，但也是开始”[2]。不难看出，作为革命仪式的公审大会仍带有原始人类仪式的核心形式；但与之不同的是，公审大会所造成的地位逆转既是社会现实，又是精神现实。在它之后出现的社会结构是全新的，与此前的社会结构有着本质的不同，是不可逆转的。

表面上看，公审大会似乎是多此一举，革命运动的领导者完全可以凭借手中的武装力量将旧势力消灭。但正如萧队长意识到的：“如果我们不耐心地好好把群众发动起来，由群众来把封建堡垒干净全部彻底地摧毁，封建势力决不会垮的，杀掉这个韩老六，还有别的韩老六。”[3] 如果思想没有得到解放，外在的解放也绝不可能持久，反动势力仍会卷土重来。因而，作为革命仪式，公审大会需要在双重意义上实现地位的逆转，一是社会现实层面，一是精神心理层面，后者是前者的基础。从社

① 周立波：《暴风骤雨》，人民文学出版社 1956 年版，第 168—169 页。

② 丁玲：《桑干河上》，第 315 页。

③ 周立波：《暴风骤雨》，第 77 页。

会现实层面而言，它将旧势力的权威从现实与象征层面打倒，彻底打破乡村社会的差序格局，重铸社会结构。然而，更为重要的还是它的精神价值。革命仪式提供现场感又具有开放性，群众既是其主力，又是其观众；他们经由它用自己的力量改变了命运，并亲眼见证了这种力量的蓬勃成长与变为主宰。这无疑可以推倒他们旧的精神世界，改变其顺从、麻木、软弱的心理状态，强化革命信仰，从根本上捣毁旧的社会结构得以稳固的心理基础。心理上对逆转地位的认同才能维持他们已经逆转了的社会地位。在将张举人和胡根富游街示众之后，“乡间的空气大为改变了”，“乡人们在此以前屈服于金钱势力之下，也就把这种现象当成不可更变的运命的规律，可是从今后他们却感觉到这金钱势力并不是神怪（原文如此——引者）不可侵犯的，只要乡下人自己愿意将代表势力的张举人和代表金钱的胡根富打倒，那便不会有打不倒的情事”，“乡下人的粗糙的手掌是很有力量的，从前这力量未被他们意识到，可是现在他们却开始伸出这东西来了。在这东西一伸出来了之后，这乡间的空气便根本地改变了”。[1]

六、狂欢：营造信仰的“共同体”

柯泽（David I. Kertzer）指出，仪式对于革命的意义十分重大：“仪式达成重要的组织需求，它将实际的权力关系神秘化并为其提供合法性，甚至在明显缺乏共识的地方也有助于促进普遍的团结，它引导人们按特定的方式去构想他们的政治宇宙（political universe）。在某些方面，

① 蒋光慈：《田野的风》，第210—211页。

仪式对革命运动和革命政权，甚至比对建立已久的政治组织或政权更为重要。要将激进的政治变动制度化，必须有强大的支持为后盾，这就需要人们放弃根深蒂固的积习以及此前建立的关于世界的陈规陋见。”[1] 实际上也是如此，革命仪式所具有的心理效应与精神价值比它的现实效用更为重要也更为强大[2]。在革命文学精心描摹的诸多革命仪式中，庆典仪式对人精神的作用尤其不能忽视。它常常在革命取得阶段性胜利之后举行，分享革命所取得的物质成果与精神成果。人们在这一群体狂欢的空间中所获得的，是社会与自身得以新生的大欢喜，是一种情感上的“高峰体验”。那庆典狂欢强化了人们对革命的信奉与崇拜，并使之成为起支配作用的精神力量，进而营造了坚固的信仰“共同体”。

对革命组织而言，庆典仪式十分必要。庆典是一个高度浓缩化的流动性时空，它不仅勾连过去，而且接通未来；它不仅庆祝痛苦生活的结束和新的幸福生活的开始，而且进一步诱发人们对未来美好生活的想象。庆典在革命取得阶段性成功之后举行，其意义并不仅仅停留在物质生活层面，最主要的是它能起到鼓舞士气、凝聚人心、增强团结的精神作用。因而，它是进行政治动员必不可少的有效手段之一。无论是在《地泉》还是在《大海》中，在农会领导的革命力量夺取了乡村政权之后，都召开了规模宏大的庆祝大会，其用意不只在畅饮革命胜利的美酒，至为重要的还是为以后的斗争进行有效的社会动员：“每个持着武器的人们，都在这异常兴奋和异常紧张的空气的卷动中，愤愤然而又昂昂然的都变成

① David I. Kertzer: *Ritual, Politics, and Power*, Yale University Press, 1988, pp.152—153.

② 布朗指出，研究仪式有三条思路，除考察仪式的目的和原因、思考它的意义之外，还要研究仪式的效果。在他看来，这一效果主要是“心理作用”，而它对社 会结构的影响即它的“社会作用”则是“心理作用”的派生效果。“显然，如果我们不考察一个仪式通常的或正常的心理作用，就不可能揭示它的社会功能。”见 A. R. 拉德克利夫-布朗：《禁忌》，史宗主编：《20世纪西方宗教人类学文选》（上卷），金泽等译，上海三联书店 1995 年版，第 110—112 页。

了一个个将要到战场中去肉搏的英勇的战士去了。”[①] 在《三家巷》中，新建立的革命政权更借助工农兵代表大会宣布了民主政府的施政纲领，这诱使人们兴奋地构想革命后的幸福生活，并心甘情愿为这一美好目标的实现奉献力量：“你想实施那些政纲，你就不能不流血牺牲，为那些政纲的实施来奋斗！路还远着呢！”[②]

革命的庆典仪式自然免不了要借用传统节日的一些庆祝形式，如敲锣打鼓、载歌载舞等。它营造的也是一种“节日”的感觉。但与传统周期性的节日庆典不同，它的狂欢不是形式化的，而有着鲜明统一的政治内涵与精神指向；它采用了更多的方式去刺激人的感官与精神，标语、口号、演说等为参与者提供了一场感官的盛宴，使其深陷于不可抑制的精神狂热之中。因此，它所带来的精神上的“狂欢”，其程度要比传统节日所引发的“狂欢”更深，其效果也更为持久。其中，演说的煽动作用不可小视。在庆典仪式上，演说者每一席话都能激起一轮群体性的情感狂潮。在演讲之后的口号声、掌声、歌曲声中，群众像大海一样：“翻腾着，咆哮着，叫喊着了！”[③]

在此，有必要将革命庆典仪式上的“狂欢”与巴赫金提出的民间诙谐文化中的“狂欢节”作一对比。当然，二者有本质的不同，但以此为参照可以凸显庆典仪式的某些本质特性。巴赫金指出，“节庆活动永远具有重要的和深刻的思想内涵、世界观内涵”，要使一个时间段成为节日，就“必须把另一种存在领域里即精神和意识形态领域里的某种东西加入进去。它们不应该从手段和必要条件方面获得认可，而应该从人类

---

① 华汉：《深入·地泉》，湖风书局 1932 年版，第 165 页。
② 欧阳山：《三家巷》，广东人民出版社 1959 年版，第 364 页。
③ 洪灵菲：《大海》（下部），《拓荒者》第 1 卷第 3 期（1930 年 3 月）。

生存的最高目的，即从理想方面获得认可。离开这一点，就不可能有任何节庆性”。因此，“狂欢节”的意义就在于和官方意识形态化的节日相对立，“庆贺暂时摆脱占统治地位的真理和现有的制度，庆贺暂时取消一切等级关系、特权、过犯和禁令”，“在狂欢节期间，取消一切等级关系具有特别重要的意义”①。表面上看，庆典仪式与“狂欢节”似乎有着相似之处：它也具有意识形态上的象征意蕴，它与既存的社会现实以及官方认可的社会等级制度成一种敌对的关系；它也是反专制、反权威、争自由、争平等的；在庆典仪式中，人与人之间的不平等好像也消失了。但实际上却并非如此，两者的不同之处不仅在于，巴赫金描述的“狂欢节”所营构的是一个暂时性的乌托邦王国，而革命的庆典仪式中的“狂欢”则是他人引导下的结果，它免不了要树立革命精神与权威，它貌似杂乱实则有内在统一而严整的秩序，恰恰是为了实现政治上的凝聚力与向心力，因而这种“狂欢”化的话语无不统摄于一种位居中心的权威话语之中。于是，在庆典狂欢中的人们本质上是迷失了自我为权威所控制的，他们的言语已经变为统一的“革命话语”。

在《暴风骤雨》中，旧的秧歌被革命歌曲所取代：“二月里来刮春风，湖南上来个毛泽东，毛泽东那势力重，他坐上飞机，在呀么在空中，后带百万兵。”②

特纳指出，仪式行为类似于一种情感升华的过程，它“借助本能的情感和社会秩序的规范之间建立起一种恰当的关系”，“使得社会的诸多要求成为人们自愿想去实现的事物。人们受到引导，甘愿去做他们必

① ［苏］巴赫金:《拉伯雷研究》,《巴赫金全集》第 6 卷，李兆林等译，河北教育出版社 1998 年版，第 10—12 页。

② 周立波：《暴风骤雨》，人民文学出版社 1956 年版，第 211 页。

须做的事情”[①]。革命的庆典仪式同样也是一个情感升华的过程，人们在其中获得的是一种超出日常生活的独特的情感体验。特纳将这种体验称为“超体验”，因为“庆典‘滤去’了其他各种体验，从而提取出对每个集团成员都至关重要的那部分体验”。庆典仪式不仅激发、煽动参与者的情感，而且将之净化、提纯、升华，构成了一个使人人沉醉其中的“情感场”。庆典运用各种形式来营造一种“狂欢”的气氛，“显然，人类也同样需要重复的运动、视觉及听觉方面的驱动刺激，并将它们与各类庆典中都能提供的抑扬顿挫的言语和颂歌结合，从而产生感召力、升华的活动以及感情响应”[②]。正是在多重刺激的作用下，庆典仪式中的个体陷入了情感的狂热状态，这种状态类似于列维 - 布留尔所说的“易感”的特别状态[③]。实际上，不仅成人仪式需要“易感”状态，庆典仪式同样也需要在参与者处于“易感”状态时实现其与革命信仰之间的“互渗”。

这种“易感”状态是一种被情感吞没的“意识丧失”状态：“他们为一种极度的欢乐，为一种极有意义的情感而激动而投入到一种好像是无意识的热闹了，这是多么的狂欢呵！”[④]在庆典渲染、营造的狂热状态下，人们往往最容易被某种精神理念所控制、所支配：“我们所说的、所做的、所想的、所感觉的都是由‘让我们相信吧’这一前提所支配的，也就是说，我们信仰真理、信仰现实，相信某种超自然、凌驾于人类、社会、国家之上的力量具有善性，并将它们视作各种现象的初始及

① ［美］维克多·特纳：《戏剧、场景及隐喻：人类社会的象征性行为》，刘珩等译，民族出版社 2007 年版，第 51 页。

② ［美］维克多·特纳主编：《庆典》，方永德等译，上海文艺出版社 1993 年版，第 14 页。

③ 在布留尔那里，这种成人仪式所造成的“易感”状态是为了实现行成年礼的人与社会集体的本质之间的“互渗”。“这个易感状态主要存在于由疲劳、疼痛、虚弱、困苦所引起的一种类似人格和意识丧失的状态中，——简而言之，存在于一种其后将有新生的假死中。”见［法］列维-布留尔：《原始思维》，丁由译，商务印书馆 1981 年版，第 344—345 页。

④ 丁玲：《桑干河上》，第 352 页。

终极原因。”[1]革命的庆典仪式让人们沉浸在“革命”所带来的“新生”的狂欢之中，在一种非理性的狂热与盲从的心理状态下，将他们对“革命”的崇奉强化到无以复加，由此营造了一个以共同情感为基础的信仰的“共同体”。这一信仰的“共同体”无疑将成为革命力量最有效的凝聚力和最强大的内驱力。

值得注意的是，任何革命仪式的背后都隐藏着深层的权力关系。革命仪式的举行离不开革命先行者的精心策划，它有的时候看似是群众的自发行为，实际上却始终处在革命者的引导之下。每种革命仪式都有主持者和掌控者，因此，任何革命仪式都不可能成为群众无目的的行动和狂欢，而只能成为有着鲜明的目的的政治行动。革命仪式对个体而言是一个“受洗”的过程，它的本质作用实际上是改造人心。仪式这一中介很好地达成了这一目标且极好地掩盖了其中深藏的改造 / 被改造的权力关系。不仅如此，革命仪式的主持者还常常引导人们将对革命的信仰实体化为对革命领袖的崇拜。在钱文贵被打倒后的“庆祝土地还家”大会上，程仁就拿出了毛主席像，把取得的成功归结为毛主席的英明，“这个办法，是咱们毛主席给想出的，毛主席是天下穷人的救星，他坐在延安，日日夜夜为咱们操心受累”，并号召大家给他鞠躬。这个场景是凝重而庄严的，旧的意识被推倒了，新的意识也要随之树立起来；人们在革命中获得了物质财富，但个人主体意识要符合或服从革命后社会整体的主流意识。

从本质上讲，革命文学对“革命信仰”的书写、强化与推广，其用意在于借助文学叙事与审美的力量，缝合文学想象与社会现实之间的距离，并通过文学想象来改变个体的人生观与价值观，重塑个体的认知与

---

① ［美］维克多·特纳主编：《庆典》，方永德等译，上海文艺出版社 1993 年版，第 14 页。

思维方式，实现精神秩序的整一化，从而干预社会实践，实现再造社会现实与革命历史主体的宏大目标。

另一方面，革命作为急剧动荡的社会状态，制度的变革及政权的更替，是在一定时期或一定历史阶段内的，而作为精神信仰的“革命”却不可能断然终结。

（原载《文史哲》2011年第1期）

第五编

后左翼时代：“十七年”“新时期”与新世纪文学

命名的故事："底层"，还是"新左翼"？
——中国新世纪文学新潮的内在困境

张 宁

一

近年来，大陆文坛又兴起了一个新的文学思潮，被命名为"底层文学"。鉴于20世纪80年代中期"纯文学"替代"为政治服务的文学"，成为当代主宰性的文学观念后，名目繁多的写作思潮便纷来沓至，令人目不暇接，那么这个文学新潮也可能在同样的惯性反应中被接受下来。但这次似乎不同，据作为倡导者的作家和批评家解释，以往的"先锋文学"、"新写实"、"新生代"、"晚生代"、"私人化写作"、"后现代"均以"纯文学"为旨归，这次则反其道而行之，重新强调文学与社会学的融合，强调现实主义写作方法。

被称为"底层文学"的作品，通常有这么几类：一是以20世纪90年代开始的国营厂矿体制改革中工人的悲惨命运及抗争为书写对象，借以发出底层的呼声。如曹征路的《那儿》，写一工人出身的工会主席，受骗参与了管理层抛弃工人的"卖厂"行为，醒悟后起而捍卫工人利益，最终以死相拼的故事。如棱子的《且看满城灯火》，写一位国营企业老工人一家在所有制改革中被抛弃后的命运，以及当年“主人翁”心态的沦落。这类写作也被称为“大厂文学”，语出作家谈歌的小说《大厂》（《人民文学》1996年第1期），但《大厂》本身由于其浓厚的“主旋律”色彩，并没有被当作底层文学。

二是以农民进城做工的经历及其命运为书写对象，展示在一个城乡制度性隔阂的社会里，乡下人背乡离土后的各种生活状态。如尤凤伟的《泥鳅》，写一乡下青年进城后如何在怀有梦想的奋斗中被一步步引向他人玩偶，并最终在懵懂中代人受过走向刑场的故事。但更多这类书写则无任何传奇色彩，仅仅展示乡下人在城里谋生时的种种日常遭际、屈辱、同类相恤的欢乐和卑微中的善良天性，如王光瑞的《马路上不长庄稼》（《青年文学家》2006年第6期）和罗伟章的《大嫂谣》（《人民文学》2005年第11期）。这类写作被习惯性地称为“打工文学”，但也有学者为了祛除“打工”一词所包含的过强的经济学意味（“劳动力资源”），将此命名为“乡下人进城”叙事①。由于城市未必都是都市，农民背井离乡在一些小城镇或矿山打工的文学书写，也可被包含在这类分类中。如刘庆邦的《神木》（《十月》2000年第3期）写了一个触目惊心的杀人故事：两个底层乡下人设局在矿井下杀了另一个乡下人，冒充其亲人诈领矿主的私下赔偿——但这并不是偶然为之，而是一种赚钱的门道，直至再杀一位少年时其中一位起了同情心，两人内讧而相互杀死。②

在这两类之外，还有沿袭传统的都市文学和乡土文学写作范围而表现底层民众生活的作品也被称为“底层文学”，其中有时也穿插有工人

① 徐德明：《“乡下人进城”的文学叙述》，《文学评论》2005年第1期。

② 这篇小说所叙述的故事，6年后竟然在现实中几乎原封不动地出现了，见《把人诱至矿井底谋杀骗赔——路边找个“亲爹”向矿老板索赔22万，山西上演电影〈盲井〉现实版》，《厦门晚报》2006年12月17日第30版。《盲井》，根据《神木》改编的电影，李扬导演。

下岗、乡下人进城的故事，但占据主要空间的则是市井乡间的日常痛苦与欢乐，如刘恒的《贫嘴张大民的故事》（《北京文学》1997年第10期）和李佩甫的《城的灯》（长江文艺出版社2003年版）。不过，称这类作品为"底层文学"也有争议，认为这会让"底层文学"成为一个过于泛化的概念。

但即使如此，"底层文学"仍然是一个边界不清的概念，因为取"底层"这一社会学术语命名"文学"，本身就会使概念泛化。直观地看上去，"底层文学"更像是"穷人文学"，而"穷人文学"在中国古代就存在，比如民间流行的"智长工斗愚地主"的故事，就体现了穷人虽不能在现实中改变自己的地位，但却能在叙事中取得道德和智力上的优越感。但"底层文学"显然不愿意等同于"穷人文学"，它似乎应该有更深刻的动机和更广泛的表现域。"在某种意义上说，底层写作是'左翼文学'传统失败的产物，但同时也是其复苏的迹象。"[①] 有评论家这么来描述"底层文学"，果然，当中篇小说《那儿》发表之后，便有人看到了"左翼文学"复兴的希望，并迅速命名为"新左翼文学"。

二

《那儿》被称为"新左翼文学"的根据是，"在小说中，'我小舅'反抗的精神资源来自于传统社会主义，这里不仅有旧社会工运领袖（小舅的"姥爷"）榜样的力量，也有'英特纳雄耐尔一定要实现'的理想，

① 李云雷：《如何扬弃"纯文学"与"左翼文学"？——底层写作所面临的问题》，《江汉大学学报》2006年第5期。

而小说的标题也来自于‘英特纳雄耐尔’最后两字的口误。此中可以看出，社会主义历史及其赋予的阶级意识，作为一种保护性力量在今天的重要，而小说对社会主义思想的重新阐发、对下层人民悲惨生活现状的揭示，可以看作‘左翼文学传统’在今天的延续”[①]。需要说明的是，小说所写的生活内容是有相当的历史根据的，其中成功的抗争案例当属被中外媒体报道过的“郑州造纸厂事件”[②]。在这个事件中，工人们付出了沉重代价，但却坚韧不屈，成功维权。支撑他们持续抗争的精神力量基本上是20世纪50—70年代所接受的“社会主义”意识形态，如“工人阶级的主人公意识”，如在厂门口贴出毛泽东语录。[③]

这是一个非常有意味的现象。当国营企业工人在计划经济时代被允诺做主人公时，“他们为各种国家福利所覆盖，似乎并没有表现出强固的工人阶级自主意识”；而当他们处于“下岗”、“买断”、“离职”、“退出生产领域以后”，他们的工人阶级自主意识反而觉醒了。“其中，这些工人与国家的关系构成他们形成自主意识的一个重要的参照系和可得资源。在很多情况下，当原国有工厂的设备和资源面临被出售的命运时——就是说，国有企业工人与这些国有资产哪怕仅仅在理论上才拥有的‘主人翁’关系将被最终割断时，这些工人往往会群起抗争，由此开始向着阶级形成的方向前进”[④]。在小说《那儿》中，“我小舅”就是在目

① 李云雷：《底层写作的误区与新“左翼文艺”的可能性——以〈那儿〉为中心的思考》，《海南师范学院学报》2006年第1期。

② 记者：《郑州造纸厂待破解的改制难题》，《南方周末》2004年10月28日。

③ 对此事件的一项调查报告曾这样描述：“老工人们反对国有企业改革中把工厂的国有资产变卖或者拱手送给私人老板的做法，他们不能接受自己为之奉献了一辈子的工厂被分解。这里的工人有一个共同点，普遍怀念毛泽东时代，怀念计划经济体制，推崇毛泽东思想。他们认为在计划经济时代工人是国家的主人而现在却成了弱势群体。”（社会实践小组：《五一赴郑州社会实践报告》，http://www.xjiaoan.org/yyy/0117/2302/155588.html）。

④ 沈原：《社会转型与工人阶级的再形成》，《社会学研究》2006年第4期。

睹众多工人兄弟下岗陷入绝对贫困之中，连他年轻时曾喜欢过的工友杜月梅也被迫走上了卖淫之路时，才萌发了"有人要出卖咱工人阶级"的自主意识。这为谈论"新左翼文学"在当代的可能性带来了困扰。

不少评论者在谈到"新左翼文学"所继承的左翼文学传统时，往往依据这样一个历史线索：30年代左翼文学→延安文学→共和国文学→"文革"文学，并将之视为一个一以贯之的"无产阶级文学传统"，尽管有时也把其中的某一项置换为40—50年代曾使用过的"人民文学"。但这一线索既沿袭50年代的大陆文学史叙述，又与80年代以来大陆学术界"祛左翼化"思潮相交映，充满了"将结果推论为过程"的本质主义特征。因为从理论上言，左翼文学是"受压迫者文学"，但延安文学的出现，已经混合了太多"胜利者文学"要素，到1949年之后，那个最初渊源于左翼文学的共和国文学已经完全变成了"胜利者文学"；从历史中看，虽然延安文学的作家主体大多来自左翼文学作家圈，不过，经过延安整风，真正的左翼文学已消融于工农兵文学之中[①]。但其间并非没有复杂性，也并非不隐含着新的历史可能，比如，倘若此后的历史没有向"以阶级斗争为纲"的极左的道路上发展，那么，工农兵文学或涵义更为广泛的"人民文学"，不是没有可能发展出一种特别的国民文学。即便是后来的"胜利者文学"，由于它讲述的很多是受压迫者、反抗者的故事，虽然时态是过去时的，性质是当时的国家意识形态，但在强力灌输的过程中也并非没有传播平等、公正的理念，以至人们，至少是一两代人，在其现实感知上曾于"文革"中被极左思潮冲击的同时，也在早期教育中受到过社会主义价值观的熏染。

① 刘增杰：《从左翼文艺到工农兵文艺——对进入解放区左翼文艺家的历史考察》，《中国现代文学研究丛刊》2006年第5期。

于是人们不得不遭遇一系列困境。比如，如果重拾社会主义价值，是否有必要将之剥离出曾搭载这一价值的沉重历史过程？而剥离出历史过程的价值，是否只是知识分子的“书斋里的革命”？这已经不是一个理论问题，在许多国营大企业因破产、拍卖而引发的工人的激烈抗争中，自由主义者、新左派的理念都起不到作用，真正起作用的反而是“文革”的“造反派的理念”。正如《那儿》里所表现的“他们出卖咱工人阶级”。但这种以“国家主人翁”为支撑的工人阶级意识，却又是在1949年后的“新等级社会”中锻造而成的。在前述关于“郑州造纸厂事件”的调查报告中，下岗工人们哀叹“在计划经济时代工人是国家的主人而现在却成了弱势群体”后，便接着发出了这样的抱怨：“他们认为国家让农民工自由流动形成了盲流，带来了很多社会问题，有很多人到了城里也根本找不到工作，国家应该有计划地宏观调控。”[①]这里又遭遇到一个反论：如果不将价值剥离出历史过程，那么被称之为“社会主义”的这种价值，是否还具有社会主义性质？

再比如，如果把《那儿》命名为“新左翼文学”，并将之与历史上的左翼文学相关联，那么它关联的是什么样的、什么时期的“左翼文学”？它是否也关联于可被称为“统治者文学”的那部分？如果是，那么该怎样定义“新左翼”？如果不是，又该如何落实于新的阶级主体？正是对这一系列理论和历史困境不加追问，使得关于“新左翼文学”的讨论经常陷入当事者自己也觉察不到的混乱。如一篇认为《那儿》代表了“左翼文学”传统的恢复的文章，在给这个传统勾勒出如下历史线索“从上世纪20—30年代以先锋姿态出现开始，经过延安文学，‘十七年文学’再到‘文革文学’”之际，又将“左翼文学”的创作倾向定性为：“它

① 社会实践小组：《五一赴郑州社会实践报告》，http://www.xjiaoan.org/yyy/0117/2302/155588.html。

以骨肉相亲的姿态关注底层人民和他们的悲欢，它以批判的精神气质来观察这个社会的现实和不平等，它以鲜明的阶级立场呼唤关于社会公平和正义的理想。"[①] 而不尊重历史事实，禁止写社会阴暗面，甚至不许写"中间人物"的"十七年文学"和"文革文学"，除了对社会现实歌颂外，又何曾"以批判的精神气质来观察这个社会的现实和不平等"？也是对这一系列理论和历史困境不加追问，才使得"新左翼文学"的桂冠只能奉献给极少数特殊的作品，如几乎所有讨论只限于曹征路有限的作品[②]，而这些作品，如《那儿》，的确以强劲的笔力写出下岗工人觉醒了的阶级自主意识，但这种意识却只能在国企"老工人"[③]被"抛弃"的特定时刻，发挥着"以其人之道，还治其人之身"的特定功能；到了他新近发表的长篇小说《问苍茫》(《当代》2008 年第 6 期)，当人物和场景转入进城打工的"新工人"(农民工）和沿海合资企业，阶级冲突只能以"劳资纠纷"的形态出现时，在《那儿》中作为阶级意识的思想资源，却只能退居到背景的模糊之处，通过某位个工人领袖之口偶然道出：

唐源沉默了一会儿，说，现在回过头想想也只有毛主席才是真心为工人农民的，可惜我们大家都看不清楚，也跟在后头骂。然后

① 季亚娅：《"左翼文学"传统的复苏和它的力量——评曹征路的小说〈那儿〉》，《文艺理论与批评》2005 年第 1 期。

② 除此之外，还有一篇文章把作家刘继明的写作也称为"新左翼"文学，但这个结论所根据的并不是刘继明的创作，而是他的文学主张。见阳燕：《中国问题 · 精神境遇 · 人文情怀——论刘继明的"新左翼"小说创作》，《文艺理论与批评》2007 年第 6 期。

③ 这是社会学界的一种分类法："老工人"，即拥有城市户籍、享有国家政策福利的传统国营企业、集体企业的工人；"新工人"，即没有城市户籍、也不享有国家政策福利的进城务工的农民，但理论上也应包括已被政府"买断工龄"而又在私人企业、中外合资企业、股份制企业以新身份就业的原失业工人。

就大口喝啤酒，跟着眼角那儿就渐渐有了湿斑。[①]

这自然提示了改革开放前思想观念在历史条件改变后所包含的反抗性资源，但也明显带着作者为了使《问苍茫》与《那儿》尽可能达到某种一致性而刻意为之的痕迹。因为在中国特定语境的“劳资纠纷”中，能够担当工人领袖者的思想资源并非只有改革开放前思想观念所曲折包含的反抗性因素，也并非只有这种反抗性因素现成、就手。于是，“新左翼”这样一个极具包容性的命题，便在评论者和创作者双双设置的小巷般的视域里被人为地狭义化了。

三

其实，让“新左翼”这一极具包容性的命题“狭义化”的，不仅是那些肯定“左翼文学”的论者，还有甚至更多的是那些对“左翼文学”价值持怀疑，乃至否定的论者。后者通常对“改革开放”前的沉重历史有着高度警觉，但他们和前者一样，对诞生于20世纪20—30年代的左翼社会运动包括左翼文化运动，以及“文革”极左政治的历史过程，往往缺少细密的分析，更缺少有洞察力和生长性的方法论意识。他们习惯以从“改革开放”前的沉重历史中携带出的本质主义思维方式，来反思、批判那段沉重历史，结果只能以历史结果来推断历史过程，而无法识别在那段沉重历史中的国家意识形态里，亦包含社会运动与思想价值的历史合法性源头。这使他们一开始就全面否定虽然泥沙混杂，但

① 曹征路：《问苍茫》，《当代》2008年第2期。

也不失悲壮的左翼社会运动包括左翼文化运动，全面否定支撑这一运动的社会主义价值以及诞生于西欧的马克思主义。

由于"阶级身份化"和"身份凝固化"的惨痛历史结果，自20世纪80年代"新启蒙"运动开始，大陆思想界便全面排斥了"阶级分析"方法，将其视为一个富有悲剧性而又荒诞的笑话。因而，相当长一段时间里，在大陆创作界，尤其是在理论和批评界，阶级论的视角基本阙如，甚至连现今被热烈谈论的"底层"这种社会学一般性视野也基本阙如。如果拿"底层"作为关键词，搜索权威的"中国知网·中国期刊全文数据库"，会发现以"底层"与文学相关性为视角，并在篇名中嵌入"底层"字眼的当代文学理论和评论文章，在1980—2008年的近30年间时间分布的严重不平衡：

表一

年份	篇数
1980—1997	4
1998—2001	2
2002	5
2003	6
2004	14
2005	25
2006	63
2007	90
2008	150

在 1980 年后的长达 18 年间，同类性质的数据竟然不如 2002 年一年的数据，更遑论 2004 年“底层文学”破题后快速增长的同比。而之所以将 1998 年作为一个新的统计的起点，是因为此前统计数据中尚不包含对新的社会分化的反应，其中正面阐述作家应有“底层劳动者意识”的一篇，特别将这种意识定义为“不是指底层劳动者的意识，而是指作家的一种富有洞观倾向性的审美意识，即那种意识到底层劳动者存在景况的意识”[①]，足见此前“意识到底层劳动者存在景况的意识”之匮乏。

值得注意的是，虽然上述不平衡有 20 世纪 90 年代中期后社会分化日趋严重的历史原因，但在此前的历史中，包括在被称为“平均主义”、“大锅饭”的“文革”时期，并非没有阶级分野，更不是没有早已严重到完全“身份化”的社会分层，但这些分野和分层却极少被诉诸阶级分析。其实，早在 1963 年，世界知识出版社就出版了 Milovan Djilas（当时译为德热拉斯）的《新阶级》删节本，1981 年，中共中央政法委员会理论室又印制了该书的全译本（作者被改译为吉拉斯），尽管均是内部发行，但在 20 世纪 80 年代，还是为一些学者、乃至学生等普通读者读到。然而，这本对现实社会主义成功作出阶级分析的著作，即使在 20 世纪 80 年代改革开放的初期，也未让它的中国读者习得用阶级分析的眼光看待传统的现实社会主义，更没有减少他们对阶级分析方法的厌恶。这与后来一批被称为“新左派”的论者在引入“全球化”批判的视野后，也仅仅用来观察国际上的第三世界和第一世界之间的不平等秩序及其结构上的原因，而拒绝用这样的原理观察国内“第三世界”和

① 周政保：《底层劳动者意识与小说境界—〈高地上的寓言〉：西部小说论之九》，《朔方》1991 年第 5 期。

"第一世界"之间同样的不平等秩序及其结构上的异样的原因，具有方法论上的异曲同工之"妙"。

既然人们没有学会以阶级分析的方法分析自己所处的传统的现实社会（其中的大部分结构一直延续到今天），自然更不会想到用它来分析破除这种社会之后所意欲迎来的新时代。人们似乎更愿意以一种直线式思维，把 20 世纪 50 年代的"苏联的今天就是我们的明天"，迅速置换为"西方的今天就是我们的明天"，并在一种纯观念、非历史的幻觉中构建起一套以"现代性"为核心价值的关于世界及自身的、新的总体知识体系。其中，"纯文学"观正是这种总体知识的组成部分。在有关"底层文学"的讨论中，不少论者都把"纯文学"和"底层文学"作为一组正反题来看待。但"纯文学"观在当初建构时，并非是不适当的，它的对立面正是那种"不纯"的、太社会化了的文学，这种文学在当时的特指也非常明确，即 20 世纪 50—70 年代流行的"为政治服务"、"为工农兵服务"的文学。此时，若要冲破固有的文学意识形态，只有绕开文学与政治的关系，于是，一些作家批评家便利用当时政府倡导"按科学规律办事"的舆论氛围，以文学也像经济一样有其自身的规律这一理由，成功地规避了可能招致的麻烦。"纯文学"观就建构在文学应回到"文学本身"，文学不应搭载不属于它的社会学、政治学、新闻报道等各种超载之物这类意识之上，而且在短时间内便迅速瓦解了传统的文学意识形态，成为当代主宰性的文学观念[①]。但不幸的是，"纯文学"这个原本由策略性要素构成的命题，却逐渐变成了本质如此的战略性规划。它固执地隔断了文学与政治、社会、历史的关系，坚决排除文学的社会

① 蔡翔：《何谓文学本身》，《当代作家评论》2002 年第 6 期。

学视野，拒绝考虑文学与现实语境之间的交叉和摩擦，甚至不加区分地驱赶所有历史上既有的现实主义。它仅仅追求语言、文体、修辞和“陌生化效果”，仅仅热衷于表现没有历史位置、缺失现实关系的“孤绝的个人”[①]。终于，这种以反政治为初始口号的文学，变得与现实政治最为相安无事。正当它沿着“现代性”和“永恒性”之路向前迅跑之际，却兜头碰到以“底层”为显现符号的巨大社会变迁。

四

从20世纪90年代起，在原有的身份制社会没有任何结构性改变情况下，新的社会分化便已经开始了。其中两个最为突出的变化是，由于经济的高速增长，各类性质的企业、服务业急需廉价工人，大批乡下人以“农民”身份背井离乡进城打工；由于国营企业体制改革，大批原本有工资和医疗、养老等福利保障的工人，下岗、失业。“底层文学”所热衷表现的两个领域，便是与此相对应的。

大陆原有的身份制社会是建立在城乡二元对立结构和“干部——工人——农民”三种基本身份划分基础上的。前者是靠严格的户籍制度来维系的，除了考学、当兵、招工等少数几个渠道，城乡之间几乎是凝固的、不流动的；后者则靠严格的政策规定及一系列相应待遇所支撑，国家干部、国营企业工人、集体企业工人除了工资之外，尚有各自不同的住房、医疗、养老等福利保障，而农民除了农副业收入外则无任何福利

① 贺照田：《时势抑或人事：简论当下文学困境的历史与观念成因》，《开放时代》2003年第3期。

保障[①]。这种情形，一方面使同一阶层的人群呈现出大体平等的社会地位，另一方面也使社会分层刚性化，形成了森严壁垒的世袭性社会等级和个人身份差别。

将这种城乡二元对立社会称之为"两个中国"一点也不过分。而中国大陆20世纪90年代开始的市场经济改革便是在"两个中国"的背景下展开的，同时改革的目标又没有指向"两个中国"这一痼疾。于是，当大量作为多余劳动力的乡下人进入城镇以满足新兴的工业和服务业用工需求时，他们的"农民"身份丝毫没有改变。他们在遭受着普遍性的经济剥削的同时，也遭受着特有的国民待遇剥夺，这比在一个封闭的乡村世界里更显得触目。与此同时，原本相对优越的城市产业工人，在体制改革和政府减轻财政负担的政策调整中，开始失去稳定的工作和各种福利待遇——仿佛一项早已签订的契约：工人享有一个终身不解聘的职业及附加的一定福利保障，同意接受政府为积累资金发展重工业、国防工业而给予的仅够维持劳动力生存和劳动力再生产的低廉工资。如今，这原本就苛刻的契约，也单方面宣布作废了，迫在眉睫的当下生计，基于这一"契约"而对未来的想象和设计，统统处于未知和混乱之中。尽管中国经济在高速发展，面包、蔬菜、日用品和家用电器在增多，但城市工人和乡下农民在上述两个方面生活的变动和溃败，却日益彰显了急

① 比这种概述稍稍复杂的是，城市里干部、工人身份之外的人也无属于自身的独立福利保障，但他们中有不少人可通过亲属关系依附而获得部分福利，如干部和国营工人的家属可看病后报销一半医疗费，但集体企业工人家属则没有这种待遇规定。而既无干部、工人身份，又无亲属关系依附的城里人，也像农民一样无任何福利保障，他们往往构成了城市里的贫民阶层。此外，计划经济后期，尤其是"文革"时期，为解决干部、工人家属和按政策规定可以不下乡的知识青年的就业，一些街道社区管理机构也办起了集体企业，这些企业的工人除工资外，也无任何福利保障，因而成为工人中身份最低的人，但由于他们有城市户籍，属于国营和集体企业工人的补充来源，因而在社会低位上仍非农民之所比。此种集体企业习惯地被称为"小集体"，以与有福利保障的集体企业（"大集体"）相区别。

剧恶化了社会分层和阶级分野。即便是因无可奈何而对由来已久的身份化社会业已淡漠的作家、评论家，也无法漠视这一新的触目的巨大社会变动。“底层文学”命题正是在这一背景下而被提出来的。

然而，“底层文学”作为命题究竟意味着什么？意味着文学应该重归其在中国现代传统中早已存在的社会学视野？意味着现实主义应该恢复本应有的历史地位？意味着一种与社会学视野相融合的文学观应取代业已成为主宰性观念的“纯文学”观？意味着一种重新引入的底层立场和底层视角？一种重新燃起的道德热情和伦理关怀？也许意味着这一切，但作为其反题的各种诘难也同时不绝于耳。而“底层”概念本身在争论中也一直是一个悬而未决的问题，立场相反的论者都有对这一概念用之于命名“文学”的质疑，如认为“底层”概念过于模糊、“没有历史感”的论者，建议用“工人阶级”这样一种能揭示“在生产方式中这群人处于一个什么样的位置”，“透视社会结构中的权力关系”的概念取而代之①；而认为“底层”潜含着一种上对下的俯瞰视角，并有可能漠视“底层个体存在”的论者，则倾向于取消“底层”对于文学的命名，将其重新归为早已被确认的含义更为丰富的“人的文学”。②

而从创作实绩观察“底层文学”或对底层苦难的书写而作出的批评，通常则很少引起争议。陈晓明曾以2004年度《人民文学》“茅台杯”创作奖候选作品为例，指出“底层的苦难依然成为当今小说叙事的主体故事”，并发现受社会严重分化刺激和自由主义与新左派争论的影响，作家们“很容易从人道主义立场转向人民性立场”。然而，在作品的具体叙事中，为了维系对“人民苦难”的书写与艺术独特性之间的平

① 薛毅、刘旭：《有关底层的问答》，《天涯》2005年第1期。

② 梁鸿：《通往“底层”之路——对“底层写作”概念及批评倾向的反思》，《上海文学》2008年第12期。

衡，现实主义的常规叙述又总是被某种"小形式"突然转折，或"通过一个细节来改变主题，促使主题变异"，于是，"那些底层民众苦难生活的表现并没有全面深化，那些社会对立和矛盾也总是被化解"，但这却使作家们在现实创作格局中获得"思想深化"和"艺术创新"的双重褒奖。但陈晓明并未将此视作作家们的投机取巧，而是看到了其中所隐含的历史、文学和作家主体方面的诸多障碍："文学叙事本身已经被多种因素决定和分化，仅仅依靠具有意识形态意义的立场或主题无法成为写作的全部的资源和动力，也无法决定一部（篇）文学作品的艺术性。这就使人民性在小说叙事中不能彻底贯穿下去。对底层的悲悯情怀也只能是人道主义式的悲悯，其人民性并（未）指向对人民苦难的历史根源的揭示，这种揭示不再是阶级斗争和暴力革命的意义上的表达，只是有限的艺术表现。就这种情况，当然也可以说是作家没有能力，也不可能去深究'人民苦难'的根源。很显然，'描写人民'这是现实主义的惯用语，但'人民被边缘化'却是一个新的难题。'人民的苦难'是一个现代性的革命历史主题，它无法成为一个现实主题，这使'人民性'的当代性只能变成叶公好龙，造成它必然向美学方面转化。作家不想，也不可能真正从历史与阶级意识的角度来揭示人民的命运，这一切与其说是自觉地转向人民性立场，不如说是因为艺术上的转向使这批作家与这样的社会思潮相遇，与这样的现实境况相遇，他们获得了这种文学表现的现实资源，他们可以在应对现实的同时，完成艺术上的深化。也就是说，人民性不再是自觉建构的意识形态，而是文学性创新压力下寻求自我突破的一种现实捷径。"[①] 陈在文中还指出一个现象，即"苦难总是伴

---

① 陈晓明：《"人民性"与美学的脱身术——对当前小说艺术倾向的分析》，《文学评论》2005年第4期。

随着欲望化的叙事，这在对苦难生活描写中显然是不协调的层面，也就是说，对苦难的表现实际被其他的叙事话语所分化”[①]。而这一苦难叙事和欲望化叙事的混合，也被此后的论者屡屡批评为是对时代消费主义的就范。此外，还有批评家指出了“底层叙述”另外几种弊端：

——“有的作家在表现苦难时脱离了具体的语境，将之抽象化、概念化、寓言化，同时也推向极端化。于是，‘底层叙述’变成了不断刺激读者神经、比狠比惨的‘残酷叙述’”；

——“有的作家以简单的‘城乡对立’、‘肉食者鄙’等线性逻辑理解复杂的‘底层问题’，以苦大仇深作为推动故事的情绪动力，于是‘底层叙述’变成了隐含的‘仇恨叙述’”；

——“还有的作家既无底层经验，又少底层关怀，只因题材热门、‘政治正确’，也来分一杯羹，寻求‘入场’的捷径，这样的‘底层叙述’已经是一种‘功利叙述’……”[②]

其实，不仅关于底层苦难的叙述及其突然而起的“人民性”主题呈现为创作界的“美学脱身术”，而且——从前面“表一”逐年快速增长的数据中可以直观到的——迅速炙热起来的关于“底层文学”的讨论，在某种程度上也可以被视为批评界的“理论脱身术”。因为自20世纪90年代以来，知识分子在遭遇历史重创，纷纷适应“与国际接轨”的学院制度后，知识生产便成为他们主要的活动方式。如果说20世纪80年代，以知识分子自视的批评家怀着真诚的启蒙理想从事写作，同时也借此体现刚刚被确认的“自我实现”价值，那么，90年代以来以学院

① 陈晓明：《“人民性”与美学的脱身术——对当前小说艺术倾向的分析》，《文学评论》2005年第4期。

② 邵燕君：《“底层”如何文学？》，“西祠胡同”2006-2-27（http://www.xici.net/）。

知识分子为主体的批评家，则更多地从事职业性写作，花样翻新的各种写作品种或文学、理论思潮，正好适应了他们从事知识生产的需要，或者正是他们在推动各种花样翻新的写作品种或文学、理论思潮。考察大陆各种写作思潮的缘起，会发现它们大多发生在90年代。随着新世纪的到来，一方面是社会巨大变动刷新了他们的现实感，唤起了一种道德关怀，另一方面“纯文学”观陷入被质疑的困境，写作新潮出现的频率也骤然降低，于是踌躇着方才登场的“底层文学”，便立即成为知识生产的热力场。有关“底层文学”的讨论在成为新世纪文学批评热点的同时，却鲜有具有生长性的论述的出现，便与此相关。

但“底层文学”所呈现的创作和理论困境并非不为它的倡导者们所感知，企图引领之和规范之的努力却效果不佳。其中的一个方案是用“新左翼文学”重新规范“底层文学”，并将后者上升为一种“新的美学原则”(刘继明)[①]；另一种努力则是将“新左翼文学”从“底层文学”中分化出来，使它们成为两种既相关又不同的写作品种[②]。但正如我们前已分析过的那样，由于对中国左翼文化历史传统本身就存在着理解上的混乱，也由于“新左翼”倡导者缺少对中国左翼社会运动缺少应有的批判性反思，“新左翼”概念业已被狭义化，失去了重新解释的广阔空间。

难道“底层文学”真的只能成为一个没有生长性的学术生产命题？难道“新左翼”只能成为一个被狭义化、乃至被糟蹋的概念？也许，“底层”、“新左翼”作为名称、术语、命题、概念都不重要，重要的是这些名称、术语、命题、概念在具体语境出现时所黏合的“问题状

① 刘继明、李云雷:《底层文学,或一种新的美学原则》,《上海文学》2008年第2期。

② 李云雷:《〈问苍茫〉与“新左翼文学”的可能性》,《南方文坛》2009年第2期。

况”。早在20世纪90年代就写下《底层》一文[1]的文学评论家蔡翔，在新书出版之际曾这样追问道：

> 我们今天为什么要重新叙述底层，是为了唤起道德的同情和怜悯？当然不是。是为了重新接续某种“苦难”叙事？也不完全是。对于这个问题，每个人都会有自己的回答，就我个人而言，在非文学的意义上，重新叙述底层，只是为了确立一种公正、平等和正义的社会原则。[2]

“重新叙述底层”首先出于一种心痛，“确立一种公正、平等和正义的社会原则”则须得自一场也许漫长的社会运动。在“心痛”和“社会运动”之间，还连接着无数的中间环节，坚竖着无数的中间项。也许只有通过“重新叙述底层”，才能使这遥远的距离获得一种关联。而且，“心痛”不仅来自“每个人的家乡都在沦陷”（王怡语），也来自自己的无力行动，甚至在大众陷入苦难时“我的职业和工作以及相应的生活方式已经‘中产阶级化’了”。这种对“身份怀疑”、身份“断裂”的自觉，既是叙述的动力，也是政治的动力。因为“我们不可能逃避底层灼热的目光注视，只要我们仍然在追求一种公正、平等和正义的社会原则。即使我们的立场再往后撤离，那么，任由底层的彻底贫困，对社会的颠覆，就会以一种更加粗暴也更加残酷的方式进行。那时候，我们就会看到什么是对我们自己的报应。”[3]

---

① 收入《神圣回忆》一书（蔡翔著，东方出版中心1998年版），《天涯》杂志2004年第2期又在“底层与关于底层的表述”栏目中重新发表，引起广泛关注。

② 蔡翔：《自序：相关的几点说明》，《何谓文学本身》，春风文艺出版社2006年版。

③ 同上。

也许，在作者写下这些文字时，早有人在与此不相知的情况下投入了"确立一种公正、平等和正义的社会原则"的行动。他们也许人数极少，处境孤单，日常生活本身就经常处于麻烦之中。他们就是《问苍茫》中的各种性质的唐源，虽然绝大多数并不与唐源分享同一种意识形态。这是一批"确立一种公正、平等和正义的社会原则"的先驱，这是一种被时代限定却又注定超越时代限定的行动，"重新叙述底层"时的心痛，对"身份怀疑"、身份"断裂"的自觉，不愿看到"对我们自己的报应"的愿望，在某个曲折之处便都可能与此相关；而一种文学与政治的相关性，一种文学不只是为了文学自身，也不只是为了个人奋斗或个人审美，而是"为……（如改造社会）"的目标，或者始终与"为……（如改造社会）"为目标的视域相融合，也在此展现了新的可能——那不正是鲁迅时期的中国左翼文学传统吗？

而"底层"也未必不能唤起一种集团意识，它完全可以成为中国式的"无权者"[1]而被赋予权力 / 权利；而文学参与召唤这种"底层 / 无权者"意识的历史过程，不也应该是文学的题中应有之义？当然，这可能是一个漫长的历史过程，但又是一个极具生长空间的过程。其现实的严峻性可能会使人们忘却它，装作看不见它，但却不能说历史的可能性不在我们身边。

（原载《文史哲》2009 年第 6 期）

① ［捷克］瓦茨拉夫·哈维尔：《无权力者的权力》，张永进等译，台北左岸文化事业有限公司 2003 年版。

“四类分子”子女题材小说的价值困惑

庞秀慧

在阶级话语的影响下，“四类分子”[①]不仅在中国革命过程中被看作革命对象，还在中华人民共和国成立之后的相当一段时间内被视为阶级敌人，在历次政治运动中成为首当其冲的打击对象；与此同时，当时的

① “四类分子”是新中国成立初期对地主分子、富农分子、反革命分子和其他坏分子的统称。这些人是中国革命过程中的革命对象，在建国之后将其视为敌对阶级。1950 年 8 月 4 日，政务院第四十四次政务会议通过了《关于划分农村阶级成份的决定》，为农村阶级成份的划分制定了标准，并把“四类分子”视为敌对阶级；一直到 1979 年 1 月 11 日，中共中央作出《关于地主、富农分子摘帽问题和地、富子女成份问题的决定》才赋予地主、富农这群人以社员身份，与工农家庭出身的人享有同样政治待遇。“四类分子”人数众多，一般认为从 1950 年土地改革划分农村阶级成分起，到 1984 年最后一批“四类分子”摘帽，共有 2000 多万“四类分子”。但中国社会科学院哲学所图书资料室曾经估算过“四类分子”的人数：1948 年仅仅地主、富农约有 3600 万；1958 年“四类分子”约 1448 万，其中地主、富农分子约 1051.3 万；1977 年底，“四类分子”约有 614 万，其中地主 277.7 万，富农 189.5 万，反革命分子 97 万，坏分子有 49.8 万；即使在 1979 年初，“四类分子”大约有 10 万，其中地、富分子约有 5 万之众。（详见中共中央文献研究室编：《关于四类分子人数的统计》，《建国以来重要文献选编》（第二册），中央文献出版社 1992 年版，第 694 页。）关于“四类分子”的数量也有其他说法，例如冯建辉认为 1977 年底，全国尚有地主分子 297.7 万人，富农分子有 189.5 万人，合计 469.2 万人；至 1980 年底，全国只剩有地主分子 4 万余人，富农分子 2 万余人；到 1984 年 10 月尚有地富反坏分子 79260 人。（详见《党对地主富农及其子女政策的变迁》，《炎黄春秋》2000 年第 12 期）

国家政策使得这些人的子女们历经了不公平的待遇[1]，据学者推算，受四类分子牵连的人口超过1亿，大体占总人口数的15%左右[2]。四类分子子女们中的许多人受到歧视却无处申述，不得不承受出身所带来的原罪，在成长过程中不断压抑自己的痛苦记忆与精神创伤，其中某些人在某种程度上形成了舍勒（M.Scheler）所说的怨恨情结[3]。如何叙述他们的怨恨情结，则是个充满挑战性的问题：从表面上看来，这是我们在审视历史所形成的创伤记忆，实际上则是反思阶级话语的历史渊源及其内在的价值和意义，为社会的整合提供思想资源，以文学的方式为中国社会开拓可能的发展方向。但是由于一些作家们缺乏对历史和现实的了解与认同，无法对历史和现实进行双向反思，表现在怨恨叙述中的却是迷茫和困惑，他们或者无条件地认同当时的国家话语，或者不知所措地游移在众声喧哗的社会伦理和个体道德之间，无法超越历史与时代的双重局限，他们笔下的怨恨叙述恰恰反映了转型期中国社会的价值冲突与困惑。

一、被压抑的创伤记忆与国家认同

由于中国人的“创伤记忆”实际上是“以国家观念为体”[4]，所以对怨恨情结的叙述首先建构在国家话语之中，最突出地表现为如何看待当时阶级话语历史合法性以及合理性的思考。从本质上而言，阶级话语实

---

① 冯建辉：《党对地主富农及其子女政策的变迁》，《炎黄春秋》2000年第12期。

② 李若建：《从赎罪到替罪：“四类分子”阶层初探》，《开放时代》2006年第5期。

③ ［德］舍勒：《道德构建中的怨恨》，罗悌伦译，刘小枫选编：《舍勒选集》，上海三联书店1999年版，第401—404页。

④ 张志扬：《创伤记忆——中国现代哲学的门槛》，上海三联书店1999年版，第52—61页。

则是对中国问题的一种回答，它动员了最底层的力量追求整个社会的公平和正义，并以此谋求国家的富强。中国在近代所遭遇到的国家、民族生存危机以及个人受压迫、受剥削的社会现实，使得对公平和正义的渴望已经成为时代的整体号角。梁启超等人把小说当成改良社会的工具；在“五四”时期，社会改造思潮与个人解放思潮并行不悖，文学自身的革命与社会改造、政治革命自觉联系到了一起，这就要求文学家们从书斋走向社会；随后而来的大革命，促发了进步作家阶级意识的觉醒，并强化了他们的政治意识：人们的思维方式发生根本性的变化，无产阶级思想成了进步作家创作的思想基础[①]。阶级话语切合了时代的需要，共产主义思想极大地呼应了中国人对于公正的渴望。中国共产党领导的革命动员了广大的人民群众，以此建立了新的国家政权，并谋得了国家在国际上的地位。正因为如此，所以历史的亲历者马烽在20世纪90年代依旧觉得阶级话语是有着现实的意义和价值[②]，因此他发表于《黄河》1997年第3期的《玉龙村纪事》中地主女儿冯征对家庭在土地改革运动中的遭遇不但无动于衷，而且觉得理所应当。

然而阶级话语的内涵丰富，它并不简单地等同于阶级分析，也不简单地等同于公平与正义，它还夹杂了很多传统的观念，例如1964年9月10日中央所制定的《关于农村社会主义教育运动中一些具体政策的规定（修正草案）》（后十条）中就有对地主、富农子女歧视性的内容。20世纪70年代末国家工作重心的转折后，虽然阶级斗争成为了历史的回响，但它已经对中国社会造成深重的影响。“四类分子”子女们题材的怨恨叙事

① 此处论述参考了王爱松的研究成果，详见许志英、邹恬主编：《中国现代文学主潮》（上），福建教育出版社2001年版，第224—249页。

② 马烽：《玉龙村纪事》（自序），《马烽文集》（三），大众文艺出版社2000年版，第1—3页。

承接着前一时代的阶级话语，实际上是对阶级话语的再思考。

张炜的《秋天的愤怒》（人民文学出版社1986年版）中地主子女李芒对村干部肖万昌的反抗来自于对社会公正的需求，提出社会变革要利益均沾，历史的恩怨则被暂时搁置。梁晓声对小说《喋血》的修改典型地表现了怨恨记忆与国家话语的冲突，《喋血》最先发表在1989年第2期的《上海文学》上，1990年第2期的《中篇小说选刊》又给予选载。在选载时，作者对文本进行了大幅度的修改：在修改之前，麻老五是个刚愎自用、得意忘形的暴发户，为了报仇用尽一切手段，不惜伤害无辜；修改之后，麻老五是一个改革的先行者，虽然怨恨耿支书，但是宽宏大量，饶恕了耿福全。而且作者删去了麻老五欺辱村支书耿福全儿媳导致其卧轨自杀以及他逼迫耿福全下跪的情节，小说的结局也由耿福全的妻子开枪打死了麻老五变成了麻老五饶恕了耿福全，耿福全羞愤自杀。这种修改和作者的主观意图密切相关，他曾经说过："我们这一代，正是受共产主义思想和社会主义思想，以及一切与之相适应的观念教化成的一代。"[①] 共产主义思想和社会主义思想给他提供的是社会大同的理想，他成长的时代洋溢着革命的激情。作者并没有意识到耿福全当年也是国家政策的执行人，他的社会行为并不能简单地归结于个人的品质，关键的是要在价值和制度层面上对历史进行反思。

同样是叙述复仇行为，乔典运的《香与香》（《中篇小说选刊》1991年第1期）与梁晓声的《喋血》是两个相映成趣的文本，都是以地、富子女如何报复曾经掌握生杀大权的村支书为叙述内容，但是复仇的实施方式却截然不同。在《香与香》中，复仇者爱社秉持冤有头债有主的思想，复仇行为适可而止，并没有伤及无辜。乔典运对爱社赞赏有

① 梁晓声：《梁晓声人生独白》，长江文艺出版社1993年版，第65页。

加，认为这是个人意识的觉醒，是对不合理统治的反抗，提出“这就是生活”、“改变了人与人的关系”[①]。表面看来他和梁晓声似乎走了两个极端：梁晓声批判复仇；乔典运则支持复仇。但是如果从叙述类型来说，他们俩没有什么差异。无论梁晓声以改革开放的社会影响力间接地否定了麻老五的复仇行为，还是乔典运以道德觉醒来防止罪恶弥散，实际上都是在国家话语空间内对社会正义的追寻。作者并没有仔细考虑应该如何处理历史造成的恩怨，他们只是认识到了“四类分子”子女们所遭受的苦难是不合理的。

二、阶级记忆与社会伦理

十一届三中全会以来，国家从政策角度废除了阶级话语对个人命运的支配，曾是专政对象的人们又重新回到了正常的社会生活之中，经济建设成为全社会的主旋律。经济伦理在某种意义消解了阶级话语的历史主导，这种消解集中体现在私人情感的发现和理解上。大体而言，阶级话语排斥个体，强调集体；经济伦理则是世俗生活的产物，尊重个人情感，呈现出某种私语性，地主富农逐渐获得人性化的解读。

经济伦理在某种程度上也改变了以往阶级话语中所形成的僵化思维模式，对阶级的理解不再是凝固的，例如关仁山《闰年灯》（《小说月报》1994 年第 11 期）中单四儿并不认为海霸后人杨二寡妇是阶级敌人，而同样是贫农出身却无偿利用着父亲单五爷的村长老喜旺才是“俺家仇人”。这其实也是怨恨叙述的出发点，他们反抗唯成分论，但是绝对

① 乔典运：《生活笑了》，《中篇小说选刊》1991 年第 1 期。

不是反抗以公平和正义为终极追求的价值理念，对公正的追求将永无止境，随着社会生活的变动而不断变动。

因此我们能看到大部分作家在以社会伦理角度来叙述怨恨情结时，不约而同地淡化了“四类分子”子女们怨恨情结的起源，着力展现阶级记忆与经济伦理的冲突。

阶级记忆实际上是双重指向的，不仅指向曾经的阶级敌人，也指向那些亲身经历过阶级斗争，享有过随之而来的荣耀的人们，对于这些人而言，阶级记忆混杂了经济利益、个人尊严和历史情感，与经济伦理形成了社会转型过程中一类特殊的伦理冲突。无论社会怎么变迁，阶级话语依旧影响着这个社会其他成员的行为方式。关仁山《蓝脉》（《人民文学》1992 年第 7 期）中阶级话语带给黄老爷子“代代不息的尊严”，他为了阻止儿子黄大宝和曾经的阶级敌人联合办厂，不惜自焚。范小青《赤脚医生万泉和》（人民文学出版社 2007 年版）中富农后代裘雪梅所取代裘二海成为大队书记时，裘二海在村民大会上公然质问现任政府的政权性质。这种不满还带有极强的嫉妒心理。杨恒标《乡村里的企业家》（《中篇小说选刊》1998 年第 6 期）村人看不惯地主后代金老歪发财，无故造谣破坏他的商业信誉。雪漠《掘坟》（《飞天》2002 年第 4 期）北柱和猛子看不惯成份不好的双福发财，认为双福给村里捐款是在穷人面前显阔，是“还乡团回家乡”。为了谋得心理安慰，他们就去掘双福的祖坟，这是他们能想出来的唯一报复手段。这种心理显得多么可怕而狭隘，这已不单纯是国民性的问题，还混杂了历史和现实的正义与公平问题。在社会变迁中，如何调整深受阶级斗争影响的乡村社会权利与文化结构？如何确保当“四类分子”子女们不再是社会的贱民之时，乡村社会的各个成员都会平和地接受没有贱民的社会现实？这些其实都是历史遗留给我们的问题。

同时，阶级斗争的阴影始终笼罩在“四类分子”子女们身上，无论社会如何变迁也无法消除他们内心深处的恐惧。孙惠芬的《歇马山庄》（《当代》1999年第5期）中的地主后代古本来凭借着经济实力被镇里指定为农民代表后，吓得立刻跪下，连磕响头，请求老天保佑他平安无事。对于那些始终掌控权力的人来说，他们照样可以翻手为云覆手为雨，依旧可以支配“四类分子”子女们的命运。刘庆邦《还乡》（《人民文学》1990年第4期）略微描绘了这种现象：当阶级话语盛行时候，身为村党支书的老大支持老二欺辱被定性为阶级敌人的定嫂；时变世移，定哥带着他开煤窑发财，他又反过来为定嫂主持正义。所谓的对与错，不过是村支书的一句话而已，定嫂根本无法凭借自身的力量来维系尊严。孙春平《古辘吱嘎》（《十月》1996年第4期）谷佩玉专心经营家族企业，拒绝了村支书王老庆分享企业利润的无理要求，于是王老庆的女儿借口谷佩玉成份不好，宣称谷佩玉如今经营家族企业是试图反攻倒算，迫使谷佩玉远走他乡。

在处理苦难和怨恨的创作手法上，张炜《古船》（《当代》1986年第5期）对此进行了较为深入的思考。作者并没有简单地描绘苦难和怨恨，而是试图探究超越苦难的方式。说到底，社会伦理应该在综合考虑历史与现实的基础上，在公平、正义和发展之间寻求平衡；文学的价值观念也理应如此，而不应该纠缠于非此即彼的二元观念之中。其实无论是阶级话语和经济伦理都有其存在的合理性所在，如何吸取它们的合理性，这是所有知识分子都应该认真思考的问题。可惜的是，我们的作家对此思考甚少，无法回答人在如此强大的仇恨记忆面前应该怎么构建自身的存在，造成了文本中的个人话语呈现出虚无化的特征。

三、怨恨叙述的两难与虚无化的个体道德

由于20世纪90年代之后，对怨恨情结的反思也在个人话语层面展开，凸显出个人在历史中的可能性选择和道德本性。当单纯地叙述怨恨情结的形成时，作者可以凭借既定的历史结论来拷问人性，例如陈世旭《波湖谣》（《人民文学》2001年第11期）冬季的采石队是由家庭出身不好的人组成的，但只有老四是“真正地道的四类分子”；当需要有人赴死时，大家拼命地把危险推给老四。《波湖谣——四季》（《人民文学》2003年第6期）中兔儿表达情爱的方式却是对情感的放弃。这是时代带给人的悲哀，是人生的不幸，所有的坚持都会变成讽刺，当人最后选择了随波逐流，使得对于个体而言极为珍贵的生命体验和自我追寻成为毫无价值的牺牲品。这种文本展现了人性本身的善恶悖论和人在困境中的道德选择，是对人生价值的拷问。但是，这种困境是如何形成的呢？文本却有意无意地忽略了这一点。这其实是人为地把个体从历史中割裂出来，用永恒的人性来替代人的历史性，必然会造成价值的混乱、断裂乃至错位。

所以一旦作者试图同时叙述怨恨情结的历史和现实时，他们的价值立场就显得扑朔迷离，变幻不定，无法梳理个人和国家、社会之间的关系。这种现象是国家曾经以阶级斗争为中心的多年规训的结果：阶级话语以集体代替个体，干扰了个体的自我认同和个人记忆，作家力图抛弃阶级话语以及阶级斗争对个体的影响，但又缺乏辨析的能力，干脆把跳蚤和龙种一起抛掉；而新历史主义恰恰迎合了这种潜意识，它重视个体在历史变迁中的感受，但是如果没有对历史的充分理解和把握，就会

轻易地隔断个体和历史的密切联系，使得整个叙述充满了不可知论和虚无主义。怨恨叙述正是在此暴露出了其内在的价值空虚和动摇立场：当个体有所依附时，他们的价值观念和道德伦理观念会非常稳固；一旦个体在脱离了国家话语和社会伦理之后，却因为缺乏对个体价值的理解和尊重，表现为道德的虚无化。杨传珍《阴阳劫》（《北京文学》2000 年第 2 期）就表现出了对个体的无限宽容和对历史责任的推卸之意。母亲本来是地主家的小姐、乡绅家的少奶奶，温柔娴静，却在岁月的流逝中变得泼辣彪悍：不但“骂人不留情”，还为了表现自己的阶级立场，明哲保身，殴打前夫李先生的父亲；当社会变迁后，母亲想与前夫破镜重圆，可是无论是前夫还是孩子都不能接受母亲的改变与忏悔。这是历史的错误造就了人生的错位，人最终变成了历史的牺牲品和现实生活的受嘲弄者。毋庸置疑，母亲也是历史苦难的制造者之一，可是在整个叙述中，母亲所遭遇到的苦难不但使她的帮凶角色呈现出合理性，而且还抹杀了她应当承受的道德谴责和人性的追问。历史也会成为个人脱卸责任的借口，似乎人生的一切改变都应该由历史所负责。杨争光《从两个蛋开始》（《收获》2003 年第 3 期）中杨天泰把自己一辈子庸庸碌碌的原因归结于“在他十三岁那年他爸剃了他的头发，折了他的性”；高选的子女平庸无奇，只是因为高选“戴了多少年的现行反革命的帽子”。用个人记忆来反抗对遗忘，这是社会记忆的政治功能，绝对不是作为放弃个体责任的理由。历史叙述必然要以对事实的理解为基础，对历史的理解不但是讲述过去的事情，更重要的是启发着未来，历史记忆绝不是用来文过饰非的。

没有充分理解个体与历史的关系时，怨恨叙述会走向另一个阶段：作家严厉地拷问个体存在，轻易地消解了个体的历史意义，显现出了人生的荒诞。胡学文《一棵树的生长方式》(《飞天》2003年第3期)就以追问道德动机的方式全面展示了对姚洞洞的质疑。姚洞洞实际上是历史的受害者，他几乎遭受了生存的一切不公：母亲被欺辱，自己不能求学，孩子被迫改名，衣食无着，不得不与狗争食；就连包产到户时也得以死相逼，争得平等分地的权利。这些不公导致了姚洞洞生存状态极其荒谬：复仇是他生活的唯一目的，道德与他无关，所有的行为都是在谋划人心，争取权力；当他如愿以偿之后，人们也不得不开始畏惧以他为首的家族；他要把以前受到的不公加倍回报在仇人身上，否则他就“惆怅”、“孤寂、失落”。作家并不因为姚洞洞曾经受苦就原谅受害者的作恶，也不因为他的仇人曾经作恶就庆幸施害者的受苦。在某种意义上，作者是同情姚洞洞的，这种感情超越了爱与恨，充满了人道主义的悲悯色彩；但是这种同情淹没在对姚洞洞的质疑之中，这个人物显得既可怜又卑鄙无耻。其实这种对行为动机的道德追问会很轻易地抽空道德建构的历史内涵，进入一种虚无的状态。道德本身就是一个以他者为基础建立的公共性话题。因此，经验主义者休谟(David Hume)反对追究道德的动机，更重视道德行为的实际效果，他认为理性与道德所关心的行动、价值、动机和感情都没有关系，道德的规则不是理性的结论[①]。即便是康德(Kant)的那种形而上学的道德观也是把道德判断置于人道主义视野范围之内，“不论是谁在任何时候都不应把自己和他人仅仅当作工具，而应该永远看作自身就是目的。”[②]作者却把人性简单化、工具化，缺乏深入的思考，比如说作者仅仅因为姚洞洞把集资修路看成是争取民心的终南捷径，就完全否定了姚洞洞的利民思想，忽视了人物自身的复

① [英]休谟：《人性论》，关文运译，商务印书馆1980年版，第495—516页。
② [德]康德：《道德形而上学原理》，苗力田译，上海人民出版社2002年版，第86页。

杂内涵，减弱了文本本应具有的价值深度。陈世旭《雨夹雪——波湖谣》（《北京文学》2004 年 4 期）也是这样。郑少强为了躲避人们之间的互相监视和虐待，自我放逐到梦洲。可是随着年龄和阅历的增长，他发现苦难无处不在，即便有相濡以沫的真情也是昙花一现，作者在结尾处消解了人们曾经全心付出过的所有情感追求，这其实就是用时间消磨掉历史给人的丰富感受后，以此去否定个体曾经的道德坚守。

这种观点发展到极致就会变成道德虚无主义，瓦解一切社会道德准则。莎漠的《柳庄轶事》（《山东文学》2004 年第 12 期）就是这样，文本在嬉笑中颠覆道德，呈现出闹剧和滑稽剧的色彩，人物都充满了兽性欲望：春芳贪图张家裕给她的名分，其他人则贪图金钱和色情；张家裕为了报仇，连自己的名誉和妻子的尊严都可以丢弃，他从来不知道什么叫作平等和人格，为了复仇他可以无所不为，“要让他们做我张家裕的王八”。弗洛姆（Erich Fromm）认为，健全人性和健全的社会密切相关，也就是说：“一个人是否精神健全，从根本上讲，并不是个人的私事，而是取决于他所处社会的结构。”[①]张家裕的出现，正是对这个社会的历史和现实的最大谴责。问题是作者并不认为这是应该由历史负责的。作者仅仅描写了当下生活中的一个平面，人物形象脸谱化，叙述轻松自如，充满了讽刺和调侃，使得这种社会悲剧的价值和意义消逝在胡闹之中。这在让 - 马克 · 夸克（Jean-Marc Coicaud）看来就是真理观念的移位，即“认识的目的不是确定个体在价值层面的思考和行为的方式，而是描述人们怎样存在于世界中，并不试图对人们的行为作出价值评价。”[②]

这些问题的出现都是因为作者无视阶级话语的历史存在，使得对历

① ［美］E. 弗洛姆著：《健全的社会》，孙恺祥译，贵州人民出版社 1994 年版，第 57 页。
② ［法］让 - 马克· 夸克:《合法性与政治》，佟心平等译，中央编译出版社 2002 年版，第 168 页。

史的理解出现了混乱。在所谓多元化的今天，历史和个体的关联在文学叙述中格外重要，个体有什么历史责任，历史要为个人的生活变迁承担什么责任，这都需要仔细分析，具体情况具体对待的，但是对阶级话语的那种非历史、非逻辑的多角度叙述往往会消解掉个体的道德反省，最终丧失了叙述历史、记忆历史的最终意义。罗伟章的《那个人》（《人民文学》2009 年第 1 期）中无论是文本中的人物还是作者都没有清楚地认识到个体的历史责任。蒋贵实际上是阶级伦理的受害者：作为白军与地主的后代，他成为熟人社会的另类，既没有接受教育的机会，也无法发展自己的音乐天赋。对于小孩子们而言，他既不是哥哥也不是叔叔，他就是蒋贵，是被任意歧视和娱乐的对象。他不得不学会动耳朵来取悦于小孩子，免得他们批斗母亲。因此当他离开乡村后，所有的生活细节都暴露了他内心中的创伤记忆：他不能接受女人的体味，无法结婚生子；他能拿出大笔的钱来建希望小学，却从来不回家乡修学校；他再也无法和母亲相处，把母亲杨大珍送到养老院，却从不去看望她。在他的生活中，根本无法面对历史的重担，历史和当下发生了断裂：过去他叫蒋贵，现在则是钢琴大王周世京。尽管他不愿意再提及过去，但是动耳朵的习惯已经成为他的一部分，他的身体已经深刻打上了阶级话语的烙印：当他和“我”见面之后，他还主动要求动耳朵给“我”看。这种操演提示了蒋贵和“我”的共同记忆，蒋贵的身体是个人体验与社会历史的承接点；身体的习惯证实了无论蒋贵如何努力，他都无法挣脱历史事实对他的控制。这和杨争光《从两个蛋开始》中的高选类似。阶级斗争已经内化成为了他们的行为方式，高选已经习惯被人捆绑，长时间不捆绑的话，他的胳膊就会有一种涨痒的感觉。

可是蒋贵等人的不幸遭遇并没有获得众人的同情和忏悔，因为多种话语的冲突抵消了个人对历史的沉痛记忆和反思，怨恨叙述中所表现出来的历史断裂感使得作者无法在众声喧哗中理清自己的价值判断。文本中众人无法接受蒋贵不捐助家乡的行为，他们觉得批斗杨大珍是应该的，并且仅仅因为批斗杨大珍实在说不上狠，就觉得蒋贵应该对他们感恩戴德，还自信余威犹在而得意洋洋。集体杀人团由此就原谅自己，把过错都归于历史；蒋贵的一生都被阶级话语造就的苦难所摧毁，作者写出了这种伤害的程度，却不能正视或者说不知道如何正视伤害的原因，只好寄希望于蒋贵自己能化解苦难。虽然“我”的出现唤起了蒋贵的身体记忆，让他正视历史，但这实质是一种再次伤害，是回归历史的悲剧，并非超越悲剧性的历史。更何况作者的叙述态度有意无意地把批判的矛头直指小孩子，使得整个作品处于一种非常暧昧的状态，因为虽说小孩子是施害的主体，但了解阶级话语的人都知道这种施害举动绝对不是单纯的个人行为，个人能反省的仅仅自身的道德责任，其余的则需要以公共立场来反思。但是《那个人》对历史的反思是浅尝辄止的，单纯地把历史责任放置于历史的个体身上，则丧失了怨恨叙事本应具有的公共价值。

《小镇喧嚣》（《中国作家》2010 年第 1 期）中对小姨的叙述也是这样，母亲一家都在神秘地追寻着某种历史遗留物。看似温情脉脉的小姨却是无比贪婪、一心吞占外公遗产的人；但她拼尽一切保留下的金条却被归公。作者所感叹的却是人的贪欲，厚重的历史重负变得无足轻重。其实，以私人记忆的角度来诉说历史，诉说历史造就的悲剧，是一个非常有价值的思考路径。说到底人的历史是由记忆构成的，创伤记忆是现实生活的一部分。这种悲剧本应由整个社会来负责和反思的，在反思中认定个体的责任并由此寻求对历史的理解和记忆方式；而这一点，现在的作家和作品都做得远远不够，他们对历史和个体的关系考虑得过于简单，历史的确是由个体的行为所组织而成，但是单纯地把历史责任放置于组成历史的个体身上，则不足以表现历史的悲剧性。虽然他们力图追寻历史责任，却无法超越现实去探讨解决问题的方法和途径，悲剧失去了其诉求的对象。

正因为如此，有些作家出于日常生活经验发出了如下的感叹：“灾难是社会性的，而要求弥补的时候，承受与消解，只剩下个人的。”[①] 这种感受仿佛社会和个人没有丝毫关联，个人的命运如同玩偶一样无法自主。因此赵德发《缱绻与决绝》中充满不可知论，个人的命运在历史面前显得渺小而无助。即便是宁可玉因为无法正常婚配被迫挥刀自戕的惨剧，也因为他在婚姻生活中的残虐恣肆而显得不那么无辜可怜。因此，我们不得不认清一个事实：“在一个没有危机感的时代里，文学的方式比知识的方式更容易暴露思想的平庸。”[②] 这种平庸突出表现在作家们无法在历史重负面前维持自己的价值体系，无法进行超越性的思考，也无从探索新的价值理念。由此，我们不得不面对这样的问题，就是在缺乏对历史认知的了解，缺乏思辨的精神与能力时，我们文学的品质将会日益低下。

结语

阶级话语是现代社会谋求公平与正义的方式之一，但在我国历史上，“四类分子”子女题材小说的怨恨叙述本应是对阶级话语的全面反

① 储福金：《莲如》，《钟山》2009 年第 3 期。

② 孙歌：《把握进入历史的瞬间》，见赵汀阳主编：《学术思想评论》（二），辽宁大学出版社 1997 年版，第 26 页。

思，这种反思，不仅仅是为了展现一段时期历史的现象和个体的不幸，更重要的是要在这种现象和不幸之中总结过去，展望未来，谋求价值观念和社会伦理的进步。但是，在怨恨叙述中，我们看到历史的重负是何等沉重：作家们习惯地用国家话语和社会主流伦理至上的思维方式去谋求解决怨恨的方法；在叙述个体时，却经常陷入了个体与历史的复杂纠葛中。面对历史遗留下来的怨恨记忆，作家无法挣脱僵化思维的禁锢，所有的一切努力恰恰是南辕北辙，反映了现今社会的价值冲突与迷茫，这种冲突与迷茫恰恰说明了人们应该审视历史、重新梳理阶级论了。阶级话语来自于对公平和正义的渴望，即便实际过程中出现了偏差，也不能因为曾经收获过跳蚤而否认当初的龙种。清理固化的阶级论，重新审视阶级话语中蕴含的公平与正义，正视阶级记忆的缘起与现实，以求整合集体记忆、面对未来。

（原载《文史哲》2010年第6期）

第六编

中国“左联”往事考

雕像是怎样塑成的
——“左联五烈士”史迹综述

赵歌东

左联五作家被捕、牺牲不仅是中国左翼文艺运动中的重大事件，而且也是世界左翼文艺运动的一件大事。左联五烈士的群体雕像已经成为中国左翼文艺运动史上的一座丰碑，但由于种种历史原因，关于左联五烈士被捕、牺牲的背景和经过长期以来众说纷纭，现有的文学史教科书上所描述的左联五烈士事件存在失实与误导之处。随着左翼文艺运动相关资料的解蔽，学界对左联五烈士事件的整体认识也越来越清晰。本文尝试对左联五烈士事件的相关史料作一综述，通过确认左联五烈士事件的基本历史常识，厘清这一事件的内在逻辑与整体思路，以便于进行更深入的思考和研究。

一、左联的“半政党”性质

左联五烈士事件的发生不是一个纯文学事件，而是一个包含多重政治因素的历史事件。因此，考察左联五烈士事件的历史背景首先要确认左联的组织性质。历史地看来，左联本质上不是一个纯文学团体，而是一个以文艺团体为表征的革命团体："左联的成立是党领导文艺的结果，是中国无产阶级革命文学运动趋于成熟的标志。""尽管左联是文学家的组织，但从领导到每个成员都没有把组织和个人的活动局限在文艺的范围，而是以参加政治活动、进行革命斗争为第一任务。在那个时候，参加左联，就意味着是参加共产党领导的革命，甚至就意味着参加党。"① 左联的组织纪律表明："毫无疑问的，中国无产阶级革命文学要执行新的路线以完成新的任务。""中国左翼作家联盟，无疑的是中国无产阶级革命文学运动的干部，是有一定而且一致的政治观点的行动斗争的团体；而不是作家的自由组合。""在左联内，不许有反纲领的行动，不许有不执行决议的行动，不许有小集团意识或倾向的存在，不许有超组织或怠工的行动。"②

茅盾、冯雪峰、周扬等人在回忆中对左联的"政党"性质作了明确说明。茅盾回忆说："参加了两次全体会议后，我有了这样的感觉：'左联'说它是文学团体，不如说更像个政党。这个感觉，在我看到 1930 年 8 月 4 日'左联'执委会通过的决议《无产阶级文学运动新的情势及我们的任务》以后，又得到了加强。"③ 冯雪峰是左联领导成员，他回忆说："那时候在上海的党中央，以及我们自己，常常把左联当作了直接进行政治斗争的革命群众团体，而忽视了它应该在文学斗争和思想斗争中发挥特殊作用。我们也把左联看作'半政党'性质的团体。"④ 周扬在回忆左联的"关门主义"的时候指出："我们自己也感到确实是有关门

---

① 张大明：《中国左翼作家联盟简况》，《新文学史料》1980 年第 1 期。

② 陈早春编选：《中国左翼作家联盟文件选编》，《新文学史料》1980 年第 1 期。

③ 茅盾：《"左联"前期——回忆录［十二］》，《新文学史料》1981 年第 3 期。

④ 冯夏熊整理：《冯雪峰谈左联》，《新文学史料》1980 年第 1 期。

主义，我们感到当时的‘左联’成了个第二党。为什么叫第二党呢？就是说它实际上跟党是一样的。它本来是个作家团体，可以更广泛一些，更公开一些，更多谈文学，但是后来专门谈政治，甚至游行、示威，这样搞起来，人家就怕了。”①

萧三是左联时期驻苏联的代表，他在传达王明根据共产国际的政策要求解散左联的信中说："因为左联内部工作许多表现，也绝不似一个文学团体和作家的组织，不是教育作家，吸引文人到反帝反复古之联合战线方面来的组织，而是一个政党，简单说，就是共产党！一般人也认为左联便是共产党。"②这里，解散左联的目的是要建立广泛的统一战线，而严格的党性界限对实现这一目标是不利的，所以萧三的信中对左联的党性持否定态度。但否定左联的党性只是建立统一战线的一种策略，并不是根本上否定左联的党性。实际上，延安时期的毛泽东也认为左联是党的组织，解散左联就是解散党。据萧三回忆：他在 1943 年 10 月 30 日下午 2 点后去枣园晋谒毛主席，告之当初解散左联是王明的主张。毛主席听了他的汇报后说："这有点像解散共产党。"③

左联不仅在组织上具有鲜明的"政党"形式，而且在行动上也直接组织了一系列革命活动。据夏衍回忆："1930 年 4 月底在一个旅馆里召开的一次‘左联’盟员大会。这是‘左联’成立后第一次执委扩大会议。这个会表面上是为了检查‘左联’成立两个月的工作，实际上是为了筹备‘红五月’的行动，因为 5 月间有许多纪念日：五一劳动节、五四运动纪念日、五五马克思诞生纪念日、五七与五九国耻纪念日、五

① 赵浩生：《周扬笑谈历史功过》，《新文学史料》1979 年第 2 辑。

② 《萧三给左联的信》，《新文学史料》1980 年第 1 期。

③ 《访问肖三同志记录》，见鲁迅研究室编：《鲁迅研究资料》（4），天津人民出版社 1980 年版，第 195 页。

卅纪念日等等。所以在这一个月内就布置了几乎每周不断的飞行集会，贴标语，散传单……不管具体情况，规定凡是盟员都必须参加。当然，在这种情况下我们受到了很大的无谓损失，有许多同志被捕。鲁迅先生批评我们‘赤膊上阵’，主要指的是这一类事情。”[①]1930年5月1日，左联发表纪念“五一”宣言，称：“今年的‘五一’更明显的是血光的‘五一’。一切的忍辱，一切的感情，一切革命的情绪，当然会在这天爆发的。我们不能幽禁于大会堂中作宗教的仪式，街头是我们的战场，口号替代我们的欢呼，我们以斗争来纪念‘五一’！”“罢工，罢课，罢岗，罢操举行‘五一’示威运动！”[②]郑伯奇回忆：“当时的政治斗争是非常尖锐的。‘左联’既然是党领导下的革命文学团体，‘左联’的成员大都参加了党所领导的各项斗争。墙头写标语，街头大示威，‘左联’成员大都参加了，也有人当场被捕。1931年的‘五卅’大示威以后，大家觉得这种赤膊上阵的方式不一定妥当，才逐渐地把游行示威减少了，而采取通过各种报刊用笔来参加政治斗争的办法。”[③]魏金枝回忆：“‘左联’成立以后，接着就又有‘社联’、‘新联’、‘剧联’等等兄弟组织成立，而总的领导这些组织的机关，就叫作‘文总’，仿佛我们现在的文联一样。有些左联成员，大抵是跨会的。一些较大的政治运动，大抵都由‘文总’出面发动和领导，实际上‘文总’就由党直接领导。我还记得，那时游行和发传单的事情是常有的。有时分散去发传单，有时一面游行，一面散发。开头，常常有人被捕，后来就改为飞行集会。那就是先把人们分散在指定地点的四周，装作行人或顾客；一声令下，

① 夏衍：《懒寻旧梦录》[增补本]，生活·读书·新知三联书店2000年版，第103—104页。

② 《左翼作家联盟“五一”纪念宣言》，见陈早春编选：《中国左翼作家联盟文件选编》，《新文学史料》1980年第1期。

③ 郑伯奇：《“左联”回忆片断》，《文学评论》1960年第2期。

便集中起来，喊口号，发传单；等到巡捕赶来，则又装作行人或顾客而各自走散。”①

以上表明：左联是一个“半政党”性质的革命组织。左联五烈士都是党员，他们被捕时所参加的会议是党内会议，而不是左联的会议。

二、左联五作家被捕的历史背景

左联五作家是1931年1月17日被捕的。此前的1月7日，中共中央在上海召开了六届四中全会的扩大会议，这次会议否定了李立三的领导路线，确立了王明在党内的领导地位，并通过了王明起草的《中共六届四中全会决议案》。

六届四中全会是在共产国际和苏共中央的操纵下召开的。这次会议的深层背景是：1927年4月到7月，蒋介石、汪精卫先后发动反革命政变，致使第一次国共合作破裂，中国大革命失败。作为中国大革命的理论指导者，苏共中央应该对中国大革命的失败负主要责任，但是，以斯大林为代表的苏共当权派不承认自己在中国革命的方针、路线上的错误，而苏共中央内部以托洛茨基为代表的少数派则以中国大革命失败为契机攻击斯大林路线，从而加剧了苏共中央内部矛盾的激化，斗争的结果是斯大林最终掌握了苏共领导权，托洛茨基遭到流放。斯大林上台后，苏共中央在中国革命问题上继续推行左倾路线，将革命失败的责任推给中共领导人，执行共产国际和苏共中央方针、路线的陈独秀、瞿秋白、李立三先后下台。随后，在苏共代表米夫的操纵下，王明通过六届

① 魏金枝：《“左联”杂忆》，《文学评论》1960年第2期。

四中全会扩大会议掌握了中共领导权。王明的上台并没有纠正立三路线的错误，反而激化了党内的宗派斗争。

王明上台是苏共中央进一步控制中共中央的一个重要步骤。关于六届四中全会的历史背景，当时担任中共中央工委书记的罗章龙通过对莫斯科东方大学的回忆作了说明："第三国际东方部部长米夫是这所大学（指"莫斯科东方大学"）的第三任校长，他是接替拉狄克担任这个职务的。米夫担任校长以后，对东大中国留学生支部进行大清洗；名义是清除'托派'，事实上是米夫有着不可告人的企图……这次清洗的结果：王明当上了党支部书记，米夫由此控制了中国留学生的党组织。但这不是米夫的最终目的。虽然米夫认为，控制了中国留学生党支部，就是控制了中国党的中层干部，然而他的最终目的是要控制中国党的中央，由他来领导中国的党。这样，米夫就想把东大的王明支部转移到中国国内，夺六大中央以后的权，由他的心腹王明等人另组新的中央，1931 年 1 月 7 日召开的六届四中全会，就是他们一伙篡党夺权的具体表现。"[①]对六届四中全会的后果，有关材料记述中说："1931年1月，中共四中全会压抑了立三路线，也严重地打击了一班反立三路线的老干部，并使米夫的党徒陈绍禹等掌握了中央的领导机构。陈绍禹（即王明）等这些留俄学生中的布尔什维克，受着莫斯科政治气候的影响，经由米夫的直接领导，在中共内部首先推行阴谋诡计的两条战线的斗争，既反对左倾的立三路线，又将反立三路线的何孟雄等老干部视为右派，加以排除，结果造成了中共支离破碎的局面。他们由此出发，以莫斯科的教条，统治了中共几达五年之久，成为有名的'王明路线'。"

① 罗章龙口述，丘权政记录整理：《上海东方饭店会议前后》，《新文学史料》1981 年第 1 期。

实际上，在六届四中全会之前，莫斯科中山大学的中共学员就已经形成了不同的宗派。据杨尚昆回忆："经过分化和改组，中大的学员基本上有两部分人：一部分是大革命失败以前进校的知识分子，有的是留校的毕业生。他们俄语比较好，不但在学校里占有重要的地位，有的任副校长，有的是支部局委员，有的还是共产国际东方部和校内中国问题研究所的实习生或研究生。王明是米夫的翻译，党的六大期间又担任大会的翻译，斯大林和中国领导人谈话时也由他口译。张闻天和博古先后担任过向忠发的翻译。我是翻译班的，又担任特别班的口译。人们称我们为'翻译派'，对领导比较靠近。另一部分人是大革命失败后从国内来到莫斯科入校的。他们中不少是老干部，是大革命斗争中的骨干，被称为'实际派'。这两部分人经历不同，心态也不同。'翻译派'自称'新知识分子'，许多人自命不凡，看不起国内的领导人，认为他们不懂理论，认为'实际派'没有执行共产国际的路线，把中国革命搞垮了。王明更是如此，他瞧不起原来的领导人，讥讽他们不知道怎么革命，甚至骂他们是'罪人'……回想中国党内占主导地位的'左'的思想，它的根源很大程度上来自共产国际的东方部。所谓'实际派'，他们对大革命的失败既不甘心，又有埋怨情绪。有的责备领导无能；有的认为共产国际代表罗易和鲍罗廷有严重责任，甚至责怪共产国际和斯大林。王明和米夫盛气凌人地指责这些同志是'右派'、'工人反对派'、'共青团先锋派'和'教务派的残余'等等，帽子满天飞。"[①]

由此看来，王明回国并夺取了中共领导权，也使莫斯科中山大学中共学员的宗派斗争转化成为中共中央领导层的内部斗争。这一宗派斗争主要体现为亲共产国际的"翻译派"（又称"国际派"）与在国内领

① 《杨尚昆回忆录》，中央文献出版社 2001 年版，第 32—33 页。

导工人运动的“实际派”（又称“工会派”）之间的对立：一方面，“共产国际在纠正李立三路线时，不仅政治上继续反右，助长‘左’倾机会主义，而且在组织上表现出宗派主义情绪，即怀疑中国老干部不忠于国际。事实上，共产国际在中国革命问题上犯了一系列错误，从不作自我批评，一味把错误推给中国共产党人，并给以严厉打击。因此，不满情绪的产生，是理所当然的。共产国际为把这种不满压下去，竟说：中国党内有小集团，正在实行‘反对共产国际的斗争’，蔡和森被迫承认‘党的老辈’‘已经不能作新的运动了’。在这种‘左’的政治路线和组织路线的影响下，莫斯科中山大学形成的王明宗派集团，在米夫支持下，夺取了党中央的权力。”[①]另一方面：“老一辈的中共工作者，非常看不起从莫斯科回来的学生，尤其看不起那些以同情者资格前去，出国前根本与党无关的一群，有如王明等辈。这些人没有实际工作经验，甚至全无革命家品质，却学到了全套西洋‘革命者’的气派，以及满口的革命词句。他们一回到中国，生活在艰苦恐怖的环境里，只有极少数能被再教育成‘文武不挡’的真正革命家，大多数是很快投向了反动，最好的也是反而不动。这点对‘留学生’的鄙视是应分的。”[②]

在上述背景上，党内以罗章龙、何孟雄为代表的“实际派”对六届四中全会强烈不满，他们在六届四中全会后，发布了《力争紧急会议反对四中全会报告大纲》，明确表示“反对四中全会”，并要求共产国际和苏共中央“撤换负四中全会主要责任的米夫”，公开反对“米夫-王明”集团，但最终结局却事与愿违：“尽管这一集团（指“实际派”）战

① 向青：《关于中共党史教学中的共产国际和中国革命问题》，见《中共党史教学参考资料》（二），安徽省中共党史学习研究会编印，1979年，第19—20页。

② 王凡西：《双山回忆录》，东方出版社2004年版，第115—116页。

胜了立三路线，但未能享受胜利果实。这一集团的成员一个也没当上中央委员。他们一怒之下，独树一帜，于1931年1月17日自行成立江苏省委，反对中央的省委。何孟雄集团成员王克全任分裂出来的省委书记。但是，完全没有料到，在建立他们自己省委的第二天，何孟雄就在上海被捕了，何孟雄集团的大约30名重要成员也在同一天被捕。他们于1931年2月7日被国民党当局处决。只有王克全幸免于难，他向中共中央作了检查，表示退出何孟雄集团。另立的江苏省委自然而然地宣告垮台。"[①]这里，关于何孟雄等人开会的地点，史料上有"东方饭店"和"东方旅社"两种说法，后经研究确认，当时开会、被捕的地点应该是东方旅社，而不是东方饭店[②]。这一事件历史上亦应称之为"东方旅社事件"。在这一事件中被捕、遇难的人员中包括柔石等五位左联作家，即后来所称的"左联五烈士"。

东方旅社会议是在六届四中全会上受打击的"实际派"对由共产国际和苏共中央支持的"米夫–王明"集团的反击。据罗章龙回忆：在六届四中全会之后与东方旅社会议之前，党中央曾在上海英租界召开了一个有五六十人参加的会议（即"花园会议"），以解决"米夫–王明集团"与以何孟雄、罗章龙等人为代表的"实际派"之间的分歧，会议中双方发生了激烈的辩论，结果是何孟雄、罗章龙等人被全部开除出党。因此，"为了商讨党的领导突然被米夫、王明一伙撤换及我们的党籍被开除……便由史文彬、何孟雄、李求实、林育南和我及其他一些同志共同筹备、召开了上海东方饭店的党内会议，会议由何孟雄、李求实、林育南等同志主持……当时李求实负责文化方面的工作，他来问我：是否

① ［美］盛岳：《莫斯科中山大学和中国革命》，奚博铨等译，东方出版社2004年版，第247页。
② 曹仲彬：《对东方旅社事件若干史实的辨析》，《史学集刊》1983年第3期。

请柔石等人来参加，我同意了。这次会议是一次党的会议，它讨论全国的工作，坚持党的六大路线，反对王明集团。所以这次会议不是‘左联’的会议，‘左联’五烈士是后人的提法。”[①]这里，李求实即左联五烈士之一李伟森，他被捕时任中共中央宣传鼓动部秘书，兼任全国苏维埃代表大会中央准备委员会党团书记。

关于左联五作家被捕的经过，冯雪峰作过比较详细的记述：“左联五烈士是 1931 年 1 月 17 日下午在上海东方饭店开会时被捕的，同时被捕的有 30 多人。这个会与左联无关，是党内一部分同志反对王明的六届四中全会的集会。王明于 1930 年下半年由苏联回到上海，1931 年 1 月间上台，举行了六届四中全会，抛出他的《为中共更加布尔塞维克化而斗争》的左倾机会主义政治纲领。李伟森、何孟雄等对四中全会不满，串连了一批同志开会反对。起主要作用的是李伟森，那时他年纪还很轻，非常积极。白莽（殷夫）在团中央编《列宁青年》，冯铿在左联工农工作部工作，都和李伟森有来往。胡也频在 1930 年 6 月才入党，但很活跃。他们都不满四中全会，因此参加了那个集会。东方饭店是当时地下党经常联系工作的地点，据说已为敌人识破，派特务化装成‘茶房’，已经侦察了一些时候。1 月 17 日开会时，特务把东方饭店包围起来，会议中间，一个‘茶房’闯进来，伪称电灯出了毛病，要检查修理。电灯一亮，外面埋伏的特务冲了进来，30 多位参加集会的同志全部被捕。是否有人告密，一直未查明。”[②]

东方旅社事件中左联五烈士等被捕的地点及最后被害的人数，当时的报道中有不同的说法。夏衍回忆说：“关于五烈士殉难事件，当时

① 罗章龙口述，丘权政记录整理：《上海东方饭店会议前后》，《新文学史料》1981 年第 1 期。
② 冯夏熊整理：《冯雪峰谈左联》，《新文学史料》1980 年第 1 期。

的报道和事后回忆文章，都有许多不一致的地方，例如：一般记载都说1931年1月17日晚工部局巡警在东方旅社逮捕共产党人36名，1月19日解送上海警察局，2月7日，林育南、李求实、何孟雄等23人在龙华殉难。经查核，上述记载不完全正确。第一，这次'大逮捕'不是公共租界工部局的单独行动，而是'公共租界捕房与市警察局组成联合行动队于周六（按即1月17日）中午开始行动，延至今日（按指19日）凌晨'进行的，逮捕的地方也不是东方旅社一处，而是'东方旅社、中山旅社和华德路小学'三处；第二，2月7日在龙华被害人数，有23人、24人、20余人等不同记载，经核查应为23人。……第四，当时何孟雄、李求实等同志在东方旅社开会，确是为了不同意王明在六届四中全会的报告，他们牺牲后，王明一派也的确诬蔑他们为'反党小集团分子'，但当时党报还是把他们认为'革命战士'和'烈士'的。"①

以上夏衍回忆中所说的逮捕地点有三处，逮捕行动从17日延至19日。这两个数据还不确切。据曹仲彬的相关研究：当时的开会地点与搜捕地点并不一致，夏衍所说的三个地点是主要的开会地点，而搜捕地点却不止三处，而是13处，可以确认的逮捕地点和人数是：东方旅社逮捕11人（包括左联五作家）、中山旅社逮捕7人、费达夫家逮捕2人、汤士佺家逮捕2人、汤士伦住处逮捕1人、华德路沪新小学逮捕4人、陈铁如住处逮捕1人、罗铁城家逮捕1人、何孟雄家逮捕4人、恽雨棠家逮捕2人。搜捕行动从1月17日持续到21日。在这一系列逮捕行动中，被捕的总人数为36人。②

---

① 夏衍：《懒寻旧梦录》（增补本），生活·读书·新知三联书店2000年版，第127—128页。

② 曹仲彬：《对东方旅社事件若干史实的辨析》，《史学集刊》1983年第3期。

三、左联对五作家被捕、遇害的回应

柔石等人参加的东方旅社会议是一个秘密会议。当时和柔石同寓的魏金枝回忆说："柔石他们去开的那个党内会议，是相当重要的秘密会，有的人没有告诉他的妻子，有的人也没有告诉他们党内很接近的同志。何以见得呢，因为他们开会没有回来以后，就有人到处找寻她们的丈夫，或找寻他们的同志。有人想去找寻柔石和冯铿，几乎被包打听捉了去。"[①] 从组织的角度看来，东方旅社事件是党内宗派斗争导致的分裂行为。出于这样的原因，何孟雄等人被捕后，"王明一伙并没有设法营救，也不作任何表态"[②]。1 月 19 日上午被捕者在地方法院受审的时候，"对这案子关怀的人极少，旁听的人没几个，也都与此案无关"[③]。潘汉年当时是中央特科的情报科科长，他在东方旅社事件发生后迅速向王明作了报告，但没有得到王明的响应："四中全会后不久，何孟雄、林育南、李求实、胡也频、冯铿等 24 位反对王明错误路线的重要干部，因叛徒告密，先后在旅社和家里被捕。而此时江苏省委机关正在开会。潘汉年从中央特科处获得了这一情报，便冒险赶到省委，向王明等人通报。潘还要求省委立即停止会议，设法营救被捕同志。但王明'左'倾机会主义者不愿营救被捕的同志，还幸灾乐祸地说这批人是'反党的右派分子，进行反党活动才被捕的'，他们的被捕是'咎由自取'。2 月 7 日，何孟雄等 24 位烈士在龙华英勇就义。噩耗传来，潘汉年与许多同

① 魏金枝：《"左联"杂忆》，《文学评论》1960 年第 2 期。
② 罗章龙口述，丘权政记录整理：《上海东方饭店会议前后》，《新文学史料》1981 年第 1 期。
③ 王育和：《柔石烈士被捕、营救及牺牲经过》，《新文学史料》1981 年第 1 期。

志都主张开追悼会，以纪念牺牲的烈士，又为王明所阻挠。这一幕，在潘汉年的心间，留下了深刻的伤痛。”[①]

东方旅社案与左联五作家的被捕对左联是一个沉重打击。茅盾回忆说：“五作家被捕被杀，有许多加入盟的联盟员都动摇而退缩，后来就完全消极或竟至右倾了。所以在 1931 年春，左联的阵营已经非常零落。人数从九十多降到十二。公开的刊物完全没有了。但是因为动摇分子投机分子的脱退，左联的内部比较整齐，开始了新阶段的工作。”[②]丁玲回忆：“柔石、胡也频等牺牲后，左联的人已经不多了。记得的人有：冯雪峰、阳翰笙、沈起予、郑伯奇、楼适夷、杨骚。还有张天翼、韩起、关露、董曼尼、白薇、顾凤城。”[③]在这种情况下，左联新阶段的工作中心是宣传和纪念在东方旅社案中遇害的五位作家，并以五作家遇害为契机反抗国民党“文化围剿”所造成的白色恐怖。由于东方旅社会议本身是一个秘密会议，案发后国民党当局始终没有公布被捕、被杀者的确切消息，王明等人则对事件采取了默认的态度，再加上左翼的公开刊物已无法出版，所以，外界始终无法获知东方旅社案和 2 月 7 日龙华警备司令部大屠杀事件的真相。因此，左联的工作困难重重。

东方旅社事件的第二天，时任左联文委成员的冯雪峰就从丁玲那里知道了五作家被捕的消息，冯雪峰等人立即着手设法营救，但随着 2 月 7 日五作家同时被害，营救工作已经没有意义。之后，冯雪峰曾多方奔走，试图通过报界披露柔石等人被害的消息，终于通过《共产党宣言》的译者、时任复旦大学中文系主任的陈望道找到了袁殊主编

① 张云：《潘汉年的一生》，上海人民出版社 2008 年版，第 59—60 页。

② 茅盾：《关于“左联”》，见《左联回忆录》（上），中国社会科学出版社 1982 年版，第 151 页。

③ 丁玲：《关于左联的片断回忆》，见《左联回忆录》（上），中国社会科学出版社 1982 年版，第 162 页。

的《文艺新闻》。袁殊在听取了冯雪峰的陈述后，在3月30日的《文艺新闻》第1版头条位置，以“读者来信”的方式刊登了冯雪峰以“蓝布”为笔名写的《在地狱或人世的作家：一封读者来信/探听他们的踪迹》，信中称“传说柔石、胡也频、殷夫、冯铿等人失踪，据说他们已被枪毙云云。”这是新闻界第一次公开报道左联五作家被捕的消息。4月13日，《文艺新闻》又在第5号第1版头条以《呜呼，死者已矣——两个读者来信答蓝布/李伟森亦长辞人世》为题，刊登了冯雪峰化名“曙霞”、“海辰”写的两封读者来信，信中披露了五作家已于2月7日被杀害的消息，并评论道：“大批枪杀青年作家，在中国还是第一次，恐怕在全世界的文学史上亦是很少见罢。他们为了文学竟受到这样残酷的牺牲，这恐怕不是他们意料所及，亦不是我们读者所能梦想的罢！”随后，《文艺新闻》第6号第2版头条位置又刊出了冯雪峰提供的左联五作家的照片①。冯雪峰的“读者来信”不仅第一次证实了五作家遇害的消息，而且为左联对五作家遇害事件的报道和宣传确定了“为了文学而牺牲”的基调，“左联五烈士”的群体形象由此定型。

在通过《文艺新闻》向外界透露五作家遇害的消息的同时，左联内部也在筹备关于五烈士的纪念活动。1931年2月，冯雪峰接任左联党团书记，他上任后做的第一件事是以左联的名义出版《前哨·纪念战死者专号》，这是左联筹备中的《前哨》杂志的创刊号。据参与《前哨》印刷的楼适夷回忆：“《前哨》的编辑委员会是由鲁迅、茅盾、夏衍、阳翰笙等七八个人组成的，党通过瞿秋白同志和‘左联’的党团直接领导这个编委会。”②《前哨》的印刷和出版颇费周折，冯雪峰回忆说：“五烈

① 袁成亮：《左联五作家被害内幕》，《党史纵览》2004年第9期。
② 楼适夷：《记“左联”的两个刊物》，《文学评论》1960年第2期。

士牺牲后，朱镜我叫我接替乃超当左联党团书记，乃超当文委书记。我接左联党团书记后第一件事是同鲁迅商量出版《前哨》纪念战死者，鲁迅同意。于是立即写稿，找私人印刷所承印。那印刷所的老板是我一个熟人，他表示同意，但提出一个条件：如果出了问题，就说是工人自愿印的，他根本不知道，不能牵连到他身上。我们只有联络了几个革命的排字工人，他们在半夜到天亮之前，遮住灯光，没有一点声音地来给我们排印。我们就守在他们旁边，他们排好一段我们校对一段，务必在天亮以前把刊物印好拿出印刷所。鲁迅很快写了那篇著名的悼文《中国无产阶级革命文学和前驱的血》，写完就交给我，原来没有题目，题目是我加的。鲁迅还写了《柔石小传》。《前哨》的名字也是他想出的，他亲笔写的刊头，后来来不及制版，只好用木头刻成，五个同志的照片，也是事先在别处印好的。拿刊物到我家里，然后一份一份印上去，一张一张贴上去的。因此在那刊物上错漏很多，那是无怪的。”①

当时直接参与《前哨》印刷工作的是左联成员楼适夷和左翼美术家联盟的江丰。印刷所老板答应承印的条件之一是“由‘左联’派两个人守在印刷所，如果遇到巡捕房的突然袭击，就由此二人出头顶罪，与老板无关。”因此，楼适夷、江丰是作为左联的人质而参与印刷的。楼适夷所回忆的印刷情况是：“‘左联’的同志们通过各种关系找到了一个贪图高利愿意接受这个印刷任务的上海白克路一家小印刷所的老板。他的条件非常苛刻，不但要几倍的排印费，而且不准印上报头和照片，以免在印刷过程中万一引起外人的注目，发生危险；同时从排版到印成必须在一个晚上完成；排校完毕之后在印刷的过程中要有‘左联’的同志留在印刷所里，以便中途发生情况有人出头去顶；天没有亮印好之后，还

① 冯夏熊整理：《冯雪峰谈左联》，《新文学史料》1980年第1期。

得把成品立刻搬走，不许在印刷所里停留片刻。这些条件，‘左联’的同志一一都接受了，稿子便在一个春寒的漫漫的长夜中变成了刊物……由于在这样匆促的时间进行这样高速度的排校工作；同时这个小印刷所的设备条件又很低；特别是那位又贪钱又怕事的老板，睡在床上好像没有睡好，一次又一次地起来催促，连校样改版也不许仔细进行，就匆匆忙忙地上机器印刷。印成之后，错字多得惊人，就是在这样的情况下造成的。”①

《前哨》的创刊和出版是纪念左联五烈士的一个重要步骤。这期杂志刊出了《中国左翼作家联盟为国民党屠杀大批革命作家宣言》（下简称《宣言》）、《为国民党屠杀同志致各国革命文学和文化团体及一切为人类进步而工作的著作家思想家书》（下简称“公开信”）、L.S.（鲁迅）的《中国无产阶级革命文学和前驱的血》、梅孙的《血的教训——悼二月七日的我们的死者》、“被难同志传略”：一 李伟森 二 柔石 三 胡也频 四 冯铿 五 殷夫 六 宗晖、“被难同志遗著”：五一歌（殷夫）血在沸（柔石）红的日记（冯铿）同居（胡也频）、支英（冯雪峰）的《短评：我们同志的死和走狗们的卑劣》、无产阶级革命作家国际协会主席团来信、美国“新群众”社来信。以上被难者中，宗晖，原名谢伟棨，湖北武昌人②，南京晓庄师范学校师范部的学生。1927年南国剧社到南京晓庄师范学校演出期间，宗晖与该剧社有联系。1929年左翼戏剧工作者联合会成立后，宗晖即加入了该联合会。1930年2月上海自由运动大同盟成立后，宗晖在晓庄师范学校组织分盟，之后曾组织学生示威，抗议

① 楼适夷：《记“左联”的两个刊物》，《文学评论》1960年第2期。

② 《前哨》“被难同志传略”中称宗晖是天津人，后据南京雨花台陵园管理处材料及晓庄师范学校资料证明，宗晖系湖北武昌人（参见南京大学中文系编：《左联时期无产阶级革命文学》，江苏文艺出版社1960年版，第348页）。

日本军舰进入长江。1930 年 4 月晓庄师范学校被当局封闭，宗晖逃到上海，加入田汉领导的南国剧社，不久后被人出卖而被捕，1930 年 10 月 5 日被枪决于南京雨花台。他的遇难与东方旅社事件没有联系，将他与左联五烈士并列是为了扩大左联作家被害事件的影响。

《前哨》的《宣言》是纪念五烈士的重要文献。这个《宣言》首先报道了五作家被杀害的消息，随之以主要篇幅揭露国民党“文化围剿”政策的残酷性和反动性：“这样严酷的摧残文化，这样恶毒的屠杀革命的文化运动者，不特现在世界各国所未有，亦是在旧军阀吴佩孚，孙传芳等的支配时代所不敢为。但国民党为图谋巩固其统治计，而竟敢于如此的施其凶暴无比的白色恐怖，而竟造成这种罕见的黑暗的时代。我们左翼文化战线的损失固然大，然而也使一切人们更明了的认识了国民党政权的实质及其末日的快临！同志们，这原是国民党维持统治所能用的唯一的办法，于既往的四年中，国民党已经用刀刮，用油煎，用索绞，砍头，活埋，枪毙了不知几千百万的革命群众了；而现在竟屠杀到文化领域上来，这是它更走近了末日一步，于是黑暗的乱舞也更进一步了。”[①]《宣言》中没有说明五作家被捕、牺牲的具体原因，而是以五作家被害为背景，揭露和控诉了国民党的“文化围剿”政策及其所造成的白色恐怖。

“公开信”的基调与《宣言》是一致的，全文的重点在概述四年来国民党“文化围剿”政策对左翼文艺运动的摧残和对革命作家的屠杀。与《宣言》不同的是，这封“公开信”在说明五作家被害的同时，强调指出被害的左翼作家是“中国新文学界的精英”，同时还指出与五作家一起遇害的还有其他“19 位革命家”。“公开信”最后向世界各国革命

① 《中国左翼作家联盟为国民党屠杀大批革命作家宣言》，《前哨》第 1 卷第 1 期（1931 年 4 月）。

文学团体和革命文化团体发出呼吁，期望它们声援中国左翼革命文艺运动："世界各国革命文学团体和革命文化团体诸君！一切为真理为光明而创造而奋斗的有世界的荣誉的文学家，艺术家，哲学家，科学家诸君！我们不仅简单的报告了你们关于中国白色恐怖及我们同志被难的真相，我们加倍的期望着你们有力的声援！"[①]

除了拟定刊于《前哨》上的《宣言》和"公开信"，左联还在4月19日就"国民党屠杀大批革命作家"向高尔基发出了一封"呼吁书"。这个"呼吁书"更为详细地叙述了左联成立以来所受到的国民党独裁统治及其"白色恐怖"政策的压迫和迫害，同时提供了更多的五作家被捕、被杀的细节：被捕者中"有一个孕妇和五个中国左翼作家联盟的盟员"；被杀者遇害前首先要为自己挖坟墓，然后被活埋；首先被活埋的是五位作家，其他的人都改为枪决，"枪毙者的尸体都被丢到埋葬那五个人的坑里面去"；被杀者就义前"高唱着《国际歌》"；在数次步枪齐射后，还有一个人在歌唱；"在六次齐发的枪声的最后一次射发之后，这个声音也沉默下去了。"[②]"呼吁书"是寄给高尔基的，同时也希望通过高尔基，呼吁"全世界所有的作家、艺术家、哲学家和科学家们"支持和声援中国左翼文艺运动。这样，《宣言》、"公开信"和"呼吁书"组成了左联报道、宣传五烈士的主要文本。

应该指出的是，左联的"公开信"和"呼吁书"的传播与《前哨》的印刷是不同步的。据陈漱渝考证：《前哨》封面印着"1931.4.25出

① 《为国民党屠杀同志致各国革命文学和文化团体及一切为人类进步而工作的著作家思想家书》，《前哨》第1卷第1期（1931年4月）。

② 《中国左翼作家联盟为国民党屠杀大批革命作家寄给高尔基的呼吁书》，陈瘦竹主编：《左翼文艺运动史料》，南京大学学报编辑部编辑出版，1980年，第108页。

版”，但确切的发行时间应该在7月下旬[①]。问题在于，《前哨》印刷、发行时间的拖后并没有影响左联对五烈士事件的宣传。实际上，在《前哨》出版、发行之前，“公开信”已经分别翻译成英、俄、日等文字寄往国外。据戈宝权的考证和研究：“公开信”的英文稿是由茅盾和史沫特莱翻译，后在美国《新群众》1931年6月出版的该刊第7卷第1期发表，题名为《中国作家致全世界的呼吁书》，“公开信”的俄文本通过国际革命作家联盟于1931年发表在联盟的机关刊物《世界革命文学》第十一至第十二期合刊上[②]，日文稿则刊于1931年10月东京四六书院出版的、由尾崎秀实和山上正义等编译的《支那小说集·阿Q正传》，该书是由夏衍协助在日本出版的纪念左联五烈士的专集，书中除收录了鲁迅的《阿Q正传》，还收录了李伟森、宗晖、冯铿、殷夫四烈士的肖像，柔石、胡也频、冯铿三烈士小传和他们的作品《一个伟大的印象》、《黑骨头》、《红的日记》（日译作《女同志马英的日记》），卷首是日本革命作家尾崎秀实（笔名白川次郎）5月23日为该书写的题为《谈中国左翼文艺战线的现状》的长篇序言，序文中引录了左联《为国民党屠杀同志致各国革命文学和文化团体及一切为人类进步而工作的著作家思想家书》（即前述“公开信”）。[③]另据夏衍回忆：《宣言》和“公开信”定稿后，即在《前哨》出版之前由尾崎秀实和山上正义分头翻译，而且很快在日本左翼文艺杂志上发表[④]。由此看来，《宣言》和“公开信”在国外的传播要早于《前哨》在国内的实际发行和传播。

左联的《宣言》、“公开信”和“呼吁书”在国外发表后，引起了很

① 陈漱渝：《关于〈前哨〉的出版日期》，《新文学史料》1980年第1期。
② 戈宝权：《谈在美国发表的三封中国左翼作家联盟的信》，《新文学史料》1980年第1期。
③ 丁景唐、瞿光熙：《左联五烈士研究资料编目》（增订本），上海文艺出版社1981年版，第273页。
④ 夏衍：《懒寻旧梦录》（增补本），第129页。

大的反响。国际革命作家联盟发表了《为国民党屠杀中国革命作家宣言》，称“国际革命作家联盟坚决地反对国民党逮捕和屠杀我们的中国同志，反对蒋介石的‘文学恐怖政策’……号召全世界一切革命作家和艺术家，共同起来反对国民党对于我们同志的压迫。”在这个“宣言”上签名的有俄国作家法捷耶夫、法国作家巴比塞、德国作家倍赫尔、美国作家辛克莱等20余位作家。此外，苏联的《世界革命文学》，美国的《新群众》都刊载了专辑表示声援[①]。外国作家为此写来文章和作品的，有德国的路特威锡·稜、美国的密凯尔·果尔德、奥地利的翰斯·迈伊尔、英国的哈罗·海斯洛普、本的永田宽。他们抗议屠杀的文章和作品都刊登在《前哨》改名出版的《文学导报》第1卷第2期上。国际左翼文艺团体对左联“公开信”和“呼吁书”的响应有力地支持了国内的反“文化围剿”运动，对左翼文艺运动冲破国民党的白色恐怖起到了积极的推动作用。由此，左联五烈士事件由一个党内斗争导致的政治事件转化为一个左翼文艺运动反抗国民党“文化围剿”政策的文学事件。相应的，左联五烈士的历史定位也由党内宗派斗争中的受害者转化为革命文艺运动的前驱和烈士。

四、鲁迅与左联五作家的关系及其纪念

鲁迅虽然不是左联的实际领导者，但却是左联内部公认的“盟主”、“旗手”、“大先生”。柔石等五作家的被捕不仅在生活上使鲁迅受到很大的牵连，而且在思想上对鲁迅产生了重要的影响。鲁迅与柔石

① 戈宝权：《谈在美国发表的三封中国左翼作家联盟的信》，《新文学史料》1980年第1期。

关系密切，柔石被捕时还随身携带着鲁迅托他代转的一份鲁迅与北新书局的著作合同书的抄件。五作家被捕后，外界关于鲁迅被捕、被杀的谣传很多。1 月 19 日，柔石等被捕的消息被证实，为了防止意外，鲁迅一家于 1 月 20 日从北四川路 194 号拉摩斯公寓寓所“弃家出走”，避居于黄陆路花园庄旅馆，到 2 月 28 日回寓。鲁迅在 2 月 2 日致韦素园的信中说：“上月十七日，上海确曾拘捕数十人，但我并不详知，此地的大报，也至今未曾登载。后看见小报，才知道有我被拘在内，这时已在数日之后了。然而通信社却已通电全国，使我也成了被拘的人。”① 在 2 月 24 日致曹靖华的信中说：“看日本报，才知道本月七日，枪决了一批青年，其中有四个（三男一女——指柔石、殷夫、胡也频、冯铿。引者注。）是左联里面的，但‘罪状’大约是另外一种。很有些人要将我牵连进去，我所以住在别处已久，但看现在情形，恐怕也没有什么事了”②。在避难期间，鲁迅在悲愤中写下了“忍看朋辈成新鬼，怒向刀丛觅小诗”的诗句。五作家牺牲后，鲁迅作为《前哨》的编委之一，参与起草了《宣言》、“公开信”和“呼吁书”，并且为该期杂志写了《中国无产阶级革命文学和前驱的血》和《柔石小传》。此后，鲁迅还写了《黑暗中国的文艺界的现状》，并请求史沫特莱译成英文在国外发表，史沫特莱提醒说：这篇文章发表出来可能会危及鲁迅的生命安全，请他再慎重考虑一下。鲁迅坚决地说：“这几句话，是必须说的。中国总得有人出来说话！”③ 在《前哨》改名出版的《文学导报》第 1 卷第 2 期上，鲁迅又翻译了德国革命作家路特威锡·稜的“对于中国白色恐怖及帝国

① 《鲁迅全集》第 12 卷，人民文学出版社 1981 年版，第 35 页。
② 同上书，第 40 页。
③ 《鲁迅年谱》（增订本）第 3 卷，人民文学出版社 2000 年版，第 254 页。

主义干涉的抗议”的文章，和奥地利革命作家翰斯·迈伊尔的诗《中国起了火》[①]。7月30日，鲁迅携许广平、周海婴摄影留念，并以此向在北平的母亲报一声平安。至此，鲁迅才从左联五烈士事件中安定下来。

《中国无产阶级革命文学和前驱的血》是纪念左联五烈士的重要文献。在这篇文章中，鲁迅指出：“中国的无产阶级革命文学在今天和明天之交发生，在诬蔑和压迫之中滋长，终于在最黑暗里，用我们的同志的鲜血写了第一篇文章。”“我们的同志的血，已经证明了无产阶级革命文学和革命的劳苦大众是在受一样的压迫，一样的残杀，作一样的战斗，有一样的运命，是革命的劳苦大众的文学。”另一方面，鲁迅对国民党的“文化围剿”和白色恐怖给予揭露和谴责。“统治者也知道走狗的文人不能抵挡无产阶级革命文学，于是一面禁止书报，封闭书店，颁布恶出版法，通缉著作家，一面用最末的手段，将左翼作家逮捕，拘禁，秘密处以死刑，至今并未公布”，但这一切“不过证明了他们自己是黑暗的动物”[②]。在《黑暗中国的文艺界的现状》中，鲁迅说：“现在，在中国，无产阶级的革命的文艺运动，其实就是惟一的文艺运动。因为这乃是荒野中的萌芽，除此以外，中国已经毫无其他文艺。属于统治阶级的所谓‘文艺家’，早已腐烂到连所谓‘为艺术的艺术’以至‘颓废’的作品也不能产生，现在来抵制左翼文艺的，只有诬蔑，压迫，囚禁和杀戮；来和左翼作家对立的，也只有流氓，侦探，走狗，刽子手了。”[③]这两篇文章与左联的《宣言》和“公开信”基调是一致的，鲁迅不仅是纪念左联五作家，而是对无产阶级革命文艺运动作了整体性的估价，同

① 《文学导报》第1卷第2期（1931年8月5日）。

② 《鲁迅全集》第4卷，第282页。

③ 同上书，第285页。

时对国民党实行“文化围剿”政策、杀害革命作家进行了谴责和控诉。

1933 年 2 月 7 日至 8 日，为纪念左联五烈士遇害两周年，鲁迅又写了《为了忘却的记念》一文。文章回忆了与殷夫、柔石等人的交往，对中国失去这样的青年而感到悲愤和痛惜。

殷夫是左翼文学运动中的一位天才诗人，他 1928 年 4 月在《太阳月刊》上发表诗歌《死神未到之前》，受到蒋光慈、钱杏邨等人的赞誉，后参加太阳社。1930 年 3 月参加左联，积极从事诗歌创作和文学翻译。1929 年 5 月 14 日，殷夫以白莽的笔名将所译匈牙利诗人裴多菲的传记《彼得斐·山陀尔行状》向鲁迅与郁达夫合编的《奔流》月刊投稿。6 月 25 日，鲁迅给殷夫写信告以译稿将刊于《奔流》第 2 卷第 5 期（这一期《奔流》为“译文专号”），信中建议殷夫继续翻译裴多菲的诗作，并告知《奔流》付稿费的情况，回信同时附上鲁迅自己所收藏的裴多菲的散文集和诗集各一本。此后殷夫曾三次到鲁迅家来，前两次见面是为了翻译方面的事情，两人说话不多。第三次见面是在 1929 年夏天，殷夫因在 7 月间参加丝厂罢工而被捕，不久出狱后来找鲁迅。这次见面给鲁迅留下了深刻的印象：“我去开门时，来的就是白莽，却穿着一件厚棉袍，汗流满面，彼此都不禁失笑。这时他才告诉我他是一个革命者，刚由被捕而释出，衣服和书籍全被没收了，连我送他的那两本；身上的袍子是从朋友那里借来的，没有夹衫，而必须穿长衣，所以只好这么出汗。”得知殷夫的来由，鲁迅一面为他的获释而庆幸，一面也为自己送他的那两本裴多菲的书而惋惜。那两本书是德文版的“莱克朗氏万有文库”中的两种，是鲁迅在日本求学时“热爱彼得斐的时候”专门托丸善书店从德国买来的，送给殷夫这位“也如我那时一样，热爱彼得斐的诗的青年”，本以为是“给它寻了一个好着落”，却不料竟落在“三道头”之类的手里了。

在鲁迅与殷夫的交往中，发生过一件意外的事情。1930年初，殷夫将自己1924—1929年间的诗作65首结集为《孩儿塔》，但一直未能出版。1931年2月殷夫牺牲后，《孩儿塔》的手稿保存在鲁迅那里。1936年3月10日，鲁迅收到一封署名齐涵之的信，齐在信中称自己是殷夫在同济学校的同学，他藏有殷夫的遗稿《孩儿塔》，现正在经营出版，要求鲁迅为《孩儿塔》写一篇序。鲁迅于收到该信的第二天夜里即写了《白莽作〈孩儿塔〉序》，13日将给齐涵之的复信和《孩儿塔》序稿寄出。事后不久，鲁迅得知那位为《孩儿塔》索序的齐涵之即当时文坛上“善于翻戏”的无良文人史济行。史济行多年前曾与鲁迅通信，此时正在汉口编辑《人间世》，所谓经营《孩儿塔》的出版并向鲁迅索序完全是一个骗局。得知所谓齐涵之为《孩儿塔》索序的真相后，鲁迅于4月11日写了《关于〈白莽遗诗序〉的声明》，刊于5月的《文学丛报》月刊第2期，揭露了史济行的骗局①。这一事件虽是一个意外的插曲，却使外界对殷夫的诗集《孩儿塔》有了更多的了解，鲁迅的《白莽作〈孩儿塔〉序》也广为传播，成为评价殷夫诗歌创作的重要依据：“这《孩儿塔》的出世并非要和现在一般的诗人争一日之长，是有别一种意义在。这是东方的微光，是林中的响箭，是冬末的萌芽，是进军的第一步，是对于前驱者的爱的大纛，也是对于摧残者的憎的丰碑。一切所谓圆熟简练，静穆幽远之作，都无须来作比方，因为这诗属于别一世界。”② 鲁迅对《孩子塔》的评价，也是对殷夫的最好的纪念。

柔石是浙江宁海人，早年在慈溪、镇海、宁海等地从事教育工作，

① 《鲁迅全集》第6卷，第495—497页。

② 同上书，第494页。

五四时期在杭州浙江省立第一师范求学，与潘漠华、冯雪峰、汪静之、魏金枝成立文学社团“晨光社”，开始发表文学作品。1925年春赴北平，在北大做旁听生，听过鲁迅讲授《苦闷的象征》。1928年初任宁海县教育局局长，同年5月宁海发生农民暴动，柔石受牵连而出走上海。1928年9月迁居东横浜路景云里，开始与鲁迅交往，同年底与鲁迅、王方仁、崔真吾等组织“朝花社”，印行《朝花周刊》《朝花旬刊》和《近代世界短篇小说集》，介绍北欧、东欧的文艺作品，出版《艺苑朝花》介绍外国的木刻与版画。1929年初，由鲁迅向北新书局推荐接替他编辑《语丝》；同年10月，在中共江苏省委领导下，参与中国左翼作家联盟的筹备组织工作，为12名筹备委员之一。1930年1月参加鲁迅创办的《萌芽》月刊编辑工作；2月13日陪同鲁迅出席中国自由运动大同盟成立大会；3月2日出席中国左翼作家联盟成立大会，任左联执行委员；5月加入中国共产党，并与胡也频、冯铿一同以左联代表身份出席全国苏维埃区域代表大会。柔石的创作主要有短篇小说集《疯人》，中篇小说《三姐妹》，长篇小说《二月》、《旧时代之死》等，译作《浮士德与城》，与鲁迅合译苏联小说集《竖琴》、《高尔基论文选集》等，鲁迅曾为其《二月》作序，并为《旧时代之死》校订。

在《为了忘却的记念》中，鲁迅称柔石是“我的学生和朋友，一同绍介外国文艺的人”。在当时鲁迅所交往的青年作家中，柔石是“惟一的不但敢于随便谈笑，而且还敢于托他办点私事的人”。柔石的性格具有“台州式的硬气”，而且“颇有点迂”，但他为人心地善良：“他相信人们是好的。我有时谈到人会怎样的骗人，怎样的卖友，怎样的吮血，他就前额亮晶晶的，惊疑地圆睁了近视的眼睛，抗议道，‘会是这样的么？——不至于此罢？’……”生活中的柔石有点腼腆，他同女性的同乡或朋友一同走路时，那距离“至少总有三四尺的”；但柔石对朋友却是富有责任感的：当他和我一同走路的时候，“可就走得近了，简直是扶住我，因为怕我被汽车或电车撞死”。“无论从旧道德，从新道德，只要是损己利人的，他就挑选上，自己背起来。”对于柔石的死，鲁迅是极为悲痛的。柔石牺牲后不久，“当《北斗》创刊时，我就想写一点关于柔石的文章，然而不能够，只得选了一幅珂勒惠支夫人的木刻，名曰《牺牲》，是一个母亲悲哀地献出她的儿子去的，算是只有我一个人知道的柔石的记念”。在 1936 年 4 月 7 日的《写于深夜里》，鲁迅再次提及珂勒惠支的那幅以《牺牲》命名的木刻画，申明这幅木刻画在别人看来是对“被害的全群”的纪念，而对鲁迅自己而言，则是专为纪念柔石的①。因为柔石生前“尤喜欢木刻”，所以，鲁迅在这里以珂勒惠支的木刻画纪念柔石，也是以柔石之死来纪念珂勒惠支和她的木刻：“今年是柔石被害后的满五年，也是作者（珂勒惠支）的木刻第一次在中国出现后的第五年；而作者，用中国式计算起来，她是七十岁了，这也可以算作一个纪念。”②

左联五烈士中，冯铿、胡也频、李伟森与鲁迅交往不多。冯铿在柔石带领下来鲁迅家里见过鲁迅，《为了忘却的记念》在关于柔石的回忆中顺便提到冯铿，说：“（与她）谈了一些天，我对于她终于很隔膜，我疑心她有点罗曼谛克，急于事功；我又疑心柔石的近来要做大部的小说，是发源于她的主张的。”“她的体质是弱的，也并不美丽。”胡也频“在上海也只见过一次面，谈了几句天”。李伟森则“没有会见过”。

在鲁迅的记述之外，有一个事件是应该提及的：1930 年 9 月 17

① 《鲁迅全集》第 6 卷，第 499—500 页。

② 同上书，第 501 页。

日，左联的冯雪峰、柔石等通过史沫特莱在法租界的一家荷兰人开的餐馆为鲁迅50寿辰举行了一个纪念会，柔石和李伟森、冯铿出席了这个纪念会。这个纪念会一半是提前纪念鲁迅的50寿辰（鲁迅的生日是9月25日，阴历八月初三），一半应该看作是左联部分成员的一个特别聚会。作为这个纪念会的发起人之一，柔石担任会议主席并致开会词[①]。李伟森以上海地下党报纸《上海报》编辑的身份在会上作了关于红军成长和农民举行秋收起义的报告。冯铿在会上发言，她谈到发展无产阶级文学的必要性，并呼吁鲁迅成为左翼作家联盟和左翼美术家联盟的保护者和“导师”[②]。晚会的主要筹备者史沫特莱对冯铿的演说印象深刻，据夏衍回忆：当史沫特莱被告知遇害的五位左联作家中有冯铿时，她“竟失声痛哭”[③]。会上有青年发言请求鲁迅做一个普罗作家，并出来领导普罗文学运动，但鲁迅在最后的发言中并没有对此表示认同，他认为自己“若真装做一个普罗作家的话，那将是非常幼稚可笑的事”。关于这次纪念会，鲁迅在当天的日记中写道：“友人为我在荷兰西菜室作五十岁纪念，晚与广平携海婴同往，席中共二十二人，夜归。”[④]据史沫特莱回忆：那天的纪念会从下午一直持续到晚上，参加纪念会的人估计有200人以上，但大多数人只是来向鲁迅致意，并没有参加晚上的聚餐[⑤]，鲁迅日记中所记的“二十二人”应该是最后参加宴会的人数。也许是那天来参加纪念会的人和在会上发言的人太多，鲁迅对李伟森、冯铿并没有留下深刻的印象，所以《为了忘却的记念》对他们的回忆只是

---

① 姚辛编著：《左联词典》，光明日报出版社1994年版，第194页。
② 戈宝权辑译：《史沫特莱忆鲁迅》，《新文学史料》1980年第3期。
③ 夏衍：《懒寻旧梦录》（增补本），第129页。
④ 《鲁迅全集》第14卷，第838页。
⑤ ［美］史沫特莱：《追念鲁迅》，载《海外回响——国际友人忆鲁迅》，河北教育出版社2000年版，第15页。

一笔带过。

作为纪念左联五烈士的经典文本，鲁迅的写作基于其与柔石、殷夫之间的私人交往和个人记忆，因此，鲁迅的回忆和叙述在客观上淡化了左联五烈士的政治背景，从而为左联五烈士的群体雕像抹上了一道浓重的感情色彩。

五、结语

概括以上叙述，左联五烈士事件的衍变与左联五烈士形象塑成的历史链条应该包括这样几个环节：苏共中央内部斯大林与托洛茨基在中国大革命问题上的两条路线斗争→莫斯科中山大学、东方大学中的中共留学人员之间的两条路线斗争→中共中央内部以苏共中央两条路线斗争为背景的宗派斗争→中国大革命失败后国、共两党的分裂及其在政治、文化领域的矛盾斗争→国民党“文化围剿”政策与左翼文艺运动反“文化围剿”的斗争→左联以五烈士事件为基点对国民党“文化围剿”和白色恐怖的反击→国际左翼文艺团体对左联五烈士事件的反响与呼应→鲁迅以个人记忆对左联五烈士的回忆和纪念。从这个历史链条中可以看出，在错综复杂的政治斗争和文化斗争中，左联坚持了正确的文艺路线。黄源回忆说：“三十年代‘左联’的战无不胜，把敌人的文化‘围剿’打得一败涂地，基本经验在于不很受‘左’的干扰，内部虽有矛盾，意见也不尽相同，但对付主要矛盾，是大家明确的。”“因为从 1931 年 1 月六届四中全会到 1935 年 1 月遵义会议，党的领导在这个时期犯了‘左’的路线错误。而在这个时期，‘左联’的斗争始终取得胜利，这就证明党的‘左’倾路线错误对‘左联’影响不大。”[1]胡乔木在纪念左联成立五十周年大会上的讲话中说：“三十年代的革命文化运动，不是没有缺点和错误；甚至三十年代革命文化的伟大主将——鲁迅先生，他也是人，不是神，也不可能没有缺点和错误。但是，像毛泽东同志所说的那样，左翼运动的基本方向是正确的，它的功绩是永远不可磨灭的。鲁迅的旗帜仍然是我们今天的旗帜……我们的文艺仍然是左翼的文艺，我们的文化仍然是左翼的文化。”[2]由此看来，左联五烈士事件由政治斗争向文化斗争的转移是左翼文艺运动中的一个重大胜利。在这个意义上说，澄清左联五烈士事件的历史真相，有利于我们更好地发扬左翼文艺的革命传统。只有正视历史、尊重历史才是对历史的最好的纪念。

（原载《文史哲》2009年第1期）

① 黄源：《忆念鲁迅先生》，人民文学出版社1981年版，第214、221页。

② 胡乔木：《携起手来，放声歌唱，鼓舞人民建设社会主义新生活——1980年3月28日在纪念“左联”成立50周年大会上的讲话》，见《胡乔木文集》第3卷，人民出版社1994年版，第92页。

同途·殊途·同归

——鲁迅与胡秋原

张　宁

鲁迅与胡秋原一生未过见面，但却有过两次文学论争时的交集：一次是1928年“革命文学论争”时，在鲁迅陷入创造社、太阳社围攻时胡秋原以“冰禅”为名，撰写长文《革命文学问题》支持鲁迅；第二次是30年代初的“左联”与“自由人–第三种人”论争，鲁迅半路出手，虽只对“第三种人”而未对“自由人”，却对他下了一句话的判语，之后又发生了“辱骂和恫吓决不是战斗”事件。正是后一次交集，使学界，至少是大陆学界，在相当长时间里总是将两个人的名字以对立的形式黏合在一起，继而又以180度的翻转予以翻案，并引发争议，以致至今仍是一个似乎尚未说尽的话题。本文拟将这一话题放在现代思想史框架里重新加以审视，以期得到新的理解。

一、“同途”

1928年1月22日，也就是旧历新年除夕，胡秋原匆匆逃离家乡，亡命上海。几天前，这个18岁的武汉大学学生，在武汉后期的清党运动中，差一点随好友毙命阅马场。在两个月后的一篇文章里，他这样写下了他对当时中国的感受：

> 历史上也很少一个比现代中国还要阴惨，黑暗，混乱，恐怕的时代了。正义已不知死了多少年，劳苦民众号哭呻吟遍满全国，青年在绝望痛苦的深渊，红的血涂布了整个的中华……死的呻吟，杀的怒吼……混成一片！我想我们现在，恐怕比俄国“沙”的时代还要一百倍黑暗了……[①]

这种感受，在当时云集上海的知识分子中并不孤单。几年后，鲁迅在记述他的“血的经历”时这么写道：“我是在二七年被血吓得目瞪口呆，离开广东的。”[②]

这一全国性的恐怖情境，却促使一种新的文学思潮——“革命文学”在上海突然勃兴起来。对于作为倡导者的“革命文学家”们，鲁迅曾以怀疑的眼光打量道：“他们先前在做什么，为什么今年一起动笔了？”然后以嘲讽的口吻自问自答道：“因为先前可以不动笔，现在却只好来动笔，仍如旧日的无聊的文人，文人的无聊一模一样。”[③]

但鲁迅的回答却并不完全正确，因为“一起动笔”的并非只有革命高潮时投身革命，革命失败时退回书斋里“战斗”的现代“旧日文人”，也有刚从日本归来的创造社新秀。后者回国就是为了填补中共理论上的

---

① 冰禅（胡秋原）：《革命文学问题》，原载1928年4月16日《北新》半月刊第2卷第12期；见《“革命文学”论争资料选编》（上），人民文学出版社1981年版，第341页。

② 鲁迅：《三闲集·序言》，《鲁迅全集》第4卷，人民文学出版社2005年版，第4页。

③ 鲁迅：《三闲集·“醉眼”中的朦胧》，见《鲁迅全集》第4卷，人民文学出版社2005年版，第61页。

不足，像日本正在发生的那样，发起一场新的马克思主义理论运动，甚至还有过组党的想法[①]。而这场“革命文学”的最初孕育，也正是来自于他们，而不是高潮投身、低潮退出的创造社元老成仿吾，和被创造社新秀带起来的太阳社的“革命文学家”。但在鲁迅眼里，这些新秀们也一如“旧日文人”。

而“革命文学家”的理论和逻辑概括起来其实也很简单：中国和世界一样已经进入资本主义，就必然引起无产阶级的革命，因而也只能有一种真正的文学，即“普罗利塔利亚文学”。所有其他的文学都是行将被淘汰的落后或反动的文学，而文学的时代也由五四的“文学革命”进入“革命文学”。这种文学的唯一属性便是阶级意识的体现[②]，也即阶级性。按此标准，既有的文坛便给了一次激烈的扫荡。

可以说，这也是一空前的文化扫荡，除了给郭沫若预留了一条出路，其他文坛老作家几乎全被判了不可赦免之罪[③]。本来，鲁迅可以像其他被判罪的作家几乎都选择沉默那样[④]，也不予理睬，但这个“倔强的老头”（时人语）却选择了正面出击，面对气势汹汹的“革命文学家”，指名道姓地来了一番深刻辛辣的精神分析。其分析要点是：[⑤]

1. 这种纸上的“革命文学家”，只会“雄纠纠”地“对大家显英雄”，一遇“指挥刀”和中国“目前的情状”，便只有“吞吞吐吐”而朦

① 程凯：《国民革命与“左翼文化思潮”发生的历史考察（1925—1929）》，北京大学博士生论文，2004年。

② 李初梨：《怎样地建设革命文学》，见《“革命文学”论争资料选编》（上），154—169页。当然，关于阶级意识的论述在李初梨这里，要比让人那里复杂得多，相见程凯：《当还是不当“留声机”》，《中国现代文学研究丛刊》2006年第2期。

③ 冯乃超：《艺术与社会生活》，见《“革命文学”论争资料选编》（上），1116—117页。

④ 只有未被点名却被包含了的周作人写了一篇短文，从侧面给了抽象的回应（即启明：《随感九七·爆竹》）。

⑤ 以下分析均见鲁迅：《“醉眼”中的朦胧》。

胧地称之为“社会各方面亦正受着乌云密布的势力的支配”，连其痛批的“卑污的说教人”托尔斯泰的“勇气的几分之一也没有”。

2. 创造社“前年招股本，去年请律师”（暗示其为资本拥有者），今年却揭起“革命文学”大旗，把自己拔高在“唯我革命”位置上，专来批判他人的资产阶级和小资产阶级性，全无别国“革命者决不怕批判自己”的真正革命者特质。

3. 昨天还在还在守护“艺术之宫”，今天却“要去‘获得大众’”；一会儿要“出国”“进研究室”，一会儿又要“革命”，（这样变来变去）不过是为了在这个时代或下个时代的晋身加爵（包括获得资格和隐秘的权力），一己私利而已（也暗示了其“才子 + 流氓”性）。[①]

4. 从批判者那种真理占有者的思维方式和话语方式中[②]，窥见了一幅未来审判的历史图景：革命不是让人活而是让人死的[③]；在革命成功之后，作家们只能“给人家扫地”，“坐在黑房里”，“充军到北极圈内去了”，“译著的书都禁止”……[④]

鲁迅在最初的反击中几乎没有和对方讨论任何文艺问题，而是直

---

① 几年后，已是“左联”盟主的鲁迅，再次分析了已是自己的盟友“创造社诸君”的人格心理结构：“例如上海的流氓，看见一男一女的乡下人在走路，他就说，‘喂，你们这样子，有伤风化，你们犯了法了！’他用的是中国法。倘看见一个乡下人在路旁小便呢，他就说，‘喂，这是不准的，你犯了法，该捉到捕房去！’这时所用的又是外国法。但结果是无所谓法不法，只要被他敲去了几个钱就都完事。”见《二心集·上海文艺之一瞥》，《鲁迅全集》第4卷，第297—298页。与此时分析的逻辑几乎是一以贯之的：在执掌“艺术之宫”时，通过“为艺术而艺术”，而取得与对手旗鼓相当的资格；在“获得大众”时，又通过“为革命而文学”取得审查对手的权力。其中重要的不是理念或“主义”，而是资格和隐秘的权力。

② 如李初梨“我们先要审查他的动机”的狂傲之言、成仿吾“不革命便是反革命”的逻辑和“保障最后的胜利”的允诺等。

③ 而鲁迅的主张则恰恰相反：“革命是并非教人死而是教人活的”。（《二心集·上海文艺之一瞥》）

④ 七年之后，鲁迅从徐懋庸的用语和“周起应之类”的言行中，再次读出了“充军”、“杀头”的历史前景。见《答徐懋庸并关于抗日统一战线问题》，《鲁迅全集》第6卷，558页。

指其灵魂的“旧日文人”性，和其逻辑中所包含的可怖的未来审判图景。这不仅没有获得苦闷中一味求新求变的青年读者的普遍感知和理解[①]，也引来“革命文学家”的群起而攻之。而真正在理论上重创“革命文学家”的是一篇署名“冰禅”的文章《革命文学问题》。“冰禅”即胡秋原的笔名，他流亡到上海后刚刚转入复旦大学。与鲁迅的冷峻、辛辣不同，胡秋原以谦和、温雅的笔调与“我们的革命文学家”“商榷”，娓娓道来却也针针见血，尤其是他有着似乎“革命文学家”也难以比拟的苏俄马克思主义理论背景。他“商榷”的要点是：[②]

1.“一切‘不革命文学’，都只应该‘扔到毛厕里去’”，“真正伟大的文艺，‘只此一家’”吗？但布哈林却说“自由竞争才是无产阶级文学长成的最好办法”。“伟大的艺术”不在于是写“血和泪”，还是“风和月”，而在作者有没有“真正的生命”和“真正神往的心”，有没有“真挚而深刻地表现人生的苦闷”。革命既然是“推翻旧的腐朽的社会，而代以一个新的较合理的较自由的新社会”，那么“凡对于既存的旧社会不满、攻击”的，“也就是革命的思潮”。

2.“一切的艺术都是宣传”吗？把“政治上的主张放在文艺里面，不独是必然而且在某几个时期却是必要的”，但“不要因此破坏了艺术的创造”。胡秋原是从“革命文学家”的意思上理解“宣传”的，即“宣传某种‘主义’以及‘打倒’‘拥护’……之类”，因而得出“艺术有时是宣传”（但不可破坏“艺术在美学上的价值”）的结论。这与鲁迅从“传播”意义上理解“宣传”，并进而提出“一切文艺固然是宣传，

① 不少回忆录证实，鲁迅当时陷入空前的孤立，连借住在他家的旧日学生也承受不了周围朋友的压力而从鲁家搬出。

② 以下要点归纳均见冰禅（胡秋原）：《革命文学问题》。

而一切宣传却并非全是文艺”[①]稍有差池，但内在精神上却达到了高度的默契。

3.“文学（都）是阶级的武器”吗？苏俄文坛中既有人如此主张，但也有人坚决的反对（如《红色处女地》主编沃朗斯基），主要是它“不见得合于事实”，否则从歌德到罗曼·罗兰等世界文学大师都得驱赶出文学家的行列。他指出，这种主张在根本上违背唯物史观，因为文艺和法律、政治不同，离经济基础更远（何况托洛斯基也主张……云云）。这从马克思主义角度，击中了“革命文学家”把文艺简单地直接对应于经济基础的理论要害。

4. 那么“‘文学’与‘革命’”没有丝毫关系吗？“否？否？”但文学与革命的关系却又是以另一种形态表现的，即“文学家是时代的灵魂，他看清楚了‘现在’，也就很早的看见了‘将来’”。“文艺是社会生活的真切，深刻的表现”，虽然“文艺的目的，并不在于教人‘革命’，然而在一个不平黑暗的时代中，伟大的作品，也就无不有革命的精神了……”。与之相对，哪些“嚷着‘革命’‘革命’，反而没有看出社会痛苦之真像”的文字，“也是一样的失去了文艺底真意义之所在了”。这与鲁迅半年前所言，即满纸“杀，杀”，“血，血”，“‘赋得革命，五言八韵’，是只能骗骗盲试官的”[②]，在精神上是相通的。

这篇高屋建瓴的论述，最后落脚在中国当下——“一个大的黑暗充满血腥泪痕的现在”。但作者在直面“我国的工农大众”处于“悲惨的境地”，且“尤甚于从前”的同时，也揭示了“万不能忘记”的另一

① 鲁迅的这个主张出自《文艺与革命》，见《三闲集》，《鲁迅全集》第4卷，第85页，该文与胡秋原《革命文学问题》发表于同一天。

② 鲁迅：《而已集·革命文学》，《鲁迅全集》第3卷，568页。

面，即“几千年我们不肖的祖宗所遗留累计于我们的民族底恶劣的根性和思想”。正是这后一点，使“阿Q时代”不仅没有死去[①]，而且就活生生地呈现在眼前。而“生吞活剥的号叫‘第四阶级’，即使是真心的运动”，也难免不造成“资产阶级专政”，“革命文学亦无异于无聊文士的应制”。

《革命文学问题》不仅是“革命文学论争”中除鲁迅外最早的一篇反驳创、太“革命文学家”的理论文章，也是在整个论争中最有水平的文章之一。随后与“革命文学家”进行辩驳的甘人、韩侍桁、画室（冯雪峰）等，虽然在对中国现实感知、对对方论据剖析，以及辩护鲁迅等五四作家上均各有特点，但在理论高度和问题把握的准确度上却无出其右。

几年后，胡秋原在“文艺自由论辩”中所持的基本观点，在这篇文章中也已见端倪。夏衍晚年在回顾“左联”与“自由人–第三种人”的论战时曾称：“这场论争的实质可以说是1928—1929年那场论争的延续……”[②]这也间接道出了为什么鲁迅在“文艺自由论辩”中为什么只与“第三种人”论战，而放过了“自由人”的奥秘。事实上，在鲁迅参加“左联”之后，也曾不断地批评昔日的论敌、今日的“战友”，并认为哪些“左”得可爱的人很容易从“左翼”变成“右翼”[③]。相反，正如有学者专门分析的那样，他与胡秋原倒分享着相同或相似的思想、感受和理论资源。比如关于“文学与政治的关系”、文学的社会功能、[④]唯我主义

① 钱杏邨：《死去了的阿Q的时代》，《太阳》月刊1928年3月号。

② 夏衍：《懒寻旧梦录》，三联书店2000年版。

③ 鲁迅：《二心集·对于左翼作家联盟的意见》，《鲁迅全集》第4卷。

④ 胡秋原：“以为文艺可以改造世界，……是以为口中念念有词就能致人于死地的原始巫术者。”/鲁迅：“一首诗吓不倒孙传芳，一炮就把孙传芳轰走了。自然也有人以为文学于革命是有伟力的，但我个人总觉得怀疑。”见《革命时代的文学》，《鲁迅全集》第3卷。

的态度,[①]对普列汉诺夫的偏爱,[②]以及那种“横站”/“左右开弓”批评方式等等。

然而，在“文艺自由论辩”中，鲁迅也不指名地给了胡秋原以“重重”的一击……

二、“殊途”

1949年以后的一段时期，中国大陆实行“左”的政策，对历史和文学史的叙述也被纳入到一个统一的模式里。尽管这个模式中的内容，会因政治运动的需要，以及伴随之的人物命运的起伏跌宕而有所改变——比如被认为左翼作家、批评家的丁玲、冯雪峰，50年代中期之后便被归入“资产阶级”阵营;“左联”的文化英雄瞿秋白、周扬到了“文革”时期也变成了“叛徒”或“资产阶级投降派”；而鲁迅所认可的左联周文，则因1952年的悲剧性命运压根没有进入文学史视野，但这个模式的内在结构及强烈的排他性，则始终未变。这种排他性把“自己人”一个一个地打入“敌人”阵营，最终只剩下鲁迅一人，作为不可触犯的偶像。自然，这种排他性也从一开始就把“自由人”和“第三种人”视作与“新月派”一样的阶级敌人。

新中国成立后，不幸的是在以阶级斗争为中心的年代里，鲁迅当

① 胡秋原:“我决不反对普罗文学的存在及特权，只要作的好;而且知道虽然还年轻，也是不可避免的;不过正因为如此，就不必那么趾高气扬，仿佛上天下地，唯我独尊了。”鲁迅:“也不相信住洋房，喝咖啡，却道‘唯我把握住了无产阶级意识，所以我是真的无产者’的革命文学者。”见《文学的阶级性》,《鲁迅全集》第4卷。

② 徐元绍:《“文艺自由论辩”中鲁迅对胡秋原保持缄默态度原因之探析》,《山东教育学院学报》,2007年第4期。

年从成仿吾、李初梨（1928年）、徐懋庸（1936年）的话语方式中所隐约预见的“扫大街”、“坐黑房”，“充军”、“杀头”及“译著的书都禁止”不仅统统兑现，而且有过之而无不及。直至80年代初改革开放之际，党和国家全盘否定了阶级斗争为中心历史中最极端的一段——“文化大革命”。知识界和学术界则遵循着另一种更具否定性和批判性的逻辑，竭力恢复被阉割的历史和文学史，发掘出以往被贬低、被排斥、被压抑的思想文化资源，使之重新具有“当代性”和“战斗性”。胡秋原在30年代初所倡导的“文艺自由论”就是在这种历史背景下被重新发现，并用于对“不自由”的现状和曾经“更不自由”的历史作出一种学术性的抵抗。随之，鲁迅与胡秋原之间的那件单向纠葛也作为一桩“诉案”被重新谈起。

所谓“单向纠葛”，是指鲁迅在《论“第三种人”》一文中开头的那段话：

> 这三年来，关于文艺上的论争是沉寂的，除了在指挥刀的保护之下，挂着“左翼”的招牌，在马克斯主义里发见了文艺自由论，列宁主义里找到了杀尽共匪说的论客的“理论”之外，几乎没有人能够开口……①

这段话并无明指，也无人接应，但从明确的暗示中，可知提倡“文艺自由论”的应是胡秋原。事过40年后，“文革”时期由“极左”派控制的《红旗》杂志曾刊发文章《为什么要提倡读一点鲁迅的杂文？》，称鲁迅杂文“‘在马克思主义里发见了文艺自由论，在列宁主义里找到

① 鲁迅：《论“第三种人”》，《鲁迅全集》第4卷，人民文学出版社1981年版，435页。

了杀尽共匪说的论客’的托匪胡秋原”。直到这时，胡秋原才回应说：“‘发现了文艺自由论’是指我，下句‘杀尽共匪说的论客’系指给鲁迅写信的托派陈仲山。”①大陆1981年版的《鲁迅全集》也曾加注释曰：“这里所说的论客，指胡秋原和某些托洛茨基派分子。当时胡秋原曾冒充‘马克思主义’者，并和托洛茨基派分子相勾结……”而该文的标题注释则写道：“‘左联’的反击……揭露了胡秋原在‘自由人’假面具掩盖下的反动实质。”②这则注释中所带有的极强的意识形态贬抑色彩，直到2005年的新版《鲁迅全集》中才得到部分修正。

大陆学者秋石2004年2月访问台湾时拜谒了94岁高龄的胡秋原先生，四年后发表《胡秋原与鲁迅的论战与纠葛》③。在这篇文章中，作者认为“鲁迅当年激愤之余信马由缰”地为胡秋原“开具”了两顶帽子，一顶是鲁迅“在其文中使用了‘在马克思主义里发见了文艺自由论’如此辛辣的语言”，一顶是“在列宁主义里找到了杀尽共匪说”。这两顶帽子“给胡秋原的一生蒙上了不应有的阴影”。作者从马克思主张“新闻出版自由”以及他对文学艺术规律的尊重，得出结论说“马克思确实倡导文艺自由了”。鲁迅之所以会斥责胡秋原“挂着‘左翼’的招牌，在马克思主义里发见了文艺自由论”，是因为鲁迅认为“胡秋原……是在向‘左联’进攻，分裂左翼作家队伍等等”，而他则珍惜“左联”，“一旦有人对‘左联’暴露出来的问题和错误，尤其是人所反感的唯我独革、唯我正确的严重左倾关门主义政策提出严厉批评时，鲁迅会将其视之“进攻”而加以撰文痛斥；此外，“鲁迅对马克思恩格斯等人的著

---

① 古远清：《胡秋原回应〈红旗〉杂志的诽谤》，《钟山风雨》2010年第5期。

② 《鲁迅全集》第4卷，439页。

③ 《粤海风》2008年第5期。

作读之甚少”，而“胡秋原几乎是通读了马克思恩格斯全集，以及普列汉诺夫、列宁、托洛茨基等人的著作”。至于“‘列宁主义里找到了杀尽共匪说’的指斥”，更是无稽之谈。出现这种“如此与事实大相径庭的错讹的原因”之一，秋石认为“是鲁迅为维护冯雪峰、瞿秋白、周扬等‘左联’头面人物的‘集体行动’（而）保持步调一致”。其中与冯雪峰在《“阿狗文艺”论者的丑脸谱》中为“胡秋原安上了一顶……托派帽子”不无关系。①

随后，叶德浴又撰写《关于鲁迅扣给胡秋原的两顶“帽子”》与之商榷，认为鲁迅给胡秋原戴的第一顶帽子并不如秋石所言，鲁迅认为马克思没有提倡文艺自由，因而需找出马克思历来主张“出版自由”（进而也主张“文艺自由”），以证明是鲁迅“错怪胡秋原”。叶的解释是，“‘文艺自由论’，是左翼文坛瞿秋白、冯雪峰等人用以丑化胡秋原、具有特定贬义的概念”；而鲁迅直接继承了瞿秋白，遂有“在马克思主义里发见了文艺自由论”之说，其意为：“在马克思主义里发见了向受压迫的左翼文艺运动要自由的‘文艺自由论’。”②至于第二顶帽子，如《鲁迅全集》（1981 年版）注释所言，并非指胡秋原。

这桩具体“诉案”的考辨自然不无意义，但更具分析性的则是考辨（主要秋文）本身所透出的信息。秋石先生认为，鲁迅的两顶帽子“给胡秋原的一生蒙上了不应有的阴影”，这话仿佛说的并不是胡秋原，而

---

① 秋石的这个判断也不准确，冯雪峰在《“阿狗文艺”论者的丑脸谱》中说法很含混，在粗暴地批判了胡秋原后总结道：“这真正显露了一切一切托洛斯基和社会民主主义派的真面目！”似乎要把托洛茨基派和社会民主主义派叙述为一个整体，而使胡秋原属于这个整体的一部分，这和直接安上一顶“托派帽子”还是不同。秋石先生似未注意到这种“斯大林主义”式叙述法的“狡计”，即我没说你是托派，但粗心的读者会以为你是托派。

② 叶德浴：《关于鲁迅扣给胡秋原的两顶“帽子”》，《粤海风》2011 年第 1 期。

是徐懋庸、廖沫沙——前者因鲁迅万言长文中[1]的批评曾在1949年后饱受压力，后者则因鲁迅称“自己的战友躲在暗处放冷箭”，而在“文革”中成为“判罪”的根据之一。除了1972年因《红旗》杂志的诽谤而加以辩诬之外，没有迹象表明鲁迅的暗示给了胡秋原先生以压力，更谈不上“一生蒙上了不应有的阴影”，理由再简单不过：在威权时期的台湾，不仅鲁迅成为被禁作家，而且被鲁迅批判或批判过鲁迅，还可以成为自许的事情（如苏雪林教授）。作者显然不经意地在空间维度上错置了语境，如果说这其中还主要是个人原因的话，那么作者在时间维度上错置了语境，则更带有时代的群体性的特征。

秋石认为，“由于冯雪峰、瞿秋白、周扬等‘左联’一干头面人物的介入和重炮猛轰，十分自然的是，鲁迅必定会站在他们的立场上，维护他们的集体行动，并为之鼓与呼”。“必定”一词并非来自历史考察，而是来自主观认定。这种主观认定有一个历史假设，即所有不该发生的历史结果，都有一个不该发生的历史原因和历史过程，而所有的历史过程都通向历史结果，因而结果本身便等于过程。中国大陆在经历了20世纪50—60年代的“全面左翼化”之后，自80年代中期以来，又在经历着一个全面“祛左翼化”过程，这二者在内容上看起来截然相反，但在形式和逻辑上却相当一致，均表现为：以观念来剪裁历史，用今天的“问题意识”来隔绝昨天的“问题状况”。

鲁迅称“论客……在指挥刀的保护之下，挂着‘左翼’的招牌，在马克斯主义里发见了文艺自由论，列宁主义里找到了杀尽共匪说……”，毫无疑问是一种误解。但症结却不在“两顶帽子”，而在“指挥刀”。鲁迅显然因神州国光社系陈铭枢将军所办，误以为作为

---

① 指《答徐懋庸并关于抗日统一战线问题》。

《读书杂志》主编的胡秋原“在指挥刀的保护之下”，有着与军阀之间的扯不清的关系，所以，尽管胡秋原在两次论战中均表现了左翼批评家难以企及的马克思主义理论水准，并在关于文艺的观点和若干现实感受上与他有着相当的默契，但鲁迅却认定胡秋原只是“挂着‘左翼’的招牌”而已，并非自己的同志，甚至算不上同路人。也因此，尽管鲁迅可能全部认同胡秋原的理论主张，但却怀疑其真诚性，因而他才只对“第三种人”施以批评而用一句话判决“自由人”。

而鲁迅自广州“4·15”清党中他的学生被装在麻包里投入珠江，而他“被血吓得目瞪口呆”后，便彻底断绝了与国民党的关系。他之“向左转”，除了之前便认为“俄国是实在在革命”[①]，也皆因对国民党，乃至民国的失望，转而考虑苏联所展示的历史方向。他之加入“左联”，并成为所谓“盟主”，也不像当时留言所讲，是出于对权威的屈服（创造社小伙计）[②]，或确保文坛中心地位的虚荣[③]，而是他确认中共及所领导的左翼作家是新兴的反抗或反压迫的力量。他从未神秘化这种力量，反而经常处于怀疑之中，有时候甚至有一种拖着他们走的感觉[④]。

---

① 鲁迅：《而已集·革命文学》，《鲁迅全集》第3卷，568页。

② 1928年出版的《流沙》半月刊第6期，便以《鲁迅投降我了》为标题刊发文章（作者署名“氓”，即李一氓）。

③ 1930年5月7日的《民国日报》亦刊登了一篇署名“男儿”的《文坛上的贰臣传》，称共产党通过创造社对鲁迅采取先打后拉的战术，鲁迅也因怯而屈服，同时由于被共产党的文学家“拥戴”为“中国之高尔基”，亦满足了虚荣心和“维持文坛上和社会上的地位”的需要。这种流言到50年代后继续流行于台湾，并为一些学术研究所采纳。

④ 鲁迅产生这种“拖着”的感觉早于他加入“左联”，如谈到淡漠国民革命而又迷信的市民，“黎明也好，黄昏也好，革命者们总不能不背着这一伙市民进行”；而在参加“左联”成立大会后写给朋友的信中则曰：“于会场中，一览了荟萃于上海的革命作家，然而在我看来，皆茄花色，于是不佞势又不得不作梯子之险，但还怕他们尚未必能爬梯子也。哀哉！”“梯子”之谓，是鲁迅解释他参加“左联”的原因，即当“梯子”供青年作家所“爬”。鲁迅：《300327致章廷谦》，《鲁迅书信集》上卷，人民文学出版社1976年版，第249—250页。

至于为维护“左联”“头面人物的集体行动”而完全变成一个高级听差，则更是无稽之谈[①]。然而，直到他1936年去世时，没有迹象表明他对苏联将建立“无阶级社会”有根本的怀疑；与此同时，通过与后期左联的实际接触，他也明白左翼内部除了隐含着“唯我独革”的逻辑外，也会发展出“奴隶总管”这种生态。但历史演变到今天，发生在那个时代的鲁迅“向左转”，尤其是他1931年到1934年间对苏联的称颂，已被许多人视为鲁迅的污点，也成为鲁迅价值不断被贬低的根本依据。然而，历史观察和历史研究的真髓却在于确定当事者在“历史之中”的位置，以及所置身的“问题状况”，而不是确定其在“历史之后”的位置“正确”与否。

至于年轻的胡秋原，他虽然从逃离家乡亡命上海起，直到1937年日本全面侵华前，一直站在国民党执政当局的对立面，并对马克思主义理论情有独钟，甚至成了当时中国水准最高的普列汉诺夫研究专家，但他既无对苏联的信仰，也无法认同左联的党派性。他不是“第三种人”，却属于国共之外的第三种力量。虽然在若干思想、感受和理论资源方面，他与鲁迅可能更接近，但在实际政治中却分属不同的阵营；而中国近代以来历史的悖谬性，也在不断地复制这种场景：本该更近的总是更远，本该很远的却总是很近。

① 相反，鲁迅在加入“左联”后的几年间，不断与“左联”成员，包括领导人发生冲突，直至最后与被他称为“奴隶总管的”的人公开决裂。

三、“同归”

尽管中国近代以来的历史充满了复杂性和悖谬性，但对历史（包括文学史）的叙述却总是简单明了，在一种“正 / 邪”、“天使 / 魔鬼”的结构中，呈现出线索的明晰性和黑白的分明性。1949 年后的“全面左翼化”是如此，80 年代以来的“祛左翼化”也是如此。在这种历史叙述中，“历史”隐身了，显身的是破碎的历史事件中所呈现的“时代意识形态”。其中无不包含着一种“清洗”的逻辑。

1949 年后的“全面左翼化”真的是“左翼化”吗？胡秋原在 1969 年一篇回顾“文艺自由论辩”的文章中曾写道：

> 在中国，“文艺自由”的原则，以及在某种程度上“自由主义的马克思主义”的倾向，并未因那一次论战之结束而结束，反之，……一直在三十年代左翼作家中，因而在一九四九年以后……，不断由左派内部，发生为解放的力量……[①]

在这里，胡秋原把自己的“自由主义的马克思主义”给予了广义化，试图囊括左翼内部所有的“解放的力量”，以我们今天的学术规范衡量，未必是恰当的，但却体现了一种敏锐的历史洞察。事实上，从 1928 年“革命文学论争”起，左翼文化内部就不是铁板一块，其中有一种强固的逻辑，一直持续到 1966 年的“文革”。“仔细阅读 1928 年‘革命文学’论争时创造社的‘文化批判’檄文，就会发现，‘文革’时期

① 胡秋原：《关于一九三二年文艺自由论辩》，《鲁迅研究月刊》1988 年第 12 期。

的'大批判'文章，不论是语句、修辞，还是背后的思维方式，早在1928年就已露端倪。"[①] 而这个时候，无论是成仿吾这样的创造社元老，还是李初梨这样的创造社新秀，还都不是中共党员。与此同时，鲁迅所体现的那种"反奴役"逻辑，则自始至终贯穿于30年代的左翼文化运动史。此外，表现在瞿秋白、冯雪峰那里的话语方式的极端性与"感觉结构"的丰盈性，那种服膺于信仰和党派性原则与忠诚于自己的"在地"经验的那种矛盾，也构成一个潜在的思想线索。显然，即使由中共领导的左翼文化，其在中国现代史上的每一发展阶段，都是依靠剪除内部的多重可能性而完成的。其最终呈现在悲剧性历史结果中的，与其说是左翼价值和左翼文化，不如说是一种绝对主义逻辑。这种逻辑自然有它的俄国来源，但也深深扎根在本土之中。如果将此视为一种历史偶然，或阶级斗争扩大化的"极左"的结果，我们不仅无法进入业已逝去的现代史，也无法进入我们的当下历史，并有效承担自己的历史责任。

在一个扩大了的视野中，我们还会发现一个广义的中国左翼文化史，其中不仅包括那个时期的"自由主义的马克思主义"者胡秋原，也包括托派——"中国共产党左派反对派"，包括后期脱离托派的陈独秀所主张的"民主社会主义"，包括30年代无政府主义者的区域性社会——文化运动。[②]

至于中国现代史中如此多的左翼文化流派或线索，何以未能凝聚成一个有效的统一阵线？一个无法被肢解的左翼文化传统，则是一个更具挑战性的历史课题。其中原因不唯是极"左"的政治力量的主观作

① 拙著《无数人们与无穷远方——鲁迅与左翼》，复旦大学出版社2006年版。

② 辜也平：《论巴金的革命叙事与泉州30年代的民众运动》，北京大学"左翼文学的时代"国际学术研讨会，2005年。

为，如强烈的排他性和垄断性，似乎也是一种类似“客观规律”的历史逻辑，即所有的力量均来自具有“指挥刀”效力的政治力量，它们强烈地吸附着其他任何仅仅作为“文化”的力量，使这些力量要么“就范”，要么处于彻底的“无力”状态，并最终由“政治”而“文化”，形成两个对立的阵营。这可以说是一种历史悲剧，也可以说是一种“客观规律”，这就是我们的先辈们所处身的历史本身。为此，在一个文学最兴盛，也看似最有力、具有“经国之大业”性质的时代，鲁迅却深深感到文学的无力：“一首诗吓不走孙传芳，一炮就把孙传芳轰走了。”①

至于鲁迅和胡秋原，在这一充满复杂性和悖谬性的历史语境中，依据历史或“实然”的逻辑，二人当然处在“殊途”中，甚至一方对另一方都不愿意或不及给予理解；但依据思想史或“应然”的逻辑，两人却又可能处在“同归”之中——正当一部分大陆学者感兴趣于胡秋原的“自由主义的马克思主义”之际，另一部分大陆知识分子则正在建构“左翼鲁迅”的命题（如著名学者钱理群、知名网友槟榔等）。何况胡秋原本人后来在声言放弃马克思主义而皈依纯粹自由主义之后，在台湾，其著述其言行，却又明显与胡适、殷海光之自由主义判然有别，体现了与纯粹自由主义明显的异质性，以致引来李敖一语中的称谓：“学术荒腔，思想走板。”这种名实不符的“荒腔走板”，亟待学者从正面加以分析解读。②

而面对中国大陆复杂的社会面向，在知识群体中，一种“自由左翼”的思潮似乎正呼之欲出。无论是“左翼鲁迅”，还是“自由主义的马克思主义者”胡秋原，抑或现代史中的任何一种具有“左翼”性质的

---

① 鲁迅：《而已集·革命时代的文学》，《鲁迅全集》第3卷，第442页。

② 将李敖称胡秋原“学术荒腔，思想走板”做正面解读的主张，来自台湾学者王小波。他在2011年11月世新大学举办的“纪念辛亥革命百年及胡秋原101岁冥诞学术研讨会”上提出了这个问题。

思想或思想要素，都将被视为一种可资借鉴的中国左翼思想传统。当然，在这种左翼思想资源梳理的过程中，也将会遇到一些具有挑战性的问题，比如：胡秋原何以会在后来放弃“自由主义的马克思主义”而归于“自由主义”？正如同样值得考虑的问题：鲁迅何以会在晚年“向左转”？

（原载《文史哲》2012 年第 6 期）

文学的方向与倾向
——左联时期鲁迅与“自由人”、“第三种人”的论争

胡梅仙

关于“第三种人”，“第三种文学”

对“第三种人”的定义以及所包含的范围，目前学术界还没有清晰的界定。笔者认为，“第三种人”定义的范围应是：（1）在无产阶级与资产阶级之间；（2）在“知识阶级”的“自由人”和政党的领导之间。值得注意的是，苏汶和后来也自称“第三种人”的胡秋原都怕把资产阶级的恶名加到他们头上去。苏汶在《“第三种人”的出路》中说，因为无产阶级的文学被几位指导理论家几次三番的限制，其内容已经缩到不能再缩的地步。因此许多作家都不敢赞称无产阶级作家，只以“同路人”自期。“然而这些‘不敢冒充’为无产阶级的作品，却未必一定是拥护资产阶级的作品。反之，它们纵然在意识上还有许多旧时代的特征，但多少总是向于无产阶级的；即使这一点倾向都看不出，那么至少可说是中立的。然而在左翼文坛看来，中立却并不存在，他们差不多是把所有非无产阶级文学都认为是拥护资产阶级文学了。”[①] 苏汶在这里是

① 苏汶：《“第三种人”的出路》，《现代》第1卷第6期（1932年10月）。

想为中立者的文学辩护，不认同不是无产阶级文学便是资产阶级文学的左翼文学理论，最担心的是怕被左翼理论家扣上资产阶级的帽子，致使很多“作者之群”不得不搁笔，怕被指摘为“恶意”①，“资产阶级的走狗”②、“艺术至上主义”③等。鲁迅在对“第三种人”的答复中也是从资产阶级和无产阶级这两个立场来论左翼文坛和“第三种人”的关系的。“因为不问那一个阶级的作家，都有一个‘自己’，这‘自己’，就都是他本阶级的一分子，忠实于他自己的艺术的人，也就是忠实于他本阶级的作者，在资产阶级如此，在无产阶级也如此。”④鲁迅一针见血地指出：“这‘第三种人’的‘搁笔’，原因并不在左翼批评的严酷。真实原因的所在，是在做不成这样的‘第三种人’，做不成这样的人，也就没有了第三种笔。”⑤并举出纪德的例子，认为他在关键的时刻“就显出左向来了”⑥，还是做不成不偏不倚的“第三种人”。

另外，一些左翼的文艺评论家冯雪峰、瞿秋白、周扬等都是持非无产阶级就是资产阶级的观点来论“第三种人”的。像瞿秋白就说：“每一个文学家，不论他们有意的，无意的，不论他是在动笔，或者是沉默着，他始终是某一阶级的意识形态的代表。”⑦1932年11月共产党人张闻天以哥特之名在《斗争》报上发表了《文艺战线上的关门主义》，指出这种关门主义，“第一，表现在对‘第三种人’与‘第三种文学’的

① 苏汶：《“第三种人”的出路》，《现代》第1卷第6期（1932年10月）。

② 苏汶：《关于“文新”与胡秋原的文艺论辩》，《现代》第1卷第3期（1932年7月）。

③ “但因为艺术至上主义已经成为一个很好的骂人的名称，因此他们便津津乐道了。”见苏汶：《“第三种人”的出路》，《现代》第1卷第6期（1932年10月）。

④ 鲁迅：《又论“第三种人”》，《鲁迅全集》第4卷，第547页。下文《鲁迅全集》皆出自此版本。

⑤ 鲁迅：《论“第三种人”》，《鲁迅全集》第4卷，第452页。

⑥ 鲁迅：《又论“第三种人”》，《鲁迅全集》第4卷，第539页。

⑦ 易嘉（瞿秋白）：《文艺的自由和文学家的不自由》，《现代》第1卷第6期（1932年10月）。

否认。我们的几个领导同志，认为文学只能是资产阶级的或是无产阶级的，一切不是无产阶级的文学，一定是资产阶级的文学，其中不能有中间，即所谓第三种文学”[①]。张闻天认为革命的小资产阶级文学“是中国目前革命文学中最占优势的一种。”有其存在的合理性，承认在无产阶级文学与资产阶级文学之间有第三种文学的存在，批评了左翼文坛的宗派主义和关门主义。其实鲁迅早在1931年发表的《上海文艺之一瞥》中就指出：“在现在中国这样的社会中，最容易希望出现的，是反叛的小资产阶级的反抗的，或暴露的作品”，“因为他生长在这正在灭亡着的阶级中，所以他有甚深的了解，甚大的憎恶，而向这刺下去的刀也最为致命与有力。”[②]在真正的无产阶级文学还没出现的时代，鲁迅肯定了小资产阶级文学存在的合理性和革命性。

第二，“第三种人”应被理解为处于“知识阶级的自由人和政党的领导之间”。“在‘智识阶级的自由人’和‘不自由的，有党派的’的阶级争着文坛的霸权的时候，最吃苦的，却是这两种人之外的第三种人。这第三种人便是所谓作者之群。”[③]挑起关于“第三种人”论战的是苏汶发表于《现代》杂志一卷三期上的《关于“文新”与胡秋原的文艺论辩》。在这篇文章里，苏汶是把“智识阶级的自由人”胡秋原等放在“第三种人”的对立位置的。胡秋原在《是谁为虎作伥》中对自由的智识阶级的定义是：“我们所谓自由的智识阶级，不过表明我们：1. 只是一个智识分子；2. 是站在自由人的立场。事实是如此，因为我们：不愿自称革命先锋；3. 我们无党无派，我们的方法是唯物史观，我们的态

① 张闻天：《文艺战线上的关门主义》，《张闻天文集》第1卷，中共党史出版社1990年版，第308页。

② 鲁迅：《上海文艺之一瞥》，《鲁迅全集》第4卷，第307页。

③ 苏汶：《关于“文新”与胡秋原的文艺论辩》，《现代》第1卷第3期（1932年7月）。

度是自由人立场。”[①] 苏汶把胡秋原的知识阶级的自由人立场看作是“书呆子马克思主义”[②]，他认为“第三种人”既在左翼文学、民族主义文学之外，也不包括“争着文坛的霸权”的“智识阶级的自由人”，“第三种人”即是简单的作者，想写什么就写什么，没有任何主义和理论作为写作背景。虽然胡秋原后来也认同自己是“第三种人”：“不要勉强他一定要写什么，怎样写。所以，我之所谓自由主义态度与唯物史观方法的意见，实际上只是一种第三种人的意见而已。”[③] 胡秋原认为自己的“自由主义态度与唯物史观方法的意见”是一种“第三种人”的态度。他后来把“作者之群”界定为“既非南京的‘民族文学家’又非普罗作家的‘中间群’”，这和苏汶的作者之群的界定是有区别的[④]。苏汶的“作者之群”是把智识阶级的自由人胡秋原排除在外的，这里“不自由的、有党派的阶级”，按照施蛰存的说法，“是指无产阶级及其文艺理论”[⑤]，胡秋原却把自己界定为“第三种人”之列，并且把“第三种人”界定为“既非南京的‘民族文学家’又非普罗作家的‘中间群’”，这样，“不自由的、有党派的阶级”就不仅仅指“无产阶级及其文艺理论”，还包括南京的“民族文学家”，“第三种人”就有了在知识阶级的自由人和政党的领导之间的意义了。无疑，苏汶在这个时候作为一个作者的眼光更犀利，他批评胡秋原站在自由人立场高擎马克思主义，看到了胡秋原的

① 胡秋原：《是谁为虎作伥》，苏汶编：《文艺自由论辩集》，上海书店1982年版，第17页。

② 苏汶：《关于“文新”与胡秋原的文艺论辩》，《现代》第1卷第3期（1932年7月）。

③ 胡秋原：《浪费的论争》，《现代》第2卷第2期（1932年12月）。

④ “所谓‘第三种人’，原指所谓‘作家之群’，然而这名称马上变为用以指那既非南京的‘民族文学家’又非普罗作家的‘中间群’之称了。……我们应该承认，这一种‘第三种人’是存在的。”时夫（胡秋原）：《论“第三种人”》，原载巴黎《救国时报》（1936年3月20日）“救国谈”栏。

⑤ 施蛰存：《现代杂忆》，《北山散文集》第2卷，华东师范大学出版社2001年版，第250页。

文艺自由理论是在马克思主义体系之内的，在阶级斗争白热化的年代最终将导向不自由，而他的“作者之群”的文艺自由理论，因关注现实、关注真实的要求，又没有特定的文艺理论支撑，最终又不可避免地倒向文艺还是可以暂时为政治服务的圈套。苏汶作为“作者之群”的文艺自由要求在当时的历史现实条件下受到了严峻的挑战，最终倒向承认“第三种人”只是对左翼文艺政策的一种反弹，实际上在现实中是没有“第三种人”的说法。①

苏汶曾在《文艺自由论辩集》的《编者序》中明确地说过：“一九三二年中国文坛上的论争，是以文艺创作的自由为问题中心的，虽然牵涉到旁的方面去是很多。”② 可见文艺创作的是否自由在当时已成为一些知识分子对于文学创作现状的忧虑。苏汶从自己创作时不自由的切身经验感到了文学创作的诸多禁锢，是一个有良知的文学创作者发出的对于文学创作自由要求的内在呼声。所以苏汶提出了一个名词：作者之群，可看出这个名词不带任何政治等利害色彩的中立意义。“我所发表的意见，大部分可说是根据于从事于创作时或不敢创作时的一点小小的感想。”③ 左翼却不承认有第三种立场，认为在“在一九三一年底，中国阶级斗争紧张到了争取政权的阶段”，“‘逍遥自在的书生’们，打起好好的反民族主义文学，反法西斯文化的旗帜，都因他们的‘自由智识’，想在严阵激战之中，找第三个‘安身地’，结果是‘为虎作伥’”！④

刘微尘在《“第三种人”与“武器文学”》中指出中国的“第三种

① 见苏汶：《一九三二年的文艺论辩之清算》，《现代》第2卷第3期（1933年新年号）。

② 苏汶：《编者序》，苏汶编：《文艺自由论辩集》，上海书店1982年版，第1页。

③ 同上书，第3页。

④ 谭四海：《“自由智识阶级”的“文化”理论》，苏汶编：《文艺自由论辩集》，第16页。

人”即苏联的“同路人”，这个比方是恰当的。指出了“第三种人”的特殊身份，是摇摆于左翼文学和民族主义文学之间的，与当时的自由主义作家又有区别。这种区别即在“第三种人”与左翼的亲近关系，不像自由主义的作家，本身就站在资产阶级的立场。他们或者是从左联分离出去，如苏汶、杨邨人等，或者本身即标榜是马克思主义者，如胡秋原等。

张闻天第一次在《文艺战线上的关门主义》一文中创造性地提出“第三种文学”这一名称，经冯雪峰在《关于“第三种文学”的倾向与理论》一文中系统阐述。无疑，关于“第三种人”、“第三种文学”的知识和论争构成了中国现代文学理论的重要组成部分，丰富了中国现代文化史、文学史上关于文艺自由论的认识。

政治立场与文学立场的内在冲突

一般被认为是中间刊物的《现代》的主编施蛰存先生晚年说过这样一段意味深长的话 :“我们自己觉得我们是左派，但是左翼作家不承认我们。我们几个人，是把政治和文学分开的。文学上我们是自由主义。所以杜衡后来和左翼作家吵架，就是自由主义文学论。我们标举的是，政治上左翼，文艺上自由主义。”“《现代》杂志的立场，就是文艺上自由主义，但并不拒绝左翼作家和作品。当然，我们不接受国民党作家。”①

朱光潜也曾说“我在文艺的领域维护自由主义”②。“政治上左翼，

① 施蛰存 :《为中国文坛擦亮“现代“的火花——答新加坡作家刘慧娟问》，《沙上的脚迹》，辽宁教育出版社 1995 版，第 181 页。

② 朱光潜 :《自由主义与文艺》，《朱光潜全集》第 9 卷，安徽教育出版社 1993 年版，第 480 页。

文艺上自由主义”，也即中国文化自由主义的特色。自由倾向的作家在救亡图存的时代，既选择了政治上的左翼倾向，也不想放弃文艺上的那一点自由，这也是自由主义在中国本土化，形成以文化自由主义的传播为主的特点。

1930年10月10日《前锋月刊》第一卷第一期发表国民党御用文人“六一”社的《民族主义文艺运动宣言》:“我们认为现在中国文艺的危机是由于多型的对于文艺底见解，而在整个新文艺发展底进程中缺乏中心意识。因此突破这个当前的危机的惟一方法，是在努力于新文艺演进进程中底中心意识的形成。”胡秋原于1931年底发表了一篇《阿狗文艺论》的文章，他站在艺术立场而不是政治立场上来批驳民族主义文学运动，所以也招来左翼文坛的围攻。胡秋原说:“文化与艺术的发展，全靠各种意识互相竞争，才有万华缭乱之趣，中国与欧洲文化，发达于自由表现的先秦与希腊时代，而僵化于中心意识形成之时。同一种中心意识，独裁文坛，结果，只有奴才奉命执笔而已。”“艺术虽然不是‘至上’，然而决不是‘至下’的东西。将艺术堕落到一种政治的留声机，那是艺术的叛徒。艺术家虽然不是神圣，然而也决不是叭儿狗，以不三不四的理论，来强奸文学，是对于艺术尊严不可恕的冒渎。”“文学与艺术，至死也是自由的，民主的。”[①]谭四海最先写文章批判胡秋原，认为胡秋原的“文学与艺术，至死也是自由的，民主的”的主张是否认文学受阶级、社会的限制，把胡秋原的文艺自由论提高到政治立场的高度来批判。周扬认为资产阶级主张“艺术至上主义”，高谈“艺术的价值”，是要“在意识形态上解除无产阶级的武装”。胡秋原在《是谁为虎作伥？——答谭四海君》中说:“我敢大胆告诉四海君，我是从朴

① 胡秋原:《阿狗文艺论》,《文化评论》创刊号（1931年12月）。

列汗诺夫、佛理采、马查出发，研究文艺的人，我在一切讲文艺的文字中否认过阶级性没有？我在分析民族文艺的时候是否指出它的阶级性？四海君必须明白：对于文学持比较自由的态度，是与否认‘阶级性’毫不相干的。”[①] 虽然胡秋原承认自己受过普列汉诺夫等的影响，也不否认文艺的阶级性，但他明确说过他不想站在政治立场上评论文艺："我并不想站在政治立场赞否民族文艺与普罗文艺，因为我是一个与政治外行的人……对于文艺的态度，也有根据艺术理论的分析与根据艺术之政策的排斥扶植的不同。但是我并不能主张只准某种艺术存在而排斥其他艺术，因为我是一个自由人。”[②] 胡秋原的矛盾即在承认文学有“根据艺术理论的分析与根据艺术之政策的排斥扶植的不同”，却又申明自己是个自由人。应该清楚，既承认文学艺术政策的排斥扶植功能，又主张各种艺术的同时存在。而不管是无产阶级的文学政策，还是民族主义的文学政策，都是不允许其他文艺的存在的。“我是反对一切凯撒法利赛人撒都该人的后裔侵略文艺，这就是说，并不反对耶稣的门徒利用文艺。”“即我决不是‘立定主意反对一切’利用艺术的政治手段，而对于利用艺术为革命的政治手段，并不反对，为什么呢？因为革命是最高利益。不能为艺术障碍革命。为革命牺牲一切，谁也无反对之自由。”胡秋原认为革命是最高利益，为了革命可以利用艺术。这和左翼的革命文学理论最终又走到一条道上。不过胡秋原又清醒地说：“那补助革命的艺术，不限定是真正值得称为艺术的东西而已。”[③] 苏汶的言论和胡秋原如出一辙：“干涉在某一个时候也是必要的，这就是在前进的政治势力

① 胡秋原：《是谁为虎作伥》，苏汶编：《文艺自由论辩集》，第19页。
② 胡秋原：《勿侵略文艺》，苏汶编：《文艺自由论辩集》，第10页。
③ 胡秋原：《浪费的论争》，《现代》第2卷第2期（1932年12月）。

或阶级的敌人也利用了文学来做留声机的时候。”苏认为，做前进的政治势力的留声机的文学，多少还有它存在的必要。至于那种做反动的政治势力的留声机的文学，应该在可能的范围内消灭它的存在。“这方面的干涉主义是正当的，它有利于政治，同时也有利文学的永久的任务。”而对于革命与文学的关系，苏汶这样说：“并不是怪左翼文坛不该这样霸占文学。他们这样办是对的，为革命，为阶级。不过他们有一点不爽快，不肯干脆说一声文学现在是不需要，至少暂时不需要。”① 可见胡秋原和苏汶的文艺自由论的妥协和不彻底性，在另一方面来说，也可以说是一种对于左翼文学理论改造过的折中的文艺自由论。

当时左翼理论家也正是看到了胡秋原、苏汶文艺观点的内在冲突，他们就用一种非常干脆的被苏联篡改了的马克思主义理论对胡秋原、苏汶等的文艺自由论一棍子打死。洛扬（冯雪峰）在《致文艺新闻的一封信》中说：“胡秋原的主义，是文学的自由，是反对文学的阶级性的强调，是文学的阶级的任务之取消。”② 冯雪峰认为提倡文学的自由就是取消文学的阶级性。文学包含阶级意识是正常的，但如果认为文学要自由就与文学中的阶级性势不两立，这是文艺阶级性理论。还是瞿秋白说得比较直接：“在阶级的社会里，没有真正的实在的自由。当无产阶级公开的要求文艺的斗争工具的时候，谁要出来大叫‘勿侵略文艺’，谁就无意之中做了伪善的资产阶级的艺术至上派的留声机。”③ 余虹认为：“苏汶与胡秋原一样从文艺阶级性的复杂性到文艺工具性的多样性出发反对文艺上的政治干涉主义，为文艺的自由争得了一点缝隙。但是，他

① 苏汶：《论文学上的干涉主义》，苏汶编：《文艺自由论辩集》，第 192 页。
② 洛扬（冯雪峰）：《致文艺新闻的一封信》，苏汶编：《文艺自由论辩集》，第 58 页。
③ 易嘉（瞿秋白）：《文艺的自由和文学家的不自由》，《现代》第 1 卷第 6 期（1932 年 10 月）。

也与胡秋原一样，出于阶级道义的选择，他又最终取消了这一自由的缝隙。”[①] 按照余虹的说法，就是因为胡秋原与苏汶都是在马克思主义话语理论范畴内从道义化的阶级论出发，没有真正的自由主义理论为其立论辩护，所以，他们必然地为文艺争取不到一条真正通向自由的路，最终落入到以谈文艺之名而谈政治的左翼思路。“死抱住文学不放”偷偷变成了文学为政治服务。

胡秋原和苏汶对文艺自由的主张，是中国特殊的历史现实条件下一部分知识分子对文学本身功能的一种维护，所以他们对于文艺自由的要求又是不彻底的。鲁迅不承认“第三种人”存在，更多只是左翼的一种应战策略，他又说过“还要招致那站在路旁看看的看客也一同前进”[②] 的话，说明他是承认有同路人存在的，同路人按照一般的解释应就是“第三种人”。冯雪峰也曾在《关于“第三种文学”的倾向与理论》中说过：“同时我们对于苏汶先生等的理解，固然需要全面的注意，但我们首先注意那对于革命有利的一面，即苏汶先生等现在显然至少在消极地反对着反动统治阶级及其文学了。因此，我们不把苏汶先生等认为我们的敌人，而是看作应当与之同盟战斗的帮手。”[③] 就在左翼检讨自己的关门主义，希望招“第三种人”一路走时，最终促使这场论争发生质的变化的，是“第三种人”的“转向”。1933 年以后，先是发生了杨邨人的脱党并宣称“愿意作个‘第三种人’”，“揭起小资产阶级革命文学之旗”[④]，要求代表小资产阶级的小市民和农民的作家有自己的文

① 余虹：《革命·审美·解构：20 世纪中国文学理论的现代性与后现代性》，广西师范大学出版社 2001 年版，第 149 页。

② 鲁迅：《论“第三种人”》，《鲁迅全集》第 4 卷，第 451 页。

③ 冯雪峰：《关于“第三种文学”的倾向与理论》，《雪峰文集》第 2 卷，人民文学出版社 1981 年版，第 197 页。原载于《现代》第 2 卷第 3 期（1933 年 1 月）。

④ 杨邨人：《揭起小资产阶级革命文学之旗》，《现代》第 2 卷第 4 期（1933 年 2 月）。

学，能发表自己的心声。接着又发生了1933年底的“献策”事件，加之韩侍桁、苏汶等人连续不断地发表与左翼阵营相对抗的文章，“第三种人”发展至此，引发了左翼文学阵营对其重新进行政治定性。鲁迅后来又写了《又论“第三种人”》、《脸谱臆测》、《中国文坛上的鬼魅》等文章。在《脸谱臆测》中，鲁迅认为“第三种人”“终于显出白鼻子来了”[①]。“反对文学和政治相关的‘第三种人’们，也都坐上了检察官的椅子”[②]。“第三种人”的转向，可以看出“第三种人”的做不成，“第三种文学”的失败。到底是否有“第三种人”？第三种立场？也就是胡秋原所说的“自由人立场”，鲁迅虽不承认有“第三种人”存在，但其有关文学创作的言论表明了鲁迅的文学观与“第三种人”的一致的地方。不承认“第三种人”，是鲁迅的政治立场，但对文学的看法却又表明了鲁迅对于文学创作的自由主义立场。施蛰存和他主编的《现代》也面临着这种选择和分裂。“政治上左翼，文艺上的自由主义。”这也许就是自由主义在中国特殊的历史现实环境下的特殊表现吧。左翼表示，在一个大众失去自由的时代，追求自由是奢侈的，他们宁可让文艺失去自由，也要让文艺挑起无产阶级解放的使命；而鲁迅并没这方面的直接言论，他只是提到在有阶级的社会让文学不关涉阶级是不可能。可以看出鲁迅对左翼文学抱着充分的同情心的同时，对左翼文学与阶级、政治的关系及其创作手法等是抱着谨慎和审视的态度的。苏汶的文学立场相对于胡秋原来说更具有不带任何理论色彩的纯粹的作者之群的立场的意味。在左翼、鲁迅、自由人、第三种人之间，他们的文学立场和观点都有一些细微的不同。仔细辨析开来，可看到鲁迅与冯雪峰、瞿秋白等左翼人士

---

① 鲁迅：《脸谱臆测》，《鲁迅全集》第6卷，第138页。

② 鲁迅：《中国文坛上的鬼魅》，《鲁迅全集》第6卷，第161页。

论述时的决断论语气有所不同。鲁迅在论述文学的阶级性和文学的关系时只说的是部分，而不是全部，这和胡秋原、苏汶的承认文学有阶级性却不是全部是阶级性是一致的。关于文学写什么的问题，鲁迅说过："能写什么，就写什么，不必趋时，自然更不必硬造一个突变式的革命英雄，自称'革命文学'。"①"以为一个艺术家，只要表现他所经验的就好了"，"倘不在什么旋涡中，那么，只表现些所见的平常的社会状态也好"②。鲁迅对世间往往误以两种文学为革命文学的观念给予了讽刺。"一是在一方的指挥刀的掩护之下，斥骂他的对手的；一是纸面上写着许多'打，打'、'杀，杀'，或'血，血'的。"③鲁迅更注重于革命文学的先锋性和反抗性。在《文艺与政治的歧途》中，鲁迅认为文艺与政治始终是冲突和矛盾的，文艺家常常要得罪政治家。不能忽略鲁迅这个复杂的思想体的特点，在任何时候，鲁迅都会用多疑的眼光不随意附和于任何一种观点。他的存在就是中国文化文学转型时期的所有复杂思想集于一身的表现。

方向和倾向的困惑

与左翼坚定地立足于文学的政治、阶级立场不同，鲁迅和自由人、第三种人更倾向于认同政治、阶级是文学的一部分，而不是文学必与政治、阶级相关联，都比较关注于文学的真实和对虚伪文学的排斥。

---

① 鲁迅：《关于小说题材的通信》，《鲁迅全集》第4卷，第378页。

② 鲁迅：《致李桦》（1935年2月4日），《鲁迅全集》第13卷，第372页。

③ 鲁迅：《革命文学》，《鲁迅全集》第3卷，第567页。

鲁迅在左联时期为了斗争的需要虽较注重于文学的方向，但并不表示鲁迅对文学的审美的忽视。沈从文曾说过："当朝野都有人只想利用作家来争夺政权巩固政权的情势中，作家却欲免去帮忙帮闲之讥，想选一条路，必选条限制最少自由最多的路。"① 而鲁迅就是在必得选择文学的倾向和方向的年代，把文学中的阶级等因素看作是一种带倾向性的因素，而不是政治、阶级立场问题。

从"五四"前期到"五四"后期，因国际国内的左倾形势，历史要求从批判封建礼教到提出如何建设一个新国家的问题。"于是 1925—1927 年前后，中国现代文学的文坛上，出现了一种不约而同、不谋而合的、自觉自愿的方向转换的现象。"② 在国民党推出"民族主义文艺"，希图把文艺统一于国民党的"中心意识"之中时，1930 年 3 月 2 日，左联成立。左联的上级领导是中共中央宣传部的中央文化工作委员会。蒋光慈就曾说："为着要执行文学对时代的任务，为着要转变文学的方向，所以也就不得不提出革命文学的要求。"③ 文学的社会功能被过度地扩大，超过了文学本身所能负载的意义，文学此时也就会如胡秋原所说不是"真正值得称为艺术的东西"了。④

左翼更坚定文学的方向和立场是斗争的需要，而"自由人"、"第三种人"在感到创作不自由的同时，希望从长久的眼光来挽救文学免于堕落。知识分子的困惑，"第三种人"的不许存在，也表现了中国现代迫切的救亡图存的现实不允许关注时代现实，有着社会责任感的知识分

① 炯之（沈从文）：《再谈差不多》，《沈从文全集》第 17 卷，北岳文艺出版社 2002 年版，第 150 页。原载《文学杂志》第 1 卷第 4 期（1937 年 8 月）。

② 陈伯海主编：《近 400 年中国文学思潮史》，东方出版中心 1997 年版，第 507 页。

③ 蒋光慈：《关于革命文学》，《太阳月刊》第 2 期（1928 年 2 月）。

④ 鲁迅：《文学的阶级性》，《鲁迅全集》第 4 卷，第 128 页。

子立场的稍许动摇和模棱两可。左联时期，冯雪峰，瞿秋白都曾著文反对“自由人”、“第三种人”。“自由人”、“第三种人”当时是作为中立者的姿态出现，虽然鲁迅是作为左翼文学的代表出现，但是鲁迅与“第三种人”关于文学自由和阶级性的争论只是一个着重点的不同，没有根本性的不同；而在政治立场上，鲁迅曾否定“第三种人”的存在，是要作具体分析的。鲁迅承认文学上阶级立场的存在，并不是“只有”。他曾说过：“在我自己，是以为若据性格感情等，都受‘支配于经济’（也可以说根据于经济组织或依存于经济组织）之说，则这些就一定都带着阶级性。但是‘都带’而非‘只有’。”

鲁迅部分认同“第三种人”的文学自由观，只是声明“第三种人”不存在，做不到。那么，胡、苏是否做到？后来，“第三种人”的投向国民党当局是“第三种人”立场破产的一个证明。当时中国的现实使知识分子不可能有一个自由的空间谁也不依附，还是最终必倒向一方。这也是鲁迅的远见。一个战争的年代，在一个千年古国负载着沉重使命的文学未取得独立的时代，文学扮演的政治角色因时制宜地产生了。

“第三种人”的转向，表明了“第三种人”的做不成。“第三种人”确实存在，但在中国当时的特殊现实背景下，“第三种人”最终只能像鲁迅所说在青白之间“露出白鼻子来了”。政治立场上的“第三种人”虽做不成，但文学并不是与政治一一对应的。施蛰存所说的“政治上左翼，文学上自由主义”可以说是那个时代“第三种人”处境和信仰的真实写照。“第三种人”又不同于当时的自由主义作家，自由主义作家像徐志摩、沈从文、梁实秋等，并没有左翼的经历。他们是有分别的，也可见“第三种人”的夹缝处境，比自由主义知识分子的处境更其尴尬，身份更加复杂。他们对左翼的文学理论有同情和吸收的地方，又无法信奉左翼的文学政策，更不认同民族主义文艺政策，对自由主义作家的用西方自由主义人道主义作为支柱的自由主义文学观又是不全部认同的。如果说，当时中国文学分成四派，即左翼文学、民族主义文学、自由主义文学、第三种人文学，应该说，“第三种人”文学是最没有文学理论立足点的文学，一些人在政治上最终倒向国民党也是势在必然。在当时的社会现实条件下，第三种人是做不长久的。

第三种政治立场存不长久，第三种文学“作者之群”的写作也将成果寥寥。值得注意的是，虽然苏汶否定胡秋原的马克思主义理论之下的自由文艺主张，也否定不自由的政党文学，但苏汶的自由文艺观仍然赞成文艺应表达先进阶级的思想，赞成文艺的一定的政治功能。纵观胡秋原和苏汶的文艺观，我们可看到中国的特殊历史现实在“第三种人”的文学观中的反应。他们是希图保持文学自由又对中国的历史现实不能不关注的一群。中国知识分子以天下为己任的情怀使即使是自由知识分子也不能漠视现实，他们对于文学的自由的论争只能是一种学理上的，或者是一种力求保证文学自由的努力，但对现实的关注都是一致的。

“自由人”、“第三种人”的存在表示着他们主要是对个体文学创作自由的维护，而不重指文艺本身的独立和本体审美性。他们呼吁创作者创作的内心自由，至于他们创作的是无产阶级的作品还是资产阶级、小资产阶级的作品，只要他们是真实地反映着社会和人生的，都应该允许它们的存在，有它们发言的自由。胡秋原、苏汶赞成文学在某一时刻为先进的政治服务。不赞成文学为政治服务的、纯粹的文艺批评家在20世纪30年代几乎很少。比如自由主义者梁实秋就提倡文学为道德服务，道德一般也可以理解为某一种政治下的道德。

胡秋原的“自由人”强调指的是“一种态度”，而且是指在“文艺或哲学的领域”，而苏汶认为胡秋原的学院式马克思主义是不了解左翼文坛的，他认为与其把左翼理论家的主张当作学者式的理论，却还不如把它当作政治家式的策略。苏汶的文学创作观用“作者之群”的文学创作观最为恰当，也即是“创作者”。这个创作者是一个中立者，不依附于任何一种政治意识形态，不执任何一种政治意识形态所领导的文学观。胡秋原的文学观用他自己的话说就是“马克斯主义的自由主义”[①]。一方面，胡秋原、苏汶可以说陷入一个怪圈，既想争文艺的自由，又要承认文学的阶级性的正当，特别是先进阶级的表现的正当，而且都承认革命的优先性，这不得不造成他们的自由理论与其先进阶级理论之间的矛盾。另一方面，胡秋原、苏汶的文艺自由论都主张写作者的自由写作状态，不受任何主义的约束。这无疑是表明了他们所主张的文艺自由的一大前提。“我所谓‘自由人’者，是指一种态度而言，即是在文艺或哲学的领域，根据马克斯主义的理论来研究，但不一定在政党的领导之下，根据党的当前实际政纲和迫切的需要来判断一切。”[②]而苏汶更是真诚地提出自己的真实困惑：“问题并不在无利又无害的中立文学是否存在，能否存在，或应否存在，而是在：一，文学作品纵然在客观上脱离不了利害关系，但在主观上，即作者在写作的时候，是否应当时常有个人利益的观念？二，主观上有利害观念是否会损坏对现实的把握？三，主观上的超利害观念是否会有使作品流于有害的危险？”[③]从这里可看出胡、苏重视的是主观的自由写作状态，至于写的是什么，只要是真实的，都有写的价值。鲁迅也赞成苏汶的“与其欺骗，与其做冒牌

① 胡秋原：《文化复兴与超越前进论》，台北学术出版社1980年版，第6页。
② 胡秋原：《浪费的论争》，《现代》第2卷第2期（1932年12月）。
③ 苏汶：《一九三二年的文艺论辩之清算》，《现代》第2卷第3期（1933年新年号）。

货，倒还不如努力去创作”[①] 的观点，而不是如周扬所说的：“因为无产阶级是站在历史的发展的最前线，它的主观的利益和历史的发展的客观的行程是一致的。所以，我们对于现实愈取无产阶级的，党派的态度，则我们愈近于客观的真理。”[②]

“自由人”、“第三种人”文艺观点的内在矛盾，即在其政治观和文学观的不一致产生的矛盾，鲁迅同样也面临着此种矛盾。他们都是在认同先进阶级（无产阶级）存在的合理性的前提下，追求文学的最大限度的自由。所以，他们的文艺观的理论窘境不是马克思主义文艺观和自由主义文艺观的区别，而是革命的优先性和文学本身的独立性之间的矛盾。如果以倾向于中立者施蛰存先生上述的话来理解左翼和“第三种人”的文学观，我们就更能理解关于“第三种人”、“第三种文学”的论争，我们更可把它当作是一种对于文学与政治、文学与革命、文学本身的一次有益的探讨。政治与文学分开的历史现实使中国现代很多知识分子不得不面临着思想的分裂，在这种分裂中，更加深了我们对于中国现代历史、文学自由的理解。

（原载《文史哲》2010 年 第 1 期）

① 鲁迅：《论“第三种人”》，《鲁迅全集》第 4 卷，第 453 页。

② 周起应：《到底是谁不要真理，不要文艺》，《现代》，第 1 卷第 6 期（1932 年 10 月号）。

隐含话语、政治策略与伦理立场的夹缠
——再论左联、鲁迅与“第三种人”的论争

张景兰

20世纪80年代初，在反思极“左”政治灾难和思想解放的背景下，研究界开始重新评价发生在20世纪30年代左联与“自由人”、“第三种人”的争论，一些研究者也一反过去全面肯定左联对“自由人”、“第三种人”的批判及视后者为资产阶级反动文人的观点，认为瞿秋白、周扬等把主张文艺自由的胡秋原、苏汶等视为敌人，导致把本来是同路人乃至友人的一批文艺工作者推向了真正的反动营垒，体现了当时即已盛行的“极左”政治思维；而与此形成对照的是，鲁迅对他们则采取了宽容和开放的态度，视他们为同路人和友人。

这样的对比评价，应该说在当时是极为新颖的，不仅显示了重估历史的勇气，还隐含着经历了一个极左政治时代的知识分子灾难性的痛切体验，具有突破传统意识形态束缚的时代意义。此后20年多年来，学界对这一课题的研究无论是冷或热，都大抵沿着反对“极左”，充分理解和合理化胡秋原、苏汶的文艺自由论的路子进行，并越来越显出“纯学术化”和“客观化”的研究特征。

然而，这种看似“纯学术化”和“客观化”的研究，既没有“复

原”历史，也谈不上“纯粹”与“客观”，而是基于80年代问题的话语建构。当历史时过境迁，当年反对“极左”、倡导文艺自由（其实主要是文艺脱离政治）的问题性不再显得尖锐，那原本极具新颖性和尖锐性的见解，也就凝固成一种超越时空的抽象逻辑。在这种逻辑笼罩下，发生在30年代的这场争论只是作为反思“极左”的历史材料，而鲁迅在这场争论中所表现的一以贯之的道德立场和文化着眼点也就被遮蔽了，他那在中国现代历史语境中的独特“左翼性”也因涉嫌“极左”思维（虽然没人明说）而变得暧昧不清。

本文对左联、鲁迅与“第三种人”论争的再解读，立足点并不是对文艺自由论与左翼文化理论进行价值重评，更不只是对二者的理论话语进行是非考辨，而是力图走出新旧意识形态束缚，尽可能恢复其在30年代发生时的现实感，在文本和语境的动态关联中考察其原初的位置及其对当代的昭示意义；以鲁迅对“第三种人”的态度反应为考察重点，把问题放在鲁迅的精神图景中进行全面审视，试图揭示左翼文化阵营内部的多样性和30年代左翼文化的真正价值。

一

如果说“革命”是中国20世纪文化的第一个关键词[①]，那么20世纪30年代初则是涵盖在“革命”意义下的政治斗争和文化斗争极为尖锐激烈的时代。因此，正如朱晓进先生所指出的，政治思维和政治化角

① 王富仁：《鲁迅与革命》，《鲁迅研究月刊》2007年第2期。

度成了30年代文学和文化活动的普遍特征[①]。正是在这样的历史背景下，一场影响广泛的关于文艺自由的论争发生了。

论争的缘起始自胡秋原。1931年12月，胡秋原在其独立创办的《文化评论》周刊上连续发表系列文章，既指斥政权当局所炮制的民族主义文艺运动是“最丑陋的警犬”、“摧残思想的自由”；同时也对左翼文艺运动和主张提出批评：“将艺术堕落到一种政治的留声机，那是艺术的叛徒。”[②]紧接着，胡秋原又写了《钱杏邨理论之清算》，以正统马克思主义理论家的姿态批评左联理论家钱杏邨为赝品马克思主义。遭此，左联理论家们纷纷发文进行捍卫与反驳。就在双方论战激烈的时候，1932年5月，原本是左联成员的杜衡以苏汶为笔名在《现代》杂志上发表文章，以第三方的姿态出现，指责左翼文坛只从目前政治需要出发，不要真理，不要文艺，并声称：“在‘知识阶级的自由人’和‘不自由的，有党派的’阶级争着文坛的霸权的时候，最吃苦的，却是这两种人之外的第三种人。这第三种人便是所谓作者之群。”[③]在反对左联利用文艺进行政治宣传，主张文艺的独立价值，把文学和政治对立起来等方面，苏汶与胡秋原在根本态度上是一致的。

放下左联的回应话题，我们先来简单勾勒一下这一论争发生的现实状况：1930年6月，由国民党当局策划的民族主义文艺运动鼓吹以“民族主义”为“中心意识”，企图扼杀左翼文学；1931年2月7日，柔石等五位左联青年被当局秘密杀害于上海龙华；由于当局对左联的压迫加

① 朱晓进：《政治化思维与三十年代中国文学论争》，《中国社会科学》2002年第6期。

② 胡秋原：《艺术非至下论》，见苏汶编：《文艺自由论辩集》，现代书局1933年版，第7页。胡晚年谈到此事，称他的文章表面上批评民族主义文学，其实更是针对普罗文学。参见古继堂：《胡秋原与中国现当代文学——台北访胡秋原》，《新文学史料》1996年第4期。

③ 苏汶：《关于文新与胡秋原的文艺论辩》，苏汶编：《文艺自由论辩集》，第74页。

剧，1933年1月，原太阳社主编之一、左联分盟剧联第一任党团书记杨邨人脱离左联并公开发表脱党声明；左联成员韩侍桁也于同年自动退出左联。也就是说，胡、苏对左联文艺主张的批评出现在统治者用警犬文化和屠刀围剿左联及其所属政党、左翼文艺阵营发生分化的背景下，因此，左翼文坛的回应文章在理论辩驳的同时，都敏感地抓住对方的政治意图，一致指斥对方在理论言说的背后是帮助统治者攻击无产阶级文艺，是"为虎作伥"。不可否认，左联的反应有政治上的敏感与过激，但在那种受当局压迫的政治环境下，这种反应也是合乎情势逻辑的。

参与论战的左联成员主要是瞿秋白、冯雪峰、周扬，他们的文章在强调文艺的政治功能上立场一致，对论争对手的态度又有个体差异。瞿秋白最引人注目的是"留声机说"："文艺——广泛的说起来——都是煽动和宣传，有意的无意的都是宣传。文艺也永远是，到处是政治的'留声机'。"[①] 其实，这种观点在当时的左联理论家中是普遍存在的，实际上也是1928年革命文学论争时期的观点的延续。但他声明文艺只是煽动的一种，而并非一切煽动都是文艺，这自然让我们联想起鲁迅在革命文学论争中关于一切文艺固是宣传而一切宣传并非都是文艺的说法。虽然强调文艺的政治宣传功能，批评胡秋原是资产阶级的自由主义，瞿文在态度和语气上都比较缓和。对于自称"第三种人"的苏汶，他说："在这天罗地网的阶级社会里，你逃不到什么地方去，也就做不成什么'第三种人'。"[②]（值得注意的是，从瞿秋白这里开始，左翼阵营对于"第三种人"的理解都是指那些企图在政治上站在统治者和反抗者之外的中立、旁观的第三方，将其政治符号化，这与苏汶最初的意指有出入。）

---

① 易嘉（瞿秋白）：《文艺的自由和文学家的不自由》，苏汶编：《文艺自由论辩集》，第93—94页。
② 同上书，第97页。

周扬的文章则主要针对苏汶指责左翼文坛不要真理、不要文艺进行反驳，指出：一个真正的马克思主义者行动和理论是分不开的，只有通过实践才能辨别真理与谬误，“我们承认客观真理的存在，但我们反对超党派的客观主义。无产阶级的阶级性，党派性不但不妨碍无产阶级对客观真理的认识，而且可以加强他对于客观真理的认识的可能性”。周文是对马克思主义理论的熟练演绎，也显露出“唯我独革”的排他性思维逻辑：“你假使真是一个前进的战士，你就一定要站在无产阶级的立场，百分之百地发挥阶级性，党派性，这样，你不但会接近真理，而且只有你才是真理的唯一的具现者。”①

最有意味的是冯雪峰在论战中的前后态度变化。在 1932 年 5 月 29 日发表的《“阿狗文艺”论者的丑脸谱》中，冯首先承认钱杏邨文艺批评中确实存在错误，并且认为也是“我们自己的部分错误”，表现出对所属阵营的自我批评之中的维护，之后把矛头一转：“但敌人想借了‘清算’他的错误的名而企图进攻整个普罗革命文学运动，是不能损害我们的！”②明确指称胡秋原为敌人，而且认为胡是为了反普罗革命文学而攻击钱杏邨，是比民族主义文学更狡猾、更前锋的反对者。此时，冯雪峰不仅表现出鲜明的阵营意识，而且在措辞和态度上远比瞿、周激烈。但冯随后所写的两篇文章，态度却发生了重大变化。第一篇是回应胡秋原《浪费的论争》的《并非浪费的论争》，文章一改此前视对方为敌人的立场：“左翼一向以来的态度，是并非不承认自己的错误……它比任何人都最欢迎一切‘爱光明……的人’同路走；在清算自己的错误

① 周起应（周扬）：《到底是谁不要真理，不要文艺？》，苏汶编：《文艺自由论辩集》，第 102 页。
② 洛扬（冯雪峰）：《致文艺新闻的一封信》，苏汶编：《文艺自由论辩集》，第 56—57 页。

的时候，也决不肯忽视真正的朋友的意见。”①

虽然并非正面称对方是“朋友”，但态度、语气要缓和、诚恳得多。第二篇是《关于“第三种文学”的倾向与理论》，更明确地对左翼批评家在论争中所犯的机械论和左倾宗派主义的错误作出坦率、诚恳的检讨，进一步表达视对方为友、希望彼此联合起来的意愿：“我们不把苏汶先生等认为我们的敌人，而是看成应当与之同盟战斗的自己的帮手，我们就应当建立起友人的关系来。”②同时表示为了这进一步的关系，需要对真理进行争辩，真正的中立是不可能的。冯后来又于1933年1月15日在《世界文化》第2期发表《“第三种人”的问题》，进一步批评左倾关门主义。一方面，他清醒地看到“第三种人”中的有些人很难保证永远不会变成敌人，但是：“现在不是我们的敌人，不但如此，他们并且可能成为我们的朋友，有些甚至可能成为我们的同志。”“在阶级斗争尖锐，两个政权对立的目前，真正的‘第三种人’，真正的‘中立者’是不能支持的。然而使‘中立者’偏向我们，投入我们，使偏向敌人里面的中立起来，是我们的任务！”③冯雪峰的文章鲜明地体现了一个具有党派性的知识分子的政治成熟和策略意识，充分显示出“我们”这一政治群体的长远利益原则和阶段性策略的结合。

冯雪峰态度转变的原因，被认为除了他与苏汶的友情因素之外，主要还是读了当时党的高层领导人张闻天署名“歌特”发表的文章《文艺战线上的关门主义》。这一观点几乎主导了近20年对于这一事件的评论，但《冯雪峰传记》的作者陈早春等却提供了另一种解释：冯本人在论战中逐渐产生自省意识。作为苏联《文艺政策》的译者，冯深知苏联革命

① 洛扬（冯雪峰）：《并非浪费的论争》，苏汶编：《文艺自由论辩集》，第245页。
② 洛扬（冯雪峰）：《关于“第三种文学”的倾向与理论》，《文艺自由论辩集》，第268页。
③ 冯雪峰：《雪峰文集四卷“补遗”》，人民文学出版社1985年版，第586页。

作家对待“同路人”的经验教训，并受德国作家同盟理论家阿·克莱拉的专题报告《资本主义各国的无产阶级文学的后备军》的影响，意识到有必要把“第三种人”拉过来，站在自己阵营这一边；而张闻天的文章正是在冯雪峰的要求下写的，冯希望以此引起左翼文坛更加广泛的注意①。张闻天的文章，从当时革命斗争的需要和策略出发，主要针对左联革命作家在与胡秋原、苏汶等论战中存在的“左倾关门主义”提出了批评，承认在无产阶级文学和资产阶级文学之外，存在所谓“第三种文学”即“革命的小资产阶级的文学”，他们“不是我们的敌人，而是我们的同盟者”，“排斥这种文学，骂倒这些文学家，说他们是资产阶级的走狗，这实际上就是抛弃文艺界的革命的统一战线，使幼稚到万分的无产阶级文学处于孤立，削弱了同真正拥护地主资产阶级的反动文学做坚决斗争的力量”；而正确的做法应该是“爱护”他们，“鼓励与赞扬”他们的革命方面，指出他们的一切弱点，“使他们在我们的具体指示之下（决不是谩骂！）走向革命斗争”。显然，冯雪峰后来的文章和张文观点互相补充，态度完全一致。据考，除冯雪峰外，瞿秋白在张闻天的文章发表后也改变态度，而周扬、夏衍等未知悉此文而继续坚持极端立场，所以有辱骂胡秋原为汉奸的诗作发表，并引起左翼内部的自我批评以及矛盾斗争。

二

关于文艺自由的论争当然不能不提到鲁迅。不过，作为左翼文坛的精神领袖，鲁迅在这一论争过程中却久久没有发文作出公开反应。直到

① 陈早春、万家骥：《冯雪峰评传》，人民文学出版社 2003 年版，第 136 页。

1932年10月10日、10月25日，鲁迅才写下《论“第三种人”》、《“连环图画”的辩护》两篇文章。

鲁迅在《论“第三种人”》中并未正面提及胡秋原，也未去纠缠文学的真实性与阶级性、政治宣传功能与艺术价值等理论问题，而是针对苏汶指责左翼文坛“左而不作”，而“第三种人”又作而不敢的论调表示怀疑，略带嘲弄地写道：“然而苏汶先生的‘第三种人’，却据说是为了这未来的恐怖而‘搁笔’了。未曾身历，仅仅因为心造的幻影而搁笔，‘死抱住文学不放’的作者的拥抱力，又何其弱呢？两个爱人，有因为预防将来的社会上的斥责而不敢拥抱的么……其实，这真实原因的所在，是在做不成这样的‘第三种人’，做不成这样的人，也就没有了第三种笔，搁与不搁，还谈不到。”[①] 鲁迅不认为在当时的社会现实中有“第三种人”存在的可能，这和左翼理论家们此前的观点相一致，而嘲讽对方对文学的诚意则又和瞿秋白的批评极为相似：“真有爱好艺术的勇气的，真正能够死抱住所谓文学不放的人，什么也不应当怕的。有一点怕，就算不得死抱住了。你看看：这世界上有的是那种死爱漂亮的女人，她们宁可为着这个缘故而出卖自己的。”[②]《“连环图画”的辩护》一文则针对苏汶反对左联提倡的文艺大众化、认为连环画图是低级形式、产生不了托尔斯泰和弗罗培尔的说法，用大量的艺术史实驳斥其观点。

这两篇文章都写在张闻天的文章发表之前，是在冯雪峰建议下写出的（冯还建议鲁迅在《论“第三种人”》最后加上一句：“怎么办呢？”意在给苏汶留条后路），从立场和写作起因上都可以看作是作为左联领袖的一种表态，保持了与左翼文坛的一致性，但又是鲁迅自己的

---

① 鲁迅：《论“第三种人”》，《鲁迅全集》第4卷，人民文学出版社2005年版，第432页。

② 易嘉（瞿秋白）：《文艺的自由和文艺家的不自由》，苏汶编：《文艺自由论辩集》，第99页。

看法，而在态度上的缓和与开放却与瞿秋白、冯雪峰等此前的态度有所不同，与冯转变后的态度和口气一致。他这样写道："左翼作家并不是从天上掉下来的神兵，或国外杀进来的仇敌，他不但要那同走几步的'同路人'，还要招致那站在路旁看看的看客也一同前进。"[①]

在随后发生的事件中，鲁迅再次表现了理论论战中的伦理品性。据冯雪峰回忆说，在张闻天文章发表后，周扬主编的左联刊物《文学月报》上发表了署名"芸生"的长诗《汉奸的供状》，称胡秋原为汉奸，而且进行了恐吓和辱骂，如："穿着江北苦力的衣裳——倒也像，只是皮肤白一点……你这汉奸——真是混账——当心，你的脑袋一下就会变做剖开的西瓜……"冯雪峰回忆说：

> 我看见了，认为这是完全违背党的策略的，很不高兴。因我当时是文委书记，即去找编者，提出我的看法，并建议他在下期《文学月报》上有公开纠正的表示，他完全不同意，于是争吵起来。当天我恰好到瞿秋白处去，也就同他谈起，他也同意我的意见，认为应该公开纠正。晚上我特别跑去同鲁迅谈，鲁迅翻看了一下那长诗后认为是流氓作风，自己先公开纠正一下是好的，争取主动。我于是就同他商量，请他出面代表左联说话。他说："由我来写一点也可以，不过还是用个人名义好。"结果就写下了《辱骂和恐吓决不是战斗》这一篇文章。[②]

鲁迅在文中指出，左翼文坛不能用辱骂和恐吓的方式去对待论争

① 鲁迅：《论"第三种人"》，《鲁迅全集》第4卷，第431页。

② 徐庆全：《周扬与冯雪峰》，湖北人民出版社2005年版，第23页。

对手，要注重论争的品格，要“嬉笑怒骂，皆成文章”，“使敌人因此受伤或致死，而自己并无卑劣的行为，观者也不以为污秽”[1]。文章显然并没有把胡秋原视作友人，正如丸山升先生所指出的，只是表明“即便是对‘敌人’，‘辱骂和恐吓’也是无意义的，这才是这篇文章的意义所在”[2]。鲁迅这篇表明左翼伦理性的文章，由冯雪峰动员而写，而且被批评的现象也为瞿秋白所不齿，应该说，瞿、冯转变后已与鲁迅取得了态度的一致性。

但鲁迅的文章和冯雪峰纠偏的努力却又受到左联内部另一些成员的反批评。在鲁迅文章发表一个多月后，1933 年 2 月 3 日出版的《现代文化》第 1 卷第 2 期发表了署名首甲等的一组文章《对鲁迅先生的〈辱骂和恐吓决不是战斗〉有言》，称“芸生的诗基本立场是正确的”，而鲁迅则是向“挂羊头卖狗肉的革命贩卖手”作调和，“带上了极浓厚的右倾主义的色彩”，“和左倾关门主义的错误无分轩轾”，是一样在“必须肃清”之列的[3]。这种动辄上升到“主义”高度的批判，在当时的左联批评家那里已成风气，瞿秋白、冯雪峰在最初论战时也是这么做的，以至也左右了后来对这个事件评价时的思维模式。1949 年之后的“十七年”一边倒地怒斥“第三种人”是如此，80 年代初转了一个方向后也是如此，即认为鲁迅、张闻天和转变态度后的冯雪峰、瞿秋白代表左联处理“文艺自由论”和“第三种人”的态度是正确的，而周扬等代表了“极左”的错误立场。后者预设了一个讨论的前提，就是“文艺自由论”者和“第三种人”始终是正确的，左联成员的正确与否，取决于对

① 鲁迅：《辱骂和恐吓决不是战斗》，《鲁迅全集》第 4 卷，第 445 页。
② 丸山升：《鲁迅・革命・历史》，北京大学出版社 2005 年版，第 286 页。
③ 林贤治：《鲁迅画传》，团结出版社 2005 年版，第 230 页。

待他们的态度。但历史却恰恰并没有这么简单。

就在冯雪峰、瞿秋白、周扬等结束与胡秋原、苏汶等的论争之后，鲁迅这位后来参加论战者却并没有收手。1932 年 11 月，他在去北平省亲时，在北师大作了《再论“第三种人”》的讲演。其中把五四以来的新文艺运动历程形象地概括为皮鞋与草鞋、镜子与眼镜、将来与现在的分化过程，指出：“许多的资产阶级，不当摇摆于高潮中，当与群众接近，要不怕衣裳的沾污，不怕皮鞋的染土与群众接近，新兴艺术的前途，无论如何，时代必然趋势，甚么方法也阻碍不住的。”[①] 鲁迅在此清晰地表明“第三种人”和文艺自由论背后的实质是在政治选择中摇摆不定和脱离广大群众，而这正是左翼文坛与“自由人”、“第三种人”的根本分歧所在。半年多后（1933 年 7 月 1 日），鲁迅又发表了《又论“第三种人”》，“不依不饶”地持续分析“第三种人”现象。可以说，这篇文章标志着作为团体的论争结束后，鲁迅个人与后期“第三种人”的论战重新开始。

重新论战的起因是苏汶好友戴望舒以法国革命文艺家协会邀请“第三种人”作家纪德在他们组织的反抗德国法西斯的大会上发表演讲为对照，批评中国的左翼文坛不要“第三种人”，如军阀般横暴。对此，鲁迅进行了严密的辩驳，其中表达了两个主要观点：

第一，再次讨论“第三种人”能否真正存在。回答是：“在实际上，是不能有的。”“人体有胖和瘦，在理论上，是该能有不胖不瘦的第三种人的，然而事实上却并没有，一加比较，非近于胖，就近于瘦。文艺上的‘第三种人’也一样，即使好像不偏不倚罢，其实总有些偏向的，平时有意的或无意的遮掩起来，而一遇切要的事故，它便会分明的显现。

① 阎晶明：《鲁迅演讲集》，漓江出版社 2001 年版，第 149 页。

如，纪德，他就显出左向了……”[①]

第二，如何对待自称“第三种人”的人们？鲁迅指出，在中国，所谓的“第三种人”，却还复杂得很。“在这混杂的一群中，有的能和革命前进，共鸣；有的也能乘机将革命中伤，软化，曲解。左翼理论家是有着加以分析的任务的。如果这就等于‘军阀’的内战，那么，左翼理论家就必须更加继续这内战，而将营垒分清，拔去了从背后射来的毒箭！”并且，鲁迅还指出，在危急时刻和“第三种人”携手也许是精明的策略，但“我以为单靠‘策略’，是没有用的，有真切的见解，才有精明的行为”。

仔细阅读会发现，鲁迅的言辞还包含了对张闻天、冯雪峰等出于政治策略而希望和对方和解的态度的不以为然，他不想仅仅囿于左翼政治的策略，在“敌、我、友”的战略划分中有所出击也有所克制，而是对当时的问题作持续的分析和批判。他写道：“自从有了左翼文坛以来……有‘左而不作’的，并且还有由左而右，甚至化为民族主义文学的小卒，书坊的老板，敌党的探子的，然而这些讨厌左翼文坛了的文学家所遗下的左翼文坛，却依然存在，不但存在，还在发展，克服自己的坏处，向文艺这神圣之地进军。”[②] 那种认为瞿秋白、周扬等左联党员理论家犯了把“同路人”作家推向了敌人营垒的“极左”错误，而鲁迅则把“第三种人”视为同路人乃至友人来争取的看法，显然是出于某种新意识形态逻辑的一厢情愿，而非历史本身。

那么，如何看待鲁迅在左联团体停止论争后，却依然对“第三种人”持续关注和严厉批判呢？这不仅需要把问题放在鲁迅的精神图景中

---

① 鲁迅：《又论“第三种人”》，《鲁迅全集》第4卷，人民文学出版社2005年版，第524—525页。

② 同上书，第431页。

进行全面审视，也不仅需要考察“第三种人”群体的文学话语层面的正误，更要明察其背后的道德与政治指向。

三

需要说明的是，最初“第三种人”的帽子戴在杜衡头上，杜衡是拒绝认领的，但自 1933 年戴望舒文章发表之后，与杜衡关系密切的一群不仅声援杜衡，而且明确地祭起“第三种人”的旗帜，其中包括《现代》杂志的主要成员戴望舒、施蛰存，以及脱离左联后的杨邨人、韩侍桁等，他们也确实是一群政治上企图保持中立、在艺术上有自己追求的一群。这一群体的成员与左联的关系是比较复杂的，大体上经历了由密切到疏离到最终分道扬镳的过程。

杜衡、戴望舒大革命时期都加入了共青团，“四·一二”政变之后，二人撤离上海隐蔽到松江施蛰存家。1928 年冯雪峰也来到施家，四人一起从事文学活动，建立了深厚的友谊。1928 年夏杜衡与刘呐鸥、施蛰存、戴望舒等结成水沫社，先后出版《璎珞》、《新文艺》、《无轨列车》杂志和《马克思主义文艺丛书》。1930 年杜衡、戴望舒应冯雪峰之邀出席了左联成立大会，施蛰存因故没能参加。虽然他们加入了左联，但杜、戴很少参加左联的组织活动。1932 年施蛰存主编大型文艺刊物《现代》杂志，杜、戴成为主要撰稿人和编辑。此后，三人又走上了不同的政治道路：戴望舒于 1932 年赴法留学，1938 年赴香港，主编《星岛日报》副刊，从事抗日文化宣传。施蛰存抗战后去南方教书，1947 年仍回沪执教。杜衡 1940 年在香港投奔国民党，1949 年赴台湾。

杨邨人1925年入党，1928年参加《太阳社》，任主编之一。左联成立时，他参加了左联，还担任了后来成立的剧联第一任党团书记。当国民党对左联的压迫、摧残加紧时，他于1933年1月在《读书杂志》上公开发表脱党声明《离开政党生活的战壕》，此后与杜衡等人结盟。1933年2月在《现代》第2卷第4期上发表《揭起小资产阶级革命文学之旗》一文，声称"我愿意作个'第三种人'"，鼓动"以为是'第三种人'而愿意从事革命文学的作家和青年们，高揭我们小资产阶级革命文学之旗，整齐队伍，开步走，前进，前进"！韩侍桁1928年在日本东京留学时，由于向《语丝》投稿，开始和鲁迅有通讯联系，1930年初到上海后，时常到鲁迅寓中拜访，鲁迅介绍他与柔石、冯雪峰等人相识。正是这段时间，韩加入了左联。一般认为，他参加左联的原因，只是由于追随鲁迅。随着国民党政治压迫的加剧，他于1933年自行退出。杨邨人揭起"小资产阶级革命文学之旗"后，他撰文积极响应。

杜衡、杨邨人、韩侍桁等公开祭起"第三种人"的旗帜，是从1935年三人一起创办文艺月刊《星火》开始的，这个群体还应包括与他们交往密切的施蛰存等，可称为后期"第三种人"。可以看出，后期"第三种人"是政治上一度向"左"，但由于政治形势的严酷而产生动摇、迷惘，从而由左翼队伍中分离出来的一群。他们中有的处在徘徊、求索之中，有的逐步转向依附强权乃至助纣为虐。他们疏离乃至反对左翼文坛的原因，并非完全出于后者的"极左"态度和关门主义，而更多的是当时政治斗争严峻形势下左翼文化界的进一步分化。与此同时，他们中的一些人在脱离左联之后的一段时间里，仍然与左联成员保持较密切的联系。

鲁迅后来涉及"第三种人"的文章，就是针对这一群体的。但观念和政治立场的分歧以及相互论战，并没有使二者一开始就处于各方面尖锐对立的状态，在相当一段时间里，二者仍然有着较为密切的关系。比如，鲁迅于1933年初为纪念左联五烈士而写成的《为了忘却的纪念》，因涉及敏感政治内容，在别的杂志都不敢刊发的情况下，施蛰存却“舍不得鲁迅这篇异乎寻常的杰作被扼杀”[1]，把它发表在1933年4月1日出版的《现代》杂志上。从《鲁迅书信集》中也可以看到，1933年鲁迅与杜衡一直保持通讯联系，他向杜衡推荐瞿秋白译的《高尔基论文集》、《高尔基小说选集》，替杜衡代向冯雪峰约稿，杜衡也请鲁迅代向瞿秋白约稿[2]。只是到了1934年，这种友好关系发生了明显变化，原因是鲁迅得知施蛰存向当局“献策”，穆时英、刘呐鸥成为政府图书杂志审查委员会成员。[3]

左翼阵营是如何对待这些部分曾经是同一阵营而后另立旗帜者的呢？长期以来，大陆学术界交替式地倾向于两种“二分法”，一种是左翼阵营与“第三种人”的“一分为二”，即左翼阵营齐心协力，痛批“第三种人”（这反映在前30年的文学史写作中）；另一种是左翼阵营内部的“一分为二”，即左联党员理论家以“极左”痛批“第三种人”（冯雪峰后期转变），鲁迅则一直视“第三种人”为同路人，显示了正确的立场。第二种“二分法”隐含着“左翼”与“自由”对立的潜在意味。仔细考察会发现，这两种“二分法”背后其实潜含着同样的逻辑，即都有一个“正确”之端，用于反衬另一个“反动”或“不正确”的立场和观点，在价值判断上清晰无比。

然而，这种清晰无比的价值判断并无助于我们了解那段历史的复

① 施蛰存:《为了忘却的纪念》,《施蛰存七十年文选》(散文),上海文艺出版社1996年版,第86页。

② 《鲁迅全集》第12卷，第373—381页。

③ 据施蛰存后来回忆说，刘呐鸥、穆时英成为当局图书检察官是实，但他并未“献策”，称鲁迅误解了他。参见张芙鸣：《执着的中间派——施蛰存访谈》，《新文学史料》2006年第4期。

杂面貌，更无助于让我们走进历史，或让历史走入今天。它至少无法解释在党内领导人发话“团结”同路人，而党员批评家也停止对“第三种人”的批判后，鲁迅为什么还要“穷追不舍”，“独战”到底。从左翼阵营对“第三种人”的整个批判过程可以看到，最初的“痛批”除了因理论立场而引发的理论批判外，还隐含着左翼政治的考虑。批判者们除了依据马克思主义文艺理论资源外，还根据1931年12月11日中共中央发布的《中国共产党中央委员会为目前时局告同志书》中关于“一切反革命的在野派别的欺骗宣传是革命中最危险的东西”的告诫，从而把胡、苏之类视为敌人而进行反击的。这引发了两方面的后果：一是“左联”内部敏感者（如冯雪峰）的不安；二是党内领导者对这种僵硬做法的批评（尽管不是采取组织渠道）。于是才有了后来的和缓与部分和解，但不管是当初的“痛批”，还是后来的“和缓”，政治考虑始终是其中最为重要的考量。不同的只在于，前者出于抽象的政治目标，而诉诸理论教条主义；后者则把握了政治目标的具体条件，而倾向于革命策略的考虑。这也是党史叙述中常指称的教条主义和“现实主义”的分野。至于其中潜在的知识分子伦理意义上的差别，则在这样的叙述中被遮蔽了。

鲁迅的侧重点不在抽象或具体的政治目标，他对“第三种人”的所有批评都集中在“第三种人”的伦理性，而非政治性上，尽管这种伦理性本身既包含着与他相关的具体的政治，也包含着广义的政治。他没有“听将令”。从1932年始至1936年终，鲁迅对“第三种人”的批判一直贯穿了其生命的最后时期。在党员理论家出于政治策略需要表示与对方和解、携手的愿望发出一年半后，鲁迅却在《又论“第三种人”》中声明要“将营垒分清，拔取了从背后射来的毒箭”！此时的鲁迅对“第三种人”在态度和语气上不再是《论“第三种人”》时期温和中的嘲弄态度，而是鲜明地表达了对营垒分化的正视与战斗到底的坚决。同时，鲁迅的批判主要针对对方理论言辞背后的道德取向和行为指向，即在那个充满血腥屠杀和文化围剿的政治现实面前，知识分子如何面对专制强权者，如何对待广大的被压迫者包括被压迫的党派的道德立场。所以，鲁迅后来论及“第三种人”时，经常使用“官家”、“官方”、“官话”等语词，着重从他们与当权者的关系上表达自己的态度。写于1933年7月19日的《官话而已》把“第三种人”和政府当局炮制的民族主义文艺并列：“官许的‘第三种人’和‘民族主义文艺者’。”[①]写于同年12月28日的《答杨邨人先生公开信的公开信》称杨邨人为“革命场中的一位小贩”，既从革命阵线上退下来，却“竭力要化为‘第三种人’，来过比革命党较好的生活”，“为辩护自己，做稳‘第三种人’起见，总得有一点零星的忏悔，对于统治者，其实是颇有些益处的”[②]。写于1934年10月16日的《准风月谈·后记》说：“然而时光是不留情面的，所谓‘第三种人’，尤其是施蛰存和杜衡即苏汶，到今年就各自露出他本来的嘴脸来了。”[③]写于同年11月21日的《中国文坛上的鬼魅》针对“第三种人”称左翼批评家的打击使他们不能写出好的作品，尖锐地指出：“至于对于政府的禁止刊物，杀戮作家呢，他们不谈……况且禁压，或杀戮‘中国文学的刽子手’之流，倒正是‘第三种人’的文学，伟大作品的保护者……反对文学和政治相关的‘第三种人’们，也都坐上了检察官的椅子。”于是“出版家的资本安全了，‘第三种人’的旗子不见了，他们也在暗地里使劲的拉那上了绞架的同业的脚，而没有一种刊物可以描出他们的

① 《鲁迅全集》第5卷，第22页。
② 《鲁迅全集》第4卷，第621页。
③ 《鲁迅全集》第5卷，第386页。

原形，因为他们正握着涂抹的笔尖，生杀的权力”[①]。鲁迅始终抓住自称忠于文学的“第三种人”在政治行为上的动向，从其逐渐成为强权势力的依附乃至御用文人的行为上，揭穿他们标榜中立、自由的虚假与可鄙。

由以上叙述我们可以得出结论：鲁迅对“第三种人”的态度既是动态的，又是一以贯之的，无论是论争初期的静观其变，还是后来的“穷追不舍”，鲁迅始终坚持一个左翼知识分子的道德立场和战斗姿态。鲁迅看到的是“第三种人”的理论和行为的分离，从这些声称自由与中立的知识分子的行为那里分明看到骨子里的缺钙乃至依附强权、为虎作伥，从他们后来的行为中联想到当初文艺自由论中的矫饰，联想到这些当初反对政治利用文艺的论者如今倒向强权的统治者怀抱的内在逻辑。所以，鲁迅多次使用“本相毕露”的说法。作为一个始终手握文化投枪的左翼知识分子，鲁迅的批判与抗争不仅针对强权政府本身，还针对那些看似中立、主张自由的论客。和 20 年代在对军阀政府的斗争中，鲁迅对貌似公允实则为政府帮忙的“现代评论派”的作战一样，鲁迅对“第三种人”的作战到底是必然的。鲁迅坚持的不是对某种政治的信仰，更不是对某个组织的服从，而是出于痛切的人生经验，着眼知识分子的具体的行为操守，始终反抗和批判一切强权政治及其附庸、支持和维护被压迫的广大民众及为民众的党派群体，可以称之为左翼道德立场。结合 1933 年鲁迅在《小品文的危机》中对林语堂的批评，我们可以进一步得出结论：鲁迅的立场和态度的出发点是，面对强权压迫、白色恐怖（“风沙扑面、狼虎成群”）的社会现实，是挣扎、抗争和战斗，还是逃避、帮闲和帮忙？这是鲁迅判断“第三种人”以及林语堂等以往同道的基本出发点，这一道德立场的分水岭使他蔑视那些在政治高压下显出软

① 《鲁迅全集》第 6 卷，第 153 页。

弱、退却乃至帮闲、帮忙的“第三种人”。他当然也同时敏感于来自左翼阵营内部的攻讦、造谣和“捉弄”，敏感于某种隐形权力者的无形高压。但他理解的“左翼”，既是政治性的——共同反对一个在他看来的反动、黑暗的政府，更是伦理性的——拒绝任何压迫和奴役，也拒绝做软骨头，拒绝做“帮凶”、“帮忙”、“帮闲”。对于后者，他紧盯“第三种人”的倒不是他们实际上说了什么，说出来的话本身，而是他们何以会这么说，“说出来的话”与当时语境的关系。但当历史语境消失，仅仅留下了“说出来的话”时，这些“说出来的话”也消失了它们当初被说时的实际意味。这是时过境迁后的今天解读左联与“第三种人”争论事件的难点之一。

综观左联和“第三种人”争论的整个过程，可以发现，争论正是中国20世纪30年代政治高压下左联及具有左翼倾向的知识分子内部分化的必然结果。其中既有具有党派背景的政治冲突，也有基于“知识分子何为”潜在前提的伦理学冲突，还有在同一党派背景下教条主义与“现实主义”的冲突。所有这些夹缠在一起，使得我们采取任何单一视角，特别是单一价值判断都无法窥见其真实面貌。尤其是在具体的历史语境消失之后，反抗者内部的差异变化，妥协者言辞的暧昧意味，也都在新的似乎清晰明了的言说中消失了其丰富性和暧昧性，使之更容易直接镶嵌在后来者的各种意识形态既有思维模式中，于是，历史离我们就更远了……

（原载《文史哲》2009年第2期）

左联组织结构的构成、缺陷与解体

——左联的组织传播研究

张大伟

对左联组织系统的研究，缘于这样一个想法：左联内部纷争不断、矛盾不断，这些论争与矛盾虽然一方面与当事人的个性、品行、办事的作风有关，另一方面则是在“文革”中许多人因这种复杂的人际关系而最终“蒙冤受屈”，心中对许多事自然是“耿耿于怀”。当时间淡化了“怨气”后，我们必须去认真思考的一个问题是：难道一切的误会和矛盾都是由当事人的品行与作风造成的吗？在各种回忆录的叙述中，当事人仿佛都在党的指令下开展着自己的工作，他们当时的“错误”似乎不应完全归咎于他们本人。今天，当我们以一种“宽恕”的眼光去看70年前的是是非非时，我们不禁要问：当年这些矛盾能够因为某一个人的出现和某一个人的不出现而避免吗？答案似乎并不像“品行论”者想象的那样简单。首先，组织系统结构的先天不足，往往会导致人事矛盾的产生和加剧。对左联组织系统本身的研究，很有可能使我们站在一个“圈外”的角度去审视以前一些暧昧不明的事，有助于解答我们长期以来争论不休的一些问题，也能真正弄清楚左联领导人之间矛盾产生的组织结构根源。

一、左联组织系统分析

从图 1 我们可以清楚地知道，左联在中国共产党宣传系统中的确切位置："文委"和"文总"是中共中央宣传部的下级组织，"左联"则是"文委"、"文总"领导下的"群众组织"之一。左联在中国共产党宣传系统中的"位置"，决定了它必须和其他同盟（如"教联"、"社联"）共同担负起党的意识形态传播使命，号召并组织青年反抗现实政权的重任。明白了这一点，我们就不难理解为什么当时革命文学的发起人毫不犹豫地宣称："文学便是宣传。"从这个角度讲，"文学便是宣传"在一定程度上也就是左联作家的历史使命，他们不仅要用文学去宣传，而且要让宣传起到预期的效果，即革命文学发起者所说的"组织生活"。其次，左联所处的位置说明，它并不是"文委"和"文总"领导的唯一的组织，与它并列的还有"教联"、"社联"、"妇联"等组织。事实上，在中国左翼文化总同盟活动的大约六年时间里，各联盟的作用也各不相同。具体情况是，前期左联所起的作用比较大，而后期"社联"、"妇联"的作用明显增大，这种作用大小的变化，一方面使得"文总"、"文委"的工作重心有所转移；另一方面，"文委"、"文总"的领导大多数时候是从作用较大的联盟中产生的。后期左联在"文总"的地位相比其前期有了显著的下降，在左联解散的时候，鲁迅的意见没有被充分重视，不知是否有这方面的原因。在左联后期，左联事实上只是"文委"的"普通一员"，不再具有任何的特殊性。如图：

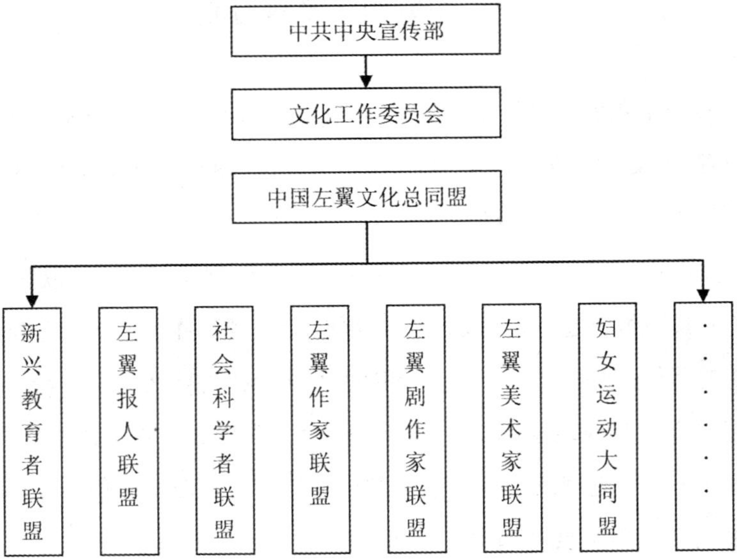

图 1 “左联”在中共中央宣传系统中所处的位置

下面我们来详细谈谈各种组织的具体功能：

中共中央宣传部

1928 年 7 月，中国共产党在莫斯科召开第六次代表大会。在“六大”通过的《宣传工作的目前任务》中，党中央指出要加强对革命文学运动和文化科学团体的领导，1928 年 12 月底在中国国产党的组织下，成立了“中国著作者协会”，发起人包括郑振铎、叶圣陶等四五十人，鲁迅却未参加。协会成立后，基本没有开展实际活动便自行解散了。

1929年6月，在上海召开了中国共产党六届二中全会并通过《宣传工作决议案》，对于“宣传工作的组织问题”，会议决定成立中央宣传部，其职权是：全国宣传教育工作的最高指导机关，它不只是对中央的宣传工作负责，而应当是对全国的宣传工作负责。中央宣传部由以下各科各委组成：审查科、翻译科、材料科、统计科、出版科、文化工作委员会[①]。文化工作委员会（简称文委）是建党以来第一个党的文化领导机构，旨在“指导全国高级的社会科学的团体，杂志及遍及公开发行的各种刊物书籍。”[②] 会后新当选的中央政治局常委兼中央秘书长和宣传部长的李立三，将宣传部的文化党组扩大为“文化工作委员会”，中宣部干事潘汉年任书记。鉴于中国著作者协会的短命，“文委”开始考虑用另一种形式团结广大的革命文艺界，不久便开始酝酿筹备成立中国左翼作家联盟。此后，“左联”对敌斗争的成功范例，使得“文委”更积极地组织了“社联”、“剧联”等相关组织。

文化工作委员会、中国左翼文化总同盟

在图1中，中共中央文化工作委员会（简称“文委”）是在中共中央宣传部的直接领导下，主管文化工作的部门；中国左翼文化总同盟也是协调各文化组织的部门，那么这二者之间的隶属关系到底如何？担任文委书记时间最长的阳翰笙曾说过，“文委”的成员同时也是“文

---

① 中国档案馆编：《中共中央文件选编》第5卷，中共中央党校出版社1989年版。
② 同上书。

总”的党团成员，即一套班子，两块牌子[①]，但胡乔木却并不这样认为[②]。我们现在可以知道的是，在“左联”、“社联”、“剧联”等联盟成立之前，“文委”已经存在，而“文总”则是在“左联”、“社联”等组织产生以后，“文委”为了更好地协调各盟的工作而设置的一个机构。但从组织传播学的角度来看，“文总”和“文委”所具有的功能是一样的，都是组织、指导各盟完成中国共产党的“文化斗争”。从机构的直接隶属来说，“文委”是中宣部的直接下设机构，是一个不折不扣的执行机构，而“文总”从其产生的过程来看带有明显的“统战性质”，只是由于人员的重叠，这种区别就显得没有多大的意义了。“文委”和“文总”到底组织和领导哪些组织和团体，看法很是不同。

1. 夏衍说：“‘文委’直接领导的革命文化组织，除了上述的四个联盟之外（指‘左联’、‘社联’、‘剧联’、‘美联’——引者注），1933 年 3 月，还组成了‘左翼电影小组’和‘左翼音乐小组’，由于当时这两方面的党员人数不多和便于公开，并转组成‘电联’和‘音联’。‘文化大革命’中‘四人帮’的专案组一口咬定说‘文总’下面有一个所谓‘八大联’，也有些不了解实际情况的人也用过‘八大联’这个名称，这一点我可以负责说明，他们把电影、音乐、教育、新闻都说成和‘左联’、‘社联’并列的联盟，这是不确切的。我是电影小组的组长，音乐小组则在 1935 年以前一直由‘文总’委托田汉单线领导，影响较大的‘侨联’、‘新联’、‘妇联’则都是‘社联’的外围组织，不是由‘文委’和

① 中国社会科学院文学研究所《左联回忆录》编辑组：《“左联”回忆录》（上），中国社会科学出版社 1982 年版。

② 胡乔木：《1935 年至 1937 年间上海坚持地下斗争的“文委”、“文总”和江苏省临委》，《上海党史资料通讯》，1987 年第 5 期。

‘文总’直接领导的。”[①]

2. 阳翰笙说：“下面有九个组织，它们是‘左联’、‘剧联’、‘社联’、‘美联’、教育工作者联盟、新闻记者联盟、音乐小组、电影小组，还有一个叫苏联之友社（又叫‘中苏音乐学会’）。”[②]

3. 孔海珠根据第‘十一’期《文报》上刊载的各个联盟的新纲领草案，认为以下的组织可能是平级的。这些组织是：中国社会科学者联盟、中国新兴教育者联盟、中国左翼报人联盟、中国妇女运动大同盟、中国左翼作家联盟。[③]

由于各种说法存在着较大的差异，因而要弄清楚他们之间的组织隶属关系事实上已经很难。但是，透过这些研究材料，我们可以清楚地看到，“文委”和“文总”已经把他们的战线扩展到文化界的各个方面，也就是说，他们为了完成“文化斗争”的使命，试图把各个文化领域的人都组织起来。

在图2中，我们可以看到这么一点，椭圆形的虚线所围起来的部分——左联党团，常委会、执委会，秘书处，可以说是左联的领导核心。从表面来看，左联力图去实现的是一种“集体领导”，但由于各种主观的和客观的原因，这种“集体领导“却并没有实现。

---

① 夏衍：《懒寻旧梦录》（增补本），生活·读书·新知三联书店2000年版。

② 中国社会科学院文学研究所《左联回忆录》编辑组：《“左联”回忆录》（上）。

③ 孔海珠：《左翼·上海1934—1936》，上海文艺出版社2003年版。

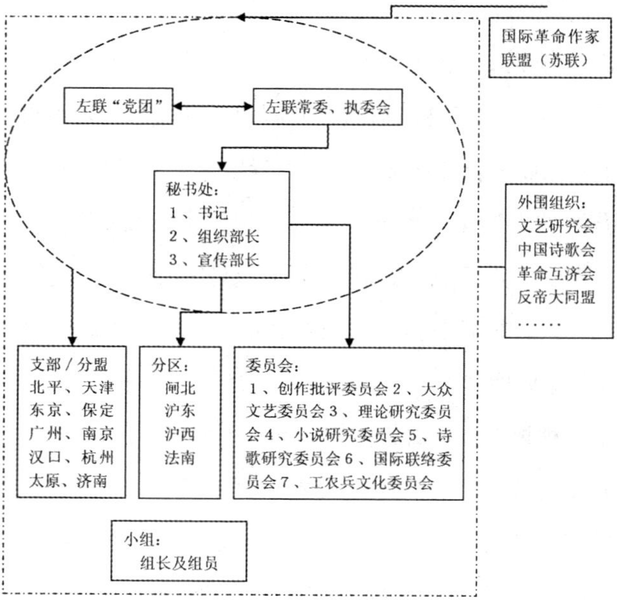

图 2 左联组织系统图①

下面我们对这左联的三个“领导部门”分别加以论述：

左联“党团”

在党的任何一级组织机构当中，“书记”都是一个十分重要的职位，无论是其拥有的职权还是承担的职责都比较大。左联也设有“党团书记”一职，在这样一个“群众组织”里，“党团书记”的职权到底是什么？

从有些盟员的回忆中，我们可以看到在左联成立初期，左联党团

① 王宏志在 1990 年由风云时代出版公司出版的《鲁迅与左联》一书中，画了一张左联组织结构的草图，本文中的结构图与王宏志先生的有所不同，可以相互参照。

书记的职权并不是很大[1]。但事实上，由于：1. 在“左联”内部，有两类工作：一是创作；一是政治活动。鲁迅作为“盟主”并不经常参与“左联”内部许多事务的决议，也不去参与许多政治活动；2. 在当时的条件下，常委会的人常常碰头开会也没有现实可能性；3. 党团是“党”的唯一合法化代表，而左联内部成员绝大部分又是党员。在党内，党小组的活动是一项重要的活动内容，许多活动诸如游行、贴海报等都是由基层党小组完成的；4. 左联的党团书记又往往是由“文委”成员兼任，有时甚至是“文委”书记（即左联上级机关领导）兼任；5. 鲁迅与作为“左联”发起者的创造社、太阳社成员的矛盾并没有随着联盟的成立而消失。这就产生了一个问题：左联在成立时的初衷，是由执委会、常委会进行协商的集体领导，“左联党团书记的主要任务是联系文委和左联常委，起个桥梁作用，不像现在某机关党委书记权力大。”[2]但是左联党团书记的职权也有一个逐渐增强的过程，到周扬开始担任左联党团书记的时候，“党团”在左联内部的地位已经举足轻重。理论上的“权力中心”(“左联”常委会、执委会）角色的弱化，“党”的权力的逐渐增大，这就使得左联事实上产生了两个领导核心，一个是理论上的（左联常委会、执委会、秘书处的集体领导），一个是现实的（左联党团）。在我看来，正是因为在机构设置上的这种缺陷，为后来“左联”内部矛盾的激化埋下了种子。

左联常委会、执委会、秘书处

在左联成立大会后，《拓荒者》上发表了一篇名为《中国左翼作家

① 吴泰昌记述：《阿英忆左联》，《新文学史料》，1980 年第 1 期。
② 同上。

联盟的成立》的报道，报道称，左联成立大会选出了七名常务委员，两名候补委员，甚至有人认为在1933年至1934年常委会还是存在的[①]。在一些文件材料中，也经常提到左联的执委会[②]。这些材料说明，在左联内部，常委会和执委会是同时存在的。那么，执委会和常委会之间到底是什么关系呢？冯雪峰便说过，左联最初成立时先有执委会，执委会开会成立常委会[③]也就是说，常委会是由执委会选举产生的，这一回忆得到了其他盟员的证实[④]。这说明执委会和常委会确实是不同的组织，但由于常委会是由执委会选出，常委委员都身兼执委之职，因而，在实际的工作中，它们的区别并不是很大。

从常委会和执委会产生的过程来看，它们成立的目的是为了让不同的意见在左联内部得到充分的表达，一方面保证内部信息交流的畅通，通过民主化的协商形式达成共识，以便很好地完成任务；另一方面，常委会和执委会的集体领导对权力的过于集中也是一种制约，在一定程度上，它对党团的工作有一定监督作用。但是，执委会和常委会的集体领导形式在事实上却没有发挥如此重要的作用，由于以鲁迅为代表的“非党派”在具体事务上参与较少，许多事情往往是在事后向鲁迅“汇报”，因而，这种形式上的“集体领导”、形式上的“民主”便只能停留在理论上。准确地来说，在当时的历史条件下，左联要实现“集体领导”是不可能的。与这种“集体领导”的机构设置紧密相关的是秘书处。在鲁迅保存下来的一期《秘书处消息》中，提到了秘书处和职权和职责，以及它的构成：

① 中国社会科学院文学研究所《左联回忆录》编辑组：《“左联”回忆录》(上)。
② 《无产阶级革命文学运动新的形势及我们的任务》，《文化斗争》1930年第1期。
③ 冯雪峰：《雪峰文集》第4卷，人民文学出版社1985年版。
④ 中国社会科学院文学研究所《左联回忆录》编辑组：《“左联”回忆录》(上)。

> 左联秘书处仍由书记、组织、宣传三人组成。它在文总（中国左翼文化总同盟）和左联执委会的领导之下，经常执行左联执委会领导的任务，各小组经常直接受秘书处指导。加强动员小组履行一般斗争的工作，以及左联内部的教育和训练。①

这段话说明，秘书处受双重的领导，即中国左翼文化总同盟和左联执委会的双重领导。作为一个执行机构，秘书处还必须动员和指导各小组的工作。但是在许多盟员的回忆中，1934 年之后常委会似乎和秘书处也混同起来。②③

二、左联的组织结构的特点与缺陷

从左联成立的初衷来看，它是想建立一套集体领导机构和领导方式。夏衍在《“左联”成立前后》讲到，左联的筹备委员会曾经拟订了一份“组织关系”的草案，本来以鲁迅作领导，有人建议叫他做委员长，有人建议叫他做主席，但鲁迅都拒绝了，左联因而实行集体领导。这个集体领导机构，是一个执行委员会④。据钱杏邨的回忆，常委会内部也分工明确⑤。但分工归分工，集体领导的方式显然是脱离当时的社

① 中国现代文艺资料丛刊编辑组：《中国现代文艺资料丛刊》第五辑，上海文艺出版社 1980 年版。

② 中国社会科学院文学研究所《左联回忆录》编辑组：《“左联”回忆录》（上）。

③ 徐懋庸：《徐懋庸回忆录》，人民文学出版社 1982 年版。

④ 中国社会科学院文学研究所《左联回忆录》编辑组：《“左联”回忆录》（上）。

⑤ 吴泰昌记述：《阿英忆左联》，《新文学史料》1980 年第 1 期。

会文化语境的，简言之，在当时的历史条件下，要想让执委会（或者常委会）的成员经常聚在一起开会是不可能的，加之文化人长期以来养成了相对散漫的性格，集体领导的方式从一开始就是个美妙的设想。事实上，作为集体领导的核心人物鲁迅就常常不出席左联的许多会议，后来的茅盾也是如此。左联后期，鲁迅被周扬等人看成是“懒”的代表，这个“懒”绝不可能指鲁迅的创作。一个不经常参加会议的人是很难领导左联的，鲁迅被尊称为“盟主”，只不过是一个“头衔”。就像当时被人称为“大先生”、“老头子”一样，他对左联更多是从思想上来“影响”，并且这种“影响”作用的大小与左联对鲁迅意见的尊重程度紧密相关。也就是说，许多时候鲁迅的意见只是一种参考意见，能否被采纳还要看实际领导人的“脸色”，在左联中，名义上的“盟主”没有决定权。

从组织传播学的角度看来，左联的组织更接近“直线-参谋”的结构。它的优点在于：直线或参谋机构的管理者有较明确的分工和权责关系，既有统一的指挥系统，又有较合理的决策和监督系统。如果内部信息流通不畅，“直线-参谋”结构形式的缺点也同样明显：由于包含了两种结构形式，两者间容易产生一些矛盾。一方面，如果参谋机构人员的权力过大，就会将其意图强加于直线管理者，干扰、限制直线管理者的正常工作；另一方面，如果不能对直线管理者的权力进行有效的监督，直线管理者的集权会弱化参谋机构的职能，从而使得参谋机构及其管理者处于可有可无的地位上[①]。左联的组织结构中，直线是从中共中央宣传部（或江苏省委宣传部）→文化工作委员会→中国左翼作家联盟“党团”→各分区→党小组的上下级行政机构设置。在这条直线上，体现的是中共中央宣传部对文化工作的领导。左联党团是完成党的任务的下属

① 彭和平编著：《公共行政管理》，中国人民大学出版社 1995 年版。

机关，加之左联的大部分成员是党员，因此，左联党团无疑在左联的组织机构中发挥着领导作用。而鲁迅在左联当中能起到的只能是“参谋”的作用，无论他周围的盟员认为他的角色是多么重要。

左联组织结构最明显的缺点，就是左联组织系统中存在着两个领导核心。尽管鲁迅有很大的影响力，但并无制度或机构保障他的这种影响力得以充分的发挥。实事求是地讲，鲁迅不可能把自己大部分精力放在人事纠纷、游行示威等活动的组织上。这就使得左联领导人所期望的鲁迅和在现实生活中的鲁迅发生了背离。这是因为一方面，左联一直想把鲁迅树立为一面旗帜，最典型的就是李立三要求鲁迅成为自己游行队伍的领头人，这种想法现在看起来很是滑稽，但在当时，这或许是许多人想象中的鲁迅形象——一位名副其实的旗手。另一方面，鲁迅虽然主动辞去了类似“委员长”、“主席”一类的头衔、在组织中似乎也没掌握什么实权，但由于长期树立起来的威信，使他在一定程度上成了一个具有佛洛姆所称的“权威人格”的人，因此在他周围聚集起一批“信徒”是必然的。这就在无形中使左联内部形成了两个领导核心：一是由组织保证的、直线式的领导机关；二是依靠“片言只语”对这个组织产生重要的影响的“权威”。

左联组织机构的另外一个缺点是沟通机制的缺失。鲁迅推辞掉“委员长”、“主席”之类的头衔之后，左联似乎在原则上实行的是集体领导制，但在这种集体领导下，鲁迅并不知道左联内部的许多活动和事务，例如任白戈就认为：“本来‘左联’是在双重领导下工作：一方面要接受鲁迅先生的指导，一方面要接受党的领导。这两方面的领导要做到一致，不发生矛盾，主要是靠党的组织如何与鲁迅先生通气和协商，而且善于听取和尊重鲁迅先生的意见，同时也依靠‘左联’向鲁迅先生汇报请示工作的人能够如实地反映情况，并善于领会和疏通双方的意见。”[1]但在许多人的回忆录中，一般是有重大事情的时候，才会向鲁迅汇报或者征求意见，但是什么样的事才是“重大事情”呢？很明显，不同的领导人对“重大”的界定是完全不同的，这样就完全有可能造成一种结果：在左联领导人眼中很重要的事，也许在鲁迅看来是无所谓的；而左联领导人认为是不重要、不必向鲁迅汇报或征求意见的事，在鲁迅看来却十分重要。如果双方沟通不够，鲁迅可能会认为对方是故意向他隐瞒左联内部的一些消息。当然，还有一种可能性是，一件事实上很重要的事，却因为各种其他的原因而向鲁迅故意隐瞒。既然有两个“核心”，组织上又没有为这两个“核心”提供充分交流的机制，那么从一定程度上来说，二者之间产生矛盾便是迟早的事。后来左联的发展也证明，聚集在鲁迅周围的那批人和左联的实际领导人之间发生了激烈的冲突，以致最后鲁迅宣称不再管左联的事了。

对于任何一个较大规模的组织来说，等级结构与下属部门往往是多层次、多序列的，因而信息在纵向与横向传播的过程中，特别是在“下达”和“上传”的过程中往往要经过多次的连续传播才能最终达到目的。由于不同层次的人对于信息的理解不同，往往造成信息的“丢失”或者“添加”，从而造成信息的“失真”。层次性的中间环节越多，信息失真的程度也就越严重。与此同时，在两个领导核心之间，左联是通过“联络人”进行信息交流的。但是，无论是如何忠诚的联络人，都会以个人的喜好对“信息”进行重新编码，他们或偏向于鲁迅，或偏向于直线管理者，在“信息”输出后附加的那一两句劝告或建议往往具有比“信息”更重要的作用。不掺杂主观愿望的“联络人”是不存在的，这就是

① 中国社会科学院文学研究所《左联回忆录》编辑组：《“左联”回忆录》（上）。

徐懋庸和胡风不时受到来自两派的批判的主要原因。

三、左联组织的解体

1933 年下半年瞿秋白和冯雪峰先后被调离上海，虽然这只是中国共产党内很普通的一种人事变动，对左联的走向却产生了重要影响。夏衍曾有这样一段回忆："自从秋白、雪峰离开上海之后，左联和鲁迅之间失去了经常的联系，加上 1934 年至 1935 年之间党组织遭到三次大破坏，白色恐怖严重，周扬和我都隐蔽了一个时期。加上就是在这一段时期，上海的反共小报散布了许多谣言，其目的就在于挑拨左联和鲁迅之间的关系。加上田汉在 34 年（1934 年——引者注）秋天向鲁迅提到过胡风的问题，引起了鲁迅的反感，加深了相互之间的隔阂。鲁迅对左联的不满，当时在文化界已经是公开的秘密。"①

周扬在 1933 年下半年成为左联的领导人，虽然长期以来饱受非议，但可以肯定的是，无论在左联时期，还是在建国以后，周扬都充分显示了自己的组织才能和政治处理能力（有许多人认为他是富有文学家气质的"政治人"），正是由于他这方面的出色才能，使得他在左联后期掌握了左联的领导权。关于鲁迅和周扬之间的矛盾，谈论的学术文章很多，我们在此不再赘述。但可以肯定的是鲁迅和直线领导者之间的矛盾在一定意义上削弱了左联的战斗力。1934 年之后，在"文总"的下设单位中作用更大的是"社联"，当时的文委成员也大多是"社联"的成员，这使得"文委"在决定许多重要事项时，就不像 1934 年以前那样

① 夏衍：《懒寻旧梦录》（增补本）。

更多地重视左联的作用。这也意味着,1934年以后，在一些领导者看来，鲁迅对左翼文化运动的作用没有1934年以前那样重要了。典型的例子便是1936年左联解散时，鲁迅的意见没有受到充分的重视。在这种不正常的政治环境中，民主生活是不可能进行的，盟员之间的联系也变得稀少而秘密。许多决定只有少部分人知道，其他盟员只有执行的份，这直接导致了直线领导者权力的集中，也导致了对鲁迅的忽视，这个盟主在实际领导者的眼中变成了不折不扣的“捐班作家”。

此后不久，胡风也被排挤出了左联，在《答徐懋庸并关于统一战线问题》一文中，鲁迅提到周扬等人对胡风的中伤与攻讦，并表示了极大的愤慨，如果要从组织上找原因，那么，胡风被排挤出左联后还有谁能告诉鲁迅想知道的信息呢？在左联解散过程中，鲁迅不止一次地降格以求。之所以降格以求，是因为鲁迅很清楚当时左联的领导人是不可能重视自己的意见的。充当“联络人”的徐懋庸也多次把与鲁迅相左的意见传达给鲁迅。在鲁迅眼里，他无非是和周扬一伙的。我们没有充分的材料说明胡风当时在周扬和鲁迅之间的矛盾问题上产生了什么影响，因为我们很难弄清楚到底是胡风受鲁迅影响而对周扬极其不满，还是鲁迅受胡风影响而对周扬等人恨之又甚。就像我们前面谈到的，即使没有胡风，鲁迅和周扬等人的矛盾还是存在的。胡风作为一个“信使”、“联络人”、“把关人”，他对所要传递的信息进行加工也是必然的，但这种加工，显然与鲁迅设想中的“周扬派”形象相一致。在一定意义上，是鲁迅和他的弟子们一起勾画了“周扬派”的形象，这也能说明为什么在“联络人”换成徐懋庸之后，鲁迅和周扬之间的隔阂不但没有改善，矛盾反而越来越深。胡风只是一个鲁迅“忠诚的学生”，如果他对“信息”有所加工，也只是按照鲁迅的“口味”来加佐料的。事实也证明，代替胡风和鲁迅联络的徐懋庸便不再得到鲁迅的信任，在左联解散之前，他的确是更为靠近周扬一点的，在信息的传达过程中，他也会把传给鲁迅的信息根据周扬的“意思”改造的。

在特定的历史语境中，左联组织上的弊端完全呈现了出来。我们在前面的分析中曾提到，直线-参谋结构的缺点在于：“一方面，参谋机构人员的权力如果过于集中，会将其意图强加于直线管理者，干扰、限制直线管理者的正常工作；另一方面，直线管理者的权力如果过大，自行其是，将使参谋机构及其管理者置于可有可无的地位上，削弱组织的整体领导和统一指挥。”在左联后期，“参谋者”和“直线管理者”之间的矛盾从来都没有停止过，他们没有很好地沟通，无论是在胡风做“联络人”的时候还是徐懋庸做“联络人”的时候。周扬等人认为，鲁迅在一定程度上干扰限制了他们的正常工作，便一直想排除这种影响（这在左联解散的时候显得尤为突出）。无可否认，鲁迅的权力并不是来自于“盟主”的幌子，而是实实在在的“精神”影响力，鲁迅周围的年轻人总是以一种敬仰的目光看着鲁迅，鲁迅对左联的态度，直接影响着他们是否参加左联，以及以什么样的姿态参加左联。他们因鲁迅对左联领导者的意见会或多或少地对“左联”产生相同的看法，这在一定程度上影响了左联的工作。我们拿左联和社联作一个简单的比较即可清楚其中原委。1934年以前，左联因鲁迅、茅盾这样的知名作家的加入而在左翼文化运动中发挥着至关重要的作用，对左翼文化的传播起到了很大的促进作用；相比之下，“社联”成员较“平庸”，没有像鲁迅、茅盾这样的成名作家，因而影响力弱小。左联之所以影响巨大，前提条件是“党团”组织充分认识到了“知名作家”的价值，并与他们保持一种互动的协调关系。如果这个前提条件被破坏，那么对组织本身的破坏也同样巨大。因为在组织内，总有人会跟着“权威”走。说到直线管理者和鲁迅之间的矛盾的时候，我们并不能忽视他们为寻求合作曾进行的种种努力。我们可以在很多材料中发现左联领导者主动汇报工作的事实，也可以发现鲁迅是怎样一直关心着左联的成长，这不仅表现在他不断地培育着新的文学青年，也表现在他不断地资助左联，当然也包括左联解散之后他的惋惜与愤懑。我一直在思考：如果左联后期的领导者不是“周扬派”，是不是与鲁迅之间的矛盾就可以完全避免？问题确实没有那么容易回答，因为从左联成立之初，就没有能够建立鲁迅和左联领导者之间沟通的机制，在左联后期，完全是靠“联络人”和鲁迅取得联系，这种联系是很不可靠的，双方也很难对一些不同意见进行充分沟通，加之白色恐怖时期，有时“联络人”也很难联络到双方，那么矛盾升级就成为自然的结果。

（原载《文史哲》2007 年 第 4 期）

后 记

本丛刊主要收选改革开放三十年来发表在《文史哲》杂志上的精品力作（个别专集兼收20世纪五六十年代的文章），按专题的形式结集出版，先期推出《国家与社会：构建怎样的公域秩序？》、《知识论与后形而上学：西方哲学新趋势》、《儒学：历史、思想与信仰》、《早期中国的政治与文明》、《门阀、庄园与政治：中古社会变迁研究》、《"疑古"与"走出疑古"》、《考据与思辨：文史治学经验谈》、《中国古代文学：作家、作品于思潮》、《文学与社会：明清小说名著探微》、《文学：走向现代的履印》、《文学：批评与审美》、《左翼文学研究》等。

本册的选编工作由贺立华同志承担。

在近六十年的办刊过程中，敝刊编排格式、体例几经变化，给编选工作带来了一定的困难，为使全书体例统一，我们在编辑过程中，对个别文字作了必要的规范和改动，对引文注释等作了相对的统一。其余则一仍其旧，基本上保持了原文的本来面目。

由于水平所限，本丛刊无论是在文章的遴选，还是在具体的编校过程中，都存在着种种不足，讹误舛错在所难免，敬祈方家读者不吝赐教。

需要特别说明的是，在当前市场经济大潮下，学术论文集因其经济效益微薄，出版非常困难。但商务印书馆欣然接受出版“文史哲丛刊”，这种无私精神，实在令人钦佩。常绍民先生还就丛刊的整体设计提出了许多宝贵而中肯的意见，在此，我们表示衷心的感谢！

文史哲编辑部

2014 年 10 月